해상화열전 上

해상화열전 上

초판 1쇄 발행 2019년 4월 10일

지은이 한방경
옮긴이 김영옥
펴낸이 강수걸
편집장 권경옥
편집 이은주 윤은미 강나래
디자인 권문경 조은비
펴낸곳 산지니
등록 2005년 2월 7일 제333-3370000251002005000001호
주소 부산시 해운대구 수영강변대로 140 BCC 613호
전화 051-504-7070 | 팩스 051-507-7543
홈페이지 www.sanzinibook.com
전자우편 sanzini@sanzinibook.com
블로그 http://sanzinibook.tistory.com

ISBN 978-89-6545-584-4 04820
978-89-6545-583-7 (세트)

* 책값은 뒤표지에 있습니다.
* 이 도서의 국립중앙도서관 출판예정도서목록(CIP)은 서지정보유통지원시스템 홈페이지(http://seoji.nl.go.kr)와 국가자료공동목록시스템(http://www.nl.go.kr/kolisnet)에서 이용하실 수 있습니다.(CIP제어번호: CIP2019008745)

해상화열전

海上花列傳

上

한방경 지음 · 김영옥 옮김

산지니

일러두기

1. 이 번역은 한방경(韓邦慶) 저, 『해상화열전(海上花列傳)』[北京: 人民文學出版社, 1999]을 완역한 것이다.
2. 아울러 장아이링(張愛玲) 주역본 『海上花開』, 『海上花落』[哈爾濱: 哈爾濱出版社, 2003], 영어 번역본 Ailing Zhang, Eileen Chang, Eva Hung 역, 『The Sing-Song Girls of Shanghai』[New York: Columbia Univ Press, 2005], 일본어 번역본 太田辰夫 역, 『海上花列傳』[東京: 平凡社, 1969]을 참고하였다.
3. 소설에 등장하는 인명과 지명 등은 모두 한글 한자음을 표기하였다. 다만 해제에서는 1911년 신해혁명을 기준으로 이후 생존 인물은 국립국어원 중국어 표기법에 따랐다.
4. 책의 서두에 한방경의 자서를, 말미에는 후기를 부록으로 붙여 독자들의 이해를 돕고자 했다.
5. 본문 중 각 회마다 사용된 삽화는 장아이링 주역본 『海上花開』, 『海上花落』[北京: 北京出版社, 2010]과 1894년 석인초간 영인본 『海上花列傳』(『古本小說集成』, 上海古籍出版社, 1994)에 실린 공개된 삽화를 다듬어 사용하였다.
6. 책 제목은 『 』, 시는 「 」, 희곡, 노래 제목 등은 〈 〉로 표시하였다.
7. 장아이링 주역본과 영어 번역본에 빠져 있는 시, 문장 등은 저본에 따라 충실히 빠짐없이 번역하였다. 특히 장아이링 주역본, 영어 번역본뿐 아니라 저본에도 빠져 있는 제51회 「예사외편(穢史外編)」은 『해상화열전 하』[湖南: 岳麓出版社, 2005]에 실린 원문에 따라 독자의 이해와 원전의 의미를 살려 모두 번역하였다.
8. 주석은 저본의 주석과 기타 문헌을 참조여 각 회의 말미에 실었다. 장아이링 주역본의 주석은 [장]으로 표기하고 일본어 번역본의 주석은 [일]이라고 표기하였다. 역자 주석은 따로 구별해 밝히지 않았다.
9. 본문에서 처음 나오는 인명, 지명, 특징적 사물에는 한자를 병기하였다. 그리고 시(詩), 사(詞), 곡(曲) 등 문학작품과 성어(成語), 역자 주 내용, 동음이의어 등에도 필요하다고 판단되는 부분에 역시 한자를 병기하였다.

해상화열전 참고지도

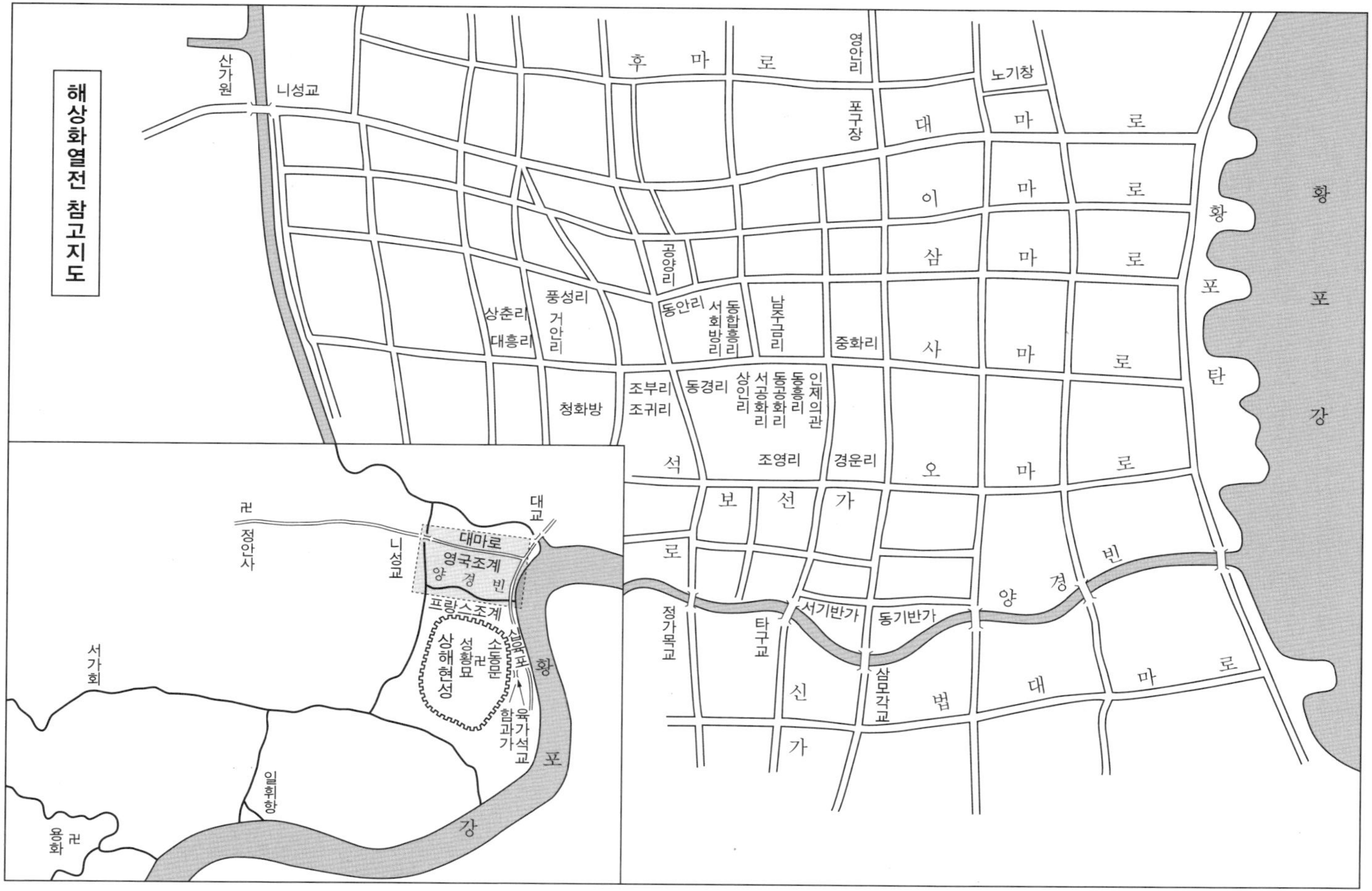

산가원
니성교
후 마 로
영안리
노기창
포구장
대 마 로
이 마 로
삼 마 로
사 마 로
오 마 로
황포탄
황포강
공양리
풍성리
상춘리
거안리
대흥리
동안리
서회방리
동합흥리
남주금리
중화리
조부리
조귀리
청화방
동경리
상인리
서공화리
동공화리
동흥리
인제의관
석 로
조영리
경운리
보 선 가
양 경 빈
정가목교
타구교
서기반가
동기반가
삼모각교
신 가
법 대 마 로
권
정안사
대교
대마로
니성교
영국조계
양 경 빈
프랑스조계
상해현성
성황묘
소동문
권
십육포
육가석교
함과가
황 포 강
서가회
일휘항
용화

서(序)[1]

이 책은 타일러 깨우치기 위해 지은 것으로, 치밀하게 묘사한 곳은 마치 그 사람을 보는 듯하고, 그 소리를 듣는 듯하다. 독자들은 그 말을 깊이 음미하며 풍월장 속을 들여다보면서도 싫어서 회피하거나 혐오할 틈은 없을 것이다. 이 책에 실린 인명과 사건은 모두 허구이며 결코 특정인이나 사건을 가리키는 바는 없다. 어떤 사람은 어떤 사람을 숨긴 것이고, 어떤 사건은 어떤 사건을 숨긴 것이라고 망언을 하면 독서를 제대로 하는 것이 아니며, 더불어 이야기하기 부족하다 할 것이다.

탄사(彈詞)[2]에 실린 소주(蘇州) 방언 대부분은 속자(俗字)이지만 오랫동안 통용되어 모두 알게 되었다. 그리하여 소주 방언을 사용하였고, 대체로 연의(演義)소설은 고증에 얽매일 필요도 없었다. 다만 소리는 있으나 글자가 없는 것, 예를 들면 '하지 마라'라는 뜻의 '물요(勿要)' 두 글자는 소주 사람들이 매번 다급하게 부를 때면 한 음으로 소리를 내는데, 만약 물요(勿要) 두 자로 적으면 당시의 상황에 맞지 않는다. 또한 다른 글자로 대체할 수 없기도 하여 물요(勿要)를 하나로 붙여 썼다. 독자들은 물(嫑)이라는 글자가 원래 없는 글자로, 이 두 개의 한자를 하나의 음으로 읽어야 된다는 것을 알아야 할 것이다. 다른 예를 들면, '口 + 殳' 음은 안(眼)이고, '嘎'음은 가(賈)이다. '내(耐)'는 너(你)를 말하며, '리(俚)'는 저(伊) 등을 말한다. 독자들이 스스로 뜻을 알 수 있을 것이므로 이에 더 이상 덧붙이지 않는다.

소설 전체의 서사법은 『유림외사』에서 발전된 것이지만, 천삽장섬법(穿揷藏閃法)만은 기존의 소설에 없었다.

물결 하나가 다 끝나기도 전에 또 다른 물결이 일어나거나 혹은 연이어 십여 개의 물결이 일어난다. 동에서, 서에서, 남에서, 북에서 갑자기 일어나고 손 가는 대로 서술하여 완결된 사건은 결코 하나도 없지만, 작품 전체에서 한 오라기도 빠짐이 없게 된다. 그것을 읽어보면 문자로 표현되지 않은 뒷면에 많은 문자가 있음을 알게 된다. 비록 명백하게 서술하지 않았지만, 마음으로 깨달을 수 있게 된다. 이것이 천삽법이다.

갑자기 허공을 가르고 와 독자로 하여금 그 까닭을 모르게 만드는데, 급히 뒷 문장을 보지만 뒷 문장에서는 또 그건 버려두고 다른 사건을 서술하고 있다. 다른 사건에 대한 서술이 끝날 때쯤 그 까닭이 다시 설명되는데 그 까닭이 여전히 완전히 밝혀지지 않다가 전체가 드러나고 나서야 앞에서 서술한 것 중 어느 한 글자도 헛된 것이 없다는 것을 알게 된다. 이것이 장섬법이다.

이 책에서 드러나는 문장은 읽는 바와 같이 그대로이지만, 드러나지 않는 문장이 반을 차지하며 자구(字句) 사이에 감춰져 있어 수십 회를 읽고 나서야 비로소 이해할 수 있다. 독자들이 조급하여 기다리지 못할까 봐 특별히 먼저 한두 가지를 알려주고자 한다. 예를 들어 왕아이의 이야기 곳곳에는 장소촌이 감춰져 있고, 심소홍의 이야기 곳곳에는 소류아가 감춰져 있으며, 황취봉의 이야기 곳곳에는 전자강이 감춰져 있다. 이 외에 모든 등장인물의 생애와 사실을 대조해보면 구절들이 서로 호응하며 어느 한 곳 빠진 부분이 없다. 독자들은 자세히 살펴보면 알게 될 것이다.

기존의 소설은 반드시 대단원이 있었다. 대단원은 드러나는 문장의 정신이 응축된 곳으로 결코 모호하게 처리할 수 없는 부분이다. 이 책은 비록 천삽장섬법을 운용하였지만, 그럼에도 그 속에서 결말을 찾을 수 있다. 예를 들면 제9회에서 심소홍은 그처럼 큰 소란을 일으켰지만, 이후 서서히 정리가 되면서 한 올의 실도 새어나가지 않는 것이, 가지런하면서도 여유롭게 대단원을 맞이한다. 그러나 이 대단원 중간에도 천삽장섬법을 운용하면서 소설 전체를 연결하였다.

소설이라는 장르에서 제목은 결론이고, 본문은 서사이다. 종종 제목은 사건을 이야기해준다. 그러나 장편일 경우 이야기를 본문 내에 담아낼 수 없기도 한데, 기존의 소설에서도 이러한 예가 있었다. 『해상화열전』에서 제13회의 제목과 제14회 제목 역시 그 예에 해당한다.

이 책은 한담(閑談)으로 되어 있다. 그러나 정말 한담이라면 굳이 문장으로 적을 이유가 있겠는가? 독자들은 잡담 속에서 그 단서를 찾아낼 수 있을 것이다. 예를 들면 주 씨의 쌍주, 쌍보, 쌍옥 그리고 이수방, 임소분의 결말은 이 두 회에서 생각해볼 수 있을 것이다.[3]

제22회의 경우 예컨대 황취봉, 장혜정, 오설향 모두 두 번째 묘사에 해당한다. 그곳에 실린 사건과 언어는 당연히 앞과 뒤가 서로 호응하고 있다. 성격, 기질, 태도, 행동에 있어서 어느 것 하나라도 일치되지 않는 게 있는가?

누군가 소설 속에서 오직 기루 이야기만 하고 다른 사건을 다루지 않아 독자들이 지루해하지 않을까 하고 묻는다면, 나는 그렇지 않다고 말할 것이다. 소설의 작법은 팔고문[4]과 같다. 연장제(連章題)는 포괄해야 한다. 예를 들면 『삼국연의』는 한(漢)나라와 위(魏)나라 사이의 사건을 서술하되, 역사적 전장 제도와 인물사를 눈으로 보는 듯 명확하게 다루지만 그 간략함을 꺼리지 않는다. 고군제(枯窘題)는 발전해야 한다. 예를 들면 『수호지』의 강도들, 『유림외사』의 문사들, 『홍루몽』의 규방의 여인들의 경우 한 주제가 끝까지 가면서도 이야기의 전개가 굴곡을 이루며 설명이 덧붙지만, 그 세세함을 꺼리지 않는다. 어떤 경우에는 충효, 신선, 영웅, 남녀, 부패관리, 도적, 악귀, 여우요괴에서 거문고, 바둑, 서화, 의술, 별자리까지 한 책에 모아놓고 스스로 다양하며 박식함을 보여준다고 말하지만, 사실은 재능이 막혀 있다는 사실을 깨닫지 못하는 것일 뿐이다.

합전체는 세 가지 어려움이 있다. 하나는 뇌동(雷同)하지 않아야 한다(無雷同). 한 작품 안에 백여 명의 인물이 그 성격과 언어, 생김새, 행동에 있어서 서로 조금씩이라도 비슷하면 바로 뇌동이다.

또 하나는 모순되지 않아야 한다(無矛盾). 한 인물이 앞과 뒤에서 여러 번 등장하는 경우, 앞과 뒤가 조금이라도 서로 부합되지 않으면 모순이다.

마지막 하나는 누락된 부분이 있어서는 안 된다(無挂漏). 한 인물에 대해 결말 없이 쓰는 것은 누락된 것이고, 한 사건에 결말이 없으면 또한 역시 누락된 것이다.

---

1 이 글은 『해상기서』의 뒤표지에 게재된 것이다. 잡지의 뒤표지 공백을 활용한 광고에 해당되는 것이므로, 64회로 출판하였을 때는 수록하지 않았다. 그러나 작가의 창작 사상과 작품의 서사기법을 이해하는 데 중요한 자료에 해당되므로 본서에서는 서두에 실었다.

2 중국 전통 곡예이다. 비파와 삼현의 연주를 반주로 한 설창문학형식으로, 남방지역에 유행하였다.

3 17, 18회를 의미한다.

4 명청대(明淸代) 과거시험의 문체로, 제의(制義), 제예(制藝), 시문(時文), 팔비문(八比文)이라고도 불렀다. 팔고 문장은 사서오경에서 제목을 취하며, 내용은 반드시 옛사람의 어기를 사용해야 하는데, 절대로 자유로운 생각을 서술해서는 안 되었다. 문장의 길이, 글자의 모양, 성조의 고저 역시 대구를 이루어야 하며, 자수도 제한되었다.

차례

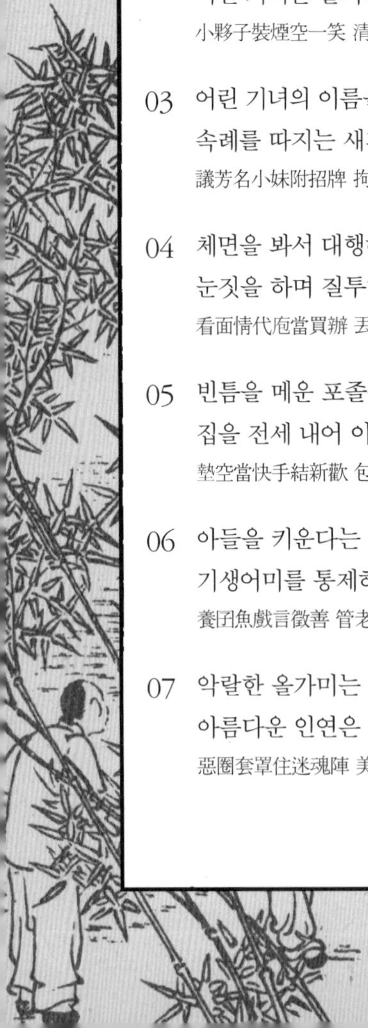

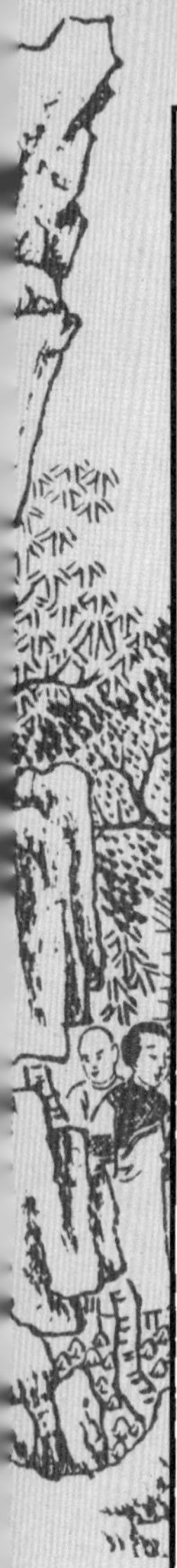

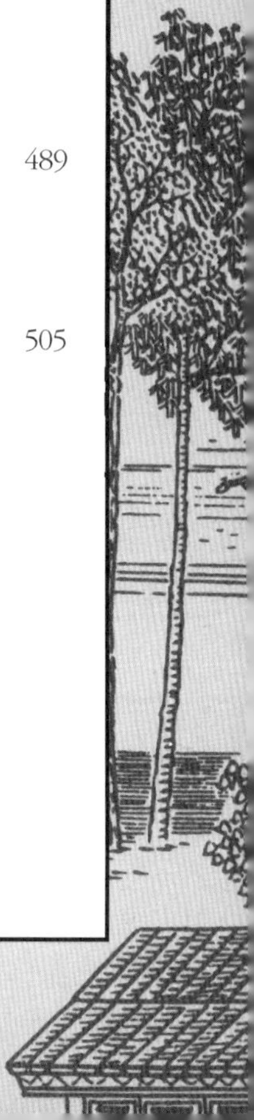

01

조박재는 함과가의 외삼촌을 방문하고, 홍선경은 취수당의 중매를 서다

趙樸齋鹹瓜街訪舅 洪善卿聚秀堂做媒

이 장편 소설은 화야련농(花也憐儂)[1]이 지었고, 제목은 『해상화열전』입니다.

상해가 개항한 후 남쪽 홍등가는 날로 번창해갔고 그곳에 빠져 지내는 젊은 화류객들도 늘어났습니다. 그들은 부모형제의 만류도 외면하고 스승과 친구의 충고도 들으려 하지 않았습니다. 이 얼마나 우매하고 무지한지요. 이는 그들에게 자신의 경험을 들려주는 사람을 만나지 못한 탓이겠지요.

그곳에서는 서로 추파를 던지며 유혹을 하는 등 온갖 애정 행각이 벌어지지요. 본인들이야 그 재미에 흠뻑 빠져 있겠지만, 그 모습들을 묘사하면 금방이라도 토할 듯 역겨울 따름입니다. 그런데도 그들 중에 어느 누구도 정신을 차려 그곳을 완전히 잊고 일상으로 돌아오지 않았습니다.

그래서 화야련농은 보살심으로 장광설을 발휘하여 그들의 모습을 사실 그대로 묘사하였습니다. 유사한 사건을 연결하여 엮되 때로 과장되게 꾸미기도 하여 생생함을 더하였습니다. 그럼에도 음란하거나 외설적인 글 한 자 없으며, 전체를 보면 사람들의 경각심을 일깨우고 그들을 구제하고자 하는 의도에서 벗어나지 않습니다.

만약 독자들이 이들의 행적을 좇아 낱낱이 살피고 그 의미를 깨치게 되면, 이들이 앞에선 서시(西施)보다 아름다워 보이지만 그 뒤에선 야차(夜叉)보다 악랄하다는 것을 알게 될 것이며, 지금이야 조강지처보다 살갑고 다정하게 대하지만 지나고 나면 전갈보다 표독스럽게 변하리라는 것을 점치게 될 것입니다.

이 또한 잠에서 깨어나려는 순간, 새벽종 소리를 듣고 문득 인생의 깊은 이치를 성찰하는 것과 같을 것입니다. 이것이 바로 화야련농이 『해상화열전』을 지은 이유입니다.

독자 여러분은 이 글을 쓴 화야련농이 어떤 사람인지 아시는지요?

화야련농은 원래 괴안국[2] 북쪽에 있는 흑첨향[3]의 주인 지리씨[4]로, 일찍이 천록대부[5]를 지냈지요. 진(晉)나라 때 예천군공[6]에 봉해져 중향국[7]의 온유향[8]으로 들어와 살게 되면서 화야련농이라고 이름 지었습니다. 화야련농은 원래 흑첨향의 주인이었던지라 매일 꿈을 꾸며 지냈습니다. 그러나 그는 꿈을 꿈이라고 믿지 않고 현실이라 여겨 이 꿈들을 책으로 쓰기 시작하였습니다. 그는 이렇듯 꿈속 세계를 한 권의 책으로 다 엮고 난 후에야 그 책 속의 꿈에서 깨어날 수 있었습니다.

독자 여러분도 그곳에서 꿈만 꾸지 말고 이 책을 한번 읽어보는 게 어떠실런지요.

이 소설은 화야련농의 꿈 이야기에서 시작하지만 화야련농이 어떻게 꿈 속으로 들어갔는지는 알 수 없습니다. 불현듯 그의 몸이 둥실둥실 떠올라 마치 구름이 안개를 재촉하듯 정처없이 굴러다니는가 싶더니 문득 고개를 들어보니 원래 자신이 살던 곳이 아니었지요. 앞뒤 좌우를 둘러보아도 도무지 길을 찾을 수 없는 아득하고 끝없는 꽃바다가 펼쳐져 있었습니다.

독자 여러분은 꽃바다, 다시 말해 '화해(花海)'라는 두 글자가 결코 지어낸 것이 아니라는 것을 아셔야 합니다.

원래 이 바다에는 물만 있는 게 아니었습니다. 가지에 잎이 달린 수많은 꽃송이가 펑펑하고 솜처럼 푹신해 보이는 게 마치 수놓은 방석과 비단 융단처럼 바다를 뒤덮고 있었습니다.

화야련농은 그 꽃들만 보고 물은 보지 못한 채 마냥 좋아 덩실덩실 흥에 겨워 춤을 추었지요. 그는 이 바다가 얼마나 넓고 깊은지 전혀 알려고 하지 않고, 땅 위에 있는 것처럼 이곳저곳을 떠돌아다니며 그곳을 차마 떠나질 못했답니다. 그러나 그 꽃들은 가지와 잎이 무성하게 달려 있긴 했지만 모두 뿌리가 없었습니다. 꽃 아래는 바로 바닷물이어서 바닷물이 일렁이면 그 꽃들도 파도와 함께 일렁이다 멈추곤 했습니다. 만약 꽃들이 자유로이 날아다니는 나비와 벌이나 질투심 많은 앵무새와 제비를 만나지 않으면 메뚜기, 쇠똥구리, 두꺼비, 땅강아지, 개미 같은 벌레들에게 마구 내몰리거나 욕보여 무참하게 찢기었습니다. 그곳에는 오직 화려한 복사꽃이나 화사한 오얏꽃, 기품이 있는 모란꽃쯤 되어야 황하강의 우뚝 선 지주산처럼 꿋꿋하게 버티며 뭇 꽃들 속에서 기운을 뿜어내고, 또한 국화같이 빼어나고 매화같이 고고하며 난초같이 빈산에 홀로 아름다움을 드러내고, 연꽃같이 진흙 속에서도 오염되지 않아야 그 모든 굴욕을 감당할 수 있었습니다. 그러나 그러는 사이에 그 꽃들조차도 시들어버리고 말지요.

화야련농은 이러한 광경을 목도하고 문득 깨달은 바가 있어 참담한 심정을 금치 못하고, 이 일희일비도 무의미하여 결국에는 자신을 해치게 되는 듯하니 그의 마음은 더더욱 혼란스러워지고 눈앞이 아찔하였습니다. 그 순간 광풍이 불어 닥쳐 몸을 휘청거리다 발을 헛디뎌 꽃 틈으로 빠져 꽃바다 속으로 떨어지고 말았습니다.

화야련농은 비명을 지르고, 버텨보려고 안간힘을 썼으나 이미 천 길 아래 땅으로 떨어지고 말았습니다. 떨어진 곳에서 눈을 뜨고 보니 그곳은 상해의 현성과 조계지 경계에 있는 육가석교(陸家石橋)였지요. 화야련농은 눈을 비비며 일어나서야 오늘이 이월 십이 일이라는 것을 기억해냈습니다. 이른 새벽 일찍 일어나 집을 나서다 그만 길을 잘못 들어 꽃바다에 빠져 넘어졌고, 다행히 넘어지는 바람에 꿈에서 깨어날 수 있었던 것이었죠. 그는 수많은 일들이 눈앞에 선하게 떠올라 절로 웃음이 나왔습니다.

"그래 한바탕 꿈을 꾸었구나."

화야련농은 잠깐 동안의 이 기이한 경험에 탄식했습니다.

이 화야련농이 정말 꿈에서 깨어났을까요? 독자 여러분도 이 수수께끼가 어떻게 풀릴지 한번 맞춰보시기 바랍니다.

화야련농 자신은 꿈에서 깨어났다고 생각하고 집으로 돌아가려고 하였다. 그러나 어디로 가야 할지 몰라 두리번거리며 다리 쪽으로 걸어 내려갔다. 다리 어귀에 거의 다 이르렀을 때, 한 젊은 남자가 다리 아래에서 불쑥 튀어나왔다. 그는 월백[9] 죽포 전의[10]와 금장[11]의 남경주단[12] 마고자를 입고 있었다. 화야련농은 미처 피하지 못하고 그만 그와 정면으로 부딪치고 말았다. 젊은 남자는 꽈당 넘어져 흙탕물을 온통 뒤집어쓰고 말았다. 그는 벌떡 일어나 곧장 화야련농을 붙잡고 욕을 퍼붓기 시작했다. 화야련농이 아무리 해명하여도 막무가내였다. 파란색 호의[13]를 착용한 순포가 다가와서 자초지종을 물었다. 그러자 그 젊은 남자가 말했다.

"난 조박재(趙樸齋)라고 하오. 함과가로 가고 있는데, 글쎄 이 무례한 자가 나를 넘어뜨렸소! 마고자가 흙탕물로 범벅된 것을 좀 봐요. 저 사람이 무조건 물어내야 하오!"

화야련농이 대답을 하려고 하는데 순포가 말했다.

"당신도 조심하지 않았으니까, 그냥 그만 보내주시오."

조박재는 한참을 구시렁거리다가 마지못해 손을 놓고 나서, 태연하게 떠나는 화야련농을 눈을 부릅뜨고 노려보았다. 쑥덕거리는 사람, 낄낄대는 사람 등 구경꾼들이 길을 에워싸고 있었다. 조박재는 소매를 털어내며 짜증을 냈다.

"이래서야 어떻게 외삼촌을 뵙지?"

순포도 웃으며 말했다.

"찻집에 가서 수건으로 닦아보지 그래요?"

순포의 말을 듣고 조박재는 다리 어귀에 있는 근수대(近水臺) 찻집으로 갔다. 창가 쪽 자리를 잡고 마고자를 벗었다. 점원이 물을 가지고 오자 조박재는 수건을 짜서 꼼꼼하게 마고자를 닦았다. 진흙을 말끔히 닦아내고 다시 마고자를 입었다. 차를 마시고 나서 계산을 하고 함과가의 중시(中市)로 갔다. '영창삼점(永昌參店)'이라는 간판을 찾아 석고문[14]을 들어서며 큰 소리로 불렀다.

"홍선경(洪善卿) 선생님."

그러자 종업원이 대답을 하고 나와서 응접실로 안내하며 이름을 묻고는 황급히 안으로 들어가 전했다. 잠시 뒤, 홍선경이 종종걸음으로 나왔다. 조박재는 비록 오랫동안 보지 못했지만 홀쭉하게 들어간 볼과 툭 불거진 눈을 보고는 금방 알아차리고 앞으로 달려가 '외삼촌' 하고 부르며 예를 갖추고 인사를 올렸다. 홍선경도 대충 인사를 하며 자리를 권하고 안부를 물었다.

"어머니는 안녕하신가? 함께 오지 않았고? 어디에서 지내고 있느냐?"

"보선가 열래(悅來) 객잔에서 묵고 있습니다. 어머니는 오지 않으셨고, 외삼촌께 안부를 전해 달라고 하셨습니다."

그때 점원이 담배와 차를 올렸다. 홍선경은 찾아온 이유를 물었다.

"특별한 일은 아니고, 일거리를 찾아볼까 하고 왔습니다."

趙樸齋鹹瓜街訪舅
第一回
一

"요즘 상해에도 일거리가 없어."

"어머니께서 집에서 별 하는 일 없이 해마다 나이만 먹으면 무슨 일을 하겠냐 하시며 차라리 나가 일을 하는 게 낫지 않겠냐고 하셨습니다."

"말씀은 옳으시지. 네 나이가 올해 몇이지?"

"열일곱입니다."

"네 여동생은? 몇 년 동안 보지 못했는데, 너보다 몇 살 어린가? 혼처는 정해졌는가?"

"아직입니다. 올해 열다섯입니다."

"집에는 또 누가 있느냐?"

"세 식구 외에 아주머니 한 분이 일을 봐주십니다."

"식구가 적어서 생활비는 아무래도 적게 들겠구나."

"이전보다 절약이 되긴 합니다."

그때 천연궤[15] 위에 있는 자명종이 열두 시를 알렸다. 선경은 조박재에게 간단한 요깃거리를 청하며 젊은 회계원에게 식사를 준비시켰다. 잠시 후, 네 가지 음식과 밥 두 그릇, 술 한 병이 차려진 상이 올라왔다. 외삼촌과 조카는 마주 앉아 술을 마시며 최근 돌아가는 정황과 고향 이야기들을 늘어놓았다.

"너 혼자 객잔에 머물고 있느냐? 돌봐주는 사람은 없느냐?"

"미곡상의 친구가 있습니다. 장소촌(張小村)이라고, 상해에 일거리를 찾아 왔는데, 함께 지내고 있습니다."

"그거 잘됐구나."

밥을 먹고 나서 얼굴을 닦고 입을 헹구었다. 선경은 박재에게 물담뱃대를 주며 일렀다.

"잠깐 앉아 있어. 몇 가지 일이 끝나는 대로 같이 북쪽에 가보자."

박재는 예, 예, 연달아 대답을 했다. 선경은 바쁜 걸음으로 들어갔다.

박재는 혼자 앉아 물담배를 싫증날 만큼 피웠다. 자명종이 두 시를 알리자 선경이 나오며 또다시 젊은 회계원에게 몇 마디 당부를 하고 나서 박재를 앞세우고 거리로 나와 북쪽으로 걸어갔다. 육가석교를 건너자 그들은 인력거 두 대를 잡아 나누어 타고 보선가 열래 객잔 입구까지 갔다.[16] 선경은 어림해서 차비를 지불했다. 박재는 선경을 객잔 방으로 안내하였다. 함께 방을 쓰는 장소촌은 벌써 점심을 먹어치우고 붉은 모포가 깔린 침대 위에 반질거리는 아편 소반을 올려놓고 아편을 피우고 있었다. 그는 조박재와 함께 방으로 들어오는 이가 홍선경임을 짐작하고 재빨리 담뱃대를 내려놓고 일어났다. 선경이 말했다.

"존함이 장소촌이지요?"

"네. 어르신께서는 선경 선생님이시지요?"

"선생님이라니요, 당치도 않습니다."

"먼저 인사를 드리지 못해 송구하기 그지없습니다."

잠시 겸손을 차린 인사를 나누고 마주 보고 앉았다. 조박재는 물담뱃대를 선경에게 올렸다.

"조카가 처음 상해에 와서 오로지 소촌 선생에게 의지하고 있으니 잘 보살펴주십시오."

"저 역시 아무것도 모릅니다. 함께 올라왔으니 당연히 서로 도와야죠."

또 잠깐 상투적인 인사치레를 나누고 선경은 물담뱃대를 소촌에게 건네주었다. 소촌은 그것을 받아 들면서 선경에게 침대로 가서 아편을 피우기를 권했다.

"아편은 못 합니다."

그리고 모두 각자 자리에 앉았다. 박재는 한쪽에 앉아 그들의 대화를 듣고 있었다. 서서히 기루와 기녀 이야기로 옮겨가자 박재는 궁금해서 입을 달싹거리는데, 마침 소촌이 물담뱃대를 주었다. 박재는 이때다 싶어 소촌의 귀에 대고 소곤거렸다. 소촌은 먼저 '하하' 웃고는 선경에게 말했다.

"조형이 기루에 가서 견문을 넓히고 싶다고 하는데, 어떻습니까?"

"어디로 갈까요?"

"기반가로 한번 가보죠."

"서기반가 취수당에 육수보(陸秀寶)라는 기녀가 괜찮았던 걸로 기억하는데."

박재가 끼어들었다.

"그러면 거기로 가요."

소촌은 웃기만 했다. 선경도 웃음이 나왔다. 박재는 소촌에게 아편 소반을 정리하라고 재촉하고 소촌이 최신식 옷을 갈아입을 때까지 기다렸다. 소촌은 참외모양의 작은 모자를 쓰고 가선을 댄 북경식 신발을 신었다. 그리고 은회색 항주산 면도포 위에 청옥색 남경주단 마고자를 입고 나서, 다시 벗어놓은 옷들을 하나씩 개고 난 후에야 선경과 서로 양보하며 동행하였다. 박재는 성격이 급하여 방문을 잡아당겨 대충 잠그고 선경과 소촌 뒤를 따라 객잔을 나섰다. 골목을 두 번 돌자 서기반가가 나왔다. 멀리 팔각 유리등 하나가 보였다. 철관이 대문을 떠받치고 있고, 그 위에 '취수당(聚秀堂)' 세 글자가 붉은 글씨로 쓰여 있었다. 선경은 소촌과 박재를 이끌고 들어갔다. 남자 하인이 홍선경을 알아보고 황급히 소리쳤다.

"양가모! 장(莊) 도련님 친구분이 오셨습니다."

이 층에서 대답하는 소리가 들리고 이어서 발자국 소리가 이 층 입구쯤에서 멎었다.

세 사람이 이 층으로 올라가니 아주머니[17] 양가모(楊家姆)가 그들을 맞이하며 말했다.

"아유, 홍 도련님, 방으로 드시지요."

열서너 살 된 여자 하인[18]이 벌써 주렴을 걷어 올린 채 기다리고 있었다.

뜻밖에 방 안에는 어떤 남자가 탑상[19] 위에 가로질러 누워 옆에 있는 기녀와 희희낙락 장난을 치고 있었다. 홍선경이 방으로 들어오는 것을 보자 그 사람은 기녀를 물리치고 일어나며 인사를 했다. 장소촌과 조박재에게도 공수를 하며 성함을 물었다. 홍선경은 대신 대답해주고 장소촌 쪽을 돌아보며 말해주었다.

"이분은 장여보(莊荔甫) 선생이십니다."

소촌이 말했다.

"반갑습니다."

그 기녀는 장여보의 등 뒤에 서 있다가 자리가 정해지자 수박씨를 올렸다. 여자 하인도 물담뱃대를 가져와 물담배를 채워주었다. 장여보가 홍선경에게 말했다.

"마침 찾아가려 했는데, 물건들이 많거든. 여기 이 쪽지 좀 보겠나?"

장여보는 옷을 뒤적이며 쪽지를 꺼내 선경에게 건네주었다.

선경은 쪽지를 펼쳐 보았다. 보석, 골동품, 서화, 옷 등의 항목 아래 가격과 번호가 매겨져 있었다. 홍선경은 미간을 찌푸리며 말했다.

"이런 물건들은 판로를 찾기 어려워. 듣자니 항주 여전홍(黎篆鴻)이 상해에 있다고 하던데, 그쪽에 한번 물어보게."

"여전홍 쪽에는 진소운을 통해 보냈는데, 아직 회신을 받지 못했어."

"물건은 어디에 있나?"

"굉수서방(宏壽書坊)에 있어. 보러 가겠나?"

"나 같은 문외한이 봐서 뭐하겠나."

조박재는 이런 대화를 듣고 있자니 지겨워져서 고개를 돌려 그 기녀를 자세하게 훑어보았다. 눈처럼 하얀 둥근 얼굴, 반듯하고 오목조목한 이목구비, 특히 사랑스러운 것은 미소를 머금고 있는 붉은 입술과 생기가 넘쳐나는 맵시 있는 두 눈이었다.

그녀는 평상시에는 은실로 만든 나비 장식 하나만 머리에 꽂고, 붉은색 아마포 상의에 비단 가선을 댄 검은색 주름 조끼와 월백색 비단에 수놓은 세 줄의 가선을 댄 옅은 보라색 주름바지를 입고 있었다.

박재는 그 모습에 그만 정신이 나가고 말았다. 그 기녀는 벌써 눈치를 채고 웃으며 천천히 서양식 벽거울 앞으로 가서 이쪽저쪽을 꼼꼼하게 살피며 귀밑머리를 매만졌다. 박재는 자신을 망각하고 그녀에게 시선을 고정시켰다. 갑자기 홍선경이 불렀다.

"수림 아가씨, 내가 당신 동생 수보에게 중매를 서려고 하는데, 어떤가?"

박재는 그제야 이 기녀가 육수보가 아니고 육수림(陸秀林)이라는 것을 알게 되었다. 육수림은 고개를 돌리며 대답했다.

"내 동생을 보살펴주겠다는데, 나쁠 리가 있겠어요?"

그녀는 큰 소리로 아주머니를 불렀다. 마침 양가모가 수건을 짜고 찻잔에 차를 붓고 있었다. 육수림은 양가모에게 수보를 불러와 찻잔을 올리라고 했다.

"어느 분인가요?"

홍선경은 손으로 박재를 가리켰다.

"이쪽 조 도련님."

양가모는 곁눈질로 살펴보고 말했다.

"이분이요? 얼른 수보를 불러올게요."

양가모는 수건을 건네주고 '쿵쿵' 바쁜 걸음으로 뛰어 내려갔다.

얼마 뒤 '자박자박' 작은 발소리가 들려왔다. 육수보가 오는 소리였다. 조박재는 주렴 쪽을 보았다. 육수보는 방으로 들어와서 먼저 장 도련님과 홍 도련님[20]에게 수박씨를 공손하게 올렸다. 그런 다음 장소촌과 조박재 두 사람에게 수박씨를 올리며 이름을 묻고 조박재

洪善卿聚秀堂做媒

에게 미소를 지었다. 박재가 보니, 육수보도 자그마하고 둥근 얼굴에 이목구비가 육수림과 똑같이 생겼다. 다만 수림보다 나이가 조금 어리고, 키가 조금 작을 뿐, 만약 같은 곳에 있지 않으면 구분하기 힘들 정도였다. 육수보는 접시를 내려놓고 조박재 곁에 바짝 다가가 앉았다. 그런데 뜻밖에 박재는 부끄러워서 이러지도 저러지도 못하고 앉지도 서지도 못했다. 다행히 그때 양가모가 뛰어 들어오며 말했다.

"조 도련님, 방으로 드시죠."

육수보가 말했다.

"모두 같이 가세요."

모두들 그 말에 자리에서 일어나 서로 앞장서라며 길을 양보하였다. 장여보가 말했다.

"내가 앞장서야겠군."

장여보가 먼저 가려는데, 수림이 그의 소매를 잡아당겼다.

"안 되죠. 저 두 사람이 먼저 가야죠."

선경은 그들을 돌아보며 한 번 웃고 장소촌과 조박재와 함께 양가모를 따라 육수보의 방으로 갔다. 육수보의 방은 육수림의 옆방이었다. 거울, 자명종, 금박 대련, 채색 비단 등으로 장식하여 육수림의 방과 비슷하였다. 모두들 편안하게 자리에 앉았다. 양가모는 찻잔을 챙기느라 분주히 움직이며 여자 하인에게 물담배를 채우라고 하였다. 이어 남자 하인이 마른안주를 올렸다. 육수보는 그것을 받아 들고 모두에게 돌리고 조박재와 함께 나란히 앉았다. 양가모가 한쪽에 서서 홍선경에게 물었다.

"조 도련님은 어디서 묵고 계신가요?"

"장 도련님과 함께 열래 객잔에서 묵고 있어."

양가모는 장소촌에게 고개를 돌리며 물었다.

"장 도련님은 애인이 있어요?"

장소촌은 웃으며 고개를 저었다. 양가모가 말했다.

"없어요? 하나 만들지 그래요."

"애인을 만들라고? 그러면 자네와는 어때?"

장소촌의 말에 모두 큰 소리로 웃었다. 양가모가 웃으며 한 마디 덧붙였다.

"애인 생기면 조 도련님과 함께 오세요. 시끌벅적해야죠?"

장소촌은 대답 없이 냉소를 짓고 탑상으로 가서 드러누워 아편을 피웠다. 양가모가 조박재에게 말했다.

"조 도련님이 중매를 좀 서봐요."

박재는 수보와 장난을 치느라 못 들은 척했다. 수보는 손을 뿌리치며 말했다.

"당신에게 중매 서라고 하잖아요. 왜 대답이 없어요?"

박재는 그래도 대답하지 않았다. 수보가 재촉하였다.

"말해요."

그러자 박재는 마지못해 장소촌의 표정을 살펴보았다. 소촌은 아편 피우는 데만 몰두하고 조박재에게는 전혀 관심을 보이지 않았다.

박재가 난처해하는데, 마침 장여보가 주렴을 걷어 올리며 방으로 들어왔다. 조박재는 그 틈을 놓치지 않고 얼른 일어나 자리를 양보했다. 양가모는 흥이 사라져 여자 하인과 함께 나가버렸다. 장여보는 홍선경과 마주 보고 앉아 사업 이야기를 나누고 장소촌은 여전히 누워 아편을 피우고 있었다. 육수보는 두 손으로 조박재의 손을 꼭 잡아 꼼짝 못하게 하고 박재를 마주 보고 연극을 보여 달라, 술자리를 마련해 달라는 이야기들을 늘어놓았다. 박재는 좋다고 히죽거렸다. 수보는 아예 다리를 올리고 가슴에 안겼다. 박재는 한 손을 빼내어 수보의 소매 속으로 집어넣었다. 수보는 가슴을 꽉 쥐며 소리를 질렀다.

"안 돼요!"

방금 아편을 다 피운 장소촌은 웃으며 말했다.

"자네는 물만두는 그곳에 놔두고, '만두'를 먹으려고 해!"[21]

"무슨 말이야?"

박재는 무슨 말인지 몰라 장소촌에게 물었다. 수보는 황급히 다리를 풀고 박재를 잡아당겼다.

"장 도련님 말은 무시해요! 당신을 놀리는 거잖아요!"

수보는 또다시 장소촌을 째려보며 삐죽거렸다.

"애인은 없으면서 말은 잘해요!"

장소촌은 머쓱하여 슬그머니 일어나 시계를 보았다. 홍선경은 장소촌이 가고 싶어 한다는 것을 눈치채고 자리에서 일어나며 말했다.

"우리 함께 저녁이나 먹으러 갑시다."

박재는 이 말을 듣고 황급히 마른안주 접시에 은화를 떨어뜨렸다.

육수보는 그것을 보고 말했다.

"잠깐만요."

그리고 수림을 불렀다.

"언니, 간대요."

육수림도 이쪽으로 건너왔다. 그녀는 조용히 장여보의 귀에 대고 소곤거리고 나서 육수보와 함께 이 층 입구까지 그들을 배웅했다.

"나중에 함께 오셔요."

네 사람은 대답을 하고 계단을 내려갔다.

---

1 농(儂)은 상해어로 '당신'을 의미한다. 화야련농이라는 필명은 '꽃도 당신을 가련히 여기다'라는 뜻이다.

2 槐安國 : 꿈속의 나라

3 黑甛鄕 : 꿈

4 趾離氏 : 꿈의 신

5 천록(天祿)은 술의 대명사이다.

6 예천(醴泉) 역시 술의 대명사이다.

7 衆香國 : 백화가 활짝 핀 공간. 기루, 화류계를 의미한다.

8 溫柔鄕 : 화류계

9 月白 : 푸른빛이 도는 하얀 색

10 箭衣 : 고대 사수가 입은 의복으로 소매가 좁다. 소매의 상반은 손을 덮고, 하반은 특히 짧아 활을 쏘기에 편리하다.

11 金醬 : 보랏빛을 띠는 짙은 갈색

12 寧綢 : 남경 주단. 남경(南京), 진강(鎭江), 항주(杭州) 등지에서 생산됨

13 號衣 : 병졸이나 관청의 하급관리들이 입는 제복

14 石庫門 : 19세기 중엽 이후 상해의 대표적인 민간 건축 양식으로, 돌로 문틀을 만들고 옻칠한 두꺼운 목재판으로 문을 만들었기 때문에 석고문이라고 한다. 서양문화와 중국전통 민간주택의 특징이 융합된 대표적인 건축물이기도 하다.

15 천연궤(天然几) : 응접실 정면에 두는 장식 가구

16 육가석교는 상해의 현성과 조계지의 경계이다. 현성은 길이 좁아 인력거나 마차가 다닐 수 없었지만 조계지는 도로와 거리가 비교적 넓고 정비되어 있어 인력거와 마차가 다닐 수 있었다.

17 결혼한 여자 고용인을 '아주머니(娘姨)'라고 불렀다. 단순히 기루에서 혹은 기녀가 일방적으로 고용하는 것이 아니고 아주머니도 일부 돈을 투자하고 기녀의 일을 돕는다. 만약 기녀가 일을 하지 않으면 자신의 수입에도 영향을 주기 때문에 손님 끌어오는 일, 손님 비유 맞추는 일 등에 관여하고 일하지 않으려는 기녀들을 설득하기도 한다.

18 어린 여자 하인, 즉 결혼하지 않은 여자 하인을 '대저(大姐)'라고 한다. 전족을 하지 않은 발을 가진 여자라는 것에서 유래했다.

19 榻床 : 탑상은 앉거나 누울 수 있어 의자와 침대를 겸하는 가구로, 기루에서는 여기에 누워 아편을 피웠다.

20 이급 기루에서는 나이 구분 없이 모든 손님을 '큰 도련님(大少爷)'이라고 불렀다.[장]

21 만두는 유방을 가리키는데, 성적 행위를 의미한다.

02

애송이는 아편을 피우다 공연히 웃음거리가 되고, 어린 기녀는 술자리 이야기로 쓸데없이 조롱하다

小夥子裝煙空一笑 清倌人喫酒枉相譏

네 사람은 취수당을 떠나 서기반가 북쪽으로 걸어 나왔다. 모퉁이 맞은편에 있는 보합루로 들어가 중앙 대청 뒤쪽 작은 정자간[1]을 골라 앉았다. 종업원은 담배와 차를 내놓으며 주문을 받았다. 홍선경은 기본 요리를 주문하고 탕과 밥을 각각 하나씩 추가하였다. 종업원은 식탁보를 깔고 마른안주를 내놓고 가스등을 밝혔다. 시간은 벌써 여섯 시를 지나고 있었다. 홍선경은 술을 데워 오라고 하고 장소촌을 상석에 앉게 하였다. 그러자 소촌은 극구 사양하며 어렵게 장여보에게 양보했다. 장소촌은 그다음 자리에, 조박재는 세 번째 자리에, 홍선경은 주인석에 앉았다.

종업원이 요리 두 접시를 올렸다. 장여보는 또 홍선경과 사업이야기를 시작했고 장소촌도 몇 마디 거들었다. 조박재는 모르기도 하거니와 들을 마음도 없었다. 그는 오직 대청 옆 서재에 온통 마음이 가 있었다. 시끌벅적한 악기 소리와 노래 소리를 듣고 있자니 가만히 앉아 있을 수가 없었다. 그래서 화장실에 가는 척하며 빠져나와 유리창 밑으로 들여다보았다. 원탁 하나에 여섯 명의 손님이 앉아 있었다. 기녀들이 겹겹이 둘러싸고 있고 아주머니들과 어린 여자 하인들도 끼여 있어 방 안은 사람들로 꽉 메워져 있었다. 그들 가운데 바깥에 앉은 검붉은 얼굴색에 세 가닥 검은 수염을 기른 뚱보가 부른 기녀는 두 명이었다. 오른쪽 기녀는 이황(二黃) 곡조의 〈채상(采桑)〉[2]을 부르고 있었는데, 얼굴이 비파에 가려 보이지 않았다. 왼쪽 기녀는 나이가 좀 있어 보이지만 기품이 있고 멋스러웠다. 뚱보가 술내기 화권[3]에 지자 왼쪽에 앉은 그 기녀가 대신 술을 마시려고 하였다. 그러나 뚱보는 그녀의 손을 막으며 못 마시게 하고 자기가 마시려고 입술을 쭉 내밀었다. 그런데 갑자기 노래를 부르던 기녀가 비파 연주를 멈추고 소매 아래로 손을 뻗어 슬쩍 그 술잔을 낚아채가서 조용히 자신의 아주머니에게 마시라고 건네주었다. 그것을 미처 보지 못한 뚱보가 헛잔을 들이키자 방안 사람들은 방이 떠나갈 듯 웃었다.

조박재는 그 광경을 보고 있자니 진심으로 부러웠다. 그때 밉상스럽게도 흥이라곤 전혀 모르는 종업원이 식사를 청하는 바람에 박재는 마지못해 자리로 돌아가야 했다. 작은 접시 요리 여섯 가지가 계속 올라와도 장여보는 여전히 손짓발짓을 해가며 이야기를 끊임없이 하였다. 종업원은 술을 많이 마시지 않는 것을 보고 곧바로 식사를 준비하러 갔다. 홍선경이 모든 사람에게 술 한 잔씩을 올리고 난 후, 모두 각자 자리에 앉아 죽을 먹고 나서 얼굴을 닦고 편히 앉았다. 종업원이 계산서를 가지고 오자 홍선경은 대충 훑어보고 영창삼점으로 달아놓으라고 했다. 종업원은 대답을 하고 나갔다.

네 사람은 서로 앞을 양보해가며 막 중앙 대청을 지나가는데 마침 그 뚱보가 대청 밖에 있는 화장실에 다녀오고 있었다. 그는 이미 거나하게 취해 벌게진 얼굴로 홍선경을 보며 큰 소리로 말했다.

"선옹께서도 여기에 계셨네, 잘됐어. 안으로 들어가시게."

그는 다짜고짜 홍선경을 잡아당기면서 또 나머지 세 사람을 막아서며 말했다.

"함께 이야기나 나누시지요."

그러나 장여보는 작별 인사를 하고 먼저 나갔다. 장소촌도 조박재에게 눈짓을 하며, 함께 홍선경에게 작별 인사를 하고 보합루에서 나왔다. 조박재는 걸어가며 중얼거렸다.

"왜 가자고 했어? 옆에서 얻어 마시는 술은 북적거려줘야 하잖아."

그러자 장소촌은 한마디 쏘아붙였다.

"그 사람들은 장삼서우[4]를 부르는데, 자네는 요이[5]를 부르면 체면이 말이 아니잖아!"

박재는 그제야 이유를 알게 되었다. 그리고 잠시 생각을 하고 말했다.

"장여보는 아마도 육수림 쪽에 갔을 것 같은데, 우리도 차 마시러 육수보에게 갈까?"

장소촌은 또 콧방귀를 뀌며 말했다.

"자네에게 같이 가자고 하지도 않았는데, 뭐 하러 그를 찾아가? 괜히 미움만 사!"

"그러면 어디에 가지?"

그러자 소촌은 냉소를 짓고 천천히 말을 풀어놓았다.

"하긴 자네를 탓할 수도 없지. 상해에 처음 왔으니까 놀 거리가 얼마나 많은지 알 턱이 있나? 내 생각에 장삼서우는 말할 것도 없고 요이에게도 가지 않는 게 좋아. 그 애들은 워낙 큰 술자리에 익숙하기 때문에 자네가 삼사십 원을 쓴다 해도 눈 하나 까딱하지 않아. 더구나 육수보는 아직 머리를 올리지 않은 기녀야. 자네, 머리를 올려줄 몇백 정도는 가지고 있어? 아무리 적게 쓴다 해도 백 이상인데, 자네가 감당 못 해. 놀고 싶으면 실속 있는 곳으로 가는 게 차라리 낫지."

"그런 곳이 어디야?"

"가고 싶다면 내가 동행해주지. 장삼서우와 비교하면 장소는 조금 좁지만, 인물은 뭐 비슷해."

"그럼 가봐."

소촌은 발걸음을 멈추고 둘러보니 마침 경성은루 앞을 지나고 있었다.

"가려면, 이쪽으로 가야 해."

그리고 바로 박재를 돌려세워 남쪽으로 걸어가서 타구교(打狗橋)를 지나 프랑스 조계지로 들어갔다. 신가 맨 끝까지 걸어 들어가자 어느 집에 이르렀다. 문머리에는 검게 그을린 유리등이 걸려 있었다. 문을 열고 들어서는데 바로 눈앞에 사다리 계단이 나타났다. 박재는 소촌을 따라 올라갔다. 반 칸짜리 이 층 방은 아주 비좁았다. 왼쪽에는 검은 칠을 한 널찍한 침대가 하나 있고 오른쪽에는 널빤지를 올려놓고 탑상으로 사용하고 있었다. 그 탑상은 바깥 사다리 맞은편에 설치되어 있었다. 창가 쪽에는 삼나무 화장대와 그 양쪽으로 '川'자 모양의 교의[6]가 놓여 있었다. 이 가구들은 오히려 화려했다. 박재는 방에 아무도 없어 장소촌에게 조용히 물었다.

"여기가 요이야?"

"요이가 아니라 '아이'야."

"아이가 요이보다 좀 싼가?"

소촌은 웃기만 했다. 그때 갑자기 아래층에서 큰 소리가 들려왔다.

"아가씨, 올라가세요."

두어 번 부르는 소리에 누군가가 멀리서 대답을 하고 히죽거리며 왔다. 박재가 자꾸 묻자 소촌이 황급히 말해주었다.

"여긴 아편굴[7]이야."

"그런데 왜 아이라고 하지?"

"그 여자 이름이 왕아이(王阿二)야. 가만히 앉아 있어, 쓸데없는 말

小夥子裝烟空一笑
第二回
八

하지 말고."

말이 미처 끝나기도 전에 그 왕아이가 올라왔다. 박재는 바로 입을 다물었다. 왕아이는 소촌을 보자 펄쩍펄쩍 뛰며 큰 소리로 말했다.

"안녕하세요. 날 속였죠? 두세 달 뒤에 오겠다고 하고선 지금에서야 오셨군요! 두세 달이 이삼 년은 된 것 같아요. 내가 아주머니에게 몇 번이나 가보라고 했는데, 그럴 때마다 아직 안 왔다고 하니, 내가 믿을 수 있나요. 이웃집 곽 노파에게도 가보라고 했더니, 안 왔다고 그러고. 당신 입은 방귀만 뀌나요. 뱉은 말 중에 한 마디라도 지킨 적이 있어요? 날 기억해야 할 거예요. 다시 안 왔다간 아예 당신에게 따지러 갈 테니까, 두고 보세요!"

소촌은 웃으며 용서를 구했다.

"화내지 마, 할 말이 있어."

그리고 왕아이의 귀에 대고 소곤거렸다. 그런데 몇 마디 하기도 전에 왕아이가 펄쩍 뛰며 화를 냈다.

"당신 정말 영악해! 당신은 젖은 옷을 다른 사람에게 입으라고 벗겠다는 거예요?"

소촌은 조바심이 났다.

"아니야, 내 말 끝까지 들어봐."

왕아이는 또 소촌의 가슴에 바짝 붙어서 들었다. 그래도 중얼중얼 무슨 말인지 알아듣지 못했다. 소촌이 말하면서 입을 내밀며 가리키자, 왕아이는 고개를 돌려 조박재를 힐끔 쳐다보았다. 이어 또다시 소촌이 몇 마디 더 붙였다. 왕아이가 말했다.

"당신은 좀 어때요?"

"나야 여전하지 뭐."

왕아이는 그제야 일어나 등불을 켜고 박재 이름을 물어보며 머리부터 발끝까지 자세히 훑어보았다. 박재는 다른 곳으로 고개를 돌려 족자를 보는 척했다. 늙은 아주머니가 한 손에는 물주전자를, 한 손에는 아편고[8] 두 통을 들고 사다리 계단으로 올라왔다. 그 아주머니도 소촌을 보고 말했다.

"아이고, 장 선생님. 우리는 영영 안 오시는 줄로만 알고 있었는데, 양심이 있긴 있었군요."

왕아이가 말했다.

"칫, 이 인간에게 양심이 있다면 개도 똥을 먹지 않겠지!"[9]

그러자 장소촌이 웃으며 말했다.

"내가 왔는데도 자꾸 양심이 없다고 하면, 내일부터 오지 않을 거야."

왕아이도 웃으며 말했다.

"당신이 어떻게 감히!"

그때, 늙은 아주머니는 아편통을 아편 소반에 내려놓고 연등[10]에 불을 붙였다. 그리고 찻잔에 차를 따르고 나서 주전자를 들고 내려갔다. 왕아이는 소촌에게 기대어 불을 붙이다가 박재가 혼자 앉아 있는 것을 보고 말했다.

"탑상에 누워요."

박재는 말 한 마디가 간절했던 터라 그 말이 떨어지자마자 탑상의 아래쪽에 누웠다. 그리고 왕아이가 한 번 피울 양의 아편을 끓여 담뱃대에 채워 소촌에게 건네주었다. 그녀는 소촌이 '숙숙' 소리를 내며 아편을 끝까지 피우는 것을 보고 한 모금 양의 아편을 끓여 소촌에게 다시 주었다. 세 번째 아편을 주자 소촌이 말했다.

"이제 됐어."

그러자 왕아이는 그 담뱃대를 박재에게 주었다. 박재는 아편이 익숙하지 않아 반쯤 빨아 당기는데, 그만 대통이 막히고 말았다. 왕아이는 담뱃대를 도로 가져가서 꼬챙이로 뚫어주었다. 그러나 다시 피우다 또 막혀버렸다. 왕아이가 피식 웃자 박재는 화도 나고 그녀의 웃음거리가 되었다고 생각하니 마음이 더욱 간질간질해졌다. 왕아이는 꼬챙이로 담뱃대 구멍을 뚫어주고 대신 불을 잡아주었다. 박재는 그때를 놓치지 않고 그녀의 손목을 덥석 잡았다. 왕아이는 손을 뿌리치며 박재의 허벅지를 세게 꼬집었다. 박재는 따갑고 아팠지만 한편 시원하기도 했다. 박재는 아편을 다 피우고 슬쩍 소촌을 힐끗 보았다. 소촌은 눈을 감고 잠이 든 듯 만 듯 몽롱하게 취해 있었다. 박재가 조용히 그를 불러보았다.

"소촌형."

두 번이나 불렀지만 소촌은 손만 내저을 뿐이었다. 왕아이가 말했다.

"아편에 취했으니, 내버려둬요."

왕아이의 말에 박재는 더 이상 부르지 않았다. 왕아이는 아예 박재 쪽으로 바짝 달라붙어 꼬챙이를 가져와 불을 붙였다. 박재의 마음은 발갛게 달구어진 숯마냥 뜨거워졌지만, 소촌을 깨울까 봐 수작은 엄두를 내지 못하고 넋을 빼고 그녀를 뚫어지게 쳐다보고만 있었다. 눈처럼 하얀 얼굴, 칠흑같이 까만 눈썹, 반짝이는 눈동자, 붉은 피를 똑똑 떨어뜨린 듯한 입술은 보면 볼수록 사랑스럽고, 사랑스러워서 더욱 눈을 떼지 못했다. 왕아이는 이런 그를 보고 웃으며 물었다.

"뭘 봐요?"

박재는 순간 말문이 막혀 히죽거리기만 했다. 왕아이는 박재가 경험이 없는 총각인 것을 눈치챘지만 이렇게까지 숫기 없는 모습을 보니 오히려 짜증이 나서 아편을 채워 넣고 담뱃대 물부리를 박재의 입에 갖다 물렸다.

"자, 피워봐요."

그리고 자신은 일어나 탁자 위에 있는 찻잔을 들어 차를 한 모금 마셨다. 돌아보니, 박재는 아직도 아편을 피우지 않고 있었다. 그래서 물었다.

"차 마실래요?"

왕아이는 자신이 마시던 찻잔을 박재에게 건네주었다. 박재는 재빨리 일어나 양손으로 받으려다 그만 왕아이와 정면으로 부딪치고 말았다. 옷은 찻물에 다 젖어버리고 잔은 하마터면 깨질 뻔했다. 그 모습을 보고 왕아이는 깔깔 웃기 시작했다. 이 웃음소리에 소촌도 깨어나 눈을 비비며 물었다.

"왜들 웃어?"

왕아이는 소촌의 멍한 표정을 보고 이제는 아예 허리를 잡고 손뼉을 치며 숨이 넘어가도록 웃었다. 박재도 따라 웃었다. 소촌은 일어나 앉으며 하품을 하고 박재에게 말했다.

"이제 가자."

박재는 그가 이 아편으로는 아무래도 부족하여 돌아가려고 한다는 것을 알기에 마지못해 알겠다고 대답했다. 왕아이와 소촌 두 사람은 조용히 몇 마디를 나누었다. 소촌은 이야기를 끝내고 곧장 내려갔다. 박재가 뒤따라가려고 하는데 왕아이가 박재의 소매를 잡아당기며 조용히 말했다.

"내일 당신 혼자 와요."

박재는 고개를 끄덕이고 얼른 소촌을 따라갔다. 그 두 사람은 열래 객잔으로 돌아와 불을 켰다. 소촌은 흡족해질 때까지 아편을 더 피우려고 준비했고 박재는 먼저 잠자리에 들었다. 박재는 이불 속에서 생각을 했다.

'소촌이 한 말이 틀리지 않았구나. 게다가 왕아이가 나에게 마음이 있으니 이것도 연분이야. 그래도 육수보를 잃을 순 없지. 수보가 분명 왕아이보다 조금 더 예쁘잖아. 두 사람 다 챙기려면 비용이 부족할 것 같은데.'

그는 이 생각 저 생각으로 뒤척이며 잠을 이루지 못했다.

잠시 뒤 소촌은 충분히 아편을 피운 다음 재를 털고 손을 씻고 잠자리에 들 준비를 했다. 박재는 다시 옷을 걸치고 일어나 물담뱃대를 들고 몇 모금 피고 다시 잠자리에 들었다. 어느새 잠이 든 박재는 아침 여섯 시에 일어나 사환에게 세숫물을 가져오라고 해서 세수를 했다. 거리로 나가서 간단하게 요기를 하고, 그 참에 구경이나 해야겠다고 생각했다. 소촌을 보니 코를 골며 자고 있었다. 그래서 방문을 닫고 혼자 보선가로 나와 석로 입구에 있는 장원관(長源館)에서 이십팔 전짜리 고기 칼국수[11]를 먹었다. 석로를 지나 사마로로 돌아 들어가서 이쪽저쪽을 구경하며 천천히 걸었다. 그때 쓰레기차가 내려왔다. 몇 명의 인부가 긴 삽으로 쓰레기를 차에 퍼 담는데 쓰레기들이 사방으로 흩날리며 떨어졌다. 박재는 옷에 묻을까 잠깐 기다렸다가 객잔으로 돌아가려고 하였다. 그런데 뜻밖에도 앞을 보니 바로 상인리(尙仁里)였다. 듣기에 이곳 상인리 전체가 장삼서우라고 하던데, 구경이나 할까 하고 골목으로 들어섰다. 골목 집집마다 문 위에 기녀 이름이 적힌 붉은 간판들이 걸려 있었다. 그 가운데 돌기둥 문머리에 '위하선서우(衛霞仙書寓)'라 적힌 간판이 걸린 집이 있었다. 검은 바탕에 금색 글씨였다. 박재는 그 문 앞에 서서 안을 들여다보았다. 한 아주머니는 머리를 풀어 헤친 채 뜰에서 빨래를 하고 있고 남자 하인은 거실에서 다리를 꼬고 앉아 각양각색의 서양식 유리등을 닦고 있었다. 그때 열네댓 살 되어 보이는 여자 하인 하나가 구시렁거리며 대문 밖으로 뛰쳐나오다 박재의 가슴팍에 머리를 부딪히고 말았다. 박재가 화를 내려는데 그 어린 여자 하인이 먼저 욕을 퍼부었다.

"네 어미를 죽이겠어, 눈을 어디다 달고 있어!"

박재는 이 애교 넘치는 목소리를 듣자마자 치밀어 올랐던 화가 말끔히 사라졌다. 게다가 얼굴도 반반하고 몸매도 날씬한 것을 보고 오히려 히죽거리기까지 했다. 그 여자 하인은 박재를 밀치고 돌아서 다시 뛰쳐나갔다. 갑자기 한 노파가 안에서 문 앞까지 뛰어나오며, 큰소리로 '아교(阿巧)야' 하고 불러 손짓을 했다.

"돌아와."

여자 하인은 그 말에 입을 삐죽이고 구시렁거리면서 느릿느릿 돌아왔다. 노파는 들어가려다 박재가 조금 이상해서 잠시 걸음을 멈추고 어떤 사람인가 하고 훑어보았다. 박재는 겸연쩍어 천천히 걸음을 옮겨 북쪽으로 난 골목길을 빠져나갔다. 쓰레기차는 이미 가고 없었다. 화중회루(華衆會樓)로 가서 차를 시켜 예닐곱 번을 우려 마시다 거의 열두 시가 다 되어서 객잔으로 돌아왔다.

소촌도 이제 일어나 있었다. 객잔의 사환은 점심을 가져왔다. 두 사람은 함께 식사를 마치고 얼굴을 닦았다. 박재가 차를 마시러 취수당에 가겠다고 하자 소촌은 웃으며 말했다.

"지금 이 시간이면 기녀들은 모두 자고 있을 텐데, 가서 뭘 하려고?"

그 말에 박재는 어찌할 방법이 없었다. 소촌은 아편소반을 내놓고 누워 아편을 피웠다. 박재도 자기 침대에 누워 휘장 꼭대기를 뚫어져라 쳐다보며 속으로 머리를 굴리면서 오른손 손톱을 앞니로 물어뜯었다. 잠시 후 일어나 방 안을 왔다 갔다 수백 바퀴를 돌았다. 소촌이 아편 피우는 걸 보고 더 이상 재촉하지도 못하고 '휴' 하고 한숨만 내쉬고 다시 침대에 드러누웠다. 소촌은 속으로 웃었지만 그냥 내버려두었다. 소촌이 충분히 아편을 피운 것을 보자 박재는 네댓 번이나 계속 졸랐다. 소촌은 마지못해 박재와 함께 취수당으로 갔다. 남자 하인 두 명과 아주머니가 응접실에서 마작을 두고 있었다. 그중 한 명이 급히 골패를 내려놓고 계단으로 가서 소리를 질렀다.

"손님 오셨습니다."

박재가 성큼성큼 먼저 올라가고 소촌이 그 뒤를 따랐다. 육수보는 창가 탁자 앞 자색의 박달나무로 만든 서양식 경대 앞에서 머리를 빗고 있었다. 양가모가 뒤에서 참빗으로 머리를 빗겨주고 있고 한쪽에서는 어린 여자 하인이 떨어진 머리카락을 치우고 있었다. 소촌과 박재는 각각 탁자에 놓인 의자에 앉았다. 육수보는 웃으며 소촌에게 물었다.

"점심은 드셨어요?"

"조금 전에 먹었어."

"무슨 일로 이렇게 일찍 오셨어요?"

그러자 양가모가 끼어들었다.

"객잔이 다 그렇죠. 열두 시가 되면 식당을 열어야 되잖아요. 우리와 다르죠. 우린 규칙이라는 게 없으니 늦을 수도 있지요!"

그때 어린 여자 하인이 담뱃대 불을 붙이고 박재에게 물담배를 채워주었다. 수보는 바로 아편을 피울 수 있도록 소촌을 탑상으로 모셨다. 소촌은 탑상에 누워 아편을 피우기 시작했다. 남자 하인은 물주전자를 가져와 차를 우려내고 양가모는 물수건을 짰다. 박재는 수보를 보고 있었다. 수보는 머리단장을 끝내고 남색 양목 저고리를 벗고 검은색 주름 조끼를 입고 서양식 벽거울 앞으로 가서 자신을 이리저리 비추며 살폈다. 그때 갑자기 옆방에서 양가모를 부르는 소리가 들렸다. 육수림의 목소리였다. 양가모는 대답을 하고 경대를 정리하고 육수림의 방으로 건너갔다. 소촌이 수보에게 물었다.

"장 도련님은 여기에 계신가?"

수보가 고개를 끄덕였다. 박재는 바로 인사하러 가겠다고 나섰다. 그러자 소촌은 그를 냉큼 불러 세웠다. 수보도 박재의 소매를 끌어당겼다.

"앉아 계세요."

박재는 그녀가 잡아당기는 바람에 침대 앞 등나무 의자에 풀썩 주저 앉게 되었다. 수보도 바로 박재의 무릎 위에 앉아 그에게 소곤거렸다. 그러나 박재는 멍하니 보고만 있고 무슨 말인지 알아듣지

清倌人喫酒枉相譏
海上花列傳

못했다. 수보가 다시 한 번 더 말해주어도 박재는 무슨 말인지 알지 못했다. 수보는 갑갑하다 못해 이를 부득부득 갈며 원망 어린 말투로 말했다.

"당신이라는 사람 정말!"

그리고 잠시 생각을 하더니 또다시 박재를 잡아당겼다.

"이리 와봐요. 다시 말해줄게요."

두 사람은 소촌을 등지고 침대에 가로질러 누웠다. 수보는 알아듣게끔 조곤조곤 말해주었다. 잠시 후, 수보가 갑작스럽게 깔깔 웃음을 터뜨리며 말했다.

"아이! 이러지 말아요!"

얼마 지나지 않아 또 소리를 질렀다.

"아이! 양가모, 빨리 와봐."

이어서 '아야야' 하는 소리가 멈추지 않았다. 양가모는 옆방에서 뛰어와서 정중하게 말했다.

"조 도련님, 이러지 마세요!"

박재는 마지못해 손을 멈추었다. 수보는 일어나 귀밑머리를 매만지고 양가모는 베갯머리 밑에서 은실로 만든 나비 핀을 주워 수보의 머리에 꽂아주며 말했다.

"조 도련님이 이러시면 안 되죠! 우리 수보 아가씨는 아직 머리를 얹지 않은 어린 기녀란 말이에요."

박재는 웃기만 하고 탑상으로 가서 소촌과 비스듬하게 마주보고 조용히 말했다.

"수보가 나에게 술자리를 만들라고 하는데."

"그렇게 할 거야?"

"그러겠다고 했어."

소촌은 냉소를 짓고 한참 있다가 말을 꺼내기 시작했다.

"수보는 어린 기녀야, 알기나 해?"

수보가 말을 싹둑 잘랐다.

"그게 어때서요, 어린 기녀는 술 마시러 오는 손님도 없어야 하나요?"

그러자 소촌이 냉소를 지으며 말했다.

"어린 기녀하고는 술 마시는 건 되고 만지는 건 안 된다는 건 너무 심하잖아?"

"장 도련님, 우리 이모가 실수한 말을 가지고 뭐가 그렇게 중요하다고 그러세요? 장 도련님은 조 도련님 친구잖아요. 저도 당신 도움 좀 받고 싶어요. 왜 조 도련님을 부추겨서 저에게 괜히 트집을 잡고 그래요?"

양가모도 한마디 거들었다.

"조 도련님에게 소란 피우지 말라고 했지, 잘못 말하지는 않았어요. 잘못했다면 조 도련님에게 죄를 지은 거죠. 조 도련님도 말할 줄 아는데, 왜 옆에서 그래요?"

수보가 말했다.

"다행히 우리 조 도련님은 분별 있는 분이니까, 친구들 말을 듣는 것도 좋죠."

수보의 말이 채 끝나기도 전에 갑자기 아래층에서 소리가 들려왔다.

"양가모, 홍 도련님 오셨어."

그러자 수보는 얼른 입을 다물었다. 양가모는 황급히 맞이하러 나가고 박재도 일어나 기다렸다. 그런데 뜻밖에도 발걸음은 옆방 장여보 쪽으로 향했다.

1 亭子間 : 상해의 옛날 집 구조에서 본채 뒤쪽 주방 위에 있는 작은 방이나 아래층과 위층 계단 사이에 있는 작은 방. 다락방, 골방 종류

2 희곡 곡조 중 하나로, 경극 등에서 '서피(西皮)'라는 곡조와 함께 사용한다. '이황'은 장중하고, '서피'는 명랑하다.

3 劃拳 : 술자리에서 흥을 돋우기 위해 하는 놀이. 두 사람이 동시에 손가락을 내밀면서 각기 0~10 중에서 한 숫자를 말하는데, 말하는 숫자와 쌍방에서 내미는 손가락의 합이 서로 맞으면 이기는 것으로 친다. 지는 사람이 벌주를 마신다.

4 長三書寓 : 19세기 말 당시 상해 기루에서는 고급기녀를 '장삼서우'라고 하였다. 엄밀하게 말하자면 '서우(書寓)'는 고급기녀가 사는 곳 혹은 그들이 공연하는 곳을 말하는 것이었으나 이후 고급기녀를 가리키는 대명사가 되었다. 그들은 기예를 팔지 몸을 팔지 않는다는 엄격한 규정을 지킴으로써 명성을 날렸다. '장삼(長三)'은 서우보다 한 단계 낮은 고급기녀로, 그들 역시 기예를 가진 기녀였으나 서우만큼 전문적인 교육을 받은 것은 아니었다. 장삼이라는 명칭은 마작의 골패 '長三' 혹은 '三三'에서 만들어진 것으로, 손님들은 3원으로 그녀들을 부르거나 그녀들에게 찾아가서 차를 마실 수 있었다. 1860년대만 하더라도 서우는 장삼과 함께 자리를 하지 않았다. 이는 그들 스스로 장삼과 구분하기 위함이었다. 그러나 이후 서우의 숫자가 감소하면서 서우와 장삼이 한데 사용되어 장삼서우는 고급기녀의 대명사가 되었다.

5 幺二 : 고급기녀보다 한 등급 낮은 이급 기녀를 '요이'라고 하였다. 요이라는 명칭 역시 골패 '二二', '二三'과 '幺二'에서 나왔는데, 손님들은 2원으로 그녀들을 부를 수 있었다. 이들은 기예를 배우지 않은 기녀들이었다.

6 원문은 고의(高椅)이다. 다리가 높고 등받이가 비교적 긴 의자를 말한다. 일률적으로 '고의'를 '교의(交椅)'로 번역하였다.

7 기녀가 있는 아편관

8 연고(煙膏) : 생아편을 끓여 고약 형태로 만든 아편

9 '개는 똥 먹는 버릇 못 고친다.'라는 중국 속담이 있다. 본성이나 버릇은 쉽게 바뀌지 않음을 비유한다.

10 煙燈 : 아편 피울 때 아편에 불을 붙이는 작은 등

11 민육대면(燜肉大麵) : 삼겹살을 삶아 올린 칼국수

03

어린 기녀의 이름을 지어 간판을 내걸고, 속례를 따지는 새파란 양아치는 상석을 뒤집다

議芳名小妹附招牌 拘俗禮細崽翻首座

잠시 후 홍선경과 장여보는 육수보의 방으로 건너왔다. 장소촌과 조박재는 황급히 인사를 하고 자리를 양보했다. 박재는 소촌에게 술자리 건을 대신 말해달라고 슬며시 부탁했다. 그러나 소촌은 쓴웃음만 살짝 짓고 가만히 있었다. 육수보는 박재의 마음을 읽고 불쑥 끼어들었다.

“술 마시는 게 뭐 그렇게 부끄러운 일이에요? 두 분을 술자리에 초대하겠다는 이 말 한마디면 되잖아요.”

박재는 마지못해 그 말을 따라 했다. 장여보가 웃으며 말했다.

“당연히 함께 해야지.”

홍선경은 잠시 생각을 하고 나서 말했다.

“네 사람뿐인데?”

박재가 말했다.

“너무 적지요.”

그리곤 장소촌에게 물었다.

"오송교(吳松橋)가 어디에 있는지 알아?"

"의대(義大)양행에 있겠지. 자네가 어떻게 초대하러 가겠어! 내가 대신 갈게."

"그러면 대신 수고해주겠어?"

소촌이 그러겠다고 대답하자 박재는 또 홍선경에게 두 사람을 더 초대해달라고 부탁했다. 장여보가 말했다.

"진소운(陳小雲)을 초대하게."

홍선경이 말했다.

"누구라도 만나게 되면 그 사람과 같이 오겠네."

말을 마치고 홍선경은 일어나며 또 말했다.

"그러면 처리할 일이 몇 가지 있어서 갔다가 여섯 시에 다시 오겠네."

박재는 또 한 번 공손하게 부탁하였다. 육수보가 홍선경을 배웅하려고 방을 나가자 장여보도 그 뒤를 따라 나서며 홍선경을 불러 세웠다.

"진소운을 만나면 여전홍이 물건을 가져갈 수 있는지 대신 물어봐 주게."

홍선경은 대답을 하고 아래층으로 내려가 곧장 서기반가를 빠져나왔다. 마침 인력거 한 대가 지나가고 있었다. 선경은 그 인력거를 잡아타고 사마로에 있는 서회방리(西薈芳里)까지 갔다. 그는 몇 푼을 지불하고 심소홍서우(沈小紅書寓)가 있는 골목길로 들어섰다. 심소홍의 집 마당에 서서 '아주(阿珠)' 하고 불렀다.

어떤 아주머니가 이 층 창문으로 얼굴을 내밀고 보았다.

"홍 나리, 올라오세요."

"왕 나리 계신가?"

"아니요. 한 사나흘 오지 않으셨어요. 어디에 계신지 아세요?"

"나도 며칠 동안 만나지 못했네. 선생은?"

"선생은 마차 타러 외출했어요. 올라오셔서 잠깐 앉으세요."

그러나 홍선경은 벌써 발길을 돌려 문을 나서며 말했다.

"됐네."

아주는 또 크게 말했다.

"왕 나리 만나시면 함께 오셔요."

선경은 그러겠다고 대충 말하고 나갔다. 그는 동안리를 지나 곧장 삼마로로 빠져나와 공양리(公陽里) 주쌍주(周雙珠)의 집으로 갔다. 응접실을 지나가는데 하인이 '홍 나리께서 오셨습니다.' 하고 알렸다. 그런데 이 층에서는 아무런 반응이 없었다. 선경이 올라가 보아도 조용했다. 직접 주렴을 걷어 올려 들여다보았지만 아무도 없었다. 선경은 탑상으로 가서 앉았다. 그때 주쌍주가 물담뱃대를 들고 건넛방에서 천천히 걸어 들어왔다. 그녀는 선경을 보고 미소를 지으며 말했다.

"어제 저녁 보합루에 가셨다가 다시 어디로 가셨어요?"

"바로 집으로 돌아갔어."

"친구분들과 차 마시러 오는 줄 알고 아주머니에게 잠시 기다리라고 했는데, 바로 돌아가셨군요."

홍선경은 웃으며 말했다.

"미안하네."

주쌍주도 웃으며 탑상 앞 등받이 없는 작은 의자에 앉아 물담배를 채워 선경에게 건네주었다. 선경이 손을 뻗어 잡으려고 하는데 쌍주가 말했다.

"됐어요. 제가 해드릴게요."

주쌍주는 물담뱃대를 선경 입에다 물려주었다. 선경이 한 모금 빨아 당겼다. 그때, 갑자기 대문 앞에서 '퍽퍽' 싸우는 소리가 응접실까지 소란스럽게 들려왔다.

선경은 놀라서 물었다.

"무슨 일이야?"

"또 아금(阿金) 부부겠죠. 하루 종일 싸워도 끝이 안 나. 아덕보(阿德保)도 못됐어."

선경은 창가로 가서 내려다보았다. 아금은 아덕보의 머리채를 잡으려고 애를 써보지만 꼼짝달싹하지 못했다. 오히려 아덕보가 그녀의 쪽머리를 움켜쥐고 누르자 아금은 땅바닥으로 벌렁 엎어졌다. 그녀는 더 이상 힘으로 버틸 수 없자 씩씩거리며 고래고래 소리를 질렀다.

"그래 때려!"

아덕보는 소리 한 번 내지 않고 아금의 등을 한쪽 다리로 누르고 어깨부터 엉덩이까지 북 치듯 마구 때렸다. 아금은 돼지 멱따는 소리 같은 괴성을 질러댔다. 쌍주는 차마 더는 들을 수 없어 창가로 가서 소리쳤다.

"뭣들 할 셈이야! 부끄럽지도 않아?"

아래층 다른 사람들도 일제히 말렸다. 그제야 아덕보가 그만 멈추었다. 쌍주는 선경의 팔을 잡아당기며 자기 쪽으로 돌려세우고 웃으며 말했다.

"그만 봐요."

그리고 물담뱃대를 선경에게 주며 계속 담배를 피우게 하였다. 잠시 후 아금이 올라왔다. 그녀의 입술은 불퉁하게 불거졌고 얼굴은 눈물로 범벅되어 있었다. 쌍주가 말했다.

"하루 종일 싸워도 끝이 없어. 손님이 오든지 말든지 신경을 안 쓰겠다는 거야."

"아덕보가 내 모피 저고리를 전당포에 저당 잡혀 놓고선 오히려 나를 때리잖아요!"

그녀는 말을 하다 말고 또 울었다.

"그래도 무슨 할 말이 있다는 거야? 조금만 영리하게 굴어봐, 그럼 당장 손해는 안 보잖아."

아금은 아무 말 없이 찻잔의 찻잎을 긁어 담고 혼자 응접실로 가서 앉아 울었다. 이어 아덕보가 물주전자를 가지고 방으로 들어왔다.

"너는 왜 아금을 때리고 그래?"

아덕보가 웃으며 말했다.

"선생님은 뭘 모르세요!"

"아금은 네가 모피 저고리를 저당 잡혔다고 하는데, 사실이야?"

아덕보는 냉소를 지으며 말했다.

"선생님, 아금에게 한번 물어보세요. 전날 탄 곗돈이 어디로 갔는지? 아대(阿大)가 일 배우는데 오륙 원이 필요해서 곗돈을 가져오라고 했는데도 가져오지 않으니까, 모피 저고리를 저당 잡혀서 사 원을 마련했지요. 생각만 해도 열불이 납니다!"

"곗돈이야 아금이 벌어 모은 거니까, 자네가 관여할 수는 없지!"

아덕보가 웃으며 말했다.

"선생님도 잘 아시잖아요. 아금이 정말로 쓴 거라면 괜찮아요. 아금이 어디 쓸 데가 있어요? 황포강에 빠뜨려도 소리가 나는데, 아금에게 들어갔다 하면 전혀 소리가 안 나요!"

쌍주는 옅은 웃음만 짓고 더 이상 말하지 않았다. 아덕보는 찻잔에 물을 따르고 물수건을 짠 다음 내려갔다. 선경은 쌍주 가까이 다가와 조용히 물었다.

"아금에게 애인이 몇 명이나 있어?"

쌍주는 얼른 손을 내저으며 말했다.

"쓸데없이 말 만들지 말아요. 당신은 농담으로 하는 말이지만 아덕보가 들으면 또 난리 나요!"

"자네가 그에게 거짓말을 하는 모양인데, 나도 조금은 알고 있어."

쌍주가 큰 소리로 말했다.

"쓸데없는 소리! 앉아나 봐요, 당신에게 할 말이 있어요."

선경은 자리로 돌아갔다. 쌍주가 말했다.

"엄마가 무슨 말 없었어요?"
선경은 고개를 숙이고 잠시 생각하더니 말했다.
"사람을 사들인다고 했지, 아마?"
쌍주는 고개를 끄덕였다.
"맞아요. 오백 원에 데려와요."
"예쁜가?"
"곧 올 거예요. 아직 못 봤어요. 쌍보보다는 예쁘겠죠."
"방은 어디에 마련했어."
"바로 건넛방이에요. 쌍보는 아래층으로 옮겼어요."
선경은 한숨을 쉬며 말했다.
"쌍보는 잘하려고는 하는데 사실 손해를 봤어. 일을 잘 못해."
"엄마가 쌍보 때문에 돈을 많이 까먹었어요."
"그래도 자네는 쌍보를 잘 봐줘. 그냥 좀 넘어가라고 엄마를 잘 달래주게. 좋은 일 하는 셈 치고 말이야."
그때 누가 성큼성큼 응접실로 뛰어 들어오며 소리쳤다.
"왔어요! 왔어!"
선경도 빨리 창가로 가서 내려다보았다. 곧바로 여자 하인 교건(巧囝)이 숨을 헐떡이며 뛰어오고 있었다. 선경은 새로 사들인 어린 기녀가 오는 것이라고 알고 쌍주와 함께 창가 난간에 걸터앉아 기다렸다. 쌍주의 생모 주란(周蘭)이 직접 어린 기녀를 부축하며 문을 들어섰다. 교건이 앞장서서 이 층으로 올라왔다. 주란은 선경 앞으로 그 어린 기녀를 데려갔다.
"홍 나리, 보셔요, 우리 작은 선생 어때요?"
선경은 일부러 앞으로 다가가 얼굴을 살펴보았다. 교건은 그 어린 기녀에게 '홍 나리' 하고 인사 올리라고 했다. 그러자 그 어린 기녀는 들릴 듯 말 듯 나직한 목소리로 인사를 하고 부끄러워하며 고개를 돌리는데 귀가 발개져 있었다. 선경은 이렇게 사랑스럽고 귀여운 모습을 보고 진지한 표정으로 말했다.

"아주 훌륭해! 축하합니다! 부자가 되겠습니다!"

주란은 웃으며 말했다.

"귀한 말씀 감사드립니다. 이 아이가 손님 비위를 맞춰주고 우리 셋째 딸처럼만 한다면 이보다 좋을 순 없지요."

주란은 이 말을 하면서 쌍주를 가리켰다. 선경은 쌍주를 돌아보며 웃었다. 쌍주가 말했다.

"시집간 언니들이 좋겠죠. 나 혼자 남아 아무도 데려가지 않고, 엄마가 늙어 죽을 때까지 돌봐야 되는데, 좋긴 뭐가 좋아요!"

주란은 깔깔 웃으며 말했다.

"너는 홍 나리가 계시잖아. 홍 나리께 시집을 가면 쌍복 언니보다 훨씬 좋은 거야. 홍 나리, 안 그래요?"

선경은 웃기만 했다. 주란은 또 홍선경에게 말했다.

"홍 나리, 이름 하나 지어주세요. 이 애가 일을 잘하면 쌍주는 홍 나리께 드릴게요."

"주쌍옥(周雙玉), 어떤가?"

쌍주가 말했다.

"뭐가 좋아요? 또 '쌍', '쌍', 지겨워요!"

그러자 주란이 말했다.

"주쌍옥, 괜찮아요. 기루에서는 이름이 나는 게 좋죠. 주쌍옥이라고 하면 상해에서 누구라도 간판만 보고도 주쌍주의 자매라는 걸 알 테니까, 아예 새로운 이름보다야 좋지요."

교건은 옆에서 웃으며 말했다.

"첫째 선생님 이름 같아요. 주쌍복, 주쌍옥, 비슷하게 들리잖아요?"[1]

그러자 쌍주가 웃으며 말했다.

"네가 뭘 안다고! '비슷하게'라니. 쪽마루[2]에 가서 말린 손수건이

議芳名小妹附招牌
第三回
十五

나 갖다 줘!"

교건이 나간 뒤 주란은 쌍옥을 데리고 건넛방으로 갔다. 선경은 날이 어두워지자 일어나려고 하였다.

"왜, 바쁘세요?"

"친구들을 찾아야 해."

쌍주는 일어나긴 했지만 배웅을 하는 듯 마는 듯하며 당부만 하였다.

"나중에 돌아가실 때 들렀다 가시는 거 잊지 말아요."

선경은 대답을 하고 방을 나왔다. 그때 아금은 응접실에는 없었다. 아마도 다른 곳으로 간 모양이었다. 홍선경이 이 층 계단에 이르자 정자간에서 흐느끼는 소리가 희미하게 들려왔다. 주렴 사이로 들여다보니 아금이 아니고 주란이 데리고 있는 어린 기녀 주쌍보(周雙寶)였다. 그녀는 벽을 바라보고 앉아 눈물을 훔치고 있었다. 선경은 그녀를 위로하려고 정자간으로 들어가 말을 붙였다.

"혼자 여기서 뭐 하고 있니?"

주쌍보는 선경을 보고 황급히 일어나 애써 웃어 보이며, '홍 나리' 하고 고개를 숙였다.

선경은 또 물었다.

"아래층으로 옮겨야 한다지?"

쌍보는 고개만 끄덕였다. 선경이 말했다.

"아래층이 위층보다 여러 모로 편리할 거야."

쌍보는 아무 말 없이 손으로 옷깃을 만지작거리기만 했다. 선경은 더 이야기를 하는 게 좋지 않다고 생각되었지만 그래도 몇 마디 덧붙였다.

"좀 한가해지면, 늘 하듯이 이 층 언니 방으로 가서 보내고 이야기도 나누고 해."

쌍보는 그제야 들릴 듯 말 듯 조용히 대답했다. 선경은 그 방을 나와 아래층으로 내려갔다. 쌍보는 계단까지 그를 배웅해주고 돌아갔다.

선경은 공양리를 나와 동쪽으로 돌아 남주금리에 있는 상발(祥發) 복권[3]가게로 갔다. 마침 경리 호죽산(胡竹山)이 문 앞에 서서 내다보고 있었다. 선경이 앞으로 와서 안을 흘낏 보니 호죽산은 황급히 안으로 청했다. 선경은 자리에 앉지 않고 선 채로 물었다.

"소운 나리 계신가?"

"방금 주애인(朱藹人) 나리와 함께 나가셨습니다. 술자리인 것 같았습니다."

선경은 다시 호죽산을 초대하며 말했다.

"그러면 우리도 술자리에 가세."

호죽산은 몇 번이고 사양했다. 그러나 선경은 다짜고짜 그를 끌고 서기반가로 갔다. 취수당 육수보의 방에 도착하니 조박재와 장소촌 외에 또 다른 손님이 있었다. 어림짐작으로 오송교라고 생각하고 이름을 물어보니 역시 오송교였다. 호죽산은 모두 모르는 사람들이라 인사를 하고 자리에 앉았다. 모두들 편안하게 앉아 한담을 나누었다.

등을 올리는 시간이 되어도 장여보가 도착하지 않자 육수보에게 물어보니 포구장[4]에 물건을 사러 갔다고 했다. 남자 하인은 원탁을 마련하고 의자를 배치하고 벽에 걸린 네모난 상죽(湘竹)[5] 비단 등에도 불을 붙였다. 조박재는 기다리고 있자니 조바심이 나서 방 안을 뱅뱅 돌며 걸어 다니다가 여자 하인에게 붙잡혀 자리에 앉았다. 장소촌과 오송교 두 사람은 탑상 좌우로 마주 보고 누워 아편은 피우지 않고 조용히 비밀스러운 이야기를 나누었다. 육수보와 육수림은 침대에 나란히 앉아 한 사람 한 사람을 가리키며 뒤에서 낄낄대며 수군거렸다. 호죽산은 할 말이 없어 고개를 들어 벽에 붙어 있는 대련을 보았다.

홍선경은 양가모에게 붓과 벼루를 가져오게 하여 국표(局票)[6]에 먼저 육수림과 주쌍주 두 사람의 이름을 적었다. 호죽산은 청화방(淸和坊)의 원삼보(袁三寶)를 부르겠다고 해서 또한 적어 넣었다. 또 오송교와 장소촌에게 누구를 부르겠냐고 물어보니, 오송교는 조귀리(兆貴里)의 손소란(孫素蘭)을 부르고, 장소촌은 경운리(慶雲里)의 마계생(馬桂生)을 부른다고 했다. 조박재는 옆에서 적어 내려가는 것을 보고 있다가 갑자기 생각이 나서 장소촌에게 말했다.

"왕아이도 불러볼까, 재미있을 거야."

소촌이 그 말에 눈을 휘둥그레 뜨자 박재는 아차 싶었다. 그때 오송교는 조박재가 기녀를 부르는 줄 알고 말렸다.

"자네가 마련하는 술자리니까, 다른 기녀는 부르지 않아도 돼."

조박재는 기녀를 부르려고 했던 게 아니라고 말하려 했지만 입이 떨어지지 않았다. 때마침 아래층에서 남자 하인이 소리를 질렀다.

"장 도련님께서 올라가십니다."

육수림은 그 말을 듣자마자 황급히 나갔다. 박재도 그 틈에 덩달아 장여보를 맞이하러 갔다. 여보는 방에 들어와 사람들과 인사를 하고 육수림과 옆방으로 갔다. 홍선경이 수건을 올리라고 했다. 양가모는 대답을 하고 국표를 가지고 내려갔다. 남자 하인이 수건을 올릴 즈음에 장여보도 건너와 수건으로 얼굴을 닦았다. 이에 조박재는 술병을 높이 들고 공손하게 호죽산을 상석으로 모셨다. 호죽산이 깜짝 놀라며 극구 사양하자 홍선경까지 나서서 권해보았지만 마찬가지였다. 조박재는 할 수 없이 오송교를 그 자리에 앉히고, 호죽산은 그다음 자리에 앉히고, 나머지 사람들은 서로 양보해가며 자리를 정해 앉았다.

육수보는 앞으로 나와 술을 한 잔씩 올렸다. 박재가 잔을 들어 청하니 모두들 감사의 말과 함께 술을 마셨다. 관례에 따라 첫 번째로 상어지느러미 요리가 올라오자 조박재는 정중하게 대접하려고 하

拘俗禮細崽翻首座

였다. 그러자 모두들 말렸다.

"너무 예의를 차리지 말고 편히 하게."

조박재는 곧바로 그들의 말을 따르며 '드시지요'라고만 하였다. 상어지느러미 요리 다음에는 작은 접시에 담긴 요리가 올라왔다. 육수림이 외출복으로 바꾸어 입고 건너오자 양가모가 아뢰었다.

"선생님 오십니다."

수림과 수보는 부를 수 있는 대곡[7]이 없어 악사 두 명만 주렴 밖에서 한 곡을 연주하였다. 악사가 내려가자 기녀들이 속속 도착하였다. 장소촌이 부른 마계생도 노래를 부를 줄 모르는 기녀였다. 손소란은 도착하자마자 원삼보에게 물었다.

"노래 불렀어요?"

원삼보가 데려온 아주머니는 눈치 빠르게 대답했다.[8]

"먼저 부르시죠?"

손소란은 비파의 현을 고르고 탄사 개편[9] 한 곡과 경극 곡조의 노래 한 소절을 불렀다. 장여보는 먼저 흥이 나서 큰 잔을 가져오라고 하고 선을 잡았다.[10] 양가모는 옆방에서 계항배[11] 세 개를 가져와 장여보 앞에 나란히 놓았다. 여보가 말했다.

"내가 먼저 열 잔을 걸겠네."

오송교는 그 말을 듣고 소매를 걷어붙이고 여보와 화권을 했다. 손소란은 노래를 끝내고 오송교를 대신하여 두 잔을 마시고 다시 두 잔을 마시며[12] 말했다.

"저는 이만 다른 곳에 가봐야 합니다. 죄송해요."

손소란이 가자 주쌍주가 느릿느릿 걸어 들어왔다. 홍선경은 함께 들어온 아금의 눈이 호두알처럼 부어 있는 것을 보았다. 그래서 아금의 도움 없이 직접 피우려고 물담뱃대를 건네받았다. 아금은 뒤로 물러나 한쪽에 섰다. 주쌍주는 두구함[13] 뚜껑을 열어 초대장 한 장을 꺼내 홍선경에게 건네주었다. 선경이 받아 보니 주애인이 보낸 초대장으로 상인리 임소분(林素芬)의 집에서 술자리를 마련한다는 것이었다. 초대장 아래쪽에 다음과 같이 작은 글씨로 한 줄이 더 쓰여 있었다. '또 의논해야 할 중요한 일이 있으니, 읽는 즉시 속히 행차해주길 바랍니다.' 글자들 아래에는 동그라미가 촘촘하게 표기되어 있었다. 선경은 무슨 일인지 도무지 감이 오지 않아 주쌍주에게 물었다.

"언제 초대장을 보내 왔더냐?"

"조금 전에 왔어요. 가실 거죠?"

"무슨 일이기에 이렇게 중요하다는 건지 모르겠군."

"남자 하인들에게 가서 알아보라고 할까요?"

선경은 고개를 끄덕였다. 쌍주는 아금을 불렀다.

"남자 하인들에게 가서 상인리 임소분의 집 술자리가 끝났는지 살펴보게 하고, 주 나리께 무슨 일인지 여쭙고, 급한 일이 아니라면 홍 나리께서는 술자리에 참석하지 못한다고 전하도록 해."

아금은 가마꾼이 있는 아래층으로 내려갔다. 장여보는 손을 뻗어 쪽지를 보고 말했다.

"주애인이 쓴 거야?"

"응, 그런데 이해가 안 되네. 나자부(羅子富)의 필적인데, 도대체 누구에게 일이 있다는 건지?"

"나자부는 무슨 사업을 하는가?"

"산동(山東) 사람인데, 강소성 지현 자리를 기다리고 있고, 상해에서 임시 직무를 맡고 있네. 어제 저녁 보합루 홀에서 뚱보 봤지? 바로 그 사람이야."

조박재는 그제야 그 뚱보가 나자부임을 알고 기억해두었다. 장여보가 또 홍선경에게 말을 건넸다.

"먼저 가려면, 선을 잡고 두 잔을 깔게."

선경은 다섯 번째 판을 돌리고 있는데, 마침 그 가마꾼이 돌아와서 알렸다.

"술자리는 곧 끝날 것 같습니다. 선생과 같이 건너오실 때까지 기다리고 있겠다고 하셨습니다."

선경은 실례의 말을 전하고 먼저 나갔다. 조박재는 억지로 붙잡지 않고 방문까지 배웅하였다. 남자 하인이 급히 올라와 수건을 짜서 건네주었다. 선경은 대충 닦고 문을 나서며 천천히 보선가를 돌아 상인리로 들어갔다. 임소분의 집 앞에 도착하니 주쌍주의 가마는 벌써 도착해서 기다리고 있었다. 그는 쌍주와 함께 이 층으로 올라갔다. 이미 잔들이 여러 번 오고 갔고, 다들 거나하게 취해 있으니 그 술자리는 곧 끝나가고 있음을 알 수 있었다. 그곳에는 네 사람이 있었다. 나자부, 진소운 외에 주애인의 유능한 친구 탕소암(湯嘯庵)도 있었다. 이 세 사람은 홍선경과 수시로 만나는 사이이지만 다른 한 사람은 처음 보는 인물이었다. 그는 얼굴이 수척하고 키가 큰 젊은 사람이었다. 이야기를 나누면서 비로소 그가 갈중영(葛仲英), 바로 소주(蘇州)의 그 유명한 귀공자라는 것을 알게 되었다. 홍선경은 다시 공수를 하고 인사를 했다.

"항상 흠모해왔는데, 이렇게 만나게 되어 영광입니다."

나자부는 그 말을 듣고 계항배를 홍선경에게 주며 말했다.

"술 한 잔 하고 목을 축이게 너무 흠모하다가 죽겠어."

선경은 멋쩍게 웃으며 술잔을 받아 탁자 위에 올려놓고 빈자리를 찾아 앉았다. 주쌍주가 그 뒤에 앉으니 임소분의 아주머니가 술잔과 젓가락을 올렸다. 임소분이 직접 술을 따르자 나자부는 선경 옆에서 굳이 계항배로 마셔야 한다고 우겼다. 선경이 웃으며 말했다.

"자네들은 다 마셔놓고 나보고 무슨 술을 마시라는 건가! 나에게 술을 마시게 하려면 다시 술자리를 마련하게!"

나자부는 이 말을 듣자마자 펄쩍 뛰며 말했다.

"그러면 마시지 마, 내가 나갈게."

1 오어(吳語)의 '옥(玉)'과 '복(福)'은 같은 운이다.[장]

2 현대 주택에서 '발코니', '베란다'와 같은 공간을 '양대(陽臺)'라고 한다. 이 층 주택에서 아래층 지붕 부분 난간으로 막은 곳을 말한다.

3 祥發呂宋票 : 祥發(상발)은 가게 이름이다. 呂宋票(여송표)는 필리핀 재정원조를 위해 스페인이 중국 상해에 발매한 복권이다. 1898년 미국이 필리핀을 영유한 이후 폐지되었다.

4 抛球場 : 골프장을 말한다. 1850년 윌리엄 호그(William Hogg) 등은 마총회(馬總會)를 조직하여 지금의 남경로(南京路)와 하남로(河南路) 일대의 약 5,300평방미터에 이르는 땅에 화원을 만들고 포구장을 만들었다. 아울러 포구장 주위로 경마 대회를 할 수 있도록 도로를 만들었다. 그래서 이 포구장을 경마장이라고도 하였다. 1854년에 지금의 절강중로와 호북로 일대의 약 11,333평방미터에 이르는 땅에 '신화원' 즉 제2의 경마장을 만든다. 1862년에 다시 니성빈 서쪽과 지금의 황파북로 동쪽, 남경서로 이남 일대의 약 300,000평방미터에 해당하는 땅에 제3의 경마장을 만들었고, 그 북쪽으로 도로를 만들어 서쪽 외곽 정안사와 통하도록 하였다.

5 얼룩무늬가 있는 대나무로, 상비죽(湘妃竹) 혹은 반죽(斑竹)이라고도 한다.

6 기녀를 부를 때 사용하는 종이쪽지

7 곤곡(昆曲)의 작품을 말한다.

8 탄사(彈詞)를 부를 줄 알고 모르는 것은 바로 장삼(長三) 이상의 기녀와 이급기녀(幺二)를 구분해주는 일종의 표시이다. 이 대목에서 육수림, 육수보, 마계생, 원삼보 모두 요이임을 알 수 있다.

9 탄사에서 이야기 전에 부르는 노래를 개편(開篇)이라고 한다.

10 화권놀이 판을 시작한다는 뜻으로, 선을 잡은 사람은 벌주로 걸고 싶은 만큼 잔을 내건다. 그리고 그는 술자리에 있는 사람들과 차례대로 화권을 하며 내건 술잔이 없어질 때까지 한다.

11 명대(明代), 성화(成化) 연간에 만들어진 술잔으로 다리 부분이 낮고 큰 술잔이다. 표면에는 모란, 암탉, 병아리 그림이 화려하게 채색되어 있다.

12 기녀는 자신을 부른 손님을 대신하여 벌주를 마신다. 그런데 술내기 놀이가 끝나지 않았는데 다른 술자리에 가야 할 때가 종종 있다. 그럴 때 기녀는 손님이 술내기에서 질 것을 대비하여 두 잔을 미리 마시는데 기녀가 행하는 기본적인 의무이다.

13 豆蔻盒 : 두구는 다년생으로 파초와 비슷하게 생겼다. 기녀는 손님들 대신 술을 마셔야 하기 때문에 위가 상하는 것을 막기 위해 두구를 먹어야 했다. 그래서 두구함, 은물담뱃대 그리고 비파는 기녀가 외출할 때 반드시 휴대해야 하는 물건들이었다. 두구함은 은으로 장식하고 작은 거울을 붙여 화장품 상자로도 사용하였다.

04

체면을 봐서 대행해주며 물건을 사다 주고, 눈짓을 하며 질투하는 것을 감싸주다

看面情代庖當買辦 丟眼色喫醋是包荒

탕소암은 나자부를 끌어당기며 자리에 앉혔다.

"뭐가 그리 바쁘신가? 내가 정리해줄게. 먼저 자네는 월금 선생에게 아주머니를 돌려보내서 술자리를 준비해놓으라고 하게. 선경은 이제 왔으니까 선을 잡으라고 하고, 애인(藹人)이 돌아오는 대로 다 같이 가면 월금 선생 쪽에서도 준비가 다 되어 있지 않겠나? 자네가 지금 간다고 해도 기다리는 것 말고 뭐 할 게 있겠나?"

나자부는 '좋아, 좋아'라고 연신 대답했다. 나자부가 부른 두 명의 기녀 가운데 한 명은 그의 오래된 애인 장월금(蔣月琴)이었다. 그녀는 아주머니에게 말했다.

"돌아가서 술자리가 준비되는 대로 다시 와."

홍선경이 그제야 주위를 둘러보니 정말로 주애인은 보이지 않고 임소분과 탕소암이 손님을 접대하고 있었다. 탕소암이 부른 본당국(本堂局)[1]인 소분의 동생 임취분(林翠芬)도 옆에서 접대를 돕고 있었다. 홍선경은 의아해서 물었다.

"애인이 주인인데 어디로 갔는가?"

탕소암이 말했다.

"여전홍이 할 말이 있다며 그를 잠깐 불렀어. 곧 돌아올 거야."

홍선경이 말했다.

"여전홍이라고 하니까, 생각이 나는군."

홍선경은 곧바로 진소운에게 말했다.

"여보가 자네에게 물어볼 게 있다고 하던데, 여전홍에게 장부를 가져가 보았는지 말이야?"

"주애인에게 전해달라고 부탁했네. 내가 보니까 제시한 가격이 너무 높게 잡혀 있더군."

"그 물건들은 어디서 가져오는지 아는가?"

"광동(廣東) 사람이라고 들었는데, 자세히는 모르겠네."

나자부가 홍선경에게 물었다.

"나도 자네에게 물어볼 게 있네. 자네, 혹시 탐정인가? 쌍주 선생에게 광동 손님이 있는데, 그 사람에 대해 자세히 모른다고 하니, 자네가 쌍주 선생을 위해서 알아봐 줬어?"

모두들 큰 소리로 한바탕 웃었다. 홍선경도 웃었다. 주쌍주가 말했다.

"저에게 무슨 광동 손님이 있다고 그래요? 나리께서 저에게 광동 손님을 데리고 와봐요."

나자부가 대꾸하려 하는데, 홍선경이 말렸다.

"쓸데없는 소리 그만하게. 내가 열 잔을 깔 테니, 한번 붙어보세."

나자부는 소맷자락을 걷어붙이고 홍선경과 화권을 했지만 첫 판은 졌다. 나자부가 말했다.

"다 끝내고 한꺼번에 마시겠네."

이어서 다섯 번을 했으나 다섯 번 모두 나자부가 지고 말았다. 장월금이 대신 한 잔을 마시고 최근에 알게 된 황취봉(黃翠鳳)이라는 기녀도 손을 내밀어 술을 받았다. 그러자 홍선경이 말했다.

"어쩐지 자네가 화권을 계속하려고 하더라. 대신 술을 마셔줄 사람들이 많다 이거지."

나자부가 말했다.

"모두 술 마시지 마, 내가 마시겠어."

홍선경은 손뼉을 치며 웃었다. 진소운이 말했다.

"대신 마시게 해."

탕소암은 나자부 대신 술을 잔에다 채워 황취봉에게 주었다. 황취봉은 나자부가 장월금의 집으로 술자리를 옮길 것을 알고 말했다.

"저는 가야 하니까, 벌주로 미리 두 잔 마셔도 되죠?"

나자부가 고개를 저었다.

"됐어."

그러자 황취봉은 곧바로 자리를 떠났다.

탕소암은 나자부에게는 잠깐 쉬었다가 하라고 하고 진소운에게 먼저 홍선경과 겨루라고 했다. 홍선경은 진소운과도 다섯 판을 겨루었다. 이어서 탕소암 자신도 모두 끝나자 남은 사람이라고는 갈중영 한 사람뿐이었다. 그러나 갈중영은 아예 돌아앉아 오설향(吳雪香)과 귓속말로 서로 소곤거리며 이야기를 나누느라 한참이 지나도 홍선경이 어떻게 선을 깔게 되었는지조차 전혀 알지 못했다. 탕소암이 차례라고 그를 부르자 그제야 고개를 돌렸다.

"무슨 일이야?"

나자부가 말했다.

"자네들 사이가 좋은 건 알겠는데, 술자리에서는 이러면 안 되지. 일부러 우리에게 자랑하려고 그러는 건가?"

오설향은 손수건을 나자부 얼굴 앞에 대고 흔들며 말했다.

"나리는 말씀을 하셔도 꼭 그렇게밖에 못하셔요!"

홍선경은 갈중영에게 손을 모아 인사를 올리며 말했다.

"시작하실까요."

갈중영은 두 차례만 하고 술을 마시고 난 뒤 다시 오설향에게 가서 이야기를 나누었다.

나자부는 더 이상 참지 못하고 홍선경에게 손을 내밀며 다시 붙자고 하였다. 이번 판에는 뜻밖에 나자부가 이겼다. 홍선경이 깔아 놓은 열 잔 중에 아홉 잔이 비워졌다. 나자부는 이 마지막 판을 끝내려고 했지만 아쉽게도 지고 말았다. 그때 마침 아래층에서 남자 하인이 큰 소리로 아뢰었다.

"주 나리께서 오셨습니다."

진소운은 황급히 나자부를 말리며 말했다.

"애인에게 하라고 하고 그만하게."

나자부도 듣고 보니 일리가 있어 더 이상 하지 않았다. 주애인은 바쁜 걸음으로 술자리에 들어오면서 연신 사과의 말을 건넸다.

"미안하네, 죽을죄를 지었어."

그리고 또 물었다.

"누가 선을 깔았나?"

홍선경도 더는 하지 않고 오히려 주애인에게 되물었다.

"나와 상의할 게 뭔가?"

주애인은 무슨 영문인지 몰라 어리둥절하였다.

"나는 아무 일 없는데."

나자부는 웃음을 참지 못하고 말했다.

"자네를 술자리에 청하는 게 중요한 일이 아니고 뭔가?"

홍선경도 웃으며 말했다.

"자네가 거짓말했다는 걸 진작 알고 있었네."

그러자 나자부가 말했다.

"내가 거짓말했다 치고, 어서 붙기나 하세."

주애인이 말했다.

"한 판만 남아 있으니, 그만해. 내가 모두에게 한 잔씩 올리겠네."

모두들 "그거 좋지." 하고 반겼다. 주애인이 계항배 여섯 잔을 가져와 술을 따라 돌리자 일제히 잔을 비우고 여기저기 흩어져 편히 앉았다. 남자 하인은 바삐 움직이며 물수건을 짜서 올리고 장월금의 곁을 보아주는 아주머니는 벌써 돌아와 술자리를 옮기기를 청했다.

갈중영, 나자부, 주애인은 각자의 가마가 있었으니 진소운만 인력거를 불렀다. 기녀들은 각자 손님의 가마를 따라 건너갔다. 오직 탕소암과 홍선경만이 걸어 가겠다며 먼저 나섰다.

그 두 사람이 임소분의 집을 나와 상인리 골목 입구에 막 다다랐을 때였다. 누군가 골목으로 들어가려다 두 사람을 보고 황급히 옆으로 비켜서서 손을 가지런히 하며 "홍 나리" 하고 인사를 했다. 그 사람은 홍선경이 알고 있는 왕연생(王蓮生)의 집사 내안(來安)이었다.

"나리는?"

"나리께서는 상춘리(祥春里)에 계십니다. 홍 나리께 하실 말씀이 있다고 모시고 오라고 하셨습니다."

"상춘리 누구 집인가?"

"장혜정(張惠貞)라고 합니다. 저희 나리께서도 알게 되신 지 며칠 되지 않습니다."

홍선경은 내안의 말을 듣고 탕소암에게 말했다.

"잠깐 다녀오겠네. 장월금 쪽은 먼저들 자리를 하라고 전해주게."

탕소암은 되도록 빨리 돌아오라고 당부하고 혼자 갔다.

홍선경은 내안을 따라 상춘리로 갔다. 골목 안은 어두컴컴하여 두서너 집을 손으로 짚어가며 어느 집 대문을 열고 들어갔다. 내안이 큰 소리로 아뢰었다.

"홍 나리께서 오셨습니다."

이 층에서 대답은 있었지만, 움직임이 없었다. 내안이 또 말했다.

"양등(洋燈)을 가지고 내려와요."

이 층에서 연이어 말을 했다.

"갑니다, 갑니다요."

한참 뒤에 늙은 아주머니가 양철 벽걸이 등을 들고 내려와 그들을 맞이하였다.

"홍 나리, 이 층으로 가세요."

선경은 아래층 응접실에 어지럽게 쌓여 있는 붉은 탁자와 의자들을 보았다. 곧 이사 할 채비를 하는 것 같았다. 이 층으로 올라가 보니 한가운데에 남포등 하나가 마치 달무리처럼 사방의 벽을 비추고 있었다. 그런데 방 안은 텅 비어 있었다. 침대 하나와 화장대만 남아 있고, 심지어 휘장이나 등, 거울 같은 물건들은 모두 말끔히 치워져 있었다. 왕연생은 화장대 앞에 앉아 작은 접시 요리 네 가지로 해서 밤참을 먹고 있고 그 옆에서 한 기녀가 시중을 들며 함께 식사를 하고 있었다. 홍선경은 그녀가 바로 장혜정이라고 짐작했다. 선경은 방 안에 들어서자마자 웃으며 말했다.

"자네 혼자 여기서 즐겁게 놀고 있었군 그래."

연생은 일어나며 맞이했다. 선경 얼굴에 술기운이 어린 걸 보고 물었다.

"술자리 있었나?"

"두 군데서 술을 마셨네. 같이 술자리를 한 사람들이 몇 번이고 자네를 청했었네. 지금은 나자부가 장월금 집으로 술자리를 옮겼는데, 같이 가지 그래?"

연생은 미소를 지으며 고개를 저었다. 선경이 편히 침대 위에 걸터앉자 장혜정은 직접 물담뱃대를 가져왔다. 선경은 그것을 받아 들며 황급히 말을 했다.

"이러지 말게, 천천히 식사나 하게나."

장혜정은 웃으며 말했다.

"다 먹었어요."

看情面代庖當買辦
第四回
二十二

선경은 장혜정이 만면에 부드러운 기색을 띠고 있고 친밀할 정도로 상냥한 것을 보니 이곳은 요이의 집이라고 짐작되었다.

"이사를 할 건가?"

정혜정이 고개를 끄덕이며 '예'라고 했다.

"어디로 옮길 건가?"

"동합흥리에 있는 대각요집이에요. 오설향 쪽 맞은편에 있어요."

"전세를 낸 건가? 방세는 얼마나 되나?"

"예, 한 달에 삼십 원이에요."

"그렇게 비싸지는 않구나. 왕 나리 혼자 한 절기[2]만 와주어도 거의 오륙백은 될 테니까 비용 걱정은 없겠군."

이때, 왕연생은 이미 식사를 끝내고 얼굴을 닦고 입을 헹구었다. 늙은 아주머니가 아편 소반을 가져 와서 장혜정에게 물었다.

"어디에 놓을까요?"

장혜정이 말했다.

"당연히 침대 위에 놓아야지, 아무렴 땅에 놓으려고?"

늙은 아주머니는 히죽거리며 침대에 올려놓고 말했다.

"홍 나리에게 괜한 웃음만 샀네요!"

장혜정이 말했다.

"빨리 정리하고 내려가요. 쓸데없는 소리 말고!"

늙은 아주머니는 음식 그릇과 젓가락을 챙겨 들고 내려갔다. 혜정은 연생에게 아편을 권했다. 연생은 침대로 가서 홍선경과 마주 보고 누워 말을 꺼냈다.

"내가 자네를 청한 것은 사야 할 물건이 있어서네. 하나는 대리석을 상감한 홍목 탑상이고, 또 하나는 상비죽(湘妃竹)에 화조도가 그려진 등인데, 내일까지 대신 사다 주면 고맙겠네."

"어디로 보낼 건가?"

"바로 대각요집으로 보내려고. 그곳 서쪽 이 층 방이야."

선경은 그의 말을 듣고 혜정을 흘낏 보고는 실실 웃으며 말했다.

"자네 다른 사람에게 시키게나. 나는 못 해. 심소홍(沈小紅)에게 들켜봐, 뺨 맞아!"

연생은 웃기만 했다. 혜정이 말했다.

"홍 나리, 어째서 심소홍을 보기만 해도 무서워해요?"

"왜 무섭지 않겠어! 왕 나리께 물어봐. 얼마나 사나운데."

"홍 나리, 부탁드려요, 왕 나리 얼굴을 봐서 좀 도와주세요."

"그럼, 자네는 무엇으로 나에게 감사를 표하겠는가?"

"술자리에 한 번 모시겠어요, 어때요?"

"누가 자네에게 술자리를 원한대! 내가 술자리 한 번 안 가본 사람도 아닌데, 술자리가 뭐 그리 대단한 거라고."

"그럼 무엇으로 감사 인사를 하지요?"

"자네가 술자리로 대접할 생각이었다니, 그러지 말고 차라리 간식으로 대접하게.[3] 그러면 자네들도 수월하고 비용 걱정할 필요도 없잖아. 안 그런가?"

혜정은 픽 코웃음 치며 말했다.

"당신들 모두 하나같이 나쁜 사람들이에요."

홍선경이 껄껄 웃고는 일어났다.

"나는 가려네. 또 할 말이 있는가?"

연생이 말했다.

"없어. 모레 술자리에 초대하겠네. 나자부 그쪽 사람들을 보거든 자네가 먼저 대신 말을 전해주게, 내일 초대장을 보내겠네."

홍선경은 대답을 하며 아래층으로 내려갔다. 그리고 술자리가 있는 사마로 동공화리(東公和里) 장월금의 집으로 갔다.

혜정은 선경이 가고 나서야 침대에 올라와 연생 옆에 비스듬히 누워 아편에 불을 붙여주었다. 연이어 예닐곱 번을 핀 연생의 눈이 스르르 감겼다. 마치 잠든 것 같았다. 혜정은 나지막하게 말했다.

"왕 나리, 잠자리를 펼까요?"

연생은 고개를 끄덕였다. 이에 아편 소반을 정리하고 함께 잠자리에 들었다.

다음 날 한 시가 되어서야 두 사람은 일어나 세수를 했다. 늙은 아주머니가 들고 올라온 죽을 조금 먹고 혜정은 화장대 앞에서 머리를 빗었다. 그 아주머니가 아편 소반을 침대에 올려놓자 연생은 직접 아편을 피우면서 생각했다.

'먼저 심소홍에게 가서 거짓말로 대충 둘러대고, 나중에 천천히 말하는 게 좋겠지.'

잠시 주판을 튕기며 생각하다 마음이 정해지자 곧바로 마고자를 집으며 입고 나가려고 했다. 혜정이 황급히 말했다.

"어디 가세요?"

"심소홍한테 잠시 다녀올게."

"그러면 점심 드시고 가세요."

"됐어."

혜정이 또 물었다.

"나중에 오실 거죠?"

연생은 잠시 생각해보고 말했다.

"내일 몇 시에 동합흥리에 가?"

"날이 밝는 대로 갈 거예요."

"그러면 내일 한 시에 그곳으로 갈게."

"시간 되시면 나중에라도 잠시 왔다 가세요."

연생은 대답을 하고 내려갔다. 내안도 따랐다. 상춘리를 나와서 동쪽 서회방리 골목을 향했다. 연생은 내안에게 공관으로 돌아가 가마를 불러 오라고 하고 혼자 모퉁이를 돌아 골목에 들어섰다. 심소홍의 아주머니인 아주가 그를 먼저 보고 큰소리로 말했다.

"아이구! 왕 나리, 오셨습니까!"

아주는 황급히 마당에서 나와 그를 맞이하며 한 손으로 왕연생의 소맷자락을 붙잡고 끌어당기며 또 큰 소리로 아뢰었다.

"선생님, 왕 나리 오셨습니다."

아주는 계단까지 왕연생을 끌고 와서야 손을 놓았다. 연생은 천천히 이 층으로 올라갔다. 심소홍도 방에서 나와 그를 맞이하며 웃는 듯 마는 듯한 표정을 지으며 말했다.

"왕 나리, 정말 당신 뻔뻔하—."

그러나 말을 하다 말고 목이 메어 말을 잇지 못했다. 연생은 그녀의 처량한 표정을 보니 조금 미안한 마음이 들어 히죽 웃으며 방에 들어가 앉았다. 심소홍도 따라 들어와 연생의 곁에 다가가 그의 손을 잡으며 물었다.

"말해봐요. 사흘 동안 어디에 계셨어요?"

"성안에 있었어. 친구 생일 때문에 사흘 동안 술자리에 갔었어."

소홍은 냉소를 지었다.

"당신 차라리 어린아이를 속여요!"

아주가 물수건을 짜서 건네주자 연생은 얼굴을 닦았다. 소홍은 또 물었다.

"성안에 있었으면, 밤에는 돌아왔을 거 아니에요?"

"밤에도 친구 집에 있었어."

"당신 친구가 기루를 열었나 보죠!"

연생은 자기도 모르게 웃음이 터져 나왔다. 소홍도 웃으며 말했다.

"아주, 왕 나리 말씀 좀 들어봐. 내가 그저께 아금대(阿金大)에게 공관에 가서 나리를 모시고 오라고 했더니, 가마는 그곳에 있는데 사람만 나갔다고 했다더군요. 생각보다 당신 발이 빠른 모양이에요. 성안까지 걸어갔으니. 아니면 성 입구까지 마차 타고 가서 날아 들어갔든지?"

아주가 깔깔 웃으며 말했다.

"왕 나리 이번에는 좀 아니네요! 어디 생각한 것이 성안에 있다고 말씀하셔요."

소홍이 말했다.

"속이려면 제대로 하세요! 친구들도 몇 번이나 당신을 찾았지만 결국 못 찾았잖아요."

아주가 말했다.

"왕 나리, 항상 좋으셨잖아요. 다른 사람을 만나고 싶다고 말해도 괜찮아요. 아니 우리 선생님이 허락하지 않을까 봐 그러세요?"

소홍이 말했다.

"당신이 누구와 사귀든 내가 알 바 아니지만 당신이 나를 속여가며 다른 사람을 사귀면 내가 질투해서 당신을 보내주지 않은 것처럼 보이니까, 기분 나빠요!"

연생은 그 두 사람이 이쪽에서 한마디 저쪽에서 한마디 주거니 받거니 하는 통에 한마디도 끼어들지 못하고 멋쩍게 웃으며 바라볼 뿐이었다. 아주가 일을 마치고 내려가고 나서야 연생이 소홍에게 말했다.

"다른 사람들 말 듣지 마. 내가 자네와 지내온 시간도 삼사 년이 되어가는데 내 성격 모르는 거 아니잖아? 내가 다른 사람과 사귄다면 자네에게 분명히 말하고 사귀지, 왜 속이겠어?"

"당신을 모르겠어요. 당신도 생각해보세요. 여태껏 당신이 동쪽에서 기녀를 부르든 서쪽에서 기녀를 부르든 내가 한 마디라도 하던가요? 그런데 지금 당신은 나를 속이려고 하잖아요. 왜 그래요?"

"아무 일도 아니고, 속이는 것도 아니야."

"당신 생각 말해볼까요, 당신 말대로 나를 속이려는 게 아니라면 나를 차버리려는 속셈 아닌가요? 당신이 나를 차는 걸 봐야겠네요!"

연생은 그 말에 침울해져서 고개를 돌리고 쓴웃음을 지었다.

"겨우 사흘 안 왔다고 차버린다는 말을 해. 이전에 내가 했던 말

벌써 잊어버렸어?"

"바로 그거죠. 당신이 잊지 않았다면 말해봐요. 사흘 동안 어디 있었죠? 누구와 있었어요? 말해주면 당신과 싸우지 않을게요."

"나보고 무슨 말을 하라는 거야? 성안에 있었다고 해도 믿지 않잖아."

"당신 그래도 속이려 들어요! 나도 다 알아보고 당신에게 묻는 거예요!"

"그러면 잘됐네. 지금 당신이 너무 화가 나 있어서 말할 수가 없으니까 며칠 지나고 좀 진정되면 다 말해줄게."

소홍은 콧방귀를 뀌고 한참을 말없이 있었다. 연생은 애원하듯 말했다.

"우리 아편 피자."

그러자 소홍은 그의 손을 잡아끌며 탑상으로 갔다. 연생은 마고자를 벗고 누워 아편을 피고 소홍은 아래쪽에 멍하니 앉아 있었다. 연생은 무슨 말이라도 하려고 했지만 아무 말도 하지 못했다. 갑자기 계단을 오르는 발자국 소리가 들리더니 누군가 방으로 들어왔다. 알고 보니 여자 하인 아금대였다. 그녀는 연생을 보자 말했다.

"왕 나리, 제가 나리를 모시려고 공관에 갔었는데 여기에 계셨네요. 왕 나리, 왜 며칠 오지 않으셨어요? 화 나셨어요?"

연생은 대답하지 않았다. 소홍은 성난 목소리로 말했다.

"화는 무슨! 따귀를 맞았으면 모를까!"

아금대가 말했다.

"왕 나리께서 오지 않으셔서 우리 선생님이 얼마나 화가 났다구요. 제게 몇 번이나 나리를 모시고 오라고 하셨는지. 이러시면 안 돼요, 아시겠어요?"

아금대는 쉬지 않고 말을 하며 찻잔을 옮겨 아편 소반에 놓고 마고자를 옷장에 걸어놓고 나가려고 하였다. 연생은 소홍이 멍하니 앉아 있는 것을 보고 말했다.

"우리 뭐 좀 먹을까?"

"드시고 싶은 게 있으면 말씀하세요."

"너도 좀 먹어. 같이 먹자. 네가 싫으면 그만두고."

"그러면 말해봐요"

연생은 소홍이 새우볶음국수를 좋아하는 걸 알고 그걸 주문했다. 소홍은 아금대를 불러 세워 취풍원에 가서 주문하라고 했다. 잠시 후 음식이 배달되어 올라오자 연생은 소홍에게 함께 먹자고 했다. 소홍이 미간을 찌푸리며 말했다.

"왜 그런지 모르겠어요. 신물이 올라와서 못 먹겠어요."

"그래도 조금이라도 먹어봐."

소홍은 작은 접시에다 몇 가닥 담아 먹고 젓가락을 내려놓았다. 연생도 몇 젓가락 먹고 물렸다. 아주는 수건을 주며 말을 전했다.

"나리 집사가 가마를 가지고 왔어요."

"무슨 일이지?"

아주가 창문으로 물었다.

"내안 나리"

내안은 부르는 소리를 듣고 바로 올라와 왕연생에게 초대장을 올렸다. 연생이 열어보니 갈중영이 오늘 저녁 오설향의 집에서 마련하는 술자리에 초대한다는 것이었다. 내안은 바로 물러났다. 연생은 탑상으로 가서 아편을 피우다 말고 갑자기 한 가지 일이 생각이 나서 아주에게 마고자를 가져오라고 했다. 아주가 옷장에서 마고자를 가져오자 소홍이 소리쳤다.

"이렇게 급히 어디에 가시려는 거예요?"

아주는 황급히 소홍에게 눈짓을 하며 말했다.

"술자리에 가셔야죠."

소홍은 그 말에 입을 다물었다. 마침 연생이 고개를 들다가 이 장

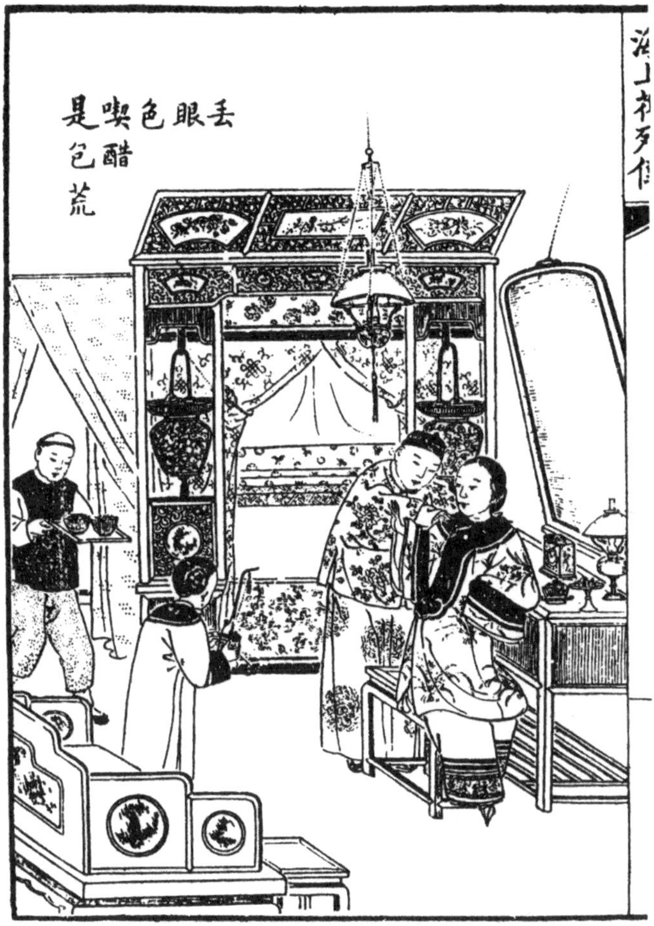
丟眼色
喫醋是包荒

면을 목격하고 속으로 아주가 무슨 일을 꾸미나 싶어 장혜정 일은 절대로 알게 해서는 안 되겠다 마음먹었다.

연생이 이런 생각을 하고 있을 때 아주가 마고자를 입혀주며 말했다.

"그러면 불러주세요. 다른 사람 부르지 마시고."

소홍이 말했다.

"무슨 말 하는 거야! 자기가 부르고 싶은 사람 부르게 해."

연생은 마고자를 다 입고 소홍의 손을 잡으며 웃었다.

"나 배웅 좀 해줘."

소홍은 그의 손을 뿌리치고 대신 벽쪽 교의에 앉았다. 연생도 가까이 다가가서 조용히 속삭였다. 소홍은 고개를 숙이고 손톱을 깎으며 그를 무시하다가 잠시 후에 입을 열었다.

"당신 마음에 무슨 문제가 생겼는지 모르겠어요. 변했어요!"

"왜 내가 변했다는 거야?"

"당신 자신에게 물어봐요!"

연생은 그래도 집요하게 물으려 했다. 소홍은 양손으로 연생을 밀치며 말했다.

"가세요! 어서 가세요! 당신 보고 있으면 화만 나요."

연생은 짐짓 웃는 체하며 나갔다.

---

1 술자리가 있는 기루의 기녀를 말한다.

2 기루는 장부 계산을 절기(節季)별로 한다. 절기는 단오(음력 5월 5일), 추석(음력 8월 15일), 설(음력 1월 1일) 세 날을 기점으로 나누어진다. 왕연생 같은 손님은 한 절기를 기준으로 오륙백 정도의 매상을 올려주는 셈이다.

3 1회에서 장소천이 조박재에게 "물만두는 그곳에 놔두고, '만두'를 먹으려고 해"라고 한 말에서 만두가 성적 농담을 의미했듯이, 여기에서 "간식으로 대접해달라."는 말도 홍선경이 슬며시 장혜정에게 성적 농담을 한 것이다. 이는 장혜정이 요이급 기녀이기 때문에 가능한 것이기도 하다.[장]

05

빈틈을 메운 포졸은 새로운 즐거움을 맺고, 집을 전세 내어 이사 가는 이는 옛 애인을 속이다

墊空當快手結新歡 包住宅調頭瞞舊好

등을 올릴 시간에 왕연생은 아래층으로 내려가서 가마를 타고 동합흥리(東合興里) 오설향의 집으로 갔다. 내안이 통보를 하자 아주머니가 주렴을 걷어 올리며 방 안으로 안내하였다. 방에는 주애인과 갈중영이 나란히 앉아 이야기를 나누고 있었다. 왕연생이 들어가자 서로 공수를 하고 자리에 앉았다. 연생은 내안을 불러 분부를 내렸다.

"맞은편 대각요집으로 가서 이 층 방 안의 물건들이 다 정리되었는지 보고 오너라."

내안이 나가자마자 갈중영이 물었다.

"오늘 초대장을 받고, 동합흥리에는 장혜정이라는 사람이 없는데 하고 생각했는데 나중에 하인들 말이 내일 장혜정이라는 기녀가 맞은편으로 이사를 온다고 하더군. 그런가?"

주애인이 말했다.

"장혜정이라는 이름은 본 적이 없는데, 자네, 어디에서 찾아냈는가?"

연생은 조용히 웃으며 말했다.

"자네들에게 부탁함세. 나중에 심소홍이 오면 말하지 말게, 알겠나?"

주애인과 갈중영은 그 말을 듣고 한바탕 크게 웃었다. 얼마 후 내안이 와서 아뢰었다.

"방 안 정리는 지금 끝났습니다. 등 네 개와 탑상이 방금 들어와서 배치는 끝났고 등도 달기 시작했습니다."

연생은 또 분부를 내렸다.

"다시 상춘리로 가서 그쪽에 알려주게."

내안은 대답을 하고 응접실로 나와 가마꾼 두 사람에게 말했다.

"자네들은 가지 말고 있다가 내가 돌아오거든 가게."

그는 문을 나서 동합흥리의 골목 입구까지 걸어가는데 어두컴컴한 곳에서 그림자 하나가 일렁이더니 그의 팔을 잡았다. 내안은 주애인의 집사 장수(張壽)인 것을 알고 화를 냈다.

"뭐하는 건가! 간 떨어지는 줄 알았어!"

"어디 가나?"

내안이 장수를 잡고 말했다.

"자네, 나와 같이 잠깐 놀러나 가."

두 사람은 어깨를 나란히 하고 같이 상춘리 장혜정의 집으로 가서 늙은 아주머니에게 말을 전했다. 장혜정도 창문을 열고 내안에게 물었다.

"왕 나리께서는 오셔요?"

"나리께서는 술을 드시고 계셔서 오기 힘들 거요."

"누구를 불렀어요?"

"모릅니다."

"심소홍?"

"그것도 모르겠습니다."

혜정은 웃으며 말했다.

"나리 편이다 이거지! 심소홍 아니면 누구겠어?"

내안은 더 이상 대답하지 않고 장수와 함께 상춘리를 나오며 의논했다.

"어디로 놀러 갈까?"

장수가 말했다.

"난방리에 가지 뭐."

"너무 멀어"

"아니면 반삼(潘三)에게 가든지. 서무영(徐茂榮)이 있는지도 볼 겸."

"좋아."

두 사람은 골목을 돌아 거안리(居安里)로 가서 손으로 더듬거리며 반삼의 집 문 앞에 이르렀다. 먼저 문틈으로 한번 들여다보고 손으로 밀어보았다. 그러나 문이 잠겨 있었다. 장수는 두 번 문을 두드렸으나 인기척이 없었다. 그래서 다시 여러 번 문을 두드리자 아주머니가 안에서 물었다.

"누가 문을 두드리는 거야?"

내안이 대답했다.

"나야."

"아가씨는 나갔어요. 죄송해요."

"문 열어봐."

그러나 한참이 지나도 안은 쥐죽은 듯 조용하고 문을 열어줄 생각을 하지 않았다. 그러자 장수는 화가 치밀어 올라 발로 문을 뻥뻥 차며 욕을 마구 퍼부었다. 아주머니는 그제야 당황하여 말했다.

"갑니다! 가요!"

문을 열고 그들을 보고 말했다.

"장 도련님, 내 도련님이셨군요! 나는 누군가 했네!"

내안이 물었다.

"서 도련님 여기에 계신가?"

"안 오셨어요."

장수는 방 안의 불빛을 보고 다짜고짜 방으로 뛰어 들어갔다. 내안도 그 뒤를 따라 들어갔다. 한 사람이 침대 휘장을 젖히며 불쑥 나와 손뼉을 치고 발을 구르며 크게 웃었다. 바로 서무영이었다. 장수와 내안이 동시에 말했다.

"우리가 도리어 자네를 방해했군. 미안하게 됐네."

아주머니도 뒤에서 깔깔 웃으며 말했다.

"도련님이 가신 줄 알았는데, 침대에 계셨네요."

서무영은 아편 침대에 있는 연등에 불을 붙여 장수에게 피우라고 했다. 장수는 내안에게 피우라고 하고 자기는 침대 휘장을 걷어 젖히며 침대로 기어 올라갔다. 침대에서 한데 엉겨 뒹구는 소리가 들리고 또 큰 소리가 들려왔다.

"왜 이래요! 점잖지 못하게!"

아주머니가 급히 다가가서 타이르듯 말하였다.

"장 도련님, 이러지 말아요!"

그래도 장수는 손을 놓지 않았다. 그러자 서무영이 장수를 끌어내리며 말했다.

"자네, 무슨 꼴이야. 좀 체통을 지켜!"

장수는 손가락으로 뺨을 만지작거리며[1] 말했다.

"자네는 자네 애인들 챙겨줄 생각이나 해. 자네 애인이야? 낯짝하고는!"

창녀 반삼은 면 저고리를 걸치고 침대에서 내려왔다. 장수는 여전히 히히거리며 그녀가 하는 행동을 보고 있었다. 반삼은 정색을 하고 눈을 치켜뜨며 장수를 한참 째려보았다. 장수는 목을 움츠리며 말했다.

“아이구! 무서워라―!”

반삼도 어찌하지 못하여 한마디 툭 내뱉었다.

“나 정말 얼굴 붉힐 거예요.”

그러자 장수는 말이 나오는 대로 대답했다.

“얼굴은 무슨 얼굴! 엉덩이를 붉히겠지. 우리….”

그는 ‘우리’까지 말하다 말고 입을 다물고 반삼에게 다가가 귀에 대고 속삭였다. 그러자 반삼이 질겁을 하며 소리쳤다.

“서 도련님, 들어보세요. 당신의 착한 친구가 무슨 말을 하는지!”

서무영은 장수에게 애원했다.

“모두 내가 잘못했어. 제발 용서해주세요. 착한 형님!”

“용서해달라고 하니 넘어갈게. 안 그랬으면, 우리는 모두 친구 사인데 어찌 서 도련님이 장 도련님보다 세 마디나 더 길어? 라고 물어봤을 텐데 말이야.”

반삼이 말했다.

“장 도련님이야 은애하는 애인이 있으니 내가 아부를 할 순 없고, 서 도련님만이라도 날 좀 도와줘야죠.”

장수가 내안에게 말했다.

“자네 들었지. 서 도련님이라고 불러주니까 기분이 째지겠어! 서 도련님 혼도 완전 나가버렸겠어.”

내안이 말했다.

“난 듣지 않을래. 아무도 나를 찾지 않으니까 말이야.”

반삼이 웃으며 말했다.

“도련님도 친구라고 생각하시면, 말이라도 도와주겠다고 하셔야죠.”

장수가 말했다.

“네가 친구라는 말을 한다면….”

墊空當快手
结新歡
海上花列傳
第五回
二十九

장수가 이 말을 꺼내자마자 서무영이 고함을 치며 말을 끊었다.

"또 무슨 말을 하려는 거야, 한 대 맞고 싶어!"

"내가 자네를 무서워할 것 같아?"

"자네 지금 날 놀려!"

서무영은 이 말을 하며 소매를 걷어붙이고 달려들어 때리려고 하였다. 장수가 황급히 마당으로 뛰쳐나가자 서무영도 쫓아 나갔다.

장수가 문빗장을 풀고 곧장 동쪽 골목 모퉁이로 달아났다. 뒤쫓던 서무영은 어두컴컴한 곳에서 걸어오는 사람과 정면으로 부딪혔다.

"뭐야? 뭐하는 거야?"

목소리가 낯익어 서무영은 다가가 물었다.

"장(長) 형 아니시오?"

그렇다고 돌아오는 대답에 서무영은 그 사람 손을 잡고 돌아갔다. 그리고 장수를 불렀다.

"돌아와. 용서해줄게."

장수는 가벼운 발걸음으로 그들 뒤를 따라 들어갔다. 문빗장을 걸어 잠그고 먼저 주렴 아래로 고개를 내밀어 누군지 보았다. 알고 보니 진소운의 집사 장복(長福)이었다. 장수는 황급히 들어가서 물었다.

"술자리는 끝났어?"

"아니, 국표를 지금 막 보냈어."

장수가 잠시 생각을 하더니 내안을 불렀다.

"내형, 우리 먼저 갑시다."

서무영이 말했다.

"나도 같이 가."

반삼이 미처 배웅할 겨를도 없이 그들은 떠들썩하게 나갔다.

네 사람은 거안리를 나와 동쪽 석로 입구에 이르렀다. 장수는 어딘지도 모르고 앞만 보고 갔다. 서무영이 그를 잡으며 남쪽으로 가자고 했다. 장수가 내안에게 말했다.

"나는 안 갈래."

서무영이 뒤에서 떠밀며 말했다.

"안 가겠다고, 자네 또 트집 잡는 거야!"

장수는 하마터면 넘어질 뻔했다. 마지못해 함께 정가목교(鄭家木橋)를 건넜다. 신가에 이르자 길 옆에서 어느 아주머니가 앞으로 비집고 달려오며 '장 도련님' 하고 부르며 장복의 소매를 붙잡았다. 그녀는 계속 지껄이며 걸어가다 그들을 어느 한 곳으로 데리고 가서는 반쪽짜리 문을 밀며 문턱을 넘었다. 안에는 육칠십 세 정도의 노파가 벽에 기대어 앉아 있고, 탁자 위에는 거뭇거뭇 그을린 기름등이 놓여 있었다. 아주머니는 곽 노파를 급히 불렀다.

"아편 소반은 어디 있어?"

"침대 위에 있지."

아주머니는 급히 종이 불쏘시개를 가지고 뒤 칸으로 가서 벽에 걸린 양철 덮개 유리등에 불을 붙이며 심지를 돋우었다. 그리고 네 사람에게 안으로 들어와 앉으라고 하고 다시 연등에 불을 붙이러 갔다. 장복이 말했다.

"아편은 안 피워. 왕아이나 불러 와."

아주머니는 대답을 하고 나갔다. 곽 노파도 머리를 흔들며 손을 더듬거리며 방으로 왔다. 서양놋쇠 담뱃대를 들고 서서 말했다.

"어느 분이 담배를 피우시렵니까?"

장복이 한 손으로 받아 들고 말했다.

"됐어."

곽 노파는 다시 바깥쪽 칸에 가서 앉았다. 장수가 물었다.

"여기가 어디야? 자네들, 좀 놀 줄 아는데!"

장복이 말했다.

"자네가 말해보게, 여기가 어떤 곳 같나?"

"내가 보니까 '세 가지 같지 않은 곳'이라고 해야겠군. 창녀집이라 하기엔 창녀집 같지 않고, 매음굴이라 하기엔 매음굴 같지도 않고, 아편굴이라 하기엔 아편굴 같지 않으니까 말이지."

장복이 말했다.

"원래는 아편굴이야. 왕아이를 찾아오는 손님이 있어서 이 아편굴을 잠시 빌려 쓰고 있어. 이제 이해가 가나?"

그때 끽하고 문 여는 소리가 들렸다. 장복이 급히 밖을 내다보니 바로 왕아이였다. 왕아이는 방에 들어오며 '장 도련님' 하고 인사를 했다. 그리고 나머지 세 사람의 이름을 묻고는 말했다.

"미안해요. 하필 이럴 때 오셨네요. 누추한 게 괜찮으시면, 여기서 잠시 아편 피우실래요?"

장복이 서무영을 보며 그의 의견을 기다렸다. 서무영은 왕아이가 아편굴에서도 빼어난 인물임을 알아보고 여기에 잠시 앉는 것도 괜찮다고 생각하고는 고개를 끄덕였다. 왕아이는 바깥쪽 칸에 가서 담뱃대와 아편 두 통을 가지고 왔다. 또 곽 노파를 불러 아주머니에게 가서 차를 준비하라고 했다. 장수는 뒤쪽 칸에 침대 하나만 겨우 놓여 있고 탁자도 놓을 수 없을 정도로 비좁은 걸 보고 말했다.

"내형, 우리는 먼저 갑시다."

서무영이 보아하니 더 이상 붙잡기 힘들다고 생각했다.

이에 장수는 작별인사를 하고 내안과 함께 동합흥리 오설향의 집으로 돌아왔다. 그때는 이미 술자리가 끝난 뒤였다.

"주 나리와 왕 나리는 어디로 가셨나?"

그러나 모두 모른다고 했다. 장수는 급히 주인을 찾으러 가고 내안도 서회방리 심소홍의 집으로 갔다. 가마가 문 앞에 있는 것을 보고 응접실로 들어가 가마꾼에게 물었다.

"술자리는 언제 끝났는가?"

"끝난 지 오래되지 않았습니다."

내안은 그제야 마음을 놓았다.

마침 아주가 주전자를 들고 이 층으로 올라가고 있었다. 내안이 가서 부탁했다.

"부탁하나 하지, 우리 나리께 전해주게."

아주는 대답은 하지 않고 손짓으로 올라오라고 했다. 내안은 발소리를 죽이고 조심스럽게 그녀를 따라 올라갔다. 그는 이 층 중간 방에 들어가 앉고 아주는 혼자 방으로 들어갔다. 내안은 한참을 기다리다 조바심이 나서 귀를 기울여보았지만 숨소리 하나 들리지 않았다. 그래서 오히려 내려가지도 못했다.

그곳에서 잠깐 졸고 있는데 갑자기 왕연생의 기침 소리가 들리고 이어 발소리가 들렸다. 잠시 후 아주가 주렴을 올리고 손짓을 하자 내안은 방으로 들어갔다. 왕연생은 혼자 탑상 위에 앉아 하품만 하고 아무 말도 하지 않았다. 아주가 급히 수건을 짜 건네주자 연생은 그 수건을 받아 들고 얼굴을 닦고 내안에게 가마를 준비하라고 하였다. 내안은 대답을 하고 아래층으로 내려가 가마꾼에게 등롱을 밝히라고 하였다. 왕연생은 내려가 가마를 타고 그 길로 오마로 공관으로 돌아갔다. 내안은 그제야 말을 전했다.

"장혜정 쪽에 전하였습니다."

연생은 고개만 끄덕일 뿐 아무 말 하지 않았다. 내안은 왕연생의 잠자리를 봐주었다.

십오일은 길일로, 연생은 이미 열 시 반에 일어나 세안을 마쳤다. 간단하게 요기를 하고 가마를 타고 술자리 답례를 할 겸 갈중영을 찾아갔다. 내안은 그를 따라 후마로 영안리 덕대(德大) 전장(錢莊)[2] 에 가서 초대장을 전달하였다. 그러자 어느 점원이 나와 정중하게 말했다.

"주인 나리께서는 외출하셨습니다."

그러자 연생은 동합흥리로 가마를 돌리라고 명했다. 동합흥리에 도착하여 가마에 앉아 '장혜정우(張蕙貞寓)' 네 글자를 바라보았다. 검은 바탕에 금색으로 적힌 간판이 처마 높이 걸려 있었다. 가마에서 내려 문을 열고 들어갔다. 마당에는 소당명(小堂名)[3] 악대가 작은 무대를 설치하고 있었다. 금벽 단청이 오색찬란하였다. 새로 고용된 남자 하인이 그를 보자 마당 사이를 비집고 나와 '왕 나리' 하며 엎드려 인사를 하였다. 또 새로 고용된 아주머니는 계단에서 왕 나리를 이 층으로 모셨다. 장혜정도 방에서 나와 그를 맞이하였다. 새 옷으로 갈아입은 혜정의 모습이 이전과 달라 보였다. 혜정은 연생이 자신을 뚫어져라 쳐다보고 있기에 부끄러워하며 웃음을 참고 연생의 소매를 붙잡아 끌며 방으로 들어갔다. 방 안은 깔끔하게 정리되어 있었다. 연생은 진심으로 흡족했다. 다만 몇 폭의 족자와 그림은 저잣거리에서 사 온 것이라 조야하다고 생각했다. 혜정은 손수건으로 입을 가리고 수박씨 접시를 연생에게 공손히 올렸다. 연생이 웃으며 말했다.

"황송합니다."

혜정도 웃음이 나오려고 해서 급히 몸을 돌려 옆 중문을 열고 나가버렸다. 연생은 중문 너머 바깥을 보았다. 원래는 쪽마루인데 동합흥리를 마주하고 있어 대문의 문루 역할을 하고 있었다. 맞은편이 바로 오설향의 집이었다. 연생이 그 간판을 보고 내안을 불렀다.

"맞은편에 가서 둘째 갈 나리께서 거기에 계신지 보고, 계시면 여기로 모시고 오너라."

내안은 명령을 받아들고 모시러 갔다. 갈중영은 바로 건너와 왕연생과 만났다. 장혜정은 수박씨 접시를 공손하게 올렸다. 중영이 물었다.

"자네 애인이신가?"

그는 그녀를 한 번 훑어보고 자리에 앉았다. 연생은 대답을 한다는 것이 안부 인사만 하고 다른 이야기로 돌렸다. 그때 오설향의 아주머니 소매저(小妹姐)가 식사 때문에 갈중영을 모시러 왔다. 왕연생이 그 말을 듣고 중영에게 말했다.

"자네도 아직 식사를 하지 않은 모양이군. 같이 먹도록 해."

중영은 '좋아'라고 대답하고 소매저에게 점심을 가져오라고 했다. 왕연생은 아주머니에게 취풍원에서 요리 두 가지를 주문하라고 했다.

잠시 후 요리가 속속 배달되어 창가 탁자 위에 올랐다. 장혜정은 술잔 두 개에 술을 따랐다.

"드셔요."

소매저도 잠깐 도와주고 말했다.

"천천히 드십시오. 저는 가서 선생님 머리 손질 해주고 다시 오겠어요."

장혜정이 말을 받았다.

"당신 선생님도 놀러 오라고 해요."

소매저는 그러겠다고 대답하고 갔다.

갈중영은 술 두 잔을 마셨다. 조금 적적하던 참에 아래층에서 소당명 악대가 〈방보(訪普)〉[4]라는 곤곡(崑曲)[5]을 불렀다. 갈중영은 박자를 맞추며 손가락으로 탁자를 두들겼다. 왕연생은 무료해하는 그를 보고 말했다.

"우리 화권이나 할까."

중영은 바로 손을 뻗어 화권을 했다. 한 번에 한 잔씩 마셨다.

예닐곱 잔을 마셨을 때 갑자기 장혜정이 응접실 창문 쪽에서 불렀다.

"설향 형, 올라오세요."

왕연생이 아래를 보니 정말 오설향이었다. 갈중영에게 웃으며 말했다.

"자네 애인께서 찾아오셨네."

乞住宅
調頭

잠시 후 작은 발소리가 들려오더니 벌써 이 층까지 다다랐다. 곧 '혜정 형' 하고 인사를 했다. 장혜정은 그녀를 방으로 안내했다. 갈중영은 화권에 지고 있었던 터라 오설향을 부르며 말했다.

"이리 와봐, 할 이야기가 있어."

설향은 뒤뚱뒤뚱 걸어오다 탁자에 기대어 섰다.

"무슨 말 하시려구요? 말해봐요."

설향이 가까이 오지 않을 거라는 것을 잘 아는 중영은 그녀가 방심한 틈을 타 그녀의 손목을 잡아당겼다. 설향은 중심을 잃고 그만 중영의 가슴팍으로 넘어졌다. 그녀는 짜증을 내며 말했다.

"뭐 하시는 거예요?"

"별거 아니야. 술 한 잔 하라고."

"손 놓으면 마실게요."

그러나 갈중영은 그녀의 손을 놓아주지 않고 설향의 입술에 술잔을 갖다 댔다.

"마시면 놓아줄게."

설향은 어쩔 수 없이 중영이 들고 있는 술잔을 비우고 얼른 빠져나왔다.

갈중영은 계속해서 왕연생과 화권을 했다. 오설향은 서양식 전신거울 앞으로 걸어가서 요리조리 비춰보며 양손으로 머리를 매만졌다. 장혜정은 얼른 다가가서 그녀의 머리를 두세 번 꾹꾹 눌러가며 수선화 머리핀을 뽑고 머리를 정리한 뒤 다시 꽂아주고는 꼼꼼하게 보았다. 그녀는 오설향의 틀어 올린 머리를 보고 물었다.

"머리는 누가 해줘요?"

"소매저가 해줘요. 솜씨는 별로예요."

"괜찮은데요. 모양이 나잖아요."

"봐요, 너무 솟아서 안 예뻐요."

"좀 솟은 건 괜찮아요. 소매저는 이 머리가 습관이 돼서 바꾸지 못

해요. 아시잖아요?"

"혜정 형 머리 예쁘네요."

"이전에는 외할머니가 머리를 해줬는데, 그래도 나쁘지 않았어요. 지금은 아주머니가 해주는데, 괜찮아요?"

장혜정은 머리를 돌려 오설향에게 보여주었다. 설향이 말했다.

"너무 비뚤어졌네요. '비뚤어진 머리' 모양이라고 해도 너무 비뚤어졌어요!"

두 사람은 의기투합이라도 한 듯 이야기를 주고받았다. 갈중영과 왕연생 두 사람은 화권도 멈추고 술도 마시지 않고 그들의 이야기에 귀를 기울이고 있었다. '비뚤어진 머리'라는 오설향의 말에 두 사람은 웃었다. 장혜정도 웃으며 말했다.

"화권 안 해요?"

왕연생이 말했다.

"너희들 이야기를 듣다가 그만 화권도 잊어버렸어."

갈중영이 말했다.

"난 그만해야겠네. 벌써 열 잔 넘게 마셨어."

장혜정이 말했다.

"두 잔 더 마셔요."

장혜정은 술병을 가져와 갈중영에게 술을 따랐다. 오설향이 말렸다.

"혜정 형, 따르지 말아요. 이 사람은 술만 마셨다 하면 정신을 못 차려요. 왕 나리께 드려요."

장혜정이 웃으며 왕연생을 돌아보며 말했다.

"마시겠어요?"

왕연생이 말했다.

"다섯 판 더 하고 식사해도 괜찮겠지."

그리고 오설향에게도 웃으며 말했다.

"안심해, 나도 많이 권하지 않을게."

오설향도 더 이상 말리지 못하고 두사람이 다섯 판을 더 하는 것을 보고 있었다. 장혜정은 술을 따르고 나서 아주머니에게 술병을 주며 정리하라고 했다. 왕연생도 웃으며 저녁을 준비하라고 말했다.

"밤에 다시 마셔."

식사를 마치고 얼굴을 닦고 정리를 하고 난 뒤 자리에 편히 앉았다. 오설향은 갈중영에게 돌아가자고 재촉했다. 중영이 말했다.

"잠시 좀 쉬자."

설향이 말했다.

"쉬긴 뭘 쉬어요. 전 싫어요."

"싫으면 먼저 가."

설향은 그를 노려보며 물었다.

"당신 안 갈 거예요?"

중영은 웃기만 하고 전혀 움직이지 않았다. 설향은 신경질을 내며 일어나 중영의 얼굴에 손가락질을 하며 말했다.

"당신 늦게 오면 그땐 각오하세요!"

그러곤 다시 왕연생을 돌아보며 말했다.

"왕나리께서도 함께 오세요."

그리고 다시, "혜정 형도 놀러 와요." 하고 말했다.

장혜정은 그러겠다고 대답을 하고 황급히 설향을 따라 나와 배웅하려고 했지만 설향은 벌써 내려가고 없었다. 혜정은 방으로 돌아와서 갈중영을 보고 '큭' 하고 웃었다. 중영은 재미도 없고 불편하고 불안했다. 그런데 뜻밖에 왕연생이 말을 꺼냈다.

"건너가 봐. 자네 애인께서 조금 화가 난 모양이니."

"쓸데없는 소리. 화가 났든 말든."

"그러지 말게. 자네에게 건너오라고 했잖아, 어쨌든 자네에게 잘하려는 거잖아. 그녀가 원하는 대로 하는 게 좋아."

중영은 그 말을 듣고 일어났다. 연생은 공수를 하며 말했다.

"나중에 조금 일찍 와주게."

중영은 웃으며 작별인사를 하고 나갔다.

---

1 이런 상황에서 흔히 자기 손가락으로 자신의 빰을 만지는 행위는 상대방에게 창피를 주려는 의도를 드러낸다.[장]

2 원문에서는 '회획장(匯劃莊)'이라고 되어 있다. 옛날 상해 금융업 조합에 가입된 금융기관 혹은 금융업 점포를 말하며, 사금융 은행이라고 볼 수 있다. 소설에서는 '전장(錢莊)으로 번역하였다. 후마로 영안리에 있는 덕대(德大) 전장은 갈중영(葛仲英)이 운영하고 있다.

3 소주(蘇州)와 상해(上海) 일대에 축하연이 있는 집에서 고용한 아동악대

4 송 태조가 설야에 '조보(趙普)'라는 현인을 방문하는 내용을 노래한 곡이다.

5 원말명초(元末明初) 강소(江蘇) 곤산(崑山) 일대에서 생겨난 곡조이다. 곤곡은 이후 경극(京劇)과 함께 중국희곡의 양대산맥의 하나로 발전하였으며, 대표적인 곤곡 작품으로 〈모란정(牧丹亭)〉, 〈장생전(長生殿)〉 등을 꼽을 수 있다.

06

아들을 키운다는 농담은 좋은 가르침을 증명하고, 기생어미를 통제하는 기이한 일은 인지상정을 뒤집다

養囝魚戲言徵善教 管老鴇奇事反常情

갈중영은 맞은편 오설향의 집으로 건너갔다. 방에는 아무도 없었다. 그는 탑상으로 가서 누웠다. 잠시 후 소매저가 밥을 들고 들어왔다.

"잠깐 계셔요. 선생은 식사하고 있어요."

아주머니는 올라온 김에 아침에 마시다 남은 찻잔의 물을 따라버리고 다시 새 찻잎을 넣었다. 그리고 남자 하인을 불러 뜨거운 물을 부으라고 했다.

잠시 후 오설향은 낭창낭창 걸어 들어와서 중영을 보자 큰소리로 말했다.

"그 집에 앉아 꿈쩍도 않더니, 지금 왜 오셨어요?"

그녀는 중영을 탑상에서 끌어내리며 문밖으로 밀어내려고 했다.

"저와 도로 거기로 가시죠! 가서 그곳에 계셔요. 누가 당신더러 오랬어요?"

중영은 그녀의 속을 도통 알지 못해서 멍하니 선 채로 물었다.

"건너편 장혜정은 내 애인이 아닌데, 당신이 왜 질투를 하고 그래?"

설향은 그 말에 오히려 멍해졌다.

"지금 당신 농담하고 있어요! 장혜정에게 무슨 질투를 해요?"

"질투하는 게 아니면, 왜 나보고 건너가라는 거야?"

"당신이 그 집에서 나오기 싫어하니 다시 건너가라고 하는데, 이게 질투예요?"

중영은 그제야 그녀의 뜻을 알아채고 살짝 웃으며 교의에 앉아 말했다.

"네 뜻은 내가 다른 곳에 가지 말고 하루 종일 네 옆에만 있으라는 말이지?"

"당신이 제 말을 잘 들으면 다른 곳에 가셔도 돼요. 그런데 당신은 제 말을 듣지 않잖아요?"

"언제 내가 듣지 않은 적 있었나?"

"제가 가자고 했을 때, 당신은 일어나지 않았잖아요."

"식사를 막 끝낸 뒤라 잠시 앉았다 가려고 했지. 누가 가지 않는다고 했어?"

설향은 아예 그 말을 귓등으로 흘리고 중영의 무릎 위에 앉았다. 그리고 그의 손을 꽉 잡으며 중얼거렸다.

"'난 안 가'라고 당신이 분명히 말했잖아요!"

중영은 펄쩍 뛰었다.

"뭐라는 거야?"

"지금부터 당신이 어디에 있든 제가 오라고 하면, 곧장 뛰어 와야 해요. 또 당신이 어디에 가려고 해도 제가 안 된다고 하면 절대 가서는 안 돼요. 알았죠?"

중영은 그녀와 더 이상 싸우기도 힘들어 그녀의 말대로 하겠다고 했다. 오설향은 그제야 기분이 좋아져서 손을 풀고 물러났다. 중영은 다시 웃으며 말했다.

"우리 집사람도 한 번도 뭐라고 말한 적이 없는데, 네가 나를 단속하려고 하는구나!"

설향도 웃으며 말했다.

"당신은 내 아들이잖아요. 그러니 단속해야죠."

"말 되는 소리를 해. 체면 생각은 하지 않는 거야!"

"내 아들이 이렇게 커서 기루에서 술도 마시고 놀 줄 알면 체면이 서는 거죠. 체면을 생각하지 않다니요!"

"너와 더 이상 말하지 않겠어."

그때 마침 소매저가 밥을 다 먹고 방 뒤에서 옷을 갈아입고 있었다.

"소매저, 내가 키운 아들 어때?"

"어디요?"

설향은 손으로 중영을 가리키며 웃으면서 말했다.

"어디긴!"

소매저도 웃으며 말했다.

"말도 안 돼요! 선생 나이가 얼만데, 이렇게 다 큰 아들이 있어요!"

설향이 말했다.

"뭐가 희한한 일이야! 내게 아들이 있다면 저 사람보다 내 체면을 더 세워주겠지!"

"선생님과 둘째 나리 두 분 사이에 아들이 있다면야 그건 좋지요."

"내 아들이 저들처럼 기루에서 놀고 있으면 가만두지 않을 거야!"

소매저는 자기도 모르게 웃음이 튀어나왔다.

"둘째 나리, 들으셨어요? 콧구멍이 두 개여서 다행이지. 안 그랬다면 숨 막혀 죽었을 거예요!"

중영이 말했다.

"오늘 자네 선생이 미쳤나 보구나."

설향은 중영의 가슴을 파고들어 두 손으로 목을 조르며 천진난만하게 키득키득 웃었다. 중영도 설향을 안고 뒹굴었다. 남자 하인이 주전자를 들고 방에 들어오자 서로 떨어졌다.

갈중영이 일어서며 나갈 채비를 하자 설향이 물었다.

"뭐 하시게요?"

"물건 사러 가야 돼."

"안 돼요."

"물건 사는 대로 바로 돌아올게."

"저더러 여기 앉아 있으라고 누가 말했어요?"

설향은 중영을 눌러앉히며 나지막하게 물었다.

"무슨 물건 사러 가셔요?"

"형달리[1]에 가서 이것저것 사려고."

"그럼 우리 마차 타고 함께 가요?"

"그거 좋지."

설향은 곧바로 강철바퀴 마차[2]를 불러 오라고 했다. 남자 하인이 대답하고 마차를 부르러 나갔다. 소매저가 설향에게 물었다.

"식사를 끝냈으니 세수해야죠?"

설향은 손거울을 들고 한 번 비춰보더니 '괜찮아'라고 했다. 손수건으로 입술을 닦고 연지를 살짝 덧바르고 옷을 갈아입었다.

남자 하인이 말을 전했다.

"마차가 왔습니다."

중영은 그 말을 듣고 "먼저 나갈게." 하고 말했다.

그때 설향이 다급하게 그를 불러 세웠다.

"천천히 해요, 잠시 있다 같이 나가요."

"마차에서 기다릴게."

설향은 발을 동동거리며 토라진 목소리로 말했다.

"그럼, 전 안 가요!"

중영은 마지못해 돌아와 소매저에게 웃으며 말했다.

"자네 선생 성질 좀 봐, 아직도 어린애야, 그런데 아들을 키운다고!"

설향이 끼어들었다.

"이 애가 철도 없이 왜 내 이야기를 하고 그러지?"

그녀는 또 살짝 옆으로 고개를 돌리고 끄덕이며 조용히 웃으며 말했다.

"난 네 생모야. 알겠니?"

중영은 웃으며 소리쳤다.

"그만하고, 빨리 서두르기나 해!"

설향이 단장을 끝내자 소매저는 은으로 된 물담뱃대를 들고 함께 나갔다. 동합흥리 골목에서 마차를 타고 마부에게 먼저 대마로 형달리 양행으로 가자고 했다. 마차가 포구장을 벗어나 얼마 달리지 않아서 목적지에 도착했다. 마부는 갈중영 일행이 마차에서 내리자 마차를 한쪽으로 끌고 가서 기다렸다. 중영과 설향, 소매저는 양행 문을 들어서며 눈으로 둘러보았다. 아름다운 광채를 발하는 물건들로 눈앞이 어지러워 현기증이 날 지경이었다. 일일이 이름을 말할 수도 없고 또 자세하게 살펴볼 겨를도 없어 대충 둘러보기만 했다. 그 양행의 종업원들은 여러 가지 장난감을 꺼내놓으며 태엽을 돌려 구경하게 했다. 날개를 치며 지저귀는 갖가지 장난감 새도 있고, 박자를 맞춰 춤을 추는 다양한 동물 장난감도 있었다. 또 구리로 만든 서양 인형들은 네다섯 줄로 앉아 나팔을 불고 비파를 타고 심벌즈, 북 등의 타악기들을 치며 합주곡을 연주하였다. 그 외에도 움직이는 배, 차, 개, 말 등 셀 수 없을 정도였다.

중영은 필요한 물건만 골라냈다. 설향은 시계가 달린 팔찌 하나가 마음에 들어 사려고 했다. 중영은 머릿속으로 가격을 계산해서 먼저 수표 한 장으로 지불하였다. 그리고 다시 몇 자를 적어 그 양

養圃魚戲
言徵善教
第六回
三十六

행 직원에게 물건들을 후마로 덕대 전장으로 보내라고 하고, 그곳에서 나머지를 계산하라고 했다. 계산을 모두 끝내고 난 후 다 같이 양행 문을 나섰다. 설향이 마차 위에서 시계 팔찌를 풀어 소매저에게 보여주자 중영이 말했다.

"예쁘기만 하지, 뭐 특별한 건 없네."

정안사(靜安寺)에 도착하여 명원(明園)으로 들어갔다. 그때가 이미 다섯 시가 넘은 때라 나들이객들은 드문드문 있고 마차도 거의 없었다. 중영은 서양식 건물 일 층에서 차를 마셨다. 설향은 소매저의 부축을 받으며 회랑을 따라 한 바퀴 돌고 돌아가려고 했다. 중영 역시 별다른 재미가 없어 그녀의 뜻을 따랐다.

황포강가에서 사마로로 돌아드니 대로 양쪽에는 가스등이 환하게 켜져 있었다. 집에 도착하자 남자 하인이 말을 전했다.

"건너편에서 두 번이나 초대하러 왔었습니다."

중영은 잠깐 앉았다가 설향과 작별하고 그곳으로 건너갔다. 왕연생은 장혜정의 방에서 그를 맞이했다. 먼저 도착한 손님들이 자리에 앉아 있었다. 주애인, 진소운, 홍선경, 탕소암 말고도 두 사람이 더 있었다. 그들은 상해 관리집안의 자제 도운보(陶雲甫)와 도옥보(陶玉甫) 형제였다. 서른 살이 되지 않는 그들은 갈중영의 집안과는 대대로 교분이 있었다. 서로들 자리를 양보하며 앉았다.

잠시 후 나자부도 도착했다. 진소운이 왕연생에게 물었다.

"또 올 사람이 더 있나?"

"공관 동료 두 명이 더 있는데, 상인리 위하선 집에 가 있겠다고 했네."

"그러면 서둘러 청하게."

"이미 청했네. 굳이 그들을 기다릴 필요는 없어."

왕연생은 아주머니에게 술자리를 준비하라고 하고 탕소암에게 국표를 쓰게 했다. 그곳에 온 남자 손님들이 부르는 기녀들은 모두 오랫동안 사귄 애인들이어서 소암은 묻지도 않고 한 번에 써 내려갔다. 나자부는 그 국표를 가져와서 보고 황취봉의 것을 뺐다.

왕연생이 물었다.

"왜 그러나?"

자부가 말했다.

"자네도 봤잖아, 어제 저녁에 늦게 와서 잠깐 앉았다가 가버리는데 누가 기분 좋다고 부르겠어!"

탕소암이 말했다.

"그녀 탓 하지 마, 아마 다른 곳에서 불러서 갔을 거야."

"다른 곳에서 부르긴! 그녀는 '삼 주 동안 여섯 시'[3]야."

"그렇다면 더 놀기 좋지."

그때 손님을 재촉하러 간 하인이 돌아와 아뢰었다.

"상인리에 갔더니, 먼저 시작하라고 하셨습니다."

왕연생은 수건을 올리라고 했다. 아주머니는 대답을 하고 국표를 들고 내려갔다. 탕소암이 원래대로 황취봉의 국표를 그 사이에다 끼워 넣은 뒤였다. 왕연생은 방 한가운데 네모난 탁자 세 개를 연결하여 손님들을 청했다. 모두들 마고자를 벗고 편안하게 앉았다. 다만 중간에 있는 교의 두 자리는 비워두었다. 장혜정이 술을 따르고 수박씨 접시를 공손히 올리자 홍선경은 술잔을 받아 들며 그녀에게 말했다.

"선생, 축하합니다."

장혜정은 부끄러운 듯 입을 오므리며 웃었다.

"뭘요!"

선경도 목을 가다듬고 그녀 목소리를 흉내내며 '뭘요!' 하고 따라 했다. 모두들 그의 흉내에 한바탕 크게 웃었다.

소당명이 곡목을 올리자, 왕연생은 마음 가는 대로 〈단교(斷橋)〉[4]와 〈심몽(尋夢)〉[5]을 골랐다. 소당명은 내려가 연주를 시작하였다. 남자 하인이 위모(緯帽)[6]를 쓰고 첫 번째 상어지느러미 요리를 올릴 때, 뜻밖에도 황취봉이 가장 먼저 도착했다. 그러자 탕소암이 나자부에게 말했다.

"봐, 제일 먼저 도착하잖아, 자네 비위를 맞춰주려는 거 아니겠어?"

자부가 입을 내밀며 어딘가를 가리키자 소암은 고개를 돌려보았다. 갈중영 뒤쪽에 오설향이 먼저 와서 자리에 앉아 있었다.

"오설향은 본당국과 다름없잖아. 건너오기만 하는 되는데, 그녀와 비교하면 안 되지."

황취봉의 아주머니인 조가모(趙家姆)가 물담뱃대를 꺼내 담배를 채우다가 탕소암의 말을 듣고 약간 어리둥절해져서 말을 꺼냈다.

"우리는 쪽지를 받고 정말 부랴부랴 왔어요. 가끔 다른 곳에 있을 때면 바로 올 수 없기는 하지만 일부러 늦게 오겠어요?"

황취봉은 정색을 하며 조가모의 말을 끊었다.

"무슨 말 하려는 거야! 빠르면 빠른 대로, 늦으면 늦은 대로지. 왜 그렇게 말이 많아!"

탕소암은 분명 이 말을 들었지만 미소를 지으며 못 들은 체했다. 오히려 나자부가 성질이 나려고 하자 왕연생이 재빨리 화제를 바꾸었다.

"우리 화권이나 하세. 자네가 먼저 오십 잔을 깔게."

"겨우 오십 잔, 뭐 대단한 거라고!"

탕소암이 말했다.

"스무 잔으로 해."

왕연생이 말했다.

"나자부는 기녀들을 많이 불렀잖아. 적어도 서른 잔은 해야 해. 먼저 나와 붙어."

그리고 왕연생은 나자부와 화권을 시작했다.

황취봉은 오설향에게 물었다.

"노래 불렀어요?"

설향이 말했다.

"전 안 부를 거예요. 당신이 불러요."

조가모가 비파를 건네주니 취봉은 줄을 고르고 탄사 개편 한 곡을 부르고, 또 경극 곡조인 〈삼격장(三擊掌)〉[7]의 절정부 한 소절을 불렀다. 조가모는 나자부 대신 벌주 다섯 잔을 마셔 얼굴이 발개졌다. 자부는 그래도 조가모에게 대신 벌주를 마시라고 했다. 바로 그때 장월금이 와서 술잔을 가로채 갔다. 조가모는 이 틈을 타서 담뱃대 두 대에 담배를 채우며 말했다.

"우리는 먼저 가야 하니 미리 두 잔을 마셔도 되겠지요?"

나자부는 더욱 약이 올라 계항배 세 개를 가져와 술을 가득 따르고 조가모에게 주었다. 조가모는 잔을 집어 들긴 했지만 머뭇거리며 술을 다 마시지 못했다. 황취봉은 성질이 나서 조가모에게 말했다.

"이리 가져와."

그리고 나머지 두 잔을 모두 큰 유리잔에 부어 한 번에 마시고 나서 말했다.

"나중에 건너오셔요."

황취봉은 이 말만 하고 고개도 돌리지 않고 바로 나갔다.

나자부는 탕소암에게 말했다.

"자네 어떤가? 부르지 말 걸 그랬지?"

장월금이 말을 되받았다.

"나리가 잘못했어요. 다 마시지도 못하는 걸 억지로 마시라고 했잖아요."

탕소암이 말했다.

"어린애처럼 소란 피우지 말게, 그게 뭐가 중요하다고 그래. 자네가 사귀지 않으면 그만이야."

管老鵝奇事
反常情

나자부가 크게 소리쳤다.
"그래도 또 그녀를 불러야겠어! 아줌마, 붓 가져와!"
장월금은 자부의 소매를 잡아당기며 말렸다.
"누구를 부르겠다는 거예요? 당신…."
그녀는 말을 하다 말고 다시 삼켰다. 그러자 자부가 웃으며 말했다.
"너도 황취봉에게 물든 모양이군."
장월금은 다른 곳으로 고개를 돌려 웃음을 참으며 말했다.
"불러요, 저도 가야 하니까."
"가면, 너도 다시 부를 거야."
월금은 더 이상 웃음을 참을 수 없었다. 아주머니가 붓을 가져오며 물었다.
"붓이 필요하다고 하셨습니까?"
왕연생이 말했다.
"가져와. 내가 대신 써줄게."
나자부는 왕연생이 고개를 숙이고 무엇을 쓰는지 알 수 없었다. 진소운은 가까이 앉아 보고 웃기만 했다. 도운보가 나자부에게 말했다.
"언제 황취봉과 사귀었나?"
"한 보름 전에. 처음에는 그녀가 좋아 보였지."
"월금 선생이 있는데, 뭐 하러 취봉과 사귀려는 건가? 취봉은 성질이 아주 안 좋아."
"기녀가 성질이 있어야지, 아니면 어떻게 일을 해 나가겠나!"
"자네는 몰라. 만약 손님이 그녀의 성질을 헤아려서 마음을 맞춰 준다면야 거짓 마음이라도 아주 훌륭해. 그런데 사귄 지 얼마 되지 않았는데 성질을 부리는 건 좋지 않아."
"취봉은 기생어미가 사 온 기녀야, 기생어미가 그냥 내버려두겠나?"

"기생어미가 감히 어떻게 간섭해. 취봉이 오히려 기생어미를 간섭하려 하지. 기생어미는 무슨 일만 있다 하면 취봉에게 먼저 물어봐. 그러면 취봉이 이건 이렇게, 저건 저렇게 하라고 하고. 게다가 기생어미는 시도 때도 없이 취봉에게 아부를 한다지."

"기생어미가 정말 좋은 사람인가 보군!"

"기생어미가 좋을 리가 있나! 자네 알고 있나? 황이저라고, 바로 황취봉의 기생어미지. 아주머니 출신인데, 기생어미가 되면서 예닐곱 명의 기녀를 샀으니까 역시 조계지에서 유명한 기생어미야. 그런데 황취봉을 만나고 꺾여버렸어."

"황취봉과 무슨 일이 있었어?"

"정말 대단했지! 황취봉이 어린 기녀일 때 기생어미와 싸웠는데, 기생어미한테 두들겨 맞았어. 그때 취봉은 이를 꽉 깨물고 소리 하나 내지 않았다는 거야. 아주머니들이 말리며 떼어놓자 취봉은 탑상 위에 있는 생아편을 두 줌 삼켜버렸어. 기생어미가 그것을 알고 기겁을 해서 황급히 의사선생을 불렀지. 황취봉은 절대 약을 먹으려고 하지 않았어. 구슬려도 보고, 협박도 해보았지만 먹지 않았어. 기생어미라고 별 수 있나. 무릎을 꿇고 그녀에게 머리를 조아리며 '지금부터 너한테 다시는 잘못하지 않을게'라고 했고 그제야 토하려고 했다는군."

나자부는 도운보의 이야기를 듣고 가슴이 두근거리고 모골이 송연해지고 얼이 나가버렸다. 술자리에서도 모두 탄성이 나오고, 기녀, 아주머니들조차도 이 이야기를 듣고 멍해졌다. 오직 왕연생만이 계속 쪽지를 적는 데 집중하느라 듣지 못한 것 같았다. 그는 쪽지를 다 쓰고 나서 아주머니에게 건네주었다. 나자부가 가져와 보니 마차와 식사비용을 적은 쪽지였다. 그래서 개의치 않고 내버려두었다. 왕연생이 말했다.

"자네들 술을 왜 안 마시고 있나? 자부 자네는 다 마셨나?"

"아직 열 잔 남아 있어."

왕연생이 탕소암에게 화권을 하라고 했다. 그러자 소암이 말했다.

"옥보도 아직 안 했네."

이 말이 끝나기도 전에 계단을 오르는 발소리가 나더니 두 사람이 떠들썩거리며 들어왔다.

"누가 깔아놓은 거야? 우리가 하지!"

이 두 사람이 왕연생의 동료라는 것을 알고 모두 일어나 자리를 양보했다. 그러나 그들은 앉지 않았다. 그중 한 사람은 탁자 앞에 서서 소매를 걷어 올리고 어깨를 비집고 들어와 '오괴(五魁)'[8] '대수(對手)'[9]라며 시끄럽게 소리를 지르고, 또 한 사람은 임소분의 동생 임취분의 허리를 껴안고 입맞추려 하면서 중얼거렸다.

"내 작은 보석, 이 향긋한 얼굴!"

임취분은 급히 얼굴을 가리고 몸을 숙여 탕소암 등 뒤로 가서 소리를 질렀다.

"이러지 말아요!"

왕연생이 황급히 말했다.

"울리지 말게."

임소분이 웃으며 말했다.

"울긴요."

그리고 임취분에게 말했다.

"향긋한 얼굴이라고 한 게 뭐가 거북하다고? 네 꼴 좀 봐, 귀밑머리도 다 헝클어졌어."

취분은 겨우 그 상황에서 벗어나 두구함을 가져와서 거울을 비춰보았다. 소분이 대신 그녀의 머리를 매만져주었다. 마침 그 두 사람이 데리고 온 기녀 두 명이 뒤이어 도착하자, 그들은 비어 있던 교의에 각각 앉았다.

왕연생이 그들에게 물었다.

"위하선 집은 누가 만든 술자리인가?"

그 두 사람이 말했다.

"요계순(姚季蒓)이지."

"어쩐지 자네 두 사람 모두 많이 취했더라니."

두 사람은 또 큰소리로 떠들어댔다.

"누가 취했다고 그래? 우리는 화권 할 거란 말이야."

나자부는 두 사람이 취한 것을 보자 흥이 도무지 생기지 않아 남아 있는 열 차례를 대충 겨루고 끝냈다. 나자부가 말했다.

"술은 편할 대로 대신 마십시다."

장월금도 대신 몇 잔 마셨다.

나자부의 선이 다 끝났을 때 임소분과 임취분 자매는 이미 가고 없고 장월금도 작별 인사를 했다. 나자부는 그 틈에 자리에서 일어나 조용히 탕소암과 약속하고 안쪽 방으로 가서 마고자를 입고 침대 뒤쪽으로 먼저 나갔다. 집사 고승(高升)이 그를 보자 급히 가마를 대령시켰다. 나자부는 상인리에 가마를 갖다 놓으라고 했다. 탕소암은 나자부가 도운보의 말을 듣고 황취봉의 집으로 가려는 것을 알고 속으로 웃었다.

대문을 나선 두 사람은 골목길 양쪽에 마차와 가마들이 줄줄이 늘어서 있는 것을 보고 하는 수 없이 몸을 옆으로 붙여 서서 나왔다. 마침 한 여자 하인이 마차 틈 사이를 비집으며 오고 있었다. 그 여자 하인은 고개를 들고 그들을 보자 마자 웃었다.

"아요! 나 나리!"

그리고 급히 그들이 지나가도록 길을 비켜섰다. 나자부가 자세히 보니 바로 심소홍 집에서 일하는 아금대였다.

"선생 따라 나왔나?"

아금대는 대충 대답하고 가버렸다.

탕소암은 나자부와 함께 황취봉의 집으로 갔다. 남자 하인이 알리자 여자 하인 소아보(小阿寶)가 아래층으로 내려와서 그들을 맞이하며 웃으며 말했다.

"나 나리, 한동안 안 오셨지요."

그녀는 주렴을 걷어 올리며 방으로 안내했다. 잠시 후 황취봉의 두 자매 황주봉(黃珠鳳)과 황금봉(黃金鳳)이 맞은편 방에서 건너와 흘낏 쳐다보더니 '형부' 하며 나자부에게 쪼르르 다가가서 수박씨를 올렸다. 탕소암이 먼저 물었다.

"언니는 나갔어?"

금봉이 머리를 끄덕이며, '예' 하고 대답했다. 소아보가 찻잔을 가져오다 말고 황급히 끼어들며 말했다.

"나간 지 좀 됐으니까 곧 돌아올 거예요."

나자부는 흥이 나지 않아 탕소암에게 눈짓으로 가자고 했다. 그들이 일어나 내려가려고 하자 소아보가 다급하게 소리를 질렀다.

"가지 마세요."

소아보가 급히 따라가 보았지만 이미 늦은 뒤였다.

---

1 亨達利 : 1864년 프랑스인 Hope가 양경빈(洋涇浜)의 삼모각교(三茅閣橋, 지금의 연안로 강서중로 입구)에 개업하였다. 영문명은 'Hope Brother's & Co'이며, 중문명이 '亨達利'인데, 형통(亨通), 발달(發達), 영리(盈利)의 함의를 가지고 있다. 19세기 말 주인이 바뀌어 영국조계의 대마로 포구장(지금의 남경로 하남로 입구)으로 옮겼다.

2 강사차(鋼絲車). 자동차처럼 바퀴에 강철을 사용한 마차.[일]

3 질투한다는 것을 속되게 표현한 말. 삼 주(21일, 廿一日)는 질투를 나타내는 식초 초(醋)자에서 술 주(酒)자와 더불어 廿一日로 나뉘는 것에서 유래했다. 이 속어는 근대에 생겨나서 50년대까지 유행하였다.

4 단교 : 백사의 화신 백소정(白素貞)과 허선(許仙)의 사랑이야기를 담은 곤극 『백사전(白蛇傳)』의 한 대목이다.

5 심몽 : 이 곡은 명대 극작가 탕현조의 대표작이자 곤극의 대표작인 『모란정(牡丹亭)』의 제12척에 해당한다. 〈심몽〉은 〈경몽(驚夢)〉과 함께 가장 사랑

받는 대목이다.

6 청대(淸代)의 여름 모자. 모자챙이 없다. 대나무나 등나무로 모양을 만들고 비단으로 덧댄다. 기루에서 남자 하인이 명절이나 큰 술자리에 요리를 올릴 때 이 모자를 써서 융숭한 분위기를 연출하였다.[장]

7 경극 곡목명. 〈홍종열마(紅鬃烈馬)〉라고 하며, 일설에서는 〈홍종열마〉의 한 절이라고도 한다. 내용은 다음과 같다. 당 승상 왕윤(王允)의 셋째딸 왕보천(王寶釧)은 혼사 문제로 부친과 반목하다 부친이 옷을 찢자 집을 나갔다. 부녀는 세 번 손뼉을 치며 다시는 보지 않겠다고 맹세했다. 왕보천은 상부를 떠나 한요(寒窯)로 들어가 설평귀(薛平貴)와 혼인하였다. 주로 〈무가파(武家坡)〉, 〈대등전(大登殿)〉 등과 함께 공연한다.

8 숫자 5를 의미하며, 쌍방이 낸 손가락 숫자 합이 5이면, '오괴'를 외친 사람이 이기게 된다.

9 무승부, 비겼다는 의미

07

악랄한 올가미는 남을 현혹하는 전략을 덮어두고, 아름다운 인연은 박명의 구덩이를 메우다

惡圈套罩住迷魂陣 美姻緣塡成薄命坑

황취봉 동생 금봉은 나자부와 탕소암을 붙잡지 못해 창문턱에 올라가서 큰 소리를 질렀다.

“엄마, 나 나리 가셔요!”

기생어미 황이저(黃二姐)는 작은방 안에서 그 말을 듣고 황급히 쫓아 나왔다. 마침 계단 아래에서 나자부 일행과 부딪혔다. 그녀는 나자부의 소매를 붙잡으며 말했다.

“가지 마세요.”

“여기에 있을 시간이 없네.”

“가시려면 우리 취봉이 돌아오거든 가세요.”

황이저는 또 탕소암에게도 화난 목소리로 말했다.

“탕 나리께서 바쁘셔요? 우리 나 나리와 함께 앉아 이런저런 이야기 나누시지 않고요.”

황이저는 다짜고짜 나자부를 붙잡고 위층으로 올라가며 소아보에게 탕소암을 모시고 오라고 했다. 황이저가 말했다.

"마고자를 벗고 잠시 앉아 계셔요."

황이저는 나자부 대신 단추를 풀어주었다. 금봉은 그것을 보고 탕소암의 단추를 풀어주었다. 소아보는 찻잎을 넣고 소암의 손에 들려 있는 마고자를 받아 들었다. 황이저도 나자부의 마고자를 소아보에게 건네주며 옷걸이에 걸어두라고 하였다.

황이저가 고개를 돌리니 한쪽에 황주봉이 우두커니 서 있는 게 보였다. 황이저는 그녀가 접대를 하지 않고 있어 화가 치밀어 올라 눈을 부릅뜨고 째려보았다. 주봉은 깜짝 놀라 얼른 물러나서 황급히 물담뱃대를 가져와 자부에게 담배를 채워주었다. 자부는 손을 내저으며 말했다.

"탕 나리에게 주게."

황이저가 자부에게 물었다.

"술 많이 드셨어요? 탑상에 잠시 누우세요."

자부는 태연하게 탑상으로 가서 누웠다. 소아보는 물수건을 짜서 건네주고 나서 찻잔 하나를 아편 소반에 옮겨놓으며 탕소암에게 차를 권했다. 소암이 벽쪽에 놓여 있는 교의에 앉자 주봉이 옆에서 물담배를 채워주었다. 황이저는 금봉에게도 물담뱃대를 하나를 가져오라고 하였다. 그리고 탑상 앞 등받이 없는 작은 의자에 앉아 담배를 한 모금 빨고 고개를 옆으로 돌리며 조용히 웃으면서 자부에게 말했다.

"화나셨죠?"

"화는 무슨?"

"그런데 왜 며칠 동안 오지 않으셨어요?"

"시간이 없었어."

황이저는 '흥' 하고 콧방귀를 뀌고 잠시 후 웃으며 말했다.

"그거 맞는 말씀이네요. 하루 종일 오랜 애인과 계셨으니 여기에 올 시간이 있었겠어요?"

자부는 살짝 웃기만 하고 대꾸하지 않았다. 황이저는 또 물담배를 한 모금 빨고 천천히 말을 뱉었다.

"우리 취봉의 성질이 그리 좋지 않으니 나리께서 화가 나실 만도 하지요. 사실 그 애는 성질이 좀 있긴 하지만 손님마다 달라요. 나리 면전에서는 성질 낸 것도 아니에요. 탕 나리께서도 취봉을 좀 아실 겁니다. 그 애는 손님을 사귈 때, 상대방이 인내심이 있어서 계속 관계를 유지할 수 있으면 정말 잘해요. 서로 사이가 좋은데 그 애가 왜 성질을 부려요? 인내심 없는 손님에게만 성질을 부리죠. 그 애가 성질을 부리기 시작하면, 말도 마세요. 비위를 맞추지 않는 것은 말할 것도 없고 아예 거들떠보지도 않아요. 탕 나리, 맞죠? 지금 나 나리께서는 우리 취봉이 비위를 맞춰주지 않는다고 화가 나신 모양이신데 어디 알아요, 우리 취봉의 속마음은 나 나리와 잘 지내고 싶어 하는지 말이죠. 나리께서 꼭 사귀려고 하는 게 아니라면 그 애 입장에선 괜히 나리의 비위를 맞춰주고 싶지 않겠죠. 그 애도 나리께서 장월금과 사오 년 동안 만나고 있다는 사실을 알고 있어요. 한번은 나에게 이런 말을 하더군요. '나 나리가 생각보다 인내심이 있나 보죠. 장월금과 사오 년이나 사귀고 있잖아요. 그런데도 나와 사귀는 게 잘 될까?' 그래서 제가 '나 나리가 인내심이 있다는 걸 잘 알면서 왜 비위를 맞추지 않는 거냐?'라고 물었더니, 그 애도 참 말은 잘 해요. '나리에게는 오랫동안 만나는 애인이 있고, 내가 제대로 비위를 맞추지 못해서 괜히 장월금에게 웃음만 사게 될까 봐 그러죠.'라고 하더군요. 이게 그 애의 진짜 속마음이에요. 그 애가 나 나리께 비위를 맞추려고 하지 않는다고 말씀하시면, 그 애 입장에선 오히려 억울하지요. 나 나리, 제가 말씀드리면요, 지금 막 사귀신 터라 우리 취봉의 성격을 잘 모르시지만, 딱 한 철기만 만나보세요. 그러면 알게 될 겁니다. 우리 취봉도 나리께서 사귈 마음이 있다는 것만 알면, 조금씩 비위를 맞춰 갈 거예요."

나자부는 그녀의 말을 듣고 냉소를 지었다. 황이저도 웃으며 말했다.

"제 말이 안 믿기세요? 탕 나리께 한번 물어보세요, 탕 나리께서는 잘 알고 계실 겁니다. 탕 나리, 생각해보세요. 만약 우리 애가 나 나리와 잘 지내고 싶어 하지 않았다면, 나 나리께서 어떻게 열 몇 번이나 불렀겠어요? 그 애 속마음은 잘 지내고 싶어 하는 거예요. 말을 안 해서 그렇죠. 아주머니나 여자 하인들조차도 그 애 속마음을 몰라요. 오직 저만 아주 조금 눈치 챌 뿐이죠. 만약 지금 나 나리를 그냥 보내버리면 나중에 그 애가 돌아와서 저를 두고두고 원망할 겁니다. 그래요, 솔직히 말씀드리지요. 그 애가 이 일을 한 지 오 년 정도 되었어요. 그동안 통틀어 사귄 손님이 세 명 뿐이에요. 한 사람은 상해에 있고, 나머지 두 사람은 일 년에 두 번 상해에 올까 말까 하지요. 깔끔한 걸로 치면 정말 깔끔하다 할 수 있죠. 저도 그 애에게 다른 손님도 눈여겨보라고 하지만 말이죠, 저도 좀 장사가 잘 돼야 하잖아요, 그런데 이것도 어려워요. 격이 좀 떨어지는 손님은 아예 말도 못 꺼내요. 손님이 괜찮다 싶어도 그 애가 그 손님이 인내심이 없다고 하면, 별 수 있나요 없어야 하지요. 그러니 전들 무슨 수가 있겠습니까? 그러니 그 애와 나 나리의 사이가 좋아서 나리께서 계속 찾아주시면 저 역시 장사도 더 잘 된다고 보는 거죠. 그렇지 않으면 솔직히, 우리 집에 나 나리 같은 손님들 많이 오십니다. 손님이 들어오든 나가든, 다 그 애들이 하지 제가 접대한 적 있나요? 그런데 왜 유독 나 나리만 제가 접대하려고 하겠어요?"

나자부는 여전히 말없이 가만히 있었다. 탕소암 역시 살짝 미소만 머금고 있을 뿐이었다. 황이저가 또 말했다.

"나 나리께서 우리를 찾아주신 지 보름 정도 되었고, 우리 취봉에게도 그런대로 잘해주셨죠. 그래도 우리 취봉은 나리께 오랜 애인이 있다 보니 자기는 빈자리나 때우는 정도로 생각하는 것 같아요. 그래서 제가 '너도 비위를 맞춰봐, 무슨 오랜 애인이고 새 애인이고 따로 있다고 나리께서 너를 푸대접하겠니?'라고 말했더니, 그 애가 '나중에 다시 봐요.'라고 하더군요. 그저께 그 애가 나갔다 돌아와서는 저에게 '엄마, 엄마가 말했죠, 나 나리가 나에게 잘할 거라고. 그런데 나리는 장월금 집으로 가서 술을 마셔요.'라고 하길래, 제가 '술자리가 많은 건 아무것도 아니야.'라고 말해주었죠. 저도 취봉이 그렇게 많이 마음을 쓰고 있는 지 몰랐어요. 글쎄 '나 나리는 오랜 애인과 사이가 변함없이 좋은데, 나와 좋아지겠어요?'라고 하지 뭐예요."

자부는 여기까지 듣고 말이 끝나기 전에 끼어들었다.

"그건 아주 쉽지, 바로 술자리 차려."

황이저는 정색을 하며 말했다.

"나리, 술자리를 만드는 게 중요한 게 아닙니다. 제가 한 말 때문에 술자리를 가지겠다고는 하지 마세요. 취봉이 살갑게 대하지 않는다면 나리를 속인 거라고 비난하실 겁니다. 나리께서 우리 취봉과 사귀고 싶으시면 반드시 우리 애 한 명하고만 만나야 해요. 그러면 백이십분 비위를 맞출 것이고 조금도 잘못하지 않을 거라고 제가 보장합니다. 우리 취봉과 만나게 되면 다시는 장월금과 사귀면 안 됩니다. 양 다리는 안 된다는 거지요. 제 말을 못 믿으시면 나중에 한번 보세요. 그 애가 어떻게 나오는지요, 비위를 맞출지 말지요."

자부가 웃으며 말했다.

"그것도 아주 쉽지. 장월금에게 가지 않으면 그만이잖아."

황이저는 고개를 숙이고 웃더니 또 물담배를 한 모금 빨고 나서 말을 이었다.

"나리, 농담도 잘 하십니다. 사오 년 된 애인인데, 가지 않겠다고 말한다고 해서 가지 않나요? 말이야 아주 쉽죠, 누구를 속여요?"

이 말을 하고 황이저는 물담뱃대를 내려놓고 다른 일이 있는지 건넛방으로 갔다.

순간 자부는 도운보가 한 말이 결코 거짓이 아니구나 생각하고 속으로 진실로 흠모하는 마음이 생겼다. 탕소암과 의논하려 했지만 마뜩잖아 잠깐 생각해보고는 일어나 앉으며 차를 한 모금 마셨다. 주봉은 황급히 물담뱃대를 가져왔지만 자부는 피우지 않겠다고 손을 내저었다. 소아보와 금봉은 화장대 앞에 걸터앉아 등불 가까이 머리를 맞대고 뭔가를 보면서 웃고 있었다. 자부가 물었다.

"무슨 물건이야?"

금봉은 소아보의 손에서 그것을 빼앗아 키득거리며 자부에게 보여주었다. 그것은 다름 아닌 반쪽짜리 호두알이었다. 그 안에 오색빛깔의 춘화가 조각되어 있었다. 자부는 껄껄 웃었다. 금봉이 말했다.

"자, 보세요."

금봉이 껍질 바깥 실을 잡아당기니 껍질 안의 인물들이 움직였다. 그제야 탕소암도 가까이 다가와 보고 또 보더니 금봉에게 말했다.

"이게 뭔지 알아?"

"왜 몰라요, '포도시렁'[1]이죠."

소아보는 웃으며 황급히 말을 막았다.

"탕 나리와 말 섞지 말아요. 아가씨를 놀리는 거예요."

한참 장난치고 웃고 있는데 황이저가 다시 건너와 물었다.

"왜들 웃고 난리야?"

금봉은 황이저에게 그것을 보여주었다.

"어디에서 가져왔어? 제자리에 갖다 놓는 게 좋을걸. 나중에 고장이라도 나면 언니에게 한 소리 들을 텐데."

곧바로 금봉은 소아보에게 갖다 놓으라고 주었다.

나자부는 일어나며 황이저에게 눈짓을 주고 함께 중간 응접실로 갔다. 어두컴컴한 곳에서 두 사람이 무슨 말을 하는지 알 수 없었다. 한참을 소곤거리다 황이저가 창문 밖을 향해 소리쳤다.

"나 나리 집사 밖에 있으면 올라오라고 해."

惡圈套
罩住迷魂陣
海上花列傳
第七回
四十三

한편 자부는 방으로 들어가 소아보에게 필묵을 가져오라 했고 해서 탕소암에게는 초대장을 쓰라고 했다. 좀 전까지 함께했던 몇 사람들을 초대했다. 황이저는 직접 가스등에 불을 붙여 탕소암이 대충 써 내려간 것을 확인하고 소아보에게는 그것을 가지고 내려가 손님들을 초대하라고 남자 하인에게 이르라 하였다. 황이저가 자부에게 말했다.

"나리의 집사가 기다리고 있어요. 하실 말씀 있으신가요?"

"오라고 하게."

바깥에서 고승은 부르는 소리를 듣고 황급히 주렴을 걷고 방으로 들어왔다. 자부는 몸에 차고 있던 열쇠꾸러미를 건네 주며 지시했다.

"넌 돌아가서 내 침대 뒤 세 번째 함 안에 들어 있는 문갑을 가져오거라."

고승은 열쇠를 받아 들고 갔다. 황이저가 물었다.

"술자리를 차릴까요?"

괘종시계를 보니, 시간은 벌써 한 시 삼십 분을 넘기고 있었다.

"차려야겠네. 시간이 늦었어."

탕소암이 웃으며 말했다.

"뭐가 급해! 취봉이 돌아오는 시간에 맞추는 게 딱 좋지."

황이저가 황급히 말했다.

"빨리 오라고 할게요. 그쪽은 도박하는 곳이라 대신 마작을 하는 모양이에요. 안 그러면 이렇게까지 오래 걸릴 리가 없어요."

그리고 큰 소리로 말했다.

"소아보, 얼른 가서 빨리 돌아오라고 해."

소아보는 대답하고 내려가려 하였다. 황이저가 갑자기 그녀를 또 불러 세웠다.

"잠깐, 할 말이 있어."

황이저는 급히 뒤쫓아 나가 계단 입구에서 소아보의 귀에 대고 소곤거리고 나서 말했다.

"꼭 기억해."

소아보가 간 후 황이저는 남자 하인에게 탁자와 의자를 옮기고 젓가락과 술잔을 놓으라고 시키고 술자리를 마련했다. 손님을 초대하러 간 하인도 돌아와 말을 전했다. 주애인과 도씨 형제만 올 수 있고 나머지는 돌아갔거나 잠자리에 들어 대신 감사의 말만 전했다고 했다. 나자부도 어쩔 수 없었다.

갑자기 아래층 대문으로 가마 들어오는 소리가 들려왔다. 황이저는 취봉이라고 생각하고 급히 창가로 가서 내다보았다. 그런데 주애인이었다. 나자부는 그를 맞이하며 자리를 양보했다. 주애인은 황취봉도 없는데 술자리를 마련하는 이유가 궁금해서 조용히 탕소암에게 물어보고서야 상황을 이해했다.

두 시가 거의 다 되도록 한담을 나누고 있는데 갑자기 소아보가 헉헉대며 방으로 뛰어 올라오며 말했다.

"왔어요! 왔어요!"

황이저가 말했다.

"왜 뛰어 와?"

"급하죠. 선생님도 급히 오고 계세요."

"왜 이렇게 오래 걸렸대?"

"대신 마작을 했대요."

"내가 그럴 거라고 했잖아. 예상은 했어."

곧이어 자박자박 발자국 소리를 내며 올라오는 소리가 들리자, 황이저는 황급히 맞이하러 나갔다. 먼저 조가모가 비파와 물담뱃대를 들고 들어오며 '나 나리' 하고 웃으며 물었다.

"오래 기다리셨어요? 하필 도박판에 불려갔을 때였네요. 재촉하러 오지 않았다면 한참 더 있어야 했을 거예요"

잠시 후 황취봉이 천천히 방으로 돌아왔다. 황취봉은 수박씨 접시를 공손히 올리고 나자부에게 고개를 돌리며 애교스럽게 웃음을 환히 지어 보였다. 자부는 취봉의 이런 모습을 본 적이 없는 데다 의외의 대접을 받고 보니 몹시 흐뭇했다. 얼마 후 운보도 도착했다. 나자부가 말했다.

"옥보만 아직 오지 않았네, 우리 먼저 앉지."

탕소암은 곧바로 손님을 재촉하는 초대장과 국표를 조가모에게 건네주며 말했다.

"먼저 동흥리 이수방에게 가보게, 손님과 기녀 모두 그곳에 있을 거야."

조가모가 대답했다.

"알겠습니다."

그리고 모두들 자리에 앉았다. 황취봉은 손님들 앞으로 다가가 술을 한 잔씩 따르고, 나자부 뒤에 앉았다. 주봉과 금봉은 술자리 예의를 갖춰 접대를 하고 편히 앉았다. 황이저는 이 틈을 놓치지 않고 슬쩍 빠져나갔다. 취봉은 소아보에게 호금을 가져오라고 하고 금봉에게 비파를 주었다. 그리고는 탄사 개편도 부르지 않고 바로 자신이 가장 잘 부르는 〈탕호선(蕩瑚船)〉[2] 전곡을 금봉과 함께 부르기 시작했다. 손님들은 노래를 듣느라 술 마시는 데는 안중에도 없었다. 자부는 노래를 들으며 멍하니 있었다. 마치 혼이 빠져나간 것 같았다. 조가모가 아뢰었다.

"도씨 둘째 도련님께서 오셨습니다."

자부는 그래도 전혀 반응이 없었다. 도옥보가 술자리로 들어오자 그제야 놀라며 황급히 일어나 그에게 인사를 했다.

기녀들도 속속 도착했다. 도옥보는 기녀를 데리고 왔기 때문에 또 부를 필요가 없었다. 이상한 것은 그가 데리고 온 기녀가 이수방(李漱芳)이 아니고 열두 세 살로 보이는 어린 기녀라는 점이었다. 눈썹은 그린 듯했고, 천진난만하게 옥보 팔꿈치에 꼭 붙어서 떨어지지 앉았다. 자부가 물었다.

"누군가?"

"이완방(李浣芳)입니다. 이수방의 동생인 셈이죠. 수방이 어디 몸이 불편한지 땀도 좀 흘리고, 잠이 들려고 해서 일어나지 말라고 했습니다. 그래서 대신 데리고 왔습니다."

마침 황취봉은 노래를 마치고 술자리 분위기를 살피며 말했다.

"뭘 좀 드셔야지요."

그녀는 나자부를 살짝 밀며 말했다.

"아무 말씀 안 하세요?"

자부가 웃으며 말했다.

"먼저 타통관[3] 해야지."

그리고 손을 뻗어 주애인과 시작했지만 특별히 승패라고 할 것도 없이 진행되었다. 다음 차례에서는 옥보가 지고 말았다. 이완방은 옥보가 화권에 진 것을 보고 옥보가 마시지 못하도록 두 손으로 술잔을 덮고 모두 아주머니에게 주었다. 옥보는 다섯 번을 연달아 져서 한 잔은 본인이 마셔야 했다. 그런데 이완방이 술잔을 빼앗으며 안절부절 못하며 말했다.

"마시지 말아요, 저희들 생각도 좀 해주셔야죠?"

옥보는 하는 수 없이 잔을 내려놓았다.

나자부는 이완방의 말이 이상해서 고개를 돌리며 그 이유를 물으려고 하였다. 그때 주렴 사이로 고개를 내밀고 있는 황이저를 보았다. 자부는 알았다는 듯이 입을 다물고 곧바로 자리에서 일어나 건넛방으로 갔다. 황이저는 집사 고승도 데리고 들어갔다. 고승이 문갑을 올려놓자 황이저는 탁자에 있는 서양등을 켰다. 자부는 또 다른 작은 열쇠로 문갑을 열고 열냥짜리 금팔찌 한 짝을 꺼내 황이저의 손에 쥐어주었다. 그리고는 다시 문갑을 잠그고 황이저에게 잠시 보관해두라고 하고 자신은 열쇠 두 개를 챙겼다.

美姻緣填
成薄命
坑

"내가 가서 황취봉을 이리로 보낼 테니 모양이 마음에 드는지 물어 보게."

그러고는 건넛편 방으로 돌아가 조용히 황취봉에게 말했다.

"당신 엄마가 불러."

취봉은 못 들은 척하며 한참을 가만히 있다가 갑자기 일어나 나갔다.

나자부는 자리가 썰렁하여 물었다.

"누가 선을 깔아놓은 건가?"

도운보가 말했다.

"우리들끼리 두 판이나 했네. 옥보는 먼저 보내주지. 아주머니와 이완방이 술을 못 마시게 하는데 뭐 하러 여기에 있겠나? 옥보 한 사람 때문에 아주머니와 여자 하인들이 이리저리 뛰어다니느라 바쁘고 또 누구는 초조해하고 있을 테니 말이야. 나중에 그 사람이 놀라 어떻게 되면 내 책임이라고 할 텐데, 보내주는 게 차라리 홀가분하지 않겠나?"

도운보의 말에 모두들 웃음을 터뜨렸다.

과연 여자 하인 둘과 여러 아주머니들이 옥보를 둘러싸고 있는 것을 보고 나자부가 말했다.

"자네를 붙잡아두면 안 되겠는걸."

도옥보는 한 마디도 못하고 멋쩍게 작별인사를 하고 이완방과 함께 먼저 갔다.

나자부는 도옥보를 배웅하고 돌아와서 말했다.

"이수방과 옥보는 정말 사이가 좋아!"

도운보가 말했다.

"사이가 좋은 사람들이야 많지만 저들처럼 사이가 좋은 사람들은 보지 못했네. 말로도 다할 수 없고, 그림으로도 그릴 수 없지. 어디로 가든지 아주머니를 꼭 따라붙게 해서 함께 가고 함께 돌아오지.

서로 하루라도 못 봤다고 하면 아주머니와 하인들이 사방팔방으로 찾아다녀야 하고, 찾지 못하면 참으로 시끄러워져. 내가 하루는 일부러 그들을 보러 갔었지. 어디 알았겠는가, 글쎄 두 사람은 한 마디도 하지 않고 멍하니 마주 보고만 있는 거야. 그래서 내가 무슨 일이 있냐고 물었더니, 그들도 아무 대답을 못 하는 거야."

탕소암이 말했다.

"아무리 생각해도 그들은 인연이야."

도운보가 말했다.

"무슨 인연, 내가 볼 땐 악연이야! 자네도 봤잖아, 옥보가 요즘 넋이 나가 멍하지 않던가, 그들에게 꽉 붙들려서 한 발짝도 움직이지 못해. 가끔 내가 옥보에게 연극을 보러 가라고 하면 곁에서 수방이 '극장 안은 나팔, 북 소리가 너무 시끄러우니 가지 말아요.'라고 하고, 마차를 타러 가자고 하면, '마차는 너무 흔들리니 가지 말아요.' 라고 해. 제일 우스운 이야기가 있어. 한번은 사진을 찍으러 갔는데 말이야, 눈에도 빛이 들어왔다는 거야. 그다음 날 날이 샜는데도 못 일어나더니 옥보에게 눈을 핥아 달라네. 한 보름 동안 핥고 나서 나아졌다는 거야."

모두들 그 말에 한바탕 크게 웃었다. 도운보는 고개를 돌려 손으로 자기가 부른 기녀 담여련(覃麗娟)을 가리키며 웃으면서 말했다.

"내가 사귀는 애인처럼 사이가 좋으면 좋은 대로 안 좋으면 안 좋은 대로, 이게 좋아. 와도 싫증내지 않고 가도 그리워하지 않고 마음이 내키는 대로 하니 이 얼마나 좋아?"

담여련이 말을 받았다.

"느닷없이 왜 우리 이야기를 끌어다 넣어요? 당신이 그들처럼 사이가 좋아지고 싶으면 당신도 그녀와 사귀면 되잖아요!"

"나는 자네가 좋다고 했는데 잘못 말했나?"

"당신은 짓궂어요. 그러니까 늘 이런 식이죠. 사이가 좋아지지도 않고 나빠지지도 않잖아요."

운보가 말했다.

"그래서 자네가 좋다는 거 아니야. 자네는 생각한다는 게, 고작 내가 짓궂다고밖에 할 줄 몰라?"

주애인이 정색을 하며 말했다.

"자네는 농담이라고 하지만 뼈가 있어. 내가 보니까 애인과는 사이가 좋을수록 오래가지 않아. 오히려 이런 식으로라도 한 해 한 해 지내기만 하면 돼."

이렇게 말하는 주애인 뒤에서 임소분은 끼어들지 않았지만 얼굴을 찌푸렸다. 나자부가 곁눈질로 보고 급히 화제를 돌렸다.

"그만해. 자네가 선을 놓게나, 내가 응수해주지."

---

1 葡萄架 : 『금병매(金甁梅)』의 제27회에 서문경이 반금련의 두 발을 각대로 묶어 양쪽 포도시렁에 매달고 성행위를 하는 장면이 나온다.

2 蕩湖船 : 서호에서 배 젓는 여자들에게 넋이 나간 남자를 사기꾼이 속여 물건을 갈취한다는 내용을 담은 극이다. 경극에도 있다.[일]

3 打通關 : 술자리에서 모든 사람과 차례로 화권을 하며 벌주를 마시는 것을 말한다.

08

꿍꿍이속을 품고 붉은 색실이 담긴 상자를 억지로 맡기게 하고, 영민한 입담을 뽐내며 일곱 가지 향이 나는 마차를 물리치다

蓄深心劫留紅線盒 逞利口謝却七香車

나자부가 주애인과 막 화권을 하려는데 갑자기 황이저가 '나 나리' 하고 나지막하게 불렀다. 자부는 손을 내밀다 말고 곧바로 나갔다. 황이저는 바깥방에서 그를 맞이하며 말했다.

"금봉에게 대신 하라고 할까요?"

자부가 고개를 끄덕이자 황이저는 바로 술자리가 벌어진 방으로 들어갔다. 자부 혼자 건넛방으로 들어가니 황취봉 혼자 탁자 옆에 놓인 교의에 앉아 있었다. 그녀 앞에는 금팔찌가 놓여 있었다. 취봉은 자부가 다가오는 것을 보고 싱긋 웃었다.

"오셔요."

그리고 자부의 손을 잡아끌고 탑상에 앉히며 말했다.

"엄마가 당신에게 속았어요. 당신 말만 듣고 좋아서는. 그런데 저는 당신이 말뿐이라는 것을 알지요. 당신에게는 장월금이 있는데 어떻게 우리를 돌봐준다는 거예요? 엄마가 팔찌를 가져와서 보여주는데, 제가 '팔찌가 뭐 그리 대단한 거라고, 장월금에게는 뭘 더 얼마나 선물했는지 모르잖아요! 제게도 하지 않는 팔찌가 얼마나 많은데 뭐 하러 이런 걸 요구했어요?'라고 엄마한테 말했어요. 당신, 이거 도로 가져가세요. 며칠 뒤에 당신이 정말 장월금과 발길을 끊고 저를 도와줄 생각이 드시면 그때 다시 주세요."

그녀의 말을 들은 자부는 냉수 한 바가지를 끼얹은 듯했고 바로 해명했다.

"장월금에게는 다시는 절대 가지 않는다고 내가 말했잖아. 못 믿겠다면 내가 내일 친구에게 대신 장부를 다 정리하라고 할게, 어떠냐?"

"장부야 정리해도 가실 수 있죠. 당신과 장월금은 사오 년을 보낸 오래된 사이잖아요. 게다가 사이도 좋아요. 지금이야 가지 않겠다고 말씀하시지만, 또 그곳에 간다고 하시면 제가 어떻게 가지 못하게 하겠어요?"

"안 가겠다고 했는데 어떻게 다시 갈 수 있겠어? 헛소리가 아니야."

"당신이 무슨 말씀을 하시든 전 믿지 않아요. 당신도 생각해봐요. 당신은 가지 않겠다고 말씀하시지만, 장월금 쪽에서 당신 공관으로 찾아와 당신을 초대하지 않을까요? 그쪽에서 자신들이 무슨 잘못을 했길래 당신이 화났냐고 물으면 당신은 무슨 말을 하실 건가요? 창피를 무릅쓰고 저희 쪽에서 못 가게 했다고 말씀하시든지요."

"초대해도 내가 안 간다는데, 그들도 무슨 뾰족한 수가 있겠어?"

"쉽게 말씀하시네요. 당신이 안 간다고 그들도 포기할까요. 꼭 당신을 끌고 가려고 할 텐데 당신이야말로 무슨 수가 있겠어요?"

자부는 혼자 궁리하다 물었다.

"그러면 내가 어떻게 해야 하는지 말해봐."

"좋아요. 당신이 저와 사귀려면 여기에서 두 달 동안 지내셔야 하고 혼자선 절대 외출할 수 없어요. 당신이 어디를 가시든 저와 함께 가야 해요. 그래야 장월금 쪽에서 당신을 초대하기 쉽지 않겠죠. 어때요?"

"나는 공무가 많은 사람인데 어떻게 대문 밖을 나가지 말라는 거야!"

"그러면 증서를 가져와요. 제가 그걸 가지고 있으면 당신이 장월금한테 가도 걱정하지 않을 테니까요."

"무슨 증서를 어떻게 쓰라는 거야?"

"증서를 쓴다고 무슨 소용이 있겠어요! 당신에게 중요한 물건 몇 가지를 여기다 갖다 놓으시면 그것을 증서로 삼지요."

"중요한 물건이라면 은화지 뭐."

취봉은 쓴웃음을 지으며 말했다.

"당신 눈에는 제가 속물로 보이죠! 제가 당신 은화를 탐낸다고 생각하세요? 당신은 돈을 대단한 물건이라 생각하겠지만 저에겐 아무것도 아닙니다."

"그러면 어떤 물건이면 되겠어?"

"제가 당신 물건을 탐낸다고 생각지 말아요. 당신 생각해서 그런 거니까요. 당신 물건을 여기에다 두면 어쩌다가 당신이 장월금에게 가려고 해도 물건이 내 손에 있다는 걸 생각하고는 엄두를 못 내다가, 아예 갈 마음도 싹 사라지겠죠. 당신 생각은 어때요?"

자부는 갑자기 생각이 난 듯 말했다.

"있어. 방금 가져온 문갑이 바로 중요한 물건이야."

"그게 좋겠군요. 당신, 여기에 두면 마음을 놓을 수 있겠어요? 제가 먼저 당신에게 한마디 하죠. 당신이 장월금에게 한 번이라도 가신다면 상자 속에 있는 물건들을 꺼내다 불을 질러버릴 거예요!"

자부는 혀를 내두르고 머리를 내저으며 말했다.

"야, 정말 독해!"

취봉이 웃으며 말했다.

"독하다고 하셨어요? 당신 또 사람 잘못 봤군요. 전 기녀지만, 돈으로는 절대 저를 살 수 없어요. 당신 그 팔찌는 두말할 것도 없고 팔찌를 열 개 갖다 줘도 안중에도 없을 테니까요. 팔찌는 당신이 도로 가져가세요. 당신이 저에게 주고 싶으시면 다른 날에 주세요. 오늘 밤만큼은 당신에게 가볍게 보이고 싶지 않군요. 마치 제가 당신 팔찌에 넘어간 것처럼 말이죠."

그러면서 취봉은 탁자 위에 놓여 있던 그 팔찌를 직접 자부의 손에 끼워주었다. 자부는 더 이상 맞서기가 어려워 어쩔 수 없이 그녀의 뜻을 따랐다.

"그러면 문갑에 도로 넣어두었다가 며칠 뒤에 너에게 주는 것은 괜찮겠지. 그런데 문갑 속에 있는 창고보관증과 수표들은 가끔씩 사용해야 하는데, 그땐 어떡하지?"

"당신이 사용해야 하면 가져가세요. 창고보관증과 수표가 아니더라도 안에 든 물건을 사용해야 하는 날에는 언제든지 가져가셔도 괜찮아요. 어쨌든 당신 물건인데 제가 꿀꺽 삼켜버릴까 봐요?"

자부가 잠시 중얼거리며 망설이다 말했다.

"물어볼 게 있는데 말이야, 왜 팔찌는 원하지 않아?"

취봉은 웃으며 말했다.

"제 뜻을 어떻게 아시겠어요! 당신이 명심해야 할 것은 저와 사귀려면 돈을 중시해서는 안 된다는 겁니다. 제가 돈이 필요해서 당신에게 천팔백을 요구해도 그건 많은 돈이 아닌 거고, 돈이 필요하지 않으면 당신에게 땡전 한 푼도 요구하지 않을 거예요. 당신이 물건을 보내고 팔찌를 선물해도 호의 정도로만 여길 것이고, 당신이 제게 벽돌을 선물하더라도 이 또한 당신의 호의로 받아줄 거예요. 당신, 이런 저의 성격을 부디 잘 알아두세요."

자부는 이 말을 듣고 자기도 모르게 깜짝 놀라서 벌떡 자리에서 일어났다.

蓄深心劫留红
線盒
海上花列傳
第八回
五十

"자네라는 사람, 정말 특이해!"

그리곤 곧바로 정중하게 인사를 하며 말했다.

"오늘 진정으로 자네에게 감복했네!"

취봉은 황급히 소리를 낮추며 말을 가로막고 웃으며 말했다.

"부끄럽지도 않아요? 다른 사람들이 보면 뭐라 하겠어요."

취봉은 자부의 손을 붙잡으며 말했다.

"우리 건너가야죠."

자부의 손을 잡고 문 앞에 이른 취봉은 그를 먼저 앞서게 하고 자신은 그 뒤를 따라 술자리로 들어갔다.

그때 기녀들은 이미 돌아가고, 황이저가 금봉 등과 함께 시중을 들고 있다가 자부가 들어오는 것을 보고 손님들에게 말했다.

"나 나리께서 오셨습니다."

주애인이 말했다.

"죽을 먹을 참이었는데, 마침 왔군."

자부가 말했다.

"두 판은 더 해야지."

도운보가 말했다.

"자네가 재미를 보고 있는 동안 난 주애인과 많이 마셨네."

자부는 웃음을 띠며 자리를 비운 것을 사과하고 곧바로 죽을 가져오라고 했다. 술자리의 손님들은 더 이상 먹을 수 없을 만큼 배가 불렀지만 예의상 조금씩 먹었다.

술자리가 끝나자 모두 작별인사를 했다. 자부는 계단 앞까지 배웅을 해주었다. 뒤에 있는 탕소암을 보고 잠시 생각을 한 뒤 말을 꺼냈다.

"자네에게 부탁할 일이 있으니, 내일 다시 만나서 의논하세."

탕소암은 그러겠다고 대답했다. 도운보와 주애인의 가마가 문을 나선 후에 탕소암은 걸어서 돌아갔다.

나자부가 방으로 돌아오니 남자 하인은 이미 자리를 정리하고 나가고 없고, 조가모는 비로 대충 쓸고 소아보와 함께 찻잔을 정리하고 내려갔다. 자부는 편히 자리에 앉아 취봉이 머리 장식을 뽑는 것을 바라보았다.

잠시 후 황이저가 다시 방으로 들어와 자부와 한담을 나누었다. 취봉은 그 문갑을 가져오라고 해서 자부에게 건네주었다. 자부는 팔찌를 문갑 속에 넣었다. 황이저는 그 까닭을 몰라 자부를 한 번 취봉을 한 번 눈알을 굴려가며 봤다. 취봉은 전혀 개의치 않고 자부도 하던 대로 문갑을 잠갔다. 취봉은 또 황이저에게 그 문갑을 뒤쪽에 있는 관상(官箱)[1]에 넣어두라고 했다. 황이저는 그제야 눈치를 채고 그 상자를 받아 들고 가다 말고 자부를 돌아보며 물었다.

"가마는 돌려보내실 거죠?

"고승을 불러오게."

황이저는 곧장 고승을 불러 올렸다. 자부는 고승에게 몇 마디 분부를 하고 나서 가마를 공관으로 돌려보내라고 했다. 잠시 후 소아보가 들어와 취봉을 건넛방으로 청했다.

취봉이 나가려다 방에 자부만 있는 것이 신경쓰여 소아보에게 물었다.

"주봉은?"

"엄마가 모두 자러 가라고 했어요."

취봉이 괘종시계를 보니 벌써 네 시를 넘기고 있어 별 말 하지 않고 창가로 가서 큰 소리로 불렀다.

"모두 어디로 간 거야!"

조가모가 아래층에서 황급히 대답을 하고 한걸음에 달려와 자부를 보며 물었다.

"나리, 잠자리를 볼까요?"

자부가 고개를 끄덕였다. 이에 조가모는 이불을 펴고 불을 끄고 나갔다. 자부는 취봉이 방으로 다시 돌아온 후에야 잠이 들었다. 하룻밤 이야기는 하지 않겠다.

자부가 잠에서 깨었을 때는 햇살이 창가를 비추고 있었으나 아직 이른 아침이었다. 소아보는 걸레로 옷장이며 탁자, 의자를 닦고 있었다. 그런데 취봉이 어디로 갔는지 보이지 않았다. 중간 방에서 소리가 들려왔다. 아마도 취봉이 창가 아래에서 일찌감치 단장하고 있는 모양이었다. 그는 다시 잠을 청해보았지만 잠이 들지 않았다.

머리 손질을 끝내고 방에 들어온 취봉은 옷장을 열고 옷을 갈아입었다. 자부도 일어나 옷을 걸치고 침대에서 내려왔다.

"더 주무셔요. 아직 열 시도 안 됐어요."

"몇 시에 일어난 거야?"

취봉이 웃으며 말했다.

"잠을 못 잤어요. 일곱 시 조금 넘어서 일어났어요. 당신은 잘 자고 있더군요."

조가모는 자부가 일어난 기척을 듣고 세수와 양치질 시중을 들었다. 그러고 나서 어떻게 요기할지를 물었다.

"생각이 없네."

취봉이 말했다.

"조금 있다가 점심을 먹죠."

조가모가 말했다.

"점심까지는 한참 남았어요."

자부가 말했다.

"조금 있다 먹는 게 좋겠어."

취봉이 말했다.

"어서 준비하라고 해."

조가모는 대답을 하고 내려가려는데 자부가 다시 그녀를 불러 세웠다.

"고승은 왔는가?"

"온 지 한참 되었습니다. 부를게요."

고승은 부르는 소리를 듣고 올라와 자부에게 인사를 하고 초대장 하나와 은화 한 꿰미를 올리며 물었다.

"가마를 준비할까요?"

"오늘은 일요일이니까 특별한 일 없으니 가마는 필요 없다."

그리고 그는 취봉을 돌아보며 물었다.

"우리 마차 탈까?"

"좋아요. 마차 두 대 불러서 타죠."

자부는 그 말에 대답은 하지 않고 다시 그 초대장을 보았다. 오늘 저녁 홍선경이 주쌍주의 집으로 청하는 것임을 확인하고 손에서 내려놓았다. 고승은 다른 분부가 없어 곧 물러갔다.

자부는 갑자기 한 가지 일이 생각나 취봉에게 물었다.

"내 기억에 작년 여름인가, 자네가 키 큰 손님과 함께 밤에 명원에 있는 걸 봤는데 그때는 자네 이름을 몰랐어. 자네 이름을 알았더라면 작년에 불렀을 거야."

취봉은 순간 멍해졌다.

"아니, 우리가 손님과 마차 타는 게 뭐 특별한가요. 정월에 어느 광동 손님이 마차를 타자고 하는데 그 사람과는 내키지 않아서 '두 대로 타고 가죠.'라고 했죠. 그런데 그 사람이 뭐라고 했는지 알아요? '네가 손님과 마차를 타고 싶지 않으면 할 수 없지. 만에 하나 다른 손님과 함께 마차 타고 있는 게 내 눈에 띄기만 해. 본때를 보여줄 테야. 그때는 재미없을걸.' 하고 말하지 뭐예요."

"그래서 뭐라고 말했어?"

"제가요? '전 한 달에 한 번 마차를 탈까 말까 하지만 오늘은 당신이 처음으로 가자고 해서 그러자고 했는데 오히려 저를 겁박해요! 전 안 갈 거니까 당신만 타고 가셔요.'라고 했죠."

"그 사람이 난처했겠는데?"

"그 사람이야 마지못해 나와 만나는걸요."

"네 엄마도 네가 성질이 있다고 하더니 틀린 말이 아니구나."

"광동 손님은 무례해요. 솔직히, 그런 사람과 사귀고 싶지 않죠. 그런 사람에게 뭐 하러 비위를 맞추겠어요."

이런 대화가 오가는 사이 벌써 열두 시가 되었다. 조가모는 큰 쟁반을 들고 소아보는 술병을 들고 방에 들어와 창가 대리석 탁자 위에 놓았다. 그들은 술잔과 젓가락을 놓고 자부를 청했다. 취봉은 직접 계항배에 술을 따라 자부에게 올리고 자신은 작은 은잔을 가져와 마주 앉았다. 황이저도 자부를 보러 올라와서 시중을 들며 말했다.

"저희가 직접 만든 요리 어때요?"

"식당보다 훨씬 나은데."

"저희는 요리사가 있어요."

그러곤 황이저는 햄 한 접시와 오리발 찜 한 접시를 가리키며 말했다.

"이건 어제 술자리 요리예요."

취봉은 황이저를 보며 말했다.

"엄마도 와서 좀 들어요."

"아니, 내려가서 먹어야지. 금봉을 불러서 시중들라 할게."

그러자 자부가 말했다.

"천천히 하게."

그리고 은화 꿰미를 황이저에게 건네주며 하인들 행하로 쓰라고 했다. 황이저는 그 돈을 받아 들며 말했다.

"감사합니다, 나리."

자부가 그녀에게 물었다.

"뭘 감사해?"

황이저는 웃으며 말했다.

"제가 먼저 그 애들 대신 감사 인사를 한 건데, 잘못했나요."

황이저는 농담을 하며 곧장 내려가 하인들에게 나누어주었다.

방에 아무도 없자 자부는 약간 술에 취한 척하며 취봉에게 다가가 치근덕거렸다. 취봉은 그를 밀치며 말했다.

"그만! 조가모가 와요."

자부는 고개를 돌려 아무도 없는 것을 확인하고는 아예 취봉 위에 올라타며 말했다.

"나를 속였어! 조가모도 그 남편과 한참 재미를 보고 있을 텐데 우리를 보러 올 틈이 어디 있어!"

취봉은 역겨워 이를 꽉 깨물었다. 다행히 때마침 금봉이 들어오자 자부는 손에 약간 힘을 풀었다. 취봉은 그 틈을 놓치지 않고 그를 힘껏 밀쳤다. 그 바람에 하마터면 자부는 나자빠질 뻔했다. 금봉은 손뼉을 치고 웃으며 말했다.

"제부, 왜 저한테 절을 하고 그러세요?"

자부는 몸을 획 돌리더니 금봉을 안으며 입술을 훔치려 했다. 금봉이 다급한 목소리로 소리를 질렀다.

"이러지 말아요!"

취봉은 한걸음에 가서 말렸다.

"당신 왜 소란을 피워요, 깔끔하지 못하게!"

자부는 황급히 손을 놓으며 말했다.

"소란 피우지 않을게요! 않을게요! 선생님, 화내지 말아요!"

그가 취봉에게 반절을 하자 그녀도 '큭' 하고 웃었다.

금봉은 자부를 밀며 자리에 앉았다.

"술 한 잔 하세요."

금봉은 술병을 가져와 자부에게 술을 따르려는데 술이 나오지 않아 뚜껑을 열어 보고 웃으며 말했다.

"술이 없네요!"

그녀는 소아보에게 술을 가져오라고 했다.

취봉이 말했다.

"마시게 하지 마. 취하면 또 소란 피울 거야."

자부는 두 손을 맞잡고 애원했다.

"세 잔만 더, 소란 피우지 않을게."

소아보가 술병을 들고 오자 자부가 손을 뻗어 받아 들려 하는데 취봉이 먼저 가로챘다.

"더 이상 안 돼요!"

자부는 간절히 애원했다. 소아보가 옆에서 웃으며 말했다.

"못 마시게 하니까 우시겠는걸요!"

자부는 정말 엉엉 우는 체했다. 금봉이 말했다.

"조금만 마시게 해요. 제가 한 잔 드릴게요."

금봉은 취봉의 손에서 술병을 받아 들어 칠 부 정도 잔을 채웠다. 자부는 손을 모아 인사를 하며 말했다.

"고맙습니다! 한 잔 가득 채워주시면 안 되나요?"

취봉은 웃음을 참지 못하며 말했다.

"어쩜 이렇게 낯이 두꺼우실까!"

"세 잔 마신다고 했잖아. 더 마시면 사람이 아니야. 이제 믿을 수 있겠나?"

취봉은 얼굴을 돌려 못 들은 체했다. 그러자 소아보와 금봉은 떼굴떼굴 구르며 웃었다.

자부가 세 잔을 마셨다. 마침 황이저가 상을 들고 올라와 소아보에게 말했다.

"내려가 밥 먹거라, 내가 대신 할 테니."

자부는 황이저가 이미 밥을 먹었다고 생각하고 말했다.

"우리도 밥 먹지."

"한 잔 더 받으세요."

자부는 이 말을 듣고 펄쩍 뛰며 취봉을 가리키며 소리쳤다.

"엄마가 나보고 술 한 잔 하라는 말 들었지? 설마 못 마시게 하지는 않겠지?"

취봉은 미간을 찌푸리며 말했다.

"말을 할수록 생기가 도는군요!"

취봉은 끝내 소아보에게 술병을 가져가라고 하고 바로 식사 준비를 하라고 일렀다. 황이저는 삼인상을 차려 올렸다. 금봉은 상아 젓가락을 들고 와 같이 앉았다.

잠시 후 조가모와 소아보가 함께 와서 시중을 들었다. 식사를 끝내고 정리를 한 다음 모두 편하게 앉아 차를 마셨다. 주봉도 살랑살랑 걸어와 나자부에게 물담배를 채워주었다. 자부는 그것을 받아 들고 피웠다.

세 시 즈음 나자부는 소아보에게 일러 남자 하인에게 마차 두 대를 부르라고 했다. 조가모는 세숫대야에 물을 붓고 취봉에게 세수를 권했다. 취봉은 금봉에게 단장하고 함께 외출하자고 했다. 금봉은 흔쾌히 동의하고 소아보와 함께 건넛방으로 가서 세수를 하고 단장을 했다.

취봉은 옅게 화장을 했는데도 자연스러운 아름다움과 우아한 분위기를 자아내 사람의 시선을 잡는 특별한 매력을 가지고 있었다. 그녀는 화장을 끝내고 혼자 침대 뒤로 갔다. 조가모는 화장 도구를 정리하고 궤짝에서 옷 한 벌을 꺼내 침대 위에 놓아두고 은담뱃대를 가지고 바삐 옷을 갈아입으러 나갔다.

금봉이 먼저 단장을 하고 건너와 기다렸다. 자부가 보니, 그녀는 은홍색 짧은 소매 아래에 짙은 녹색의 폭 넓은 바지를 입고, 수를 가득 놓은 남색 비단 조끼를 입고 있었다. 게다가 양 갈래로 틀어 올린 머리와 살짝 내린 양쪽 귀밑머리를 하고 있어 마치 〈사랑탐모(四

郎探母)〉[2]에 나오는 야율(耶律)공주 같았다. 그래서 금봉에게 미소를 지으며 말했다.

"전족을 풀고 아예 만주인처럼 꾸며도 예쁘겠는데!"

"그러면 좋죠! 남들에게는 여자 하인으로 보이기 십상이지만!"

"남들이야 부인이나 첩으로 보지, 어디 여자 하인으로 보겠어?"

"제부와 말하면 끝이 없네요."

그 말을 듣고 취봉은 바지의 끈을 매고 뒤쪽에서 나와 손을 씻으면서 웃으며 말했다.

"당신 첩으로는 어때요?"

"첩이라고 하면 안 되지, 큰 마누라라면 모를까."

다시 취봉은 웃으며 금봉에게 물었다.

"정말 그렇게 되고 싶어?"

금봉은 부끄러워 얼굴을 가리고 탁자 위에 엎드린 채 물어도 대답하지 않았다. 자부는 몸을 숙여 조용히 다가가서 한 마디 하려다가 그만두었다. 금봉은 연신 손을 내저으며 말했다.

"몰라요, 몰라요!"

자부가 말했다.

"정말 원하는구나!"

취봉은 손가락으로 뺨을 쓰다듬으며 금봉에게 창피를 주었다.

벽 쪽 교의에 앉아 냉랭한 눈빛으로 바라보던 주봉은 키득거리며 웃음이 터져 나오려 했다. 자부가 그녀를 가리키며 말했다.

"어디, 또 큰 마님 한 분이 있었구나. 혼자 즐겁게 웃고 있네."

취봉은 그녀를 보자 화가 났다.

"보세요. 재가 얼마나 사람을 짜증나게 하는지요!"

주봉은 황급히 정색을 하고 단정히 앉았다. 취봉은 더욱 화가 났다.

"너도 화가 났다 이거야?"

취봉은 그녀에게 다가가 귀를 잡아당기며 바닥으로 내동댕이쳤

逞利口謝
郤七香
車

다. 주봉은 의자에서 꼬꾸라졌으나 벌떡 일어나 한쪽으로 물러서서 입을 삐죽거리며 화를 누르고 울음을 삼켰다. 다행히 조가모 와서 그들을 재촉했다.

"마차가 도착했습니다."

취봉은 그제야 주봉을 내버려두고 침대 위에 놓여 있는 옷을 들어 보며 훑어보다 인상을 찌푸리며 말했다.

"이 옷 안 입어."

조가모에게 궤짝을 열라고 하고는 직접 금목단과 대나무 뿌리가 수놓인 청색 항주 비단 저고리를 골라 입고 연꽃무늬 주름이 잡힌 남색 비단 바지로 갈아입었다. 요염하고 우아했다. 자부는 넋 나간 얼굴로 보고 있었다. 조가모는 그 옷들을 정리하며 자부에게 물었다.

"마고자 입으시겠습니까?"

자부는 그제야 멋쩍어하며 마고자를 걸쳤다.

"먼저 나갈게."

자부는 그 길로 곧장 아래층으로 내려가 고승에게 따라오라고 했다. 상인리 골목을 나서자 가죽덮개[3] 마차 두 대가 보였다. 그는 앞에 있는 마차에 올라탔다. 그 뒤를 조가모가 은담뱃대를 들고 앞서고 취봉은 금봉을 잡고 천천히 걸어 나와 뒤에 있는 또 다른 마차로 가서 올라탔다. 고승도 자부가 올라탄 마차 뒤쪽 발판 위에 올라탔다. 네 바퀴가 구르기 시작하자 마차는 번개처럼 달려 나갔다.

---

1 중국의 강남지역 민간에서 딸이 시집갈 때 특별히 제작하는 작은 궤짝이다.

2 곤곡(崑曲). 북송(北宋)시기 북방의 소수민족의 남침을 막아낸 양씨 집안의 이야기가 민간에서 영웅고사로 전해지고 있는데, 〈사랑탐모〉는 양씨 집안의 넷째 아들 양정휘(楊延輝)의 이야기를 다루고 있다. 양씨 집안의 넷째 아들 사랑(四郎)이 송(宋)과 요(遼)의 금사탄 전쟁에서 요에게 납치된다. 그는 목이(木易)로 개명하여 요의 철경공주와 결혼한다. 15년 후 사랑은 그의 동생 육랑이 장군이 되고

노모 여태군도 군량을 운송하기 위해 함께 온다는 소식을 듣고, 가족의 정이 그리워진다. 그러나 긴장된 정세로, 사랑은 그들을 만나러 갈 계책을 찾지 못해 서글프고 답답할 뿐이다. 그때 철경공주는 사랑의 뜻을 알아채고 그가 관문을 넘을 수 있도록 도와준다. 사랑은 송나라 군대에 잡히고 육랑을 만나게 된다. 육랑은 사랑에게 그의 모친과 가족을 만나게 해준다. 그들은 통한의 눈물을 흘리지만 사랑은 다시 돌아간다.

3 가죽 덮개가 있는 마차를 '피봉거(皮篷車)'라고 하였으며, 덮개를 접고 펼 수 있었다.

09

심소홍은 장혜정을 때려눕히고, 황취봉은 나자부와 설전하다

沈小紅拳翻張蕙貞 黃翠鳳舌戰羅子富

나자부와 황취봉을 태운 두 대의 마차가 대마로의 모퉁이를 돌 때 또 다른 마차 한 대가 달려오고 있었다. 서쪽으로 향해 달리던 그 마차는 자부가 타고 있는 마차와 나란히 가게 되었다. 자부가 그쪽 마차의 유리창 안을 들여다보니 다름 아닌 왕연생이 장혜정과 함께 타고 있었다. 그들은 서로를 보고 고개만 살짝 끄덕이며 미소를 지었다. 니성교(泥城橋) 어귀에 이르자 세차게 채찍질하던 그 마차는 앞을 다투듯 다리를 지나갔다. 나자부의 마차는 앞서가는 마차를 따라 바짝 고삐를 당기며 날아가듯 내달렸다. 그들이 탄 마차는 다리를 내려가는 기세를 몰아 정안사까지 곧장 달려갔다. 잠깐 사이 명원이 눈에 들어왔다. 물고기 꼬리를 물듯 줄지어 들어가 천당(穿堂)[1]의 계단 아래에 멈추었다.

나자부와 왕연생은 마차에서 내려 인사를 하고 장혜정, 황취봉, 황금봉 그리고 조가모는 함께 누각에 올랐다. 집사 고승은 특별히 할 일이 없음을 직감하고 혼자 누각 아래에서 기다렸다. 왕연생은 앞쪽 난간이 상쾌하다며 나자부와 탁자 하나씩을 잡고 앉았다. 서로 난간에 기대어 먼 곳을 바라보며 차를 마시고 이야기를 나누었다. 왕연생이 어떻게 어젯밤 다시 황취봉의 집에 가서 술을 마시게 되었는지 묻자 나자부는 몇 마디 말로 간단히 대답했다. 나자부 또한 어떻게 장혜정을 알게 되었으며 어디에서 온 기녀인지 물었고 왕연생도 간단히 대답했다. 나자부가 말했다.

"자네 간도 크네! 심소홍에게 들켜 봐, 좋은 꼴 나지."

왕연생은 아무 말 없이 이를 드러내고 웃을 뿐이었다. 황취봉이 대신 해명해주었다.

"당신 말은 왕 나리께서 그럴 거라는 거예요? 애인 만나는 걸 가지고 무서워하면, 부인을 만났다가는 어떻게 되려고요?"

자부가 말했다.

"〈소장(梳妝)〉[2]과 〈궤지(跪池)〉[3]는 봤겠지?"

취봉이 말했다.

"당신이야말로 꿇어앉는 게 습관이 되었을 것 같은데 당신 입에서 그 말을 꺼내다니요!"

이 말에 왕연생과 장혜정 모두 웃음을 터뜨렸다. 나자부도 웃으며 말했다.

"자네에겐 말을 말아야지!"

그들은 서거니 앉거니 하며 편안히 구경하였다. 정원의 방초는 수놓은 듯하고, 벽도화(碧桃花)가 피기 시작하였으며, 꾀꼬리 울음소리는 마치 강남에 찾아온 봄뜻을 지저귀는 듯했다. 화창한 날씨에 부드럽고 시원한 바람이 부는 일요일이라 정원에는 봄풀을 밟으며 산책하는 사람들, 물총새 깃털을 줍는 사람들,[4] 물가에서 연회를 여는 사람들,[5] 아름다운 꽃을 감상하는 사람들[6]로 가득했다. 덜컹덜컹 마차 소리, 히잉히잉 말 울음 소리와 함께 마차 삼사십 대가 연이어 들어와 수레 보관소에 자리를 잡았다. 눈앞에는 비녀와 모자들만 가득 펼쳐진 채 사람들의 신발만 종횡으로 흩어졌다. 술 안개가 사라지자 차와 아편 연기가 피어올랐다. 극락세계 '무차회(無遮會)'[7]도 이보다 시끌벅적하지 않을 것이다.

갑자기 갸름하게 잘생긴 한 젊은 남자가 올라왔다. 그는 아랫단에 구름 모양으로 선을 두른 조끼를 입고 수놓은 바짓단에 선을 두른 덧바지를 입고 있었다. 앞쪽 난간으로 걸어가서 장혜정을 뚫어지게 쳐다보더니 '큭' 하고 웃었다. 그러자 혜정은 불쾌하여 고개를 돌렸다. 왕연생은 그 젊은이가 대관원의 배우 무소생 소류아라는 것을 알고 개의치 않았다. 소류아는 잠시 서 있다 내려갔다.

황취봉은 금봉을 붙잡고 난간에 걸터앉아 들어오는 마차를 구경하였다. 그러다 갑자기 손짓으로 나자부를 부르며 말했다.

"와봐요."

자부가 아래를 내려다보니, 다름 아닌 심소홍이었다. 그녀는 낡은 옷을 입고 머리는 제대로 빗지도 않은 채였다. 그녀를 태운 마차가 천당 앞에서 멈추자 소홍이 마차에서 내렸다. 자부는 황급히 왕연생에게 고갯짓을 하며 목소리를 낮추어 말했다.

"심소홍이 왔어."

왕연생도 황급히 달려와 내려다보았다.

"어디?"

취봉이 말했다.

"이 층으로 올라오고 있어요."

연생은 뒤돌아서며 그녀를 맞이하러 갈 작정이었다. 그런데 그 순간 심소홍은 벌써 누각에 올라 있었다. 그녀는 땀범벅이 된 얼굴로 눈을 부라리며 씩씩거리고 있었다. 아주머니 아주, 여자 하인 아금대도 그녀와 함께 앞쪽 난간으로 밀어닥쳤다. 심소홍은 왕연생과 정면으로 마주쳤다. 그러자 그녀는 아무 말 없이 손가락으로 연생의 관자놀이를 세게 찔렀다. 연생은 그 바람에 순간 몸이 한쪽으로 밀려났다. 그 틈을 타 소홍은 성큼성큼 앞으로 걸어가 한 손으로 장혜정의 가슴을 움켜쥐고 다른 손으로 때리기 시작했다. 혜정은 무방비로 있다가 피하지도 막지도 못하고 소홍을 잡고 되받아치면서 소리를 질렀다.

"너희들 누구야! 누군데 다짜고짜 사람을 때리는 거야!"

소홍은 대꾸도 않고 악착같이 때리기만 했다. 두 사람은 서로 엉켜 붙어 뒹굴었다. 황취봉과 금봉은 상황이 험악해지자 난간 뒤쪽 방으로 물러나고 조가모도 말릴 엄두를 내지 못했다. 나자부만 옆에서 심소홍에게 큰소리로 말렸다.

"그만해, 할 말이 있으면 말로 해!"

소홍이 마음먹은 이상 어떻게 순순히 그만두겠는가? 소홍은 정중앙의 탁자에서부터 때리기 시작하여 서쪽 난간 끝으로 혜정이 밀려날 때까지 그녀를 때렸다. 아주와 아금대도 슬그머니 소홍의 사나운 주먹질을 도왔다.

아래층에서 차를 마시던 사람들이 위층의 싸움 소리를 듣고 모두 올라와 구경하였다. 연생은 더 이상 보고 있을 수 없어 다가가서 소홍의 팔을 잡고 뒤에서 당겼지만 꿈쩍하지 않았다. 다시 그들 사이를 비집고 들어가서 순식간에 소홍을 밀치자 그제야 떨어졌다. 소홍은 그 바람에 몇 발자국 뒷걸음쳤지만 판자벽에 막혀 넘어지지는 않았다. 심소홍에게서 벗어난 혜정은 그곳에 서서 소홍을 가리키며 울부짖으며 욕을 퍼부었다. 소홍이 다시 달려들려고 하자 연생은 그녀의 옆구리 양쪽을 붙잡고 판자벽으로 밀어붙이며 아예 대놓고 말하기 시작했다.

"할 말이 있으면 나에게 말해야지, 그녀는 아무 상관이 없잖아. 때려서 어쩌겠다는 거야?"

소홍은 여전히 들은 체도 하지 않고 연생의 입을 꼬집어 비틀었다. 연생은 고통을 참아가며 애원했다. 갑자기 대각선에서 아주가 달려들어 손으로 연생을 떼어내며 소리를 쳤다.

"나리, 누구를 도우려는 겁니까. 체면을 생각하셔야지요!"

아금대는 연생의 허리를 껴안으며 소리를 질렀다.

"나리께서 다른 사람을 돕겠다고 우리 선생을 때려요? 우리 선생도 몰라보신다는 거예요?"

두 사람은 일부러 연생을 꼼짝 못하게 둘러쌌다. 소홍은 그 틈을 타서 빠져나와 회오리바람처럼 혜정에게로 달려가서 또다시 때리기 시작했다. 연생은 두 사람에게 꼼짝없이 갇혀 말릴 수도 없었다.

혜정은 원래부터 소홍의 적수가 되지 못했는데 소홍이 목숨을 내놓고 달려들어 그야말로 잔혹하게 때리는 바람에 이미 복사꽃물이 흥건할 만치, 군옥산[8]이 민둥산이 될 정도로 맞아 얼굴에 핏자국이 낭자하고 머리는 산발이 되었다. 하얀 얼굴은 하늘을 향하고 금색 연꽃 봉우리 모양 전족은 땅에 널브러져 있었다. 혜정은 여전히 울며불며 욕을 멈추지 않았다. 사람들은 벌처럼 모여들어 앞쪽 난간을 메워 구경만 하고 어느 누구도 감히 말리려 들지 않았다.

연생은 보고만 있을 수 없어 힘껏 아주와 아금대 두 사람을 뿌리치며 구경꾼들을 헤치고 도움을 청하러 아래로 내려갔다. 때마침 명원의 회계담당자가 사무실 문 앞에 서서 살피고 있는데, 연생이 그를 알아보고 다급하게 말했다.

"빨리 종업원 두 사람을 불러다 말려주게. 사람이 죽게 생겼어!"

그리고 또다시 연생은 사람들을 비집고 앞쪽 난간으로 들어갔다. 그는 하늘을 향해 드러누워 있는 혜정을 보았다. 소홍은 다시 혜정의 허리에 펄쩍 올라타서 닥치는 대로 마구 갈겼다. 아주와 아금대는 양쪽에서 혜정의 손을 붙잡아 움직이지 못하게 했다. 혜정은 두 다리를 버둥기리며 살려날라고 소리를 지를 뿐이었다. 구경꾼들도 일제히 큰 소리로 말렸다.

"그만해요!"

연생은 순간 화가 불기둥처럼 치밀어 올라 먼저 아금대의 가슴을 발로 때렸다. 아금대는 바닥에 나가떨어지며 소리를 질렀다. 아주는 벌떡 일어나 연생에게 달려들며 소리를 쳤다.

"나리, 우리를 때리는 게 부끄럽지도 않아요? 그러고도 사람이에요!"

그리고 연생의 가슴팍을 머리로 박으며 계속 입을 놀렸다.

"때려요, 때려!"

연생은 더 이상 버티지 못하고 그만 대파가 뽑히듯 뒤로 벌렁 넘어지는데, 하필이면 아금대 위로 넘어졌다. 다섯 명이 여기저기에서 서로 두들겨 패고 있으니 아예 술지게미를 뭉쳐놓은 듯하여 오히려 구경꾼들이 박수를 치며 깔깔 웃었다.

다행히 서너 명의 종업원들이 외국 순포를 데리고 올라와 소리쳤다.

"그만들 하시오."

아주와 아금대는 그들을 보자마자 얼른 몸을 일으켰다. 연생은 종업원의 손을 잡고 일어났다. 종업원은 소홍을 한쪽으로 잡아당기고 나서 혜정을 부축하여 일으켜 앉혔다.

소홍은 종업원들에게 가로막혀 어떻게 해볼 도리가 없자 목 놓아 서럽게 울며 고래고래 소리를 지르고 마룻바닥 위에서 북을 치듯이 두 발을 동동거렸다. 아주와 아금대도 따라서 욕을 퍼부었다. 연생은 너무 화가 나서 한동안 말을 하지 못했다. 그래도 조가모는 신발 한 짝을 찾아 혜정에게 신겨주고 종업원들과 함께 양쪽에서 혜정을 부축해서 몸을 일으켜 천천히 난간 뒷방으로 데려가 쉬게 해주었다. 순포는 곤봉을 휘저으며 구경꾼들을 해산시키고 소홍에게는 계단을 가리키며 내려가라고 했다. 소홍은 더 이상 고집을 피우지 못하고 아주와 아금대와 함께 울면서 욕을 퍼부어가며 마차를 타고 돌아갔다.

연생은 소홍을 신경 쓸 틈도 없이 혜정을 보러 황급히 난간 뒷방

沈小紅拳翻張蕙貞
第九回

으로 갔다. 관리인과 나자부, 황취봉, 황금봉이 그곳에 둘러서서 이야기를 하고 있고, 조가모가 침상에 뻣뻣하게 누워 있는 혜정의 머리를 만져주고 있었다. 왕연생이 다급하게 그녀의 상태가 어떤지 묻자 조가모가 말했다.

"괜찮아요, 갈비뼈를 좀 다쳤지만 심각한 정도는 아니에요."

관리인이 말했다.

"심각한 정도는 아니라고 해도 위험했죠. 왜 아주머니를 데리고 나오지 않았어요? 아주머니가 있었으면 맞아도 덜 맞았을 텐데."

왕연생은 이 말을 듣고 나니 근심이 하나 더 늘어나 한참을 주저하다, 황취봉에게 조가모를 대신 달려 보내줄 것을 부탁했다. 취봉이 말했다.

"왕 나리, 나리께서 직접 데리고 가시는 게 좋을 듯합니다. 다른 이유가 있어서가 아니고 그녀가 이 모습으로 돌아가면 그쪽 아주머니와 여자 하인, 또 하인들이 가만있겠습니까? 만약에 여러 명을 불러 심소홍의 집으로 몰려가서 다시 소란을 피워 화라도 생기면 결국 왕 나리만 재수 없게 되는 거예요. 나리께서 직접 가셔서 먼저 그들에게 설명하는 게 좋지 않을까요?"

관리인이 말했다.

"맞습니다. 직접 가시는 게 좋겠습니다."

그래도 연생은 자신이 바래다주는 게 달갑지 않았다. 그렇다고 이유를 말할 수도 없어 취봉에게 재차 부탁할 뿐이었다. 취봉은 하는 수 없이 부탁을 받아들이고 조가모에게 분부를 내렸다.

"그들에게 가서 말해. 이 일은 왕 나리께서 처리하실 것이니, 심소홍 쪽에 손해배상을 청구해서는 안 된다고 해."

그리고는 혜정에게도 말했다.

"혜정 형, 맞죠? 혜정 형도 거들어야 해요."

장혜정은 고개를 끄덕였다.

집사 고승은 방문 앞에서 물었다.
"마차를 부를까요?"
조가모가 말했다.
"모두 불러요."
고승은 곧바로 마차를 부르러 갔다. 조가모는 은담뱃대를 황취봉에게 주고 장혜정을 부축했다. 혜정은 왕연생을 보고 말을 꺼내려다 그만두었다. 연생이 황급히 말했다.
"화 내지 말고, 되도록 기분 좋게 돌아가. 미친개에게 물린 셈 치고 깊이 생각할 것도 없어. 화 내면 병만 생겨. 그럴 가치 없어. 나는 조금 있다가 갈 테니 걱정하지 마라."
혜정도 고개를 끄덕이며, 조가모의 어깨에 기대어 한 걸음 한 걸음 힘겹게 내딛으며 계단을 내려갔다. 관리인이 말했다.
"머리 장신구 가지고 가셔야죠."
왕연생은 탁자 위에 조각조각 난 장신구들을 보고, 부서진 것임을 알고 말했다.
"내가 챙겨다 주지."
종업원은 또 은담뱃대를 올리며 말했다.
"누각 아래 계단에 떨어져서 찌그러졌습니다."
왕연생은 수건으로 한꺼번에 그것을 쌌다. 황취봉이 재촉하며 말했다.
"우리도 돌아갑시다."
그녀는 금봉의 손을 잡고 먼저 내려갔다. 왕연생은 관리인에게 손을 모아 인사하면서 말했다.
"망가진 가구는 모두 배상을 하겠습니다. 종업원들에게도 따로 인사하겠습니다."
관리인이 말했다.
"작은 일에 무슨 배상까지 한다고 하십니까."

나자부도 관리인에게 인사를 하고 왕연생과 함께 내려갔다. 고승에게 물으니, 장혜정과 조가모는 이미 마차에 동승하여 출발했고 황취봉 자매는 마차에서 기다리고 있다고 하였다. 왕연생은 나자부가 타고 온 마차를 빌려 타고 그 길로 사마로 상인리 골목 입구까지 와서 내렸다. 나자부는 왕연생에게 황취봉의 집으로 가기를 청했다. 계단을 올라가 방에 들어가서 자부는 직접 담배에 불을 붙여 건네주며 왕연생에게 권했다. 취봉은 그제야 옷을 갈아입고 건너와 왕연생을 보고 말했다.

"왕 나리, 반나절 동안 아편 못 피우셔서 기운 없으시죠?"

그리고 소아보를 불렀다.

"수건 올리고, 왕 나리께 아편 채워 드려라."

연생이 말했다.

"내가 할게."

취봉이 말했다.

"제게 좋은 게 있는데, 피우시겠어요?"

취봉은 소아보를 불러 금봉으로 하여금 가져오도록 시켰다. 금봉도 옷을 갈아입고 건너와 연생을 보고 웃으며 말했다.

"아휴! 무서워 죽는 줄 알았어요! 전 너무 무서워서 언니에게 달라붙어 '우리 돌아가요! 이렇게 있다가 우리까지 때리면 어떻게 해요?'라고 말했죠. 왕 나리께서는 무섭지 않으셨어요?"

연생은 자기도 모르게 웃음이 터져 나왔다. 나자부와 취봉도 모두 웃었다. 금봉은 아편 소반에서 해당화 모양의 소뿔 상자를 골라 들고 뚜껑을 열었다. 상자 안에는 아편환이 가득 들어 있었다. 하나를 꺼내 들고 왕연생에게 올렸다. 연생은 아편을 태우며 여러 번 피웠다. 그때, 아래층에서 조가모의 목소리가 들려왔고 왕연생은 자세를 고쳐 앉아 귀를 기울였다. 황취봉은 왕연생이 조급해하는 모습을 보고 황급히 조가모를 불러 올렸다.

"조가모, 올라와 봐요."

조가모는 연생을 보고 아뢰었다.

"이 층까지 바래다주었어요. 그쪽에서 '왕 나리께서 처리하신다고 하니, 잘됐어요. 왕 나리께서는 돌아오시는 대로 이리 건너오시라고 하세요.'라고 하더군요. 또 그쪽에서 감사 인사를 하며 저에게 선생께도 대신 감사 인사를 전해달라고 했어요. 아주 예의바르고 친절하더군요."

연생은 그 말을 듣고 나서야 한 시름을 놓게 되었다. 이어 왕연생의 집사 내안이 찾아왔다. 연생은 그를 불러들여 무슨 일인지 물었다. 내안이 말했다.

"심소홍 쪽 아주머니가 방금 와서는 심소홍이 공관으로 가려고 한다고 전해주었습니다."

연생은 이 말을 듣고 마음이 불편해졌다. 황취봉이 연생에게 말했다.

"제가 보기엔 심소홍은 장혜정과 비교가 안 되죠. 장혜정 쪽이야 그리 급할 것 없으니 내일 가도 괜찮아요. 오히려 심소홍에게 가셔서 몇 마디라도 그쪽 말을 들어보셔요."

연생은 주저하며 미간을 찌푸리고 아무 말 하지 않고 있었다. 취봉이 웃으며 말했다.

"왕 나리, 심소홍 만나는 걸 두려워하지 말아요. 할 말이 있으면 그녀에게 또박또박 분명하게 말하세요. 나리께서 그녀를 두려워하면 오히려 아무 말도 못해요."

연생은 한참을 망설이다 내안에게 마차를 부르게 하고, 수건에다 싼 머리 장신구를 보관하라고 건네주었다. 내안은 그것을 받아 들고 돌아갔다. 나자부가 말했다.

"심소홍이 그렇게 사나울 거라고 생각하지 못했어."

취봉이 말했다.

"심소홍이 뭐가 사납다는 거예요! 제가 심소홍이었다면 때리진 않았을 거예요. 혼자서 죽을 힘을 다해 때려봤자 머리 장신구 정도 망가지는 것이고, 게다가 왕 나리께서 배상해주면 나리께 피해를 주는 건데, 무슨 재미가 있어서 그러겠어요?"

자부가 말했다.

"자네가 심소홍이라면 어떡하겠어?"

취봉은 웃으며 말했다.

"저요? 당신에게 말하고 싶지 않은데요. 장월금에게 한 번 가보셔요, 어떻게 할지!"

자부가 웃으며 말했다.

"간다고 해서 자네가 뭐가 무섭겠어? 자네가 고분고분하지 않으면, 내가 장월금에게 자네를 흠씬 때리라고 하면 되지."

취봉은 그를 째려보더니 웃으며 말했다.

"아휴! 체면 생각하시고 말씀하시죠! 누구 들으라고 그러는 것 같은데, 왕 나리 앞에서 허세를 부릴 참이에요?"

왕연생은 아편 한 모금을 빨아 당기다 취봉의 말에 웃음이 터져 나와 하마터면 사레가 들릴 뻔했다. 자부는 멋쩍어져서 얼버무리며 말했다.

"자네 같은 기녀들은 말이 안 되는 요구를 해! 자네도 생각해봐. 자네들은 기녀라고 여러 손님들과 사귀면서 손님에게는 다른 기녀와 절대 못 만나게 하니, 이게 무슨 말이 되는 거야? 자네들도 낯짝이 있으면 말해봐."

황취봉은 웃으며 말했다.

"왜 말 못해요? 먹고살려면 달리 방법이 없는 거죠. 당신이 일 년 세 절기를 책임져봐요. 그러면 전 당신 한 사람과 만나면 되니 그야말로 정말 좋지요."

자부가 말했다.

"자넨 나 한 사람만 우려먹을 생각이구나!"

취봉이 말했다.

"당신 한 사람만 만나는데, 당신 말고 누구를 우려먹어요? 그러면서 당신이 말이 되니, 안 되니 하며 따져요?"

자부는 취봉의 말에 말문이 막혀 더 이상 말을 이어가지 못했다. 잠시 후 취봉이 말했다.

"당신이 맞다면 말해보셔요. 왜 한 마디도 못해요?"

자부가 웃으며 말했다.

"내가 무슨 할 말이 있겠어? 자네에게 조롱만 당할 텐데."

취봉도 웃으며 말했다.

"당신이 잘못 말해놓고 도리어 제가 당신을 조롱한다니요!"

그렇게 대화와 웃음이 오고 가는 사이 벌써 등불이 켜졌다. 소아보가 초대장 하나를 나자부에게 올렸다. 자부가 다 보고 나서 왕연생에게 건네주었다. 연생이 황급히 받아 들고 보니, 홍선경이 술자리에 자부를 재촉하여 부르는 것이어서 신경을 쓰지 않으려는데, 다시 아래를 보니, '연옹약재, 동청광림(蓮翁若在, 同請光臨. 왕연생이 있으면, 함께 광림해주십시오.)'라는 여덟 자가 한 줄로 적혀 있었다. 왕연생은 미간을 찌푸리며 말했다.

"난 안 가."

자부가 말했다.

"선경은 술자리를 잘 만들지도 않는데 자네도 술대접을 받아보게. 기녀를 부르지 않아도 괜찮잖아."

황취봉이 말했다.

"왕 나리, 술자리에 가셔요. 가지 않으시면 오히려 심소홍에게 웃음거리가 될 겁니다. 나리께서 특별한 일이 없으시면 술자리에 가시고 그 자리에서 친한 친구 두 분과 약속을 해서 술자리가 끝나는 대로 함께 소홍에게 가는 것도 좋지 않을까요?"

黃翠鳳舌戰羅子富

연생은 괜찮은 생각이라 여겨 취봉의 말을 듣고 급히 두 모금을 빨아 당겼다. 내안이 가마를 대령하고 홍선경의 초대장을 올렸다. 자부가 말했다.

"함께 가세."

연생은 고개를 끄덕이며 좋다고 말했다. 고승을 불러 가마를 대기하라고 명령하자마자 고승이 대답했다.

"가마를 대기시켜 놓았습니다."

이에 왕연생과 나자부는 각자 가마를 타고 함께 공양리 주쌍주의 집으로 갔다. 이 층으로 올라가니 홍선경이 마중을 했다. 두 사람이 함께 오는 것을 보고 아주머니 아금을 불렀다.

"수건 올리게."

그리고 두 사람을 방으로 안내했다. 방에 먼저 도착한 손님으로 갈중영, 진소운, 탕소암 세 사람이 있었다. 또 다른 두 명은 처음 본 인물로, 장소촌과 조박재였다. 모두 통성명을 하고 자리를 양보하며 앉았다. 남자 하인이 수건을 가지고 올라왔다. 탕소암은 급히 왕연생에게 물었다.

"누구를 부를 거야?"

연생이 말했다.

"난 아무도 안 불러."

주쌍주가 끼어들었다.

"나리, 왜 아무도 안 부르셔요?"

홍선경이 말했다.

"그러면 어린 기녀나 불러."

탕소암이 말했다.

"내가 한 명 추천하지, 인물은 내가 보장해."

그리고 손으로 가리키며 말했다.

"저기."

왕연생이 고개를 돌려 보니 주쌍주 어깨 너머로 한 어린 기녀가 수줍은 듯 고개를 숙이고 앉아 있었다. 나자부가 먼저 다가가서 허리를 숙여 얼굴을 보고 말했다.

"나는 쌍보만 알고 있었는데, 아니구나."

주쌍주가 말했다.

"쌍옥이라고 해요."

왕연생이 말했다.

"본당국이라면 좋지, 그렇게 쓰게."

홍선경은 탕소암이 국표를 쓸 때까지 기다렸다가 자리를 권했다. 여자 하인 교건이 주쌍옥 옆에서 말했다.

"가서 옷 갈아입고 와요."

쌍옥은 돌아서며 방을 나갔다.

---

1 중국 가옥에서 본채와 후원을 연결하는 공간

2 곤곡(崑曲). '소장(梳妝)'은 '단장하다'라는 뜻이다. 명대(明代) 왕정눌(汪廷訥) 작품 『사후기(獅吼記)』의 한 절이다. 송대의 공처가 진계상과 그의 아내 류씨의 악랄한 질투심에서 벌어지는 에피소드의 하나로, 그 이야기는 대략 다음과 같다. 하루는 진조의 아내가 아침 일찍 일어나 단장을 하고 있을 때, 진조는 소동파가 보낸 야외 나들이 초대장을 받는다. 류씨가 기녀가 있으면 보내주지 않는다고 하자, 진조는 기녀가 있으면 벌을 달게 받겠다고 약조를 한다. 그러자 류씨가 진조를 보내준다.

3 〈궤지(跪池)〉 역시 『사후기(獅吼記)』의 한 절로, '궤지(跪池)'는 '연못가에서 꿇어앉다.'라는 뜻이다. 이 장면은 〈소장〉과 연결되는데, 소동파가 초대한 모임에 기녀가 함께 있는 것을 알게 된 류씨가 진계상에게 연못가에 무릎을 꿇어앉아 잘못을 빌라는 벌을 내린다.

4 물총새 깃털로 머리장식을 하는데, 이 대목은 기녀들의 봄나들이를 의미한다.

5 주로 음력 3월 3일에 물가에서 난꽃을 따고 산책하며 액운을 없앤다.

6 기녀들을 구경하는 사람들을 의미한다.

7 승속(僧俗)을 가리지 않고 누구나 참여하여 공양하고 베풀고 설법을 듣고 서로 질문하여 배우는 모임

8 群玉山 : 신녀(神女) 서왕모(西王母)가 살고 있다는 중국 전설 상의 산

10

처음 단장하는 어린 기녀는 엄한 가르침을 받고, 오랜 빚을 갚아주는 어리숙한 손님은 무딘 말솜씨로 대응하다

理新妝討人嚴訓導 還舊債清客鈍機鋒

주쌍옥은 자기 방으로 건너갔다. 교건도 따라 건너가서 쌍옥에게 물었다.

"술자리 나갈 때 입는 옷, 엄마가 주셨어요?"

쌍옥은 고개를 저었다. 교건이 말했다.

"내가 물어볼게요. 살쩍머리에 기름 먼저 바르고 있어요."

교건은 황급히 기생어미 주란에게 내려갔다.

주쌍옥은 가스등을 화장대 위로 옮기기만 하고 살쩍머리에 기름은 바르지 않고 침대 끝에 앉아 조용히 귀를 기울였다. 주쌍옥의 방 아래는 기생어미 주란의 침실이었다. 주쌍보는 방을 옮겨 주쌍주의 방 아래였다.

기생어미 주란은 교건에게 등을 들고 있으라고 하고 궤짝을 열었나. 한참을 뒤적이더니 또 수군수군 한참을 이야기한 후 방을 나갔다. 그런데 주란이 쌍보의 방 뒤쪽으로 갔기 때문에 무엇을 하는지 전혀 들리지 않았다. 쌍옥은 그제야 귀를 떼고 일어나 거울을 마주

하고는 양쪽 살쩍머리가 살짝 들려 있는 것을 보고 작은 솔빗으로 기름을 가볍게 몇 번 바르며 깔끔하게 붙였다. 교건이 의상을 들고서 주란과 함께 올라왔다.

쌍옥은 작은 솔빗을 정리하고 옷을 입으려고 했다. 주란이 말했다.

"가만, 머리가 좀 아닌데. 왜 이렇게 잔머리가 많아!"

주란은 손에 들고 있던 두구함을 내려놓고 직접 쌍옥의 머리를 매만져주었다. 몇 번이고 잡고 누르며 솔을 느릅나무 대팻밥[1]이 담긴 물에 푹 적셔서 나선형으로 바르고 다시 짧은 앞머리 주위를 발랐다. 그 물이 목덜미를 타고 흘러 내렸다. 이마 양쪽 끝에서 반짝거리며 매달려 있는 것도 모두 그 물방울이었다. 쌍옥이 손을 뻗어 닦으려 하자 주란은 급히 가로막았다.

"움직이지 마."

그리고 목덜미에 수건을 대충 덮어놓고 쌍옥에게 얼굴을 돌리라 하고는 자세히 살펴보았다.

"좋아."

교건은 옆에서 옷의 깃을 세우며 쌍옥이 옷 입는 것을 도와주었다. 그 옷은 연두색 남경주단에 금색 난을 수놓아 단을 덧댄 저고리였다. 교건이 보고 말했다.

"이런 옷은 아직 본 적이 없는 것 같아요."

주란이 말했다.

"너야 어디서 봤겠냐. 말이 나왔으니 하는 말이지만 큰 선생 옷이야. 우리 세 딸들은 모두 특이했지. 옷이며, 머리 장신구며 죄다 직접 사들였어. 다른 사람 물건은 줘도 안 받았지. 쌍주 머리 장신구는 적다고 할 수 없지만, 옷만 보면 큰 언니와 둘째 언니 따라 가겠어? 쌍주보다 얼마나 많은지. 우리 딸들이 시집갈 때 마음에 드는 것을 골라 가고 남은 것만도 여러 상자야. 내가 가지고 있지만 아직까지 다 입지도 못했고, 또 입을 사람이 있기나 했어? 쌍보에게 입혀보았

海上花列傳
第十回
八
理新妝討人嚴訓導

지만 역시 몇 벌 안 돼. 그래도 옷들이 얼마나 많은지. 쌍보조차도 다 입어보지 못했는데, 너는 두말할 것도 없지."

쌍옥은 솜저고리를 입고 서양 거울 앞으로 몇 발자국 걸어가서 팔을 들어 올리며 소매길이를 맞추어보았다. 주란이 다가와서 옷깃 주름을 곧게 펴주며 소곤거렸다.

"근성을 가지고 장사를 할 때는 손님 비위를 맞춰야 해, 알겠지? 내 눈에는 친딸이든 아니든 모두 내 딸로 보여. 쌍주 언니만큼만 따라 하면 큰 언니, 둘째 언니들 옷과 머리 장신구 중에 네 마음에 드는 것을 얼마든지 가져가도 돼. 그렇지만 쌍보처럼 한다면 아무리 내 딸이라도 아무것도 없어."

쌍옥은 아무 말 없이 듣기만 했다.

"듣고 있는 거니?"

"네."

"그러면 대답이 있어야지. 왜 아무 말도 안 해?"

교건은 술자리에 부른 기녀들이 도착했다는 소리를 듣고 황급히 두구함을 들었다. 그리고 쌍옥에게 어서 나가자고 재촉하며 주란의 말을 끊었다. 쌍옥의 손을 잡고 앞으로 가다 갑자기 은으로 만든 물담뱃대가 생각이 나서 말했다.

"셋째 선생 것을 가져가야 되겠어요."

"그럴 필요 없다. 쌍보한테 가서 가져와. 쌍보 담뱃대는 쌍옥이 쓰도록 하고. 내가 다시 쌍보에게 하나 줄게."

주란의 말에 교건은 얼른 뛰어갔다. 주란은 또 술자리 예절들을 쌍옥에게 가르치며 말했다.

"모르는 게 있으면 언니에게 물어라. 언니가 하는 말은 모두 귀담아 듣고 절대 잊지 않도록 해. 만약 다른 사람 말을 듣지 않는다면, 내가 미리 한마디 해둘게. 고생해봐야 결국 좋을 게 없다는 거야."

주란의 한 마디 한 마디에 쌍옥은 대답을 했다.

교건이 은으로 만든 물담뱃대를 들고 돌아오자 주란은 아래층으로 내려갔다. 교건은 급히 쌍옥의 손을 잡고 술자리로 갔다. 먼저 도착한 기녀는 진소운의 애인 김교진(金巧珍)이었다. 그녀는 삼마로 옆 동안리(同安里) 입구에 살고 있어 건너오기만 하면 되기에 조금 일찍 도착했다. 그때 김교진은 목청을 돋워 경극 곡조의 노래를 부르고 있었다. 그 노래에 나자부는 흥이 나서 선을 깔았다. 게다가 조박재와 장소촌이 흔쾌히 그 뜻을 받들어 분위기를 한껏 돋우었다. 이외에 다른 사람들도 모두 분위기를 맞췄다. 오직 왕연생만은 흥이 나지 않아 편안히 앉아 있을 수 없었다. 주쌍주는 그가 지루해하는 것을 눈치 채고 물었다.

"건너편으로 가서 잠시 쉬시겠어요?"

왕연생은 속마음이 들킨 걸 알고 즉시 자리를 옮겼다. 교건은 주쌍옥의 방으로 건너가서 불을 밝히고 찻잔에 차를 붓고 나서 연생에게 말했다.

"가서 쌍옥을 불러오겠습니다."

왕연생은 미처 거절하지 못하고 그녀가 하는 대로 내버려두었다. 주쌍옥이 천천히 방으로 들어와 옷을 갈아입고 멀찍이서 단정하게 앉아 시중을 들며 조용히 있었다. 왕연생도 섣불리 희롱하지 않았다. 잠시 후, 교건이 뛰어와서 시중을 들며 쌍옥에게 옆으로 가서 모시라고 당부하고 다시 나갔다.

연생은 아편을 피우며 옆 술자리의 화권 소리, 노래 소리들을 들었다. 참기 어려울 정도로 시끌벅적한데도 쌍옥은 조용히 앉아 머리를 숙이고 두 발을 모은 채 손수건을 만지작거리고 있었다. 연생은 그 모습에 감동하여 자기도 모르게 속으로 감탄을 했다.

그때 갑자기 아주머니 아금이 그 방에서 나와 수건을 올리라고 외쳤다. 잠깐 동안 발자국 소리, 신발 소리, 주렴 구슬 소리, 손님이 주인에게 작별인사 하는 소리, 주인이 손님을 배웅하는 소리 등이 한데 섞여 자리를 떠나는 사람이 누구인지 알 수 없었다. 단지 술자리가 다소 조용해진 것만을 느낄 수 있었다. 잠시 후 탕소암도 이 방으로 건너왔다. 술을 마셔 취기 오른 얼굴을 하고서 버드나무 이쑤시개로 이를 후비고 있었다. 그는 격식 따지지 않고 편히 탑상 아래에 비스듬히 앉아 연생이 아편에 불붙이는 것을 보았다. 연생이 물었다.

"자부는 갔나?

"아직 술자리가 더 있는지 중영이랑 소운과 함께 갔네."

연생이 이에 홍선경과 셋이서 심소홍의 집으로 가자고 약속을 잡자 소암은 그 뜻을 알아채고 그러겠다고 했다. 교건이 와서 식사를 청하여 두 사람은 술자리로 다시 돌아와 앉았다. 탕소암은 홍선경 귀에다 대고 몇 마디 했다. 홍선경은 그 말을 듣고 옅은 미소를 띠었다. 주쌍주도 고개를 끄덕이며 웃으며 말했다.

"당신 무슨 말 하는지 저도 알아요."

소암이 말했다.

"말해보게."

쌍주는 연생 쪽으로 입을 삐죽 내밀었다. 그러자 모두 웃으며 밥을 먹었다. 장소촌은 그들에게 일이 있는 것을 눈치 채고 조박재와 함께 작별인사를 하고 먼저 나섰다. 왕연생이 말했다.

"우리도 가세."

탕소암과 홍선경은 대답을 했다. 주쌍주는 황급히 쌍옥을 불러 입구까지 배웅하게 하였다. 세 사람은 천천히 걸어갔다. 내안은 가마꾼에게 빈 가마를 들고 뒤따라오라고 하였다. 공양리를 나와서 맞은편 동안리로 들어가 서회방리 어귀까지 쭉 걸어갔다. 마침 아주의 아들이 어둠 속에서 그들이 오고 있는 것을 보고 뛰어가 소식을 전했다. 아주가 문밖으로 나와 웃으며 맞이했다.

"제가 왕 나리께서 곧 오실 거라고 했는데, 마침 오셨네요."

왕연생이 앞장을 서고 탕소암과 홍선경이 뒤따라 문으로 들어섰다. 아주를 뒤따르며 이 층으로 올라갔다. 방에서 전족 신발 소리가 한바탕 소란스럽게 들려왔다. 왕연생이 중간 방문으로 성큼 들어가자 심소홍이 귀신처럼 헝클어진 머리와 꾀죄죄한 얼굴로 쫓아 나와 방 한가운데서 버티고 있다가 왕연생을 보자마자 달려들었다. 연생은 깜짝 놀라며 뒷걸음쳤다. 여자 하인 아금대가 뒤에서 쫓아와 소홍을 껴안고 막으며 소리쳤다.

"선생님, 이러지 말아요!"

당황한 아주는 뛰어 들어와 소홍의 팔을 붙들고 소리쳤다.

"선생님, 천천히!"

심소홍은 이를 꽉 깨물며 화를 냈다.

"다들 저리 가! 내가 죽는다는데 다들 무슨 상관이야?"

아주는 계속 말리며 말했다.

"죽는다고 이러면 안 되죠. 지금 왕 나리께서 오셨잖아요. 나리 말씀을 듣고 나서 아니다 싶으면 그때 죽어요."

소홍은 연생과 이미 죽으려고 마음먹었는데, 어디 그 말을 따르겠는가. 탕소암과 홍선경은 이런 소란을 보고 모두 할 말을 잊고 냉소만 지을 뿐이었다. 연생은 부끄럽기도 하고 화가 나기도 하며, 또 무섭기도 하고 조바심이 나기도 하여 사방에서 죄어오는 압박감을 느꼈다. 그러자 오히려 화가 치밀어 올라 냉소를 지으며 말했다.

"죽게 내버려둬!"

이 한마디를 하고 몸을 돌려 나갔다. 탕소암과 홍선경도 어쩔 수 없이 그를 쫓아 나갔다.

아주는 상황이 이상하게 돌아가자 소홍을 내팽개치고 재빨리 그들을 뒤쫓아 가서 연생을 붙들었다. 왕연생은 소매를 뿌리치고 계단을 내려갔다. 갑자기 중간 방 판자벽에 쿵쿵 울리는 소리가 들리더니 아금대가 안에서 다급하게 소리를 질렀다.

"안 돼요! 이러다 죽어요!"

이 소리에 아래층 남자 하인 서너 명이 불길한 마음으로 급히 이층으로 올라가다 마침 연생과 계단에서 부딪히게 되었다. 아주는 왕연생을 죽을힘을 다해 잡아 끌어 안으로 밀어 넣었다. 탕소암과 홍선경도 쉽게 빠져나갈 수 없겠다고 생각되어 연생에게 방으로 들어가라고 부추겼다. 심소홍은 맹렬하게 머리를 벽에다 박고 있었다. 아금대가 그녀를 잡아보아도 도무지 꿈쩍하지 않았다. 아주는 다급해져서 있는 힘을 다해 허리를 붙잡았다. 탕소암과 홍선경이 소리쳤다.

"소홍 자네, 뭐하는 거야? 할 말이 있으면 말로 하면 되지. 이렇게까지 할 필요 없잖아."

아주가 소홍의 머리를 만져보니 다친 곳은 없었다. 다만 이마 모서리가 판자벽의 못에 부딪쳐 살짝 벗겨져 있었다. 피가 흐를 정도는 아니었다. 아금대가 다가와 손바닥으로 어루만져주면서 말했다.

"위험할 뻔했잖아요! 태양혈에 부딪쳤으면 어쩔 뻔했어요?"

연생은 한쪽에서 멍하니 우두커니 서 있었다. 아주는 그를 쏘아보며 말했다.

"왕 나리, 선생이 잘못되기라도 했으면 나리께서도 빠져나갈 수 없으실 텐데, 대수롭지 않은 듯이 보고만 있지 마세요!"

남자 하인들은 아무 일이 없는 것을 보고 모두 웃으며 말했다.

"간 떨어질 뻔했네! 빨리 선생을 부축해서 방으로 모셔요."

아주는 소홍을 끌어안았다. 아금대는 연생을 잡아당기고, 탕소암과 홍선경은 일제히 방으로 몰려갔다. 아주는 소홍을 탑상에 뉘었다. 아금대는 찻잔을 차리며 남자 하인에게 찻물을 가져오라고 했다. 남자 하인은 아주에게 분부하듯 말했다.

"조심들 하시우."

그리고 모두 웃으며 아래층으로 내려갔다.

왕연생, 탕소암, 홍선경은 나란히 벽 쪽에 놓여 있는 교의에 앉았

還舊債
清客鈍
機鋒

다. 소홍은 벽 쪽에 얼굴을 묻고 울었다. 아주는 소홍 옆에 앉아 천천히 왕연생에게 말했다.

"왕 나리, 나리께서 잘못하셨어요. 잘못 생각하셨다고요. 나리께서 처음부터 우리 선생에게 분명하게 말씀을 하셨다면, 장혜정 같은 기녀 열 명을 만난다 해도 우리 선생은 아무렇지도 않았을 거예요. 나리께서 우리 선생을 속인 게 잘못인 거죠. 우리 선생은 나리께서 장혜정을 사귀는 것을 알고 이제 나리는 우리에게 오지 않을 거라면서 장혜정 쪽에서 나리를 끌고 가버렸다고 말하더군요."

홍선경은 말이 끝나기도 전에 아주의 말을 가로막았다.

"왕 나리는 겨우 어제저녁에 장혜정 집에서 술자리를 했어. 지금 이렇게 다시 여기에 왔잖아."

아주는 일어나서 홍선경 옆으로 가서 조용히 말했다.

"홍 나리께서는 다 알고 계시잖아요. 우리 선생만 책망하지 마세요. 우리 선생도 초조하니까 그러죠. 왕 나리께서 처음 우리 선생과 만날 때만 해도 단골손님들이 있었어요. 나중에 나리와 사이가 좋아지니까, 어떤 손님이 기분 나빠서 오지 않는다고 해서 제가 모시러 가려고 했었죠. 그때 왕 나리께서 우리 선생에게 '오지 않으면 내버려둬, 나 혼자서도 자네 체면치레는 해줄 수 있어.'라고 하셨지요. 왕 나리, 그때 그렇게 말씀하셨잖아요? 선생은 나리가 계신다고 아예 마음을 놓고 손님들을 청하지도 않았지요. 그때부터 손님들도 하나둘 찾아오지 않더니 지금은 아무도 없어요. 왕 나리 한 분뿐이에요. 홍 나리, 그러니 왕 나리께서 장혜정과 만나면 우리 선생이 초조하지 않겠어요?"

탕소암이 끼어들었다.

"그만해. 장혜정이 창피를 당했는데도 왕 나리는 여기에 왔잖아. 심소홍 자네 체면도 그럭저럭 세워졌다고. 모두 이제 그만해, 알겠나?"

소홍은 얼굴에 범벅이 되도록 눈물을 흘리며 울다가 탕소암의 말을 듣고 해명에 나섰다.

"탕 나리, 이 사람에게 한번 물어보세요. 왕 나리는 저에게 직접 일할 필요 없다며 초대장 종이들도 모두 없애버렸어요. 저는 왕 나리의 말만 믿고 손님이 불러도 나가지 않았어요. 나리는 또 저에게 '네가 진 빚이 얼마든 내가 갚아줄게.'라고까지 했어요. 그 말을 듣고 얼마나 기뻤던지. 저는 오직 나리만 바라보면서 빚 갚아주기만을 눈이 빠지게 고대하고 있었죠. 저도 언젠가는 좋은 날이 있겠구나 했는데, 나리가 여태껏 저를 속이고 있었다는 걸 어떻게 알았겠어요! 여태껏 속이더니 아예 저는 내팽개치고 장혜정을 돌봐주고 있잖아요!"

이 말을 하다 말고 소홍은 발을 동동거리고 펄쩍펄쩍 뛰어오르며 고개를 젖혀 통곡했다. 그리고 다시 말을 했다.

"장혜정과 사귄다면, 뭐 괜찮아요! 그런데 제 처지를 보면, 옷은 다 입었던 거고, 머리 장신구도 다 저당잡혀버렸고, 손님 한 사람도 없고, 그런데 만 원이나 되는 빚은 그대로 있어요. 정말이지 저는 이러지도 저러지도 못하는데, 도대체 저보고 어쩌라는 거예요?"

탕소암이 엷은 웃음을 띠며 말했다.

"어쩌라고 할 것도 없지. 왕 나리가 여기에 계시잖아. 옷이며 머리 장신구는 늘 하던 대로 왕 나리께 마련해달라고 하고, 빚도 나리께 깨끗이 갚아달라고 하면 모두 정리되는 것 아니야?"

"탕 나리, 솔직히 말하면 왕 나리께서 저와 이 년 반을 만나는 동안 사다 준 선물이라고 해봤자 여기 눈앞에 보이는 것들이 다예요. 장혜정은 열흘도 안 됐는데 머리부터 발끝까지 어느 것 하나 빠지지 않고 마련해주었잖아요? 게다가 친구분들이 아부를 잘하셔서 귀신도 모르게 감쪽같이 가구를 사서 방을 꾸며주었다지요. 탕 나리께서는 알기나 하세요!"

홍선경이 끼어들었다.

"왕 나리도 쓸데없는 말을 했구만! 기루에서 기녀와 사귀면 장부만 깔끔하게 정리하면 되지. 기녀가 진 빚까지 손님과 무슨 상관이 있다고 대신 갚아줘. 솔직히 기녀는 손님 한 명에게만 기대면 안 되고 손님도 기녀 한 명만 만나면 안 돼. 기분이 좋으면 자주 가고, 기분이 나쁘면 덜 가고. 뭐가 그렇게 자잘하게 따질 게 많아!"

심소홍이 대답하려 하자 아주가 불쑥 끼어들었다.

"'기녀는 손님 한 사람에게만 기대면 안 된다.'라는 홍 나리 말씀 맞습니다. 우리 선생도 손님들이 많다면야, 왜 당신 왕 나리 한 분에게만 체면을 유지해달라고 하겠습니까? 나리께서 체면치레할 정도는 해주시든지, 아니면 우리 선생 빚이 일 만인데 빚을 갚아주시든지, 당신 왕 나리께 말씀드리면 갚아주실까요? 당신 왕 나리께서 직접 우리 선생에게 빚을 갚아주겠다고 말씀하셔야 할 거예요. 왕 나리께서 정말로 빚을 갚아주시면 우리 선생이 뭐 하러 자잘하게 따지겠어요? 나리께서 장혜정과 사귀고 있고 '손님도 한 기녀와만 만나지 않는다.'라고 하는데, 우리 선생이 당신에게 무슨 말을 하겠어요? 그런데 지금 왕 나리께서는 우리 선생 빚을 한 푼도 갚지 않고 장혜정과 사귀고 있잖아요. 왕 나리께서도 생각해보세요. 우리 선생이 자잘하게 따지는 거예요? 왕 나리께서 자잘하게 따지는 거예요?"

아주는 말을 끝내고 왕연생을 한참 노려보았다.

연생은 얼굴을 들고 있었지만 아무 말 하지 않았다. 홍선경이 웃으며 말했다.

"두 사람이 아무리 자잘하게 따져도 우리 일 아니니까, 우리는 가야겠네."

그리고 탕소암과 일어났다. 연생도 함께 갈 생각이었다. 심소홍은 못 본 척하고 있는데, 오히려 아금대가 연생을 앉히며 말했다.

"아니! 왕 나리, 정말 가실 거예요?"

아주는 아금대에게 손을 놓으라고 소리치고 왕연생에게 말했다.

"왕 나리, 가시려면 가세요. 억지로 붙잡지 않겠어요. 그래도 한마디는 해야겠네요. 어제저녁 저와 아금대는 우리 선생 지키느라 침대에 앉아 한숨도 못 잤어요. 오늘 밤에는 자러 가야겠어요. 우리 아주머니들이야 상관없지요. 혹시 잘못되더라도 우리 일 아니니까요. 미리 말씀드리자면, 왕 나리께서도 저희를 원망하시면 안 됩니다."

이 몇 마디에 연생은 더욱 난처해져 뾰족한 생각이 나지 않았다. 탕소암이 연생에게 말했다.

"우리는 먼저 가겠네. 자네는 잠깐 앉아 있게나."

연생은 귓속말로 장혜정의 집으로 편지를 전해주라고 당부했다. 탕소암은 그러겠다고 대답하고 홍선경과 나섰다. 소홍은 그래도 일어나 두어 발자국을 옮기며 배웅해주었다.

"나리들을 난처하게 했어요. 내일 제가 술자리를 마련해 사죄할게요."

그녀는 이 말을 하다 말고 웃었다. 연생도 참지 못하고 웃으려 했다. 소홍은 몸을 돌리며 왕연생 얼굴을 향해 삿대질하며 말했다.

"당신…."

단 두 마디만 꺼내다 말을 삼키더니 탄식하듯이 '흥' 하고 콧방귀를 뀌었다. 한참 뒤에 다시 말을 이었다.

"당신 혼자 오면 우리가 당신을 속일까 봐 겁났던 거예요? 친구 두 사람에게 도움을 받아서 당신 대신 말하게 할 속셈이었죠. 당신이란 사람, 정말!"

연생 자신도 부끄러워 모르는 체했다. 아주는 냉소를 지으며 말했다.

"나리는 좋으시겠어요. 친구들이 대신 꾀를 내주면 듣기만 하면 되니 말이죠. 장혜정 쪽은 친구들과 함께 가지 않으셨는데, 어떻게 알게 됐대요?"

소홍이 말했다.
"장혜정은 친구들과 함께 가서 알게 된 게 아니고 자기 혼자 낚은 창녀잖아."
아주가 말했다.
"지금은 창녀가 아니죠. 아마 장삼이라고 생각할걸요! 소당명을 고용했으니 호화롭기까지 하잖아요! 왕 나리, 며칠 동안 얼마나 썼어요, 한 천 원 정도 썼지요?"
연생이 말했다.
"쓸데없는 소리 그만해!"
"쓸데없는 소리가 아니죠!"
아주는 아편 소반을 깨끗하게 치우고 나서 말했다.
"왕 나리, 아편 피우시면서 머리 굴릴 생각 말아요."
연생이 아편을 피우러 탑상으로 가서 눕자 아주와 아금대는 차례로 내려갔다.

---

1 이것을 물에 타면 점성이 있으므로 옛날 부녀자들이 머리를 감는 데 사용했다고 한다.

11

공관 가까운 경종 소리에 공연히 놀라고, 제부에게 거안제미로 후한 대접을 하다

亂撞鍾比舍受虛驚 齊舉案聯襟承厚待

심소홍은 한마디 말도 없이 탑상 아래쪽에 앉아 있고, 왕연생은 그 위쪽에 앉아 혼자 아편을 피웠다. 방 안에는 두 사람만 있었다. 새벽 한 시를 훌쩍 넘겼을 즈음, 소홍은 또다시 흐느끼기 시작했다. 연생은 당황하여 귀를 긁적이고 볼을 만지작거리기만 할 뿐 달랠 길이 없어 그냥 내버려두었다. 그런데 이번엔 차마 눈뜨고 볼 수 없을 정도로 마음 아프게 소홍은 울음을 좀처럼 그치지 않았다. 연생은 어쩌지 못해 가까이 다가가 애원했다.

"너희들 마음은 나도 잘 알았다. 네 뜻대로 할 테니, 부탁할게. 그만 울어, 응? 또 울면 내 속이 타 들어가!"

소홍은 목이 메이면서도 성난 목소리로 말했다.

"거짓말 말아요! 여태껏 속이고서 또 나를 속이려고 해요! 당신은 분명 내 목숨 가지고도 속이려 할 거예요."

"지금 내가 무슨 말을 해도 믿지 못하고 말끝마다 내가 속인다고만 하는구나. 이제는 그만해. 내일 수표[1] 한 장 끊어서 대신 빚을 갚아주면 되잖아?"

"좋은 생각이군요. 빚을 다 갚아주고 나면 오지 않겠다 이거죠? 그래야 장혜정 만나러 가기 좋으니까? 당신 정말 영리해요! 당신은 빚 갚아주기가 싫을 것이고, 저도 당신이 그러기를 원치 않아요."

소홍은 고개를 다른 쪽으로 돌리고 울음을 삼켰다. 연생이 답답해하며 말했다.

"누가 장혜정 만나러 간다고 했어?"

"그럼 안 가실 거예요?"

"안 가."

그러자 소홍은 연생의 얼굴에 대고 큰 소리로 말했다.

"당신 또 저를 속이려고! 두고 보셔요. 제가 내일 장혜정 집에서 죽어버릴 테니!"

연생은 순간 갈피를 잡지 못하고 멍하니 생각해보았지만 할 말이 없었다. 마침 아주가 주전자를 들고 들어와 찻잔에 물을 부었다. 연생은 그녀를 불러 세워 시시콜콜 털어놓은 다음 물었다.

"도대체 소홍은 무슨 생각을 하고 있는 거야?"

아주가 웃으며 대답했다.

"왕 나리께서 아시겠죠. 제가 어떻게 알아요."

"자네는 그래도 맞는 말을 곧잘 하잖아. 내가 몰라서 묻는 거야."

아주는 웃으며 말했다.

"나리처럼 총명하신 분이 모르긴요! 생각해보세요. 그동안 사이가 좋았는데도, 우리 선생 빚을 왜 안 갚아주셨어요? 오늘 한바탕하고 나서야 빚을 갚아주겠다고 하시면 홧김에 뱉은 말 같잖아요? 그러면 우리 선생이 좋아라 하겠습니까?"

연생은 답답해서 발을 쿵쾅거리며 말했다.

"소홍이 화를 풀기만을 바라고 있는데, 내가 화가 났다는 거야!"

아주가 웃으며 말했다.

"우리 선생이 무슨 화가 났다고 그러세요. 다 왕 나리 때문이지요. 나리께서도 생각해보세요. 우리 선생이 다른 손님이 있나요? 왕 나리께서 오지 않으시면 우리 선생은 어떻게 해요? 우리 선생 체면을 봐서 계속 와주시면 나리께서 다시 장혜정과 만나셔도 괜찮아요. 우리 선생 빚이야, 얼마든 간에 빨리 갚아도 나리께서 갚아주셔야 하고 늦게 갚아도 나리께서 갚아주셔야 하니 나리 편하실 대로 갚아주시면 되는 거고, 나리께서 우리 선생에게 잘하든 못하든 그것도 문제가 아니지요. 아닌가요?"

"자네도 말을 애매모호하게 하는군. 내가 빚을 안 갚아준 게 내 잘못이라고 해서 갚아주겠다는데도 네 선생은 내가 잘못했다고 하는데, 도대체 내가 어떻게 해야 잘하는 거야?"

아주가 웃으며 말했다.

"왕 나리께서도 참, 농담도 잘하셔요. 제가 알려드려요?"

아주는 이 말을 던져놓고 주전자를 들고 억지 웃음을 지으며 내려갔다.

연생은 생각해봐도 어떻게 해야 할지 몰라 온갖 부드럽고 사랑스러운 말들로 소홍의 시중을 들었다. 소홍은 연생이 정말로 빚을 갚아주려 하고 또한 자기에게 유리하게 돌아가는 것을 보고는 서서히 울음을 그쳤다. 연생은 그제야 큰 돌덩이를 땅에 내려놓을 수 있었다. 소홍은 손수건으로 눈물을 닦으면서 여전히 불평을 늘어놓았다.

"당신은 제가 화낸 것만 탓하죠. 당신도 내 입장에서 생각해봐요, 당신이 저였더라면 화가 안 났겠어요?"

연생은 재빨리 웃음을 지어 보이며 대답하였다.

"당연히 나지, 나고 말고! 내가 너였다면 해가 뜰 때까지 화가 안 풀렸을 거야!"

이 말에 소홍도 웃음이 터질 뻔했지만 억지로 참으며 말했다.

"낯짝도 두꺼워, 누가 당신 신경이나 쓴대요?"

소홍의 말이 채 끝나기도 전에 갑자기 '땡 땡 땡 땡' 종소리가 들려왔다. 소홍이 먼저 듣고 말했다.

"그런데 이거 경종 소리 아니에요?"

연생은 소리를 듣고 급히 유리 창문 한쪽을 열고 아래를 보며 소리쳤다.

"맞아!"

아주는 아래층에서 큰 소리로 대답했다.

"경종 소리예요! 빨리들 내려와서 보세요!"

곧바로 남자 하인들이 문밖으로 우르르 쫓아 나갔다. 연생은 경종소리를 손으로 세어보았다. 딱 네 번이었다.[2] 뒤쪽 노대(露臺)로 가서 보니, 달빛만 하늘 한가운데서 빛나고 고요할 뿐 불빛은 보이지 않았다. 방으로 돌아오는데 마침 남자 하인 한 명이 뛰어 올라와 전했다.

"동기반가에서 불이 났습니다."

연생은 다급하게 탁자 옆 교의에 올라서서 유리창을 열고 동남쪽을 바라보았다. 담장 사이로 불빛이 보였다. 연생은 초조해져서 소리쳤다.

"내안!"

남자 하인이 대답했다.

"내안 도련님은 가마꾼과 함께 확인하러 뛰어 나갔습니다."

연생은 초조해지고 심장이 두근거렸다. 소홍이 말했다.

"동기반가인데, 당신하고 무슨 상관이에요?"

"공관 맞은편이 동기반가잖아."

"그래도 사이에 오마로가 있잖아요."

그때 내안도 뛰어 들어와 마당에서 '나리' 하고 불렀다.

"동기반가 동쪽 끝인데, 아주 가깝습니다. 순포들이 막고 있어서 들어가질 못했습니다."

연생은 이 말을 듣고 발걸음을 옮기며 나갔다. 심홍이 말했다.

"가시게요?"

"갔다 올게."

연생은 내안에게 따라오라고 하고 바로 사마로를 나와 불빛이 보이는 곳으로 다급하게 달려갔다. 남주금리 입구에 이르자 진소운이 혼자 낭하에 서서 불구경을 하고 있었다. 연생은 같이 가자고 그를 끌고 갔다. 그러자 소운이 말했다.

"천천히 가. 자네는 보험이 있는데, 뭐가 걱정인가?"

연생은 그제야 발걸음을 조금 늦추었다. 모퉁이를 도니 외국 순포가 여러 사람들을 이끌고 관을 길게 연결하여 땅 위에 늘어놓았다. 그리고 수돗물을 틀고, 관 끝을 수도꼭지에 끼웠다. 물소리는 들리지 않는데 관은 점점 팽팽하게 부풀어 올랐다. 이에 왕연생 일행은 관을 따라 오마로 근처까지 갔다. 그때 순포가 그들을 막았다. 연생이 외국어로 몇 마디를 하자 지나가게 해주었다. 불은 멀리서 타오르고 있었지만 '타닥타닥' 폭발하는 소리가 귓전까지 들렸다. 마치 몇천 발의 불꽃을 쏘아 올리고 머리 위로 불꽃이 어지럽게 떨어지는 것 같았다.

연생과 소운은 소매로 머리를 가리고 내안과 함께 단숨에 공관 입구까지 뛰어갔다. 연생의 조카와 요리사, 하인들이 낭하에서 서로 앞다투어 가며 아뢰었다.

"보험국에서 보고 갔습니다. 그렇게 심각한 건 아니라고 걱정하지 않으셔도 된다고 했습니다."

진소운이 말했다.

"심각하든 아니든 자네는 보험증서를 직접 지니고 다니게. 은화는 철제 상자 속에 넣어두고 또 장부나 계약서, 서류 등은 하나로 정리해서 한 사람에게 맡기게. 다른 물건들은 손 댈 필요 없지만."

"증서는 친구에게 맡겨둬야겠어."

亂撞鐘
比舍受虛驚
第十一回
十五

"그러면 제일 좋지."

연생은 소운을 이 층 방으로 안내하며 대신 수습해달라고 부탁했다. 그때 갑자기 또 '우지직' 무너지는 소리가 들려왔다. 집이 내려앉는 소리임을 알고 급히 창가로 가서 보았다. 불꽃은 점점 타올라 몇 길의 높이로 치솟았다. 바람 때문에 불길이 더욱 거세게 일어났다. 연생은 또 급히 몸을 돌려 수습하려고 하였다. 이것을 챙기면 저것을 잊어버리고, 뒤죽박죽이긴 했지만 대충 정리를 끝내고 다시 소운에게 물었다.

"대신 생각 좀 해줘 봐, 잊은 게 없나?"

"없어. 서둘지 말게. 자네는 걱정하지 않아도 돼."

연생은 대답하지 않고 창가로 가서 섰다. 갑자기 또 불길 속에서 검은 연기가 뭉게뭉게 피어오르더니 불꽃과 뒤섞여 하늘로 치솟았다. 문 앞에서 사람들이 일제히 소리를 질렀다.

"와, 와!"

소운도 창가로 와서 보고는 말했다.

"소화전으로 불을 끄기 시작하는군."

과연 불길은 점점 작아지더니 조금씩 꺼져갔다. 검은 연기도 옅어졌다. 연생은 그제야 마음을 놓고 돌아와 자리에 앉았다. 소운이 웃었다.

"자네는 보험을 들었는데 뭐가 그리 불안한가? 꼭 보험 들지 않은 것처럼 말이야."

연생도 웃으며 말했다.

"나도 괜찮다는 걸 알고 있는데 보고 있으니 초조해져서 그래."

얼마 후 소방차 바퀴가 굴러가자 고무관에서 공기 빠지는 소리가 들려왔다. 불을 끄고 이제 돌아가는 것이었다. 이어 연생의 조카와 내안 등은 이야기를 한참 나누다 함께 집으로 돌아왔다. 연생은 내안에게 차를 내오라고 하였다. 그러자 소운이 말했다.

"나는 자러 가야겠네."

"그러면 함께 나가세."

"자네는 어디로?"

"심소홍."

진소운은 더 이상 묻지 않고 아래층으로 내려와 문을 나섰다. 마침 가마꾼이 빈 가마를 들고 와 문 앞에 멈추어 섰다. 소운이 말했다.

"자네는 가마 타고 가게. 나 먼저 가겠네."

언생도 그의 말대로 소운을 먼저 배웅해주었다.

소운이 동쪽 불이 난 곳을 보니 아직도 연기가 자욱한 와중에 백황색으로 바뀌어 있었다. 발길 닿는 대로 걸으며 여기저기 둘러보니 땅은 소화전에서 뿌려진 물로 질척거리고 벽돌과 기와 조각들이 여기저기 널려 있어 하는 수 없이 기반가 입구에서 멈춰 서야 했다. 바람을 타고 훅 하고 불어오는 열기에는 매캐한 재 냄새가 섞여 있어 맡기 힘들었다. 그래서 소운은 급히 서쪽으로 발길을 돌렸다. 내안이 왕연생의 가마를 따라 한참 멀리 가고 있었고, 거리는 적막하고 조용했다. 이날 기망의 둥근 달은 언제나처럼 하얗게 빛났으며 전기등이 특별히 환하여 마치 수정궁에 와 있는 것 같았다.

소운은 혼자 이리저리 거닐고 있는데 갑자기 어두컴컴한 곳에서 마치 저승사자가 꼿꼿하게 서 있는 것 같은 기운을 느꼈다. 막 비명을 지르려는 순간 그 형체가 밝은 곳으로 걸어 나왔다. 그제야 또렷하게 보였는데 다름 아닌 홍색 띠를 머리에 두른 순포[3]였다. 소운은 자기도 모르게 웃음이 나왔다. 그는 바로 남주금리의 상발 복권가게 이 층으로 돌아와 집사 장복의 시중을 받고 잠자리에 들었다.

다음 날은 조금 늦게 일어나기도 했고 또 나른하기도 하였다. 식사를 하고 나니 아편을 피우고 싶은데, 어디로 가볼까 하고 생각했다. 주애인이 있는 곳이 가깝긴 하지만 듣자니 요 며칠 동안 항주 여전홍을 모시고 다닌다고 하니 분명 집에 없을 테고, 아무래도 김교진의 집으로 가는 것이 편하지 싶었다. 마음을 정하고 아래층으로 성큼 내려갔다. 호죽산이 초대장을 건네주며 방금 온 것이라고 했다. 소운이 보니 장여보가 취수당 육수보의 집에서 술자리를 가진다는 것이었다. 소운이 기억하기로 여보가 사귀는 기녀는 육수림인데, 어떻게 육수보의 방에서 술을 마실까 생각하다 대신 초대한 것이로구나 짐작할 수 있었다. 소운은 초대장을 내려놓고 문을 나섰다. 인력거를 부르지 않고 좁은 골목길을 따라 동안리 입구 김교진의 집으로 곧장 갔다. 김교진은 마침 이 층 한가운데에서 머리를 빗고 있었다. 여자 하인 은대(銀大)는 소운을 방으로 모시고 물담뱃대를 가져와 담배를 채워주었다. 소운은 은대에게 불을 붙여달라고 했다. 은대가 말했다.

"아편을 피우실 거예요? 채워드릴게요."

"조금만, 작은 담뱃대 정도면 충분해."

은대가 아편에 불을 붙여 소운에게 주었다. 김교진도 머리를 다 빗고 방으로 들어와 옷을 갈아입었다. 그리고 대뜸 소운에게 물었다.

"당신 오늘 다른 일 없으면 마차 타러 가실래요?"

진소운이 웃으며 말했다.

"그래도 마차를 타고 싶으냐! 장혜정이 심소홍에게 두들겨 맞은 것도 다 마차 타다가 생긴 일이야"

"장혜정이 멍청해서 그렇죠. 심소홍에게 쓸데없이 맞고나 있어. 누가 날 때리면, 나였으면 한 밑천 잡는 거죠!"

"오늘 왜 이리 기분이 좋아, 마차 탈 생각에 그러냐?"

"마차 탄다고 기분 좋은 게 아니에요. 우리 언니 때문에 어젯밤에 얼마나 놀랐는지. 여기 와서 날이 샐 때까지 울다가 돌아갔어요. 언니가 좀 괜찮아졌는지 보러 가려고 그러죠."

"네 언니는 회춘당에 있잖아, 여기서 얼마나 떨어져 있다고 걱정이야?"

"비아냥거리지 말아요! 걱정이 없는데, 왜 왔겠어요?"

"넌 언니 보러 가고 나더러 마차에 앉아 기다리고 있으라는 거야?"

"같이 언니 보러 가는 것도 괜찮죠."

"내가 가서 뭐해?"

"가서 마른안주나 시키면 되잖아요."

소운은 그것도 괜찮겠다고 생각하였다.

"그럼, 가지."

교진은 아주머니 아해(阿海)를 시켜 남자 하인에게 마차를 부르라고 했다.

잠시 후, 마차는 동안리 문 앞에 도착했다. 진소운과 김교진은 아주머니 아해와 함께 마차에 올라탔다. 마부에게 먼저 황포강변을 돌아 동기반가로 가자고 했다. 이 지역은 길이 복잡하지 않아 눈 깜짝할 사이 하려수대(河麗水臺) 차관(茶館)에 다다랐다. 아해는 소운을 안내하며 먼저 들어가고 교진은 천천히 뒤를 따라 갔다. 골목길 첫 번째 집이 바로 회춘당(繪春堂)이었다.

소운은 아해를 앞세우고 곧장 이 층으로 갔다. 방문 앞에 이르자 아해는 주렴을 걷어 올리고 소운을 방 안으로 들였다. 김교진의 언니 김애진(金愛珍)은 창가에 기대고 앉아 바늘과 실을 펼쳐놓고 신발 한 짝을 수놓고 있었다. 소운을 보자 애진은 웃음을 띠며 말했다.

"진 나리, 여기는 어쩐 일이십니까?"

아해가 따라 들어가며 말을 받았다.

"우리 선생이 뵈러 왔어요."

"그러면 들어오라고 해요."

"지금 오고 있어요."

애진은 급히 방을 나서며 맞이했다. 아해는 소운을 자리로 모시고 밖으로 나갔다. 짙게 화장한 기녀들이 우르르 몰려와 차를 마시러 온 손님인 줄 알고 둥글게 그를 에워쌌다.[4] 농을 던지며 시시덕거리고 웃기도 하고 삐지기도 하며 온갖 아양을 떨면서 소운을 자신의 손님으로 들이려 했다. 소운도 그 의도를 알지만 별다른 반응을 보이지 않았다. 마침 김애진의 아주머니가 찻잔을 가져오자 소운은 바로 그녀에게 마른안주를 가져오라고 했다. 아주머니는 잠시 멍하니 있다가 웃으며 말했다.

"진 나리, 예의 차리실 필요 없으세요."

"기루의 규칙이니 자네는 가서 가져오기나 해."

기녀들도 그제야 소운에게는 전혀 가망이 없다는 것을 알고 흩어졌다.

잠시 후, 김애진과 김교진은 나란히 손을 잡고 아해와 함께 방으로 들어왔다. 교진은 탁자 위에 널려 있는 바늘과 실을 보고 가까이 가서 뒤적거리며 전족 신발 등[5]을 뒤집어 꼼꼼하게 들여다보았다. 애진은 마른안주를 정중하게 올리며 소운에게 아편 불을 붙여주려고 했다. 소운이 말했다.

"예의 차리지 말게, 됐네."

애진은 또 직접 화장대 서랍을 열어 장미잼[6]이 담긴 그릇을 꺼냈다. 은잠을 뽑아 그릇 안에 넣어 소운이 마시도록 했다. 소운은 썩 내키지 않았다. 교진도 말했다.

"언니, 너무 신경 쓰지 마. 그냥 혼자 앉아 있어도 괜찮아. 나랑 이야기나 해."

애진은 하는 수 없이 아주머니를 불러 소운의 시중을 들게 하고 창가로 가서 신발의 천이며 바늘과 실을 정리하면서 웃으며 말했다.

"못 만들었어."

"아니, 원래 실력대로 잘 만들었는데. 난 삼 년을 해도 다 못 만들어. 만들 줄도 몰라. 작년에 신발을 만들려고 했는데 보름 만에 포기하고 그냥 하던 대로 다른 사람에게 만들어달라고 했어. 다른 사람이 만든 신발이 직접 만든 것보다 못하지만 말이야."

애진이 가까이 다가와 교진의 바지를 들추자, 교진은 발을 내밀며 보여주었다. 애진이 말했다.

"네가 신으니까 아주 세련되어 보여."

"이번 신발도 안 좋아. 걸어가면 앞쪽이 벗겨져서 조심하지 않았다간 넘어져."

"너는 혼자 만들 시간이 없잖아. 다른 사람이 만들어주면 가져오기만 하면 되는데 그게 좋지 뭐."

"그래도 내가 직접 만들고 싶어. 그래야 마음에 들어."

자매는 잡담을 나누다가 무슨 말을 하려는지 갑자기 귓속말로 속삭였다. 얼마나 비밀스러우면 소운이 들을까 봐 다른 빈방에 가서 의논하려고 했다. 교진은 소운에게 부탁했다.

"잠깐 기다려줘요."

애진이 소운에게 물었다.

"간식 좀 드시겠어요?"

소운이 황급히 말리면서 말했다.

"우리는 식사한 지 얼마 안 됐어. 예의 차리지 말게."

"그래도 조금이라도."

교진은 미간을 찌푸리며 끼어들었다.

"언니, 왜 이래? 언니와 나 사이에 무슨 예의야? 그 사람이 간식을 먹고 싶어 하면 내가 말해. 지금은 먹고 싶지 않다잖아."

애진은 다시 묻지 못하고 아주머니와 눈짓을 주고받고 교진과 함께 빈방으로 가서 이야기를 나누었다.

얼마 후, 그 아주머니는 간단한 요리 네 가지를 가져와 상아 젓가락 세 벌을 놓았다. 그리고 소운을 상석으로 청했다. 소운은 마지못해 억지로 자리에 앉았다. 옆방으로 가서 교진을 청하니 그녀는 언

聯襟承厚待

니를 원망하며 먹지 않겠다고 버티다 애진에게 강제로 이끌려 왔다. 교진은 네 가지 요리를 보고 말했다.

"언니, 이제 안 올 거야! 뭐 하는 거야?"

애진은 웃기만 하고 교진을 소운의 맞은편 교의에 눌러 앉히고 상아 젓가락으로 요리를 집어 올려주었다. 교진이 말했다.

"또 손님처럼 대하면 난 안 먹을 거야!"

애진이 말했다.

"그럼 조금만 먹어봐!"

소운에게 요리를 집어 올려주자, 소운이 말했다.

"혼자 먹을 테니, 그러지 말게."

"언니는 왜 좀 편하게 못해? 언니가 되어가지고 체면 생각은 안 해!"

소운이 웃으며 말했다.

"네 언니는 내 누님과 같은데, 예의가 없어서야 되나?"

애진도 웃으며 말했다.

"진 나리께서 맞는 말씀 하시네요."

교진은 애진에게 말했다.

"언니도 먹어. 내가 집어줘?"

소운은 그 말을 듣고 얼른 상아 젓가락으로 고기만두[7]를 집어서 애진에게 올려주었다. 당황한 애진은 일어나며 말했다.

"진 나리, 그러지 말아요."

교진은 다른 곳으로 머리를 돌리며 웃었다.

"안 먹으면 나도 언니에게 집어 올려줄 거야."

애진은 고기만두를 다시 쟁반에 내려놓고 직접 케이크를 집어다 주었다. 교진은 한 조각만 먹고 젓가락을 내려놓았지만 오히려 소운은 네 가지 요리를 모두 조금씩 맛보았다.

"언제는 드시라고 해도 안 드시더니 오늘은 많이 드시네요."

소운이 웃으며 말했다.

"언니가 간식을 사 와서 나를 대접하는데 내가 입에도 대지 않으면 미안할 것 같아서 말이야, 안 그래?"

애진이 웃으며 말했다.

"나리께서 이렇게 말씀해주시니 제가 오히려 몸 둘 바를 모르겠습니다. 조악한 간식이 무슨 대접이라고 할 수나 있나요."

아주머니는 물수건을 짜서 올렸다. 아해도 와서 아뢰었다.

"마부가 몇 번이나 재촉했는지 몰라요. 아휴, 정말 죽겠어요."

교진이 말했다.

"우리도 곧 갈 거야, 간식도 다 먹었어."

소운이 웃으며 말했다.

"언니에게 예의를 갖추려면 간식을 먹고 고맙다고 인사를 해야지, 먼저 갈 생각이나 하느냐. 이것도 체면을 깎는 일이야!"

교진이 웃으며 말했다.

"당신은 안 가시고, 여기서 저녁 드실 생각이에요?"

애진이 웃으며 말했다.

"우리끼리는 먹을 수 있지만, 간단한 저녁식사에 진 나리를 초대할 수는 없지."

소운과 교진은 작별인사를 하고 나섰다.

---

1 옛날 전장(錢莊)에서 발행한 수표로 장표(莊票)라고 하였다. 민간 금융업이라고 할 수 있는 전당포와 지방상회에서 발행한 신용 종이화폐로, 정부의 허가를 받은 것이 아니었기 때문에 발행자가 거주하는 지역에서만 유통되었다.

2 당시 상해에서는 화재가 나면 처음 동안 30초 동안 연속해서 경종을 치고, 다음부터는 10초간 간격을 두고 일정하게 울려 화재 장소를 알렸다. 네 번 쳤다는 것은 대마로 이남의 영국조계지(동기반가가 있는 곳)에 불이 났다는 것을 의미한다.[일]

3 짙은 홍색 두건을 두르고 있는 순포는 인도 순포이다.

4 손님이 요이 기루에서 차를 마시는 것을 '이차(移茶)'라고 하였다. 그곳은 장삼서우와 마시는 것보다 자유롭다. 일반적으로 그곳을 처음 방문하는 손님이라면 남자 하인이 손님이 왔다고 소리쳐서 알리고, 기녀들이 몰려나와 손님을 둘러싼다. 그러면 그중에서 마음에 드는 기녀를 고르고 그 기녀의 방에 들어가 차를 마신다.

5 전족 신발의 밑창을 뺀 부분을 혜면(鞋面)이라고 하는데, 발등을 감싸는 부분이다.

6 장미꽃으로 만든 잼. 기루에서 만든 귀중한 것 중 하나로 주로 여름철에 손님에게 제공하며 색깔로 운세를 점치기도 한다.[일]

7 돼지고기, 양파, 소금, 후추를 혼합해 얇은 피에 넣고 찐 만두로 '소매(燒賣)'라고 한다.

12

원수를 뒤로하고 중재자를 번거롭게 하고 도깨비장난을 하는 척하며 답요낭[1]을 재촉하며 돌리다

背冤家拜煩和事老 裝鬼戲催轉踏謠娘

김교진과 김애진은 이야기를 나누며 천천히 걸어 나왔다. 진소운은 빠른 걸음으로 나와 먼저 마차에 올라탔다. 아해도 마차 옆에서 기다리고 있었다. 김애진은 기반가를 나와 아해가 교진을 마차에 태우고 채찍질하여 출발하는 것을 보고 나서야 집으로 들어갔다.

소운은 날이 어두워지는 것을 보고 정안사로 가기에 늦었다고 교진에게 말하고 마부에게는 황포강변 쪽으로 돌아가자고 했다. 오마로에서 나와 대마로로 들어가 다시 사마로를 우회한 다음 삼마로 동안리에서 내려 집으로 들어갔다.

소운은 교진의 방에 잠시 앉았다가 가게로 돌아가려 했는데 마침 마부가 마차를 끌고 와서 초대장 두 장을 올렸다. 하나는 장여보가 초대를 재촉하는 것으로, 아래에 '선경 형도 자리를 하니, 절대 물리치지 않으시길 바랍니다.'라는 두 구절이 덧붙어 있었다. 또 한 장은 왕연생이 심소홍의 집에서 초대하는 술자리였다.

소운은 분명 홍선경도 왕연생의 초대를 받았을 것이라고 확신하고, 그곳에 먼저 참석하여 선경과 상의해서 다음 장소로 가는 것이 좋겠다고 생각했다. 이에 마부에게 마차를 끌고 서회방리로 가 있으라 하고 자신은 혼자 심소홍의 집으로 걸어갔다. 방에는 술자리의 주인 왕연생 외에 두 명이 더 있었다. 그들은 왕연생의 동업자들로, 전날 밤 장혜정의 집에서 봤던 치한들이었다. 한 명은 양류당(楊柳堂)이라고 하고 또 다른 한 명은 여걸신(呂傑臣)이라고 하였다. 이 둘은 진소운과 비록 지교를 맺은 사이는 아니지만 안면이 있어 서로 공수하며 인사를 나누고 자리에 앉았다. 이어 집사 내안이 초대장을 돌리고 돌아와서 아뢰었다.

"주 나리는 항주 여전홍 대인을 모시고 다녀야 하므로 참석하지는 못하지만 감사하다는 말씀을 전하셨고, 다른 분들은 모두 오겠다고 하셨습니다."

내안은 왕연생이 별다른 분부를 내리지 않자 손님 명부[2]를 내려놓고 물러났다. 연생은 아주에게 남자 하인을 불러 술자리를 준비하라고 했다. 진소운이 손님 명부를 집어 들고 한 번 훑어보니 모두 열 명이었다.

"자리는 탁자 두 개를 붙여 쌍대(雙檯)로 해야겠는데?"

왕연생은 고개를 끄덕였다. 심소홍이 웃으며 말했다.

"저는 여태 쌍대가 뭔지를 몰랐는데, 지금에서야 알았어요. 탁자 두 개를 준비해야겠네요. 그래야 체면도 서겠죠."

진소운은 자신도 모르게 웃음이 나왔다. 그는 다시 위에서 아래까지 명부에 적힌 이름들을 살펴보았다. 특이한 것은 전날 저녁 장혜정의 집으로 초대된 그대로 한 사람도 빠지지도 않고 늘지도 않은 것이었다. 그래서 왕연생에게 그 이유를 물었지만 왕연생은 웃기만 했다. 양류당과 여걸신은 이구동성으로 말했다.

"소홍 선생 뜻 아니겠습니까?"

진소운은 그제야 눈치를 챘다. 심소홍은 웃으며 말했다.

"쓸데없는 소리들 하고 계시네요! 저의 집에서 술자리를 마련하려면 친구들을 초대해야 하고, 그러자니 마지못해 친한 친구 몇 분을 초대해서 겨우 자리만 채워주려는 거지요. 체면을 생각한다면야 다른 집과 비교하면 안 되죠. 주 나리처럼 저희를 무시하고 아예 안 오시기도 하잖아요!"

서로 웃고 떠드는 사이 갈중영, 나자부, 탕소암이 차례로 도착했다. 도운보와 도옥보 형제들도 뒤따라 도착했으니 모두 모인 셈이었다. 진소운이 말했다.

"선경은 왜 아직 안 왔나? 다른 곳에서 대접을 받고 있는 모양이지?"

왕연생이 말했다.

"아니, 우연히 홍선경을 만났는데 일이 있다기에 빨리 다녀오라고 했네. 곧 올 거야."

왕연생의 말이 끝나기도 전에 아래층에서 남자 하인이 고했다.

"홍 나리께서 올라가십니다."

왕연생은 방에서 나와 그를 맞이하고 한참 이야기를 나누고서야 함께 방으로 들어왔다. 심소홍은 홍선경을 보고 황급히 일어나 함박웃음을 띠며 말했다.

"홍 나리, 화내지 마세요. 제가 어디 경중을 따져가며 말을 하나요. 말이 나와서 하는 말이지만, 가끔씩 손님들에게 말을 잘못해서 화가 나셔도 제가 전혀 눈치를 못 채기도 해요. 어제 밤에도 제가 '홍 나리께서 왜 금방 가시려고 하셨죠?' 물어보니까 왕 나리께서 제가 잘못했다고 하잖아요. 그래서 제가 '어머나! 전 몰랐어요! 제가 왜 홍 나리께 잘못했을까?'라고 했지요. 오늘 날이 밝자마자 아주에게 주쌍주의 집에 가서 나리를 뵙고 오라고 하니까 왕 나리께서 '나중에 홍 나리를 초대하러 갈 거야.'라고 하시더군요. 홍 나리, 왕 나리 체면을 봐서라도 절 용서해주세요."

홍선경은 껄껄 웃으며 말했다.

"내가 무슨 화가 났다고? 너도 잘못한 것 없다. 쓸데없이 마음 쓰지 마. 난 친구일 뿐이야. 잘못했어도 괜찮아. 다만 왕 나리께는 잘못하면 안 되지. 잘못했다간 내가 너에게 해준 좋은 말들도 아무 소용 없을 거야."

소홍이 웃으며 말했다.

"전 홍 나리께서 좋은 말을 해주기를 원하지도 않고 싫은 소리를 하신대도 겁나지 않아요. 홍 나리께서는 왕 나리의 친구시니 제가 홍 나리께 잘못하면 저의 왕 나리께서도 난처해하며 나리께 미안해하기 때문이에요. 안 그래요, 홍 나리?"

왕연생이 끼어들며 말을 끊었다.

"그만하고, 자리에 앉지."

모두 웃으며 중앙 자리로 몰려가서 앉았다. 진소운은 홍선경에게 물었다.

"장여보가 육수보의 집에서 술자리를 마련한다는데, 자네도 가지?"

홍선경은 그 말에 깜짝 놀라며 말했다.

"난 모르는 일인데."

"여보가 초대장을 보내며 자네도 온다고 하던데. 내가 알기로는 여보는 육수림을 만나는데, 육수보 쪽에서 누가 대신 초대하는 거지?"

"내 외조카 조박재가 육수보의 집에서 한 번 술을 마신 적이 있는데, 오늘 저녁도 연이어 술자리를 만든 건지도 모르겠네."

곧 그들이 부른 기녀들이 속속 도착했다. 과연 주쌍주는 취수당 육수보의 집에서 보낸 초대장을 들고 와서 홍선경에게 보여주었다. 정말로 술자리의 주인이 조박재라고 적혀 있었다. 홍선경이 진소운에게 물었다.

"갈 건가?"

"아니. 자네는?"

"난 어색하고 불편해서 안 가는 게 낫겠어."

홍선경은 말을 끝내고 초대장을 내려놓았다.

나자부는 기녀들이 온 것을 보고 선을 깔려고 했다. 왕연생은 양류당과 여걸신에게 물었다.

"자네들 떠들썩하게 술 마시는 거 좋아하지. 여기에 나자부가 있으니 재미를 보겠군."

심소홍이 말했다.

"제가 오늘 소당명을 부르는 걸 깜박했군요. 불렀으면 더 시끌벅적할 텐데."

탕소암이 웃으며 말했다.

"올해는 이월에 황매가 열렸나 보군. 왜 여러 사람 입에서 시큼한 냄새가 날까?"

홍선경이 웃으며 말했다.

"황매철[3]이라면 차라리 낫지. 청매가 황매보다 훨씬 시큼해!"

홍선경의 말에 손님들과 기녀들이 모두 큰 소리로 한바탕 웃었다.

왕연생은 멋쩍어하며 화제를 바꾸려고 양류당과 여걸신을 불러 나자부가 깔아놓은 선에 들라고 했다.

판이 펼쳐지자 꽃들이 저마다 자리 잡고 앉았다. 오가는 술잔 바빠지고 달빛에 더욱 취하였다. 현의 선율 애절하고 죽관소리 마음을 고동쳤다. 손님의 상투가 비뚤어지고, 기녀의 비녀가 흐트러지고, 그들의 기름진 말과 질투 섞인 모습들은 말해 무엇하리.

술자리가 끝나자 손님들은 일어나 작별인사를 했다. 왕연생은 속속 떠나가는 손님들을 배웅하면서 홍선경만 붙잡았다. 선경은 무슨 일인지 물었다. 연생은 머리장신구를 싼 보자기를 꺼내며 내일 경성은루에 가서 새것으로 바꾸고 장혜정에게 전해달라고 부탁했다. 선경은 그러겠다고 대답을 하고 보자기를 풀어서 물건을 세어보고 다시 옷 안에 넣었다. 사실 연생은 심소홍이 이 장면을 봤으면 했다. 그러나 소홍은 못 본 척하며 한참을 앉아 있다가 아예 내려가버렸다. 왕연생의 속마음을 알아챘는지 알 길은 없지만 말이다.

연생은 방에 아무도 없는 것을 보고 거래서 한 장을 꺼내어 선경에게 건네주며 조용히 말했다.

"이것 말고도 물건 몇 개가 더 있네. 적힌 대로 처리해주게. 그리고 모두 장혜정에게 전해줘. 소홍 모르게 해야 돼."

또 당부의 말을 덧붙였다.

"오늘 저녁에 먼저 장혜정에게 가서 필요한 물건이 더 있는지 물어보고, 여기에 적어 넣게. 잊지 말고 해주게. 수고 좀 해줘, 꼭!"

선경은 대답을 하고 그 거래서를 잘 챙겨 넣었다. 때마침 소홍도 이 층으로 올라왔다. 왕연생은 웃음을 머금은 채 소홍에게 물었다.

"아래층에서 뭐 했어?"

소홍은 그 말을 듣고 멍한 표정을 지었다.

"아무것도 안 했어요. 왜 물어보시죠? 아래층에 누가 있다는 말이에요?"

연생이 웃으며 말했다.

"그냥 물어봤을 뿐이야, 어떻게 이렇게 의심이 많으냐."

소홍은 정색을 하며 말했다.

"제가 있어서 말씀하기 불편하신 것 같아 비켜줬더니 고작 하시는 말씀이 이거예요?"

연생은 공수를 하고 웃으며 말했다.

"감사합니다!"

소홍도 한 번 웃고 더 이상 말을 꺼내지 않았다.

홍선경은 다른 말이 없는 것으로 알고 작별인사 후 나섰다. 왕연생은 계단까지 배웅하며 재차 당부를 했다. 선경은 곧바로 동합흥

背冤家拜煩和事老
海上花列傳
第十二回
二十二

리 장혜정의 집으로 갔다. 장혜정은 그를 맞이하며 방으로 모셨다. 선경은 앉으며 왕연생이 부탁한 말을 전하고 나서 물었다.

"또 필요한 물건 없느냐?"

"없어요. 다만 이름 새기는 반지는 팔 전짜리로 해줘요."

홍선경은 아주머니에게 붓과 먹을 가져오라고 해서 고쳐 썼다. 혜정이 또 말했다.

"왕 나리께서는 정말로 저에게 잘해주시지만 심소홍과는 전생에 무슨 악연이었기에 원수가 되었는지 모르겠어요. 제가 이렇게 창피를 당했는데, 심소홍이 어디가 좋아서…."

혜정은 말을 하다 말고 얼굴을 가리고 울었다. 홍선경은 한숨을 쉬며 말했다.

"네가 화날 만도 하지. 그런데 잘 생각해보면 그렇게 큰일도 아니야. 지금 손해를 봤지만 우리 친구들은 자네를 좋게 보고 있어. 계속 장사를 해나가면 잘될 거야. 그런데 심소홍은 스스로 자기 이름에 흠을 내고 말았잖아. 왕나리와 잘 지낸다고 해도 그 말고 누가 좋게 보겠어."

"왕 나리께서는 말씀은 애매하게 하지만 속은 분명해요. 심소홍 자신도 생각해보라고 그래요. 어떻게 무슨 낯짝으로 나리를 봐요? 전 그래도 심소홍을 두고 뭐라고 말하지 않을래요. 왕 나리께서 심소홍과 계속 잘 지낸다면 심소홍의 능력이 대단한 거니까요!"

선경은 고개를 끄덕이며 말했다.

"바로 그거야."

그리고 그는 일어나며 말했다.

"가야겠어. 자넨 몸조리 잘 해. 화내지 말게, 그러면 병 생겨."

혜정은 천천히 배웅하면서 웃으며 대답했다.

"저도 그렇게 생각해요. 심소홍 때문에 화낼 필요 있나요. 얼굴만 조금 두꺼우면 아무것도 아니잖아요. 행복하게 지내면 돼요."

"그러면 정말 좋지."

홍선경은 그렇게 말을 던지고 나갔다. 사마로로 나와서 보니 불빛이 점점 희미해지고 마차 소리도 조용해졌다. 한 시를 훌쩍 넘은 시각이라 짐작되어 주쌍주의 집에 가서 자는 것이 편하겠다고 생각하였다. 다시 방향을 바꾸어 북쪽 공양리로 갔다. 집집마다 유리등이 꺼져 있어 골목은 어두컴컴했다. 손으로 더듬어가며 문 앞까지 가니 문틈으로 희미한 불빛이 새어나오고 있었다.

선경은 문을 밀고 들어가서 곧장 주쌍주의 방으로 올라갔다. 쌍주는 창가에 기대에 앉아 골패를 만지작거리며 '참오관(斬五關)'[4]을 하고 있고 쌍옥은 탁자 옆에서 그것을 지켜보고 있었다. 선경이 교의로 가서 앉아도 쌍주는 전혀 기척도 하지 않다가 느닷없이 물었다.

"술자리가 끝난 지 한참 됐는데, 어디에 계셨어요?"

"장혜정 집에 잠깐 다녀왔어."

홍선경은 웃으며 왕연생과 장혜정의 상황을 이야기를 해주고 머리장신구를 싼 보자기를 탁자 위에 내려놓았다. 쌍주가 말했다.

"전 당신이 돌아간 줄만 알았어요. 아금도 한참을 기다리다가 방금 전에 나갔어요."

"다들 갔으니, 내가 시중들어 줄게."

"죽 드실래요?"

"아니."

쌍주는 끝내 오관을 넘질 못하여 아무렇게나 내버려두고 이쪽으로 걸어와 머리장신구 보자기를 풀어보았다. 그리고 진열장을 열어 선경 대신 선반 위에 올려두었다. 쌍옥은 쌍주가 앉았던 의자에 앉아 골패를 모아 오관을 했다. 갑자기 아래층에서 문을 여는 소리와 함께 어린아이의 목소리가 들려왔다.

"우리 엄마는요?"

응접실에서 남자 하인이 대답해주었다.

"돌아갔어."

쌍주는 그 소리를 듣고 급히 창가로 가서 불렀다.

"아대, 올라와 봐."

그 아이는 재빠르게 이 층으로 올라왔다.

선경이 알기로 이 아이는 아덕보의 아들로, 열세 살이었다. 아대는 눈을 굴리며 방 구석구석을 살펴보았다. 쌍주가 아대에게 말했다.

"네 엄마는 내가 손님을 만나고 오라고 교공관으로 보냈어. 곧 있으면 돌아올 거야. 잠깐 기다리고 있어."

아대는 대답을 하고 탁자 옆에 서서 쌍옥이 참오관하는 것을 보았다. 쌍옥은 비록 말은 하지 않았지만 순간 불쾌한 표정을 짓고 골패를 뒤섞어 상자에다 넣고 자기 방으로 건너가 버렸다. 선경이 말했다.

"쌍옥이 온 지 며칠 되었는데 몇 마디라도 해봤느냐?"

쌍주가 웃으며 말했다.

"그러니까요. 엄마도 몇 번 이야기해봤는데, 한 마디 물으면 한 마디 대답하고 아침부터 저녁까지 앉아만 있어요."

"총명하냐?"

"총명하죠. 내가 오관하는 것을 두어 번 보고 할 수 있잖아요. 앞으로 일은 잘할지 모르겠지만."

"내가 보기에 쌍옥은 말도 없고 조용하지만 오히려 재미있는 구석이 있어. 일은 쌍보보다 잘할 거야."

"쌍보 말은 꺼내지도 말아요! 자기는 능력도 없으면서 다른 사람 흠만 들추려고 해요. 당신과 이야기할 때는 아무 말 하지 않겠지만요."

선경과 쌍주가 한참 이야기를 하고 있을 때, 아대는 다리를 비틀거리며 살짝 밖으로 빠져나가 아래층으로 뛰어 내려갔다. 쌍주가 고개를 돌렸을 때는 이미 사라지고 난 뒤였다. 쌍주는 화가 나서 아대를 불렀다. 아대는 대답을 하고 다시 올라왔다. 쌍주는 정색을 하며 야단을 쳤다.

"뭐가 그렇게 급해. 엄마가 오면 같이 가!"

아대는 대답도 제대로 못하고 부끄러워하며 몸 둘 바를 몰라 했다. 다행히 그때 아금이 돌아왔다. 쌍주가 불렀다.

"네 아들이 한참 기다렸어, 어서 데리고 돌아가."

아금은 이 층으로 올라와서 쌍주의 귀에 대고 무슨 말을 하는지 소곤거렸다. 쌍주는 다만 손짓을 해가며 아금에게 말해주었다. 아금은 그때서야 선경에게 인사를 하고 아대를 데리고 갔다. 선경은 웃으며 말했다.

"너희들 도깨비장난을 꾸미는 것 같은데, 애들을 속여! 아덕보가 너희들 꿍꿍이에 넘어갈 것 같아?"

"아무리 그래도 속일 건 속여야죠. 안 그러면 집에 돌아가서 욕하고 난리 날 텐데!"

"교공관의 누구를 보러 갔다는 거야? 손님은 주공관에 있겠지. 아금은 아마 주공관에 갔을 거고."

쌍주는 '씨익' 웃으며 말했다.

"당신도 좋은 일 하는 셈 치고 아무 말 하지 말아요."

선경도 웃어 넘겼다. 즐거운 밤은 빨리 지나고 좋은 꿈은 전하기 어려운 법이니 일일이 설명하지 않겠다.

다음 날 십팔 일, 선경이 점심을 먹고 왕연생의 일을 처리하려고 일어나자 주쌍주는 진열장 선반에 올려둔 머리장신구 보자기를 건네주었다. 이에 선경은 쌍주와 인사를 하고 공양리를 나와 사마로를 건너는데 그 앞에서 탕소암을 우연히 만나게 되었다. 공수를 하며 인사를 하였다. 소암이 선경에게 물었다.

"어디 가시는가?"

선경은 대강 이야기를 해주고 나서 이번에는 소암에게 물었다.

"무슨 일 있는가?"

"자네와 다를 바 없네. 나는 나자부 대신 장월금 집 장부를 정리하러 가네."

선경이 웃으며 말했다.

"우리 두 사람은 중재 노릇을 하고 있는 것 같은데, 이게 정말 재미있어!"

소암은 한바탕 크게 웃었다. 그리고 그들은 갈림길에서 서로 헤어졌다.

선경은 혼자 경성은루로 갔다. 종업원은 선경을 안으로 모셨다. 먼저 그 장신구의 무게를 달았다. 또 필요한 물건들이 색색이 펼쳐졌다. 반지 중에서는 '쌍희쌍수(雙喜雙壽)'문양이 필요한데, 이것도 마침 만들어놓은 것이 있었다. 하나에는 여백에 '혜정장씨(蕙貞張氏)' 네 자를 새겨 넣게 하고 기약한 날에 가지러 오겠다고 했다. 반지 하나와 머리장신구들을 각각 종이 상자에 넣어 정갈하게 포장하였다. 선경은 그 상자들을 손수건으로 싸서 묶고 종업원의 견적을 기다렸다. 종업원은 새것으로 바꾸는 데 드는 수수료 외에도 약간의 비용을 영수증에 기입하여 선경에게 보여주었다.

선경은 대충 훑어보고 왕연생의 그 거래서와 함께 넣어두었다. 그리고 바로 손수건으로 싼 보자기를 들고 경성은루에서 나왔다. 선경은 아직 시간이 일러 어디에 가서 잠시 앉았다가 전해주러 가도 늦지 않겠다고 생각했다. 어디로 가볼까 하고 생각하고 있을 때, 조박재가 뛰어 내려오고 있었다. 그는 땅만 쳐다보고 뛰고 있어 선경을 지나쳐도 알아채지 못했다. 그래서 선경이 큰 소리로 불렀다.

"박재야!"

박재는 외삼촌을 알아보고 황급히 앞으로 와서 인사를 했다. 그들은 나란히 하얀 담벼락 앞에 서서 이야기를 나누었다.

선경이 물었다.

"장소촌은?"

"소촌과 오송교 두 사람은 뭘 하는지, 매일 같이 다닙니다."

"너는 왜 육수보 집에서 연일 술자리를 가졌느냐?"

박재는 한참을 우물쭈물하다 대답했다.

"장여보 쪽 사람들에게 말하려니까 난처할 것 같아 아예 연달아 술자리를 만들어서 대접했습니다."

선경은 냉소를 지으며 말했다.

"술자리이기만 하면 괜찮지만 그들 꿍꿍이에 속은 것 아니냐?"

박재는 말문이 막혀 쩔쩔매다 얼버무리며 대답했다.

"그런 건 아니에요."

선경이 웃으며 말했다.

"왜 나한테까지 거짓말을 하려고 하느냐? 나도 더 이상 나무라지 않을 테니 어쨌든 생각이 있어야 해."

박재는 '예, 예' 연신 대답만 하고 다른 말을 할 수가 없었다. 선경이 물었다.

"지금 혼자 어디 가느냐?"

박재는 또 할 말을 찾지 못했다. 그러자 선경이 웃으며 말했다.

"차 마시러 가는 것이라면 말 못할 것도 뭐냐? 나와 같이 가자."

사실 선경은 박재가 육수보에게 홀리지 않았을까 걱정되어 상황이 어떻게 돌아가는지 살피러 가려는 것이었다. 박재는 하는 수 없이 선경을 따라 남쪽으로 갔다. 선경이 천천히 말을 꺼냈다.

"상해 조계지에 한 번 왔다가 놀다 보면 이 원을 쓰는 것은 아무것도 아니야. 게다가 너는 놀고 있을 때가 아니잖아. 네가 일이 있어서 돈을 번다면야 써도 괜찮지만 넌 지금 일도 없고 집에서 가져온 몇 푼을 기루에다 써버리는 건, 이건 아니다. 그렇게 돈을 다 써버리면, 게다가 일도 없는데, 집으로 돌아간다고 받을 수 있는 것도 아니잖아? 그러면 나도 네 어머니 뵐 낯이 없어!"

박재는 바싹 긴장해서 경청하며 한 마디도 하지 않았다. 선경은 계속 말을 이어갔다.

"내가 볼 때, 상해에서 일거리 찾는 것도 정말 어려워. 넌 여관에서 묵고 있으니 비용도 아낄 수 없을 테고 이렇게 하루하루 보내는 것도 결국에는 도리는 아니지 싶다. 네가 놀러 왔다면 이렇게 며칠 논 걸로 됐고 돌아가는 게 차라리 나아. 적당한 일거리가 있으면 편지를 써서 널 불러올릴게. 어떠냐?"

박재가 어디 감히 한 마디라도 꺼낼 수 있을까. '돌아가겠습니다.'라고만 대답했다. 조카와 외삼촌은 이야기를 나누는 동안 벌써 서기반가 취수당 앞에 도착했다. 선경은 이야기를 한쪽으로 미루어놓고, 박재와 대문을 들어서며 이 층으로 올라갔다.

---

1 답요낭(踏謠娘) : 답요낭은 수말(隨末)에 생겨났다. 하내에 추남인데다 술을 좋아하는 남자가 있는데, 취해 집으로 돌아가면 아내를 때렸다. 그의 아내는 미인에다 노래를 잘 불렀다. 그녀는 원망과 고통을 담은 노래를 부르곤 했다. 아내는 그렇게 고통을 호소할 때면 몸을 흔들었는데, 이에 연유해 답요낭이라고 한다.(『악부잡록(樂府雜錄)』)

2 황파객목(橫披客目) : 초대한 손님 이름을 가로로 써 내려간 종이로, 초대받는 사람은 이 명단에 자신의 출결을 표기한다.[일]

3 오(吳) 지역은 망종(芒種)이 시작되는 며칠을 황매철이라고 한다. 날씨가 습하고 자주 비가 내린다.

4 타오관(打五關)이라고도 한다. 혼자 하는 마작놀이의 하나. 32개의 골패를 엎어두고 섞는다. 5개씩 5열로 배열하고 나머지 7개의 골패는 가장 아래에 일렬로 배열한다. 위의 5열의 골패가 바로 '오관'이다. 먼저의 '오관'의 패를 순서대로 차례로 뒤집는데, 일정한 규칙에 따라 매번 3개의 골패를 가져와 7개의 골패 뒤에 놓는다. 가져올 명목이 없을 때에는 7개의 골패에서 하나를 추가한다. 5관을 통과할 때까지 한다.

13

성문을 열고[1] 육수보 머리를 얹고, 서로 짜고 한 마작에서 주소화가 이기다

挨城門陸秀寶開寶 擡轎子周少和碰和

홍선경과 조박재는 육수보의 방으로 들어갔다. 육수보는 이미 머리단장과 화장을 끝내고 옷을 갈아입고 있었다. 박재를 보자 물었다.

"아침 일찍 일어나서 뭐 했어요?

박재는 눈짓으로 그녀의 말을 막으려고 했지만, 수보는 오히려 한마디 더 쏘아붙였다.

"살금살금 못된 짓만 하고 있어! 모두 당신보다는 똑똑할 거예요!"

수보의 말에 박재는 무안해졌다. 수보는 선경을 돌아보며 멋쩍게 두어 마디 인사말을 하고 선경이 보자기를 탁자에 내려놓는 것을 보았다. 그리고 얼른 그것을 낚아채어 풀어헤쳐서 맨 위에 있는 작은 종이상자를 꺼냈다. 하필이면 그 '쌍희쌍수' 반지였다. 수보는 그것을 손가락에 끼고 박재에게 한달음에 뛰어갔다.

"없다고 하더니, 이 '쌍희쌍수' 반지는 뭐예요?"

수보는 다급하게 물으며 손에 낀 반지를 박재 코에 갖다 댔다. 박재는 웃으며 변명을 늘어놓았다.

"그건 경성(景星) 것이고, 네가 원한 건 용서(龍瑞) 거였잖아. 근데 용서은루에서 없다고 했어."

"왜 없겠어요? 장 씨 물건은 용서에서 가져온 거 아닌가요? 처음 술 마신 그날, 반지가 열 몇 개나 된다고 말해놓고서 하루 사이에 없다고 해요. 누구를 속여요?"

"그렇게 원하면 장씨에게 사달라고 해."

"돈 가져와요."

"돈이 있으면 어제 가져왔지. 왜 장씨에게 사달라고 하겠어?"

수보는 정색을 하고 말했다.

"농담하세요!"

한쪽 엉덩이를 박재 허벅지 위에 걸치고 그를 마구 흔들며 물었다.

"그래도 농담할 거예요?"

박재는 부드러운 목소리로 용서해달라고 했다. 그러자 수보가 말했다.

"가지고 오면 용서해줄게요."

박재는 웃기만 하고 가져오겠다는 말도, 가지고 오지 않겠다는 말도 하지 않았다. 수보는 머리를 돌리며 박재의 목을 감고 입을 뾰로통하게 내밀고 중얼거렸다.

"가져와요!"

수보가 여러 번 다그쳐도 박재는 끝내 입을 열지 않았다. 그러자 수보는 점점 화가 나서 소리를 질렀다.

"안 가져오겠다는 거예요!"

박재도 속이 탔다. 그러나 수보는 전혀 아랑곳하지 않고 엿가락처럼 몸을 비비 꼬며 그 자리에서 박재를 짜서 은가루를 뽑고 싶어했다.

박재가 어쩌지 못해서 쩔쩔매고 있을 때 갑자기 여자 하인이 바깥

挨城門
陸秀寶
開寶
第十三回
二十九

에서 큰 소리로 말했다.

"아가씨, 시(施) 도련님이 오셨습니다."

수보는 깜짝 놀라며 박재와 선경을 방 안에 내버려두고 휑하니 방을 나갔다. 이제 시중드는 사람 한 명도 없었다. 선경은 박재에게 물었다.

"수보가 반지를 원한다고 사다 준 거냐?"

"장여보가 괜한 말을 해서 그렇게 된 거예요. 처음에 육수림 자매가 반지를 요구했어도 전 아무 대답도 하지 않았는데 여보가 그녀들을 속이려고 '반지는 지금 만들어놓은 것이 없으니, 며칠 뒤에 사다 줄게.'라고 말하는 바람에 지금 반지 해달라고 그러는 겁니다."

"그것도 네 잘못이야. 여보를 탓하지 마. 여보는 수림의 단골손님이니 돕는 게 당연하지. 넌 여보가 그녀들을 속였다고 믿는데, 바로 너를 속였던 거야. 다음부터 다시는 여보의 꿍꿍이에 놀아나지 마라. 알았느냐?"

박재는 '예, 예'라고만 대답하고 한마디도 하지 못했다. 마침 양가모가 들어와 찻잔을 들고 나갔다. 선경이 그녀를 불러 세웠다.

"가야 하니까, 수보에게 반지 가져오라고 해."

양가모는 무슨 말인지 모르지만 대충 대답을 하고 내려가 수보를 불렀다. 수보는 방으로 돌아와 선경의 표정이 좋지 않은 것을 보고 황급히 말했다.

"제가 넣어드릴게요."

"됐다."

선경은 반지를 받아 들었다. 수보는 끽 소리 못하고 박재를 잡아당기며 소곤거렸다. 선경은 보자기를 다 싸고 나서 말했다.

"난 간다."

그러고는 몸을 돌리고 휑하니 나갔다. 박재도 황급히 그를 따라 나갔다. 수보는 더 이상 붙잡지 못하고 박재에게 약속만 잡았다.

"저녁에 와야 해요."

그녀는 그렇게 당부하며 계단까지 배웅하고 작별인사를 했다.

선경은 거리로 나오자 느닷없이 박재에게 물었다.

"반지 사줄 셈이냐?"

"며칠 뒤에 다시 상황을 봐야죠."

선경은 냉소를 지었다.

"그 말은 반지를 사주겠다는 거구나. 네 뜻은 수보에게 돈을 다 털려도 아깝지 않다는 것인데, 돈을 좀 써서라도 그녀와 잘해보고 싶은 게냐? 솔직히 말하면 수보와 잘되긴 글렀다. 그러니 일찌감치 마음 접어. 네가 반지를 가져다줘도 수보는 널 멍청한 놈이라고만 생각할 텐데, 어떻게 친해지겠어!"

박재는 걸어가는 내내 그 말을 곱씹어보았다. 보선가 어귀에서 헤어지려고 하는데, 선경은 다시 박재를 세우며 말했다.

"상해에서는 사람과도 각별히 조심해야 한다. 장여보는 원래부터 친구라고 할 것도 없지만 장소촌과 오송교도 같은 고향 사람이니 의지할 수 있을 것 같아도 상해에 오면 그것도 안 통해. 먼저 네 생각이 있어야 해. 그들이 무슨 말을 하든지 듣지 않는 게 좋을 게다."

박재는 여전히 한 마디 말도 하지 못했다. 선경은 또 몇 마디 말을 덧붙이고 장혜정의 집으로 가서 머리장신구를 전해주었다.

조박재는 선경과 헤어지고 나서 어디로 가야 할지 막막했다. 선경이 이렇게까지 충고를 하는데 돈을 빌려달라는 말은 뻥긋조차 할 수 없는 노릇이니, 상해에서 놀려면 버틸 방법을 짜내야 했다. 이렇게 무료할 때는 오송교를 찾아가 이야기하다 보면 혹시 어떤 기회라도 생길지도 모를 일이라고 생각했다. 그래서 인력거를 불러 타고 황포강변으로 갔다. 멀리 흰 벽에 큼직하게 적힌 '의대양행(義大洋行)'이라는 글자를 보고 인력거꾼에게 그 담 아래에 멈추라고 하고 값을 지불했다. 양행의 문머리에는 한창 물건들을 쌓아두느라 짐꾼들이 줄지어 드나들었다. 면마고자를 입고 안경을 끼고 있는 사람은 회계선생 같은데, 문 옆에 서서 황포강을 멍하니 바라보고 있었다. 옆에는 짐꾼 하나가 짐을 짊어진 채 그와 이야기를 하고 있었다. 박재는 그에게 다가가 공수를 하고 물었다.

"오송교 있습니까?"

회계선생은 대답은 하지 않고 피식 웃기만 하고 얼굴을 빳빳하게 들고 그를 거들떠보지도 않았다. 박재는 멋쩍어서 그 자리를 뜨려고 하였다. 그런데 그 짐꾼이 손으로 가리키며 말했다.

"사람을 찾으려면 장방에 가서 물어보시우. 그곳에 사람들이 다 모여 있으니까."

그가 가리킨 쪽으로 가서 보니 정말로 나지막한 담장의 문 입구에 검정 바탕에 금색 글자가 적힌 작은 간판이 걸려 있었다. 문을 열고 들어가니 아주 높다란 사각형의 서양 건물이 바로 눈에 들어왔다. 박재는 이런 곳에 불쑥 들어가기가 마뜩잖아 배회하며 엿보기만 하고 소리 내어 부르지도 못했다. 마침 짐꾼 몇 명이 짐을 끌며 안으로 들어가는 것을 보았다. 그들은 옆에 나 있는 쪽문으로 들어갔다. 박재는 그들을 따라 문 앞까지 갔다. 그 문에도 작은 간판이 걸려 있는데, '의대양행장방'이라는 여섯 자가 쓰여 있었다. 그 아래에는 문 쪽을 가리키는 손가락 그림이 있었다.

박재는 대담하게 문을 넘어 장방으로 들어갔다. 두 줄로 배열된 계산대가 보이고, 대략 삼십여 명이 아주 바삐 움직이고 있어 끼어들 틈도 없었다. 박재는 젊은 학생을 불러 그가 온 이유를 말해주었다. 그 학생은 박재를 위아래로 훑어보고 나서 대충 벽 사이 밧줄을 두 번 잡아당겼다. 심부름꾼이 바로 대답을 하며 왔다. 학생이 말했다.

"가서 오 씨 불러와, 사람이 찾아왔어."

심부름꾼이 간 후 박재는 구석에 콕 박혀 한참을 기다렸다. 슬슬 지쳐가려는 그때 오송교가 나타났다. 오송교는 염색하지 않은 서양

모직으로 만든 짧은 상의와 끈으로 질끈 묶은 바지를 입고 아주 민첩하고도 재빠르게 장방으로 들어왔다. 그는 박재를 보자 잠시 멍한 표정을 짓더니 이내 말을 꺼냈다.

"이 층으로 올라가서 잠시 앉아 있어."

그러고는 박재를 데리고 장방을 지나 모퉁이를 두 번 돌아 계단을 올라갔다. 송교는 발걸음을 늦추고 이 층으로 올라가 중간 쪽문을 밀었다. 뚝 잘라놓은 방 같은 아주 좁은 외국 건물이 보였다. 바닥에는 어수선하게 동, 철, 유리 등의 기구들이 쌓여 있고 창가에 반쪽짜리 탁자와 가죽 걸상이 있었다. 박재가 물었다.

"소촌은 안 만났어?"

송교는 급히 손을 내저으며 말을 못하게 했다. 그리고 나직하게 속삭이며 당부를 했다.

"잠시 앉아 있어. 일이 다 끝나고 나면 같이 북쪽 조계지로 가."

박재가 고개를 끄덕이며 앉자 송교는 문을 닫고 총총히 나갔다. 문 밖에서 외국인들이 뚜벅뚜벅 걸어 다니는 발소리가 났다. 박재는 발자국 소리에 주눅이 들어 중문 안에서 웅크리고 앉아 땀을 훔쳤다. 잠시 후, 송교가 문을 열고 들어왔다. 손에 들고 있던 빈병 두 개를 땅에 내려놓고 박재에게 당부했다.

"조금 더 기다려, 곧 끝나가."

그리고 이내 문을 닫고 휑하니 나갔다.

꼬박 한 시간이 지나서야 송교가 들어왔다. 벌써 면포 마고자를 갈아입고 왔는데 한창 유행하는 옷이었다. 가선을 두른 신발과 작은 모자도 모두 최신식이었다.

"미안하네."

송교는 박재를 앞세워 문을 잠그고 함께 내려왔다. 아까 왔던 대로 장방을 지나 쪽문을 통해 황포강변으로 나왔다. 송교가 말했다.

"내가 조귀리에서 소촌과 만나기로 약속했으니까 인력거 타고 가자."

송교는 인력거 두 대를 불렀다. 인력거꾼들은 손님 비위를 맞추려고 쏜살같이 달려서 금방 석로 조귀리 입구에 도착했다. 송교는 인력거 비용을 두 대 모두 계산해서 나눠주었다. 박재를 데리고 골목으로 들어가 손소란의 집으로 갔다. 아주머니 김저(金姐)가 이 층 계단에서 그들을 맞이하며 정자간으로 안내하고 오송교에게 말했다.

"주 씨와 장 씨가 왔다 갔어요. 화중회에 간다고 했어요."

송교는 필묵을 가져오게 해서 조박재에게 상인리 양원원(楊媛媛)의 집에 있을 이학정(李鶴汀)을 부르는 초대장을 쓰게 했다. 박재는 격식에 따라 단정하게 써 내려갔다. 막 두 장째 쓰고 있는데, 갑자기 아래층 바깥 하인의 소리가 들려왔다.

"오 도련님 친구분이 오셨습니다."

오송교는 놀라 두리번거리며 일어나 말했다.

"그만해. 왔어."

조박재가 붓을 내려놓자, 큰 키에 넓적한 얼굴, 큼지막한 귀 그리고 수염을 기른 사람이 방으로 들어왔다. 그 뒤를 따라 들어오는 사람은 다름 아닌 장소촌이었다. 공수를 하고 이름을 물어보니 주소화(周少和)라고 하고, 철공소 반장이라고 하였다. 조박재가 '반갑습니다.' 하고 인사를 하자 모두 자리에 앉았다. 오송교는 초대장을 김저에게 주며 말했다.

"빨리 초대해."

손소란은 방에서 시끌벅적한 소리를 듣고 손님들이 온 것을 안 이상 접대를 하러 건너오지 않을 수 없었다. 그녀는 박재를 보자 물었다.

"어제 빔 요이 집에서 술 마셨다는 그 사람이에요?"

오송교가 말했다.

"두 번이나 술자리를 가졌지. 처음 술자리에는 너도 왔었잖아."

손소란은 고개를 끄덕이고 잠시 앉아 있다가 저쪽 가운데 방의 손님을 접대하러 다시 돌아갔다. 이 방에서 이런저런 이야기를 하고 있는 사이 등을 올릴 시간이 되었다. 그때 이학정의 집사인 광이(匡二)가 먼저 와서 아뢰었다.

"큰 도련님께서는 넷째 나리와 함께 서양 음식점에서 식사를 하고 계십니다. 다른 사람과 하고 있으라고 하셨습니다."

오송교가 조박재에게 물었다.

"마작할 줄 알아?"

"아니."

주소화가 말했다.

"조금 있다가 해도 괜찮아."

김저가 물었다.

"그럼, 먼저 저녁 드시겠어요?"

장소촌이 말했다.

"이학정도 저녁을 먹고 있다고 하니 우리도 밥이나 먹지."

오송교는 곧바로 저녁을 시켰다.

잠시 후 김저는 손님들을 중간 방으로 모셨다. 이미 탁자 위에는 요리들이 차려져 있었다. 네 사람은 상석인 이학정의 자리를 비워두고 자리에 앉았다. 손소란은 외출 의상으로 갈아입고 와서 술을 따랐다. 오송교는 얼른 막으며 말했다.

"안 해도 돼. 옷 더럽히겠어."

소란도 순순히 잔을 내려놓고 대충 말했다.

"그러면 여러분 천천히 드시고 계세요. 죄송해요. 저는 이만 나가 봐야 해요."

그녀가 나가자 오송교는 술잔을 들고 술을 권했다. 그러자 주소화가 말했다.

"술을 마시면 마작하기 힘들어. 밥이나 먹어."

송교는 조박재에게 술을 권하며 말했다.
"자네는 마작을 못하니까 많이 마셔도 돼."
"난 두 잔이나 마셨어. 그렇게 예의 차릴 것까진 없어."
장소촌이 말했다.
"한 잔 더 해."
이에 두 사람은 술을 비웠다. 조박재가 주흥이 오를 즈음 이학정이 도착했다. 모두들 일어나 그를 상석에 앉혔다. 이학정이 말했다.
"나는 먹고 왔네. 자네 네 사람은 마작하고 있었어?"
오송교는 조박재를 가리키며 말했다.
"저쪽이 마작을 못해서 기다리고 있었습니다."
주소화는 계속 식사를 끝내라고 재촉했다. 모두 급히 식사를 마치고 얼굴을 닦고 정자간으로 갔다. 창가에 놓였던 붉은 나무 탁자는 벌써 한가운데로 옮겨져 있었다. 네 개의 기름 심지가 하얀 눈처럼 환하고 탁자 위에는 상아를 상감한 흑단 골패와 산가지 네 다발이 가지런히 놓여 있었다. 오송교는 이학정을 상석에 앉히고 주소화와 장소촌은 제비를 뽑아 자리를 정하고 앉았다. 김저는 찻잔과 고급 사탕을 좌우 찻상에 올려놓았다. 이학정이 국표를 가져오라고 하고, 주소화가 대신 썼다. 이학정이 부르는 기녀는 상인리의 양원원이었다. 소화가 물었다.
"또 누구 부를 건가?"
장소촌이 말했다.
"난 안 불러."
오송교가 말했다.
"박재만 부르면 되겠네."
조박재가 말했다.
"나는 마작도 안 하는데 뭐 하러 불러?"
장소촌이 말했다.

"안 그러면 나와 한 패로 하든지?"
이학정이 말했다.
"같이 하는 것도 좋지."
장소촌이 말했다.
"서기반가 취수당 육수보 불러."
주소화는 함께 써서 김저에게 건네주었다. 오송교가 말했다.
"박재한테 많이 시키지 마. 많이 잃으면 난처해질 거야."
장소촌이 말했다.
"두 번만 할 거야"
조박재가 말했다.
"그렇게 하면 얼마면 돼?"
주소화가 말했다.
"얼마 안 돼. 많이 잃어도 기껏해야 십 원이야."
박재는 다시 묻기 곤란해서 장소촌 뒤에 앉아 그가 돌리는 패를 보았다. 그러나 도통 어떻게 돌아가는지 알지 못해 혼자 아편침대로 가서 누워 아편을 피웠다.
잠시 후 양원원이 먼저 도착했다. 육수보는 그 뒤를 따라 도착했다. 수보가 조박재에게 물었다.
"어디에 앉죠?"
오송교가 말했다.
"탑상에 잠깐 앉아 있어. 박재가 자네와 '대대화(對對和)'[2]를 하고 싶어 할 테니까."
육수보는 즉시 탑상 앞에 놓인 등받이 없는 네모난 의자에 앉았다. 양가모는 보자기에서 물담뱃대를 꺼내 채웠다. 조박재는 책상다리를 하고 앉아 받아 피웠다. 육수보가 물었다.
"마작은 안 해요?"
"돈이 없어서 안 해."

육수보는 눈을 흘기며 냉소를 지었다.

"거짓말! 누가 당신 말을 곧이곧대로 믿어요!"

박재는 키득키득 웃으며 말했다.

"안 믿으면 그만이지!"

수보는 정색을 하며 말했다.

"당신, 반지 줄 거죠?"

"너도 봐, 내가 시간이 어디 있어?"

"마작도 안 하는데, 종일 여기서 뭐해요?"

"나야, 내 일이 있지. 네가 어떻게 알아!"

수보는 또 입을 쫑긋거리며 중얼거렸다.

"난 안 돼요. 어쨌든 가져와요!"

박재는 히죽 웃기만 했다. 그러자 수보는 박재 얼굴에 대고 삿대질을 하며 말했다.

"당신 나중에 안 가져오면 은잠으로 당신 입을 찢어버릴 거예요. 잘도 먹을 수 있을지 두고 볼 거예요!"

박재는 웃으며 말했다.

"진정해. 나중에 내가 안 가도 사람이 무서워서 그렇다고는 말하지 마."

수보는 듣자마자 열을 올리며 물었다.

"누가 당신더러 오지 말라고 했어요? 말해봐요."

수보는 묻다 말고 이를 악물며 박재 허벅지를 있는 힘껏 꼬집었다. 박재는 참지 못하고 '아야' 소리를 질렀다. 마작하는 사람들은 그 소리를 듣고 모두 껄껄 웃었다. 그러자 수보는 얼른 손을 놓았다. 주소화는 김저를 부르며 말했다.

"자네늘 탁자 아래에 수탉 한 마리를 기르고 있었군! 내일도 한번 빌려봐야겠는걸!"

모두들 이 말을 듣고 다시 한바탕 웃었다. 양원원도 웃음을 참지 못했다. 육수보는 너무 얄미웠지만 작은 소리로 욕 한 마디를 뱉었다.

"뒈질!"

조박재는 고개를 돌리며 흘겨보았다. 그러나 수보는 두 눈에 눈물을 그렁거리며 멍한 표정으로 앉아 더 이상 아무 말 하지 않고 있었다. 박재는 그녀를 위로하고 싶었지만 달리 할 말이 없었다. 바깥에서 누군가가 주렴 사이로 손짓을 하며 양가모를 불렀다. 양가모는 얼른 나가서 무슨 일인지 알아보고 다시 돌아와 박재에게 물담배를 채워주었다. 그러나 박재는 피우지 않겠다고 손을 저었다. 양가모가 말했다.

"저희들은 다른 곳으로 가봐야 해서 먼저 나갈게요."

수보는 양가모와 한참을 소곤거렸다. 양가모는 다시 박재를 돌아보며 물었다.

"조 도련님은 수보가 반지만 원한다고 생각하시죠. 그런데 기생어미가 수보 아가씨를 혼낼 거라는 것도 알고 있나요?"

수보가 끼어들었다.

"당신도 생각해봐요. 어제 분명히 당신이 가져오겠다고 우리 엄마에게 말했잖아요. 나도 우리 엄마에게 그렇게 말했는데 안 가져오겠다는 거예요? 안 가져와도 괜찮지만, 나중에 우리 엄마 앞에서 분명히 말하세요. 알겠어요?"

박재는 다른 사람이 비웃을까 봐 그녀를 다그치며 말했다.

"어서 나가. 나중에 다시 말해."

수보도 더 이상 말하지 않고 양가모의 어깨를 잡고 나갔다.

학정이 말했다.

"요이 기녀들은 특유의 행동들이 있어. 습관이 돼서 자신들이 하고도 몰라서 그렇지."

양원원이 성난 말투로 말했다.

"당신이 무슨 상관이에요? 차라리 가서 말하지 그래요!"

槓輸周少和碰和

학정은 그 말에 미소를 지었다. 조박재는 부끄러우면서도 짜증이 났다. 그는 장소촌의 산가지를 보러 갔다. 뜻밖에 조금 이기고 있어 기분이 좋아졌다. 마침 패를 네 번을 돌려서 자리를 바꿔 앉고 다시 네 번을 돌렸다. 이학정이 아편을 피우려고 양원원에게 대신 패를 돌리라고 했다. 양원원이 그 자리에 앉아 패를 잡고 한 번 돌리고 나서 이학정을 불렀다.

"못 하겠어요, 당신이 와서 해요."

학정이 말했다.

"계속하고 있어."

양원원이 말했다.

"정말 좋은 패인데 붙지를 않아요."

조박재가 옆에서 흘깃 쳐다보니 이학정의 산가지가 얼마 남아 있지 않았다. 양원원은 한번에 다 잃어 더는 하려고 하지 않았다. 이학정은 마지못해 자리에 앉아 이긴 주소화에게 산가지 반을 빌렸다. 양원원은 곧바로 작별인사를 하고 떠나갔다.

잠시 후 마작이 끝났다. 이학정만 지고 말았다. 백 원은 족히 잃었다. 장소촌은 딴 돈에서 조박재에게 육 원을 주었다. 주소화는 내일도 마작을 하자고 약속을 하며 조박재에게 물었다.

"같이 할 거죠?"

장소촌이 말렸다.

"할 줄도 모르는데 약속하지 마."

주소화는 더 이상 말하지 않았다. 오송교는 이학정에게 아편을 권했다. 학정이 말했다.

"됐어. 난 이만 가봐야 해."

김저가 다급하게 말했다.

"선생이 돌아올 때까지 기다리셔야죠."

"자네 선생은 너무 바쁘잖아."

"오늘 여섯 곳을 돌았어요. 도련님, 정말 대접이 소홀했어요."

오송교가 웃으며 말했다.

"무슨 그런 예의를 차려."

모두 자리를 정리하고 함께 조귀리를 나서며 각자의 길로 갔다. 조박재와 장소촌은 함께 보선가 열래 객잔으로 돌아갔다.

---

1 挨城門 : 성문을 들어가다. 성문은 밤에 닫힌다. 일반인들은 성문이 열리기를 기다렸다가 들어가지만, 특권을 가진 사람들은 수시로 드나들 수 있었다.[장]

2 마작보다 아주 간단한 놀이다. 직사각형의 긴 종이 80장으로 되어 있는데, 1~10까지의 숫자와 글자 스무 개를 적는다. 각 글자는 모두 네 장으로 나누어진다. 같은 글자와 나란히 있는 글자를 조합하는데, 먹히거나 부딪혀가면서 패를 모두 조합하는 것을 화패(和牌)라고 한다. 방법은 아주 간단한데, 같은 글자 두 개씩 일곱 개를 모으게 되면 이기게 된다.

14

혼자 계집질하다 보기 좋게 망신을 당하고, 합세하여 도박하려고 몰래 한패가 되다

單拆單單嫖明受侮 合上合合賭暗通謀

장소촌과 조박재는 보선가 열래 객잔 앞에 당도했다. 박재가 말했다.

"내 잠깐 어디 좀 다녀올 테니 잠시 기다리고 있어."

소촌은 웃으며 고개를 끄덕이고 혼자 객잔으로 들어갔다. 객잔 사환은 방문을 열어주고 불을 켜고 차를 따라주었다. 소촌은 아편 소반이 놓인 쪽으로 가서 아편을 피웠다. 그런데 두 모금도 피기 전에 조박재가 돌아왔다. 소촌이 이상해서 어떻게 된 일인지 물었다. 박재가 탄식하며 말했다.

"말도 마!"

육수보가 반지를 사달라고 한 모든 상황을 소촌에게 자세하게 말해주고 나서 덧붙였다.

"내가 방금 기반가에서 바라보니까 그녀의 방은 술자리가 한창이었어. 화권 놀이에, 노래 소리에 아주 시끌벅적하더라고. 아마 시 씨라는 손님이 온 모양이야."

소촌이 웃으며 말했다.

"내가 볼 땐 또 다른 이유가 있어. 생각해봐. 오늘 손님이 있다는 말인데 손님이 기다리고 있었을까? 그런 우연은 없어. 자네가 그들 수작에 속아 넘어갔듯이, 시 씨라는 그 자도 어쨌든 속아 넘어간 거야. 네 생각도 그렇지?"

박재는 그제야 납득이 갔다. 처음부터 돌이켜 생각하면 할수록 맞는 말이다 싶어 후회막급이었다. 소촌이 말했다.

"그렇다고 해서 그들에게 가서 따지지는 마. 다음부터 안 가면 그만이야. 나도 마침 자네에게 하려는 말이 있는데 말이야, 일자리가 생겼어. 바로 십육포(十六鋪)[1] 남쪽 대생(大生) 미곡상. 그래서 내일 바로 짐을 옮겨야 해. 내가 가고 나면 자네 혼자 객잔에서 머물게 될 텐데, 이건 어쨌든 좋은 방법이 아니야. 고향으로 돌아가는 게 상책이야. 친구에게 부탁해서 일자리가 생기면 그때 말할게. 안 그러면 자네 외삼촌 가게로 들어가. 방값은 아낄 수 있잖아?"

박재는 한참을 생각해보더니 또다시 한숨을 쉬며 말했다.

"자네는 일자리가 생겼는데, 나는 돈이 다 떨어졌는데도 뭘 하나 작은 거라도 해놓은 게 없어."

"자네가 상해에서 일자리를 구하겠다고는 하지만 어려울 거야. 일 년 반을 기다려도 일자리를 찾을 수 없을지도 몰라. 우선 자네 생각이 분명해야 해. 며칠 만에 돈을 다 써버리면 살아갈 수 없잖아. 자네 외삼촌에게 말해봐, 무슨 수가 있지 않겠어?"

박재는 이 말도 틀리지 않다 싶었다. 그래서 물었다.

"자네들 마작하면 한번에 따고 잃는 게 얼마나 돼?"

"만약 패가 좋지 않아 잃게 되면, 이삼백은 아무것도 아니야!"

"자네가 지면 그들에게 돈을 줘?"

"졌는데 어떻게 안 줄 수 있겠어!"

"그런 돈이 어디에서 나와?"

"모르는 모양인데, 상해 이곳에서는 이름만 있어도 돼. 자네도 술자리에서 몇 사람 봤잖아. 돈이 많은 것처럼 보이지만, 사실 나와 별반 다를 바 없어. 차이라면 이름이 나보다 좀 알려져 있다는 거지. 만약 이름이 없으면 무슨 일을 할 수 있겠나? 자네 집에 아무리 재산이 많아도 소용없어. 오송교를 봐, 아무것도 없잖아? 그래도 이름이 조금 알려져 있으니까, 이삼천 정도 수중에 들어오고 나가는 일은 아무것도 아니야. 나는 송교와 비교도 안 돼. 돈이 필요해서 전장에 가면 사오백 정도 가져오는 게 다야. 자네가 어떻게 알겠어!"

"전장에 가서 돈을 가져오면 갚아줘야 하잖아."

"그것도 계산이 서 있어야지. 일하면서 조금씩 빌리기도 하고, 이문이 남는 건수가 있어서 갚다 보면 다 갚게 되는 거지."

박재는 그의 말을 듣고 일리가 있다는 생각에 계속 몰두하여 아무 말 하지 못했다. 그리고 잠시 후 각자 잠을 잤다.

다음 날 십구 일, 박재가 잠에서 깨어나 보니 소촌이 짐을 꾸리며 객잔 사환에게 작은 수레를 불러달라고 했다. 박재는 급히 일어나 대문 밖까지 배웅하며 또다시 부탁했다.

"만약 일자리가 있으면 대신 말 좀 잘해줘."

소촌은 두말없이 흔쾌히 그러겠다고 대답했다.

박재는 소촌이 외발 수레를 끌고 멀리 사라지는 것을 보고 객잔 방으로 돌아왔다. 점심을 먹고 답답한 마음을 풀려고 산책이나 할까 생각하고 있는데, 취수당의 남자 하인이 육수보의 명함을 가지고 왔다. 박재는 울컥 화가 치밀어 어제저녁 육수보를 부른 비용을 그에게 주었다. 그러나 남자 하인은 받으려 하지 않았다. 박재는 아무렇게나 돈을 던지고 밖으로 나갔다. 남자 하인은 하는 수 없이 돈을 집어 들고 박재를 쫓아가 해명을 하며 그를 달랬다. 그러나 박재는 못 들은 척하며 혼자 사마로의 화우루 꼭대기로 올라가 차를 마셨다. 서너 번 차를 우려 마시고 나니 맛이 밍밍해졌다. 속으로 육수보도 이와 같이 무정하니, 이전에 왕아이와 그럭저럭 지냈던 것이 낫다는 생각이 들었다. 그래서 화우루에서 내려와 남쪽 타구교를 건너 프랑스 조계지인 신가 끄트머리까지 걸어갔다. 왕아이의 집을 찾아 곧장 이 층으로 올라갔다. 그러나 방에는 아무도 없었다.

박재는 머뭇거리다 다시 내려가려고 몸을 돌리는데, 왕아이가 살금살금 뒤를 따라 문 입구까지 왔다. 기쁜 나머지 박재는 일부러 허리를 숙여 쳐다보고 말했다.

"야! 날 놀래키려고?"

왕아이는 그 자리에 멈추어 서서 박장대소를 하며 말했다.

"내가 옆집 곽효파 집에 있는데 당신이 고개 숙이고 걷고 있는 게 보이지 않겠어요? 나한테 오는 걸 알고 당신 뒤를 따라 왔죠. 당신이 방에서 두리번거리는 모습이 우스꽝스러워서 하마터면 웃음이 터져 나올 뻔했어요!"

박재도 웃으며 말했다.

"내 등 뒤에 있을 거라고는 생각도 못해서 깜짝 놀랐어."

"당신 못 보는 거 아니에요? 눈알이 너무 커서 말이죠!"[2]

이때 늙은 아주머니가 담배와 차를 가지고 올라와 박재를 보고 웃었다.

"조 선생, 축하해요."

박재는 깜짝 놀라서 말했다.

"내가 무슨 축하받을 일이 있어?"

왕아이가 끼어들었다.

"우리를 속일 작정이세요? 우리가 알고 있다는 건 생각도 못했겠죠."

"뭘 알고 있다는 거야?"

왕아이는 대답은 하지 않고 그 늙은 아주머니에게 얼굴을 돌리며 말했다.

"들었지. 열 받잖아! 마치 우리가 질투라도 하는 것처럼 말이야. 나를 속이고 있어."

늙은 아주머니는 깔깔 웃으며 말했다.

"조 선생, 말해요. 이곳은 기루와 비교할 순 없어요. 당신이 기녀 열 명 머리를 얹어줘도 우리와는 아무런 상관이 없어요. 우리 아가씨가 아무렴 그들에게 질투할까 봐 그래요? 우리도 식초 많다구요. 웬만하면 남의 건 마시지 않지요!"[3]

박재는 그 말을 듣고 나서야 무슨 말을 하는지 알고 웃으며 말했다.

"육수보를 말하고 있구나! 나는 또 나한테 무슨 일자리가 생겼다고 축하하는 줄 알았네."

"당신이 일이 있는지 없는지 우리가 어떻게 알아요?"

"그러면 육수보 머리 얹는 이야기는 어떻게 알았어? 장 선생이 말했겠구나."

늙은 아주머니가 말했다.

"장 선생은 당신과 함께 온 다음으로 아직 한 번도 안 왔어요."

왕아이가 말했다.

"그래요. 안 왔어요. 우리가 고용한 소식통이 알려주는데, 모르는 게 없지요."

박재가 말했다.

"그러면 어제저녁에 육수보 집에 누가 있었는지 알아?"

왕아이는 입을 삐죽거리며 말했다.

"무슨! 개 한 마리가 있었겠죠!"

박재가 한 마디 쏘아붙였다.

"내가 거기에 있었다면 너에게 묻지도 않아!"

왕아이는 냉소를 지으며 말했다.

"거짓말 말아요. 머리 얹어준 손님은 하룻밤을 묵는 법인데 누구를 속여요!"

박재는 한숨을 쉬고 역시 냉소를 지으며 말했다.

"너희 소식통은 귀머거리야? 이발사에게 귀 청소를 하고 제대로 소식통 노릇 하라고 해."

왕아이가 그 말을 듣고 진심인 것을 알고 다급하게 물었다.

"어제저녁 육수보에게 있었던 게 아니었어요?"

박재는 육수보가 자기에게 먼저 어떻게 제안했고 어떻게 속이고 변심하고 또 돌아섰는지 대강의 정황을 이야기해주었다.

늙은 아주머니가 끼어들며 말했다.

"조 선생도 생각이 있긴 하군요. 결국 알아챘으니까. 아시잖아요, 기녀 머리 얹는 것은 모두 그들 기루에서나 오가는 말이지, 어디 사실이겠어요! 세네 번이 대여섯 번이 되어도 거기서 거기니까. 괜히 돈 다 털어 넣고 게다가 그들에게 속기까지 하면 어디 수지가 맞기나 하나요?"

왕아이가 말했다.

"진작에 당신이 그들에게 속을 걸 알았더라면 내가 어린 기녀라고 하긴 좀 그렇지만, 그래도 육수보보다는 좀 더 닮았을걸요."

박재는 키득키득 웃으며 말했다.

"네 앞문은 전혀 아니야. 자네에게는 뒤쪽으로 들어가는 게 좀 쉬울 것 같은데 안 그래?"

왕아이도 웃음을 참지 못하며 말했다.

"이 사람, 빰 맞아야겠네!"

늙은 아주머니도 그 말을 이었다.

"조 선생이 잘못했어요. 장 선생 말을 들었다면 여기로 와야죠. 다른 곳에 안 갔으면 속지도 않았죠. 우리처럼 안 속이는 사람도 없을 걸요?"

"다른 곳에는 나도 안 가. 육수보한테도 안 가고 여기만 올 거야. 요 며칠 동안 생각했지만, 장 선생 때문에 말이야. 만나기라도 하면 불편할 것 같았지. 지금은 장 선생이 이사를 갔으니 괜찮아."

왕아이가 다급하게 물었다.

"장 선생이 일을 구했다는 건가요?"

박재는 또 장소촌이 현재 십육포의 남쪽 대생미곡상에서 지낸다고 대충 말해주었다. 늙은 아주머니가 또 끼어들며 말했다.

"조 선생, 정말 겁이 많으시네요! 장 선생이 안 온다는 그런 말은 마세요. 설사 그가 와서 여기에서 당신과 만나게 된들 무슨 큰일이겠어요. 가끔 우리 집에 손님들이 서너 명씩 함께 오기도 하지만 모두 친구이면서 손님이에요. 시끌벅적 놀 생각인 거죠. 당신이 그들을 만난들 뭐가 그렇게 난처하겠어요!"

왕아이가 말했다.

"당신은 정말 바보 얼간이야! 장 선생이 당신을 때리면 당신도 때리면 되지, 왜 그 사람을 무서워해요? 난처하다고 그러면 우리 장사는 어쩔 수 없이 접어야겠네요."

박재는 부끄러워서 아편침대로 가서 누워 왕아이가 채워 놓은 아편을 낚아채 불을 붙여 빨아보는데 방법을 잘 몰라 연기만 자욱하게 올라왔다. 왕아이는 옆에서 그것을 보고 웃었다. 갑자기 옆방 곽효파가 큰 소리로 '아가씨' 하고 불렀다. 왕아이가 급히 늙은 아주머니에게 나가보라고 했다.

"누가 왔어?"

늙은 아주머니는 급히 계단을 내려갔다. 박재는 전혀 개의치 않았지만, 왕아이는 고개를 들고 자세히 들으려고 귀를 기울였다. 늙은 아주머니가 문 앞에서 누군가와 한참을 수군거리기는 하는데, 도통 무슨 말인지 들리지 않았다. 그때 다시 소리를 질렀다.

"아가씨, 내려와 봐요."

왕아이는 이를 부득부득 갈며 욕설을 몇 마디 뱉고 박재를 두고 재빨리 내려갔다.

박재는 아편을 끝까지 피우지 못하고 일어나 앉아 무슨 일인지 엿들었다. 그러나 왕아이가 계단을 반쯤 내려가다 말고 웃는 소리가 들려왔다.

"장 도련님, 난 누구시라고!"

그 뒤로는 소곤거려서 무슨 말인지 모르겠고 잘 들리지도 않았다. 그런데 늙은 아주머니가 성질을 내는 소리가 들렸다.

"서 도련님, 제가 말할게요!"

이 한 마디가 끝나기도 전에 갑자기 계단에서 발자국 소리들이 들리더니 덩치가 큰 남자 두 명이 들이닥쳤다. 한 명은 차가운 얼굴을 하고 또 한 명은 소매를 걷어붙이고 당당하게 아편침대를 차지하고 앉았다. 그들은 담뱃대를 잡고 아편 소반을 시끄럽게 두들기며 성질을 냈다.

"아편 가져와!"

왕아이는 황급히 다가와서 웃음을 흘리며 말했다.

"아주머니가 가져올 거예요. 서 도련님, 화내지 말아요."

박재는 그들이 찾아온 이유가 선량하지 않은 것을 보고 화를 누르지도 못하지만 그렇다고 화를 낼 수도 없어 혼잡한 틈을 타서 연기처럼 빠져나갔다. 왕아이는 배웅조차 할 엄두도 내지 못했다. 마침 늙은 아주머니가 아편을 가지고 돌아오다 박재와 마주쳤다. 박재를 붙잡고 당부의 말을 했다.

"낮에는 사람이 많으니 밤 한 시에 다시 와요. 기다리고 있을게요."

박재는 알겠다며 고개를 끄덕였다.

그때 해는 점점 산 너머로 지고 있었다. 박재는 객잔으로 가지 않고 대충 식당에서 밥을 먹고 또다시 설서장[4]에 가서 이야기 한 편을 들었다. 열두 시 가까이 되자 다시 왕아이 집으로 갔다. 정말이지 마음껏 즐기며 봄밤을 보낼 수 있었다. 그리고 다음 날 오전, 객잔으로

單拆
單〻嫖
朋受
氣
第十四回
三十六

돌아왔다. 객잔 사환이 그를 맞이하며 알려주었다.

"어젯밤 어떤 아주머니가 여러 번 찾아왔어요."

박재는 취수당의 양가모라는 것을 알고 개의치 않기로 마음먹었다. 다만 오늘 다시 찾아와서 귀찮게 할까 봐 아예 숨는 것이 낫겠다 싶어 식사를 끝내는 대로 급히 문을 나섰다. 그러나 어디로 가야 할지 막막했다. 처음에는 석로에서 북쪽으로 걸어가 대마로를 통해 포구장으로 들어가서 한 바퀴 정도 돌면서 어디에 가서 시간을 보낼까 하고 생각하다 갑자기 오송교 패거리들이 마작하던 게 생각이 나서 손소란의 집으로 가서 물어보는 것도 무방하겠다 싶었다. 그래서 모퉁이를 돌아 사마로를 지나 조귀리 손소란의 집으로 갔다. 응접실에 있는 남자 하인에게 물었다.

"오 도련님 여기 있는가?"

"안 왔어요."

박재가 나가려는데 마침 아주머니 김저가 그를 보았다. 전날 함께 마작을 했기 때문에 솔직하게 말해주었다.

"오 도련님 찾으셔요? 상인리 양원원 집에서 마작을 하고 있을 거예요. 거기 가서 물어봐요."

박재는 그 말을 듣고 나와서 조귀리를 지나 맞은편 동경리로 건너갔다. 그곳은 상인리까지 곧장 이어졌다. 게다가 양원원 집 간판을 찾게 되자 기쁜 마음에 주저함 없이 옷자락을 들어 올리며 문지방을 넘었다. 왼쪽 곁방을 들여다보니 한 탁자에서 마작을 하고 있는데, 맞은편에 앉은 이가 바로 장소촌이었다. 박재는 창문을 사이에 두고 그의 이름을 부르며 방으로 들어갔다. 장소촌과 오송교는 마지못해 가벼운 인사말을 건네고, 이학정은 '앉게'라고만 하였다. 주소화는 아예 거들떠보지도 않았다.

조박재는 오송교 뒤에 서서 가만히 보고 있다가 재미가 없어 멋쩍게 인사를 하고 나갔다. 이학정이 오송교에게 물었다.

合上
合、賭
賭通
謀

"저 사람 무슨 일 해?"

"놀러 왔지, 하는 일은 없어."

장소촌이 말했다.

"일거리를 찾고 있는데, 무슨 연줄이 없나?"

오송교가 비웃으며 말했다.

"그가 일을 하겠다고! 어떤 일을 할 수 있겠어?"

모두들 한 번 웃고 말았다.

여덟 번 패를 돌리고 나서 산가지를 세어보니, 이학정이 백 원가량 잃었다. 양원원이 말했다.

"당신은 잃기만 해요. 조금이라도 땄다는 소리를 들어본 적이 없어요."

오송교가 말했다.

"마작은 좀 잃어도 괜찮아. 패구장(牌九莊)[5]에서 네댓 번 연속해서 따기만 하면 그만이야."

주소화가 말했다.

"기녀를 데리고 술 마시는 것도 재미없어. 우여의(尤如意)에 가서 잃은 돈을 다시 따는 것이 제일이야."

이학정이 미소를 지으며 말했다.

"우여의는 내일 가."

장소촌이 물었다.

"누가 술자리에 초대했습니까?"

"여전홍이지. 안 그러면 누가 흔쾌히 기녀들과 술을 마시러 가겠나. 다른 사람은 초대하지 않고 나와 넷째 숙부 두 사람만 초대했어. 그 사람은 만약 술자리 흥이 식기라도 하면 펄쩍 뛰어. 정말 볼만해!"

오송교가 말했다.

"그 늙은이 정력이 대단하구만."

이학정이 정색을 하며 말했다.

"그 사람 대단한 사람이야. 생각해보게, 집에도 부인이 여러 명이고 기루의 기녀들이며, 여염집의 여자들이며, 모두 합치면 거의 수백 명은 된다니까!"

주소화가 말했다.

"도대체 돈이 얼마나 많은 거야?"

"누가 계산할 수 있겠어? 여전홍 자신도 정확하게 몰라. 사업을 시작하면 정신이 아찔할 정도로 규모가 커서 수천만 원이 들어가는데, 끝이 없어!"

모두들 그 말을 듣고 머리를 가로저으며 혀를 빼물고 찬탄을 하였다.

그리고 속속 집으로 돌아갔다. 이학정은 편히 탑상에 누워 기지개를 펴며 하품을 하였다. 양원원이 물었다.

"아편 피우겠어요?"

"아니. 어제 밤샘하다시피 하고 오늘 아침에도 잠을 자지 않아서 많이 피곤해."

"어제는 얼마 잃었어요?"

"어제는 그래도 괜찮았어. 연이어 두 번 맞추고 나서 그만했으니까. 그래도 천은 잃었어."

"도박을 줄여요. 돈 잃고 몸 망쳐요. 본전 찾을 생각을 해야죠. 이 사람들은 이겼다 하면 돈을 싹 쓸어가고, 졌어도 돈을 돌려주는 걸 본 적이 없는 것 같아요."

이학정이 웃으며 말했다.

"그건 말도 안 돼. 돈이 있어야 산가지를 살 수 있고, 산가지가 있다는 건 어쨌든 돈이 있다는 건데 어떻게 안 줄 수 있다는 거야? 오히려 본전을 다 못 찾을까 봐 그렇지. 도박판이라는 게 바람이 조금만 바뀌어도 그 사람들은 아예 안 해. 그들을 이길 수 없다면 방법이 없어!"

"제 말이요. 당신 내일 우여의에 가서 얼마나 잃고 땄지 생각을 잘 하세요. 아예 다시 한 판 해서 본전을 찾을 수 있으면 하시고, 안 그러면 그만하셔요."

"네 말도 맞아. 만약 본전을 못 찾으면 도박은 그만해야지."

"도박을 하지 않을 수만 있다면야 이보다 더 좋을 게 없지요. 그런데 도박을 한다면 조심해야 해요. 몇만을 잃어버렸는데도 대수롭지 않게 여기니, 다른 사람이 들으면 속이 타들어가지 않겠어요? 당신 넷째 나리께서 왜 말리지 않느냐며 저를 꾸짖으셔도 전 할 말이 없어요."

"그런 일은 없어. 넷째 나리가 나를 꾸짖지 왜 자네를 꾸짖겠어?"

"지금 말들이 많은데 누가 장담해요. 사실 당신이 흥에 취해 두어 번 도박한 걸 가지고 한가한 사람들은 제가 돈을 엄청 뽑은 것처럼 말들 하잖아요. 우리 기루가 무슨 도박장도 아니고 또 무슨 돈을 뽑기를 뽑아요."

"누가 무슨 말을 한다고 그래, 혼자 걱정하고 있네."

"다음부터는 우여의에 가서 도박해요. 그럼 무슨 말이 나와도 저와는 상관없잖아요."

이때 학정은 이미 눈꺼풀이 무거워지고 입술이 까칠해진 채로 옅은 웃음만 띠고 있었다. 양원원도 더 이상 말을 하지 않았다. 학정은 몽롱해져 혼자 잠자리에 들었다. 양원원은 그가 피곤하다는 것을 알고 아무도 부르지 않고 직접 담요를 가져와 조심스럽게 덮어주었다. 학정은 등불을 올릴 때까지 잤다. 아주머니 성저가 밤참을 들고 방으로 들어왔다. 학정은 딸그락거리는 그릇 소리에 깨어났다. 양원원이 학정에게 물었다.

"요기를 하시고 술자리에 가셔야죠?"

학정이 잠깐 생각하더니 말했다.

"먹긴 하겠는데, 다는 못 먹겠고 조금이라면 괜찮지."
성저가 말했다.
"요리라고 할 게 없어요. 두어 가지 더 올리라고 할게요."
학정이 손을 저으며 말했다.
"괜찮아. 한 술만 뜰 건데 뭐."
양원원이 상저에게 말했다,
"조단[6]을 좋아하셔. 가서 조단을 올려."
성저는 대답하고 곧장 준비했다.
학정과 원원이 같이 앉아 식사를 마칠 때 즈음, 집사 광이가 객잔에서 돌아와 학정에게 아뢰었다.
"넷째 나리께서 술자리에 가시면서 큰도련님도 일찍 오라고 하셨습니다."
원원이 말했다.
"초대장이 오면 그때 가도 될 거예요."
학정이 말했다.
"일찍 술 마시고 일찍 돌아가서 자야겠다."
"당신 몸도 피곤한데 다시 여기로 오셔요. 객잔보다 나을 거예요."
"며칠이나 돌아가지 않아서 넷째 나리도 조금 걱정하시는 것 같으니 가는 게 좋겠어."
원원도 더 이상 말하지 않았다. 이학정은 광이에게 따르라고 하고 양원원의 집에서 나와 술자리로 갔다.

1 십육포(十六鋪)에서 '포(鋪)'는 지편(地片)을 뜻한다. 상해 현성의 동문인 보대문(寶大門) 일대를 십육포라고 하였다. 황포강 연안에 자리 잡고 있으며, 부두가 많아 수상교역의 중심이었다. 당시 상해에서 가장 번화한 곳이었다.
2 시력이 나쁜 사람이 보고서도 가끔 못 알아볼 때, '눈알이 크다'라는 속담을 쓴다. 그물눈이 너무 커서 물건이 새어버리는 것에 비유한 것이다.[장]

3 질투한다는 것을 '식초를 마시다(喫醋)'로 표현한다.

4 사람들을 모아놓고 만담, 야담, 재담 등을 들려주는 장소

5 牌九 : 32개의 패를 사용하는 간단한 도박이다.[일]

6 糟蛋 : 오리알 또는 달걀을 술지게미와 소금, 식초에 50일 정도 절인 음식

15

도명주는 공화리로 출타하고,
이실부는 화우루에서 아편을 피우다

屠明珠出局公和里 李實夫開燈花雨樓

여전홍은 과연 어디에서 술자리를 가지고 있는가? 바로 나자부의 오랜 애인 장월금의 집이었다. 이학정은 이미 알고 광이를 데리고 동공화리로 갔다. 광이가 재빨리 나서며 통보하자 여자 하인 아호(阿虎)가 그를 맞이하며 주렴을 걷어 올리고 방으로 안내했다. 이학정이 들어가니 넷째 나리와 우노덕(于老德)이라는 식객 두 사람만 앉아 있었다. 넷째 나리는 바로 이학정의 넷째 숙부, 이실부(李實夫)이다. 세 사람은 서로 인사를 나누었다. 술자리의 주인인 여전홍 혼자만 아직 오지 않았다. 이학정이 그 이유를 채 묻기도 전에 우노덕이 먼저 말을 꺼냈다.

"여대인께서는 총판공관에서 술을 드시고 계십니다. 월금도 불려갔지요. 대인께서 우리 세 사람 먼저 마시고 있으라고 하셨습니다."

그리고 아호에게 술자리를 준비하고 수건을 가져오게 했다. 마침 그때 장월금이 돌아왔다. 손에는 국표 네 장이 들려 있었다.

"여대인께서는 오고 계세요. 각자 두 명 이상 부르고 대인께서 부를 기녀들도 대신 부르라고 하셨습니다."

우노덕은 국표를 펼치고 여전홍이 지금 기분이 좋다는 것을 알기에 자신이 먼저 네 명을 적었다. 이학정은 마지못해 네 명을 적고 이실부는 굳이 분위기를 띄우려는 마음이 없어서 두 명만 적었다. 국표를 보내고 난 후 모두 자리에 앉았다.

잠시 후 여전홍이 도착했다. 주애인도 동행하였고 서로 자리를 양보하며 앉았다. 여전홍은 국표를 가져오라고 해서 주애인에게 기녀를 부르게 했다. 주애인은 임소분과 임취분 자매 두 사람을 불렀다. 여전홍은 너무 적다며 네 명은 불러야 된다고 고집을 피웠다. 다시 우노덕에게 물었다.

"자네 세 사람은 몇 명 불렀나?"

우노덕은 사실대로 아뢰었다. 여전홍은 이실부를 한 번 보고는 말했다.

"왜 두 명만 불렀어? 난처했구만! 육 원을 써야 하니 당황한 게지!"

이실부는 무안해서 머쓱하게 웃으며 말했다.

"부를 기녀가 없네."

"자네도 한물간 풍류객이라는 건가, 지금 부를 기녀가 없다니. 말을 해도 호탕함이 없어!"

"이전에 만나던 기녀들은 이미 퇴물일 텐데, 불러서 뭐 하겠어?"

"자네 알잖아? 놀 줄 모르는 사람이 어린 것과 놀지. 놀 줄 아는 사람은 나이 먹은 기녀와 놀아. 나이가 들수록 노는 멋을 알거든."

이학정은 이 말을 듣고 즉시 말했다.

"갑자기 한 사람이 생각났습니다."

여전홍은 이에 필묵을 가져오게 하여 이학정에게 이실부 대신 국표를 쓰게 했다. 이실부가 조심스럽게 국표를 보는데, 이학정이 쓴 기녀가 도명주(屠明珠)인 것을 알고 주저하며 말했다.

"요즘 술자리에 불려 나오는 걸 보지 못했는데."
"우리가 부르는데 거절할 수는 없을 겁니다."
여전홍은 국표를 가져와 이실부가 부른 기녀가 고작 세 명인 것을 보고 이내 미간을 찌푸리며 말했다.
"자네는 그 많은 돈을 어디에 쓰려고 상자에 넣어두고만 있는 건가. 내 앞에서 자린고비 행색 하려고?"
그리고 여전홍은 다시 이학정을 부추겼다.
"자네가 한 명 더 불러보게. 숙부 체면이 구겨져서야 되겠는가!"
이실부는 단지 멋쩍게 웃고만 있었다.
이학정이 말했다.
"누구를 부를까요?"
한참을 생각하더니 억지로 손소란을 적어 넣었다. 여전홍은 두 명이 더 생각이 나서 우노덕에게 적으라고 하고 나서 한꺼번에 보냈다.
술자리 상은 네모난 탁자 두 개를 붙인 쌍대였다. 손님과 주인 모두 다섯 명이어서 자리가 아주 널찍했다. 여전홍은 기녀들을 손님과 나란히 함께 앉게 했다. 나중에 도착한 기녀들은 앉을 수 없어 뒤에 쭉 늘어섰다. 스물두 명의 기녀들과 스물두 명의 아주머니, 어린 하녀들이 더해져 방 안을 가득 메웠다. 우노덕이 여러 차례 세어보았지만 오직 도명주만 도착하지 않고 있었다. 장월금이 물었다.
"재촉하러 보낼까요?"
이실부가 서둘러 말렸다.
"그러지 말게, 안 와도 괜찮아."
이학정이 고개를 돌려 보니 손소란이 옆에 앉아 있었다. 그래서 말했다.
"자네 덕분에 체면을 유지할 수 있게 되었네."
손소란이 미소를 띠며 말했다.
"무슨 말씀을요, 도련님도 저를 돌봐주시잖아요."

양원원이 손소란과 서로 몇 마디 나누자 이학정은 더욱 기분이 좋아졌다. 임소분과 동생 임취분은 비파를 고르고 노래 부를 곡목을 의논하고 있었다. 주애인은 여전홍의 뜻을 짚어보고 노래를 들을 여유는 없다고 짐작되어 슬며시 손짓을 해서 그만두게 했다.

여전홍은 자기가 부른 기녀들을 내버려두고, 이 사람 저 사람 보며 이야기를 나누었다. 도명주가 살랑살랑 걸어오자 여전홍은 이미 잘 알고 있는 사이라 이런저런 이야기를 나누었다. 그러다 순간 도명주와 십 년 전 옛 이야기로 옮겨갔다. 이실부는 맞장구를 치며 말했다.

"도명주 선생으로 바꾸니까 좋은가?"

"뭘 바꿔? 자네가 불렀어도 이야기할 수 있지."

"그러면 여기에 앉아. 이야기하려면 가까운 게 편하잖아."

여전홍은 거절하려고 하는데 도명주가 먼저 일어나 자리를 옮겨 여전홍 어깨에 꼭 붙어 앉았다. 도명주의 아주머니 포이저(鮑二姐)가 기회를 보고 여전홍에게 물담배를 채워주었다. 여전홍은 한 모금 피워보지만 오히려 쑥스럽고 어색했다. 그래서 일부러 말을 꺼냈다.

"괜히 비위 맞추려고 물담배 채우려 하지 마라. 넷째 나리가 화가 나서 질투하면 이 늙은이는 싸울 수도 없으니까!"

도명주가 '큭' 하고 웃으며 말했다.

"여 나리 걱정 말아요. 넷째 나리께서 싸움을 걸면 제가 도와드릴게요."

여전홍도 웃으며 말했다.

"자네, 내 돈 삼 원[1]에 눈독 들이고 있구나, 그렇지?"

"그러시면 삼 원이 아까워서 물담배도 안 피우시려는 거예요? 포이저, 가져와. 여 나리께는 드릴 필요 없어! 삼 원 때문에 곤혹스럽게 해드리면 안 되지. 밤새도록 잠 못 들 수 있으니까."

포이저가 그래도 물담배를 채워 여전홍에게 주자 도명주는 그것

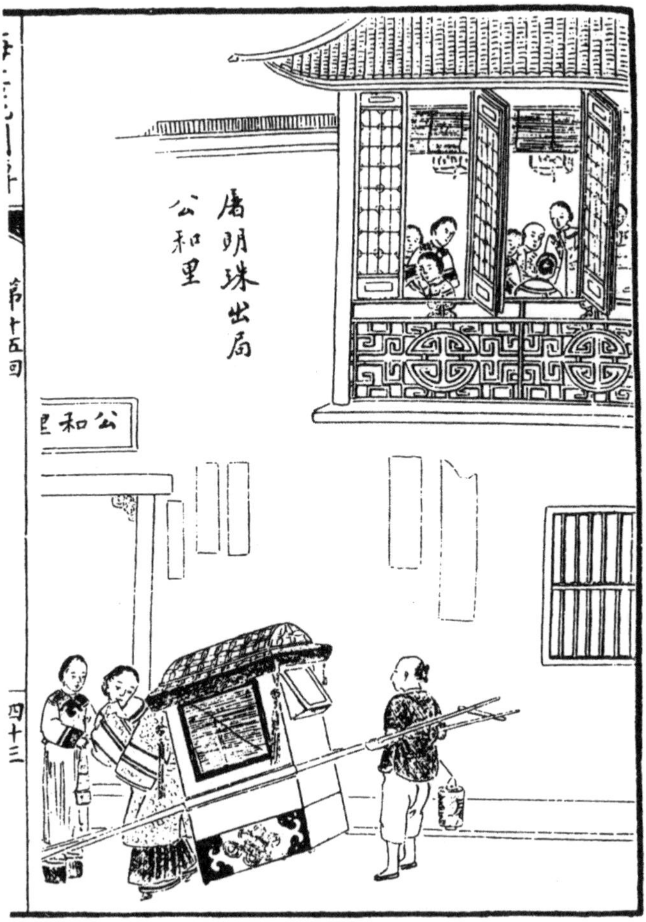
屠明珠出局
公和里
公和里
第十五回
四十三

을 빼앗았지만 오히려 웃음을 참지 못하고 입을 가리며 웃었다. 여전홍이 말했다.

"너희들이 이 늙은이를 속이고 있구나, 죄가 두렵지 않느냐? 벼락 맞을 거야!"

도명주는 그 담뱃대를 입에 물고 있다가 하마터면 사래 걸릴 수 있겠다 싶어 급히 숨을 뱉었다. 그리고 웃으며 말했다.

"여러분, 여 나리 좀 보셔요! 이러다 울겠어요! 자, 담뱃대 드리면 되잖아요!"

담뱃대를 여전홍 입에 갖다 댔다. 여전홍은 목을 빼고 입을 벌리고, 한 숨에 담배를 빨아 당기며 감탄을 했다.

"아! 정말 좋구나!"

포이저도 깔깔 웃으며 말했다.

"여 나리, 잘 노시네요."

우노덕은 도명주에게 말했다.

"너희들이 여 나리를 속였어! 물담배 피웠다고 삼 원을 가져갈 수는 없어."

여전홍은 손뼉을 치고 탄식했다.

"자네들에게 다 들통 나니까 재미가 없어. 다시 담배를 피워야겠어!"

그러자 모두 자리가 떠나갈 듯 웃었다.

장월금은 끼어 앉을 수 없어 한쪽에 서 있다가 주애인이 자리에서 일어나 탑상에 누워 아편 피우는 것을 보았다. 그 틈에 다가가 주애인에게 나지막하게 물었다.

"나 나리 보셨어요?"

"나도 한 사나흘 보지 못했네."

"나 나리께서 장부를 정리하고 나서 오지 않으세요. 알고 있어요?"

"뭘?"

"상해탄에서 웃음거리가 된 이야기 말이에요. 황취봉이 그를 보내주지 않아서 밖에도 못 나오고 있다는 이야기. 어릴 때부터 기루에서 밥벌이를 하고 있지만 나 나리 같은 손님은 여태 본 적이 없어요."

"정말인가?"

"나 나리께서 탕 나리를 시켜 돈을 보내왔어요. 그때 탕 나리께서 말해주시더군요."

"자네들이 그를 초대한 적은 없었어?"

"나 나리 하는 대로 내버려두려고요. 오시든 말든. 저와는 못 해도 사오 년을 만났기 때문에 그 사람이 어떤 성격인지 저도 좀 알지요. 지금은 황취봉과 좋은 시간을 보내고 있어서 나 나리를 초대할 수도 없어요. 방해하는 것처럼 보일 수 있으니 아예 초대하지 않아야죠. 주 나리도 보시면 아실 거예요. 황취봉과도 사오 년 만나고 나면 자연스럽게 다시 저에게 올 겁니다. 그러니 굳이 그를 초대할 필요가 없지요."

주애인은 이야기를 듣고 상황을 살펴보니 오히려 장월금이 재미있는 사람이라고 생각되어 다시 그녀에게 자세히 물으려고 하는데, 갑자기 술자리에서 자신을 계속 불렀다. 주애인은 마지못해 술자리로 돌아갔다. 알고 보니 여전홍이 도명주에게 모든 손님과 차례대로 타통관을 시켰는데, 이실부, 이학정, 우노덕 세 사람은 이미 다 했고 주애인 차례였던 것이다.

주애인을 끝으로 도명주의 차례도 끝났다. 그때 화권을 할 줄 아는 기녀들은 앞다투어 손을 내밀었다. 여기서도 저기서도 화권을 했다. 일시에 소맷자락이 춤추고 팔찌가 짤랑거리고, 등불이 움직이고 꽃이 흔들렸다. '오괴' '팔마(八馬)'[2] 소리가 뒤섞여 들려오고, '대수'인지 '평권'[3]인지 도무지 구분이 가지 않았다. 너무 시끌벅적 소란스러워지자 여전홍은 마음이 불안해져서 죽을 가져오라고 했다.

"뭐 좀 먹어야지."

기녀들은 그제야 화권을 멈추고 하나둘씩 떠나갔다. 다만 도명주만이 다른 기녀들과 달랐다. 그녀는 밥을 먹고 나서야 일어났다.

이학정은 일찍 잠들려고 술자리가 끝나자마자 이실부와 함께 작별인사를 하고 먼저 나섰다. 광이가 그들을 따랐다. 회석로 장안(長安) 객잔으로 돌아와 방에 들어오자 이실부는 침대에 누워 담배를 피웠다. 이학정은 광이에게 이부자리를 깔게 했다. 실부는 의아해했다.

"양원원에게 가지 않느냐?"

"예."

"나 때문에 여기에 있을 필요 없다. 가서 놀아. 불편하게 있지 말고, 가도 돼."

"어제저녁 한숨도 못 자서 오늘 좀 피곤합니다."

실부는 한참을 가만히 있다가 천천히 말을 꺼냈다.

"조계지에서 도박을 해서 이기는 사람은 없다. 도박하려면 고향으로 돌아가서 해라."

"도박은 아직 해보지도 않았습니다. 다만 기루에서 몇 번 마작 패를 돌렸을 뿐입니다."

"마작은 도박 축에는 못 들긴 하지. 도박만 하지 않아도 큰 화는 당하지 않으니까."

학정은 말을 계속 이어가기 거북하여 옷을 벗고 잠을 청했다.

실부는 광이에게 담뱃재를 비우라고 했다. 광이는 고개를 숙여 재를 파내며 웃으며 말했다.

"나리께서 부른 늙은 기녀 이름이 뭐였죠?"

"도명주. 어떻더냐?"

광이는 웃기만 했다. 그래서 이실부가 물었다.

"왜 말이 없느냐? 예쁘지 않더냐. 말해봐."

"별로였어요. 여 대인께서 그녀를 보배 다루듯 해서 그렇죠. 나리, 다음에는 여 대인에게 양보하시고 부르지 마세요."

실부는 이 말을 듣고 자기도 모르게 웃음이 터져 나왔다. 광이도 웃으며 말했다.

"넷째 나리께서는 그녀가 예쁩니까? 앞머리 머리카락은 다 빠지고 이는 몇 개 없고, 얼굴도 아편에 찌들어 있더군요. 여 대인과 이야기를 나누다 웃을 때면 얼마나 흉하든지! 입을 벌리니 피부가 한데 몰려 마치 연꽃잎을 가장자리에 두르는 것 같았습니다. 제가 오히려 난감했다니까요. 게다가 그녀의 행동은 요괴같이 얼마나 해괴망측했습니까! 거울 들고 한번 보라고 해야 해요. 사람 꼴인지 말이죠!"

실부는 껄껄 웃으며 말했다.

"지금 도명주는 정말 아니지. 그래도 너는 몰라, 그녀의 명성이 얼마나 대단한지! 수중에 이만 원이나 있어. 그래서 변변치 못한 손님들은 여전히 그녀에게 아부를 해."

"내가 손님이라면 도명주에게 붙는다 해도 솔직히 기분은 좋지 않을 겁니다. 오히려 여 대인께서 술자리를 마련한 그곳의 장월금이라고 했나, 그녀가 참하더군요. 화장도 한 듯 안 한 듯하고, 월백색 죽포를 입고, 머리장신구 장식은 하지 않았지만, 나이는 도명주와 비슷하지요. 예쁘다고는 할 수 없지만 청순해 보여서 오히려 아가씨 같았어요."

"너도 보는 눈이 있구나. 지금 네가 아가씨 같다고 말했는데, 옷이며 머리장신구며 아주 많이 있어도 화려하게 하지 않았을 뿐이야. 봤잖아, 모자 위에 달려 있는 그 커다란 진주, 오백 원짜리야!"

광이가 말했다.

"도대체 어디서 그렇게 많은 돈이 있는지 모르겠네요?"

"당연히 손님이 선물한 거지. 바로 오늘 밤처럼 잠깐 술자리를 가져도 백 원이 나가버려. 여 대인이야 아무것도 아니겠지만 내 입장에서는 억울해. 두 사람이 이십 원 넘게 써버렸으니. 다음에 그가 술자리에 초대하면 안 갈 거야. 도련님 혼자 가라고 해야지."

"나리, 또 농담하세요. 상해에서 논다고 하면 당연히 이 원은 써야지요. 돈이 없다면야 별 수 없지만 나리처럼 해마다 돈을 벌고 계시면 쓰고 또 써도 다 못 써요."

"내가 인색해서가 아니라, 놀려고 해도 어디 제대로 놀 곳이 있어야지, 장삼서우와 사귀어보라지? 그런데 장삼서우가 이름이 조금이라도 있다고 하면 정말이지 가는 사람들이 바보들이야!"

그 말에 광이가 껄껄 웃었다.

그때 뜻밖에도 학정이 아직 깊이 잠들지 않아 이불 속에서 웃고 말았다. 실부는 학정의 웃음소리를 듣고 말했다.

"내 말이 어떻게 네 귀에 들리기는 한 모양이다? 웃음이 나오는 걸 보니. 자네가 돌보는 양원원도 마찬가지이야. 조계지에서 이름이나 있어."

학정은 다시 잠을 자려고 마음을 잡고 말을 잇지 않았다. 광이는 담뱃재를 다 끄집어내 담뱃대를 올리고 밖으로 물러갔다. 실부는 흡족할 만큼 피우고 나서 아편 소반을 정리하고 잠들었다.

이실부는 아무리 아편을 피워도 여덟 시면 꼭 일어나지만, 이학정은 대중없었다. 그날 이십일 일은 실부 혼자 방에서 점심을 먹고 나서 자고 있는 학정을 깨우지 않고 광이에게 분부만 내렸다.

"잘 모셔라. 나는 화우루로 간다."

그리고 문을 나서며 사마로로 갔다. 상인리 입구 근처에서 갑자기 누군가가 '실옹' 하고 부르는 소리가 들려왔다.

실부가 고개를 들어보니 주애인이 상인리에서 나오고 있었다. 서로 인사를 나누었다. 주애인이 말했다.

"그렇지 않아도 막 초대하려 했네. 오늘 밤 여전홍 옹을 술자리에 초대하려고 말이야. 바로 도명주의 집인데, 방도 넓고 해서 그곳에서 술자리를 마련할까 해. 어제처럼 우리 다섯 명이 준비하는 것이니 절대 물리치지 마시게."

"난 함께하기 힘들고, 나중에 조카만 보내겠네."

주애인은 당혹스러워하며 중얼거리듯 말했다.

"함께하지 못한다면야 억지로 부탁할 순 없지만, 사람이 너무 적은 것 같아서 말이야. 못 오겠나?"

실부는 단호하게 거절하지 못하고 얼버무리며 모호하게 대답을 했다. 그제야 주애인은 손을 모으고 작별인사를 하고 다른 길로 갔다. 실부는 화우루에 도착하자 문을 열고 삼 층 꼭대기에 올라갔다. 그곳을 둘러보니 마침 장이 서는 날이라 차를 마시는 야외 탁자며 아편을 피우는 실내 침상이며, 모두 사람들로 꽉 차 있었다. 한 종업원이 실부를 알아보고 그가 아편을 피우려는 것을 알아채고 곧장 손짓을 하며 들어가서 말했다.

"여기가 비었습니다."

실부는 가운데 아편침대에 있던 손님이 그곳에서 계산을 하고 얼굴을 씻고 있는 것을 보았다. 실부는 아래쪽에 앉아 손님이 나가고 점원이 깨끗하게 청소하기를 기다렸다가 위쪽으로 자리를 옮겨 앉았다.

주위를 둘러보니 차 마시는 손님, 아편 피우는 손님들이 물밀듯 점점 더 불어나서 왁자지껄하니 어디에도 빈자리가 없었다. 게다가 간식거리, 장난감, 잡다한 생활용품을 파는 잡상인들이 물건을 손에 들고 어깨에 메고 가슴에 안고서 사람들 사이를 비집고 왔다 갔다 돌아다녔다. 실부는 그런 잡상인들에게는 전혀 관심을 보이지 않고 오직 창녀들을 유심히 살폈다. 이 화우루는 원래 창녀들을 낚는 큰 사냥터[4]로, 찾는 사람이 그 수를 다 헤아릴 수 없을 만큼 많고 농지

李寔夫
閙燈
花
雨樓

거리로 기분을 풀기 위해 찾아들어 온갖 추태를 일삼는 곳이었다.

실부는 눈에 들어오는 사람이 없어 두어 번 아편을 피우고 책상다리를 하고 앉았다. 점원이 따뜻한 수건을 올리자 손과 얼굴을 닦고 물담뱃대를 피우고 있는데, 창녀 하나가 눈에 들어왔다. 열여섯, 일곱이나 되었을까 덕지덕지 분을 바른 얼굴이며 목에는 몇 년 동안 씻지 않았는지 새까만 기름때가 끼어 있었다. 옅은 보라색 소주산 비단을 덧댄 옷깃은 기름이 반들반들하여 짙은 녹색으로 변해 있었다. 손에 들고 있는 연녹색 비단 손수건은 그나마 깨끗하였다. 그녀는 사람들이 보지 못할까 봐 그 손수건을 계속 흔들며 들어왔다.

실부는 그 모습을 보고 자기도 모르게 웃음이 나왔다. 그 창녀는 실부가 자기에게 마음이 있다는 것을 알고 한걸음에 앞으로 다가와 서서 뚫어져라 쳐다보며 말을 걸어 오기를 기다렸다가 잽싸게 옆에 누웠다. 누가 알았으랴, 한참을 공을 들였으나 전혀 반응이 없었다. 그래서 하는 수 없이 그 자리를 떠나갔다. 그때 마침 종업원이 한쪽 다리를 꼬고 중문에 기대고서 아편 손님 시중을 들고 있었다. 그녀는 곧장 종업원에게로 가서 이야기를 나누었다. 종업원이 무슨 말을 하는지는 알 수 없으나 그 창녀는 깔깔 웃기도 하고 욕도 하며 또 손수건을 종업원 얼굴에 대고 흔들었다. 종업원이 황급히 고개를 들고 뒷걸음치다 잡상인과 부딪히면서 쨍그랑 소리가 났다. 사람들은 그 소리를 듣고 모여들었다. 자잘한 물건들이 바닥에 어지럽게 흩어져 있었다. 그녀는 일이 안 좋게 돌아갈 것 같아 연기처럼 쏙 빠져나가 버렸다.

마침 두 명의 여자 하인이 나란히 걸어오며 희희낙락 이야기 나누느라 미처 발 아래 깨진 유리 거울을 피하지 못하고 밟고 말았다. 한 여자 하인은 급한 마음에 발을 들고 기를 쓰고 버텼지만, 다른 여자 하인은 중심을 잃어 온도계를 산산조각내고 말았다. 잡상인들은 손해를 봤다며 그 두 명의 여자 하인에게 배상을 요구할 게 뻔했다. 그러나 두 명의 여자 하인들은 기필코 잡아떼며 말했다.

"네가 왜 바닥에 떨어뜨렸어?"

두 명이 번갈아가며 다투듯 집요하게 따지니 소란스러워졌다. 종업원은 방법이 없어 소리를 질렀다.

"나가! 나가! 됐어!"

여자 하인들은 그제야 투덜거리며 떠나갔다. 종업원은 몸에서 몇 푼을 꺼내 잡상인에게 주었다. 잡상인은 더 이상 요구하지 않고 물건을 주섬주섬 줍고 나갔다. 열 받은 종업원은 쉴 새 없이 욕설을 퍼부었다. 실부가 웃으며 그를 위로 해주자 그제야 멈추었다.

이어서 한 노파가 벽을 더듬어가며 천천히 앞으로 걸어와서 실눈을 하고 아편 손님들을 쳐다보다가 실부를 보자 그 앞을 가로막고 뚫어지게 쳐다보았다. 실부는 그 이유를 모른 채 노파가 한참을 우물쭈물하다 꺼내는 말을 들었다.

"놀러 가실래요?"

실부는 그제야 그녀가 호객하는 사람이라는 것을 알고 웃음으로 대신 답하고 그냥 내버려두었다. 점원은 주전자를 가져와 찻잔에 부으려고 했다. 그는 노파가 앞을 가로막고 있는 게 짜증이 나서 눈을 흘기며 기침소리를 냈다. 노파는 깜짝 놀라 고개를 숙이고 말없이 가버렸다.

실부는 다시 아편을 피워 상아갑을 말끔하게 비웠다. 대략 다섯 시쯤 되었을까, 안에서 아편을 피우던 손님들은 거의 떠나가고 그 많은 창녀들도 어디로 갔는지 사라지고 없었다. 이에 실부는 종업원에게 정리하라고 하고 계산서에 적힌 대로 은화를 꺼내고 다시 일각을 더 보태어주었다. 종업원은 결제하러 가면서 그의 조수에게 세숫물을 가져오라고 시켰다.

실부는 얼굴을 씻고 일어나 반듯하게 서서 옷매무새를 정리하였다. 영수증을 받고 곧장 그곳을 나왔다. 그런데 갑자기 또다시 그 창녀가 훌쩍 날아와서 결국 실부의 영혼을 옭아매었다.

1 장삼서우를 한 번 부르는 데 드는 비용이 삼 원이다.

2 화권 중 숫자를 낼 때 외치는 소리. '오괴'를 외치는 사람은 자신이 내는 손가락 숫자와 상대방이 내는 손가락 숫자가 합쳐서 5가 되기를 바라면서 '오괴'라고 외치고, '팔마'는 이와 마찬가지로 8이 되기를 바라면서 외치는 소리이다. 이것을 '화권구결'이라고 한다.

3 對手 : 비긴 것. 平拳 : 손바닥을 엎으며 손을 내는 것.

4 야계(野鷄), 즉 산꿩이다. 창녀를 의미하는 야기(野妓)와 동음이의어다. 그래서 큰 사냥터라 한 것이다.

16

대부호는 싸게 먹으려다 독과를 심고, 아가씨는 소일하려고 꽃패를 두다

種果毒大戶拓便宜 打花和小娘陪消遣

이실부가 보니 그 창녀는 월백색 죽포로 만든 옷을 입고, 그 위에 단을 덧댄 검정색 주름 조끼를 걸치고 있었다. 그 뒤를 따라 늙은 아주머니가 느릿느릿 중간문 앞으로 와서 안을 들여다보고 멈추어 섰다. 실부는 가까이서 그 창녀 얼굴을 들여다보다가 달덩이처럼 환한 얼굴과 물기를 머금고 있는 두 눈망울에 마음이 단단히 나가고 말았다. 머쓱해지려는 그때 마침 종업원이 계산을 끝내고 돌아왔다. 늙은 아주머니가 그를 맞으며 물었다.

"진(陳) 씨 왔어?"

"아뇨. 며칠 동안 안 왔어요."

늙은 아주머니는 딱히 할 말도 없고 해서 창녀의 손을 잡고 앞쪽으로 천천히 걸어가 난간에 기대어 사마로를 오가는 마차들을 구경했다.

실부가 종업원에게 물었다.

"저 애 이름이 뭔지 아느냐?"

"제십전(諸十全)인데, 바로 우리 옆집에 살아요."
"여염집 여자 같구나."
"나리께서는 언제나 여염집 여자를 좋아하십니다. 놀러 가시게요?"
실부는 엷은 미소를 띠며 고개를 저었다. 그러자 종업원이 말했다.
"그것도 괜찮지요. 마음에 드시면 계속 가시면 되고, 안 드시면 몇 푼 날린 셈 치면 그만이잖아요."
실부는 웃기만 했다. 종업원은 실부의 마음을 알아채고 닦고 있던 연등을 내려놓고 중간문 밖으로 나가 손짓으로 그 늙은 아주머니를 불렀다. 그리고 그녀 귀에 대고 소곤거렸다. 그러자 곧바로 늙은 아주머니가 히히 웃으며 들어와 실부에게 이름을 묻고 나서 말했다.
"함께 가시지요."
실부는 그 말이 거북스럽고 불편했다. 종업원은 이미 눈치를 채고 말했다.
"그쪽은 먼저 가서 골목 입구에서 기다려요. 굳이 뭐 하러 같이 가요!"
아주머니는 황황히 말을 받았다.
"아, 아, 그러면 이 나리, 오셔요. 우리는 대흥리에서 기다릴게요."
실부는 이내 고개를 끄덕였다. 아주머니가 나가려는데 종업원이 다시 그녀를 불러 단단히 당부했다.
"이분은 점잖으시고 장삼서우에 익숙한 분이니 쓸데없는 말로 노닥거리면 안 돼요!"
늙은 아주머니는 웃으며 말했다.
"알았어! 말 안 해도 돼."
대답을 하고 그녀는 급히 앞쪽 난간으로 가서 제십전의 손을 잡고 먼저 내려갔다.
실부는 아편 장부를 챙겨 들고 그들 뒤를 따라 화우루를 나섰다.

그리고 사마로의 서쪽을 향해 곧장 대흥리(大興里)로 갔다. 정말로 저 멀리 늙은 아주머니가 골목 입구에서 기다리고 있었다. 실부가 가까이 오자 아주머니는 몸을 돌려 골목으로 들어가고 실부는 그녀를 따라 들어갔다. 골목 안쪽 모퉁이를 돌아 두 짝으로 된 석고문을 열고 실부를 안으로 안내했다. 실부가 보니, 꽤 고상한 집이었다. 제십전은 창가에 기대어 밖을 내다보다 실부가 문을 열고 들어오는 것을 보고 부끄러워하며 뒤로 물러섰다.

실부는 이 층으로 올라가 방으로 들어갔다. 제십전은 수줍어하며 수박씨를 올리고 난 뒤 조용히 돌아가 앉았다. 아주머니가 찻잔을 가져오고 연등에 불을 붙이자 제십전은 비로소 탑상에 걸터앉아 아편을 넣어주었다. 실부는 바로 탑상으로 가서 아래쪽에 누웠다. 아주머니는 멋쩍게 몇 마디를 하고 물러났다. 실부는 제십전이 아편에 불을 붙이는 것을 보면서 잡담거리를 생각해내며 말을 걸었다. 그 늙은 아주머니 이야기가 나오자 제십전은 급히 '엄마' 하고 불렀다. 알고 보니 그 늙은 아주머니는 그녀의 생모로, 그 유명한 제삼저(諸三姐)였다.

제삼저는 다시 올라와서 남포등을 켜며 유리창을 닫고 나서 말했다.

"이 나리, 여기서 저녁 드셔요."

실부가 생각해봐도 객잔으로 돌아가면 주애인이 반드시 초대하러 올 테니 피하는 게 상책이기도 했다. 그래서 은화를 꺼내 주면서 취풍원에 가서 작은 요리 두 가지를 시키라고 하였다. 제삼저는 대충 감사의 말을 하고 돈을 받아 주문하러 나갔다.

요리를 들고 올라왔는데 고기 요리 네 접시가 더 올라 있었다. 제삼저는 젓가락 두 벌을 마주 놓고 웃으며 말했다.

"십전아, 이리 와서 이 나리 시중들어야지."

제십전은 그 말을 듣고 나서야 다가와서 마주 앉아 술잔에 술을

種果毒大
戶榻便宜
留月為歌扇
第十六回
五十

따라주었다. 실부도 술병을 들고 그녀에게 한 잔 따랐다. 제십전은 그 잔을 물리치며 말했다.

"못 해요."

그러자 제삼저가 말했다.

"그래도 한 잔 마셔라. 이 나리는 괜찮아."

술잔을 받아 들고 젓가락을 들려고 할 때, 갑자기 아래층에서 누군가가 문을 열고 들어오는 소리가 들려왔다. 제삼저는 급히 내려가서 그 사람을 주방으로 불러 이야기를 나누었다. 그 뒤에 다시 제십전을 불러 내렸다. 실부는 어떤 손님인지 궁금하여 조용히 문가로 가서 엿들었다. 화우루 종업원의 목소리인 것 같아 더 이상 신경 쓰지 않고 다시 돌아와 술을 마셨다. 연이어 대여섯 잔을 비우고 나니 제삼저와 제십전이 올라왔다. 화우루 종업원도 따라 올라와 실부를 만났다. 실부가 그에게 술을 권하자 종업원이 말했다.

"전 마셨습니다. 드십시오."

그는 제삼저가 앉으라고 해도 앉지 않고 잠시 서 있다가 '내일 올게요.'라고 말하고 나갔다.

제십전은 다시 공손하게 술 몇 잔을 권했다. 실부는 술기운이 돌자 저녁을 들자고 하였다. 제십전이 시중을 들며 식사를 마치자 제삼저는 물수건을 올리고 저녁상을 챙겨 주방으로 내려갔다. 제십전은 또다시 실부에게 아편을 채워주었다. 실부는 그녀와 이야기를 나누는데, 열 마디를 건네면 서너 마디만 돌아왔다. 그런데 이것이 오히려 그에게 호감을 주었다. 실부는 흡족할 만큼 아편을 피우고 시계를 꺼내 보았다. 열 시가 지난 것을 보고 아편 소반에 이 원을 떨어뜨리고 일어났다. 제십전이 황급히 물었다.

"뭐 하시는 거예요?"

"가야지."

"안 돼요!"

실부는 벌써 방문을 나서고 있었다. 다급해진 제십전은 쫓아 나와 실부 옷자락을 붙잡고 소리를 질렀다.

"엄마, 빨리 와!"

제삼저가 소리를 듣고 다급하게 계단을 뛰어올라 와 실부를 붙잡았다.

"이곳은 깨끗합니다. 어디가 마음에 들지 않으셔서 가려고 하셔요?"

"내일 다시 올 거야."

"내일 오실 거라면 오늘 밤에 굳이 가실 필요 없지요."

"그렇게까지는 아니고, 내일 꼭 올게."

"그러면 조금만 더 쉬세요. 뭐가 그렇게 급하세요?"

"시간이 늦었으니 내일 봐."

그는 말을 마치고 아래층으로 내려갔다. 제삼저는 그의 발길이 아예 끊어질까 억지로 붙잡지도 못하고 말했다.

"이 나리, 내일 꼭 오셔야 해요."

이 말만 되풀이했다. 제십전도 '내일 오세요.'라고 한마디 붙였다.

실부는 대충 대답을 하고 어둠을 뚫고 대흥리를 나와 회석로 장안 객잔으로 돌아왔다. 때마침 광이가 객잔으로 돌아오다 실부를 보자마자 말했다.

"넷째 나리, 어디에 가셨습니까? 아휴! 오늘 밤 엄청 시끌벅적했어요! 주 나리께서 모아희[1]를 불렀었죠. 여 대인도 다른 악단을 더 불렀고, 그런데도 우리 도련님에게도 악단을 하나 더 부르게 했다니까요. 상해탄에 있는 모아희를 모두 불렀으니까, 한 백 명 이상 되었을 걸요. 제대로 된 방이 아니었다면 무너지고 말았을 겁니다! 나리께서는 왜 안 오셨어요?"

실부는 미소만 지을 뿐 대답은 하지 않고 오히려 다른 질문을 했다.

"도련님은?"

"도련님은 우여의에 가야 하니까 술은 전혀 안 하시고 술자리가 끝나자마자 곧바로 그곳으로 갔습니다."

실부는 익히 짐작하고 있었던 일이라 더 이상 말하지 않고 혼자 아편을 피우고 잠자리에 들었다.

다음 날, 아침을 먹은 뒤 화우로의 꼭대기 층으로 갔다. 그때는 아직 이른 시간이어서 비교적 한산했다. 종업원은 일없이 한가하게 있다가 실부에게 불을 붙여주고 제십전의 이야기를 꺼내기 시작했다.

"그 사람들은 여태껏 일하지 않다가 올해부터 시작했어요. 사람들이야 무슨 좋은 말을 하겠습니까마는 접대한다느니 하며 깎아내리기 일쑤죠. 나리께서는 여염집 사람을 좋아하니까 오히려 잘됐어요."

실부는 고개를 끄덕였다. 두어 번 아편을 피우고 나자, 아편 객들이 줄줄이 들어왔다. 종업원은 다른 손님들 시중을 들러 갔다.

실부가 앉아서 물담배를 피우고 있는데 어제 실눈을 뜨고 다니던 그 노파가 또 더듬어가며 들어오는 것이 보였다. 그 노파는 더듬어가며 실부의 맞은편 아편침대까지 왔다. 그 아편침대에는 마침 세 사람이 아편을 피우고 있었다. 노파는 눈웃음을 지으며 말했다.

"에이, 장(長) 도련님. 둘째 아가씨는 도련님 생각에 왜 안 오시냐며 나보고 한번 가보라고 했는데, 마침 여기에 계셨네."

실부가 그 세 사람을 보니, 청람색 장삼과 검정 비단 조끼를 입고 있어 하인들이겠다 싶었다. 그 노파가 계속 수다스럽게 떠들어도 세 사람은 전혀 거들떠보지 않았다. 그러자 노파가 말했다.

"장 도련님, 나중에라도 꼭 오셔요. 다른 분들도 함께 건너오셔요."

노파는 말을 마치고 더듬어가며 나갔다.

노파가 간 후 제삼저가 또 왔으나, 제십전을 데리고 오지는 않았다. 실부를 보자마자 말했다.

"이 나리, 저와 가시죠."

실부는 조금 성가셔져서 서둘러 말했다.

"있다 갈 테니, 자네 먼저 가게."

제삼저는 그의 뜻을 알아채고 황급히 물러나면서도 한 바퀴 돌고 나갔다.

다섯 시를 넘기고서야 아편을 다 피운 실부는 화우루를 나와 곧장 대흥리 제십전의 집으로 가서 간단하게 저녁을 했다. 이번에는 제법 친숙해졌다고 제십전과 이야기가 잘 통했다. 난새와 봉황이 서로 엉키고 넘어지는[2] 충만하고 깊은 사랑 이야기는 자세히 설명하지 않겠다.

다음 날 이른 아침, 이실부는 잠결에 흐느끼는 소리를 듣고 눈을 떠보니, 제십전이 침대 안쪽에 누워 혼자 훌쩍훌쩍 울고 있었다. 실부는 깜짝 놀라며 다급하게 물었다.

"무슨 일이냐?"

몇 번을 물어도 제십전은 대답하지 않았다. 실부는 옷을 걸치고 앉아 이런저런 생각을 해보았지만 도무지 그 이유를 알 수 없었다. 그래서 몸을 숙여 얼굴을 바짝 붙이며 물었다.

"내가 잘못을 한 게 있어서 화가 났느냐? 내가 늙은 게 싫어서 그러는 거냐?"

제십전은 손을 내저었다. 실부는 미간을 찌푸리며 말했다.

"그러면 왜 그러느냐? 말 좀 해보거라."

또 몇 번을 물었다. 그제야 제십전은 겨우 한 마디 대답을 했다.

"나리와 상관없는 일이에요."

"나와 상관없는 일이라도 말해봐."

제십전은 여전히 입을 열려고 하지 않았다. 실부는 어쩔 수 없이 옷을 입고 침대에서 내려왔다. 아래층에서 제삼저가 듣고 세숫물을 떠다 주고 연등에 불을 붙였다.

실부는 얼굴을 씻으면서 제삼저를 불러 세워 제십전이 우는 까닭을 캐물었다. 제삼저는 먼저 한숨을 쉬며 말을 시작했다.

"그 애를 탓할 수 없지요. 나리께서 어떻게 아시겠어요. 제가 저 아이를 열여덟 살까지 키우면서 일이라곤 한 번도 시킨 적이 없었어요. 작년에 홍구(虹口)은루의 자식과 혼인을 했는데, 집에서도 그런대로 잘 지내고 부부 사이도 좋았어요. 그런데 어떻게 늘 좋기만 하겠어요? 그래도 올 정월에 일이 터질 거라고는 생각 못했어요. 그때부터 애가 이 일을 시작해야 했지요. 나리, 그러니 이 애가 얼마가 화가 나고 원망스럽겠어요?"

"무슨 일이길래?"

"무슨 말을 하겠어요. 하소연 해봤자 소용없는 것을요. 오히려 이 애 남편 얼굴만 깎는 꼴이지요. 그러니 아예 말 안 하는 게 나아요."

그 사이 실부가 세수를 끝내자 제삼저는 세숫물을 받아 들고 아래층으로 내려갔다. 실부는 그녀가 한 말이 아무래도 알쏭달쏭해서 탑상에 누워 아편을 피우며 골똘하게 생각했다. 잠시 뒤 제삼저가 또 올라와서 간식을 청했다. 그러자 실부는 다시 물어보았다.

"도대체 무슨 일이야? 말해보게. 내가 도울 수 있을지도 모르잖은가. 말해봐."

"나리, 만약 우리 애를 도울 수만 있다면 선행을 베푸시는 것과 진배없지요. 하지만 저로서는 말씀드리기가 그렇습니다. 나리께 말씀드린다는 게 꼭 제가 나리의 돈이나 뜯어내는 것으로 보일 수 있으니까요."

그러자 실부는 더 조바심이 났다.

"그러지 말고 할 말이 있으면 속 시원히 말해보게."

제삼저는 또 한숨을 쉬고 나서 그제야 처음부터 말해주었다.

"말하자면, 어쨌든 딸애 운수가 사나운 것이죠. 정월에 혼인 축하주를 마시러 외갓집에 간다고 하니까 남편이 체면을 세운답시고 우리 아이에게 머리장신구를 준 모양입니다. 밤에 머리맡에 두고 잤는데, 다음 날 일어나 보니 보이지 않아서 여기저기 찾아봤지만 찾지를 못했대요. 외삼촌들은 너무 놀라서 펄쩍 뛰며 찾지 못하면 차라리 생아편을 먹는 게 낫다고 야단이고, 사위집에는 시부모가 아직 멀쩡하게 살아계시는데, 뭘로 그걸 대신하겠어요? 아무리 궁리해봐도 방법이 없었지요. 그래서 우리 아이가 이 일 하는 것 말고 달리 방도가 없었던 겁니다. 만일 착한 손님을 만나서 딸아이의 불운을 보고 감싸주실 수만 있다면 일고여덟 사람 목숨 살려주는 거지요. 저 역시 뾰족한 수가 없어서 마지못해 우리 애와 같이 일을 하는 것이고요. 나리, 생각해보셔요. 우리 아이가 남편 집에서도 그럭저럭 잘 지내는 편이고, 부부 사이도 좋은데 왜 이런 일을 해서 밥을 먹어야 하겠어요?"

제십전은 침대에서 누워 있다 제삼저의 말을 듣고 더 슬프게 울었다. 실부는 머리를 긁적이며 당황스러워 어찌할 바를 몰라 했다. 제삼저가 또 말했다.

"나리, 지금 이 일도 어려워요. 장삼 선생들은 한 절기 일만 해도 삼사백을 벌지만, 갓 일을 시작한 여염집 여자는 처음부터 그 사람들과는 비교가 될 수 없죠. 머리장신구 하나라도 챙기려면, 어디 쉬워요? 우리 애는 걸핏하면 저와 이야기하다가도 일 이야기만 나오면 울어요. 일도 잘 못한다고 차라리 죽는 게 낫다고 말이죠. 좋은 날이 오긴 오겠어요!"

"나이도 어리면서 무슨 죽는다는 말을 해. 이 일은 천천히 의논해 보도록 해. 어쨌든 잘 생각해보면 방법이 있을 거야. 좀 달래봐, 그만 울라고 해."

제삼저는 그의 말을 듣고 바로 침대로 올라 앉아 제십전의 귀에 대고 소곤거렸다. 제십전의 울음소리가 점점 작아지더니 옷을 입고 일어났다. 제삼저는 그제야 침대에서 내려와 웃으며 말했다.

"우리 애가 일 하면서 처음 만난 손님이 나리인 걸 보면 우리 아이 운명에도 죽으라는 법은 없는 모양입니다. 구원의 신이 그 애를 구해준 것과 다름없지요. 이 나리, 그렇죠?"

실부는 고개를 숙인 채 생각에 잠겨 한 마디도 하지 않았다. 제삼저는 갑자기 생각이 나서 말했다.

"아휴! 말하느라 잊을 뻔했네! 나리, 뭐 드시겠어요? 제가 사러 가겠어요."

"경단 두 개면 됐네."

제삼저는 황급히 나갔다.

실부는 빨갛게 부어 있는 데다 거울처럼 반질반질해진 제십전의 양쪽 볼과 퉁퉁 부어오른 눈두덩을 보고 순간 가련한 마음에 눈을 떼지 못하고 멍하니 바라보고만 있었다. 제십전은 오히려 부끄러워하며 고개를 숙이고 침대에서 내려와 실내화를 끌고 급히 뒤쪽으로 갔다.[3] 잠시 후 제삼저가 실부에게 경단을 올렸다. 제십전도 방으로 돌아와 세수를 하고 머리를 빗었다. 실부는 다시 아편을 피우고 나서 일어나 마고자를 걸쳤다. 주머니 속에서 은화 오 원을 꺼내 아편 소반에 올려놓았다. 제삼저가 물었다.

"가시게요?"

"그래."

"이제는 안 오실 거예요?"

"누가 안 온다고 했냐?"

"그러면 뭐가 그리 급하셔요?"

그리고 곧장 소반의 그 오 원을 집어다 마고자 주머니 속에 도로 넣었다. 실부는 순간 멍해졌다가 물었다.

"머리핀을 해결해달라는 거냐?"

제삼저가 웃으며 말했다.

"아니에요! 제가 은화를 가지고 있다가 만에 하나 다 써버리면 모을 수 없으니 이 나리께 맡겨두는 거예요. 며칠 뒤에 한꺼번에 저에게 주세요. 괜찮죠?"

실부는 비로소 고개를 끄덕이며 '좋아'라고 말했다. 제십전은 당부의 말을 했다.

"있다 꼭 오셔요."

실부도 대답을 하며 마고자를 고쳐 입고 아래층으로 내려가 문을 나와 석로 장안 여관으로 돌아왔다. 뜻밖에도 이학정이 벌써 돌아와 있었다. 이학정은 실부를 보고 자기도 모르게 히죽 쪼갰다. 실부는 멋쩍어했다. 광이도 히히거리며 초대장 한 장을 올렸다. 실부가 보니 요계순이 저녁에 상인리 위하선의 집에서 마련하는 술자리였다. 학정이 물었다.

"가실 겁니까?"

"너나 가, 나는 안 가."

잠시 후, 객잔의 사환이 점심을 들고 왔다. 삼촌과 조카 두 사람은 식사를 끝내고 이실부는 혼자 아편을 피우러 화우루로 가고, 이학정은 상인리 양원원의 집으로 갔다. 방에 들어가니 아주머니 성저(盛姐)가 창가 탁자에 기대어 머리를 빗고 있고 양원원은 침대에서 자고 있었다. 학정은 침대로 다가가 휘장을 걷어 손을 뻗어 만지려고 하는데, 양원원이 깜짝 놀라 깨며 몸을 뒤척여 학정의 손을 잡아끌었다. 학정은 곧바로 침대 가장자리에 걸터앉았다.

"어제저녁 몇 시까지 도박을 했어요?"

"오늘 아홉 시까지 하고 막 해산했어. 그래서 한숨도 못 잤어."

"땄어요?"

"잃었어."

"참, 잘해요! 여태껏 당신이 땄다는 소리를 들어본 적이 없어요. 그런데도 또 그들과 도박을 해요."

"그만해. 빨리 일어나기나 해, 우리 마차 타러 가자."

학정은 양원원이 옷을 걸치고 일어나 앉자 그녀를 꽉 껴안았다. 그런데 그녀는 오히려 학정을 밀쳤다.

"저리 가요!"

학정이 웃으며 말했다.

"내가 여기에 앉아 있겠다는데, 무슨 상관이야."

원원도 웃으며 말했다.

"전 싫어요!"

그때 마침 남자 하인이 물주전자를 들고 오자 학정은 그제야 물러나며 직접 연등에 불을 붙이고 아편을 피웠다. 성저는 머리를 다 빗고 바삐 찻잔을 가져다 놓고 수건을 짜서 올렸다. 양원원이 머리를 빗고 식사를 마치자 모든 준비가 마무리되었다. 그런데 날씨가 갑자기 흐려지더니 금방 비가 내릴 것 같았다.

"마차 타지 말고 좀 주무세요."

학정은 고개를 저었다. 성저가 말했다.

"우리는 꽃패[4] 둘 건데, 도련님은 어때요?"

"좋아. 또 누가 있어?"

"위층 조계림(趙桂林)도 꽃패 두는 거 아주 좋아해요."

성저는 서둘러 그녀를 부르러 갔다. 조계림은 즉시 성저와 함께 내려왔다. 양원원은 학정에게 웃으며 말했다.

"꽃패 둔다고 하니까 죽을 둥 살 둥 급히 뛰어내려 오는데 어쩐지 당신 이삼만 원 잃고도 여전히 힘이 남아돌더라니!"

조계림은 양원원을 한 번 툭 치고 웃으며 말했다.

"말하는 거 하고는!"

학정은 조계림을 훑어보았다. 대략 스물대여섯 정도에, 얼굴은 아편으로 누렇게 떠 있고 홀쭉하게 여위었다. 조계림도 얼떨결에 학정에게 몇 마디를 건넸다. 성저는 벌써 탁자를 들고 와서 펴고 죽패와 상아 산가지를 꺼내 왔다. 이학정, 양원원, 조계림, 성저 네 사람은

打花和小孃陪消遣

자리를 옮겨 앉아 패를 꺼내 들었다.

학정은 조계림의 오른손 손가락 두 개가 마치 석탄처럼 검게 된 것을 보고 아편에 심하게 중독되었다는 것을 알 수 있었다. 그래서 속으로 이런 기녀에게 찾아올 손님이 있을까 싶었다. 뜻밖에 네 번째 패를 돌리는데 조계림에게 때마침 손님이 찾아오고, 이어서 위하선의 집에도 학정을 청하는 초대장이 왔다. 그래서 모두들 '그만하자'고 했다. 산가지를 세어보니, 학정이 딴 걸 보고 양원원이 웃으며 말했다.

"당신은 이삼만 원 잃고 와서 우리한테 겨우 이삼 원 따서 가네요. 정말 어이없어!"

학정도 자신이 우스웠다. 조계림은 혼자 이 층으로 올라가고 성저는 자리를 깨끗이 정리했다.

학정은 남자 하인이 남포등을 켜는 것을 보고 위하선의 집으로 갔다. 문 앞에 이르자 마침 저쪽에서 건너오는 주애인과 만나 함께 올라갔다. 요계순은 그들을 맞이하며 자리를 권하고 위하선은 수박씨를 올렸다. 이학정이 요계순에게 말했다.

"넷째 숙부님께서는 감사의 말씀을 대신 전하셨습니다."

주애인도 말했다.

"도씨 형제들도 성묘 가느라 오지 못했네."

"사람이 너무 적은데요."

그때 또 초대장 두 장을 써서 여자 하인 아교에게 주었다. 아교는 들고 내려가서 경리에게 보여주었다. 경리가 소리 내어서 읽었다.

"공양리 주쌍주의 집 홍 나리를 초대합니다."

또 다른 한 장을 읽으려는데 뜻밖에 주애인의 집사 장수가 한쪽에 앉아서 듣고 있다가 불쑥 튀어나오며 말했다.

"홍 나리는 내가 갈게."

장수는 날래게 그 초대장을 낚아채 갔다.

1 髦兒戲 : 여자 경극반

2 전난도봉(顚鸞倒鳳) : 남녀가 뒤엉키는 모양

3 침상 뒤에 볼일을 볼 수 있는 공간이 있다.

4 알화(挖花) : 종이 패나 골패로 하는 마작의 하나

17

일부러 딴청을 부리며 늙은 어미를 속이고, 무슨 낯으로 조카를 엄중하게 꾸짖을 것인가

別有心腸私譏老母 將何面目重責賢甥

장수는 초대장을 받아 들고 공양리 주쌍주의 집으로 갔다. 대문을 들어서니 아덕보가 응접실에서 입담배를 입에 물고 다리를 꼬고 앉아 있었다. 장수는 별 수 없이 앞으로 다가가서 초대장을 탁자 위에 내려놓으며 말했다.

"홍 나리 초대장이요."

아덕보는 초대장은 거들떠보지 않고 한 마디 툭 던졌다.

"안 계셔. 그냥 두고 가."

장수는 그냥 물러날 수밖에 없었다. 그런데 아덕보는 냉소를 짓고 쩌렁쩌렁 큰 소리로 말했다.

"요즘 새로운 유행이 등장했나 보군. 이제 기루는 하인이 쓸모가 없겠구먼!"

장수는 못 들은 척하며 고개를 숙이고 재빨리 나왔다. 공양리 골목 어귀에 막 이르렀을 때, 바로 홍선경과 맞닥뜨렸다. 장수는 급히 한쪽으로 비켜서며 요계순 나리가 초대하였다고 아뢰었다. 홍선경이 고개를 끄덕이며 대답을 하자 장수는 이내 그곳을 빠져나갔다.

홍선경은 먼저 주쌍주의 집에 가서 응접실에서 초대장을 읽고 난 뒤에 위층으로 올라갔다. 마침 기생어미 주란이 방에서 주쌍주와 마주 앉아 이야기를 나누고 있었다. 선경이 들어오자 주란은 '홍 나리' 하며 인사를 하고 바로 일어났다. 그리고 쌍주에게 말했다.

"네가 그 애에게 말 좀 해봐, 그래도 네 말은 듣잖아."

그리고 주란은 아래층으로 내려갔다. 선경이 쌍주에게 물었다.

"엄마가 무슨 말을 하는 거야?"

"쌍옥이가 몸이 좀 불편하다네요."

"자네더러 무슨 말을 해달라는 거야?"

"쌍보가 쓸데없는 말들을 지껄여서 그렇죠. 쌍보도 나빠요. 아무리 기를 써봐도 이기지 못하면서 체면은 세우고 싶어 하잖아요. 쌍옥과 부딪혔다 하면 사소한 것 하나도 양보하지 않으려고 하니, 그 두 사람은 같이 있으면 잘 지낼 수가 없어요."

"쌍보가 어떻게 체면을 세우려고 했다는 거냐?"

"쌍보가 이런 말을 했대요. '쌍옥이 은담뱃대가 없다고 내 방에 있는 걸 가져다 줘버리고, 쌍옥이 외출 때 입은 그 옷은 나도 입었던 거야.' 그런데 이 말이 쌍옥의 귀에 들어갔나 봐요. 그래서 쌍옥이 옷도 입지 않겠다, 은담뱃대도 필요 없다고 하더니, 오늘은 아프다며 하루 종일 침대에서 일어나지도 않는대요. 쌍보를 혼내고 나서 엄마가 저더러 쌍옥에게 가서 달래보라고 하잖아요."

"어떻게 달래려고?"

"저도 그 애 달래는 게 내키지 않아요. 쌍옥 이 애도 짜증나긴 마찬가지니까. 겨우 몇 번 술자리에 불려 나간 것 가지고 자신이 대단하다고 뽐내고 쌍보를 때리고 욕하는 거 보면, 쌍보가 자기가 사 온 기녀쯤 되는 걸로 알고 있다니까요!"

"쌍옥이도 좀 심하긴 하네. 자네가 팔려 온 기녀가 아니라서 다행이지, 안 그랬으면 자네도 무시당했을 거야."

"저하고는 사이가 좋아요. 무슨 말을 해도 잘 듣거든요. 엄마 말보다 더 잘 들어요."

이때 아래층에서 아덕보가 소리쳤다.

"쌍옥 선생 술자리 있습니다."

이 층에 있던 교건이 건넛방에서 대답했다.

"갑니다."

선경은 곧 쌍주에게 말했다.

"달래러 갈 필요 없겠다. 나가야 하니까 별 수 없이 일어나겠지."

"안 일어날 거예요. 좀 기다려봐요. 일 안 하겠다고 버틸걸요. 어린 기녀랍시고, 그 애 성질대로 따라갔다가 며칠 뒤에 그 애 세상이 되고 말 거예요!"

바로 그때, 갑자기 아래층에서 주란이 욕을 퍼부으며 쌍보의 방으로 가는 소리가 들렸다. 그리고 '퍽퍽' 하는 소리가 나고, 이어 울음소리가 났다. 주란이 쌍보를 때리고 있다는 것을 알 수 있었다. 그러자 쌍주가 말했다.

"우리 엄마도 불공평해. 때리려면 쌍옥도 때려야지. 쌍옥이 조금만 잘해도 그저 기특해서 죽어라 좋아하고, 장사가 잘 안 되면 이렇게 혹독하니 말이에요."

선경이 말을 열려고 하는데 마침 교건이 건너왔다. 쌍주가 물었다.

"한바탕 하고선 왜 또다시 때린대?"

교건이 목소리를 낮추어 말했다.

"쌍옥이 안 나가겠다고 하니까 그렇죠. 선생님이 가서 한 번 달래보세요. 나가는 게 좋다고 말이죠."

쌍주는 냉소를 짓고 꼼짝 않고 앉아 있었다. 그런데 선경이 갑자기 일어나며 말했다.

"내가 가서 달래볼게. 그러면 분명히 갈 거야."

그는 주쌍옥의 방으로 건너갔다. 쌍옥은 침대에 누워 자고 있었다. 침대 앞 등불 하나만 켜져 있어 어두컴컴했다. 선경은 웃으며 말을 붙였다.

"어디 몸이 불편하냐?"

쌍옥은 억지로 '홍 나리' 하며 인사를 했다. 선경은 침대에 걸터앉았다.

"나가야 한다고 들었는데?"

"아파서 못 나가겠어요."

"아프다면야 안 가는 게 낫지. 그런데 네가 가지 않으면 네 엄마도 별 수 없어. 쌍보를 대신 보내는 수밖에. 쌍보가 대신 나가는 것보다 차라리 네가 가는 게 낫지 않아?"

쌍옥은 쌍보가 대신 나간다는 말을 듣고 마음이 조급해졌다. 그래서 곰곰이 생각하다 말을 꺼냈다.

"맞아요. 갈게요."

쌍옥은 금방 일어나 앉았다. 선경도 흐뭇해하며 급히 교건을 불러 등을 켜고 정리하라고 했다. 선경은 다시 쌍주의 방으로 왔다. 쌍주에게 쌍옥이 나간다는 말을 해주었다.

"잘하셨어요."

마침 아금이 저녁을 가져와서 방 한가운데 탁자 위에 차렸다. 선경이 쌍주에게 말했다.

"자네도 저녁 들어. 준비가 되는 대로 나가봐야지."

"저녁 먹고 또 술 마시러 가신다는 거예요?"

"나 먼저 갈게. 저녁은 다음에 하지 뭐."

"도착하는 대로 불러주세요. 저녁 먹고 세수하고 얼른 서둘게요."

선경은 대답을 하고 혼자 술자리가 있는 상인리 위하선의 집으로 갔다. 쌍주는 방 가운데 앉아 아금에게 쌍옥한테 가서 저녁 식사는 어떻게 하려는지 물어보라고 했다.

"저녁 먹을 거면 여기서 같이 먹자고 해."

쌍옥은 쌍보가 맞았다는 말을 듣고 기분이 한결 나아졌고 게다가 언니가 특별히 아주머니를 보내 함께 저녁을 하자고 해서 이때다 싶어 잘 보이려고 흔쾌히 승낙을 했다. 그녀는 기분 좋게 들어와서 쌍주와 마주 보고 앉았다. 아금과 교건도 탁자 끝에 걸터앉아 네 사람이 함께 식사를 했다. 식사를 하는 도중에 쌍주가 쌍옥에게 정색하고 말했다.

"쌍보는 철딱서니 없이 마구 지껄여대. 말하는 거 봐. 나도 그 애를 보고 있으면 아주 얄미워. 너는 쌍보와 비교도 안 돼. 일도 잘하지, 엄마도 널 좋아하지. 그러니 좀 넘어가. 다음에 혹시 쌍보가 듣기 싫은 말을 하면 엄마한테 이르지 말고 나한테 말해."

쌍옥은 쌍주의 말을 듣고 한 마디도 하지 않았다. 쌍주는 다시 미소를 지으며 말했다.

"너는 내가 쌍보 편을 든다고 생각하니? 아니야. 지금이야 우리는 기루에 있는 기녀지만 몇 년 뒤면 시집가야 하잖아. 여기 기녀로 있을 때야 네 능력을 믿고 지지 않으려고 애쓴다고 생각하겠지만, 잘나가는 것도 한계가 있어. 이렇게 생각하면 좀 양보해도 괜찮잖아?"

쌍옥도 웃으며 대답했다.

"그건 언니가 공연히 걱정하는 거예요. 저는 멍청해서 좋은 말, 나쁜 말을 구분 못 하니 정말 괜찮아요! 언니가 다 잘되라고 하는 말인데 언니를 어떻게 오해하겠어요. 그러니 '이렇게'라고까지 말할 게 있나요?"

"알고 있으면 됐다."

이런저런 대화를 하는 동안 모두 식사를 마쳤다. 교건은 쌍옥을 재촉하여 바삐 채비를 하고 나가고 쌍주도 세수를 했다. 쌍주는 아홉 시 즈음에 홍선경이 부르는 국표를 받았다. 또 한 장은 쌍옥을 부르는 국표였다. 위하선의 집에서 주 씨라는 손님이 부르는 것을 보니 분명 같은 술자리라고 짐작되었다. 쌍주는 쌍옥을 기다리

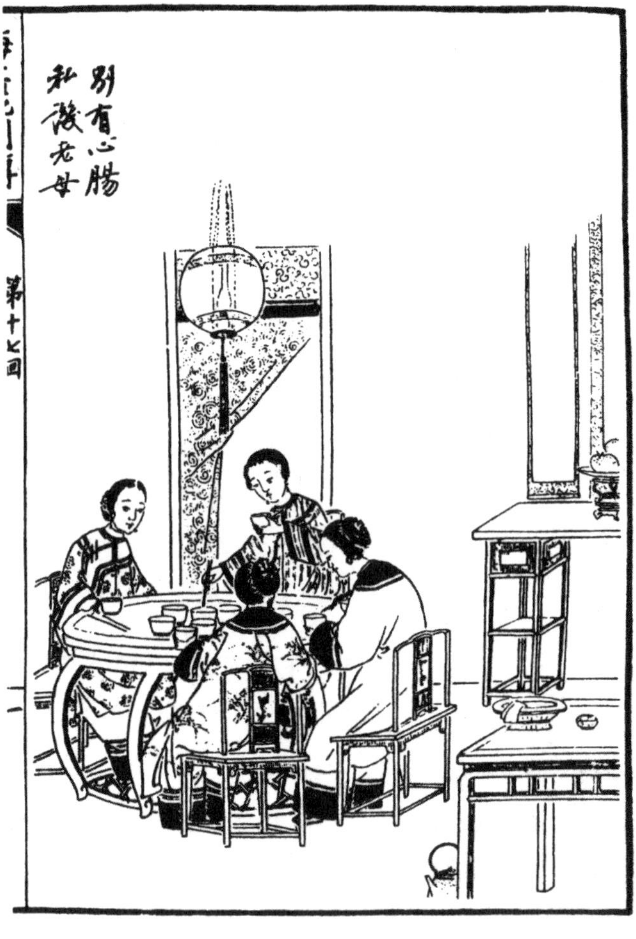
別有心腸
私譏老母
第十七回

지 않고 아래층으로 내려가 먼저 나갔다. 문 앞에서 가마를 타려는데 마침 쌍옥이 돌아왔다. 그래서 쌍옥에게 말을 하고 가마를 돌려 함께 갔다. 위하선의 집에 도착하니 홍선경이 한 젊은이를 가리키며 쌍옥에게 말했다.

"바로 주 씨 다섯째 도련님이 너를 부르셨다."

쌍옥은 건너가 앉았다. 쌍주가 자리에 있는 일곱 명의 손님을 보니 주인 요계순 외에 이학정, 왕연생, 주애인, 진소운 등 모두 잘 아는 손님들이었다. 다만 이 젊은이는 생소하여 홍선경에게 슬쩍 물어보았다. 그제야 주쌍주는 그가 주애인의 어린 동생 숙인(淑人)이며, 열여섯으로 아직 혼인하지 않았다는 사실을 알게 되었다. 쌍주가 그 젊은이를 보니 눈매가 맑고 수려한 게 인물이 빼어난 젊은이였다. 주애인과도 조금 닮긴 했지만 그는 수줍음이 많았다. 그는 안절부절못하며 자리에 앉아 있었다. 교건이 물담배를 채워주어도 피우지 않았다. 그래서 교건은 왕연생에게 주었다.

그때 요계순이 주애인과 화권을 하려고 했다. 주숙인은 주애인의 아래쪽에 앉아서 화권을 하는 틈으로 몰래 주쌍옥을 훔쳐보았다. 순간, 쌍옥도 그를 몰래 보다 두 사람의 눈이 마주치고 말았다. 쌍옥은 미소를 지었지만, 숙인은 부끄러워 고개를 돌렸다.

주애인과 화권을 다섯 번 하고 난 뒤 요계순은 이번에는 주숙인과 하려고 했다. 숙인은 사양을 했다.

"할 줄 모릅니다."

그러자 요계순이 말했다.

"못 할 게 뭐야?"

주애인도 말했다.

"한번 해봐."

주숙인은 마지못해 손을 내밀었다. 처음 세 번은 이기고 두 번은 졌다. 주숙인이 잔을 잡으려고 하는데 주쌍옥이 뒤에서 소매를 잡아당기며 말했다.

"제가 마실게요."

전혀 예기치 못했던 주숙인은 화들짝 놀라서 순간 손에 힘이 빠져 은계항배를 떨어뜨리고 말았다. 그 잔이 탁자에 떨어지면서 주쌍옥에게 튀어 옷이 젖고 말았다. 주숙인은 당황하여 손수건으로 닦아주었다. 그러자 주쌍옥은 입을 가리고 웃으며 말했다.

"괜찮아요."

교건은 얼른 잔을 주웠다. 다행히 은잔이라 깨지지는 않았다. 사람들은 모두 그 광경을 보고 한바탕 웃었다. 주숙인은 금세 얼굴이 발개졌다. 그는 술도 못 마시고 고개를 푹 숙인 채 손을 움츠리고 한쪽으로 물러났다. 그러나 숨을 곳은 없었다. 교건이 물었다.

"저희가 벌주로 미리 두 잔 마셔도 될까요?"

주숙인은 그녀의 말이 전혀 귀에 들어오지 않았다. 주쌍옥은 교건의 손에서 잔을 받아 대신 마시고 교건도 대신 한 잔을 마셨다. 술자리에 기녀들이 모였으나 주쌍옥은 다른 곳으로 가야 해서 주쌍주를 남겨두고 인사를 하고 먼저 나섰다. 주쌍주는 요계순이 시끌벅적한 술자리를 좋아하는 것을 익히 알고 있어서 홍선경의 화권이 끝나고 나서야 돌아갔다.

주쌍주가 나간 후에도 요계순은 여전히 흥이 나서 좀체 손을 내려놓으려 하지 않았다. 홍선경은 이미 술기운이 약간 오른 데다 창밖에는 주룩 주룩 빗소리가 들려오고 여기서 더 취하면 곤란하겠다는 생각이 들었다. 그래서 아무도 눈치 못 채게 술자리를 빠져나와 곤장 북쪽으로 해서 상인리를 나왔다. 그리고 인력거를 잡아타고 돌아서 공양리에 도착하여 주쌍주의 집으로 갔다. 방에 들어가니 주쌍주 혼자 상아 마작으로 오관을 하고 있었다.

선경은 마고자를 벗어 빗물을 털어내고 아금에게 옷장에 걸어두라고 했다. 선경은 자리에 앉아 건넛방을 보았다. 아직도 어두컴컴한 것을 보니 주쌍옥이 아직 돌아오지 않은 모양이었다. 주쌍주가 아금에게 말했다.

"정리 다 했으면 가봐."

아금은 대답을 하고 급히 담배와 차를 준비하고 이불을 펴고 등불을 껐다. 선경이 웃으며 말했다.

"시간도 아직 이르고 쌍옥도 돌아오지 않았는데 뭐가 그리 급해?"

"아덕보가 보채잖아요. 비가 와서 당신이 올 거라는 걸 알고 잠시 기다리라고 했죠. 지금 안 가면 또 한바탕 할 거예요."

선경은 자기도 모르게 웃음이 나왔다. 아금이 나가자마자 쌍옥이 돌아왔다. 이어 차를 마시는 손님들이 쌍옥의 방으로 우르르 몰려가서 떠들썩하게 이야기하고 웃고 떠들었다.

이쪽에서 쌍주는 오관을 다 끝내고도 잠이 오지 않아 선경과 마주보고 비스듬히 탑상에 누워 꼬챙이로 아편에 불을 붙이며 한담을 나누었다.

"왕 나리가 장혜정을 부른 거 심소홍은 알고 있어요?"

"왜 모르겠어! 심소홍은 돈만 있으면 원래 질투 같은 것도 하지 않아."

"심소홍은 꼭 우리 쌍옥 같아요."

"쌍옥이 누구를 질투했어?"

"질투를 말하는 게 아니에요. 그 두 사람은 능력도 있으면서 기를 쓰고 지지 않으려고 하잖아요. 시집은 안 가고 마치 평생 기녀로 살 것처럼 말이죠."

바로 그때, 쌍옥이 불쑥 이 방으로 건너왔다. 그녀는 은담뱃대를 쌍주에게 보여주며 물었다.

"이 담뱃대 어때요?"

쌍주가 보니 그 담뱃대는 경성점 물건으로, 손님이 그녀에게 새로 사준 것임을 짐작할 수 있었다.

"얼마짜리야?"

"이십육 원이라고 하던데, 비싼 거예요?"

"그 모양에 그 가격이면 괜찮아."

쌍옥은 그 말을 듣고 기분이 더욱 좋아져서 담뱃대를 들고 손님을 접대하러 다시 그녀의 방으로 돌아갔다. 쌍주는 그 모습을 보고 말했다.

"뽐내는 것 좀 봐요!"

"그 애가 장사를 잘하기만 하면 더 이상 좋을 게 없지. 자네 한 사람에게만 의지해서 장사를 하면 어쨌든 고생이잖아?"

"그야 그렇죠. 저도 그 애가 장사를 잘하기만을 바랄 뿐이에요."

이제 건넛방에서 차 마시던 손님들이 한바탕 떠들썩거리며 나가자 사방이 조용해졌다. 쌍주는 머리장신구를 뽑고 자려고 하는데 아래층에서 쌍보가 방에서 누군가와 이야기를 나누며 간간히 훌쩍거리는 소리가 들렸다. 선경이 말했다.

"쌍보가 울고 있는 거 아니냐?"

쌍주가 콧방귀를 끼며 말했다.

"이렇게 울고 있으면 쓸데없는 말은 하지 않겠죠."

"누구와 있어?"

"손님이죠."

"쌍보도 손님이 있었나?"

"이 손님은 괜찮은 사람이에요. 쌍보에게도 잘하고. 쌍보가 마음을 정하지 못해서 그렇죠."

선경은 그 손님의 성씨를 물었다.

"예씨라고, 대동문 광형남화점 주인의 아들이에요."

선경은 더는 묻지 않고 문을 닫고 잤다. 그러나 아래층 쌍보는 그 손님과 이야기하며 계속 울었다. 무슨 말인지 알아들을 수 없지만 끊겼다가 이어지는 소리가 아주 처량하여 선경은 뒤척이며 제대로 잠을 이루지 못했다. 네 시를 알리는 종소리가 들렸다. 아래층도 조용해졌다. 그제야 선경은 몽롱해지더니 잠이 들었다. 뜻밖에 선경은 여덟 시를 훨씬 넘기며 잠을 잤다. 꿈속 남가군에서 금지공주와 함께 평원에서 한참 사냥하고 있는데, 갑자기 아금이 문을 열고 들어와 나직한 소리로 그를 불렀다.

"홍 나리."

쌍주가 먼저 놀라 깨어나 아금에게 물었다.

"무슨 일이야?"

"누가 찾아왔어요."

쌍주는 선경을 흔들어 깨우며 알렸다. 선경이 물었다.

"누구야?"

아금도 모르는 사람이라고 했다. 선경은 도무지 누군지 짐작되지 않아 급히 옷을 입고 침대에서 내려와 실내화를 신었다. 방을 나서며 아금을 불렀다.

"올라오라고 해라."

아금이 그 사람을 이 층 응접실로 데리고 왔다. 얼굴을 봐도 누군지 몰라서 물었다.

"무슨 일로 날 찾아왔는가?"

그 사람이 말했다.

"저는 보선가 열래여관에서 일하는 사람입니다. 혹시 저희 손님 조박재의 친척이 아니신가요?"

"그런데?"

"어제 저녁 조 선생이 신가에서 싸움을 하다 머리를 다쳐 피 범벅이 된 것을 순포가 발견하고 인제병원으로 보냈다고 합니다. 오늘 제가 살펴보러 갔더니 저너러 홍 선생을 찾아가 보라고 했습니다."

"무슨 일로 싸웠다던가?"

그 사람이 웃으며 말했다.

"그건 저도 모릅니다."

선경은 십중팔구 짐작을 하고 한참 생각하다가 말을 꺼냈다.

"알았네. 괜히 자네를 번거롭게 했네. 있다가 가보겠네."

그 사람은 바로 아래층으로 내려갔다. 선경은 방에 들어와 세수를 했다. 쌍주가 침대 휘장 안에서 물었다.

"무슨 일이에요?"

선경은 대충 둘러대며 말했다.

"별일 아니야."

"가시려면 간식이라도 조금 드시고 가세요."

선경은 아금에게 '탕포'[1] 열 개를 주문하라고 해서 간식으로 먹고 나서 쌍주에게 말했다.

"나는 갈 테니 좀 더 자도록 해."

"나중에 일찍 와요."

선경은 대답을 하고 마고자를 걸치고 아래층으로 내려갔다. 밤새 내린 비가 막 그쳐 아침 햇살이 눈부셨다. 그야말로 화창한 날씨였다. 선경이 인제병원으로 가서 조박재를 찾자 어느 한 사람이 위층으로 안내했다. 한쪽 문을 열고 들어가니 널찍한 서양식 방이 있었다. 예닐곱 개의 철제 침대가 두 줄로 놓여 있고 환자 몇 명이 어수선하게 누워 자고 있었다. 서양 비단 휘장은 사면 전체를 말아 올려서 침대 꼭대기에 묶여 있었다. 조박재는 머리와 손에 붕대를 감고 책상다리를 하고 안쪽에 있는 침대 위에 앉아 있었다. 선경을 보자 급히 침대에서 내려와 '외삼촌' 하고 부르는데, 얼굴에는 부끄러워하는 기색이 역력했다. 선경은 침대 앞에 놓인 등받이 없는 등나무 의자에 앉았다. 조박재는 사건의 전말을 이야기해주었다. 그 이야기인즉, 서 씨와 장 씨라는 두 명의 깡패에게 맞아 머리를 다치고 크게 손해를 봤다는 것이었다. 그러나 우물쭈물 구시렁대는 통에 말이 분명하지 않았다. 선경이 말했다.

將何面目重責賢甥

"어쨌든 네 잘못이야. 뭐 하러 신가에는 갔느냐? 네가 신가에 가지 않았는데 여관에까지 찾아와서 너를 때렸겠느냐?"

그 말에 박재는 말문이 막히고 말았다.

"지금은 다른 말 필요 없다. 좀 나으면 빨리 고향으로 돌아가. 상해에 다시는 오지 마라!"

박재는 한참 머뭇거리다가 여관에 방세와 밥값을 지불하지 못해 짐을 저당 잡혔다는 말을 했다. 선경은 또 한바탕 꾸짖고 나서 여관 방세와 밥값 그리고 고향으로 돌아갈 여비를 계산해서 오 원을 박재에게 주며 절대 미적거리지 말고 빨리 돌아가라고 했다. 박재는 '아니요'라는 말을 어떻게 감히 꺼낼 수 있을까, 그저 그렇게 하겠다고 대답했다.

선경은 재삼 당부를 하고 인제병원을 나섰다. 가게로 가서 해야 할 일들이 떠올라 바로 남쪽을 향했다. 타구교 가까이 다다를 즈음 바로 눈앞에서 한 사람과 맞닥뜨리는 바람에 깜짝 놀라고 말았다. 알고 보니 바로 도운보의 동생 도옥보였다. 그는 아예 다른 곳에는 신경을 쓰지 않고 고개를 숙이고 급히 걸어가고 있었다. 선경은 그를 붙잡으며 물었다.

"가마도 타지 않고 하인도 없이 혼자 무슨 일로 그리 급히 가는가?"

도옥보는 그제야 고개를 들어 선경을 보았다. 그리고 급히 예를 갖추고 인사를 했다. 선경이 물었다.

"동흥리(東興里)에 가는 길이냐?"

옥보가 미소를 머금고 고개를 끄덕였다. 선경이 말했다.

"그러면 인력거를 타고 가."

선경은 곧바로 인력거 하나를 불러 세웠다.

"차비는 있나?"

옥보가 다시 웃으며 고개를 끄덕였다. 선경은 마고자 호주머니에서 동전을 꺼내 옥보에게 주었다. 옥보는 선경의 호의를 물리치지 못하고 마지못해 선경의 뜻을 따라 인력거에 올라탔다. 선경도 인력거를 불러 타고 함과가의 영창삼점으로 돌아갔다.

홍선경과 헤어진 도옥보는 곧장 사마로를 달려 동흥리 입구에서 내렸다. 옥보는 동전을 모두 인력거꾼에게 주고 골목으로 들어가 이수방의 집으로 갔다. 마침 아주머니 대아금(大阿金)이 마당에서 옷을 빨고 있다가 옥보를 보고 말했다.

"둘째 도련님 오셨네요. 그런데 계복(桂福)은 만났어요?"

"아니."

"계복이 도련님 모시러 갔잖아요. 도련님 가마는 어디 있어요?"

"안 타고 왔어."

대아금이 주렴을 걷어 올리자 옥보는 발소리를 죽이며 방으로 들어갔다. 이수방은 연녹색 숙라 휘장이 드리워진 침대에서 자고 있고 여자 하인 아초(阿招)는 옷장, 탁자, 의자 등을 닦고 있었다. 옥보는 이수방이 깊이 잠든 것을 보고 조용히 하라고 손짓을 하며 교의에 앉았다. 아초는 나지막한 소리로 말했다.

"어제 밤새도록 한숨도 못 주무셨어요. 잠들었다가도 깨어나고, 깨어나서 계속 기침을 하다가 날이 밝고서야 겨우 잠들었어요."

옥보가 다급히 물었다.

"열은?"

"열은 없어요."

옥보는 또 손을 저으며 말했다.

"조용히 해. 좀 더 자게."

그런데 갑자기 침대에서 자고 있던 이수방이 또 기침을 시작했다.

1 湯包 : 물기나 기름기가 많아 국물 상태처럼 된 소고기 찐만두

18

조끼를 걸쳐주는 호의는 정을 돈독하게 하고, 쌍대를 마련하여 재산을 늘려주는 것은 화를 누그러뜨리게 하다

添夾襖厚誼即深情 補雙橐阜財能解慍

도옥보는 이수방의 기침 소리를 듣고 황급히 침대로 가서 휘장을 걷어 올렸다. 수방의 안색을 살피려는데, 수방이 돌아누워 그를 보더니 한참을 째려보다 말고 한숨을 쉬었다. 옥보는 연신 물었다.

"어디가 불편해? 어디가 불편한 거야?"

수방은 대답 대신 다른 말을 했다.

"당신은 좋아 보이는군요! 어제 돌아오는 대로 곧장 여기로 오라고 몇 번이나 말했는데, 당신은 항상 내 말을 무시해요. 무슨 말을 해도 당신에게는 귓가에 스쳐 지나가는 바람일 뿐이잖아요!"

옥보는 다급하게 해명을 했다.

"아니야. 어제는 늦게 돌아온 데다 집에 친척들까지 찾아오셨어. 형님께서 '무슨 중요한 일이길래 한밤중에 성 밖에 나가려는 거냐?'고 말씀하시는데 내가 무슨 대꾸를 하겠어?"

수방은 콧방귀를 뀌었다.

"거짓말! 내가 당신 성격 몰라요? 바깥에 애인이 있다고 하면 억울한 누명이라고 하겠죠. 어쨌든 당신은 한 번 나갔다 하면 내 생각은 전혀 안 하잖아요. 내가 죽든 말든 당신과 상관없다 이거죠?"

옥보는 웃음을 띠고 말을 이었다.

"내가 생각을 안 했다면 어제 하룻밤뿐이야. 오늘 생각을 했으니까 이렇게 왔잖아."

"당신이야 괜찮죠. 한번 잠들었다 하면 잠에 취해 날 밝을 때까지 자니까 하룻밤이 금방 지나가겠죠. 잠을 못 자고 꼬박 밤을 새면, 하룻밤이 일 년보다 훨씬 더 길다는 것을 당신이 알기나 하겠어요."

"어쨌든 너를 힘들게 한 것은 내 잘못이야. 화내지 마."

수방은 또 기침을 하고 천천히 말을 이어갔다.

"어제 밤은 날씨도 짜증나게, 비가 계속 내렸잖아요. 완방은 술자리에 나가고, 아초는 엄마 아편 담배 채워주러 가고, 대아금은 여기에 혼자 남아 졸고 있기만 하고, 그래서 정리하고 자러 가라고 했죠. 대아금이 나가고 혼자 탑상에 앉아 있는데 비는 더 세차게 내리고, 바람도 세차게 불어 꼭 사람이 유리창을 두드리는 것처럼 덜컹덜컹 거리고 창문 휘장까지 내 얼굴 쪽으로 말려 올라가는 바람에 깜짝 놀라 까무러칠 뻔했어요! 그래서 억지로 자려고 침대에 누워보았지만 어디 잠을 잘 수가 있어야지요. 옆방 사람들이 막 술자리를 펼쳐서 화권 하는 소리, 노랫소리 때문에 시끄러워서 머리가 지끈거릴 정도였다구요. 술자리가 끝난 뒤에는 탁자 자명종 소리가 째깍째깍 거리며 아무리 안 들으려고 해도 귓전으로 계속 파고들어 도무지 잠을 잘 수 없어서 다시 일어났죠. 그런데 비는 계속 내리고 날은 영원히 밝아올 것 같지 않은 거예요. 두 시 반쯤 되었을까, 자려고 하는데 그때 마침 당신이 왔다는 거예요. 가마 하나가 응접실로 들어오고 당신이 가마에서 내리는 게 보였어요. 그런데 당신은 나를 본 척도 하지 않고 곧장 밖으로 뛰쳐나가 버리는 거 아니겠어요? 당신을 다급하게 부르다가 그만 잠에서 깨어났죠. 잠에서 깨어나서 들어보니 응접실에 정말로 가마가 있는지, 신발소리가 들리고 여러 사람들이 있는 것 같았어요. 그래서 급히 일어나서 옷도 제대로 걸치지 않고 문을 열고 나가서 '둘째 도련님이시니?'라고 물으니까, 하인이 '무슨 둘째 도련님 오셨다는 건가요?'라고 하는 거예요. '그러면 가마는 누가 타고 온 거야?'라고 하니까, '완방 아가씨가 나갔다 타고 온 거잖아요.'라고 하는 거예요. 공연히 하인들의 웃음거리가 된 것 같아 잠이 덜 깨서 그렇다고 둘러댔죠. 다시 자려고 하는데, 기침 때문에 날이 밝도록 전혀 자지 못했어요."

옥보는 미간을 찌푸리며 말했다.

"왜 이래! 네 스스로 건강을 챙겨야 해. 어젯밤 바람이 얼마나 세게 불었는데 한밤중에 옷도 제대로 입지 않고 문밖을 나가다니, 안 추웠어? 네 스스로 건강을 챙겨야지. 안 그러면 내가 매일 너를 보살펴준다고 해도 아무 소용없어."

수방은 웃으며 말했다.

"당신이 매일 나를 돌봐준다고요, 당신도 별수 없이 말만 하는 군요. 나도 내가 박복한 운명을 타고났다는 것쯤은 잘 알고 있어요. 그래서 다른 건 바라지도 않아요. 삼 년만 더 내 곁에 있어주세요. 삼 년만 내 뜻을 들어주면 죽어도 여한이 없어요. 설령 내가 죽지 않으면 당신이 다른 사람과 혼인을 해도 괜찮아요. 겨우 삼 년이에요. 그런데도 당신은 들어주려 하지 않으면서 '매일 저를 돌봐준다'고 하셔요!"

"넌 말을 해도 꼭 그렇게 해. 네가 홀어머니와 떨어져 살 순 없잖아. 삼사 년 뒤에 네 동생이 혼인을 해서 집안을 꾸려나가게 되면 너는 엄마와 같이 우리 집으로 오면 돼. 그때부터 제대로 너를 돌볼 수 있으니까, 너도 만족할 거야."

수방은 또 웃으며 말했다.

"당신은 지금까지 늘 만족하며 살아왔지만, 나에게 이런 복이 어디 있기나 하겠어요! 그래도 생각하고 있는 게 당신 나이는 올해 스물넷이고, 삼 년이 지나도 스물일곱이잖아요. 스물일곱에 다른 사람과 혼인해서 백년해로하면 수십 년을 함께하는 거니까. 이삼 년 동안 내가 당신에게 억울한 누명을 씌운 셈 치더라도 꼭 옆에 있어줘요."

옥보도 웃으며 말했다.

"쓸데없는 소리, 함께 백년해로할 사람은 바로 너야."

수방은 더 이상을 말을 하지 않았다. 그때 이완방이 머리를 풀어헤치고 뒷문에서 들어왔다. 눈을 비비며 옥보를 보고 말했다.

"형부, 어제 왜 안 오셨어요?"

옥보는 싱글벙글 웃으며 완방의 손을 잡아당겨 화장대에 비스듬히 기대게 했다. 수방은 완방이 연붉은색 호주(湖州)산 주름비단[1] 속치마만 입고 있는 걸 보고 말했다.

"왜 옷을 안 입고 있어?"

"날씨가 너무 더워요."

"덥긴! 어서 옷 입어!"

"안 입을래요, 너무 더워요."

그때 아초가 벌써 자홍색 겹저고리를 들고서 완방에게 말했다.

"엄마도 뭐라고 하셔요. 빨리 입어요."

완방은 그래도 입으려고 하지 않았다. 옥보가 그 겹저고리를 받아 들고 완방 대신 걸쳐주며 말했다.

"지금은 입고 나중에 더우면 다시 벗는 게 어때?"

완방은 어쩔 수 없이 옥보의 말을 들었다. 아초가 세숫물을 가져와 완방에게 세수하고 머리를 빗자고 하자, 수방도 일어나려고 했다. 옥보가 다급하게 말을 했다.

"더 자. 아직 시간이 일러."

"자고 싶지 않아요."

옥보는 마지못해 그녀를 부축해서 침대에 앉히고 나서 다시 달래며 말했다.

"침대에 잠깐 앉아 이야기 나누는 것도 괜찮지."

"싫어요."

수방은 침대에서 내려오긴 했지만 코가 심하게 막혀 있고, 머리가 어지럽고 다리가 후들거렸다. 기침만 조금 멎었을 뿐이었다. 수방은 탁자와 의자를 붙잡아가며 탑상까지 간신히 걸어가 앉았다. 옥보는 그 뒤를 따라가서 창문 휘장 한쪽을 내렸다. 대아금은 제비집 탕을 가지고 올라왔다. 그러나 수방은 두 모금만 마시고 완방에게 주었다. 완방이 막 치장을 끝내자 수방은 세수하러 갔다. 아초가 말했다.

"머리는 괜찮아요. 빗을 필요 없겠어요."

수방은 일어나 앉기도 힘들어 고개만 끄덕였다. 대아금은 대패밥 물에 담근 작은 솔빗으로 대충 몇 번 빗어 내렸다. 수방도 자기 손으로 양쪽 귀밑머리를 정리했다. 그러나 힘이 부쳐 탑상에 비스듬히 기대고 가쁘게 숨을 몰아쉬었다.

옥보는 이런 수방을 보니 속으로 초조했지만 오히려 싱글싱글 웃는 낯을 지어 보였다. 완방만이 옥보 무릎 앞에 서서 수방을 멍하니 바라보았다. 수방이 그녀에게 물었다.

"뭘 보니?"

완방은 아무 말도 못하고 웃기만 했다. 대아금은 화장대를 정리하면서 웃으며 말했다.

"완방 아가씨는, 언니 몸이 안 좋아 보이니까 힘이 나지 않아서 그렇잖아요?"

완방이 그 말을 이었다.

"어제는 괜찮았는데, 형부 때문이에요. 가만히 안 있을 거예요."

완방은 막무가내로 옥보 가슴을 머리로 들이박았다. 옥보는 당황하여 웃으며 말했다.

"너를 속인 거야. 몸이 안 좋은 게 아니야. 잠시 쉬면 나아져."

"그래도 낫지 않으면, 형부가 꼭 언니 건강을 돌려줘야 해요."

"알았어. 꼭 건강한 언니로 돌려줄게."

완방은 그제야 마음을 놓았다. 수방은 탑상 위에 비스듬히 누워 있다 스르르 눈을 감았다. 마치 잠든 것 같았다. 옥보가 말했다.

"침대에서 자."

수방은 손을 내저었다. 옥보가 등나무 의자에서 모포를 걷어서 수방에게 덮어주자 수방은 짜증을 내며 말했다.

"무거워요!"

그러곤 바로 걷어치웠다. 옥보는 하는 수 없이 반대쪽 휘장을 내렸다. 수방이 잠을 자다 한기에 들까 걱정이 되어 이야기를 들려줄 생각에, 시골에 가서 성묘한 이야기들을 약간 과장을 섞어가며 풀어놓았다. 완방은 재미있게 듣고 있었지만 수방은 짜증을 내며 말했다.

"당신에게 이야기하는 것도 힘들어요. 듣기 싫어요."

"그러면 자지 마."

"안 잘 테니 걱정 말아요."

옥보는 그제야 탑상 한쪽에서 양반다리를 하고 앉아 조용히 조심스럽게 지켜보았다. 그런데 완방은 앉을 자리가 없어 앉지도 서지도 못했다. 수방이 놀러 나가라고 했지만 완방은 안 나겠다고 버텼다. 잠시 뒤 대아금이 점심을 들고 방으로 들어왔다. 옥보가 수방에게 물었다.

"먹을 수 있겠어? 먹을 수 있으면 한 입이라도 먹어봐."

"안 먹을래요."

완방은 수방이 전혀 입을 대지 않자 큰 병이 난 게 아닌가 하고 순간 조급해져서 얼굴이 발갛게 상기되었다. 금방이라도 눈물이 떨어질 것 같았다. 그런데 그런 완방의 모습에 수방은 오히려 웃음이 나왔다.

"너 왜 이래, 나 아직 죽지 않았어. 지금 못 먹어서 그렇지, 있다가 먹을 거야."

완방은 자신이 성급했다는 것을 알고 안간힘을 다해 눈물을 참았다. 옥보는 완방이 마음을 졸일까 봐 수방에게 조금이라도 먹어보라고 애원하듯 달래보았다. 수방은 마지못해 대아금에게 죽을 사오라고 해서 반 그릇 정도 먹었다. 완방도 억지로 한 그릇만 먹었다. 옥보는 원래 양이 적었다. 모두 점심을 먹고 정리를 했다. 옥보는 완방을 보내려고 생각하던 참이었는데 마침 아초가 들어와 말했다.

"엄마 일어나셨어요."

완방이 여전히 미적거리고 일어나지 않자 옥보가 재촉했다.

"어서 가봐. 엄마한테 한 소리 듣겠어."

완방은 그제야 무안하여 뒤뚱거리며 나갔다. 완방이 나간 후 방에 남은 옥보와 수방 두 사람은 아무 말도 하지 않았다. 네 시가 조금 넘었을 때 옥보의 형 도운보가 가마를 타고 찾아왔다. 옥보가 그를 방으로 모시자, 서로 인사를 하고 앉았다. 운보가 수방에게 물었다.

"몸이 불편한가?"

"예."

대아금이 재빨리 찻잔을 준비하자 운보가 말렸다.

"몇 마디만 하고 갈 거니까 차는 내올 필요 없네."

그리고 곧바로 옥보를 보며 말했다.

"삼월 초사흘이 여전홍의 생일이야. 주애인이 전보를 보내왔는데, 대관원을 빌려 생일잔치를 하려고 하다가 전홍이 혹시 관리 사회 기강이 흔들릴까 걱정되어 오지 않겠다고 거절했다는 거야. 그래서 주애인이 다 같이 도명주 집에서 자리를 마련하자고 하는구나. 몇 사람 안 돼. 우리 두 사람도 포함되어 있으니 초사흘에 대관원이 아니라 도명주 집으로 가야 한다고 미리 말해두는 거야."

添夾襖厚
意即深情
第十八回
一八

옥보는 '예, 예' 하고 형님의 말에 연신 대답을 하면서도 슬그머니 수방의 눈치를 살폈다. 하필이면 운보에게 들키고 말았다. 운보가 웃으며 수방에게 물었다.

"자네, 술대접하려고 하는데, 옥보를 보내줄 거지?"

수방은 난처하여 웃으며 대답했다.

"큰 도련님, 말씀이 이상하셔요. 중요한 일인데 당연히 가야죠. 제가 어떻게 보내주지 않겠어요?"

운보가 고개를 끄덕이며 말했다.

"맞아. 수방은 사리에 밝은 사람이야. 중요한 일인데 붙잡고 못 가게 하면 좋을 게 뭐가 있겠나?"

수방은 대답하기 곤란하여 미소만 지었다. 운보가 이어 말을 했다.

"가야겠다."

옥보가 황급히 일어나자, 수방은 문입구 주렴 아래까지 배웅했다. 운보는 문을 나서 가마에 올라타고 가마꾼에게 분부했다.

"주공관으로 가자."

가마꾼들은 길을 잘 알고 있어 곧장 동흥리를 빠져나와 동쪽 중화리로 들어갔다. 주공관에 거의 다다를 즈음에 주애인의 집사 장수가 일찌감치 내다보고 있다가 황급히 가마 앞으로 뛰어와 아뢰었다.

"나리께서는 상인리 임가네에 계십니다."

운보는 바로 가마를 돌려 사마로를 지나 상인리 임소분의 집으로 향했다. 주애인의 가마가 여전히 문 앞에 있는 것을 보고, 도운보도 가마에서 내려 문을 열고 들어섰다. 위층 방에 올라가니 주애인이 그를 맞으며 말했다.

"마침 초대하려는 참이었네. 나 혼자는 안 되겠고, 도명주의 집은 자네가 일을 좀 봐주게."

운보는 어떻게 처리해야 하는지를 물었다. 주애인은 옷 속에서 장부 한 장을 꺼내며 말했다.

"우리 두 집 형제와 이실부 숙질 모두 여섯 명이 주최가 되어 우노덕을 청해 대접을 하는 거야. 점심에는 서양요리를 준비하고 저녁에는 만한전석[2]을 준비할 거야. 모아희 세 반 중에 한 반은 열한 시부터 오게 하고 저녁에 두 반을 부르는데, 다섯 시부터 시작하려고 하는데, 어때?"

도운보가 말했다.

"좋아."

계획들이 정해질 때 즈음 임소분은 수박씨를 올렸다. 도운보는 장부를 집어넣으며 바로 일어났다.

"나는 일이 있어서 먼저 가보겠네. 나중에 보세."

주애인은 그를 붙잡지 않고 임소분과 계단까지 배웅해주었다. 소분이 방으로 돌아와서 애인에게 물었다.

"무슨 일이에요?"

애인은 자세하게 설명해주었다. 소분은 그 말을 듣자마자 말했다.

"우리 집에 손님들을 초대하지 않고 도명주에게 아부하겠다 이거군요. 기분 나빠."

"내가 초대하는 게 아니고 우리 여섯 명이 함께 마련하는 자리야."

"전날은 당신이 초대했던 거 아니었어요?"

애인은 더 이상 할 말이 없어 웃기만 했다. 소분이 다시 말했다.

"하긴 여기는 장소가 좁아서 애초 나리들을 접대할 수 없어요. 당신도 불편했겠죠. 그래서 지금 넓은 장소를 잡아 좀 편해보자는 거잖아요."

애인이 억지로 웃으며 말했다.

"지금 정말 이상해. 내가 도명주와 사귄 적도 없는데, 왜 질투를 하고 그래?"

소분은 '흥' 콧방귀를 끼고 투덜거렸다.

"당신은 도명주한테 아부나 하러 가세요. 그런데 도명주가 당신에게 호감을 가질지는 모르겠네요."

애인이 웃으며 말했다.

"도명주가 나에게 호감을 가져달래?"

소분은 그래도 종알거렸다.

"당신이 탁자를 열 개 붙여 술자리를 만들어도 도명주에게는 전혀 아무것도 아닐걸요. 당신에게 호감도 안 가질 거구요. 바보가 되고 싶어 안달하는 손님은 상해에서 아마 당신뿐일걸요."

애인이 웃으며 말했다.

"화내지 마, 내일 저녁에 여기에서도 쌍대를 만들어줄게."

소분은 그 말에 멍하니 아무 말도 잇지 못했다. 그러자 애인은 소분에게 다가가 그녀의 손을 잡고 탑상 앞으로 와서 애원하였다.

"나에게 아편 좀 채워줘."

"저야 덜렁대니 도명주가 해주는 것과 비교나 되겠어요!"

소분은 입으로는 이렇게 말하면서도 벌써 비스듬히 누워 꼬챙이로 아편에 불을 붙였다. 애인은 그녀의 무릎 앞으로 바짝 당겨 앉아 몸을 숙여 소분의 귀에 대고 나직하게 말했다.

"지금까지 나와 사이가 좋았는데도 지금 도명주 때문에 화를 내는 거냐? 내가 도명주와 사귄다고 했어?"

"당신이라면 그럴 수도 있지요."

"내가 다른 사람과 다시 사귄다면야 그럴지도 모르지. 도명주라면, 설령 도명주가 나에게 호감을 보여도 내 쪽에서 내키지 않을 거야."

"당신이 사귀든 말든 그게 나와 무슨 상관이에요? 굳이 저에게 말할 게 뭐예요."

애인은 한 번 웃고 말았다. 소분은 아편을 다 채우고 담뱃대를 내려놓고 일어났다. 애인은 혼자 아편을 피우다 소분이 아직도 마음이 안 풀린 것을 알고 서랍을 열어 필묵과 초대장을 찾아 되는 대로 손님을 부르고 요리를 주문했다. 소분은 보고도 모르는 체하고 있다가 애인이 다 쓰고 나자 그때서야 입을 열었다.

"요리 주문할 거면 두 가지는 먼저 주문해서 밤참으로 먹을까요?"

애인은 흔쾌히 대답했다.

"좋아."

그래서 따로 두 가지 요리를 더 추가하고 소분이 아주머니에게 가지고 내려가서 바깥 하인에게 요리를 주문하라고 했다. 바로 등을 켤 무렵 요리가 올라왔다. 소분 쪽에서 다시 네 가지 고기 요리를 더 올려서 애인과 소분은 대작하며 한담을 나누었다. 그런데 다시 도명주 이야기가 나오자 소분이 말했다.

"기녀도 인기 있을 때 하는 말이에요. 잘나갈 때는 손님들이 당연히 북적대잖아요. 그러고 보면, 손님들 정말 짜증나요. 똑같은 천 원인데 손님이 적은 기녀에게 쓰면 좀 좋아요? 잘나가는 기녀에게 써봐야 표시도 안 나는데, 손님들은 꼭 잘나가는 기녀와 사귀려고 돈을 써가며 아부한다니까요."

"손님만 짜증난다고 하지 마. 기녀도 마찬가지야. 손님이 없는 기녀들은 아무 손님에게나 비위를 맞추다가도 좀 장사가 된다 싶으면 배우와 붙어 손님을 등쳐먹다가 나중에는 빈털터리가 되어버리지."

"배우와 사귀는 기녀는 거의 없으니 굳이 들먹일 필요 없어요. 제가 보니까 인기 있던 몇 명 기녀들도 끝이 좋지 않았어요. 잘나갈 때 믿을 만한 손님을 골라 시집가는 게 최곤데, 시집갈 생각들을 전혀 안 하잖아요. 나이가 더 많아지고 손님도 줄어들면 그때서야 시집가려고 하는 게 문제예요."

"기녀가 시집가는 것도 쉽지 않아. 그래도 시집은 착하고 돈 많은 손님에게 가려고 하지 않겠어? 그런 손님을 만났다고 해. 아마 그 손님에게는 이미 처첩들이 여럿 있을 게 분명할 거고, 그러니까 시집을 가더라도 늘 불행하지. 처첩이 없다고 해도 손님을 의지할 수

海上花列傳
補雙檯
阜財能解慍

없어 옷이며 장신구를 모두 저당 잡히고 다시 나와 기녀로 살아야 할걸. 이런 것들은 조계지에서 늘 볼 수 있는 일상사잖아."

"전 손님과 성격만 맞으면 돼요. 성격만 맞으면 좀 가난해도 입에 풀칠만 할 수 있으면 되니까. 만약 손님이 그저 그러면 돈 좀 있는 손님을 고르는 것도 괜찮죠."

애인이 웃으며 말했다.

"돈 좀 있는 손님을 고른다면 나 같은 사람은 가까이하지 않겠구나."

소분도 웃으며 말했다.

"정말! 겸손도 하셔라! 당신이 돈이 없다고요? 누굴 속이려 들어요?"

애인이 웃으며 말했다.

"그럼 돈은 있는데, 성격이 안 맞아서 내가 네 눈에 안 차는 모양이구나."

"되지도 않게 말을 갖다 붙여요."

그리고 술병을 들고 애인에게 술을 따라주었다. 애인이 말했다.

"술은 됐다. 밥이나 먹자."

소분은 아주머니에게 저녁상을 올리라고 하고 같이 먹게 동생 취분을 부르라고 했다. 아주머니가 대답했다.

"취분 아씨는 먹었어요."

애인과 소분 두 사람이 식사를 마치자 차를 마시는 손님 한 무리가 올라와 맞은편 빈방으로 들어갔다. 잠시 후 다시 소분을 부르는 국표가 왔다. 애인은 그 틈에 일어났다. 소분은 붙잡지 않고 방문까지 배웅해주었다. 애인은 아래층으로 내려가 가마에 올라 공관으로 돌아갔다. 다음 날 저녁, 주애인은 불가피하게 친구들을 임소분의 집으로 초대하여 술자리 두 상을 폈다. 이 일은 굳이 자세히 말하지 않겠다.

삼월 초삼일이 되자, 열 시경에 주애인은 일어나자마자 가마를 타고 대관원으로 갔다. 문 앞에 화려하게 걸어놓은 등이 보였다. 장수가 위모를 쓰고 그를 맞이하며 아뢰었다.

"진 나리, 홍 나리, 탕 나리 모두 계십니다."

애인이 들어가 인사를 하고 일들이 어떻게 진행되고 있는지 물어보니, 이미 다 준비되어 있었다. 애인은 아주 흐뭇했다.

"그러면 내가 먼저 갈 테니 여기는 세 사람이 수고 좀 해줘."

진소운, 홍선경, 탕소암은 같이 대답했다.

"당연히 최선을 다해야지."

애인은 다시 가마를 타고 정풍리(鼎豐里) 도명주의 집으로 갔다.

---

1 호추(湖縐) : 절강성 호주(湖州)에서 생산되는 비단으로 일종의 지지미, 크레이프. 염색을 하면 표면에 주름이 지기 때문에 붙여진 이름이다.

2 만주 요리와 한족 요리를 함께 갖춘 호화 연회석. 청대 궁중에서 가장 풍성하고 중요한 연회이다.

19

깊은 속을 잘못 이해한 두 사람의 정은 깊어지고, 약한 몸을 억지로 붙들고 있는 병은 달라붙어 떨어지지 않다

錯會深心兩情浹洽 強扶弱體一病纏綿

주애인은 가마를 타고 도명주의 집에 도착하여 가마꾼에게 분부를 내렸다.

"돌아가서 다섯째 도련님을 모시고 오너라."

그리고 가마에서 내려 이 층으로 올라갔다. 포이저가 그를 맞으며 방으로 모셨다. 애인이 말했다.

"난 서재에 가 있을게."

도명주의 기루는 다섯 칸으로 되어 있었다. 서쪽 두 칸은 본채이고, 동쪽의 세 칸 중 가운데는 응접실이었다. 그 오른쪽은 서양식당으로, 하얀 벽에 하얀 휘장이 쳐져 있고, 철제 침상과 유리 거울로 장식되어 마치 수정궁 같았다. 왼쪽은 원래 손님이 잠시 머무는 빈방으로 사용하기 위해 만든 것이지만, 거문고와 바둑, 글과 그림으로 장식하여 서재라고 불렀다.

주애인은 동쪽 끝으로 걸어가다 응접실의 판자벽을 모두 걷어내어 뒤쪽 정자간과 통하도록 만들어놓은 것을 보았다. 정자간에 작은 무대를 설치하고 처마에 구슬 등을 두 줄로 걸어두었다. 무대의 막과 휘장은 모두 아름답게 수놓은 비단이었고 말로 형언할 수 없을 정도로 색이 화려하였다. 또 서양식당의 식탁과 의자는 응접실 중앙에 놓여 있었다. 식탁에 식탁보를 깔고 그 위에 유리 양념통 두 가지, 나이프와 포크, 물병 등이 세트로 놓여 있고, 냅킨 여덟 장은 모두 각종 꽃 모양으로 유리컵 안에 꽂혀 있었다. 애인은 그것을 보고 탄복해 마지않았다.

"아주 훌륭해!"

주애인이 왼쪽 서재에 와서 건너편 곁방 안을 들여다보니 도명주가 창 아래에서 머리를 빗고 있었다. 서로 거리가 있어서 고개를 끄덕이는 것으로 인사를 대신했다. 포이저가 담배와 차를 올리자, 도명주가 데리고 있는 대여섯 명의 기녀들이 모두 와서 접대를 하고 모아희의 단원 아이도 와서 옆에 앉아 시중을 들었다.

얼마 뒤 술자리를 마련한 도운보, 도옥보, 이실부, 이학정, 주숙인이 속속 도착했다. 도명주는 치장을 끝내고 건너왔다. 여전홍에게 다시 한 번 초대장을 쓰려는데 마침 우노덕이 도착했다.

"보낼 필요 없어요. 오셨습니다."

도운보는 곧바로 준비하라고 지시했다. 이미 탁자 위에는 열여섯 가지 외국산 과일, 말린 과일, 사탕 그리고 우유를 넣어 만든 케이크 등이 다리가 있는 유리쟁반에 올려져 있었다. 악극단원들은 정비를 하고 여전홍이 들어오면 시작하려고 기다리고 있었다.

잠시 후, 한 집사가 이 층으로 쫓아와 아뢰었다.

"여 대인께서 오셨습니다."

모두들 자리에서 일어났다. 도명주는 계단 입구까지 나가 여전홍을 맞이하며 그의 손을 잡고 응접실로 들어왔다. 전홍은 나무라는 투로 말했다.

"번거롭게 뭘 이렇게까지 해?"

모두들 그의 앞으로 와서 인사를 했다. 여전홍은 주숙인과는 초면이라 아래위로 한 번 훑어보고 주애인을 돌아보며 말했다.

"내 말에 기분이 상하겠지만 말이야, 자네보다 잘 생겼는데."

모두들 입을 가리고 웃으며 서재로 들어갔다. 도명주가 옆에서 말했다.

"여 대인, 옷 이리 주세요."

그리고 그녀는 마고자의 단추를 풀어주었다. 여전홍은 옷을 벗으며, "미안하네." 하고 한 마디 붙였다. 도명주가 웃으며 말했다.

"여 대인도 참, 무슨 예의를 차리고 그러셔요."

도명주는 마고자를 포이저에게 주며 옷장에 걸라고 하고 여전홍을 교의에 앉혔다. 악단의 아주머니가 곡목을 올리며 곡을 고르라고 청했다. 도명주가 대신 말했다.

"우 나리께서 고르시죠."

우노덕은 두 곡을 고르고 나서 포이저에게 국표를 가져오라고 했다. 주애인은 도옥보와 주숙인을 가리키며 말했다.

"오늘 이 두 사람은 부를 기녀들이 많이 없을 텐데?"

여전홍이 말했다.

"마음대로 하게 해. 많이 부르고 싶으면 많이 부르고 한 명만 부르고 싶으면 한 명만 불러도 돼."

주애인은 우노덕에게 쓰라고 했다. 손님들이 부를 수 있는 기녀들은 모두 불렀다. 도옥보는 이수방의 동생 이완방도 불렀고 주숙인은 주쌍옥만 불렀다. 국표를 다 쓰자 도운보가 손님들을 자리로 청했다. 여전홍이 말했다.

"시간이 아직 이르잖아."

"먼저 간식을 드시지요."

여전홍은 또다시 번잡하게 한다고 주애인을 탓하며 말했다.

"이것도 자네 머리에서 나온 거군."

모두들 응접실로 자리를 옮겼다. 무대를 마주보는 서양식탁 앞에는 서양식 등나무 의자 여덟 개가 한 줄로 놓여 있었다. 그 식탁 위에는 찻잔들이 놓여 있었다. 여전홍이 말했다.

"다들 편하게 앉아서 각자 알아서 가져가 먹도록 하지."

여전홍은 먼저 케이크 한 조각을 집어 들고 옆에 있는 등나무의자 하나를 벽 쪽에 갖다 놓고 앉았다. 다른 사람들도 하는 수 없이 그의 뜻을 따라 편히 흩어져 앉았다.

악단은 관례에 따라 〈도가관(跳加官)〉[1]으로 무대를 열었다. 그다음으로 우노덕이 고른, 행운을 준다는 〈만상홀(滿床笏)〉[2]과 〈타금지(打金枝)〉[3] 두 극을 연주했다. 여전홍은 지겨워서 주숙인을 보며 말했다.

"우리는 이야기나 나누자."

그리고 그는 숙인의 손을 잡고 서재로 갔다. 주애인도 따라 들어갔다. 그러자 여전홍이 말했다.

"자네는 연극이나 보고 있게. 쓸데없이 대접한다고 애쓰지 말고 말이야."

그 말에 주애인은 바로 물러났다. 여전홍은 주숙인에게 탑상에 마주 보고 앉으라고 하고 나이가 어떻게 되며, 요즘 무슨 책을 읽고 있는지, 정혼은 했는지를 물었다. 주숙인은 그의 물음에 하나하나 대답을 했다. 잠시 후 도명주는 오렌지, 파인애플, 키위 등의 외국 과일을 직접 깎아 여전홍에게 올렸다. 전홍은 그것을 받아서 반을 주숙인에게 주며 말했다.

"먹어보게."

숙인은 몇 개를 집어 들기만 하고 먹지는 않았다. 여전홍은 다시 이것저것 자세하게 캐물었다. 한동안 이야기가 길어지자 도명주는 옆에 앉아 잠잠히 들으면서 그의 의중을 눈치챘다. 열두 시까지 이야기가 이어졌고 포이저가 국표를 가지러 오자 도명주는 서양요리를 먹을 시간임을 알고 여전홍을 응접실로 모셨다. 모두 자리를 정하려고 일어났다. 그러나 여전홍은 말리며 주숙인을 그의 옆에 앉혔다. 모두들 지나치게 예의를 차리는 것도 좋을 게 없다고 생각되어 우노덕을 제외하고 나이순으로 앉았다. 첫 번째 요리 원합탕[4]을 먹고 나니 두 번째로 가자미 요리가 올라왔다. 도명주는 뼈를 발라 여전홍에게 주었다.

기녀들이 속속 도착할 때 마침 무대에서는 곤극 〈서각(絮閣)〉[5]을 연주하고 있었다. 징과 북을 사용하지 않고 생황과 비파만으로 연주하여 고풍스럽고 우아한 분위기를 만들었다. 여전홍은 기녀들이 그의 뒤를 둘러싸고 있고, 게다가 아직도 계속 기녀들이 들어오는 것을 보고 주애인에게 물었다.

"자네, 나에게 몇 명을 불러준 건가?"

주애인이 웃으며 말했다.

"얼마 되지 않습니다. 열 명 조금 더 됩니다."

여전홍은 미간을 찌푸리며 말했다.

"자네 멋대로 불렀구만!"

다시 다른 사람들 뒤를 보니, 두세 명을 부른 사람도 있고 또 네댓 명을 부른 사람도 있었다. 주숙인 혼자 한 명을 불렀다. 여전홍은 주숙인이 부른 기녀의 이름이 주쌍옥이라는 것을 듣고, 아래위로 그녀를 훑어보고 고개를 끄덕이며 말했다.

"참으로 한 쌍의 가인일세."

그러자 다른 사람들도 일제히 찬탄했다. 여전홍은 다시 주애인에게 물었다.

"자네 형 노릇을 한다고 괜히 어리석게 굴지 말게. 이 두 사람이 원만하게 지낼 수 있도록 해주는 게 형 노릇 올바르게 하는 거야."

주숙인은 그 말에 만면에 부끄러운 기색을 띠었다. 주쌍옥도 고개를 들지 못했다. 그러자 여전홍이 말했다.

"두 사람은 예의 차리지 말고 이리 와 앉아 이야기를 나누게. 나도

錯會深心
兩情浹洽
第十九回
十五

좀 듣게."

주애인이 말했다.

"그 둘이 나누는 이야기는 듣기 어려울 겁니다."

여전홍이 어리둥절하며 말했다.

"벙어리인가?"

그 말에 모두 웃었다. 주애인도 웃으며 말했다.

"벙어리는 아니지만 입을 열지 않아요."

여전홍은 주숙인을 부추기며 말했다.

"자네가 좀 노력해봐! 자네 형이 짐작 못하게 저 사람들에게만 들을 수 있게 한 마디만 해봐."

주숙인은 더욱 부끄러워져 몸 둘 바를 몰라 했다. 여전홍은 다시 주쌍옥에게 말을 하라고 부추겼다. 주쌍옥은 미소만 짓고 있다가 전홍의 부추김에 못 이겨 웃으며 말하기 시작했다.

"할 말이 없는데 무슨 말을 해요?"

모두 일제히 소리를 쳤다.

"드디어 귀한 입을 열었네!"

여전홍은 잔을 들며 한 마디 했다.

"우리 모두 축하주를 들어야지."

그리고 잔을 한 번에 비우고 주숙인에게 잔을 보여주었다. 그러자 다른 사람들도 잔을 비웠다. 주숙인은 부끄러워 귀가 빨갛게 달아오르고 도무지 술 마실 엄두를 내지 못했다. 다행히 무대에서 〈천수관(天水關)〉[6]으로 곡을 바꾸자, 크고 시끄러운 연주 소리가 여전홍의 말을 끊어놓았다.

여덟 번째 서양 요리가 끝나자 밥과 겨자닭고기 요리가 올라왔다. 기녀들 절반이 자리를 떠나갔다. 쌍옥도 인사를 하고 자리를 떠나가려다 여전홍의 눈에 띄었다. 여전홍이 말했다.

"자네는 천천히 가. 내가 따로 할 말이 있어."

주쌍옥은 농담하는 것으로 여겼으나 주애인이 옆에서 더 있다가 가라고 하여 자리로 돌아갔다. 여자 하인 교건이 주쌍옥의 귀에 대고 속삭이자 쌍옥은 몇 마디 분부를 내렸다. 교건은 대답을 하고 먼저 갔다. 술자리가 끝나자 각자 밀크커피를 한 잔씩 마시고, 얼굴을 닦고 입을 헹구고 편히 앉았다. 모아희도 그때 공연을 마쳤다. 아주머니가 다시 곡을 고르라고 하자 여전홍이 말했다.

"누구라도 가서 곡을 고르게."

주애인은 여전홍이 졸립다는 것을 눈치 채고, 잠시 멈추어도 괜찮다고 생각했다. 늦게까지 두 개의 악단이 연주를 훌륭히 했으니 여전홍과 의논하지 않고 주애인 혼자 모아희 극단을 해산시켰다. 여전홍은 사람들을 내버려두고, 왼손으로는 주숙인의 손을 잡고, 오른손으로 주쌍옥의 손을 잡으며 말했다.

"우리는 저기로 가자."

천천히 왼쪽 서양식당으로 가서 벽 쪽 긴 의자에 놓인 푹신한 쿠션 위에 앉고 주숙인과 주쌍옥을 그의 양쪽에 앉혔다. 그리고 주쌍옥에게 나이가 몇이며 어디에 살고 있으며 부모가 있는지를 물었다. 주쌍옥은 물음 하나하나에 대답했다. 여전홍은 주숙인을 보며 물었다.

"언제부터 사귀었느냐?"

주숙인은 갑작스런 질문에 어찌할 바 몰랐다. 그러자 주쌍옥이 대신 대답했다.

"지난 달 말에 알게 되었어요. 주 나리께서 대신 불러주셨고 저희 집에는 한 번도 오지 않았어요."

여전홍은 갑자기 정색을 하며 주숙인을 원망하듯 말했다.

"자네 이 사람 정말 나쁘군! 매일 자네가 오기만을 기다리는데 왜 가지 않았나?"

주숙인은 그 말에 오히려 깜짝 놀랐다. 주쌍옥이 피식 웃자, 숙인은 그제야 그 뜻을 알아차렸다. 여전홍은 다시 주쌍옥을 위로해주었다.

"화내지 말거라. 내일 내가 그와 함께 갈 테니. 그가 만일 또 잘못하면 나에게 말해. 내가 혼내줄 테니."

주쌍옥은 고개를 돌리고 웃으며 말했다.

"감사합니다."

"지금 감사하지 않아도 된다. 내가 너를 위해 중매를 서면 그때 한꺼번에 나에게 감사하다고 하면 돼."

주쌍옥은 그 말에 웃음을 참느라 아무 말도 하지 못했다. 그러자 여전홍이 말했다.

"그에게 시집가지 않으려는 거야? 이 젊은이를 보니, 시집가서 좋을 게 없을 것 같아서 가고 싶지 않다 이거냐? 그러면 실수하는 거야!"

"저에게 그런 복이 있겠어요!"

"내가 중매를 서겠다는 것이 바로 네가 복이 있다는 거지. 네가 원하기만 하면 내 한 마디에 시집갈 수 있어."

주쌍옥은 잠자코 있었다. 여전홍이 계속 말했다.

"말해 봐. 갈 거야 안 갈 거야?"

쌍옥은 새초롬하게 말했다.

"여 대인, 왜 저에게 그런 말을 물어요?"

"그러면 네 엄마에게 물어볼까? 그것도 좋지. 네가 가겠다면 당연히 네 엄마에게 물어야지."

주쌍옥은 고개를 다른 곳으로 돌리고 아무 말 하지 않았다. 마침 포이저가 차를 들고 방으로 들어왔다. 주쌍옥이 화제를 돌렸다.

"여 대인, 차 드셔요."

여전홍은 차를 손에 받아 들고 포이저에게 물었다.

"다른 사람들은?"

"모두 서재에서 이야기 나누고 계십니다. 건너오라고 할까요?"

"굳이 그럴 필요 없어."

찻잔을 다시 포이저에게 주고 긴 의자 위에 가로누웠다. 포이저가 나가고 방 안이 조용해지자 여전홍은 자기도 모르게 몽롱해져서 입을 벌린 채 잠이 들었다. 주쌍옥은 먼저 곁눈질을 하고는 발소리를 죽여가며 빠져나갔다. 주숙인은 그대로 옆에 앉은 채 자리를 뜨질 못했다. 잠시 후에 여전홍이 코를 골았다. 주숙인은 일부러 기침도 해보았다. 그래도 깨지 않아 그도 그 방을 빠져나왔다. 이야기를 나누기 위해 주쌍옥을 찾으려고 건넛방으로 갔다. 모두 우노덕 주위에 둘러앉아 이야기를 나누고 있고 도명주는 옆에서 말을 거들고 있는데, 주쌍옥만 보이지 않았다. 그래서 다시 나가려고 하였다. 그때 도명주가 그를 보고 다급하게 물었다.

"여 대인 혼자 그곳에 계셔요?"

주숙인이 고개를 끄덕이자 도명주는 황급히 그곳으로 갔다. 주숙인은 그 틈에 나와 방문 앞에 서서 한참 생각을 해봐도 주쌍옥이 어디로 갔는지 알 수 없었다. 우연히 밖을 내다보는데 동쪽 곁방 창가에 누군가가 기대고 서 있었다. 바로 주쌍옥이었다. 주숙인은 너무 기쁜 나머지 대담하게 방 뒤를 가로질러 동쪽 도명주의 방으로 들어가 살금살금 주쌍옥의 뒤로 걸어갔다. 주쌍옥은 이미 눈치를 채고 있었지만 모르는 척했다. 주숙인은 슬그머니 손을 뻗어 그녀의 손목을 잡았다. 주쌍옥은 갑자기 손을 뿌리치며 큰 소리로 말했다.

"이러지 말아요!"

주숙인은 주쌍옥의 이런 반응을 전혀 예상 못했기에 화들짝 놀라 몇 발자국 물러나며 얼이 나가 탑상 앞에 움츠린 채로 있었다. 주쌍옥은 한참 있어도 움직임이 느껴지지 않자 주숙인이 뭐하나 보려고 고개를 돌려보니, 뜻밖에 그는 넋 나간 사람처럼 앉아 있었다. 그녀는 자신이 경솔했다는 것을 알고 미안해졌다. 속으로 어떻게 그를 달래줄까 생각해보았지만 딱히 좋은 방법이 떠오르지 않아 살짝 눈을 흘기며 엷은 미소를 지어 보였다. 그제야 주숙인은 마음을 놓으며 한숨을 내쉬었다.

"괜찮아? 깜짝 놀랐잖아!"

주쌍옥은 웃음을 참아가며 나지막한 소리로 말했다.

"놀랄 걸 알면서 수작을 부리려고 해요!"

"내가 어떻게 수작을 부리겠어? 너에게 물어볼 게 있어서 그랬지."

"뭐예요?"

"공양리는 어디에 있어? 또 몇 명이 있어? 내가 가도 괜찮아?"

주쌍옥은 대답하지 않았다. 주숙인이 몇 번을 묻자 주쌍옥이 말했다.

"몰라요!"

주쌍옥은 짜증을 내며 일어나 밖으로 나가버렸다. 주숙인은 멍하니 그녀가 가는 모습을 보기만 하고 잡지 못했다. 주쌍옥은 주렴 앞까지 가서 다시 돌아보며 주숙인에게 웃으며 말했다.

"홍선경 나리와 친구예요?"

주숙인은 생각을 해보더니 말했다.

"나와 친구는 아니지만 우리 형님과는 오랜 친구지."

"홍선경 나리를 찾아봐요."

주숙인이 그 이유를 물으려는데 주쌍옥은 벌써 방을 나가고 없었다. 주숙인은 하는 수 없이 서쪽 서재로 건너왔다. 마침 교건이 주쌍옥을 데리러 왔다. 주쌍옥이 작별인사를 하고 떠나려고 하자 주애인이 말했다.

"여 대인에게 인사하고 가."

도명주가 말했다.

"여 대인은 주무시고 계셔서 인사하지 않아도 돼요."

주애인은 얼버무리며 말했다.

"그러면 가봐, 나중에 다시 부를게."

주쌍옥이 나간 뒤, 한 아주머니가 주렴 사이로 고개를 내밀고 살피고 있었다. 도옥보가 그녀를 보자 황급히 나가 한참을 이야기하다 다시 서재로 돌아와 자리에 앉았다. 도운보가 옥보의 심기가 불편한 것을 보고 말했다.

"또 신경 쓸 일이 생긴 모양이군, 그렇지?"

옥보가 더듬거리며 말했다.

"아닙니다. 수방이 좀 아프다고 하네요."

"괜찮았잖아."

옥보가 말 나오는 대로 내뱉었다.

"알 수가 있나요."

운보는 콧방귀를 뀌며 냉소를 지었다.

"가야 한다면 먼저 가. 지금은 특별한 일은 없으니 조금 일찍 다시 와."

옥보는 사양 않고 곧장 인사를 하고 나갔다. 그리고 아래층으로 내려가 가마를 타고 동홍리 이수방의 집으로 갔다. 방에 들어가니 이수방은 이불을 꼭꼭 덮고 누워 있고 동생 이완방은 침대에 올라앉아 그녀를 보살피고 있었다. 도옥보는 먼저 손으로 이마를 만져 보았다. 미열이 느껴졌다. 완방이 연신 말했다.

"언니, 형부 왔어요. 형부 왔다구요."

수방은 눈을 뜨고 그를 보았다.

"올 필요 없는데, 당신 형님께서 무슨 말 하지 않으셨어요?"

"형님께서 가라고 한 거니까 괜찮아."

"웬일로 가라고 하셨을까?"

"형님께서 먼저 가는 대신 일찍 오라고 하셨어."

수방은 한참 뒤에 말을 이었다.

"당신 형님은 좋으신 분이니까 형님과 맞서지 말고 말 잘 들어요."

옥보는 대답은 하지 않고 몸을 숙여 수방의 양손을 이불 속에 넣고 이불을 목까지 잡아당겨 덮어주며 두 어깨를 꼭꼭 감쌌다. 겨우 숨 쉴 만큼 얼굴을 반만 내놓았다. 그리고 수방에게 귀고리를 빼는

强扶弱體
一病纏綿

게 어떻겠냐고 조용히 달래보았다. 그러나 수방은 절대 빼려 하지 않았다.

"한숨 자고 났더니 나아졌어요."

"방금 전만 해도 괜찮았는데 가마 타고 가면서 바람 맞아서 그런 것 아니야?"

"아니에요. 재수없는 〈천수관〉 때문에 시끄러워서 머리가 터져 죽는 줄 알았어요!"

"그러면 왜 먼저 가지 않았어?"

"다들 도착하지도 않았는데 어떻게 먼저 나가요?"

"그건 중요하지 않지."

완방이 끼어들며 말했다.

"형부도 한 마디도 하지 않으셨잖아요. 형부가 언니를 먼저 보내고 대신 제가 오래 있어도 좋았잖아요?"

"너는 왜 한 마디 하지 않았니?"

"언니가 불편한지 몰랐어요."

옥보가 웃으며 말했다.

"네가 몰랐는데 나라고 알겠어!"

완방도 웃었다. 그리고 옥보는 침대 끝에 앉고 완방은 옥보 무릎에 기댄 채 서로 말없이 있었다. 수방은 두 눈만 멀뚱히 뜨고 잠을 이루지 못했다. 등을 켤 때 즈음 도운보의 가마꾼이 와서 아뢰었다.

"술자리가 차려졌다고 건너오라고 하십니다."

옥보가 그러겠다고 대답했다. 수방은 그 말을 듣자마자 말했다.

"빨리 가봐요. 형님께 한 소리 듣지 말구요."

"괜찮아."

"안 돼요! 일찍 오라고 하셨으니 어서 가세요. 당신이 보이지 않으면 형님께서 좋아하시겠어요? 어디에 정신을 빼놓고 중요한 일도 내팽개치냐고 하실 겁니다."

옥보는 잠깐 생각을 해보더니 완방을 돌아보며 말했다.

"그러면 네가 언니 옆에 있어. 절대 나가면 안 돼."

수방은 황급히 말했다.

"그럴 것도 없어요. 저녁 먹으러 보내요. 저녁 먹고 나가야죠."

완방이 말했다.

"여기서 밥 먹을래요."

"난 안 먹을 거야, 넌 엄마와 먹어."

옥보가 달랬다.

"너도 조금이라도 먹는 게 좋지 않겠어? 먹지 않으면 엄마가 걱정에 먼저 쓰러질 거야."

"알았으니까 가세요."

옥보는 가마를 타고 연회에 참석하러 정풍리 도명주의 집으로 갔다. 완방은 침대 끝에 올라앉아 이것저것 꼬치고치 캐물었다. 수방이 말했다.

"엄마한테 가서 난 잠깐 잘 테니까, 아픈 데도 없고, 저녁은 안 먹겠다 전해줘."

완방은 처음엔 가지 않겠다고 우기다가 수방의 재촉에 못 이겨서 나갔다. 잠시 후 수방의 생모 이수저가 침대 뒤로 문을 열고 들어왔다. 방 안에 아무도 없는 것을 보고 말했다.

"둘째 도련님은 왜 갔어?"

"내가 가라고 했어요. 술자리를 마련한 주인인데 당연히 가서 접대를 해야죠."

이수저는 침대로 다가와 수방의 안색을 살피며 한참을 이런저런 생각을 했다.

수방이 웃으며 말렸다.

"엄마, 그만해요. 아프지 않아요."

"뭐 먹고 싶어? 만들어달라고 하면 돼. 지금 부엌에서는 아무 요리도 안 하고 있어."

"안 먹어요."

"오향비둘기고기[7]가 마침 있는데, 죽으로 삶으라고 할 테니, 먹어봐."

"엄마 먹어요. 먹을 생각만 해도 거북한데, 어떻게 먹겠어요!"

이수저는 다시 몇 마디 당부를 하고 화장대 등불을 높이 세웠다. 그리고 다시 방에 걸어놓은 가스등을 낮추었다. 대충 휘장을 내리고 왔던 대로 뒷방 문으로 나가 저녁 먹으러 갔다. 이수방 혼자 방에 남겨졌다.

---

1 배우가 도교의 신선 '天 · 地 · 水' 세 관직 가운데 '천관'으로 분장하여 관중을 향해 '천관사복(天官賜福)', '가관진록(加官進祿)' 등의 축사를 펼치는 것으로 공연의 시작을 알리는 개장의식이다.

2 이 희곡은 당 왕조의 명장 곽자의(郭子儀)의 고사에서 비롯되었다. 곽자의의 66세 생일을 축하하기 위해 사위와 자식들이 모여 축하연을 펼쳤다. 그들은 모두 고관대작들로 홀을 들고 있었고, 침상에 그것을 놓으니 가득했다고 한다. 그래서 희곡의 제목이 만상홀이다. 이후 이 고사는 민간으로 퍼졌고, 민간에서는 곽자의의 초상화를 걸어 복과 장수를 기원하였다고 한다. 소설에서도 우노덕이 여전홍의 비위를 맞추기 위해 이 곡을 주문했던 것이다.

3 이 희곡 역시 곽자의의 고사에서 비롯되었다. 당 태종 딸 승평(升平)공주는 곽자의의 여섯 번째 아들 곽난(郭曖)의 아내였다. 곽자의의 생일날, 오직 승평공주만 오지 않았고, 곽난은 화가 나서 궁으로 돌아가 공주를 때렸다. 공주는 그 사실을 그녀의 부모에게 일러 곽난에게 죄를 묻게 하였다. 곽자의는 그의 아들 곽난을 포박하여 황제 앞에 죄를 벌하기를 청했고, 황제는 사태를 살펴보고 오히려 곽난에게 봉록을 하사하였다. 황후가 사위를 달래고 딸을 꾸짖었고, 승평공주와 곽난은 서로 오해를 없애고 처음처럼 사이가 좋아졌다는 내용의 희곡이다.

4 원합탕(元蛤湯) : 바지락, 토마토, 훈제고기 등으로 만든 탕

5 〈장생전(長生殿)〉의 제19회 극목

6 삼국시대의 전장의 하나이면서, 경극작품이다. 제갈량의 북벌 출사 이야기를 담고 있다.

7 오향합자(五香鴿子) : 손질한 비둘기 고기와 고추, 계피, 간장 등을 넣어 삶은 후 마유를 바른 요리이다. 독특한 풍미를 가진 지역 간식이라고 한다.

20

시름에 겨워 거울 앞에서 헛소리를 쏟아내고, 정이라는 마귀가 움직여 동침하다 악몽에 놀라 깨어나다

提心事對鏡出譫言 動情魔同衾驚噩夢

이수방은 병중에 조용히 쉬기 위해 아초와 대아금의 시중조차도 거부하고 옆에 아무도 없이 눈을 멀뚱히 뜨고 침대에 누워 있었다. 한참을 그렇게 누워 있다가 소피를 보려고 옷을 걸치고 침대에서 내려왔다. 천 실내화를 신고 침대 난간을 짚어가며 뒤쪽으로 갔다. 막 요강에 앉았을 때, 갑자기 뒷방 문에서 삐걱하는 소리와 함께 문이 살짝 열렸다. 수방은 다급하게 물었다.

"누구세요?"

아무 대답이 없자 수방의 마음은 더욱 조급해졌다. 황급히 일어나는데, 검은 형체가 문틈으로 들어오더니 곧장 침대 아래로 들어갔다. 수방은 너무 다급해서 허리끈도 제대로 매지 못하고 비틀거리며 방으로 와서 방 한가운데 대리석 원탁을 붙잡고 겨우 섰다. 등불을 켜고 뭔가 하고 보았다. 알고 보니 하얀 털이 드문드문 있는 검은 고양이였다. 고양이는 침대 아래에서 기어 나와 수방에게 크르릉 거리며 등을 세웠다. 수방이 성질이 나서 발로 걷어차자, 고양이는 방문 앞까지 도망가다가 다시 머리를 돌려 번득이는 두 눈으로 노려보았다. 수방은 더 이상 어쩌지도 못하고 침대로 돌아왔지만 심장이 아직도 쿵쿵 뛰고 있었다. 누구를 부를까도 했지만 엄마를 놀라게 할까 봐 꾹 참고 침대에 올라가 이불을 끌어안고 바짝 긴장한 채 앉아 있었다. 때마침 완방을 부르는 도옥보의 국표가 도착했다. 완방은 치장을 끝내고 수방을 보러 방으로 들어왔다.

"언니, 나 가는데 형부에게 할 말 있어요?"

"없어. 술 적게 마시게 하고 끝나는 대로 오시라고 해."

완방이 대답을 하고 나가려고 했다. 그때 수방이 다시 완방을 불러 세웠다.

"누가 따라가니?"

"아초가 따라가요."

"대아금도 따라가게 해서 대신 술 마시게 해."

완방은 대답을 하고 나갔다. 수방은 더 이상 앉아 있기가 힘에 부쳐 누웠다. 그때 마침 그 고양이가 성가시게 또 살금살금 방으로 기어 들어왔다. 그러나 수방은 안쪽을 보고 누워 있어 눈치채지 못했다. 고양이는 교의에서 화장대로 조용히 뛰어 올라 화장대 위에 있는 거울, 등불, 차 주전자, 자명종 등의 물건들을 하나하나 코를 들이대고 맡았다. 수방은 휘장 안에서 일렁이는 검은 그림자를 보고 사람 머리인 줄 알고 순간 깜짝 놀라 온몸에 식은땀이 나고 손발이 떨려 소리조차 나오지 않았다. 가까스로 버티고 있는데, 그 고양이는 훌쩍 뛰어내리며 빠져나가버렸다.

"이 뒈질 짐승, 때려 죽일 놈!"

수방은 이를 갈며 욕을 퍼부었다. 그러다 잠시 생각에 잠겼다. 정신을 차리고 화장대에 있는 손거울을 집어 들어 들여다보니 누렇게 뜬 수척한 얼굴은 꼭 복건성 귤처럼 부어 있었다. 그녀는 한숨을 쉬며 손거울을 내려놓고 방문을 향해 누워 도옥보가 술자리를 끝내고

提心事
對鏡出譫言
海上花列傳
第二十回
二十二

돌아오기만을 기다렸다. 그러나 한참을 기다려도 옥보는 좀체 돌아오지 않고, 완방도 돌아오지 않았다. 그러자 마음이 초조해졌다. 마침 이수저가 다시 방으로 들어와 수방에게 말했다.

"죽 다 되었는데, 한 입 먹어봐."

"엄마, 괜찮아요. 지금은 못 먹겠어요. 나중에 먹을게요."

"그러면 나중에 먹고 싶으면 말해. 내가 잠들어버리면 다른 사람들이 생각이나 하고 있겠어?"

수방이 대답을 하고 다시 수저에게 물었다.

"나간 지 한참 됐는데, 완방은 아직도 안 왔어요?"

"다른 자리로 옮겨야 하잖아."

"다른 자리로 갔으면 엄마가 하인에게 둘째 도련님한테 한 번 가보라고 해요."

"모두 나갔어. 대아금이 둘째 도련님 자리에 있잖아."

"누구라도 돌아오는 대로 가보라고 해요."

"어느 세월에 누가 돌아오기만 기다리고 있겠어. 내가 주방장에게 가보라고 할게."

곧장 응접실에 가서 주방장을 불렀다.

"둘째 도련님께 가봐."

주방장은 지시를 따라 나가려고 하는데, 그때 마침 도옥보가 가마에서 내리고 있었다. 대아금도 따라왔다. 수저가 아주 기뻐했다.

"오셨군요! 오셨어! 갈 필요 없겠다!"

옥보는 수방의 침대로 다가가서 물었다.

"한참 기다렸지, 갑갑하지 않았어?"

"괜찮아요. 술자리는 끝났어요?"

"아니! 영감이 흥이 나서 열 곡 이상을 주문했으니 아마 날 샐 때까지 부를 거야."

"당신 먼저 간다고 말씀은 드렸어요?"

옥보가 웃으며 말했다.

"머리가 아파서 술을 못 마시겠다고 하니까 머리 아프면 돌아가라고 하셨어. 그래서 나 먼저 왔지."

"정말 머리 아파요?"

옥보가 웃으며 말했다.

"정말은 정말이었지. 앉아 있을 때는 머리가 아팠는데, 술자리를 빠져나오니까 금세 나아버렸네."

수방도 웃으며 말했다.

"당신도 교활한 사람이에요. 그래서 당신 형님에게 꾸중을 듣는 모양이에요."

옥보가 웃으며 말했다.

"형님은 내게 웃으면서 대하시지 꾸중하지는 않으셨어."

수방이 웃으며 말했다.

"너무 화가 나니까 어이가 없어서 웃으시겠죠."

옥보는 웃기만 하고 침대에 걸터앉아 수방의 손바닥을 계속 어루만지며 물었다.

"지금은 좀 어때?"

"그냥 그렇죠."

"저녁은 먹었어?"

"아직. 엄마가 죽을 만들었는데 드시겠어요? 당신이 들면 나도 좀 먹을게요."

옥보가 대아금을 부르려고 하는 그때, 마침 대아금이 이수저의 말을 듣고 와서 옥보에게 물었다.

"죽 드시겠어요?"

옥보는 곧바로 가져오라고 했다. 대아금이 죽을 가져왔을 때, 옥보가 수방에게 말했다.

"네 엄마는 너를 구슬려가며 한 입이라도 먹여보려고 하지만, 정말 쉽지 않아. 네가 조금만 더 먹어도 엄마 기분이 좋아질 텐데."

"당신은 참 쉽게 말해요. 나도 정말 먹고 싶어요. 넘어가질 않는데 어떡해요?"

그때 대아금이 큰 쟁반 하나를 들고 들어와서 화장대 위에 내려놓고 남포등 심지를 올렸다. 옥보는 수방을 부축해서 침대에 앉히고 자신은 침대에 걸터앉아 각자 죽 한 그릇씩을 들고 먹었다. 쟁반에 차려진 정갈한 네 가지 채소 요리와 오향비둘기고기 요리를 보고 옥보는 수방에게 먹어보라고 했다. 수방은 고개를 저으며 갓만 살짝 집어 맛만 보았다.

마침 그때 완방은 술자리에서 돌아오자마자 옷도 갈아입지 않고 곧장 언니에게 인사하러 왔다. 옥보를 보자 웃으며 말했다.

"내가 맞춰볼까요, 형부 방금 오셨죠? 뭐 드시고들 있어요? 나도 줘요."

그리고 고개를 돌려 아초를 불렀다.

"빨리 나도 한 그릇 가져다줘!"

아초가 말했다.

"옷 갈아입고 먹어요. 뭐가 그렇게 바빠요?"

완방은 급히 외출복을 벗어서 아초에게 건네주었다. 그리고 대아금에게 계속 죽을 가져오라고 재촉해서 화장대에 기대어 먹으며 웃었다. 완방의 모습에 옥보와 수방도 웃었다.

얼마 후, 모두 식사를 마치고 세수를 했다. 대아금이 다시 와서 말했다.

"둘째 도련님, 엄마가 할 말이 있다고 잠시 건너오시랍니다."

옥보는 무슨 일인지 몰라 완방에게 수방 곁에 있으라고 당부하고, 뒤쪽 이수저의 방으로 갔다. 수저는 그를 맞으며 자리를 내주며 말했다.

"둘째 도련님, 내가 보기에 우리 아이 병이 더 깊어진 것 같아요.

오한이 몇 번 들었다고 해서 문제가 되는 건 아닌데, 아무래도 오한은 아닌 것 같아요. 정월부터 지금까지 뭘 먹지도 못하고 야위어서 뼈만 남은 거 보셨죠. 둘째 도련님이 그 애를 달래서 의사 선생을 청해서 약을 지어 먹여야 될 것 같아요."

"수방의 병은 작년 겨울에 의사 선생을 청해 치료해야 했어요. 나도 몇 번이나 말했지만 도통 약을 먹으려고 하지 않으니 나도 방법이 없었죠."

"그 애 성격이 원래 그래요. 병이 나도 말하려고도 않고, 물어봐도 늘 하는 말이 좋아졌다고 둘러대기만 해요. 약을 지어 먹이려고 해도 내켜하지 않아요. 그런데 이번에는 병이 아무래도 예전 같지 않다는 생각이 들어요. 이번에도 그 애가 약을 먹지 않겠다면…. 둘째 도련님, 내 말만 아니면, 그래도 곧잘 들을 거예요."

옥보는 고개만 떨군 채 가만히 있었다. 수저가 말했다.

"좀 달래보세요. 다른 말은 말고 의사 선생 청해서 약 두어 첩 지어 먹으면 금방 나을 거라고만 하세요. 사실대로 말했다간 그 애가 걱정하게 될 것이고 그러면 또 그것 때문에 다른 병이 생기기라도 하면 더 큰일이잖아요. 그래도 도련님, 너무 걱정하지 말아요. 걱정한다고 무슨 소용이 있나요. 어쨌든 그 애 병도 오래 가진 않을 겁니다. 약만 먹으면 괜찮아질 거예요."

옥보는 미간을 찌푸리며 말했다.

"괜찮든 아니든 수방 자신도 좀 더 조심해야 하는데. 무슨 일이라도 조금만 잘못되면 우울해하잖아요. 이러니 수방의 병이 어떻게 낫겠어요."

"도련님이 잘 알고 계시네요. 그 애가 본인 스스로 좀 더 건강에 신경을 써야 한다는 걸 알았더라면 이 병도 생기지 않았겠지요. 수방의 병은 우울해서 생긴 거니까 도련님이 잘 타일러주면 조금이라도 나아질 겁니다."

옥보는 아무 말 없이 고개만 끄덕였다. 수저가 다시 다른 이야기를 꺼내려고 하는데 옥보는 인사를 하고 수방의 방으로 돌아갔다. 수방이 물었다.

"엄마가 무슨 말 하려고 당신을 불렀대요?"

"별 말 아니야. 도명주 집에서도 '소로두'[1]를 지내냐고 물었어."

"아니, 내 이야기 했겠죠 뭐."

"엄마가 왜 네 이야기를 해?"

"속이지 말아요, 나도 다 아니까."

옥보가 웃으며 말했다.

"그럼 다 알면서 왜 물어!"

수방은 아무 말도 하지 않았다. 완방은 옥보를 잡아끌며 침대에 앉히고 무릎 위에 앉았다.

"엄마가 정말 무슨 말 했어요?"

"엄마가 네가 나쁘대."

"제가 왜 나쁘대요?"

"언니 말 안 들으니까 언니가 속상해하고, 그래서 언니가 아픈 거래."

"그리고 또 무슨 말 했어요?"

"또 네 언니도 나쁘다고 했어."

"언니가 왜 나빠요?"

"언니가 엄마 말을 안 들으니까. 엄마 말대로 아편을 좀 피워서라도 기분이 좋아지면 병이 어떻게 생기겠냐고 말이야."

"말도 안 돼! 누가 언니더러 아편을 피우라고 해요? 아편을 피우면 더 안 좋아져요."

그때, 수방이 차를 마시려고 손을 뻗었다. 옥보가 황급히 차 주전자를 집어 들고 입에 갖다 대어주었다. 두어 모금 물을 마시고 나서 수방은 정색을 하며 말했다.

"엄마한테는 나밖에 없어요. 내가 조금이라도 잘못되면 입 밖으로 한 마디도 하지 않지만 속으로는 걱정에 애가 타죠. 나도 빨리 나아서 엄마 걱정 덜고 싶은데, 지금까지 안 나을 거라고 생각조차 못했어요. 내 얼굴을 거울에 비춰 보면 너무 말라서 사람 얼굴 같지 않아요! 의사 선생을 청해서 약을 지어 먹어도 되지만, 내 병이 약을 먹는다고 나아지겠어요? 작년에 병이 나면서 엄마도 걱정에 속이 타들어가고, 당신도 하루도 편히 지내지 못했잖아요. 내가 다시 의사를 부른다, 약을 먹는다고 하면 번잡스럽게 해서 집안 사람들이 편치 않을 거예요. 아주머니, 여자 하인들도 일하느라 이리저리 바쁘게 뛰어다니는데, 거기다 내 약까지 달이라고 하면, 물론 나에게 말은 않겠지만 어쨌든 따지고 보면 나 한 사람 때문이잖아요. 또 차도가 보이지 않는다면 무슨 의미가 있어요."

"그건 네가 너무 예민한 거야. 또 누가 너를 탓해? 내 말은 약은 먹지 않아도 괜찮아. 다만 너무 더디니까 약을 먹으면 조금 더 빨리 낫는다는 거지. 너도 그렇게 생각하잖아?"

"엄마가 꼭 의사 선생을 부르겠다고 하면 따라야지요. 그런데 만에 하나 약을 먹었는데도 나을 기미가 전혀 보이지 않으면 엄마는 더 걱정할 거예요. 지금 생각해봐도 어릴 때부터 지금까지 엄마는 나를 애지중지하며 무슨 일이든 내 말을 다 들어주었지요. 그런데 난 한 번도 엄마에게 잘한 적이 없어요. 오히려 걱정만 끼쳤지. 그러니 내가 무슨 면목으로 엄마를 보겠어요."

"엄마야 네가 아프니까 그렇지. 네 병만 나으면 엄마도 좋아할 거고, 너도 미안해할 것도 없어."

"내 병을 내가 왜 모르겠어요. 이 병은 쉽게 죽을 병도 아니지만, 쉽게 나을 병도 아니에요. 지금까지 엄마나 다른 사람들이 들으면 걱정할까 말은 하지 않았지만, 이렇게 된 이상 말할게요. 당신에게 나와의 만남은 헛된 것이니, 앞에 한 말들은 더 이상 말하지 않겠어요. 만약 다음 생에 다시 만나게 되면 당신에게 진 빚 다 갚아드릴게요. 난 다른 건 마음에 걸리는 게 없는데, 엄마 걱정은 조금 돼요. 엄마가 걱정되긴 하지만 어쨌든 남동생이 있고, 당신이 조금만 도와주시면 더할 나위 없으니 죽어도 여한이 없어요. 엄마 말고는 바로 저 애가 걱정이죠."

수방은 완방을 가리켰다.

"저 아이는 비록 친동생은 아니지만 친동생처럼 나에게 잘해요. 내가 죽으면 저 애가 제일 고생할 거예요. 지금 다른 건 걱정하지 않는데, 한 가지만은 당신에게 부탁할게요. 당신이 만약 나를 잊지 않겠다면, 내가 죽고 나면 완방과 혼인해줘요. 나와 혼인한 것과 같은 거니까, 이것만은 약속해줘요. 훗날 완방이 이 언니가 잘 대해준 것을 생각해서 국 한 그릇, 밥 한 그릇 올려놓고 나에게 제사를 지내주면 귀신이 되어서도 갈 곳이 있으니 나의 생도 완전하다고 할 수 있겠지요."

수방은 자신의 말에만 열중하느라 완방이 옆에서 듣고 있다고 생각지도 못했다. 완방은 처음부터 멍하니 듣고만 있다가 수방의 마지막 말에 울음을 참지 못하고 터뜨렸다. 옥보는 다급히 다가가서 달랬다. 완방은 손을 뿌리치고 울면서 이수방의 방으로 뛰어갔다.

"엄마, 언니가 이상해요!"

수저가 깜짝 놀라며 다급하게 물었다.

"무슨 일이야?"

완방은 말도 못하고 손짓으로만 가리켰다.

"엄마가 가봐요!"

수저가 가보려고 하는데 옥보가 뛰어와서 말했다.

"아무 일도 아닙니다. 아무 일도."

그리고 수방이 한 말을 대충 전해주고 완방의 성급함을 나무랐다. 수저도 나무랐다.

"왜 이렇게 철이 없어! 언니가 아파서 그냥 해본 말을 가지고, 이상하다고 하면 어떡해."

수저는 완방의 손을 잡고 옥보와 함께 수방의 침대로 다가갔다. 수방에게 이상이 없는 것을 보고 모두들 안심했다. 수저는 깔깔 웃으며 말했다.

"이 애가 뭘 알겠니. 네가 우울하게 말하니까 놀랐던 거지. 나도 깜짝 놀랐네!"

수방은 완방의 얼굴에 눈물 자국이 있는 것을 보고 미소를 지었다.

"울고 싶으면 내가 죽었을 때 실컷 울어도 되는데 뭐가 그렇게 급하니."

수저가 말했다.

"너도 그렇게 말하면 안 되지. 계속 그러면 또 울어."

수저는 화장대에 진열해놓은 흑석 자명종을 한 번 쳐다보았다.

"벌써 열두 시야. 내 방으로 가서 자자."

수저는 완방의 손을 끌고 가려고 했다. 그러나 완방은 가려고 하지 않았다.

"난, 등나무 교의에서 잘래요."

수저가 말했다.

"거기서 어떻게 자겠다는 거니, 어서 가."

완방은 또 금방 울음을 터뜨리고 했다. 그러자 옥보가 끼어들었다.

"침대에 같이 자죠 뭐, 침대가 커서 세 사람이 자도 괜찮아요."

수저는 그 말을 따르고, 다시 완방에게 울지 말라고 당부하고 나갔다. 대아금, 아초도 정리를 하고 불을 끄고 문을 닫으며 '편히 주무세요' 인사를 하고 물러났다. 옥보는 완방에게 먼저 자라고 했다. 완방은 외투를 벗고 수방의 다리 옆에서 몸을 구부리고 누웠다. 옥보도 내의만 입고 수방과 한참을 나란히 앉아 있다가 잠자리에 들었다.

옥보는 수방의 병을 생각하니 마음이 초조해져서 잠을 이룰 수 없었다. 오히려 수방은 빨리 잠들었다. 옥보는 날씨가 더워 몸을 돌리려고 하는데, 수방의 팔이 가슴 위에 얹혀 있었다. 그녀가 깰까 조심스럽게 손을 뻗어 자기 쪽에 덮은 옷을 한 겹 걷어 올려 살짝 흔들다 침대 안쪽의 완방의 몸에 닿았다. 전혀 미동하지 않을 걸 보니 깊이 잠든 모양이었다. 옥보는 눈을 뜨고 둘러보니, 비단 휘장 너머 화장대 위 등불 불빛이 으슴푸레하였다. 대략 두 시쯤 되었겠구나 싶었다. 사위는 쥐죽은 듯 조용했고, 도로 위 마차 바퀴소리만 저 멀리서 들려왔다. 옥보는 조금 시원하게 느껴져서 점점 잠 속으로 빠져들었다.

잠에 취해 몽롱한데 갑자기 수방이 꿈속에서 비명을 지르며 한 손으로 옥보를 꼭 잡으며 안간힘을 쓰며 안으로 파고들었다.

"난 안 가! 난 안 가!"

옥보는 잠에서 깨어났다.

"나 여기 있어, 무서워하지 마."

급하게 일어나 수방을 껴안아 흔들고 손으로 치기도 했다. 수방은 그제야 잠에서 깨어났다. 그러나 여전히 손을 꼭 쥐고 놓으려 하지 않았다. 눈을 뜨고 옥보를 보고 가쁜 숨을 몰아쉬었다.

"꿈꿨어?"

수방은 한참 뒤에 말했다.

"외국 사람 둘이 나를 잡아가려고 했어요."

"아무래도 낮에 외국 사람을 봐서 놀란 모양이야."

수방은 숨을 고르고 손을 놓으며 또 한숨을 쉬었다.

"허리가 아파요!"

"내가 주물러줄까?"

"돌아눕고 싶어요."

옥보는 수방이 안으로 향해 누울 수 있게 몸을 옆으로 돌렸다. 수

動情魔同衾
驚噩夢

방은 움츠리며 이불 속으로 파고 들어가 옥보 가슴팍에 머리를 묻고 옥보에게 꼭 안아달라고 했다. 수방과 옥보가 뒤척이는 바람에 완방을 깨우고 말았다. 완방은 '형부' 하고 찾았다. 옥보가 대답하자 완방은 일어나 앉아 눈을 비비며 물었다.

"언니는?"

"자고 있어, 너도 빨리 자, 왜 일어났어?"

"언니는 어디에서 자고 있어요?"

"어디긴 여기지."

완방은 믿기지 않은 듯 기어올라 이불을 들춰 보았다. 옥보는 다시 자라고 했다. 완방은 누우며 다시 불렀다.

"형부, 내가 잠들 때까지 자지 말아요."

옥보는 그러겠다고 대답했다. 잠시 후, 모두 흑첨향으로 들어가 다음 날 아홉 시가 넘도록 일어나지 않았다. 대아금이 침대 앞 휘장 사이로 나직하게 불렀다.

"둘째 도련님."

그 소리에 도옥보와 이수방 모두 잠에서 깨어났다. 대아금은 쪽지 하나를 올렸다. 옥보가 보니 운보의 필체였다. 다 읽고 나서 대답했다.

"알았다."

대아금은 말을 전하러 나갔다. 수방이 물었다.

"무슨 일이에요?"

"여전홍이 어제 밤에 전보를 받고 급한 일이 생겼다며 오늘 돌아가니까 형님이 나보고 잠시 같이 배웅하자고 그러시네."

"당신 형님은 아부를 잘하셔요."

"너는 더 자, 난 잠시 다녀올게."

"어젯밤 당신 잠도 제대로 못 주무셨을 텐데 빨리 돌아와서 좀 주무세요."

옥보가 옷을 입고 침대에서 내려오자, 완방도 깨어났다.

"형부, 왜 일어났어요? 근데 왜 날 안 깨웠어요?"

완방은 침대에서 기어 내려왔다. 옥보는 급히 완방의 옷을 집어 입혀주었다. 수방이 말했다.

"당신도 옷 더 입어요. 황포탄에는 바람이 많이 불어요."

옥보는 목화솜 마고자로 갈아입고 완방에게는 목화솜 조끼를 하나 더 입혀주었다. 대충 정리를 하고 나니 도운보가 벌써 가마를 타고 왔다. 옥보는 황급히 휘장을 내리고 운보를 방으로 모셨다.

---

1 燒路頭 : 노두(路頭)는 재물을 관장하는 신으로, 오로재신(五路財神)이라고도 한다. 오로(五路)는 동서남북 그리고 중앙을 가리키며, 문을 나서면 다섯 방향에서 모두 재산을 얻을 수 있다는 의미를 가지고 있기도 하다. 일반적으로 상점에서는 노두신의 탄신일을 기리며 정월 초닷새에 노두신을 맞이하는 행사를 거행한다. 이날 행사에는 노두주(路頭酒)를 마시는데, 모든 점원들을 청한다. 술을 따를 때에도 재물이 가득 찬다는 의미로 술잔에 술을 가득 따른다. 재난을 피하고 복을 구하기 위해 이 신에게 제사를 지내는 것을 '소로두(燒路頭)'라고 한다. 특히 19세기 상해지역의 기루에서 이러한 풍속이 성행하였다.

21

잃어버린 물건을 묻는 손님을 속이려 점괘를 묻고, 귀가 시간을 정한 아내가 무서워 몰래 술자리를 벌이다

問失物瞞客詐求籤 限歸期怕妻偷擺酒

도옥보는 이수방의 방으로 도운보를 모셨다. 운보는 먼저 수방의 병세를 묻고, 옥보에게는 세수하고 머리 단장을 서둘라고 했다. 약간의 간식을 먹고 나서 각자 가마를 타고 동흥리를 나와 황포탄으로 향했다. 작은 기선 한 대가 양행부두에 정박하고 있고, 관가 가마 한 대와 마차 한 대가 이미 부두에 와 있었다. 도운보와 도옥보가 명함을 건네자 여전홍이 중간 선실로 맞이했다. 선실 안에는 이실부와 이학정 숙질 두 사람이 있었다. 이들도 배웅하러 나온 것이었다. 다들 서로 인사를 하고 자리에 앉아 이런저런 이야기들을 나누었다.

잠시 후, 우노덕과 주애인이 가마를 타고 함께 도착했다. 여전홍이 그들을 보자마자 어떻게 되었는지 물었다. 주애인이 말했다.

"말이 잘 통해서 모두 팔천에 합의했습니다."

여전홍이 공수하며 말했다.

"수고가 많았네."

이실부가 무슨 일인지 물었다. 여전홍이 말했다.

問失物瞞客
詐求籤
第二十一回
二十九

"골동품 두 점을 샀네."

우노덕이 말했다.

"물건도 좋고, 가격도 적당합니다. 오 척 높이 경태요(景泰窯)[1] 화병 하나가 삼천이니까요."

이실부는 혀를 내두르고 머리를 흔들며 말했다.

"사지 말게! 그것 사서 뭐하게?"

여전홍은 웃기만 했다. 배에서 이리저리 배회하는 동안 떠날 때가 되자 모두 인사를 하고 부두로 올라왔다. 여전홍, 우노덕은 뱃머리까지 나와 작별인사를 했다. 도운보, 도옥보, 주애인은 모두 가마를 타고 돌아갔다. 이실부와 이학정은 지리에 밝은 마부 덕분에 사마로를 경유하여 상인리 입구에 도착했다. 이실부는 학정이 양원원의 집으로 가려고 한다는 것을 너무나 잘 알고 있어 일이 있다는 핑계를 대고 동행하지 않았다. 학정도 실부의 성격을 알기에 인사를 하고 골목 안으로 들어갔다.

이실부는 사실 특별한 일이 있었던 것은 아니었다. 아직 날도 저물지 않았으니 어디로 가면 좋을까 생각하다 제십전에게 가서 식사를 하는 게 좋겠다고 생각하였다. 그리고 곧바로 서쪽으로 쭉 걸어가서 대흥리에 이르러 제십전의 집 문으로 성큼 들어섰다. 응접실에 한 노파가 앉아 있는데 바로 화우루에서 눈을 가늘게 뜨고 있던 바로 그 노인이었다. 실부는 조금 의아해했다. 제삼저가 그를 맞이하며 큰소리로 말했다.

"아유! 이 나리께서 오셨어요!"

그녀는 황급히 마당으로 뛰어나와 실부의 소매를 붙잡고 응접실로 끌고 들어갔다. 노파는 기회를 보다 인사를 하고 나갔다. 제삼저도 굳이 붙잡으려고 하지 않았다.

"시간 있으면 또 놀러 와요."

노파는 고맙다는 인사를 하고 나갔다. 제삼저는 문을 잠그고 돌아왔다.

"이 나리, 이 층으로 올라가시죠."

실부는 이 층으로 올라갔다. 방 안에는 아무도 없었다. 제삼저는 성냥을 찾아 연등에 불을 붙이면서 말했다.

"이 나리, 죄송합니다. 잠깐만 앉아계세요. 십전은 향을 피우러 갔어요. 곧 돌아올 테니, 아편 피우고 계세요. 전 가서 차를 준비해 오겠어요."

제삼저가 가려는데, 실부는 그녀를 불러 세워 그 노파가 누구인지를 물었다.

"곽효파(郭孝婆)라고, 우리 언니예요. 아세요?"

"잘 몰라, 화우루에서 몇 번 봤을 뿐이야."

"나리, 모르신다고 하시지만 제가 말하면 나리께서도 누군지 아실 거예요. 우리 칠자매 중에 제일 큰언니랍니다. 오래전부터 우리는 자매로 지냈지요. 사이가 좋아서 의자매를 맺었고, 함께 일하고 함께 놀러 다니고 상해에서 이름을 좀 날렸어요. 나리, 사진관에 걸린 '칠자매' 보셨죠? 바로 우리예요."

"오, 자네가 칠자매였군. 그런데 왜 한 번도 말하지 않았어?"

"칠자매를 아시는군요. 지금 칠자매라고 해봐야 옛날 그 칠자매가 아니죠. 시집가고, 죽고, 이제는 세 사람만 남았어요. 곽효파가 큰언니인데 그런 몰골이 되어버렸고, 전 셋째입니다. 둘째 언니 황이저가 제일 성공했죠. 사 온 기녀들도 몇 명이나 되고, 기루도 가지고 있고, 장사도 잘 되고 있으니까 말이죠."

"지금 곽효파 저 사람은 여기서 뭐 하고 있는가?"

"우리 큰언니 이야기를 하자면 정말이지 속에서 열불이 납니다. 수완이야 언니가 최고였지만 운이 안 따라줬어요. 재작년에 새로운 일거리를 찾았는데 두 달 뒤에 신아문[2]에 잡혀 들어갔죠. 뭐 유괴를 했다나. 일 년 넘게 감옥에 있다가 작년 말에서야 풀려났어요."

실부가 다시 물으려고 할 때 갑자기 아래층에서 종소리가 들려왔다. 제삼저가 말했다.

"십전이 돌아온 모양이에요."

그녀는 급히 아래층으로 내려가 문을 열어주었다. 실부가 고개를 들고 유리 창문으로 내다보니 제십전은 벌써 문을 열고 들어와 있었다. 붉은빛이 감도는 검은 호주산 주름 비단 겹저고리 위에 회백색 남경 주단 마고자를 입은 잘생긴 젊은 남자가 따라오고 있었다.

실부는 창녀가 새로 불어온 손님이라고 추측하고 귀를 기울여 들었다. 제삼저가 아래층 응접실에서 젊은 남자를 맞이하며 소곤거리는 소리가 들려왔다. 그러나 무슨 말을 하는지 알아들을 수 없었다. 제삼저는 이야기를 끝내고 주방으로 가서 차를 준비해 이 층으로 올라왔다.

이 틈에 실부는 가려고 하였으나 제삼저가 붙잡으며 작은 소리로 말했다.

"나리, 가지 마세요. 누구라고 생각하시는 거예요? 우리 딸아이 남편이에요. 같이 향 피우고 돌아오는 길인데, 내가 위층에 손님이 있다고 하니 올라오지 않고 바로 간대요. 나리, 잠시만 앉아계세요. 죄송합니다."

이실부가 깜짝 놀라며 말했다.

"이런! 남편이었던 거야?"

"네. 맞아요."

실부는 잠시 생각에 잠겼다가 말했다.

"만약 이 층으로 올라오겠다고 하면 어떡하지?"

"나리, 걱정 마세요. 어디 감히 올라오겠어요! 올라와도 나와 있으면 괜찮아요!"

실부는 자리로 돌아가 앉으며 더 이상 말을 꺼내지 않았다. 제삼저는 일을 처리하러 다시 아래층으로 내려갔다. 잠시 후 그 젊은 남자는 정말로 혼자 돌아갔다. 제십전은 문 입구까지 나가 그를 배웅하였다. 그리고 다시 제삼저와 함께 주방으로 들어가서 한참을 수군거리고 나서야 이 층으로 올라와 실부를 맞았다. 실부가 물었다.

"남편인가?"

제십전이 웃음만 띠고 대답하지 않았다. 실부가 더욱 조급해져 계속 묻자 제십전은 짜증을 내며 말했다.

"알아서 뭐하시려고요?"

"그냥 자네 남편이냐고 물어보는 것도 안 돼? 누가 그 사람을 빼앗기라도 할까 봐서 화가 난 거냐?"

"묻지 말라잖아요!"

실부가 비아냥거리며 말했다.

"나 참! 남편 있는 게 뭐 그리 특별한 거라고, 한마디도 묻지 못하게 해!"

제십전이 실부의 허벅지를 꼬집자 실부가 '아야야' 하고 소리를 질렀다.

"이래도 캐물을 거예요?"

실부가 연거푸 말했다.

"안 물을게! 안 물어!"

그러자 제십전은 손을 놓았다. 실부는 아무렇지도 않은 듯이 비식 웃으며 말했다.

"남편이 아주 잘생겼더구나. 나이도 젊고 얼굴도 아주 준수하고 입고 있는 옷도 세련되고 말이야, 정말이지 너는 복이 많아!"

제십전은 그의 말을 듣고 느닷없이 실부를 탑상으로 넘어뜨리며 실부 옆구리를 간지럽혔다. 실부는 간지럼에 웃음이 터져 나와 침을 흘리고 숨이 막혀 그녀를 떼어내지도 못했다. 다행히도 마침 제삼저가 점심을 어떻게 할지 물으러 올라오자 제십전은 멋쩍게 웃으며 마지못해 물러났다. 제삼저는 실부를 부축해서 일으키며 웃었다.

"나리께서도 간지럼을 잘 타시나 봐요? 그 애 남편과 똑같네요."

"자네가 또 그 남편 이야기를 꺼내는구나! 내가 캐물었다고 화가 나서 나를 괴롭히는 거야."

"나리께서 도대체 뭐라고 하셨길래 우리 애가 화가 났대요?"

"난 그가 훌륭하다고만 했지, 다른 말 안 했어."

"나리께서는 훌륭하다고 말했다지만 우리 애는 짓궂게 놀리는 걸로 알아요. 맞잖아요?"

실부는 웃으며 고개를 끄덕이고 제십전을 슬쩍 엿보았다. 제십전은 창가에 단정하게 앉아 입을 뾰로통하게 해서 고개를 숙이고 손톱을 자르고 있었다. 그녀는 부끄러워서 반들거리는 거울처럼 얼굴을 붉혔다. 실부는 더 이상 말을 하지 않았다.

제삼저가 물었다.

"나리, 뭐 드시겠어요? 요리 주문할게요."

실부가 대충 요리 두 가지를 대니 제삼저는 곧바로 주문하러 갔다.

실부는 두어 차례 아편을 피우고 난 후, 제삼저에게 가까이 와서 앉으라고 하고 이야기를 나누었다. 제십전은 가슴 속에서 점괘종이[3]를 꺼내 실부에게 보여주며 해석을 해달라고 했다.

"장사가 잘 될지 안 될지를 점쳐봤어?"

제십전이 화를 내며 말했다.

"당신 정말 짓궂어요! 우리가 무슨 장사를 하고 있다는 거예요?"

"그러면 남편의 운세를 봤어?"

제십전이 또 갑자기 두 손으로 실부의 허리를 잡자 실부는 재빨리 피하며 용서를 빌었다. 제십전은 그 틈에 종이를 도로 빼앗으며 말했다.

"해석 안 해줘도 돼요!"

실부는 밉살스러운 얼굴을 하고 도로 빼앗았다.

"화내지 마! 내가 읽어줄게."

제십전은 더 화가 나서 종이를 탁자에 내려놓고 다른 곳으로 고개를 돌렸다.

"됐어요!"

실부는 재미가 없어져서 잠시 생각하다가 정색을 하며 말했다.

"이 점괘는 중평[4]인데, 문장이 아주 훌륭하군. 상상첨(上上簽)[5]도 이보다 못해."

제십전이 그 말에 솔깃하여 고개를 돌려 탁자 위를 보니 정말 '중평첨(中平簽)'이었다. 실부는 이때다 싶어 옆으로 가서 짚어주었다.

"여기를 봐, 문장이 좋잖아?"

"무슨 말이에요? 읽어줘 봐요."

"알았어, 알았어, 읽어줄게."

점괘종이를 들고 위의 네 구는 넘어가고 옆에 적힌 주석 네 구만을 읽어주었다.

"매도혼인수(媒到婚姻遂), 중매를 서니 혼인이 성사되고
의래질병제(醫來疾病除), 의사를 부르자 병이 말끔히 사라진다.
행인수미지(行人雖未至), 떠난 사람 아직 돌아오지 않았건만
실물자무우(失物自無虞), 물건을 잃어도 애써 근심할 일 없네."

다 읽어주어도 제십전은 여전히 멍한 표정이어서 실부가 다시 한 구절 설명해주었다. 제십전이 물었다.

"'의래(醫來)'가 무슨 물건이에요?"

"그건 바로 의사 선생을 청한다는 말이지. 의사를 청하게 되면, 병이 다 낫게 된다는 뜻이야."

"선생은 어디에 가서 청하죠?"

"그건 여기에 나와 있지 않는데. 어디가 아파서 선생을 청하려고 하느냐?"

제십전은 대답을 피하며 말했다.

"아니에요."

"선생을 청하려면 나에게 물어보면 돼. 내과 외과 모두 볼 수 있는 친구가 있는데 정말 뛰어나지. 아무리 희귀한 병도 진맥만으로 바로 알아. 그 친구를 청할까?"

"병도 없는데 청해서 뭐하게요?"

"네가 어디에 가서 선생을 청하냐고 물으니까 내가 청하겠냐고 그런 거잖아. 네가 묻지도 않았는데 내가 왜 묻겠어?"

제십전은 자기도 웃음이 나왔지만 대답은 하지 않았다. 실부가 다시 물었을 때 제삼저가 점심상을 들고 오는 바람에 대화가 끊어졌다. 식사를 마친 후, 이실부는 아편을 피우러 화우루에 가려고 하였다. 제십전은 억지로 붙잡지는 않았지만 당부는 잊지 않았다.

"나중에 조금 일찍 와서 저녁 드세요. 기다리고 있을게요."

실부는 대답을 하고 아래층으로 내려갔다. 제삼저도 몇 마디 당부를 하며 문 앞까지 배웅해주었다.

대흥리를 나와 천천히 사마로 동쪽으로 걸어가다 막 상인리를 지나치려는데, 동쪽에서 걸어오던 일행과 우연히 마주쳤다. 바로 나자부, 왕연생, 주애인 그리고 요계순이었다. 실부가 부르기도 전에 요계순이 실부를 끌어당기며 말했다.

"마침 잘됐군, 함께 가세!"

이실부가 고사하는데도 요계순은 막무가내로 그를 끌고 상인리 위하선의 집으로 갔다. 응접실에는 신의 모습이 그려진 그림 한 점이 걸려 있고, 사방에서 도사들이 마주 보고 보권(寶卷)[6]을 염송하고 있었다. 향불연기가 자욱하고, 종과 북소리가 은은하게 울려 퍼졌다. 이실부는 대충 어떤 상황인지 짐작할 수 있었다. 요계순은 모두 이 층으로 안내하였다. 방에 들어가니 위하선이 그들을 맞이하였다. 모두 자리에 앉자 요계순이 아교에게 명했다.

限歸期怕妻偷擺酒

"가서 술자리를 준비하라고 해."
그러자 이실부가 말했다.
"난 이제 막 식사를 했어. 더는 못 먹어."
"누구는 식사를 하지 않았나! 먹을 수 없으면 잠시 앉아서 이야기나 나누세."
주애인이 말했다.
"실옹은 아편이 급한 게 아닌가?"
위하선이 말했다.
"아편이야 여기에도 있어요."
이실부가 다른 사람에게 먼저 피우라고 하니, 왕연생이 말했다.
"우리들은 두 번이나 피웠으니 자네 먼저 피우게."
실부는 빠져나갈 수 없다는 것을 알고 마지못해 탑상으로 가서 피우기 시작했다. 요계순은 국표를 썼다. 먼저 나자부와 주애인 두 사람 것을 쓰고 나서 왕연생에게 물었다.
"두 사람을 한꺼번에 부를까?"
연생은 얼른 손을 내저었다.
"소홍만 불러."
이실부에게도 물었다. 실부가 말을 하지 않자 다른 사람들이 일제히 외쳤다.
"자네는 당연히 도명주지."
실부는 말리려고 했지만 요계순은 벌써 국표를 다 쓰고 건네주고 있었다. 이어 물수건을 가져오라고 재촉했다. 이실부는 아편을 세 번만 피워서 충분하지 않았지만 요계순에게 물었다.
"술자리야 저녁 늦게 하는 게 좋은데, 뭐가 급한가?"
나자부가 웃으며 말했다.
"급한 건 아닌데 두 무릎이 고생스러워 그렇겠지. 나중에 마셔도 괜찮아."

이실부는 무슨 말인지 영문을 알 수 없었다. 요계순은 멋쩍어하며 변명을 늘어놓았다.

"오늘 선권[7]이 있어서 일찍 마시려는 거지. 저녁에 손님이 술 마시러 오니까 방을 비워놔야 하잖아, 안 그래?"

위하선이 끼어들었다.

"누가 당신에게 방을 양보하라고 해요? 저녁에 마시고 싶으면 나중에 마셔도 돼요."

그리고 아교를 돌아보며 명했다.

"내려가서 말해줘. 국표는 조금 천천히 보내고 술자리는 저녁에 있다고 전해."

아교는 속사정은 모른 채 대답을 하고 가려고 했다. 그러자 요계순이 급히 그녀를 불러 세웠다.

"말할 건 없고 술자리나 다 준비되었는지 봐."

위하선이 말했다.

"술자리는 그대로 두면 돼요."

"난 배가 많이 고파, 지금 먹어야겠어."

"방금 식사했다고 하셨잖아요. 그러면 먼저 간식을 좀 사다가 요기를 하죠."

위하선은 다시 아교에게 간식을 사 오라고 했다. 계순은 더 이상 방법이 없어 목소리를 낮추어 애원했다.

"제발, 날 난처하게 하지 말고, 그냥 좀 넘어가줘."

하선은 피식 웃으며 말했다.

"그런데 당신은 왜 우리 핑계를 대죠? 우리가 당신에게 일찍 술자리를 만들라고 했나요?"

"아니, 아니야!"

하선은 더 이상 캐묻지 않았지만 혼자 투덜거렸다.

"아무리 마누라를 무서워한다고 해도 당신처럼 무서워하는 건 정말 보기 드물 거예요."

하선의 말에 모두들 응접실이 떠나갈 듯이 웃었다. 요계순은 뻔뻔한 얼굴을 하고 있었지만 부끄러운 마음을 숨길 수는 없었다. 다행히 남자 하인이 수건을 들고 올라와서 떠나갈 때를 놓치지 않고 계순은 손님들을 자리에 앉혔다. 술이 세 번 돌자 황취봉, 심소홍, 임소분이 차례로 들어오고 도명주가 제일 뒤에 도착했다. 주애인은 이실부를 가리키며 도명주에게 일러주었다.

"여 대인에게 질투를 해서 부르려고 하지 않았어."

"무슨 질투를 해요? 부르려고 하지 않은 건 질투 때문에 그런 게 아니에요. 마음에 드는 새사람을 찾았겠죠. 그 사람을 부르려고 했던 거예요, 알겠어요?"

이실부가 물었다.

"누구를 부르려고 했다는 거야?"

"제가 어떻게 알아요?"

이실부는 멋쩍게 웃기만 했다. 왕연생도 웃으며 말했다.

"손님 노릇하기도 쉽지 않아. 자네가 사흘 동안 그녀를 부르지 않았다고 말도 안 되는 소리나 하고 다른 사람 불렀다 하면 항상 이렇다니까!"

심소홍은 뒤에 앉아 냉랭하게 한마디 쏘아붙였다.

"말도 안 되는 소리가 아니지요!"

나자부가 크게 웃었다.

"왜 말도 안 되는 소리가 아니야! 손님도 기녀도 모두 말도 안 되는 소리를 하고 있어! 술이나 마셔! 말도 안 되는 소리 그만들 하고!"

요계순은 환호성을 지르며 아교에게 큰 잔을 가져오라고 하고 곧바로 술내기 화권을 하느라 한바탕 왁자지껄했다. 술자리가 끝나고 기녀들이 돌아가자 해는 벌써 서쪽으로 기울고 있었다.

나자부는 요계순이 일찍 집으로 가야 하는 것을 알고 있기에 양껏 마시지 못하고 잔을 엎고 자제해야 했다. 요계순은 죽을 가져오라고 했다. 이실부는 죽도 먹지 않고 먼저 작별인사를 하고 일어났다. 왕연생, 주애인은 한입만 뜨고 한시라도 빨리 아편을 피우고 싶어 총총히 떠나갔다. 오직 나자부만 두 그릇을 비우고 얼굴을 닦고 입을 헹구고 나서야 일어났다. 요계순이 그와 함께 나가려고 하자 위하선이 그를 붙잡았다.

"우리는 술손님도 안 왔는데, 벌써 방을 양보하시려는 거예요."

요계순이 웃었다.

"곧 오겠지."

"온다고 해도 정자간에서 마시게 하고 당신은 저와 여기에 있으면 되잖아요."

계순은 다시 한 번 두 손을 모아 사죄하고 나자부를 따라 아래층으로 내려갔다. 가마꾼들은 이미 문 앞에서 그들을 기다리고 있었다. 요계순은 작별인사를 하고 가마에 올라 혼자 공관으로 돌아갔다.

나자부는 가마에 오르지 않고 가마꾼에게 빈 가마를 들고 뒤따르게 하고 남쪽 모퉁이를 돌아 황취봉의 집으로 갔다. 막 이 층으로 올라가려고 하는데, 계단 옆 황이저가 기거하는 작은 방의 문이 열려 있고, 한 노인이 문을 가로 막고 웅크리고 앉아 있는 게 보였다. 자부는 크게 관심을 두지 않고 지나쳐 이 층으로 올라갔다. 그런데 그곳에 황이저가 있었다. 황취봉은 침울하고 불퉁한 표정으로 한쪽에 앉아 물담배를 피우고 있었다. 불쾌한 기색이 역력했다.

자부가 들어서자 황이저는 '나 나리' 하고 인사를 올리며 물었다.

"술자리는 끝났어요?"

자부는 간단하게 대답을 하고 자리에 앉았다. 취봉은 혼자 물담배를 피우며 한마디도 하지 않았다. 자부도 무슨 사정인지 영문을 몰라 가만히 있었다.

한참 뒤, 취봉이 불쑥 말을 꺼냈다.

"엄마도 생각을 해봐요, 나이가 몇이에요! 그런데도 애인을 만들어요! 체면을 생각해야죠!"

황이저 자신도 민망한지 한마디도 대꾸하지 못했다. 취봉은 자부 앞에서 더 이상 말을 않다가 물담배를 다 피우고 나서야 물었다.

"지금 돈 가진 거 있어요?"

자부는 그 자리에서 있다고 대답하고 옷을 뒤적거려 잎처럼 얇은 지갑을 꺼내 취봉에게 주었다. 취봉이 지갑을 열어보니 지폐 한 묶음이 들어 있었다. 취봉은 십 원짜리 한 장만 꺼내고 나머지는 손대지 않고 그대로 자부에게 돌려주었다. 그리고 그 지폐를 황이저에게 건네주며 큰소리로 말했다.

"또 그들에게 갖다줘 봐요!"

황이저는 부끄러워 몸 둘 바를 몰라 하며 지폐를 받아 들고 억지로 웃으며 말했다.

"안 그럴게."

"나도 잔소리하고 싶지 않아요. 이제는 돈을 빌리려고 해도 빌려줄 사람도 없어요!"

황이저가 웃으며 말했다.

"안심해, 너한테는 빌리지 않을 거니까. 나리, 고마워요. 괜히 나리에게 폐를 끼쳤네요."

황이저는 싱글거리며 내려갔다. 취봉은 또 혼잣말로 투덜거렸다.

"폐 끼쳤다는 걸 아는 것만 해도 다행이야!"

자부가 물었다.

"어디에 돈이 필요한 거야?"

취봉은 미간을 찌푸리며 말했다.

"우리 엄마 정말 짜증나요. 내가 괜히 잔소리하는 게 아니에요! 돈이 생겼다 하면 애인에게 빌려줘 버리고, 정작 엄마가 써야 할 때는 다시 나한테 요구하잖아요. 타박을 하면 얼빠진 사람처럼 못 알아

듣는 체하고, 욕을 하고 야단을 쳐도 며칠 지나면 다 잊어버리니까 늘 이래요. 나도 어쩔 수가 없어요!"

"애인이 누구야?"

"엄마 애인이야 셀 수 있나요! 늙은 옛 애인들은 제쳐두고라도 최근에 생긴 애인만 해도 몇 명이나 돼요. 엄마 나이에, 체면이 있기는 한 건지."

"엄마 방에 있던 그 노인이 혹시 애인이냐?"

"그 노인은 재봉사 장 씨예요. 애인은 무슨 애인. 지금 그 재봉사에게 바느질 삯을 줘야 하는데, 못 맞출 거예요"

자부는 한번 웃기만 하고, 잠시 이야기를 나누었다. 조가모가 저녁상을 들고 올라왔다. 자부가 이미 먹었다고 하자 취봉은 자매 황금봉을 불러 같이 먹었다. 그런데 저녁 식사가 끝나기도 전에 아래층에서 남자 하인의 소리가 들려왔다.

"선생님, 술자리 들어왔어요."

취봉이 큰 소리로 물었다.

"어디야?"

"후마로입니다."

"알았어."

---

1 명(明) 경태(景泰) 연간(1450~1457)에 제작된 도자기

2 新衙門 : 회심공당(會審公堂)으로, 상해회심공해의 속칭이다. 청말 상해 조계지에 설치한 사법심판기관으로, 중국의 심리관서와 구분한 명칭이다. 불평등조약의 규정에 따라 중외호공(中外互控)의 안건은 모두 중국, 영국, 미국, 프랑스 네 개의 나라 회심관이 심리를 하였고, 중국 회심관은 허수아비일 뿐이었다.

3 籤詩 : 절이나 노교원에서 길흉 물음에 답하는 시구를 말한다.

4 점괘는 上上, 上吉, 中平, 下下로 나뉜다. 중평은 소길(小吉)에 해당된다.

5 상상(上上)은 대길에 해당된다.

6 승려가 불교의 교리, 경전, 인연담 등을 통속적으로 해석하여 강창하였다. 중국

강창(講唱) 문학의 한 형태이기도 하다. 보권은 명청대에 대량으로 만들어져서 전국 각 지방에서 성행하였다.

7 宣卷 : 승려가 자리하여 보권(寶卷)을 노래하는 것을 말한다.

22

돈을 빌려 속량하겠다고 처음으로 의논하여 정하고, 물건을 사는 일로 입씨름하다 일찌감치 감정이 상하다

借洋錢贖身初定議 買物事賭嘴早傷和

황취봉은 급히 저녁을 끝내고 소아보에게 세숫물을 가져오라고 해서 거울 앞에서 얼굴을 닦고 나갈 채비를 했다. 나자부가 물었다.

"후마로? 어디야?"

"전공관인데, 노름꾼들이에요. 가면 내가 대신 해야 하는데, 다른 곳에서 부르지 않는 한 계속 있어야지 보내주질 않아요. 두세 시간을 앉아 있어봐요, 얼마나 짜증이 나는지."

"짜증나면 사양하고 가지 마."

"불렀는데, 어떻게 안 가요? 우리 엄마가 한 소리 할 텐데."

"네 엄마가 왜 한 소리를 해?"

"엄마가 왜 못해요? 내가 지금까지 잘못한 게 없으니까 가만있었지, 조금이라도 잘못해봐요. 우리 엄마가 가만있었겠어요!"

그때, 조가모가 의상을 꺼내 왔다. 취봉은 옷을 갈아입으면서 자부에게 당부했다.

"여기 계세요. 금방 돌아올 테니까요."

또 금봉에게도 당부를 했다.

"못 가시게 해."

소아보에게 주봉도 불러와서 시중들라고 하였다. 조가모는 비파와 물담뱃대를 들고 앞장서고, 취봉은 뒤를 따라 나갔다. 아래층으로 내려가 가마에 올라타고 후마로 전공관으로 갔다. 응접실은 불빛이 휘황찬란했고 화권소리로 시끌벅적했다. 취봉은 술자리라고 생각했으나 양류당, 여걸신, 도운보와 술자리 주인 전자강(錢子剛) 넷만 있는 걸 보고서야 마작을 시작하기 전에 가볍게 저녁을 먹는 자리라는 것을 알게 되었다. 양류당은 황취봉을 보자마자 큰 소리로 떠들었다.

"마침 잘 왔어! 술 마셔!"

양류당은 곧바로 계항배를 들고 취봉의 입술에 갖다 댔다. 취봉은 머리를 돌리며 사양했다.

"안 마셔요."

양류당은 그래도 계속 치근덕거렸다. 취봉은 개의치 않고 벽에 있는 교의에 앉았다. 전자강은 얼른 일어나 양류당에게 말했다.

"이 술은 내가 마실 테니, 화권이나 하게."

그리고 그 술잔을 받았다. 양류당은 자리로 돌아가 여걸신과 화권을 했다. 전자강은 잔을 들고 황취봉에게 말했다.

"우리 넷이 내기를 하다가 내가 열 번을 연달아 져서 여덟 잔을 마시고 아직 두 잔이 남았어. 마실 수 있겠어? 한 잔만 대신 마셔줘. 어때?"

취봉은 그 말을 듣고 잔을 받아 한번에 다 마시고 잔을 돌려주면서 말했다.

"나머지 한 잔도 가져와요."

"나머지는 조가모가 대신 마셔."

조가모는 탁자 위에 놓인 술잔을 가져다 마셨다. 도운보는 양류당을 부추기며 말했다.

"자네가 바보야! 똑같은 한 잔인데, 전 나리가 대신 마시라고 하니까, 자네도 봐, 얼마나 빨리 마시는지."

황취봉이 말했다.

"말씀은 참 잘하셔요. 술 마시는 걸 가지고도 이렇게 말이 많으시니. 양 나리와 전 나리 모두 당신 친구인데, 나리는 양 나리 편만 들어 훈계를 하시는 게 꼭 전 나리를 훈계하는 것 같네요. 어쨌든 나리가 무슨 말씀을 하시든 저와는 상관없어요."

여걸신이 말했다.

"지금은 내가 졌으니 대신 한 잔만 마셔줘. 그러면 자네에게 아무 말 하지 않을게."

취봉이 말했다.

"여 나리, 더는 대신 마시지 않아요. 지금 도 나리의 훈계를 듣고는 절대 대신 못 마시죠."

양류당은 여걸신을 재촉했다.

"빨리 마셔, 어서 마작 해야지."

황취봉이 물었다.

"벌써 시작하시려고요?"

전자강이 말했다.

"네 번 하고, 아직 네 번 남았어."

여걸신은 술잔을 비우고 도운보를 가리켰다.

"자네 차례야."

도운보는 양류당과 화권을 시작했다. 황취봉은 또 대신 마시라고 할까 봐 분위기를 맞추는 체하며 왼쪽 곁방 서재로 피했다. 서재의 가운데에는 책상 몇 개가 여기 저기 놓여 있고, 산가지와 마작들이 한데 널려 있었다. 양초 네 개는 이미 꺼졌으나 창가 쪽 탑상 위에 있는 연등이 밝아서 탑상 아래쪽에 편한 자세로 앉았다. 잠시 후, 전자강도 서재로 와서 탑상 위쪽에 누워 아편을 피웠다. 취봉이 물었다.

"우리 엄마가 돈 빌리지 않았어요?"

"아니. 전날 밤에 이런저런 이야기를 하긴 했지. 지금 지출은 많고 쓸 돈은 없고, 수지가 맞지 않아 아무래도 나에게 돈을 빌려야 할 것 같다고 하더군. 그런데 뒤에 다른 이야기를 하는 바람에 더 이상 하지 않고 넘어갔어."

"우리 엄마 속은 음흉하니까 당신 조심해야 해요. 당신이 지난번에 팔찌 해줬잖아요. 엄마 말이 '전 나리는 하는 일도 없는데, 어떻게 돈이 이렇게 많은지 모르겠어.' 하기에, '손님 돈을 엄마가 왜 상관해요.'라고 말해줬죠. 그러니까 엄마가 '난 쓸 돈이 없어, 돈들이 다 어디로 가는지 모르겠어.' 그러잖아요. 정말 어이없고 화가 나서 더 이상 할 말이 없었어요. 이런 말들이 무슨 의미인지 생각해봐요."

"네 엄마에게 돈 빌려주는 걸 조심하라는 건가?"

"엄마가 돈을 빌려달라고 하면 절대 빌려주면 안 돼요. 또 내게 아무것도 사주지 말아요. 당신이 지금 나에게 사주면 며칠 못 가 엄마 것이 돼버려요. 그래도 엄마는 전혀 고마운 줄 몰라요. 오히려 당신이 돈을 많이 쌓아둔 줄 알고 두 눈에 핏발을 세우고 눈독 들일 거예요. 그러니까 사주지 않아도 괜찮아요."

"그래도 네 엄마는 너한테는 잘해줬잖아. 요즘 네 엄마가 무슨 꿍꿍이가 있어서 너를 의심하는 것 아니냐?"

"맞아요. 요즘 엄마가 날 힘들게 할 속셈이긴 해요. 지난 달 말에 어떤 손님이 떠나갈 때 백 원을 지불했었죠. 엄마는 돈만 생겼다 하면 십 원이고 이십 원이고 모두 애인에게 빌려줘 버렸어요. 오늘 바느질삯을 지불해야 하는데 돈이 없다며 나에게 돈을 내놓으라고 하잖아요. 그래서 '내가 돈이 어디 있어요? 의상은 엄마가 당연히 해줘야 하는 거잖아요. 오늘 바느질삯 줘야 하는 걸 뻔히 알면서 왜 애인한테 빌려줬어요?'라고 한바탕 따졌더니 엄마는 놀라서 한마디도 뺑끗하지 못하더군요."

"그러면 오늘 한 푼도 안 줬어?"

"처음이니까 엄마 체면을 봐서 나 씨에게서 십 원을 빌려 줬죠. 엄마 본심은 나 씨 돈을 빌리는 데 있는 게 아니에요. 나보고 당신에게 돈을 빌리라는 거죠. 그것도 아주 많이 빌려야 만족할걸요."

"네 엄마는 나에게 돈을 빌리지 못하면 만족을 못하겠네? 나에게 빌리려고 하면 나로서도 거절하기 힘들 텐데."

"당신은 빌려주지 않아도 괜찮아요. 왜 엄마에게 꼭 돈을 빌려줘야 해요? 그냥 '내가 지금까지 일이 없어서 돈이 없다'고만 하세요. 그 정도만 해도 체면은 세워주는 거죠. 명절에 술자리 만들고 그 횟수만큼 돈을 지불해서 장부를 깨끗하게 정리해주면 돼요. 그러면 엄마가 당신에게 뭐라 그러겠어요?"

"그래도 엄마가 원망할 텐데. 내 생각에 말이야, 돈을 빌려달라고 하면 조금만 빌려주는 거야, 아주 조금 말이야. 명절 두어 번 보내고 자네가 속신할 때까지만 지내보는 건 어때?"

"싫어요! 엄마와 무슨 말을 했기에 돈을 빌려주려고 해요? 당신, 정말로 돈이 많아요? 그러면 내가 속신할 때까지 기다렸다가 나에게 빌려줘요."

"조만간 속신할 생각이냐?"

취봉이 황급히 손을 저으며 더 이상 말을 못하게 했다. 그리고 고개를 돌려 바깥을 흘깃 쳐다보았다. 마침 사람 그림자 하나가 푸른 비단 병풍에 일렁였다. 황취봉은 다급하게 물었다.

"누구세요?"

박장대소하며 한 사람이 나왔다. 다름 아닌 여걸신이었다. 전자강은 담뱃대를 내려놓고 일어나 앉으며 웃었다.

"자네 때문에 놀랐어!"

"내가 현장을 잡았네! 자네 두 사람은 체면도 없는가, 몰래 만나

借洋錢贖身
初定議
第二十二回
三十六

려면 우리 같은 손님들이 다 가고 나서 느긋하게 시작해도 되는데, 어떻게 잠시도 못 기다리나."

황취봉이 한마디 쏘아붙였다.

"개 주둥아리에서 상아가 나오겠어요!"

여걸신이 또 대꾸하려고 하자 전자강은 그를 끌고 응접실로 돌아갔다. 양류당이 말했다.

"난 화권에 져도 대신 마셔주는 사람도 없는데 자네는 재미까지 보고 있었단 말인가."

도운보가 전자강에게 말했다.

"지금 실컷 재미 보고 있게나. 조금 있으면 마작에서 많이 잃을 거니까."

전자강은 별다른 변명은 하지 않고 술내기 화권이 어떻게 되었는지를 물었다. 네 사람은 다시 한 잔씩 마시고 저녁을 들기 시작했다. 저녁을 먹은 뒤 모두 서재로 와서 불을 켜고 마작을 했다.

전자강은 아편을 충분히 즐기려고 황취봉에게 대신 하라고 했다. 취봉은 두 판이 도는 동안 돈을 많이 따게 되어 점점 흥이 났다. 그러자 조가모를 불러 귀에 대고 소곤거렸다. 조가모는 곧 집으로 돌아가 이 층으로 올라가서 나자부를 찾았다. 그런데 나자부는 방에 없었다. 황주봉만 머리를 탁자에 처박고 꾸벅꾸벅 졸고 있었다. 조가모는 주봉의 귀를 잡아당기며 물었다.

"나 나리는?"

어안이 벙벙한 주봉은 대답을 못했다. 조가모가 여러 번 묻고 나서야 말했다.

"나리는 가셨어요."

"어디로 가셨어?"

"모르겠어요."

조가모는 화가 치밀어 올라 손가락으로 주봉의 태양혈을 찌르고 아래층 작은 방으로 가서 황이저에게 물었다. 황이저가 알려주었다.

"나 나리는 오설향 집으로 초대받아 가셨어. 술자리에 가야 하니까 어서 가서 큰선생에게 빨리 돌아오라고 해."

"그러면 있다가 나 나리가 보내는 국표가 오면 가지고 가야겠어요. 지금은 선생도 돌아오고 싶지 않을 겁니다."

황이저가 그렇게 하라고 했다. 한참 지나 나자부의 국표가 왔다. 정말로 동합흥리 오설향의 집으로 오라는 것이었다.

조가모는 국표를 가지고 다시 후마로 전공관으로 갔다. 문을 들어서서 왼쪽 방 서재를 보니 불빛 하나 없이 깜깜했다. 마작은 이미 끝났고, 손님들도 떠나갔다는 것을 알 수 있었다. 그래서 바로 돌아서서 오른쪽 곁방 내실로 들어갔다. 전자강의 아내가 있었다. 조가모는 마지못해 '마님' 하고 인사를 했다. 그 마님은 오히려 눈웃음을 지으며 말했다.

"선생 마중하러 왔어? 선생은 이 층에 있는데, 자네가 조금 기다려야겠네."

조가모는 하는 수 없이 앉아 다른 곳으로 가야 한다고 천천히 말을 꺼냈다.

"다른 곳에서 부르면 일찍 가야지, 늦으면 안 되지. 계단 아래쪽에서 한번 불러보게."

조가모는 급히 뒤쪽으로 가서 고개를 들고 '큰선생님' 하고 불렀다. 그러나 이 층에서는 아무런 대답이 없었다. 그래서 연달아 두어 번 더 불렀다.

"다른 자리로 가야 합니다."

여전히 숨소리조차 들리지 않을 정도로 조용했다. 마님이 말렸다.

"그만하게, 선생이 들었을 거야."

조가모는 별 수 없어 앞쪽 곁방으로 가서 마님과 마주 앉아 한담을 나누었다. 잠시 후 황취봉의 발자국 소리가 들렸다. 조가모는 황급히 비파와 물담뱃대를 들고 앞으로 가서 맞이했다. 취봉은 만면에 노기를 띠고 말했다.

"뭐가 바빠서 떠들썩하게 소리를 내고 그래. 깔끔하지 못하게!"

마님이 미소를 띠며 해명해주었다.

"이 사람이 잘못한 건 없네. 국표 때문에 너무 늦으면 안 되니까, 조금 서둘라고 부른 거였네."

취봉은 여러 말 하기 싫어 마님과는 서서 몇 마디 나누고 작별인사를 했다. 마님은 응접실 앞까지 나와 취봉이 가마를 타고 돌아가는 것을 보고 들어갔다. 조가모는 가마 뒤를 따라서 동합흥리 오설향의 집으로 갔다. 취봉의 손을 잡고 술자리에 들자 손님들과 기녀들, 아주머니, 여자 하인들이 일찌감치 와서 틈 하나 없이 자리를 메우고 있었다. 나자부는 뒷자리 화장대에 기대고 있어 비집고 들어갈 수도 없었다. 마침 나자부와 나란히 앉아 있던 왕연생이 부른 기녀 장혜정이 황취봉을 보고는 자기가 앉아 있던 작은 의자를 바로 내주며 불렀다.

"취봉 형님, 여기로 와요."

조가모도 함께 불렀다. 황취봉은 예의 바른 장혜정이 유난히 친밀하게 느껴졌다.

취봉은 혜정의 금구슬 머리장식이 반짝거리는 것을 보고 새로 마련한 것임을 알았다. 손을 잡다가 반지를 보고 말했다.

"지금은 이름 새기는 반지도 유행이 지났죠."

혜정은 취봉 머리에 꽂힌 비취 연밥 모양의 머리장신구를 보고 더 자세히 보고 싶어졌다. 황취봉은 그중 하나를 뽑아 장혜정에게 주었다. 그러자 장혜정이 말했다.

"초록색이 정말 예뻐요."

뜻밖에도 왕연생 아래쪽이 주인 갈중영의 자리였고, 그 뒤에 앉은 오설향이 장혜정의 탄성을 듣고는 고개를 빼고 보며 취봉에게 물었다.

"얼마에 샀어요?"

"팔 원."

오설향도 재빨리 자기 머리에서 하나를 뽑아 비교해보았다. 장혜정은 전체가 초록색인 것을 보고 다시 말했다.

"예뻐요."

오설향은 볼멘소리로 말했다.

"또 '예쁘다'예요! 내 건 한 쌍에 사십 원짜리인데, 겨우 '예쁘다'고만 해요."

황취봉은 그 말을 듣고 오설향에게서 건네받아 한참 살펴보았다.

"그런데 직접 샀어요?"

"손님이 성황묘 차회에서 사 왔어요. 비싸다고는 하지 않았는데 명색이 보석 가게인데 싸기야 하겠어요!"

장혜정이 말했다.

"난 볼 줄 몰라요. 비교해보니까 조금 더 나은 것 같기도 하네요."

오설향이 말했다.

"비취는 정말이지 품평하기 어렵고, 좀처럼 좋은 것도 찾기 어려워요. 내 연밥 한 쌍은 어떤 것과도 비교가 안 돼요. 사십 원에 이 정도면 됐죠."

황취봉은 미소만 띠고 연밥 모양 머리장신구를 오설향에게 건네주었다. 장혜정도 황취봉에게 연밥을 돌려주었다. 갈중영은 화권을 하는 중이어서 오설향의 말을 제대로 듣지 못하고 세 번째 화권을 끝내고 나서야 고개를 돌리며 말했다.

"무슨 물건이기에 사십 원이야?"

오설향은 갈중영에게 연밥을 건네주었다. 갈중영이 말했다.

"너 속았어, 이게 어떻게 사십 원이나 해! 십 원에도 살 수 있겠어."

"당신이 뭘 알아요! 자기는 볼 줄도 모르면서 깎아내리고 있어요.

그럼 십 원에 사 와봐요!"

나자부가 말했다.

"가져와봐, 내가 한 번 보지."

그리고 잽싸게 연밥을 낚아챘다. 황취봉이 말했다.

"당신도 물건 볼 줄 모르면서 보긴 뭘 본다고 그래요?"

나자부가 껄껄 웃으며 말했다.

"정말 난 물건을 못 봐!"

그리고 곧바로 왕연생에게 연밥을 주었다. 연생이 장혜정에게 말했다.

"네 머리에 있는 것보다 좋긴 하네!"

장혜정이 말했다.

"당연하죠, 어떻게 제 것과 비교해요."

오설향이 끼어들었다.

"자기도 있으면서, 나에게 보여줘 봐요."

"내 건 좋은 게 아니에요. 다시 하나 사려고요."

장혜정은 말을 하면서 하나를 뽑아 오설향에게 주었다. 설향이 물었다.

"얼마짜리예요?"

장혜정이 웃으며 말했다.

"형님 비취 연밥 가격으로 열 쌍은 살 수 있어요."

"사 원으로는 살 만한 게 아예 없어요. 다시 사면 좀 더 비싼 걸 해요. 값이 나가는 게 물건도 좋아요."

장혜정은 웃으며 왕연생의 손에서 연밥을 가져와 오설향에게 다시 돌려주었다.

그때 나자부가 선을 잡았다. '오괴', '대수'라며 봄날 천둥소리가 귀에 진동하듯 우렁차서 오설향의 연밥 품평은 끊겨버렸다.

이 자리에 모여 앉은 이들은 나자부와 왕연생을 제외하고는 모두 전장(錢莊) 친구였다. 갈중영이 오설향과 사랑 놀음에 빠져서 술에 뜻이 없다는 것을 알고 다른 사람들은 억지로 맞장구를 치며 즐기려고 했지만 양껏 놀지는 못했다. 나자부의 판을 끝으로 모두들 흩어져 자리를 떠났다.

오설향은 손님들이 모두 떠나기를 기다렸다가 다시 갈중영에게 따지기 시작했다.

"내가 말하면 당신은 당연히 내 편을 들어야죠. 그게 가까운 사이잖아요. 그런데 당신은 내 말에 꼬투리를 잡기나 하고, 정말이지 어이가 없어서! 내가 연밥 한 쌍이 사십이라고 하면 정말 사십 원인 거예요. 당신을 속이는 게 아니라고요. 당신, 못 믿겠다면 소매저에게 물어봐요. 당신은 그때 조마조마했었죠? 혹시 내가 사십 원을 달라고 할까 봐. 그러니까 말 떨어지기가 무섭게 얼른 십 원, 십 원 한 거잖아요. 그 십 원으로 나에게 뭐라도 사다 주기나 했어요? 당신이 사다준 시계 달린 그 백동(白銅) 팔찌 하나, 삼십 원 조금 더 된다고 말하지 않았어요? 그랬으면서 내가 가지고 있는 보석들이 비싼 게 아니라는 거예요? 당신 속으로는 나를 절름발이 기녀쯤으로 알고 있는 모양인데요. 사십 원짜리 연밥을 사주기다 하겠어요? 마지못해 백동 팔찌를 주면서 금팔찌라고 여기고 있는 거 아닌가요?"

두서없이 뱉어내는 말에 중영은 어이없어하면서 웃었다.

"그게 왜 중요한 거야? 사십 원이라고 해도 나와는 상관없는 일이야."

"그런데 왜 십 원이라고 말했어요? 당신이 십 원이라고 했으니까 당신 말대로 사줘 봐요. 마침 나도 머리장신구를 하나 더 사야 하거든요. 돈은 내가 내줄 테니, 당신이 사다 줘봐요."

중영이 웃으며 말했다.

"그만해, 내가 사다 줄게!"

"당신 그냥 대충 넘어가려 하나본데, 내일 바로 사다 줘야 해요."

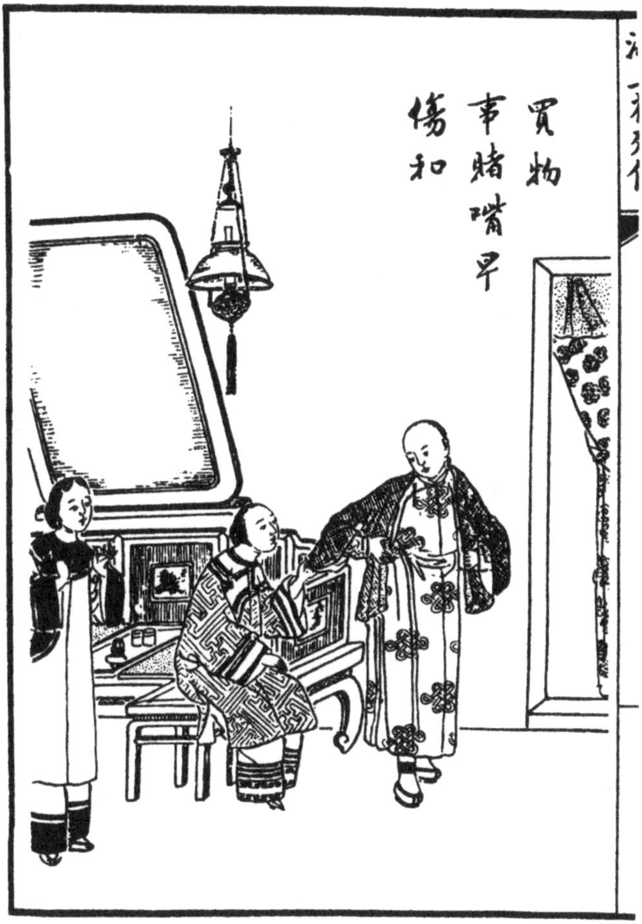
買物
事賭嘴早
傷和

"오늘 밤에 사다 줄게, 어때?"

"좋아요, 그렇게 해요."

중영은 마고자를 걸쳤다. 마침 소매저가 방으로 들어오다 놀라며 말했다.

"둘째 도련님, 뭐하세요?"

그녀가 그를 붙잡으려는데, 설향이 눈짓으로 막았다. 중영은 엄지반지[1]를 끼고 시계를 호주머니에 걸고 나서 합죽선을 들고 설향에게 웃으며 말했다.

"간다!"

설향은 그를 붙잡았다.

"어디 가셔요?"

"물건 사 오라고 했잖아."

"좋아요, 그럼 나도 같이 가요."

그녀는 중영의 손을 잡고 걸었다.

중영은 방문 주렴 앞까지 가다가 멈추어 버티고 섰고, 설향은 안간힘을 다해 문밖으로 밀어내려고 했다. 소매저는 뒤에서 손뼉을 치며 깔깔 웃었다.

"순포에게 잡혀가게 되었네!"

응접실에서 남자 하인이 무슨 일인지 물으러 왔다. 소매저는 그들을 달래기도 하고 으르기도 하면서 방으로 들여보내고 중영의 마고자를 벗겨주었다.

설향은 입을 삐죽거리며 말없이 조용히 한쪽에 앉아 있었다. 중영은 겸연쩍어 웃음만 쪼갰다. 아주머니 역시 깔깔 웃으며 말했다.

"아이 두 명이 같이 있으니 하루 종일 울고 웃고 하네요. 왜 그런지 모르겠네요. 장난이시죠."

"면목이 없네, 괜히 자네 같은 늙은이를 짜증나게 했어."

"네, 정말 짜증나요."

아주머니는 그 말을 하고 나갔다. 중영은 설향에게 바짝 다가가 웃으며 조용히 말했다.

"들었어? 그들에게 웃음거리가 되었어. 아무 일도 아닌 것으로 공연히 소란을 피웠으니, 이게 뭐란 말이냐?"

설향은 그 말에 비웃으며 말했다.

"당신 또 고집 피울 거예요?"

"좋아, 네가 이겼다."

설향은 비로소 처음처럼 얼굴색이 밝아졌다. 중영은 남자 하인이 문 닫는 소리를 듣고 시계를 보니 벌써 한 시를 훌쩍 넘기고 있었다.

"늦었어. 이제 자야겠어."

설향이 물었다.

"죽 드시겠어요?"

"아니."

설향은 소매저를 불러 잠자리를 보게 했다. 소매저는 물을 세숫대야에 붓고, 요와 이불을 깔았다. 잠자리 준비로 한참 분주하게 움직이고 있는데, 바로 그때 갑자기 어린 여자 하나가 대문을 밀고 방으로 뛰어 들어왔다. 소매저에게 '이모' 하고 부르며 달려와 소매로 입을 막고 울었다. 소매저는 위하선의 집에서 일하는 외질녀 아교를 보고, 다급하게 물었다.

"너, 지금 이 시간에 어떻게 왔어?"

아교는 말을 하려는데 순간 말이 나오지 않았다.

---

1 활을 쏠 때 활시위에 손가락이 다치지 않도록 끼우는 가락지로, 금속 또는 옥으로 만들었고, 후에는 단순히 장신구로 사용되었다. 특히 청나라 때에는 남자의 장식품으로서 엄지손가락에 끼었다.

23

외질녀는 뒤에서 험담을 듣고,
부인은 그 자리에서 추태를 부리다

外甥女聽來背後言 家主婆出盡當場醜

오설향의 집에서 일하는 아주머니 소매저는 울먹이는 외조카 아교를 보고 이상해서 물었다.

"무슨 일이야?"

아교가 울면서 말했다.

"거기 안 갈래요!"

소매저는 어리둥절하여 아교를 한참 쳐다보다 물었다.

"누구와 싸웠어?"

아교가 고개를 저으며 말했다.

"아뇨. 아침에 연등 하나를 닦다가 발을 헛디뎌서 유리뚜껑을 깨뜨렸는데, 엄마가 나한테 물어내래요. 그래서 내가 양화점에 가서 하나를 사 왔는데, 좋은 게 아니라고 불평을 하기에 다시 가서 사 오려고 하니까 다른 가게로 가서 더 좋은 걸 사 와야 된다고 하잖아요. 하는 수 없이 다시 사 왔더니 또 마음에 안 든다며, 이번에는 깨진 유리뚜껑을 가지고 가서 원래 모양과 똑같은 걸 사 오라는 거예요. 양화점에서는 이 각을 더 줘야 한다고 하고, 교환도 안 된대요. 내가 그곳에서 하녀로 일하면서 한 달에 겨우 일 원을 받아요. 정월부터 모은 삼 원은 벌써 고향에 부쳐버렸는데, 어떻게 이 각이 있겠어요."

소매저는 그 말을 듣자 오히려 웃음이 나왔다.

"이게 무슨 중요한 일이라고? 이 꼬맹이도 참 융통성이 없구나! 유리뚜껑 가져와 봐, 내일 내가 대신 사다 줄게."

아교는 황급히 말했다.

"이모, 그게 아니에요! 그곳에서 더 이상 일을 못하겠어요! 아침에 일어나자마자 연등 세 개, 물담뱃대 여덟 개를 내가 정리해야 해요. 거기다 방 세 칸을 청소하고, 탁자를 닦고, 타구를 비우고, 온갖 허드렛일은 다 해요. 오후에는 빨래를 하는데 몇 벌이나 되는 옷을 나 혼자 빨아야 하니까, 하루 종일 잠시라도 쉴 틈이 없어요. 가끔씩 손님들이 밤새도록 마작을 하면 잠도 못 자요. 날이 샐 때까지 마작을 한 손님들은 자러 가지만 난 또 방을 치워야 해요."

"여자 하인 두 명 더 있잖아, 그 애들은 뭐 하고 있어?"

"그 두 명은 일을 안 해요. 내가 열두 시에 깨우면 점심 먹고, 그리고 선생 머리 빗겨주고, 그러고 나면 일이 없으니 탑상에 다리나 꼬고 앉아 아편 피우고, 손님이 있으면 손님이랑 농담이나 하면서 히득거리며 그냥 놀아요. 그때 나는 물수건 짜고, 물담배 채우느라 정말 바빠요. 그 애들은 월말에 행하로 어떨 때는 삼사 원씩, 어떨 때는 오륙 원씩을 받는데, 얼마나 좋겠어요. 그런데 나는 동전 하나도 구경하지 못해요!"

아교는 이 말을 하다 말고 또 울음을 터뜨렸다. 소매저는 정색을 하며 말했다.

"어쨌든 돌아가서 네 일을 해야지, 그 애들 본보지 마. 그 애들이 행하를 받는다고 해서 부러워할 필요도 없어. 지금이야 손해를 좀 보겠지만, 머리 손질하는 거 잘만 익혀봐. 안 그러면, 내가 너에게 말했잖아. 시골에서 막 올라와서 혼자 일하는데 기분 나쁘다고 나와버리면 나와서 뭘 할 거야? 또 누가 너를 받아주기나 해?"

아교는 목이 메여 겨우 말을 이어갔다.

"이모는 몰라요! 일만 하면 괜찮죠. 내가 일하고 있으면 그 애들이 장난을 친단 말이에요. 내가 장난을 안 받아주면 기분 나쁘다고 엄마에게 쪼르르 가서 내가 일하기 싫어한다며 일러바치고, 짓궂은 손님이라도 오면 손님과 그 애들이 한통속이 되어 날 놀려대요. 한 손님은 내 손을 잡고, 또 다른 손님은 내 다리를 붙들고, 그 애들은 내 바지를 벗기려고 했다구요."

이 말을 하고 또 흑흑 울었다. 그런데 갈중영과 오설향은 오히려 웃음이 나왔다. 소매저도 웃다가 급히 물었다.

"벗겼어?"

아교가 울며 말했다.

"당연하죠! 선생이 보다 못해 날 빼내어 준 걸요. 엄마는 이런 일을 알아도 어린 애가 징징거린다며 짜증난다고만 해요."

오설향이 말을 받았다.

"손님도 정말 교양이 없구나! 사람들도 참, 여자 하인 바지를 벗기면 재미있나?"

갈중영이 말했다.

"한 달에 일 원이면 아무도 안 하려고 하겠는데. 거기서 일하지 마."

소매저만 가만히 있었다. 방 정리가 끝나자 갈중영과 오설향은 자려고 하는데, 소매저가 아교에게 말했다.

"싫어도 내가 일자리를 찾을 때까지 기다려. 그러니까 지금은 돌아가. 나중에 다시 이야기하자."

"그러면 이모가 일자리 찾아줘야 해요."

"알았으니까 가봐."

아교가 또 물었다.

"연등뚜껑은 물어줄 거예요?"

소매저는 깨진 뚜껑을 두고 가라고 했다.

"내일 내가 사러 가마."

그리고 또다시 당부했다.

"지금부터 조심해서 일해."

아교는 대답을 하고 소매저에게 인사를 하고는 다시 상인리 위하선의 집으로 돌아갔다. 그때 응접실에서는 선권이 한창이어서 도교 도사들이 낙양교(洛陽橋)고사[2]를 강설하고 있고, 하릴없는 사람들이 둘러앉아 구경하며 듣고 있었다. 아교는 개의치 않고 뒤쪽 작은방으로 가서 기생어미 위저(韋姐)에게 다녀온 이야기를 했다.

"연등뚜껑은 양화점에서 못 바꿔준대요. 내일 제 이모가 사다 주시기로 했어요."

"이모한테 갔었어?"

"네."

위저가 화를 냈다.

"이런 작은 일로 이모한테 쪼르르 달려갔단 말이야! 네 이모한테 말하면 안 물어줘도 되는 줄 알아?"

아교는 입도 뻥긋 못하고 위층으로 올라갔다. 위하선의 방에는 두 번째 술손님들이 아직 있었다. 그들은 북신(北信) 전당포 경리 적(翟) 씨와 전당포 점원들로, 한참 떠들썩했다.

아교는 잠깐 쉴 생각에 다시 시중들 방으로 들지 않고 어두운 정자간에 들어가 손을 더듬어가며 탑상을 찾아 누웠다. 그러나 앞쪽 방에서 들려오는 웃음소리에 도무지 잠을 잘 수 없었다. 잠시 후엔 탁자를 끌고 의자를 옮기는 소리, 또 와르르 마작을 쏟아 붓는 소리까지 들렸다. 마작을 하려고 준비하는 모양이었다.

아교가 일어나려고 할 때, 여자 하인 두 명이 방을 나와 남자 하인에게 물수건을 가져오라고 하고 다시 내려와 아교를 찾았다. 위저가 말했다.

"아교는 이 층으로 갔어. 자러 갔을 거야."

그중 한 명이 말했다.

"팔자 좋은 모양이네! 네가 가서 불러와."

그러자 또 다른 한 명이 말했다.

"싫어. 일하기 싫으면 우리가 하지 뭐. 뭐 그렇게 대단한 거라고."

아교는 그 말을 듣고 울컥 화가 치밀었지만 참고 다시 잠을 청했다. 의기소침해졌어도 자기도 모르게 잠이 들었고 해가 중천에 뜨고 나서야 깨어났다. 탑상에서 일어나 앉아 눈을 비비고 귀를 기울였다. 아래층은 조용했다. 선권은 이미 끝났고, 마작을 끝낸 위하선의 방으로 남자 하인이 간단하게 차린 상을 들고 들어가고 손님과 두 명의 여자 하인은 여전히 낄낄거리며 놀고 있었다. 아교는 그들을 피해 주방 부뚜막으로 가서 얼굴을 닦고 먼저 빈방부터 치우기 시작했다.

잠시 후, 소매저가 왔다. 아교는 청소를 하다 말고 조용히 엿들었다. 소매저가 작은 방으로 가서 위저에게 인사를 하고 사 온 연등뚜껑을 건네주며 물었다.

"맞아요?"

위저는 깔깔 웃으며 말했다.

"어린 애한테 속은 거야. 정말로 사 오면 어떡해! 아교가 조심성이 없어서 주의를 주려고 괜히 한 말인데, 정말로 사 왔네."

위저는 소매저에게 이 각을 주려고 했지만 소매저는 끝까지 받지 않았다. 위저는 하는 수 없이 고맙다는 말을 하고 소매저를 끌어 앉히며 이야기를 나누었다.

"이 애는 일은 잘하는데, 남하고 어울리지를 못해. 기루에서 손님들이 장난을 좀 친 게 뭐 큰일이 났다고, 기분 나쁘다고 그렇게 소

海上花列傳
第二十三回
四十三
外甥女聽来背後言

란을 피우고 그래."

아교는 이 말에 화가 나서 더 이상 듣고 싶지 않아 빈방으로 돌아가 청소를 했다. 소매저가 위저에게 인사를 하고 문을 나설 때 아교가 재빨리 쫓아와서 '이모' 하고 불렀다. 골목 어귀까지 따라와서야 물었다.

"이모, 다른 집 알아봤어요?"

"뭐가 그리 급해! 다른 집이 있다고 해도 이번 명절은 여기서 지내야지. 지금 당장 어디 가서 찾는다고 해?"

아교는 그래도 여러 번 부탁을 하고 돌아왔다. 소매저가 돌아간 후로 며칠이 지나도 아무 소식이 없었다. 아교도 시간이 없어 오설향의 집으로 가볼 수도 없었다.

삼월 십사 일, 아교는 일찍 일어났다. 응접실에서 물담뱃대를 닦고 있는데 가마 하나가 문 앞에서 멈추더니 한 아주머니가 주렴을 들어올리고 중년으로 보이는 여자의 손을 잡아주었다. 여자의 행동은 우아하면서도 거만했으며 옷차림은 고풍스러웠다. 아교는 어느 집의 대단한 부인인가 보다 생각했다. 부인은 만면에 노기를 띠고 몸을 꼿꼿이 세워 대문으로 성큼 들어서며 큰소리로 물었다.

"여기가 위하선 집이야?"

아교는 그렇다고 대답했다. 그 부인은 더 이상 묻지 않고 아주머니를 데리고 계단으로 올라갔다. 아교는 의아해서 문 앞 가마꾼에게 물어보고서야 바로 요계순의 부인이라는 것을 알게 되었다. 아교는 급히 작은 방으로 뛰어가서 위저에게 알렸다. 위저는 무슨 일인지 몰라 아교와 함께 요 부인 뒤를 따라 이 층 위하선의 방으로 들어갔다.

그때 위하선은 창 쪽을 향해 단정히 앉아 머리를 빗고 있었다. 요 부인은 그녀를 보자마자 언성을 높여 물었다.

"네가 위하선이냐?"

하선은 고개를 들어 보고는 깜짝 놀라며 요 부인을 아래위로 훑어보았다. 그리고 냉랭하게 대답했다.

"내가 위하선인데, 댁은 누구시죠?"

요 부인은 위엄을 갖추고 교의로 가서 앉으며 호통을 쳤다.

"너와는 할 말 없어! 둘째 나리는 어디 계셔? 얼른 불러와!"

하선은 요 부인이 온 이유를 짐작했으면서도 짐짓 냉랭하게 대답했다.

"어느 둘째 나리를 말씀하시는 건지? 그리고 둘째 나리는 당신과 어떤 사이라는 거죠?"

요 부인은 소리를 지르며 하선의 얼굴에 삿대질을 하며 말했다.

"모르는 척하지 마! 둘째 나리는 바로 내 남편이야. 둘째 나리를 잘도 꼬드겼더군! 그래 넌 내가 누구인 줄 알았어?"

요 부인은 눈을 매섭게 부라리며 말을 하는데, 금방이라도 뒤로 쓰러질 것만 같았다.

그 모습을 보니 하선은 자기도 모르게 웃음이 터져 나왔다. 그래도 대답은 하지 않았다. 아교는 간이 콩알만 해져서 얼른 찻잔을 가져와 찻잎을 넣고 남자 하인에게 뜨거운 물을 부으라고 하고는 말했다.

"마님, 차 드셔요."

또 물담뱃대를 가져와서는 물었다.

"마님, 담배 피우시겠어요? 제가 채워드릴게요."

위저도 요 부인을 진정시키려고 거짓말을 늘어놓으며 변명하려고 했다.

"둘째 도련님은 여기에 자주 오지 않으십니다. 오신 지 한참 됐어요. 정말 어렵게 한 번씩 술자리를 가지지만 술은 거의 안 마셔요. 그러니 마님, 다른 사람들이 하는 말을 곧이듣지 마세요."

모두들 덩달아 이말 저말을 하며 해명하고 있는데, 위하선이 소리를 쳤다.

"조용히들 해요! 다들 무슨 쓸데없는 소리야!"

하선은 정색을 하고 카랑카랑한 목소리로 요 부인에게 말했다.

"당신 남편이라면 당연히 당신 집에서 찾아야지. 당신이 언제 우리에게 맡겼다고 지금 여기 와서 당신 남편을 찾는 거죠? 우리 기루에서는 당신 집 사람을 초대한 적이 없는데, 여기 와서 당신 남편을 찾는 게 우습지 않아요! 기루를 열어 장사하고 있으니 들어오는 사람들은 모두 손님이에요. 그 손님이 누구 남편인지 우리가 왜 신경을 써요! 당신 남편이 내 손님이면 안 되는 거예요? 솔직히 말해볼까요? 둘째 도련님이 당신 집에서야 당신 남편이지, 여기에 오면 내 손님일 뿐이에요. 당신이 능력껏 당신 남편을 잘 간수해야지, 왜 기루에 들락거리게 놔둬요? 기루에 와서 또 끌고 갈 생각이라면 상해 조계지 어디에 이런 법이 있는지 한번 물어나 봐요! 둘째 도련님이 안 왔다고 말할 필요도 없지만, 있다고 하면 당신 남편에게 욕하고, 때리기라도 할 건가요! 그건 당신이 당신 남편을 무시하는 격이니 내 상관할 바 아니지만, 만약 내 손님을 무시하면 조심해야 할 거예요! 둘째 도련님이야 당신을 무서워하겠지만, 난 당신 같은 마님을 전혀 모르니까!"

위하선의 말을 들은 요 부인은 말문이 막혀 대답도 못하고, 순간 귓불이 빨갛게 달아오르고 눈물이 왈칵 쏟아지려고 했다. 반박하려고 하는데, 하선이 하는 말을 들어볼 수밖에 없었다.

"부인이면서 이렇게 참을성이 없어서야. 당신도 우리 기루에서 좀 재미를 보겠다는 거예요? 마침 차 마시러 온 손님이 없는 게 안타깝군! 만약 손님이 있었으면, 내가 손님에게 당신과 한번 재미를 보라고 했을 텐데 말이죠. 어디 돌아가 봐요, 얼굴이라도 들 수나 있을까 몰라! 신아문에 고소해봐요. 기루에서 간통이 대수인가 뭘!"

열을 내며 말하고 있는데 아래층에서 남자 하인이 큰 소리로 외쳤다.

"손님 올라가십니다."

"마침 잘 오셨군, 방으로 뫼셔라."

위저는 주렴을 걷어 올려 손님을 맞이했다. 마흔 좀 넘은 손님은 수염이 덥수룩하고 뚱뚱했다. 알고 보니, 북신전당포 경리 적 씨였다. 요 부인은 지레 놀라 새끼 사슴이 이리저리 날뛰는 듯 심장이 콩닥거렸다. 앉지도 못하고 가지도 못하고, 수치스럽고 또 화가 나서 말 한마디도 하지 못했다.

적 씨는 방으로 들어와 자리에 앉지는 않고 서서 요 부인을 아래위로 훑어보았다. 그래도 끝내 누군지 짐작조차 못했다. 하선은 웃으며 적 씨에게 물었다.

"누군지 알아요? 바로 요계순, 둘째 도련님 마누라님이시래요. 오늘 기루에 와서 둘째 도련님 체면을 완전히 무너뜨릴 생각인가 봐요."

적 씨는 이 말을 듣고 멍해졌다. 위저가 그의 귀에 대고 대충 이야기를 해주자 상황을 이해했다. 적 씨는 미간을 찌푸리며 말했다.

"요 마님께서 잘못 아셨네요! 저도 계순 형님과 여러 차례 자리를 가졌으니 친구인 셈이라고 치고 말하자면, 요 마님 여기에 오시는 건 계순 형님 체면에 좋을 게 없을 것 같아요."

하선이 말했다.

"좋을 게 없긴요? 아주 훌륭한데요 뭐! 둘째 나리는 사업도 안 되는데, 이런 마누라와 살아가려면 돈을 많이 벌어야 하지 않겠어요!"

경리 적 씨는 그만하라고 손을 저었다. 그리고 요 부인을 달래며 말했다.

"요 마님, 지금은 댁으로 돌아가세요. 할 이야기가 있으면 계순 형님에게 직접 말하라고 하세요."

요 부인은 어찌할 바를 몰라 숨을 크게 들이키는데 왈칵 눈물이

家主婆出盡當場醜

쏟아지려고 하자 황급히 일어나 아주머니를 데리고 방을 나갔다. 그래도 하선은 냉소를 지으며 말했다.

"요 마님, 또 오세요. 만약 둘째 도련님이 오시면 아주머니를 보내 마님을 청할게요."

요 부인은 아래층으로 내려가 울음을 참지 못하고 통곡을 하며 욕을 섞어가며 말을 쏟아 뱉었다. 그러나 무슨 말을 하는지 알아들을 수 없었다. 그러곤 문 앞에서 가마에 올라타고 돌아갔다. 요 부인이 떠나가자 하선도 치장을 끝마쳤다. 생각할수록 웃음이 나왔다.

"둘째 도련님 체면이 말이 아니야, 오늘부터 사람 노릇 제대로 하겠어! 부인이 기루로 뛰어들어 와서 손님을 끌고 가는 꼴이 창녀와 다를 바 없잖아!"

위저도 한숨을 쉬었다.

"부인이라는 사람이, 뭐가 불만인 거야? 문 열고 들어와서 욕이나 하고, 재수 옴 붙었네!"

하선이 말했다.

"엄마도 그만해요! 엄마가 그 여자한테 욕 들은 건 아니니까, 운이 좋았다고 생각해요!

위저는 살짝 웃고는 나갔다. 적 씨가 물었다.

"네 엄마가 왜 욕을 들어?"

하선이 웃으며 알려주었다.

"우리 엄마는 정말 착한 사람이라니까요! 둘째 도련님이 매일 여기에 왔다고 해도 우리가 말할 필요는 없는데, 우리 엄마는 둘째 도련님이 한동안 여기에 안 왔다고 말하잖아요. 내가 그 여자를 무서워하는 줄 알고 말이죠. 게다가 아교는 더 짜증나게 했어요! 어제는 선권이 있어서 이 층이 손님들로 북적였는데, 찻물 가져오라고 해도 어디로 갔는지 글쎄 손님들 찻잔도 안 가져왔다니까. 그런데 오늘은 둘째 도련님 부인이 오니까 그렇게 시중을 잘 드는 걸 본 적이 없었다니까요! 내가 부르지도 않았는데 먼저 와서 차를 따르고, 물담배까지 채워주면서 마님, 이건 어떻고 저건 어때요 하면서 아부를 하잖아요. 자기가 해야 할 일은 내버려두고 요 부인한테만 아부하는 걸 요 부인이 알았을까 몰라. 정말 볼 만한 아부였는데."

아교는 세숫대야에 하선이 손 씻을 물을 붓다가 그 말을 듣자마자 바로 대꾸를 했다.

"요 마님도 손님이잖아요, 차 대접 하면 안 돼요?"

하선이 적 씨에게 웃으며 말했다.

"들었죠. 정말 짜증나게 한다니까! 요 부인이 손님이면, 내가 그 사람과 사귀어야 해?"

아교가 말했다.

"사귀든 말든 제가 상관할 일은 아니죠. 요 마님과 싸워놓고 저보고 아부했다고 뭐라고 하니까 그렇죠!"

하선은 얼굴을 붉히며 말했다.

"너라는 애는 왜 이렇게 꼬였어! 일하기 싫으면 나가! 요 부인은 네가 아부하는 걸 좋아하겠지!"

아교는 입을 삐죽거리며 아래층으로 내려갔다. 대충 정리를 끝내고 나서 점심을 먹었다. 해가 서쪽으로 기울 즈음 시간을 내어 동합리 오설향의 집으로 소매저를 찾아갔다. 그리고 그간의 일들을 일러주며 울었다.

"일을 안 했다면 야단을 맞아도 되지만, 일을 했는데도 또 야단을 맞아요! 이모는 그래도 며칠 더 참아가며 지내라고 했지만, 더 이상 못 참겠어요!"

소매저가 말했다.

"못 참으면 나와서 어디로 갈 건데?"

"어디라도 가야죠! 돈을 못 받아도 상관없어요!"

소매저는 아무 말도 하지 않고 가만히 있었다. 오설향이 말했다.

"그러면 여기 와서 네 이모 일을 돕고 있다가 다시 다른 집을 알아보는 게 어때?"

"좋죠."

소매저도 그렇게 하라고 했다. 그날 밤 소매저가 위하선의 집으로 가서 월급을 계산하고 이불과 요를 가져왔다. 아교는 오설향의 집에서 하룻밤을 지냈다. 다음 날 아침을 먹고 나자, 오설향이 비취 연밥 머리장신구 한 쌍을 아교에게 주며 맞은편 대각요씨네 집으로 가서 장혜정에게 돌려주라고 했다. 그리고 다시 몇 마디를 덧붙였다.

"비취색이 예쁘고, 내 연밥과 비슷하다고 말이야. 십육 원이면 전혀 비싼 게 아니라는 말도 전해줘."

아교가 장혜정을 만나 그대로 전하자, 장혜정이 아교에게 물었다.

"새로 왔어?"

아교가 사실대로 말하자 장혜정이 말했다.

"우리도 지금 여자 하인 한 명을 더 찾고 있었는데, 선생이 필요 없으면 여기 와서 일 해도 돼."

아교는 아주 좋아했다.

"그러면 정말 좋죠!"

그리고 얼른 돌아가 소매저에게 말하자 그날로 소매저가 직접 아교를 보내주었다. 아교는 바로 장혜정의 집에서 지내게 되었다. 마침 왕연생이 홍선경과 함께 장혜정의 집에서 저녁을 먹고 있었다. 혜정은 비취 연밥모양 머리장신구를 왕연생에게 보여주었다.

"십육 원이면 비싼 거예요?"

홍선경은 십 원 정도로 보인다고 했다. 연생이 말했다.

"이 사람이 십 원이라고 하면 아무리 많아도 십이 원 이상은 안 돼."

혜정은 또 여자 하인 한 명을 더 쓰게 된 이야기도 알려주었다. 연생은 아교의 얼굴이 낯이 익어 물어보고 나서야 위하선의 집에서 몇 번 봤다는 것을 알았다.

저녁을 끝내고 장혜정은 다 태운 아편환 일고여덟 개를 아편 소반에 내려놓았다. 왕연생은 손수건으로 닦은 뒤 탑상에 누웠다. 혜정이 아편담뱃대를 건네주자 연생은 쑥쑥 한 번에 끝까지 피웠다. 혜정은 담뱃대를 받아 들고 대통을 청소하고 다시 아편환을 넣었다. 연생이 혜정에게 물었다.

"비취를 사고 싶으면 홍 나리에게 부탁해 성향묘 차회에 가서 사 달라고 하면 좀 더 싸게 살 수 있어."

혜정은 비취 머리장신구 세트를 홍선경에게 부탁했다. 선경은 대답을 하고 작별인사를 나누고 먼저 나와 남시 영창삼점으로 돌아갔다.

---

1 角 : 각이 열 개이면 일 원(元)이다.

2 낙양교는 만안교(萬安橋)라고도 한다. 복건성(福建省) 온주시(温州市)의 낙양강이 바다로 흘러들어가는 곳에 위치하고 있는 석교이다. 중국의 사대 명교 중 하나로 알려져 있다. 이 석교는 북송시기 온주 지부 채양(蔡襄)이 책임지고 7년 만에 완성하였다. 낙양교 고사는 이 석교를 만드는 과정에서 일어난 신비한 이야기에 관한 것이다. 전설에 의하면 진무대제(眞武大帝)가 득도하여 신선이 될 때, 자신의 몸 속 내장을 강에 버렸는데, 이것이 거북 뱀으로 화하여 인간에게 해를 끼쳤다. 한번은 채양의 모친이 채양을 임신하였을 때 배를 타고 그 강을 건너는데, 거센 파도가 갑자기 일더니 거대한 거북 뱀이 그들을 삼키려고 하였다. 그때 채양의 모친은 '함께 배를 타고 있는 사람들이 무사히 생환하기를 기원하며, 만약 복중의 아이가 아들이면 반드시 다리를 만들어 모든 사람들이 다닐 수 있도록 하겠다.'고 염원했다. 그 기도가 끝나자 하늘에서 '채대인이 강을 건너는데, 거북 뱀 너희들이 무례하구나!'라고 소리쳤다. 그러자 거북 뱀은 황급히 도망가버렸다. 이에 채양의 모친은 복중의 아이가 분명 비범한 인물이 될 것이라고 생각하고 학업에 집중하도록 하였고, 동시에 다리를 만들어야 하는 이야기를 계속 해주었다. 이후 채양이 온주지부가 되어 여러 차례 조정에서 낙양강에 다리를 놓는 일에 대해 상소하였고, 드디어 조정에서 지원을 받아 지을 수 있게 되었다. 그러나 가장 중요한 기초석을 놓을 때마다 돌들이 번번이 파도에 휩쓸려버렸다. 그래서 채양이 초초하여 함께 방법을 의논하는데, 부하들에게 '너희들 중에 바다에 들어갈 수 있는 사람이 있느냐?'라고 물었다. '바다에 들어가다'라는 말이 '하득해(下得海)'인데, 부하들 중에

이름이 '하덕해(夏德海)'인 부하가 자기를 부르는 줄 알고 대답했다. 채양은 아주 기뻐하며 바다에 들어가 동해 용왕을 알현하여 동해의 물을 잠시 빠지게 해달라는 내용이 담긴 문서를 전달하라고 명하였다. 사실 이 하덕해는 수영을 할 줄 몰랐다. 강가에서 걱정만 하다 술을 마시고 취해 잠들어버렸다. 밤에 밀물에 쓸려가 용궁으로 가게 된다. 하덕해는 용왕에게 그 문서를 올리자, 용왕은 고민 끝에 하덕해의 손에 '초(醋)' 자를 써서 보낸다. 채양은 그 글자가 '이십일일유시(二十一日酉時)'를 의미하는 것을 알고, 이날 이 시간에 물이 빠져나가자 기초석을 견고하게 쌓을 수 있었다. 7년 후 드디어 낙양교가 낙성되었고, 900여 년이 지난 지금도 많은 사람들이 이 낙양교를 이용하고 있다.

24

원망을 살 것을 걱정하여 동행하며 서로 감싸고, 스스로 혼이 빠져 길을 잃어도 누가 슬퍼하리

只怕招冤同行相護 自甘落魄失路誰悲

왕연생은 탑상 오른쪽에 앉아 아편을 충분히 피우고 나서 다시 왼쪽으로 옮겨 세 번을 더 피웠다. 아편에 취한 듯 스르르 눈을 감았다. 장혜정은 한 번 피울 양의 아편을 채워 넣고 담뱃대를 입에 물려주며 불을 붙여주었다. 그러나 연생은 손을 내저으며 피우지 않았다. 혜정은 담뱃대를 살짝 내려놓고 앉으려 하였다. 연생은 혜정의 가슴에 손을 얹으며 말했다.

"너도 한 대 피워."

"아뇨. 중독되면 장사는 어떻게 해요"

"설마. 소홍은 계속 피워도 중독되지 않던데."

"소홍이야, 능력도 있고 일도 잘하니까 피워도 괜찮죠. 저도 소홍 같았으면 좋겠어요."

"네 말은 소홍이 일을 잘한다는 건데, 그런데 왜 손님이 없어?"

"당신이 어떻게 소홍에게 손님이 없다는 걸 알아요?"

"지난 달 장부를 봤지. 나를 제외하면 겨우 손님 몇 명이 이삼십 번 부른 정도였어."

"당신 말고도 이삼십 번 나갔다면 잘되는 거죠."

"너는 몰라. 그 정도 해서 소홍이 생활하기에는 부족해. 지출이 많거든. 부모 형제, 그 식구들 죄다 소홍에게만 의지하고 있잖아."

"그 사람들이야 따로 나와 사는데, 지출이 얼마나 되겠어요? 아마 소홍 자신에게 쓰는 돈이 엄청날걸요."

"그럴 리가. 겨우 사흘에 두 어 번 마차 타러 가는 게 고작인데."

"마차 타는 돈이야 많은 거라 할 수 없지요."

"그러면 어디에 돈을 쓴다는 거야?"

"제가 어떻게 알아요."

연생은 더 이상 묻지 않고 직접 아편 소반에 남아 있던 아편환 두 알을 집어 불을 붙이고 피웠다. 빨아 당기자마자 한 번에 금방 다 피웠다. 그리고 한 손으로 탑상 난간을 붙잡고 몸을 일으키며 앉았다. 혜정은 물담배를 피우려는 줄 알고 급히 일어나 물담뱃대를 가져와 탑상 가장자리에서 연생에게 바짝 붙어 기대어 앉아 물담배를 채워 연생에게 주었다. 연생은 두 통을 피우고 나서 다시 물었다.

"네 말은 소홍이 자신한테 쓰는 돈이 많다는 건데, 대체 어디에 쓴다는 건지 말해봐."

혜정은 순간 멍해졌다.

"그냥 한 말이에요. 소홍 자신한테 무슨 돈을 쓴다고 그래요. 괜히 소홍한테 쓸데없는 소리 하지 말아요. 그렇게 했다간 제가 험담한 걸로 알고 또 소홍에게 욕 들어요."

연생이 웃으며 말했다.

"네가 오히려 그렇게 말하니까 내가 소홍에게 일러줘야겠군."

혜정이 큰 소리로 말했다.

"무슨 말을 했다고 그래요? 당신이야말로 소홍과 삼사 년을 사귀어왔는데, 모르는 게 뭐가 있다고 저한테 물어봐요."

연생은 웃다가도 탄식 투로 말했다.

"너야말로 정말 바보야! 소홍은 너에게 온갖 험담을 퍼부었는데, 넌 험담도 안 하고 게다가 아예 소홍을 위해 덮어주려고까지 하고 있구나."

혜정도 탄식하며 말했다.

"덮어주려는 게 아니에요. 당신도 참 집요해요! 소홍에게는 부모 형제가 있고, 또 마차도 좀 타야 하니까 씀씀이가 저보다 크다는 거죠."

연생은 냉소를 짓고 더 이상 말하지 않았다. 물담배를 다 피우고 난 후에도 혜정은 여전히 옆에 앉아 연생과 화기애애한 시간을 보냈다. 시계가 열두 시를 알리자 아주머니에게 정리하라고 하고 잠자리에 들었다. 혜정은 잠자리에서 다시 연생을 달래었다.

"소홍의 성질이 사납긴 하죠. 그래도 당신과는 잘 지냈잖아요. 지금 소홍 입장에서 보면 손님이 없는 것과 마찬가지이고, 당신 혼자 소홍 살림을 유지시켜주고 있어요. 소홍이 당신 말고 누구에게 잘하겠어요? 지난번 명원에서 소홍이 당신에게 심하게 대들었던 것도 사실 다른 이유가 아니라 당신이 저와 사귀게 되면 발길을 끊을까 봐 그랬던 거죠. 당신이 발길을 끊어봐요, 얼마나 초조하겠어요! 당신은 소홍과 삼사 년 동안 잘 지내왔고, 또 소홍의 성질도 잘 알고 있으니 좀 내키지 않아도 당신이 적당하게 맞춰주는 게 좋을 것 같아요. 가끔 이상하게 해도 뭐라고 하지 말아요. 당신이 뭐라 해도 소홍은 당신을 탓하지 않겠지만, 제가 당신에게 시킨 줄 알고 또 저랑 원수가 될 수 있어요. 뒤에서 절 욕하는 건 괜찮아요. 술자리에서 마주치기라도 해서 소홍이 체면은 뒷전으로 하고 저에게 욕설을 퍼부으면 얼마나 난처해요?"

"네 말은 소홍이 나를 좋아한다는 건데, 어딜 봐서 그렇다는 거냐? 소홍과 사귀기 시작할 때 소홍이 나에게 이런 말을 하더군. '기녀로 살아가는 것도 어렵지만, 좋은 손님이 없으면 더 힘들어요. 지금은 당신이 있어서 얼마나 좋은지 몰라요. 다음에 새로운 손님이 날 찾아도 절대로 만나지 않을 거예요.' 그래서 내가 '그러면 나에게 시집와.'라고 했더니, 말로만 '좋지요' 하고 대충 얼버무린 채 그대로 지금까지 왔어. 처음에는 빚을 갚아주면 시집을 오겠다고 하고선 빚을 갚아주고 나니까 부모님이 허락하지 않는다는 거야. 소홍을 보면 아무에게도 시집가려고 하지 않는 것 같아. 도대체 무슨 생각을 하고 있는지 모르겠어."

"글쎄요, 특별한 의미는 없을걸요. 소홍은 기녀 생활이 익숙해서 다른 곳에 가면 그곳 규율대로 못 살 것 같으니까 지금은 안 가려고 하지만, 몇 년 뒤에 나이가 들면 그때는 당신에게 시집가려고 할 거예요."

연생이 손을 내저었다.

"만약 그때 가서 심소홍이 나에게 시집오려고 한다면, 내가 받아주지 않을 거야. 지난 몇 년 동안 세 번의 명절을 보내면서 쓴 돈이 자그마치 이천 원이 넘어. 올해는 더 많아. 빚 갚고 선물 사고 장부 정리하고, 명절 한 번 지나지 않았는데 소홍에게 이천 원 넘게 썼어. 생각해봐, 내가 무슨 돈이 있어서 그렇게 썼겠어?"

혜정은 다시 한숨을 쉬며 말했다.

"나는 일 년에 천 원이라도 좋은데."

연생이 다시 말하려고 하는데, 중간 방에서 아교가 꿈을 꾸다 기침을 하는 바람에 말이 끊기고 말았다. 그리고 더 이상 말을 꺼내지 않았다.

다음 날 오전, 왕연생과 장혜정이 일어나자 집사 내안이 와서 아뢰었다.

"심소홍 쪽 아주머니가 드릴 말씀이 있다고 건너와 달라고 청했습니다."

혜정이 급히 무슨 일인지 물었다. 연생이 말했다.

"무슨 말이겠어? 요 며칠 안 갔다고 청하는 거겠지!"

혜정은 한참을 곰곰이 생각하다 말했다.

"소홍이 분명 당신에게 무슨 말을 하긴 할 거예요. 생각해봐요, 당신이 여기 있을 때마다 다 알고 있잖아요. 당신이 여기에 계신 걸 알고 당신을 청하는 거예요. 할 말이 없어도 억지로 지어내서 소란을 피우며 당신을 힘들게 하겠죠. 안 그래요?"

연생은 아무 말 하지 않았다. 연생은 점심을 먹고, 아편을 흡족할 만큼 피우고 나서 소홍의 집으로 건너가려고 했다. 그러자 혜정은 연신 당부를 했다.

"소홍이 당신에게 어디에서 왔냐고 물어보면, 여기에 있었다고만 하세요. 당신에게 무슨 말을 해도 중요한 게 아니면 그냥 소홍 말대로 해줘요. 들어주고 싶지 않더라도 거칠게 반응하지 말고 조용히 잘 타일러요. 소홍 성격이 좀 삐딱하지만 당신이 잘만 말하면 괜찮을 거예요. 아셨죠, 제 말 꼭 기억해요!"

연생은 대답을 하고 아래층으로 내려갔다. 가마에 올라타지 않고 내안을 데리고 문을 나섰다. 그런데 갑자기 어떤 아이가 남쪽으로 날쌔게 뛰어갔다. 아주의 아들 같아서 부르려고 했지만 이미 사라지고 없었다. 연생은 그와 반대 방향 북쪽으로 돌아 동합흥리를 나와 골목을 가로질러 서회방리로 갔다. 아주가 일찌감치 문밖에서 그를 맞이하고 뒤따르며 함께 방으로 들어갔다. 심소홍은 한가롭게 창가에 앉아 비취 연밥 머리장신구를 만지작거리고 있었다. 그녀는 연생을 보고도 일어나지 않은 채 냉소를 지으며 말했다.

"내가 당신을 찾기 전에는 아예 올 생각을 하지 않는군요! 요 며칠 공사가 얼마나 다망하시기에 한 번도 안 오셨어요?"

연생은 짐짓 웃어 보이며 자리에 앉았다. 아주도 웃으며 말했다.

"그래도 이렇게 청하자마자 왕 나리께서 오신 것만 해도 우리 체

海上花列傳
第二十四回
五十
只怕招冤同
行相護

면 세워주신 셈이잖아요. 선생님, 저에게 감사해야 해요."

아주는 이 말을 하면서 물수건을 짜고 황급히 찻잔을 아편소반에 내려놓고 연등에 불을 붙였다.

"왕 나리, 아편 피우시죠."

연생은 탑상의 위쪽에 누워 아편을 피우기 시작했다. 소홍이 말했다.

"당신, 여기 오는 게 괴로우시죠! 모두 서툴러서 어느 누구도 아편 하나 제대로 채워주지 못하잖아요."

연생이 웃으며 말했다.

"누가 너더러 아편 채워달랬나?"

그때 아주는 틈을 봐서 자리를 피했다. 연생은 이미 흡족할 만큼 아편을 피우고 왔기 때문에 한 모금만 피우고 일어나 앉아 물담배를 피웠다. 소홍은 비취 연밥 머리장신구를 연생에게 보여주었다. 연생이 물었다.

"보석방에서 가져온 거야?"

"네, 샀어요, 십육 원에. 차회보다 조금 비싸죠?"

"네가 가지고 있는 연밥도 좋은데, 굳이 뭐 하러 또 사?"

"다른 사람에게는 사주면서, 나한테는 꼭 사주지 않으려고 하죠?"

"그런 뜻이 아니야. 연밥이 필요 없으면 다른 물건 사는 게 좋다는 뜻이지."

"다른 물건도 또 살 거예요. 연밥이 필요 없지만 화가 나서 당신 돈 십육 원을 써버리려고 산 거예요."

"그러면 십육 원을 가지고 가서 마음대로 사. 그렇지만 이 연밥은 좋은 것도 아닌데 굳이 사지 않아도 됐잖아, 안 그래?"

"나 같은 못된 사람에게 어디 사다 줄 물건이 있기나 해요."

연생은 일부러 목소리를 낮게 깔며 말했다.

"아휴! 선생님께서 겸손도 하셔라! 누가 상해탄 심소홍 선생을 몰라 못됐다는 말을 하시나!"

"내가 선생이긴 한 거예요? 창녀보다도 못한데! 선생이라고 불러주셔서 황송하네요!"

연생은 그녀를 말로는 당할 수 없다고 생각되어 더 이상 말을 하지 않고 조용히 누워 아편에 불을 붙이며 곁눈질로 소홍을 슬쩍 쳐다보았다. 소홍은 창문 난간에 기대어 앉아 머리를 숙이고 입을 씰룩거리며 그 비취 연밥을 손에 쥐고 손톱으로 작은 알갱이를 꾹꾹 누르고 있었다. 연생은 차마 그 모습을 보고 있자니 힘들었지만 어떻게 타일러야 할지도 몰랐다. 그때 마침 남자 하인이 아뢰었다.

"왕 나리 친구 분이 오셨습니다."

연생이 맞이하러 가니 바로 홍선경이었다. 홍선경은 방을 들어서며 말했다.

"동합흥리에 자네를 찾으러 갔더니 나갔다고 해서 여기에 있는 줄 알았네."

소홍은 수박씨를 올리고 선경에게 웃으며 말했다.

"홍 나리, 정말 친구를 잘 찾아내시네요. 왕 나리께서 방금 여기에 오셨는데도 찾아내시다니! 나리께서는 줄곧 동합흥리에 계셔서 여기에는 거의 오지 않으셨거든요. 오늘은 제가 청했기 때문에 방금 잠시 들르신 거예요. 저녁에는 다시 동합흥리로 돌아가실 거예요. 홍 나리, 다음에 왕 나리를 찾으시려면 동합흥리로 바로 가시면 될 거예요. 행여 거기 안 계셔도 다른 곳에 간 게 아닐 거예요. 거기서 잠시 기다리고 계시면 왕 나리께서 일을 끝내고 돌아올 테니까 만날 수 있겠지요. 동합흥리는 왕 나리 공관이나 다름없어요."

소홍이 쉬지 않고 말을 하자, 선경은 껄껄 웃으며 말을 잘랐다.

"그만하게! 내가 올 때마다 자네 말을 들어야 되니, 지겨워!"

"홍 나리, 맞는 말씀이세요. 저라는 사람은 원래부터 말을 못해서 말만 했다 하면 사람들 화를 돋우기 일쑤죠. 다른 사람처럼 말도 잘

하고 잘 웃고 아부를 잘하지 못해요. 차 마시러 온 손님들도 그곳에 가길 좋아하니까 친구들과 함께 가서 이야기도 나누고 시끌벅적하다죠. 여기에 오면 저에게 기분 상하는 말을 들으니 기분도 나쁘고 친구들에게도 미안하겠죠. 그러니 왕 나리께서 여기에 오고 싶으시겠어요!"

선경이 정색을 하며 말했다.

"소홍, 그러지 마. 이 사람이 장혜정과 만나지만 자네와도 사이가 좋잖아. 그러니까 자네도 좀 참아봐. 자네가 기어코 혜정을 만나지 못하게 한다면 왕 나리 입장에서도 나쁠 건 없어. 자네 말을 듣고 안 가면 되니까 말이지. 그런데 내가 볼 땐 장혜정도 힘들게 지내니까 왕 나리가 좀 보살펴주게 하는 것도 자네가 보시하는 셈이라고 생각해."

소홍은 이 말에 화가 가라앉아 더 이상 대꾸하지 않았다. 이에 홍선경과 왕연생은 다른 일들을 의논하였다. 저녁 무렵이 되자 선경은 자리에서 일어났다. 연생은 잠시 그를 붙잡아 놓고서 오히려 심소홍의 귀에 대고 무슨 말인지 들을 수 없도록 나직하게 소곤거렸다. 소홍이 말했다.

"당신이 가신다는데, 누가 당신을 붙잡아요?"

연생이 또 몇 마디 말을 덧붙이자 소홍이 말했다.

"오든 말든 당신 마음대로 하세요."

이어 연생은 선경에게 함께 나가자고 했다. 소홍은 몇 발자국만 떼며 그들을 배웅해주면서 투덜거렸다.

"장혜정이 기다리고 있으니 꼭 한 번은 들러야 당신 마음이 놓이긴 하겠어요."

연생이 웃으며 말했다.

"장혜정한테 가는 게 아니야."

그리고 아래층으로 내려가 문을 나섰다. 선경이 물었다.

"어디로 갈까?"

"자네 애인한테 가."

두 사람은 북쪽으로 해서 동안리를 지나 공양리 주쌍주의 집으로 갔다. 교건은 왕연생이 주쌍옥을 불렀던 적이 있던 터라 그를 주쌍옥의 방으로 안내하였다. 홍선경도 따라 들어갔다. 그런데 주쌍옥이 침대에 누워 있었다. 선경은 성큼 침대로 다가가 쌍옥에게 물었다.

"어디 아프니?"

쌍옥은 손으로 침대 가장자리를 가볍게 치고 웃으며 말했다.

"홍 나리, 앉으세요. 죄송해요."

선경은 바로 침대 앞에 앉으며 쌍옥과 이야기를 나누었다. 주쌍주가 건너와서 왕연생과 인사를 나누고 연생에게 아편을 권했다. 교건은 물담배를 채워 선경에게 주었다. 선경이 보니 은으로 만든 담뱃대였다. 화장대 위에 나란히 놓여 있는 다섯 개의 물담뱃대를 봐도 모두 은이었기에, 의아해하며 물었다.

"쌍옥은 뭔 은담뱃대가 이렇게 많아?"

쌍주가 웃으며 말했다.

"우리 엄마가 쌍옥에게 아부하려고 그런 거잖아요."

쌍옥이 그 말에 성을 내며 말했다.

"언니는 항상 말도 안 되는 소리만 하세요! 엄마가 저에게 아부를 한다니요, 농담하지 말아요."

선경은 웃으며 까닭을 물었다. 쌍주가 말했다.

"지난번 은담뱃대 때문이죠. 쌍옥이 손님에게 하나 사달라고 하니까 엄마가 큰 언니, 둘째 언니 은담뱃대 몇 개를 가져와 쌍옥에게 줬잖아요. 쌍보는 하나도 없는데 말이죠."

"그러면 지금 어디가 아픈 거야?"

쌍옥이 말을 받았다.

"한열이 있어요. 어제저녁 손님과 마작을 하느라 한숨도 못 잤는데, 그만 오한이 들고 말았어요."

이때 왕연생이 아편을 태워 피우려는데, 담배설대가 막혀 있어 두문[1]에서 걸렸다. 쌍주가 먼저 발견하고 바로 말했다.

"제 방으로 가서 피우시죠. 오래된 담뱃대가 한 대 있어요."

모두 쌍주의 방으로 건너갔다. 선경은 그제야 연생에게 비취보석 몇 점을 샀고, 가격이 대충 얼마이며, 직접 장혜정에게 전해준 사실을 알려주었다. 연생도 선경에게 물었다.

"누가 심소홍 밑에 들어가는 돈이 많다고 하는데, 어디에 쓰는지 알고 있는가?"

선경은 한참을 고심하다가 대답했다.

"심소홍이 무슨 특별히 쓰는 곳이 있겠어. 마차를 타는 데 지출이 좀 많겠지."

연생은 마차 탄다는 말을 듣고 더 이상 캐묻지 않았다. 등이 켜질 때까지 이야기를 나누다 연생은 심소홍과의 약속을 지키기 위해 총총히 떠나갔다. 선경은 간단하게 요기라도 할 겸 쌍주의 방에 머물렀다. 선경은 단골손님이어서 따로 올리는 요리 없이 쌍주, 쌍옥과 함께 종종 식사를 하곤 했다. 그러나 오늘 밤에는 쌍옥이 오지 않았다. 선경이 말했다.

"쌍옥은 요사이 왜 그렇게 아픈 거야?"

"당신 그 애 말을 곧이곧대로 믿어요? 무슨 열이 있다고 그래! 엄마가 그 애를 너무 끼고 도니까 꾀병 부리는 거죠."

"왜 꾀병을 부려?"

"그저께 저녁, 쌍옥은 처음에는 술자리가 없었어요. 나와 쌍보가 술자리에 가려고 막 나가고 난 뒤에 한꺼번에 쌍옥을 부르는 쪽지가 네 장이나 왔나 봐요. 가마도 없어서 남자 하인이 급히 쌍보를 부르러 갔어요. 마침 쌍보도 자리를 옮겨야 하니까, 하인에게 먼저 가마로 쌍옥을 태워 보내고 다시 쌍보를 데리러 오라고 했어요. 쌍보가 돌아오고 나서야 쌍옥은 다시 다른 자리로 가야 하니까 늦어버린거죠. 네 번째 장소로 옮겼을 때는 술자리도 이미 끝나고 손님도 가버렸던 모양이에요. 쌍옥이 돌아와서 엄마에게 일러바치며 원래부터 쌍보와 사이가 좋지 않았으니 전부 쌍보가 늦게 온 탓이니 혼내라고 한 거예요. 엄마는 술자리에서 따라온 손님이 쌍보의 방에 있어서 당장은 뭐라고 하지 못했죠. 그때부터 쌍옥은 기분이 상해서 방으로 들어가서 물건들을 내던지고는 손님들이 마작하는 바람에 한숨도 못 잤다며 내일까지 아플 거라고 하잖아요."

"쌍보가 고달프겠어, 전생의 원수를 만났으니."

"원래 엄마도 쌍보를 좋아하지 않았어요. 쌍보가 일을 잘 못해서 여러 번 혼을 내곤 했는데, 쌍옥이 들어온 이후로 지금까지 쌍보는 몇 번을 두들겨 맞았는지. 모두 쌍옥이 때문에요."

"쌍옥이 너와는 사이가 좋으냐?"

"나를 조금 겁내긴 하지만, 좋긴 해요. 엄마는 뭐든지 쌍옥의 말을 들어주잖아요. 나는 그 애가 일을 잘하든 못하든 잘못이 있으면 꼭 야단을 쳐요. 그래서 그 애는 아마 나를 원망할 거예요."

"자네가 심하게 야단치는 것도 아닌데 어떻게 자네를 원망하겠어."

잠시 후 저녁을 먹고 난 선경은 일이 없어 가게로 돌아가려고 했다. 쌍주도 굳이 붙잡지 않았다. 홍선경은 주쌍주의 집을 나와 공양리 남쪽 골목으로 해서 동쪽으로 걸어가고 있었다. 그런데 갑자기 뒤에서 누군가가 '외삼촌' 하고 불렀다.

선경이 고개를 돌려보니, 바로 외조카 조박재였다. 그런데 조박재가 입고 있는 옅은 남색 짧은 웃옷과 옅은 연녹색 숙라 바지가 다 해져 있고, 그가 신고 있는 가선을 댄 북경식 신발도 다 떨어져서 발가락이 반쯤 삐져나와 있었다. 선경은 너무 놀라서 황급히 물었다.

"왜 장삼은 입지 않았느냐?"

조박재는 한참을 머뭇거리다가 말했다.

"인제병원에서 퇴원하고 객잔에서 한 며칠 머물렀는데, 방값 몇백 전이 모자란다고 객잔에서 이불과 옷을 가져가 버렸어요."

"그러면 왜 돌아가지 않았느냐?"

"원래는 돌아가려고 했는데 돈이 없어서 못 갔어요. 외삼촌, 뱃삯 좀 빌려주세요."

선경은 호되게 그를 야단쳤다.

"네가 무슨 낯짝으로 나를 찾아와! 날 욕 먹이려고 상해에 왔구나. 다시 한 번 나를 외삼촌이라고 했다간 네 귀싸대기를 날려버릴 테니까."

이 말을 뱉고 선경은 휑하니 몸을 돌려 걸어갔다. 박재는 그 뒤를 꼭 따라붙으며 빌고 또 애원했다. 얼마 걸어가지 않아 선경은 어떻게 해야 할지 생각이 잘 떠오르지 않았지만 자신의 체면에 문제가 생길까 봐 버럭 소리를 질렀다.

"나와 같이 객잔에 가보자!"

박재는 연신 대답하며 앞장서서 길을 안내했다. 그런데 열래 객잔으로 가지 않고 곧장 육마로의 작은 객잔으로 가는 것이었다.

"여기예요."

선경은 화를 참아가며 계산대로 가서 물었다. 점원은 웃으며 말했다.

"이불이라니요, 겨우 장삼 한 벌인데, 그것도 탈탈 털어 사백 전에 저당잡았어요."

선경은 박재를 돌아보며 사실인지 물었다. 박재는 아무 말도 못하고 고개만 숙이고 있었다. 선경은 또 호되게 야단을 치고 옷에서 동전을 꺼내 장삼을 돌려받고 방값을 계산해주며 하룻밤을 묵게 했다. 그리고 다시 박재에게 소리를 질렀다.

"내일 가게로 와!"

自甘落魄失路誰悲
馬路

박재는 대답을 하고 선경을 배웅해주었다. 선경은 그런 박재를 아예 무시하고 인력거를 불러 남시 함과가 영창삼점으로 돌아왔다. 한숨을 쉬고 탄식을 해보아도 방법이 없었다.

다음 날 아침, 조박재는 정말로 장삼을 입고 왔다. 선경은 외근직원에게 박재를 데리고 가서 배를 태워주라고 하고, 박재에게는 삼백전만 주면서 간식이나 사 먹으라고 했다. 조박재는 그 직원을 따라 나서며 홍선경에게 작별인사를 했다.

1 斗門 : 아편고를 넣도록 만들어진 대통 모양의 입구

25

지난 일을 들추며 질책하여도 정은 더욱 깊어지고,
뒷날을 기약하며 꽃이 시들어도 누가 이해할까

翻前事搶白更多情 約後期落紅誰解語

홍선경은 조박재가 배를 탔고, 뱃삯도 지불했다는 직원의 보고를 받았다. 그러나 마음이 놓이지 않아 박재의 모친에게 상세하게 상황을 설명하며 아들 단속을 잘하고 다시는 상해에 오지 못하게 하라는 당부의 편지를 썼다. 선경은 직원에게 편지를 부치라고 시키고 나서야 가게 일을 보기 시작했다. 오후에는 일이 없어 문을 나서려고 하는데 마침 초대장 하나가 왔다. 장여보가 서기반가 취수당 육수림의 방에서 마련한 술자리에 초대였다. 회계원에게 몇 마디 당부를 하고, 혼자 문을 나서 북쪽으로 갔다. 아직 시간이 일러 인력거를 타고 사마로 중간 지점까지 가서 동합흥리 장혜정, 서회방리 심소홍 두 집에 들러 왕연생을 찾았다. 그러나 두 집 모두 왕연생은 없다고 했다.

선경은 주금리를 돌아 나와 상발 복권 가게로 갔다. 호죽산과 인사를 하고 진소운이 있는지 물었다.

"위층에 계십니다."

선경은 곧장 위층으로 올라갔다. 진소운은 그를 맞이하고 자리를 권하며 물었다.

"장여보가 요이 집에서 술자리를 가지는 모양인데, 자네도 초대받았는가?"

"육수림 집이라고 하는데, 있다 같이 가세."

소운은 그러자고 했다. 선경이 물었다.

"저번 장여보가 가지고 있던 그 많은 물건들 다 팔아줬는가?"

"여전홍이 몇 점 고른 게 모두고, 아직 많이 남아 있어. 자네 단골이 있거든 한번 물어보게."

선경은 그러겠다고 했다. 이내 할 말이 없어지자 서로 무료해졌다. 두 사람은 기루에 가서 차를 마시고 술자리에 가도 늦지 않을 것 같다며 나란히 아래층으로 내려와 호죽산에게 인사를 하고 나왔다. 좁은 골목길을 지나니 바로 동안리 김교진의 집이었다. 진소운이 홍선경을 이끌고 이 층 방으로 올라갔다. 김교진이 일어나 그들을 맞이했다. 두 사람이 자리에 앉자 교진이 물었다.

"서기반가에서 당신을 초대하는 쪽지가 왔는데, 술자린가요?"

"장여보가 우리 두 사람을 초대했어."

"장 씨는 요번 절기에만 여러 번 술자리를 가지네요."

"지난번에는 친구 대신 초대한 거고, 그가 마련한 술자리는 아니었어. 오늘 밤은 아마 '소로두'이거나 아니면 '선권'일 거야."

"참, 우리도 스무사흗날에 선권을 할 거예요. 그러니까 당신도 술자리 만들어줘요."

소운은 곰곰이 생각하다 말했다.

"술자리야 만들지 뭐. 그런데 그날 만약 다른 손님이 있으면 난 하루 뒤 스무나흘도 괜찮아."

"없어요. 손님이 있었으면 당신에게 술자리 가지라고 하지도 않지요. 없으니까 하는 말이잖아요."

소운은 짐짓 웃는 양으로 말했다.

"손님이 없으니까 나에게 술자리 만들라는 거군. 손님이 있었으면 내 차례는 돌아오지도 않았겠어."

그 말을 듣고 교진은 소운의 입술을 꼬집으려고 하였으나 홍선경에게 가로막히자 금세 웃으며 말했다.

"당신, 또 트집 잡을 거예요! 제가 어디 틀린 말 했어요? 당신은 오랜 손님이잖아요. 그런데도 선권이 있는 날에 술자리를 만들지 않으면 당신 체면이 깎일걸요? 그리고 당연히 당신이 저의 체면치레는 해주셔야죠. 안 그러면 왜 오랜 손님이겠어요? 만약 술자리 손님이 있다면야 당신이 술을 마시든 말든 마음대로 하셔도 되잖아요. 당신은 오랜 손님이니까, 아무 날이고 마셔도 괜찮잖아요. 제 말이 틀렸나요?"

소운이 웃으며 말했다.

"흥분하지 마, 난 자네 말이 틀렸다고 하지 않았어."

"그런데, 왜 '차례가 돌아올 수 있느니, 없느니' 이런 쓸데없는 말을 해서 불을 붙여요."

홍선경은 한쪽에 앉아서 껄껄 웃기만 했다. 교진이 소운을 흘겨보며 말했다.

"홍 나리에게 비웃음만 샀잖아요! 사오 년 동안 지내온 손님이 쓸데없는 소리를 하고 있으니까, 꼭 만난 지 얼마 안 된 것 같네요."

"웃고 이야기하는 게 좋은 거 아니야? 말 안 하면 답답하잖아."

"누가 당신더러 말하지 말래요? 당신은 입만 열었다 하면 사람 속을 뒤집어놓으면서, 농담이래요. 홍 나리께서 주쌍주에게 대하는 것 보세요. 당신보다 오랫동안 지냈지만 어디 한 마디라도 쓸데없는 말을 하시던가요? 당신만 유독 말도 안 되는 괴상한 말들을 늘어놓잖아요!"

선경이 웃으며 말했다.

"자네 두 사람이 싸우면서, 왜 날 가지고 놀리시나?"

교진도 웃으며 말했다.

"홍 나리께서는 이 사람 성질을 모르셔요. 얼핏 보면 좋은 사람 같아 보이지만, 마음이 뒤틀렸다 하면 성질을 부려요. 어쩌다 한 번 왔을 때, 방에 손님이 있어서 건넛방에서 잠시 앉아 있으라고 했더니 글쎄 한마디 말도 없이 그냥 가버린 거예요. 그래서 제가 '당신 왜 가려고 해요?'라고 했더니, 말은 잘하셔요, '자네에게 은애로운 손님이 와 있는데, 내가 와서 분위기 망친 것 같아서 기분이 나질 않아.' 그러잖아요."

소운은 말이 채 끝나기도 전에 웃으며 끼어들었다.

"몇 년 전에 그냥 한 말을 가지고 뭐 하러 다시 꺼내?"

교진은 힐끗 곁눈질을 하고 웃음을 띠면서도 성난 목소리로 말했다.

"당신은 다 잊어버렸겠지만 전 잊지 않았어요. 그래서 홍 나리께 말씀드리는 거예요. 홍 나리께서는 여기에 오시면 늘 무료하시니까, 이런 우스갯소리를 듣는 것도 나쁘진 않을 거잖아요."

소운이 순간 다급해져서 양팔을 벌리고 달려가서 억지로 껴안자 교진이 소리를 질렀다.

"뭐하시는 거예요?"

아주머니 아해와 여자 하인 은대가 그 소리를 듣고 달려오자 소운은 손을 풀었다. 교진은 소운에게서 빠져나와 머리를 매만지고 나서 다시 언짢은 얼굴을 하고 소운에게 소리를 쳤다.

"자리에 앉아요!"

소운은 굽실거리는 시늉을 하며 '예, 예!' 하고 자리로 돌아가 앉았다. 아해와 은대는 옆에서 한 목소리로 말했다.

"진 나리께서는 늘 점잖으셨는데, 오늘은 기분이 아주 좋으신가 봐요."

翻前事搶白
最多情
第二十五回

선경이 고개를 끄덕이며 말했다.

"나도 여태껏 그가 이렇게 시끄러운 것은 본 적이 없었네."

이렇게 소란을 피우는 사이 벌써 등을 올리는 시간이 되었다. 소운의 집사 장복이 찾아와 소운에게 빨리 오라고 재촉하는 장여보의 쪽지를 올렸다. 선경이 일어서며 말했다.

"일어나지."

그리고 곧바로 소운과 함께 나갔다. 김교진은 계단까지 배웅해주며 말했다.

"불러줘요."

소운은 그러겠다고 대답을 하고 문을 나서며 장복에게 분부를 내렸다.

"나는 홍 나리와 함께 갈 테니, 너는 돌아가 마부에게 서기반가로 인력거를 가지고 오라고 해라."

장복은 명을 받들고 돌아갔다. 진소운과 홍선경은 나란히 걸어가며 걸음을 재촉했다. 사마로 보선가를 구불구불 지나자 서기반가 취수당에 도착했다. 문을 들어서며 이 층으로 올라가니, 방에는 손님 두 명이 먼저 와 있었다. 홍선경은 그들이 오송교와 장소촌라는 것을 알고 있었기 때문에 진소운과만 통성명하였다. 그리고 다들 편히 앉았다. 장여보는 재촉하는 쪽지 두 장을 써서 양가모에게 건네주며 말했다.

"손님 빨리 오라고 하고, 어서 술자리 준비해."

술자리가 준비 되어갈 즈음, 손님을 부르러 간 하인도 돌아와 아뢰었다.

"상인당 위하선 집에서는 이미 손님을 초대해서 못 오시고, 양원원 집에서는 곧 오시겠답니다."

홍선경이 물었다.

"요계순을 초대했었나?"

장여보가 말했다.

"아니, 노적(老翟)을 초대했어."

"며칠 되었지, 요계순 부인이 위하선 집으로 가서 소란을 피웠다고 하는데, 알고 있나?"

여보가 의아해하여 재빨리 그 이유를 물었다. 선경이 말하려고 할 때 마침 남자 하인이 또 아뢰었다.

"장 도련님, 친구분들이 오셨습니다."

여보는 급히 그들을 맞이하러 나갔다. 모두 인사를 하려고 일어서서 기다렸다. 마침 이학정이 들어오자, 모두 안면이 있는 사이라 굳이 안부를 물을 필요는 없었다. 장여보는 바로 양가모에게 옆방 육수보의 방으로 가서 시 도련님을 모시고 오라고 했다.

잘생긴 젊은이가 화려한 옷차림을 하고 육수보의 손을 잡고 방으로 들어왔다. 모두들 그가 누구인지 알지 못했다. 장여보가 말해주어 그의 성씨가 시(施) 씨이며, 호가 서생(瑞生)이라는 것을 알게 되었고, 서로 만나 뵙고 싶었다는 인사말을 간단히 나누며 자리에 앉았다. 장여보는 가장 윗자리에 이학정을 앉게 하고 그다음 자리에 시서생을 앉게 하였다. 나머지 손님들은 편히 자리에 앉았다.

먼저 육수보가 외출복으로 바꾸어 입고 건너와 시서생 뒤에 앉았다. 그녀는 홍선경을 보자 물어볼 말이 생각났다.

"참, 조 도련님은 보셨어요?"

"그 아이는 오늘 돌아갔네."

장소촌이 끼어들었다.

"안 갔어요. 방금 사마로에서 봤어요."

선경은 깜짝 놀랐지만 자세하게 묻지는 않았다. 시서생은 장여보에게 물었다.

"그렇지 않아도 물어보려고 했는데, '쌍희쌍수'라는 반지는 어디에서 살 수 있나요?"

"용서리. 거기에 아주 많이 있어."

서생은 육수림을 돌아보고 아예 반지를 빼내어 모양을 보고 바로 돌려주었다. 오송교는 이학정에게 물었다.

"요 며칠 동안 마작 했습니까?"

"아니."

"나중에 한번 신나게 해볼까요?"

학정이 미간을 찌푸리며 말했다.

"할 사람이 없잖아."

송교가 진소운을 돌아보며 물었다.

"한 판 하시겠습니까?"

"내 마작은 고작 기녀들과 노닥거리는 수준인데, 크게 잃고 따고 할 것도 없어."

송교는 그 말에 잠잠히 있었다.

그때 김교진, 주쌍주, 양원원, 손소란과 마계생이 속속 모여들었다. 마계생은 슬그머니 장소촌의 소매를 잡아 당겼다. 소촌이 고개를 돌리자 계생은 접이부채를 펴서 얼굴을 반쯤 가리고 소촌과 소곤거렸다. 소촌은 가만히 고개만 끄덕이고 일어나 아편침대로 가서 슬쩍 고갯짓으로 오송교를 불러 귓속말을 했다.

"계생 집에도 선권을 하고 있다고 나보고 술자리를 만들어달라고 하는데, 자네가 학정에게 나중에 마작 하자고 한번 말해봐."

"또 다른 사람 없어?"

"없긴, 진소운 어때?"

송교는 잠시 생각에 잠겼다가 말했다.

"소운은 아마 안 하려고 할 거야. 내 말은 계생 집에서 선권을 하는데, 자네도 술자리를 가져야 하잖아. 그러니까 아예 자리를 옮겨서 술자리를 먼저 가진 뒤 마작을 하자고 하는 게 더 쉽지."

소촌 또한 생각해보더니 말을 꺼냈다.

"술 마시는 건 재미 없어. 계생 집에서 술 마시는 것도 별 재미 없어."

"자네는 몰라, 술 마시려면 요이 집이 좋아. 장삼서우 기녀들은 세련되기만 했지, 쌍대를 마련해도 그저 그럴 뿐이야. 계생 집 같은 경우는 한 상만 차려도 계속 있다가 마작 해도 돼. 게다가 우리를 잘 받들어줘."

"그러면 자네가 술자리 만들어, 내가 이 원 보태줄게."

"자네 애인인데 내가 어떻게 술자리를 만들어? 아니면 마작을 해서 내가 이기면 나도 반을 낼게."

소촌은 잠시 생각해보더니 일어나서 사람들에게 인사를 하며 술자리를 옮기는 이유를 설명하고 꼭 함께하자고 했다. 모두들 흔쾌히 참석하겠다고 했다. 마계생은 아주 기뻐하며 아주머니에게 돌아가서 술자리를 준비하라고 했다.

자리를 옮기기 전 어깨를 맞대고 화권을 했다. 먼저 장여보가 선을 잡고 모든 사람과 돌아가며 했다. 모두 세 번씩 응대하며 주인의 호의를 받아주었다. 그런 다음 손님들이 돌아가며 화권을 하며 벌주를 마셨다. 이학정은 주량이 적고 화권이 서툴러 모두에게 사양의 뜻을 전하며 빼달라고 했다. 시서생은 육수보에게 달라붙어 술에는 마음이 없었다. 장소촌은 술자리를 옮겨야 하기에 마실 엄두를 내지 못하고 오송교와 한패가 되어 선을 깔았지만 겨우 분위기만 살짝 맞춰줄 뿐이었다. 다만 진소운, 홍선경 두 사람은 평소처럼 흥이 나서 한참을 시끌벅적하게 놀았다. 김교진과 주쌍주는 각각 벌주를 대신 마시고, 양원원, 손소란과 함께 한바탕 놀다가 시끌벅적하게 떠나갔다.

육수보도 외출복을 벗고 다시 들어왔다. 그러자 장소촌은 바로 마계생을 불렀다.

"먼저 가서 술자리 준비해."

마계생은 단단히 당부했다.

"바로 건너오세요."

계생이 가고 난 후, 술자리는 끝이 났다. 육수보는 일찌감치 시서생을 데리고 자신의 방으로 건너갔다. 수보는 서생을 아편침대에 눕히고 자신은 그 위로 몸을 숙이며 나지막하게 물었다.

"술자리에 또 갈 거죠?"

"술자리를 옮긴다고 하는데, 난 내키지 않아."

"같이 술 마셨으면 당연히 같이 술자리를 옮겨야죠. 당신만 안 가면 안 좋아요."

"겨우 한 번 안 부른다고 안 좋을 것까지."

수보가 냉랭하게 웃었다.

"당신, 원삼보에게는 삼 원씩 줘가며 여러 번 계속 불렀잖아요. 그러면서 저한테는 돈을 아낄 속셈이죠!"

"원삼보는 어린 기녀야, 삼 원은 무슨 삼 원!"

"처음엔 어린 기녀들도 당신과 만났다 하면 더 이상 어린 기녀가 아니게 되잖아요."

서생은 껄껄 웃었다.

"네 이야기를 하고 있구나! 나에게는 당신 한 사람만 있어. 처음엔 어린 기녀였지만 나와 만나자마자 더 이상 어린 기녀가 아니게 되었지."

수보는 비시시 웃으며 부끄러워하며 한 손을 서생의 소매 속에 집어넣고 팔을 만지작거렸다. 서생은 그 기회를 놓치지 않고 와락 껴안고 애무를 하려고 하는데, 하필이면 그때 분위기를 모르는 양가모가 방으로 들어와 말을 전했다.

"장 도련님께서 건너오라시네요."

서생이 일어나 앉자 수보가 다시 그를 넘어뜨리며 말했다.

"뭐가 급해요? 먼저들 가라고 하면 되죠."

서생은 마지못해 대답했다.

"먼저 가라고 하고 난 조금 있다가 간다고 해."

양가모는 웃음으로 답하고 나갔다.

서생과 수보는 서로 부둥켜안고 가만히 귀를 세워 조용히 듣고 있었다. 옆방에서 장소촌이 양가모의 대답을 듣고 말하는 소리가 들렸다.

"그러면 우리는 갑시다."

이학정, 진소운은 가마가 있어 먼저 나서고, 장소촌은 홍선경, 오송교 그리고 장여보를 데리고 함께 웃으며 천천히 내려갔다. 서생은 수보의 귀에 대고 속삭였다.

"이제야 모두 갔네."

수보는 화난 척하며 말했다.

"그래서요?"

이 한마디가 끝나기가 무섭게 손님 배웅을 마친 육수림이 하필이면 수보의 방으로 들어왔다. 수보는 이미 욕정이 움직인 이때 들어온 수림이 원망스러웠다. 그러나 이를 깨물고 서생을 힘껏 밀치고는 벌떡 일어나 빠른 걸음으로 화장대 앞으로 걸어가 서양 거울을 보며 귀밑머리를 정리했다. 수림은 서생에게 말했다.

"장 도련님이 저보고 전해달래요, 경운리 세 번째 집에 있을 거라고. 혹시 모르실까 봐."

서생은 연신 말했다.

"알아, 알아."

그리고 수보를 흘낏 쳐다보았다. 수림도 고개를 돌려 보았다. 수보의 얼굴이 발갛게 달아오른 것을 보고 더 이상 아무 말도 못하고 황급히 나가버렸다.

서생은 탑상에 비스듬히 누워 조용히 손짓을 하며 나지막하게 수보를 불렀다.

"이리 와."

수보는 서생을 한 번 째려보고 발을 동동거리며 싫은 내색을 지어 보이며 대답했다.

"싫어요!"

서생은 뜻밖의 반응에 깜짝 놀라 반가좌로 앉으며 허벅지를 치며 애원했다.

"그러지 마! 내가 당신 언니 대신 머리 숙여 사과할 테니 날 봐서라도 화내지 마!"

수보는 서생의 말에 웃음이 나오려고 했지만 참았다. 그리고 그 작은 입술을 씰룩이며 작은 발로 뒤뚱거리며 몸을 비비꼬면서 올 듯 말 듯 탑상까지 서너 발자국을 남겨두고 폴짝 뛰어올랐다. 그 바람에 서생은 그만 벌러덩 넘어지고 말았다. 수보는 서생의 가슴팍에 머리를 묻고 다시 온몸으로 그를 꽉 눌러 꼼짝하지 못하게 하였다. 서생이 아무리 애원하여도 몸을 일으키지 않았다. 서생은 하는 수 없이 오른손을 움직여 천천히 허리 아래로 더듬어 내려갔다. 허리끈 매듭이 만져지자 잡아당기려고 했다. 수보는 낌새를 느끼고, '아이' 하고, 마치 『수호전』의 악화가 부르는 '철규자'[1]처럼 소리를 질렀다. 그리고 서생의 손을 꼭 잡고 고개를 들어 서생의 두 눈을 뚫어지게 쳐다보았다. 서생이 조용히 물었다.

"왜 이렇게까지 거부하고 그래?"

그가 몇 번을 계속 물어도 수보는 끝내 대답하지 않다가 한참 뒤에 중얼거리듯 말을 했다.

"당신 술 마시러 갈 거죠. 갔다가 조금 일찍 오실래요?"

"지금 이렇게 시간이 있는데, 하필이면 왜 나중이야?"

수보는 서생이 절박하게 묻는 모습을 보고, 말을 하려다 말고 손가락으로 자신의 가슴을 가리켰다. 서생은 여전히 알 수 없었다. 수보는 조바심이 나서 손을 내리고 일어나서 미간을 찌푸리며 말했다.

約後期
落紅
誰解
語

"당신이라는 사람은 어떻게 말해도 알아듣지를 못해요!"

서생은 잠시 생각해보아도 어쩔 도리가 없어 한숨을 쉬며 중얼거렸다.

"하! 지금은 널 용서해주겠지만, 나중에도 거부하면 벌을 내릴 거야!"

수보가 입술을 한 번 씰룩이며 말했다.

"당신 능력이 대단한가 봐요!"

서생이 웃었다.

"특별한 능력이 없어도 널 죽일 수는 있지."

"아휴! 말은 정말 그럴싸하군요. 나중에 화나 내지 말아요!"

"그러면 지금 먼저 시험해봐!"

그 말에 수보는 얼른 도망갔다. 서생은 시무룩한 표정으로 말했다.

"만지지도 않았는데, 도망가기야. 너 같은 계집은 처음 봐!"

수보가 막 대답하려고 하는데 남자 하인이 양가모를 부르는 소리가 들려왔다.

"양가모, 초대장과 쪽지 왔어요."

육수보가 말했다.

"당신을 초대하는 건가 봐요."

양가모가 초대장을 올렸다. 정말로 장소촌이 그를 초대하는 것이었다. 수보가 물었다.

"바로 가겠다고 말할 거예요?"

"네가 나를 원하지 않는데, 당연히 가야지!"

수보가 큰 소리를 질렀다.

"뭐라구요! 당신이라는 사람은…."

수보는 말을 반쯤 꺼내다 말고 입을 다물었다. 양가모는 얼빠진 얼굴로 히죽거리다 자기 마음대로 소리를 지르며 아래층으로 내려갔다.

"바로 가신단다."

그러나 서생은 전혀 개의치 않았다. 수보는 혼자 정리를 하다 말고 서생이 여전히 누워 있는 것을 보고 물었다.

"술 마시러 안 가세요?"

서생은 차갑게 대답했다.

"안 가! 여기서 '속빈 강정'을 하도 많이 먹어서 더 이상 술 들어갈 데가 없어!"

수보는 갑자기 펄쩍 뛰며, 두 다리를 바닥에 꼭 붙이고 한 글자를 뱉었다.

"아!"

그리고 다시 아편침대에 올라가 서생의 귀에 대고 소곤거렸다. 서생은 그제야 알아듣고 말했다.

"그러면 왜 진작 말하지 않았어?"

그러나 수보는 한마디 해명도 하지 않고 바로 물러났다. 서생은 일어나서 툭툭 옷을 털고 가다 말고 수보에게 말했다.

"나도 솔직히 말하면, 오늘은 네가 안 좋으니까 내일 올게. 지금 술 마시러 갔다가 집으로 돌아갈 거야."

수보는 눈을 부릅뜨고 따졌다.

"뭐라고 하셨어요?"

서생은 웃는 낯을 하고 말했다.

"아니, 너와 의논하는 거야. 내일은 꼭 올게."

수보는 소리를 질렀다.

"누가 당신에게 내일 오라고 했어요? 집으로 돌아가려면 가세요!"

서생은 변명할 겨를도 주지 않고 바로 고개를 돌리고 가면서 발 한쪽을 구르며, '아' 하고 소리를 내자 양가모가 웃었다. 서생은 다시 돌아서서 잘못을 빌며 외출복을 꺼내어 밉살스럽게 직접 수보에게 걸쳐주었다. 수보는 일부러 개의치 않은 척하며 수림과 함께 가자고 약속을 하고 아래층으로 내려갔다. 서생은 문 입구까지 그들을 따라가서 수림과 수보가 가마에 오르는 것을 보고 나서 양가모와 같이 그 뒤를 따라 걸어갔다. 서쪽으로 돌아 경성은루를 지나가는데, 갑자기 앞에서 젊은 아주머니 한 명이 불쑥 다가와 '할멈' 하고 양가모를 끌어당기며 말했다.

"잠깐 기다려봐요."

시서생은 앞서간 가마와 너무 멀리 떨어져서 양가모를 기다리지 못하고 급히 가마를 좇아갔다. 경운리에 다다를 즈음 두 대의 가마가 벌써 계생의 집 문 앞에 세워져 있는 것이 보였다. 그들이 양가모를 찾자, 서생은 어느 아주머니에게 붙잡혔다고 말해주었다. 육수림은 신경질을 내며 혼자 가마에서 내려 문으로 들어갔다. 서생이 수보에게 물었다.

"내가 부축해줄까?"

수보가 급히 말렸다.

"아뇨, 당신 먼저 들어가세요."

서생은 그제야 수림을 따라 마계생의 방으로 들어갔다. 모두들 상석만 남겨두고 벌써 와서 자리를 잡고 앉아 기다리고 있었다. 시서생은 극구 사양하다 마지못해 상석에 앉았다.

한참 뒤에, 양가모가 육수보를 부축하고 들어왔다. 육수림은 그녀를 보자마자 성을 내며 나무랐다.

"생각이 있는 거야! 우리를 따라오다가 어디로 빠졌던 거야?"

양가모는 웃으며 해명을 했다.

"어린 애들은 조그만 일에도 놀라 자빠지죠. 걱정할 게 아니라고 말해줘도 못 믿겠다고 저보고 와달라고 하잖아요."

수림은 여전히 화가 풀리지 않았다. 그러자 시서생이 끼어들어 물었다.

"무슨 일이래?"

양가모는 천천히 이야기를 시작했다. 모두들 귀를 씻고 들어보세요.

1 樂和 : 원래 등주성(登州城)에서 감옥을 지키는 포졸이었다. 그는 총명하여 다양한 악곡을 한 번 배우기만 하면 잘 불렀고, 목청이 좋았다. 그래서 그를 "철규자악화(鐵叫子樂和)"라고 했다.

26

진짜 능력자는 귓가에 밤소리가 들리고, 가짜 호인은 미간에 춘색이 동하다

眞本事耳際夜聞聲 假好人眉間春動色

양가모가 말했다.

"바로 소관향(蘇冠香) 때문이에요. 신아문에서 잡아갔대요."

진소운이 깜짝 놀라며 말했다.

"소관향은 영파(寧波)[1]에서 도망 나온 그 작은 마누라 아니야?"

"맞아요. 그런데 도망 나온 건 아니고요, 본처하고 사이가 나빠서 남편이 쫓아낸 거랍니다. 기녀 일은 절대 하지 말고 다른 곳에 시집이나 가라고 했는데 지금 기루에서 기녀로 일하고 있으니까, 남편이 꼬투리를 잡아 가만두지 않은 거죠. 그런데 우리 손녀가 소관향의 아주머니로 있거든요. 그러니 화가 나지 않겠어요?"

장여보가 말했다.

"자네 손녀도 분담금을 냈어?"

"제 말이 바로 그거예요. 만약 돈을 투자했다고 하면 그땐 입장이 난처해져요. 저같이 별 볼일 없는 사람도 신아문에서 잡아가지나 않을까 전전긍긍할 수밖에요."

이학정이 말했다.

"자존심 강한 소관향이 고생 좀 하겠는걸!"

양가모가 말했다.

"괜찮을 거예요. 제대인께서 상해에 계시다고 들었어요."

홍선경이 말했다.

"평호(平湖) 제운수(齊韻叟) 말인가?"

"맞아요. 제대인에게 팔려간 소췌향(蘇萃香)이 바로 소관향 언니예요. 또 몇 명 더 있다고 하던데, 모두 사들인 기녀라지요."

장여보가 갑자기 생각이 나서 물어보려고 하는데, 오송교와 장소촌 두 사람은 오직 마작할 생각에 일부러 선을 깔고 손을 내밀며 말을 끊었다. 기녀들이 속속 도착하자 장소촌은 진소운에게 얼른 시작하자고 부추겼다. 소운이 산가지가 몇 개나 되는지 물어보았다. 소촌이 기본이 백 개라고 말했다. 그러자 소운이 말했다.

"너무 큰데."

소촌은 한 번만 하자고 간곡히 부탁했다. 오송교도 옆에서 부추겼다. 그러자 진소운이 홍선경에게 물었다.

"나와 편먹고 해볼 테야?"

"나는 할 줄도 모르는데, 편은 무슨? 그러면 여보와 함께 해."

소운은 또 장여보에게 물었다. 여보는 시서생을 돌아보며 말했다.

"자네도 하지 그래?"

서생은 마음속으로 생각하고 있는 중요한 일이 따로 있어 황급히 손을 저으며 거절하였다. 이에 진소운과 장여보는 승패에 따라 반씩 내고 반씩 나누어 가지기로 하고 각각 네 판씩 하기로 했다.

이학정이 말했다.

"마작한다면 난 술은 그만 됐어."

시서생은 그 말을 듣고 틈을 놓치지 않고 작별인사를 하고 육수보와 함께 나갔다. 장소촌은 내막을 모르니 속으로 불안해졌다. 게

다가 홍선경의 흥을 깰까 봐 급히 계항배를 가져와 술을 가득 따르며 전심을 다해 신중하게 다섯 번을 했다. 오송교도 주인을 대신하여 홍선경에게 다섯 번을 더 청했다. 열 잔을 모두 비우자 기녀들도 대부분 떠나갔다. 양원원만 노름판을 지켜보려고 남아 있었다. 모두들 간단하게 죽을 먹고 술자리를 정리했다.

잠시 후 마작을 시작했다. 장소촌이 홍선경에게 물었다.

"한 번은 하실 수 있지요?"

"정말 못 하네."

오송교가 말했다.

"보면 하실 수 있을 겁니다."

홍선경은 곧바로 장소촌과 오송교 사이에 의자를 놓고 앉아 패가 돌아가는 양쪽을 번갈아 보았다. 양원원은 늘 그랬듯이 이학정 뒤에 앉았다. 장여보는 아편이 급해서 진소운에게 먼저 시작하라고 했다. 선을 정하려고 주사위를 던지니, 마침 소운이 선을 잡게 되었다. 소운은 시작 패[2]를 세워놓고 중얼거렸다.

"패가 왜 이 모양이야?"

세 사람은 어서 하나를 버리라고 재촉했다. 패 하나를 버리고 네댓 번 집어 들자 또 소운 차례가 되었다. 소운은 패 하나를 만지작거리며 미적미적 결정을 내리지 못하고, 갑자기 장여보를 불렀다.

"자네 와서 봐주게, 난 아무래도 못 하겠어."

여보가 탑상에서 벌떡 일어나 한걸음에 달려가서 보았다. 통패[3] 열네 장이 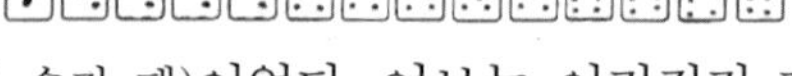 으로 된 청일색(靑一色, 한 종류의 숫자 패)이었다. 여보는 이리저리 자리를 바꾸며 육통 한 장을 꺼내며 진소운에게 버리라고 했다. 그 바람에 세 사람 모두 청일색 패라는 것을 눈치챘다. 장소촌이 말했다.

"사칠통이 아니면 오팔통이니까, 모두들 조심해."

공교롭게도 소촌이 요통(幺筒)을 집었다. 마작 판에서 요통은 익숙한 패이기 때문에 아무렇지도 않게 버렸다. 그러자 진소운이 재빨리 소리를 쳤다.

"이겼다!"

자신의 패를 깔고 세 배로 계산하니 모두 팔십 점이었다. 세 사람이 산가지로 계산을 끝내자 장여보가 다시 평을 달았다.

"이 패는 육통을 버려야 하는 거잖아? 봐봐. 일사칠통, 이오팔통이잖아. 이길 수 있는 패가 몇 개나 돼."

오송교가 곰곰이 생각하다 말을 꺼냈다.

"내 생각에는 칠통을 버렸어야 했어. 칠통을 버렸으면 칠팔통은 안 되지만, 일통부터 육통까지 맞잖아. 그러면 일통이 세 개에다, 이십이 점 세 배면 백칠십육 점이야. 계산해봐."

장소촌이 말했다.

"자네 말이 맞네. 소운이 잘못 버렸어."

장여보도 감탄했다. 이학정이 말했다.

"자네들이 이러쿵저러쿵 까다롭게 따지고 들면 누가 셈이라도 제대로 하려고 하겠어!"

그러고는 골패를 휘저어버렸다. 홍선경은 혼자 조용히 옆에서 이 패를 꼼꼼히 살펴보니 각자 나름대로 일리 있는 의견들이라는 생각이 들면서 또한 역시 마작은 쉽지 않은 것임을 알았다. 그래서 차라리 못 한다고 물리치고 '문외한'이 되는 것이 낫다고 생각했다. 다시 무심하게 보고 있다가 조용히 인사를 하고 갔다. 양원원 역시 한참 앉아 있다가 작별인사를 하고 돌아갔다.

패가 여덟 번 돌고 나니 이미 두 시를 넘기고 있었다. 오송교와 장소촌은 마계생을 생각해서 남고, 나머지 세 사람은 죽이 나오기 전에 인사를 하고 문을 나섰다. 이학정의 가마와 진소운의 인력거는 각자의 길로 앞서고, 장여보만 천천히 걸어서 서기반가 취수당으로 돌아갔다. 어둠 속을 손으로 더듬어가며 문을 찾아 두드렸다. 여러 차례 두드리자, 육수림이 이 층에서 먼저 듣고 창문을 열었다. 그리고 남자 하인을 불러 문을 열라고 하였다.

남자 하인은 장여보를 보고 황급히 성냥을 그어 남포등에 불을 붙이고 이 층으로 올라갈 수 있게 길을 비춰주었다. 여보가 계단 아래에 이르자 양가모가 눈을 비비며 실내화를 끌고 자빠지고 부딪혀가며 나왔다. 하인이 남포등을 양가모에게 건네주었다. 여보가 바로 하인에게 말했다.

"물은 끓일 필요 없으니, 자러 가."

남자 하인은 대답을 하고 갔다. 양가모가 이 층 수림의 방까지 안내해주었다. 여보가 양가모에게도 자러 가라고 하자 양가모는 잠시 머뭇거리다 내려갔다. 방 안에는 가스등이 모두 꺼져 있고, 화장대 위의 등불만 켜져 있었다. 육수림은 보석들을 모두 빼고 느긋하게 앉아 물담배를 피우고 있었다. 여보를 보자 물었다.

"마작에서 좀 땄어요?"

"조금. 왜 아직도 안 자고 있었어?"

"당신 기다리고 있었죠."

여보는 웃으며 고맙다고 말하고 마고자를 벗어 옷장에 걸었다. 수림은 물담뱃대를 건네주고 직접 연등에 불을 붙였다. 여보는 탑상으로 갔다. 배 모양의 유리사발에 아편이 보글보글 타고 있는 것을 보자 기분이 좋아져서 물담배는 내버려두고 우선 아편 갈증을 채우려고 탑상에 누웠다. 수림은 다시 소주산 비단으로 덮어둔 차주전자를 옮기며 물었다.

"차 마실래요? 아주 따뜻해요."

여보는 고개를 저었다. 아편을 피우고 나서 쇠꼬챙이를 수림에게 건네주었다. 수림은 왼쪽에 누워 여보 대신 아편을 떠서 담뱃대에 넣어주었다.

여보가 소변을 보려고 일어나 침대 뒤로 갔다. 갑자기 옆방에서

海上花列傳
第二十六回
一八
真本事耳際
夜鬧聲

숨소리가 들려왔다. 그제야 시서생이 그곳에 있다는 사실을 알게 되었다. 그는 볼일을 보고 살금살금 방에서 나와 복도 유리창으로 들여다보았다. 그러나 불빛은 희미하고 연녹색 비단 휘장까지 쳐져 있어 전혀 보이지 않았다. 다만 나지막한 소리가 들려왔다.

"그래도 버틸 거야?"

시서생의 목소리 같았다. 육수보도 한마디 했지만, 그 소리는 더 작아서 무슨 말인지 알아 들을 수 없었다. 시서생이 다시 말했다.

"네 입 한번 거칠구나! 이 조그만 계집애가 정말 싫다 이거지?"

여보는 이 말에 그만 '큭' 하고 웃었다. 방 안에서 낌새를 채고 조용히 말했다.

"그만해요! 밖에 누가 보고 있잖아요!"

그러나 시서생은 더 큰 소리로 말했다.

"그러면 보라고 해!"

그리고 밖에다 대고 물었다.

"보고 싶어? 보고 싶으면 들어와!"

장여보는 웃음을 꾹 참고 돌아섰다. 육수림은 아편을 다 넣고 기다리는데도 장여보가 한참 돌아오지 않았다. 금방 눈치를 채고 그녀도 살금살금 방에서 나와 여보의 귀를 불쑥 잡아당기며 방문까지 끌고 가서 방으로 힘껏 밀어 넣었다. 하마터면 여보는 넘어질 뻔했다. 그리고 '꽝' 하고 문 닫는 소리와 함께 육수림은 아예 방문을 걸어 잠갔다. 여보는 혼자 배를 움켜쥐고 입을 가려보았지만 웃음을 참을 수 없었다. 수림은 정색을 하며 나무랐다.

"당신같이 꼴사나운 사람도 드물 거예요!"

여보는 이를 씩 드러내며 웃었다. 그리고 양손으로 그녀를 잡아 탑상으로 끌어당기며 옆에 앉혔다. 그리고 엿들은 둘의 대화를 말해주면서 상상을 덧붙여가며 상황을 흉내내었다. 수림은 고개를 돌리며 화난 체했다.

"듣고 싶지 않아요."

여보는 흥이 싹 가셔서 드러누워 아편을 피웠다. 그리고 웃음기를 거두고 다시 수림과 이야기를 나누었다. 조금씩 수보 이야기로 옮겨져 갔다. 여보가 뜻하지 않게 시서생을 칭찬했다.

"어쨌든 좋은 손님이야."

수림은 손을 내저었다.

"시 씨 그 사람 성질은 안 좋아요. '석회베자루'[4] 같다고나 할까! 지금은 사귄 지 얼마 안 돼서 사이가 좋아 보이지만, 조금만 가까워지면 금방 싫증을 내고 오지 않을걸요."

"그것도 어떻게 알겠어. 두 사람 모두 능력이 좋으니까, 절대 떨어질 수 없을 거야. 시 씨 그 사람이 다른 기녀를 사귀려고 해도 좀 떨어진다 싶은 기녀는 시 씨가 견디질 못할걸."

수림은 눈을 동그랗게 뜨고 성질을 내며 말했다.

"당신 또 그 이야기예요!"

수림은 물담뱃대를 들고 일어나 자리를 옮겨버렸다.

여보는 아편을 두어 번 더 피우고 연등을 껐다. 찻주전자를 원래 있던 화장대로 옮겨놓고 신발을 벗고 침대에 올라앉았다. 시계를 보니 네 시였다. 여보는 고개를 끄덕이며 수림에게 오라고 손짓을 했다. 그러나 수림은 모르는 체했다. 그러자 여보가 버럭 소리를 질렀다.

"물담배 피울 거라고!"

수림은 예상치 못한 반응에 깜짝 놀라서 황급히 물담배를 주며 차분하게 말했다.

"사람들이 이제 잠들었는데, 이렇게 소란스럽게 하면 욕 들어요!"

여보는 아무 변명도 없이 웃으며 수림의 목을 껴안고 귀에 대고 속삭였다. 그 말에 수림은 웃으면서도 화를 냈다.

"당신 정신 나갔어요?"

수림은 물담뱃대를 여보 쪽으로 내팽개치고 안간힘을 다해 그에게서 벗어나 침대 뒤로 갔다. 여보는 물담배를 피우고 있다가 수림이 혼자 낄낄거리는 웃음소리를 들었다. 여보가 물었다.

"왜 그래?"

수림은 대답은 하지 않고, 볼일을 보고 침대 앞으로 오면서도 여전히 웃고 있었다. 여보는 물담뱃대를 내려놓고 점잖게 그 이유를 물었다. 수림은 말하려다가도 금방 또 웃었다. 그리고 나직하게 말했다.

"아까 당신이 못 들어서 그렇지, 정말 짜증났을 거예요! 내가 경운리로 나갔다가 양가모와 이야기를 나누며 돌아왔는데, 수보 방 안에서 유리창에 뭔가가 부딪히는 소리가 나잖아요. 수보가 아래층에 있는 줄 알고 양가모에게 다급하게 '양가모, 빨리 가봐.'라고 말했더니, 글쎄 양가모가 갔다가 돌아와서 하는 말이 '재수 없어, 방문까지 잠가놓고 말이야!'라고 하잖아요. 그래서 '들어가 봤어?'라고 하니까, '뭐 하러 들어가 봐요, 부서졌으면 그 사람한테 배상하라고 하면 되죠.'라고 하더군요. 방금 이 일이 생각났지 뭐예요. 양가모가 아래층으로 자러 내려간 후 나 혼자 오관놀이를 하고 예닐곱 번 아편을 피우고 몇 시간이 지났을까, 다시 유리창 쪽에서 소리가 들리잖아요. 정말이지 내 이 두 귀를 찢어버리고 싶었다니까!"

여보는 웃으며 가만히 듣고 있었다. 수림의 말이 끝나자, 두 사람은 몸을 가누지 못할 정도로 웃었다. 여보가 갑자기 수림의 귀에 대고 몇 마디 속삭이자 수림은 웃으면서도 화를 냈다.

"정말 당신에게는 무슨 말을 못해!"

여보는 급히 사과를 했다. 그때 날이 점점 밝아왔다. 장여보와 육수림은 정리를 하고 잠자리에 들었다.

다음 날 아침, 여보는 생각하고 있는 일이 있어서 일곱 시를 알리는 자명종 소리에 깨어났다. 수림에게는 더 자라고 하고 혼자 먼저 자리에서 일어났다. 여자 하인이 세숫물을 길어오자 여보는 양가모가 왜 보이지 않느냐고 물었다.

"손녀가 불러서 갔어요."

여보는 더 이상 묻지 않고, 얼굴을 대충 닦고 취수당을 나섰다. 동쪽 모퉁이를 돌아 주금리 상발 복권가게로 갔더니, 진소운도 막 일어나 있었다. 그는 여보를 이 층으로 올라오라고 하고 인사를 나누었다. 소운은 너무 이른 시간이어서 의아해했다. 여보가 말했다.

"자네에게 부탁할 일이 있네. 듣자니 제운수가 상해에 있다고 하던데."

"제운수와는 몇 번 술자리만 같이했지, 잘 알지는 못해. 지금 여기에 있는지도 몰라."

"어디 아는 사람에게 물어볼 수 있을까, 거래를 좀 하려고 그래."

소운이 한참 생각하다 말했다.

"갈중영과 이학정이 친분이 있는데, 쪽지를 써서 부탁해보겠네."

여보는 기뻐하며 고마움을 표했다. 소운은 바로 짧은 편지를 써서 집사 장복을 불러 하나는 덕대 전장에 보내고 또 하나는 장안 객잔에 보내라고 하면서, 모두 집에 없으면 오설향과 양원원 두 집으로 다시 보내라는 말도 덧붙였다.

장복은 연신 '예, 예' 하고 대답을 하며 편지를 받아 들고 문을 나섰다. 그곳에서 가장 가까운 곳으로 가는 편지를 골라 동합흥리 오설향의 집으로 가서 갈중영을 찾았다. 갈중영은 정말 그곳에 있었다. 다만 아직 일어나지 않아서 편지만 주고 나왔다. 다시 상인리로 가려고 하는데, 마침 사마로에서 이학정의 집사 광이를 만났다. 장복은 편지를 전달하는 중이라는 말을 했다. 그러자 광이가 말했다.

"내게 주게."

장복은 편지를 꺼내 광인에게 주면서 물었다.

"지금 어디에 가나?"

"일도 없고 해서 놀러 가."

"반삼한테 가서 잠깐 앉았다 올까?"

광이는 주저하며 말했다.

"난처한데."

"서무영은 안 갔을 거야. 갔다고 해도 난처할 게 뭐 있어."

광이는 미소로 대답하고 방향을 바꾸며 장복과 함께 갔다. 석로 입구에 다다랐을 때, 이실부가 혼자 석로 아래로 내려와 서쪽으로 가고 있는 것을 보았다. 광이는 의아하게 생각되었다.

"넷째 나리께서 여기서 뭐 하고 계시지?"

"친구를 찾는 모양이지."

"그런 것 같지는 않는데."

"우리 따라가 보자."

두 사람은 함께 몸을 숨기며 바짝 따라붙었다. 이실부는 대흥리에서 계속 들어갔다. 장복과 광인은 골목 입구에서 염탐을 했다. 실부가 골목 안쪽 모퉁이 석고문 앞에 멈춰 서서 문을 두드렸다. 그러자 어떤 노파가 웃음을 띠고 그를 맞이하였고, 그가 들어서자 바로 문을 잠갔다. 장복과 광인도 골목으로 따라 들어가 살펴보았지만 도무지 누구의 집인지 알 수 없었다. 문틈으로 들여다봐도 전혀 보이지 않았다. 뒤로 몇 걸음 물러나 벽 너머를 올려다봐도 녹색 유리 창문이 흐릿하여 잘 보이지 않았다.

이리저리 맴돌고 있는데, 갑자기 홍안녹빈의 어린 창녀가 이 층 창문을 열고 몸을 빼고 고개를 숙였다. 마치 아래층 사람과 이야기하는 것 같았다. 그 창녀 뒤에 이실부가 서 있었다. 광이는 그를 보고 장복을 잡아당기며 급히 몸을 돌렸다. 그런데 문이 열리는 소리와 함께 사람이 나왔다. 장복과 광이는 성큼성큼 골목 입구까지 걸어가서 조용히 서서 기다리고 있었다. 나오는 사람이 누군가 하고 봤더니 바로 그 노파였다. 광이는 멋쩍어하였지만 장복은 무턱대고 노파에게 물었다.

假好人眉鬪春動色
申
大宏里

"당신 아가씨 이름이 뭐요?"

노파는 두 사람을 아래위로 훑어보며 기분 나쁜 표정으로 대답했다.

"무슨 아가씨! 쓸데없는 소리 마!"

이렇게 대답하고는 가버렸다. 장복은 대꾸는 하지 않았지만, 몇 마디 구시렁거렸다. 광이가 말했다.

"여염집 사람인가 봐."

"아니. 분명 창녀일 거야. 만약 여염집 사람이라면, 그 노파가 엄청 욕을 퍼부었겠지."

"창녀라면 아가씨라고 불러도 괜찮겠네."

"자네 넷째 나리가 돌봐주고 있다면 일은 안 하겠지. 안 그래?"

"돌봐주든 말든 우리는 반삼에게나 가지."

그리고 두 사람은 길을 꺾어 돌아서 동쪽 거안리로 갔다. 반삼의 집은 문이 열려 있었다. 한 아주머니가 마당에서 문 쪽으로 다리를 뻗고 빨래를 하고 있었다. 두 사람이 들어오자 아주머니는 장복을 알아보고 웃으며 맞이했다.

"장 도련님, 위층으로 올라가세요."

광이는 손님이 있는 것을 알고 말했다.

"우리는 나중에 다시 올게."

아주머니는 그의 말을 듣고 황급히 손에 묻은 물을 털며 치마에 닦고 두 사람을 붙잡고 놓아주지 않았다. 장복이 조용히 물었다.

"손님이 혹시 무영 아닌가?"

"아니에요. 곧 갈 거니까, 위층에서 잠깐 앉아 계세요."

장복은 광이에게 어떻게 할지 물었다. 광이는 내키지 않았지만 마지못해 장복의 뜻을 따라 함께 위층으로 올라갔다. 광이는 방에 가구들이 잘 갖추어진 것을 보고 누가 기거하는지 물었다. 장복이 말했다.

"여기는 반삼 혼자 지내는 방이야. 또 몇 사람은 여기에서 지내지는 않지만 손님이 있으면 여기로 불러와."

광이는 그제야 여기가 매음굴이라는 것을 알았다. 잠시 뒤 아주머니가 담배와 차를 올렸다. 장복은 그녀를 불러 세워 물었다.

"손님이 누구야?"

"홍구에서 온 양 씨라고, 일곱 시에 왔으니까 지금 갈 거예요. 그 사람들이야 일이 많아서 이레나, 여드레에 한 번꼴로 와요. 중요한 사람들이 아니에요."

장복은 무슨 일을 하는지 물었다.

"무슨 일을 하는지는 잘 몰라요."

바로 이때 반삼도 천천히 이 층으로 올라왔다. 머리는 헝클어져 있고, 속곳만 입고 실내화를 질질 끌고 왔다. 아주머니를 먼저 내려보내고, 직접 연등에 불을 붙여 아편을 권했다. 광이는 순순히 아편 침대에 누웠지만 장복은 반삼을 뚫어져라 보며 낄낄거렸다. 반삼은 기분이 나빠졌다.

"왜 웃어요?"

장복이 정색을 하며 말했다.

"네 얼굴이 지저분해서 웃었어. 나중에 세수할 때 잊지 말고 서양 비누로 깨끗하게 씻어."

반삼은 고개를 돌리며 무시했다. 광이는 곧이곧대로 믿는 사람이라서 일어나서 보았다. 장복은 손으로 가리키며 말했다.

"봐봐, 맞지? 왜 얼굴이 지저분한지 모르겠네, 이상하네!"

광이가 껄껄 웃으며 동조했다. 반삼이 말했다.

"광이 도련님도 저 사람에게 속았어요. 저 사람 입이 입이에요?"

장복이 펄쩍 뛰며 말했다.

"네가 직접 거울 가져가서 봐, 내 말이 틀렸나!"

광이가 말했다.

"아마 머리 털실 끈 색깔이 바래서 그런 거 아니야?"

반삼은 그 말을 듣고 내려가려고 했다. 그때 아주머니가 큰 소리로 그들을 불렀다.

"아래로 내려오셔서 앉으셔요."

장복과 광이는 반삼과 함께 아랫방으로 갔다. 반삼은 급히 손거울을 들어 얼굴을 비춰보았다. 그런데 얼굴에는 티끌 하나도 없었다.

"광 도련님, 당신은 착한 사람이라고 생각했었는데, 당신도 나쁜 걸 배웠군요. 날 속여요!"

장복과 광이는 손뼉을 치고 발을 동동 구르며 자빠질 정도로 깔깔 웃었다. 반삼도 더 이상 참지 못하고 웃었다. 장복은 웃음을 거두고 다시 말했다.

"난 거짓말하지 않았어. 자네 얼굴은 아주 더러워. 안 보여서 그렇지. 수건으로 잘 닦아봐, 정말이야."

"당신 입도 닦아야죠."

광이가 말했다.

"우리는 정말 깨끗해. 네 얼굴이 더러우면 입도 더러울걸."

"광 도련님, 저 사람들을 배우려 하나 본데, 저런 사람들은 정말로 나빠요. 저 사람들 말을 잘한다고 생각하죠? 그것도 뭐 그렇게 대단한 게 아니에요. 저 사람들 못돼도 정말 못됐어요."

장복이 말했다.

"이 여자 말하는 거 봐, 콧구멍이 두 개라서 다행이지, 안 그랬다면 숨 막혀 죽었을 거야!"

세 사람은 말싸움을 하며 웃었다. 아주머니가 물주전자를 가져와 세숫대야에 붓자, 반삼은 얼굴을 씻고 머리를 감았다.

시간은 이미 정오가 다 되었다. 장복이 집으로 가서 밥을 먹으려고 하자 광이 역시 마지못해 함께 나갔다. 반삼은 광이의 소맷자락을 잡으며 말했다.

"나중에 다시 오세요."

장복은 그 광경을 보지 못하고 말만 듣고 대충 대답을 하고 광이와 함께 그곳을 나왔다.

---

1 절강성 연해의 도시

2 起牌 : 마작에서 최초로 분배된 13개의 패

3 筒牌 : 점 모양으로 된 숫자 패의 하나

4 베자루에 석회를 담으면 곳곳에 흘리게 되어 흔적을 남긴다. 도처에 악명을 남기거나 가는 곳마다 살림을 차리는 것을 비유한다.

27

취객은 목구멍이 비도록 토하여 환락가를 휘저어놓고, 고기를 구울 만큼 뜨거운 창녀의 손은 성병임을 증명하다

攪歡場醉漢吐空喉 證孽冤淫娼燒炙手

장복과 광이는 같이 사마로 상인리에 갔다. 장복은 상황을 보고하기 위해 상발 복권가게로 가고, 광이는 골목 안 양원원의 집으로 가서 주인 이학정이 일어났는지를 물었다. 이학정이 일어나긴 했으나 세수를 하지 않았다고 하여 들어가질 못했다. 남자 하인이 광이를 뒤쪽 주방 휘장 안으로 불렀다. 하인은 소흥주 한 병을 데우고 생선과 고기 요리까지 차린 밥상을 차려주었다. 배불리 먹은 광이는 성저가 상을 들고 양원원의 방으로 가는 것을 보고, 그 뒤를 쫓아가 대신 말을 전해달라고 부탁했다.

잠시 후, 그를 부르는 소리를 듣고 들어가 보니, 이학정은 양원원과 마주 앉아 반주를 기울이고 있었다. 광이가 진소운의 편지를 올리자, 학정은 읽고 나서 내려놓았다. 광이는 물러났다. 식사를 마치자 가마꾼도 와서 기다렸다. 광이는 무슨 일인지 성저에게 몰래 물어보았다. 성저가 말했다.

"마차 타러 간다고 들었어요."

광이는 하는 수 없이 멍하게 앉아 기다렸다. 그러나 세 시가 지나도록 마차를 부르지 않았다. 바로 그때 뜻밖에 요계순이 가마를 타고 일부러 이학정을 찾아왔다. 학정은 필시 일이 있어서 온 것이라고 생각하고 요계순을 양원원의 방으로 청해 마주 앉아 한담을 나누었다. 요계순은 이런저런 이야기만 하고 특별한 이야기는 꺼내지 않았다. 학정은 참다못해 무슨 일로 왔는지 단도직입적으로 물었다. 계순은 아무 일 없다고 손 사래를 치며 오히려 학정에게 물었다.

"무슨 일 있나?"

학정도 아무 일 없다고 말했다.

"그러면 위하선한테 가서 차 마시는 거 어떤가?"

학정은 그 뜻을 모르고 별생각 없이 대답했다. 양원원은 옆에서 눈치를 채고 '큭' 하고 웃었다. 계순은 굳이 웃는 이유를 묻지 않고 학정에게 마고자를 입으라고 재촉했다. 위하선의 집은 아주 가까워서 두 사람은 가마를 타지 않고 나란히 걸어서 갔다. 문을 들어서자 여자 하인 한 명이 그들을 맞이하며 웃으며 말했다.

"둘째 도련님, 요 며칠 왜 안 오셨어요?"

계순은 웃기만 하고 학정과 이 층으로 바로 올라갔다. 위하선도 웃으며 그들을 맞이했다.

"아유! 둘째 도련님! 요 며칠 '순포방'에 갇혔다가 오늘 풀려나셨어요?"

계순은 빙긋이 웃기만 하였다. 학정은 이상해서 그 까닭을 물었다. 하선은 웃으며 계순을 가리켰다.

"순포에게 며칠 잡혀 있었는지 직접 물어보세요."

학정은 일전의 요 부인의 일을 들었던 터라, 그제야 이유를 알고 웃었다. 모두 자리에 앉자, 하선이 계순 곁에 바짝 붙어 조용히 물었다.

"당신 부인이 저를 욕했죠? 그렇죠?"

"누가 자네를 욕했다고 그래?"

위하선은 콧방귀를 끼며 말했다.

"거짓말하지 말아요! 당신 부인이 욕했다고 해도 괜찮아요. 당신도 당신 부인 옆에서 같이 욕하면서 거들었잖아요? 다 알아요!"

"쓸데없는 소리 하고 있네, 내가 무슨 욕을 했다는 거야?"

"당신 부인이 여기서 줄곧 욕만 하다 갔는데, 집에서 욕을 안 했겠어요?"

"여기에 욕하러 온 게 아니었어. 내가 중요한 일로 오송(吳淞)[1]에서 한 사흘 있었지. 집에서는 아무것도 모르고, 내가 여기 있다고 하니까 물어보러 온 거야. 내가 돌아오고 나서 오송에 있었다고 하니까, 너와 아무 상관이 없다는 것을 알고 별말 없었어."

"욕하러 온 게 아니었다고요? 당신 부인이 이곳에 들어서자마자 얼굴에 날을 세워 으르렁거리며 아래층에서 위층까지 소란을 피우며 올라왔는데, 그게 욕하러 온 게 아니면 뭐겠어요?"

"그만해, 자네에게 욕을 듣고 한마디 대꾸도 못했잖아, 그러니 자네도 기분 풀어."

"솔직히, 당신 부인인데, 전들 잘못하고 싶겠어요? 여기로 찾아와 트집 잡으니 저도 별수 없잖아요. 그래서 한두 마디 했는데, 제가 잘못했어요?"

"아니, 잘했어. 내가 오히려 자네에게 감사해야지. 안 그랬다면 그 사람은 자기에게 무례하게 대할 사람이 없다는 걸 알고 다음에도 내가 술 마시는 곳마다 들이닥칠 거야. 그러면 정말 난처해."

하선은 사실 속 시원해질 때까지 욕을 하고 싶었다. 그러나 그가 이렇게까지 말하고 또 이학정이 옆에 있어서 그의 체면을 생각해 더 이상 말을 하지 않았다. 그러다 한참 뒤에 '둘째 도련님' 하고 부르며 냉정한 어조로 말했다.

"제가 당신에게 드리고 싶은 말은 당신이 너무 신경을 많이 쓴다는 거예요! 집에서는 부인과 잘 지내야 되니까 저에 대해 험담을 하실 거고, 여기에 오면 부인이 잘못했다며 저에게 한두 마디 해야 하잖아요. 당신처럼 이렇게까지 신경을 쓰면 너무 고달프지 않겠어요?"

이 몇 마디의 말에 요계순은 정곡이 찔려서 말도 못하고 조용히 있었다. 이학정은 상황을 살피며 일부러 다른 이야기를 꺼내려고 하였다. 그래서 요계순에게 물었다.

"제운수 아는가?"

"몇 번 술자리를 같이 해서 조금 알지. 지금 상해에 있는지 모르겠네."

"여기 있다고 들었는데, 나는 만나질 못했네."

그때 위하선이 간식을 주문하라고 했다. 요계순은 대충 두 가지를 주문하고, 이학정과 함께 먹었다. 하선은 다시 학정에게 아편을 권했다. 날이 점점 저물어가자, 광이가 가마를 대령하며 초대장 하나를 올렸다. 학정이 보니 주소화가 공양리 우여의에 초대하는 것이었다. 도박 자리라는 것을 알고 계순에게 물었다.

"기분 좋게 놀아볼까?"

계순은 못 한다고 사양했다. 학정은 광이에게 따라올 필요 없으니 객잔으로 돌아가 방을 지키라고 했다.

"넷째 나리께서 만약 나를 찾으시면 양원원 집에 있다고만 해."

광이는 '예' 하고 대답했다. 그리고 이학정은 요계순에게 인사를 하고 위하선의 집을 나섰다. 광이는 문 앞까지 따라 나서며 학정이 가마를 타고 멀리 가는 것을 보고 나서야 혼자 석로 장안 객잔으로 돌아갔다. 그리곤 저녁을 먹고 나서 넷째 나리가 돌아오지 않은 틈을 타서 방문을 걸어 잠그고 혼자 사마로 거안리 반삼의 집으로 갔다. 동물모양 문고리를 가볍게 쳤다. 아주머니가 대답을 하고 문을 열어주었다. 광이는 다른 손님이 없다는 것을 알고 기분이 좋아져서 머리를 숙이고 방으로 쑥 기어들어 갔다.

반삼은 의자에 누워 아편을 피우고 있었다. 들어오는 손님이 광이라는 것을 알고는 일부러 눈을 감고 잠에 푹 빠진 척했다. 광이는 조용히 앞으로 다가갔다. 그리고 모로 누우며 반삼 위로 올라가 먼저 입을 맞추었다. 반삼은 여전히 모르는 체했다. 광이는 손으로 온몸 구석구석을 더듬었다. 반삼은 더 이상 참지 못하고 눈을 번쩍 뜨며 웃었다.

"당신, 왜 이래요?"

광이는 마냥 기분이 좋아서 해명은 하지 않고 아편 소반을 밀치고 얼굴을 바짝 붙이면서 물었다.

"서무영이 정말 왔어?"

"오건 말건 당신과 무슨 상관이라고 물어요?"

"그러면 안 되지."

"솔직히 말해줄게요. 내 손님은 하 씨예요. 하 씨가 서 씨를 데리고 왔고, 서 씨가 당신을 데리고 왔잖아요. 나한테는 다 같은 손님인데, 왜 안 된다는 거예요?"

광이가 손으로 주물럭거리며 몸을 맞출 준비를 하고 있을 그때, 갑자기 '탕탕' 문 두드리는 소리가 났다. 아주머니가 안에서 큰 소리로 물었다.

"누구시우?"

"나야!"

서무영 목소리 같았다. 광이가 깜짝 놀라 일어나며 숨으려고 했다. 반삼이 잡아당기며 말했다.

"왜 이래요?"

광이가 손을 내저으며 말했다.

"안 돼, 안 돼!"

그는 필사적으로 빠져나와 살금살금 이 층으로 올라갔다. 이 층은 어두컴컴해서 손으로 더듬어가며 교의를 찾아 앉았다. 그리고 귀를 벽에 바짝 대고 가만히 들었다. 아주머니가 문을 열어주고 보니, 서무영 한 사람뿐이었다. 그는 이미 술에 흥건히 취해 문 앞에서 토하고 비틀거리며 방으로 들어갔다. 반삼은 성난 목소리로 말했다.

"어디서 실컷 술 마시고 여기에 와서 술주정을 하려는 거예요!"

서무영은 한마디도 못했다. 아주머니는 그를 달래며 뜨거운 차를 따라주었다. 무영이 아편을 피우려고 하자 반삼이 말했다.

"아편 여기에 있으니 당신이 알아서 피워요."

"좀 채워줘 봐."

"술은 다른 곳에서 마실 줄 알면서 아편 채울 줄은 몰라요?"

무영은 벌떡 일어나며 소리를 쳤다.

"광대 따위와 붙어먹는 주제에 나를 싫어해?"

반삼도 소리쳤다.

"누가 당신을 싫어해요? 내가 광대와 붙었다고 한들 당신이 날 참견할 이유가 있어요?"

무영은 자기도 모르게 웃음이 나왔다. 광이는 위층에서 서무영의 상황을 살펴보니, 좀체 돌아갈 것 같지 않았다. 그래서 몰래 피하는 게 상책이라고 생각되어 살금살금 이 층 계단을 내려가 뒤쪽 주방으로 돌아 들어갔다. 그리고 조용히 아주머니에게 말했다.

"갈게."

아주머니는 깜짝 놀라며 광이의 옷자락을 붙잡으며 말했다.

"가지 말아요!"

광이가 조급하게 말했다.

"내일 올게."

아주머니는 손을 놓지 않고 말했다.

"안 돼요! 가면 아가씨에게 한 소리 들어요."

"그러면 아가씨를 불러와, 내가 말할게."

아주머니는 그의 속임수도 모르고 정말로 반삼을 부르러 갔다.

攪歡場醉漢
吐空喉
海上花列傳
第二十七回
十五

광이는 그 사이 마당으로 슬그머니 빠져나와 빗장을 열고 뛰쳐나갔다. 그런데 하필이면 서무영이 토한 토사물을 밟고 비틀거리다 넘어지고 말았다. 그래도 얼른 일어나 뒤도 돌아보지 않고 장안 객잔으로 돌아왔다. 객잔의 사환이 두 장의 초대장을 전해주었다. 광이가 보니 진소운이 내일 동안리 김교진의 집으로 두 명의 주인을 초대하는 것이었다. 그다지 중요하지 않아 그대로 보관해두었다. 큰 도련님은 도박하느라 밤을 샐 것이고, 넷째 나리는 신혼의 기쁨을 누리느라 돌아오지 않을 것이라고 생각하고, 광이는 문을 잠그고 잠을 청했다.

광이는 반삼과 잘되려는 순간 하필 그 원수 놈을 만나 깨진 것을 생각하니 밤이 더욱 처량해졌다. 또 큰 도련님이 엄청난 돈을 양원원의 몸에 쏟아 부어도 양원원은 반삼만큼도 살갑지 않고, 넷째 나리가 그 창녀를 싸게 낚아채 지금 얼마나 즐기고 있을까 하는 생각에 몸을 이리저리 뒤척이며 잠을 이루지 못했다. 골똘히 생각하니 분노가 일어났다. 또 분노가 치밀어 오르니 질투심이 발동했다.

"넷째 나리가 뒤에서 몰래 재미를 보고 있는데, 내가 비밀을 확 터뜨려버린다고 해도 날 어쩌겠어!"

광이는 결심했다.

다음 날 이른 아침, 광이는 일어나 세수를 하고, 머리를 땋고, 간식을 먹었다. 아홉 시가 되자 진소운의 초대장을 들고 사마로 서쪽 대흥리로 향했다. 모퉁이를 돌아 석고문 앞에 서서 다시 한 번 마음을 먹고 대담하게 문을 두드렸다. 문을 열고 나오는 사람은 바로 어제 만났던 그 노파였다. 광이를 보자마자 화를 내며 물었다.

"뭐하시게?"

광이는 카랑카랑한 목소리로 말했다.

"넷째 나리 여기에 계신가? 큰 도련님이 나에게 들러보라고 하셨네."

그 노파는 '넷째 나리'라는 말에 깜짝 놀라며 더 이상 무례하게 대하지 못하고 광이에게 기다리고 했다. 노파는 급히 이 층으로 올라가 낮은 목소리로 이실부에게 아뢰었다. 실부는 아편을 피우고 있다 아직 취하기도 전에 제삼저의 말을 듣고는 믿기지가 않았다. 그래서 직접 제삼저와 함께 아래층으로 내려가 보았다. 광이가 앞으로 나와 '넷째 나리' 하고 인사를 하며 진소운의 초대장을 올렸다. 실부는 민망하여 초대장은 안중에도 없이 웃으며 광이에게 물었다.

"내가 여기 있는지 어떻게 알았느냐?"

광이가 대답하기도 전에 제삼저가 옆에서 손뼉을 치며 웃었다.

"어제도 이 사람이 나리 따라 왔는데, 모르셨어요?"

제삼저는 또 광이를 가리키며 낄낄 웃었다.

"어제 내가 욕 안 한 게 다행이네요. 당신 말이 이상했지만, 어쨌든 우리를 아는가 보다 했지요. 안 그랬으면 당신 따귀를 날렸겠죠."

이실부도 겸연쩍게 웃으며 초대장을 받아 들고 이 층으로 올라갔다. 광이는 잠시 기다렸다 물러가려고 했다. 그러자 제삼저는 재빠르게 말했다.

"오셨는데, 어째 가시려고요? 잠시 앉아봐요."

제삼저는 광이의 팔을 잡고 응접실로 억지로 끌고 와서 교의에 앉혔다. 그리고 물담뱃대를 가져와 올리고 차를 따르며 광이와 이런저런 이야기를 나누며 친밀하게 대했다. 광이도 장사가 어떤지 물었다. 이에 제삼저는 광이 곁으로 바짝 다가와 조용히 말을 늘어놓았다.

"처음부터 이 일을 했던 게 아니었다우. 올해 어떤 사건이 있었는데, 그 일로 어려워져서 이 일을 하게 된 거지. 장사를 시작하고 첫 손님이 넷째 나리신데, 어쨌든 우리가 운이 좋은 거라고 생각해요. 넷째 나리는 점잖으시고, 화려한 겉치레 자리는 좋아하지 않으셔요. 여기처럼 정직하고 깨끗한 곳이야말로 넷째 나리와 어울리죠. 그런데 넷째 나리께서 손님이 되고 나서 다른 사람들이 장사가 잘된다고 질투를 해서 나리 들으라고 이런저런 험담을 하고 있어요. 이곳은 정직한 곳인데도 다른 사람들은 우리가 속인다고 말하고, 깨끗한 곳인데도 더럽다고 말들 하죠. 이런 말들을 들으면 정말이지 화가 납니다. 지금이야 넷째 나리께서 아직 그 사람들 말을 듣지 않았지만, 우리는 그래도 불안해요. 만에 하나 넷째 나리께서 그 사람들 말을 듣고 안 오시면, 다른 손님은 없는데, 우리는 굶어 죽으라는 거예요? 그래서 광이 도련님께 부탁드릴 게 있어요. 넷째 나라께 절대 다른 사람들 말은 듣지 말라고 해주세요. 광이 도련님 말이라면 우리가 하는 것보다 낫잖아요."

광이는 진짜 속셈은 모르고 그러겠다고 대답했다. 한참 이야기를 하고 나서 광이는 일어나 가려고 했다. 제삼저는 문 입구까지 그를 바래다주면서 말했다.

"일 없을 때 놀러 오셔요."

광이는 그러겠다고 대답을 하고 떠나갔다.

제삼저가 문을 잠그고 돌아와 평상시대로 이실부에게 요리를 주문해달라고 했다. 제십전은 실부와 함께 먹더라도 음식을 가려서 식당 요리는 먹지 않고 별도로 채소 요리를 시켜 먹었다. 식사를 마친 후 이실부는 평소대로 아편을 피우러 화우루로 갔다.

종업원은 일찌감치 침대 하나를 마련해놓고 담뱃대에 아편을 채워놓고 있었다. 실부가 아편을 한참 피우고 있는데, 계속 손님들이 몰려와 잠시 후 자리를 꽉 메웠다. 그래도 계속 사람들이 끊이지 않고 들어왔다. 그 사이 곽노파가 실눈을 하고 더듬으며 들어왔다. 실부를 한 번 만난 것으로 그를 잘 안다고 생각하고 더듬어가며 아편 침대 앞으로 다가왔다. 그리고 눈웃음을 지으며 '넷째 나리' 하고 불렀다.

"십전에게 가셨죠?"

실부는 고개만 끄덕였다. 종업원이 곽노파가 말을 거는 것을 보고 달려와 아편침대 아래쪽에 앉아 째려보았다. 곽노파는 냉소를 짓고 고개를 숙이고 그곳을 떠나갔다. 종업원도 누워 아편 불을 붙여주며 물었다.

"어디에서 곽노파를 알았습니까?"

"제삼저 집에서 봤어."

"제삼저도 나쁜 사람이에요. 그런 버러지 같은 사람들은 더 이상 알려고 하지 마세요. 그 나이에 시력은 잃었어도 수완 하나는 대단해요. 정말로 좋은 사람이 아니랍니다!"

실부가 웃으며 그 까닭을 물었다.

"작년에 영파 집안 귀한 따님을 꾀어서 조계지에서 일하게 했다가 현에 붙잡혀서 곤장 이백 대를 맞고 감옥에 갇혔죠. 누가 말해줬는지 모르지만 최근에 감옥에서 풀려 나왔어요."

실부는 그런 추악한 사건이 있을 거라고 생각지도 못하였던 터라 개탄을 금치 못했다. 종업원은 아편을 긁이고 나서 실부에게 주고 다른 아편침대로 접대하러 갔다. 실부의 상자 속 아편이 다 되어가자 아편 손님도 점점 드문드문해졌다. 그도 그 무리를 따라 그곳을 떠나갔다. 그는 김교진의 집에서 열리는 술자리에도 가지 않고, 장안 객잔에도 돌아가지 않고 제십전의 집으로 갔다.

이실부는 제십전과 사귄 후부터 닷새를 묵었지만 비밀로 하고 있었다. 그러나 오늘 광이가 보았기 때문에 더 이상 비밀일 수 없었다. 그래서 아예 열흘 동안 돌아가지 않고 지냈다. 광이만 매일 한 번씩 살피러 왔다. 한번은 우연히 제십전을 보게 되었는데, 얼굴이 붉고 눈 주위가 검었다. 광이는 그 모습을 아주 이상하게 여겼다. 그래서 몰래 주인 이학정에게 일러바쳤다. 학정은 믿으려 하지 않았다.

이날은 사월 초로 날씨가 갑자기 더워졌다. 이실부가 마침 화우루에서 돌아와 아직 자리에 앉기도 전에 문을 여는 소리가 들렸다. 다름 아닌 광이가 아뢰었다.

"도련님이 오셨습니다."

제삼저는 이 말을 듣고 당황하여 실부의 의중을 물으려고 하는데, 이학정이 벌써 성큼 대문을 들어섰다. 제삼저는 마지못해 웃으며 앞으로 나와 그를 맞이했다.

"넷째 나리께서는 이 층에 계십니다."

학정은 광이에게 응접실에서 기다리라고 하고 이 층으로 올라가 실부와 만났다. 제십전도 일어나 '도련님' 하며 한쪽으로 붙어 서서 안절부절 불안해했다. 실부가 학정에게 어디에서 오는 길인지 물었다.

"마차 타다 왔습니다."

"그러면 양원원은?"

"먼저 돌아갔습니다."

이때, 제삼저가 차를 올렸다. 또 유리쟁반을 가져와 깨끗이 닦고, 침대 아래 단지 속에서 수박씨를 꺼내 제십전에게 주었다. 제십전은 하는 수 없이 부끄러워하며 학정에게 올렸다. 학정은 제십전이 어떤지 보려고 하는데, 제십전은 부끄럽고 위축되어 목덜미까지 빨개졌다. 실부는 눈치를 채고 화제를 돌리려고 학정에게 물었다.

"요즘 접대하느라 바쁜가?"

"그래도 요즘은 괜찮습니다. 곧 '소로두를 결산하는 날'[2]이어서 집집마다 술자리가 조금씩 있을 겁니다."

제십전은 이 틈을 타서 바깥으로 빠져나왔다. 그러나 제삼저가 옆에서 접대하라고 억지로 그녀를 끌고 들어왔다. 자기는 침대 뒤로 가서 동전 꾸러미를 꺼내 들고 손가락에 끼워가며 세었다. 실부가 보고 물었다.

"뭐하려는 건가?"

제삼저는 아무 말을 하지 않았다.

"간식 사려는 거냐?"

학정이 급히 말했다.

海上花列傳
證孽
寃淫娼燒
吳手

"간식은 살 필요 없네, 방금 먹었어."

제삼저는 웃으며 말했다.

"어쨌든 준비해야죠."

그리고 몸을 돌려 나가는데, 실부가 다시 그녀를 불러 세웠다.

"간식은 정말 사러 갈 필요 없고, 종이 담배 두 갑이나 사 와."

제삼저는 그제야 대답을 하고 내려갔다. 학정이 말했다.

"종이 담배도 있습니다."

"나도 알고 있어, 그래서 두 갑만 사 오라고 한 거야. 아무것도 사지 않으면 그녀 마음이 편치 않잖아."

이 말에 제십전은 더욱 부끄러워졌다. 제삼저가 종이 담배를 사고 돌아올 때는 이미 등을 올리는 시간이 되었다. 학정은 다른 말 하지 않고 인사를 하고 떠나려고 했다.

"어디로 가느냐?"

"동합홍리 술자리에 갑니다. 왕연생이 초대했습니다."

제십전은 이 말을 듣고 급히 앞으로 나와 대신 붙잡았다. 학정은 이 틈을 타서 제십전의 손을 잡았다. 정말로 손바닥이 뜨거웠다. 제십전은 실부와 함께 계단까지 학정을 바래다주었다. 학정이 아래층으로 오자 제삼저는 주방에서 뛰어나와 급히 말했다.

"도련님, 가지 마세요. 여기서 식사하셔야죠."

"고맙지만 술자리에 가야 하네."

제삼저는 하는 수 없어 더 이상 붙잡지 못하고 배웅해주었다. 광이도 뒤따라갔다. 문 앞에서 제삼저가 또 말했다.

"도련님이 여기까지 오셨는데, 정말이지 대접이 소홀했어요."

학정이 웃으며 말했다.

"괜찮네."

학정은 광이를 데리고 대흥리로 건너갔다. 동쪽 석로 입구에 다다르자 학정은 광이에게 가마꾼을 불러 오라고 했다. 광이는 대답을 하고 혼자 갔다. 학정은 동합홍리 장혜정의 집까지 걸어갔다. 손님들이 모두 다 모이자 왕연생은 물수건을 올리라고 하였다.

---

1 상해 북쪽 지역의 이름

2 해당 날에 술자리를 마련하여 정월 초에 가졌던 '소로두(燒路頭)'의 비용을 결산하는 것을 의미한다.

28

기루의 도박 소문이 새어나가 순포가 지붕에 오르고, 고향의 친척 행색이 초라한 표객이 되어 인력거를 끌다

局賭露風巡丁登屋 鄕親削色嫖客拉車

이학정은 동합흥리 장혜정의 집에 도착했다. 그 술자리는 왕연생이 소로두를 결산하기 위해 마련한 것이었다. 그날 밤 대각요집의 각 방에는 모두 술자리가 마련되어 있었지만, 혜정의 방은 왕연생이 쌍대를 준비하여 특히 분주했다. 그러나 손님들은 그다지 주흥이 나지 않아 대충 술자리를 끝냈다. 왕연생은 몰래 홍선경과 약속을 해놓고, 다른 손님들이 모두 자리를 떠나고 난 후 그와 함께 일어났다. 장혜정이 황급히 물었다.

"어디 가셔요?"

연생은 대꾸하지 않았다. 혜정은 연생이 화가 나서 가려는 줄 알고 붙잡고 놓아주지 않았다. 홍선경이 옆에서 웃으며 말했다.

"왕 나리께서 급히 출장 보고하러 가야 하니 괜히 붙잡지 마라, 공사를 망칠라."

혜정은 비록 '출장 보고하다'라는 말을 이해하지 못했지만 심소홍을 두고 한 말이라는 것을 알고 억지로 붙잡지 못했다.

연생은 내안과 가마꾼에게 모두 공관으로 돌아가라고 하고, 선경과 함께 천천히 걸어서 서회방 심소홍의 집으로 갔다. 아주는 응접실에서 그들을 맞이하며 이 층으로 따라 올라갔다. 방은 어두컴컴했다. 심소홍은 옷을 입은 채로 침대에서 자고 있었다. 아주는 황급히 다가가서 나직하게 '선생님' 하고 불렀다.

"왕 나리께서 오셨어요."

아주는 네댓 번을 그렇게 부르며 깨웠다. 그러자 소홍은 화를 내며 말했다.

"알았어!"

아주는 웃음을 머금고 물러나면서 중얼거렸다.

"불러야 하니까 불렀죠. 장사가 안 되는데, 별수 없잖아요. 다른 집을 부러워하면 뭐해요!"

아주는 가스등을 밝게 돋우고, 아편과 차를 준비하러 갔다. 소홍은 천천히 일어나 침대 끝에 걸터앉은 채 한참을 있다가 느릿느릿 걸어가서 교의에 앉았다. 그리고 얼굴을 벽 쪽으로 돌리고 말 한 마디 하지 않았다. 연생과 선경도 말 한 마디 없이 아편침대에 앉아 있었다. 아주가 다시 소홍에게 물었다.

"저녁 드시겠어요?"

소홍이 고개를 저었다. 연생이 그 말을 듣고 말했다.

"나도 저녁은 아직 하지 않았는데, 요리 두 개 주문해서 같이 먹지."

아주가 말했다.

"술을 드셨을 텐데, 어떻게 저녁을 아직 들지 않으셨다는 거예요?"

"정말 안 먹었어."

아주는 소홍을 돌아보며 말했다.

"그러면 주문해서 함께 드시겠어요?"

소홍은 큰소리로 말했다.

"싫다니까!"

아주가 웃으며 우두커니 서서 말했다.

"왕 나리, 저녁 드시려면 주문하세요. 우리 선생님은 요리집 음식 안 드시겠다고 하니 나중에 죽 드시면 돼요."

연생은 하는 수 없이 그 말을 따랐다. 홍선경은 일이 없다는 것을 알고 작별인사를 했다. 연생도 굳이 붙잡지 않았다. 소홍은 선경이 친숙하고 잘 아는 친구여서 따로 배웅하지도 않고 빈말로도 인사하지 않았다. 대신 아주가 아래층까지 배웅했다. 선경이 나가고 나자 연생은 소홍 가까이 다가가 한 손으로는 소홍의 손을 잡고 한 손으로는 소홍의 목을 끌어안으며 소홍의 얼굴을 돌려 당겼다. 소홍은 화를 냈다.

"뭐하시는 거예요!"

연생은 애원했다.

"그러지 마! 우리 탑상으로 가서 눕자. 긴히 할 말이 있어."

소홍은 연생의 손을 뿌리치며 말했다.

"할 말 있으면 여기서 하세요!"

"특별한 건 아니고, 자네 얼굴이 좀 밝았으면 해. 내가 올 때마다 어두운 얼굴을 하고 있잖아. 그런 자네를 보고 있으면 나도 말할 수 없을 정도로 힘들어. 나를 봐준다는 셈치고, 밝게 있으면 안 돼?"

"저라는 사람이 원래 밝지를 못해요! 힘들면 마음 편한 곳으로 가세요!"

연생은 자기도 모르게 긴 한숨을 쉬었다.

"내가 이렇게까지 말하는데, 자네는 고작 한다는 말이 되지도 않는 소리만 하는 거야!"

연생은 이 말을 하다 목이 메였다. 두 사람은 아무 말 없이 나란히 앉아 있었다. 한참 뒤, 소홍이 대답했다.

"제가 방금 당신에게 잘못 말했어요. 당신도 제가 밝지 않는다느니, 되지도 않는 소리를 한다느니 하셨잖아요. 당신 하는 말을 다른 사람이 모를 것 같아도, 그 말을 듣고 누가 좋아하겠어요?"

연생은 소홍이 마음을 돌리려고 이런 핑계를 댄다는 것을 알고, 얼른 웃으며 말했다.

"늘 내가 잘못해서 자네 기분을 상하게 하네. 넘어가자. 다음에 또 내가 잘못하면 그땐 나에게 실컷 욕을 퍼부어도 돼. 그래도 난 괜찮아. 어쨌든 찡그리고 있지는 마."

연생은 이 말을 하며 소홍을 잡아당겼다. 소홍은 어쩌지 못하고 탑상에 나란히 한쪽을 차지하고 누웠다. 연생이 또 말을 시작했다.

"상의할 게 있어. 술자리를 마련하겠다고 친구들에게 약속했는데, 초아흐렛날에 말이야. 요즘에는 노두주 술자리가 계속 있어. 초이렛날에는 주쌍주 집에서, 여드레는 황취봉 집에서. 모두 노두주 술자리야. 친구들이 여기서 노두주 술자리를 안 만드냐고 해서 초아흐레에 하자고 제안해서 내가 그러겠다고 했지. 괜찮아?"

"편할 대로 하세요."

연생은 소홍이 반대하지 않자 기분이 한결 나아졌다. 그리고 아편 몇 모금을 피우다 말고 소홍에게 죽을 먹자고 부추겼다. 그러자 소홍이 말했다.

"우리 집에서 만든 화퇴[1]죽 드실래요?"

"좋지."

소홍은 아주를 불러 죽을 올리라고 했다. 아금대도 와서 시중을 들었다. 연생은 죽을 먹고, 다시 아편을 흡족할 만큼 피우고 나서 소홍과 함께 잠자리에 들었다.

다음 날은 초이레로, 열두 시에 내안이 가마로 그를 모시기 위해 왔다. 왕연생은 점심을 먹고, 가마를 타고 갔다. 몇 가지 업무를 하고 나니 날이 벌써 저물었다. 다시 심소홍의 집으로 가서 출근 도장을 찍고, 공양리 주쌍주의 집 술자리로 갔다. 술자리 주인인 홍선경 외에 갈중영, 요계순, 주애인, 진소운 네 명이 벌써 와 있었다. 홍선경은 건넛방 주쌍주의 방에서 술자리 준비가 일찌감치 끝나자 말했다.

"우리도 물수건 올리라고 하지."

왕연생이 물었다.

"또 다른 사람은?"

"이학정은 못 온다고 했고, 나자부만 오면 돼."

한 사람 자리만 남겨두고 앉았다. 주쌍주는 수박씨를 올리며 왕연생에게 물었다.

"여기 기녀를 부를까요?"

왕연생이 말했다.

"그쪽 방에도 술자리가 있을 테니 부르지 말게."

상어지느러미 요리가 오를 즈음, 늘 그렇듯이 김교진이 가장 먼저 도착했다. 그 뒤를 따라 나자부가 황취봉을 데리고 왔다. 자부는 이미 취기가 약간 있어 한껏 흥이 올라 있었다. 그는 도착하자마자 계항배를 가져오라고 하고 선을 깔았다. 하필이면 또 요계순이 걸려들었다. 나자부는 저번 요계순과 술내기로 화권에 진 게 아직도 달갑지 않아 다시 한 번 붙어보자고 했다. 요계순도 결코 양보하려 들지 않고, 소매를 걷어붙였다. 처음 세 판은 나자부가 지고 말았다. 황취봉이 대신 술을 마시려고 하자, 자부가 막으며 자신 입에 털어넣었다. 그리고 다시 시작했다. 그다음 세 판 중에 요계순이 두 판을 졌다.

바로 그때 임소분, 오설향, 심소홍, 위하선이 차례대로 속속 모여들었다. 하선이 대신 술 한 잔을 마셨다. 나자부가 소리쳤다.

"대신 마시는 술은 안 쳐!"

"누구 말인가요? 전 대신 마실 거예요. 당신은 대신 마시게 하든 말든 당신 마음대로 하세요."

황취봉은 나자부의 손에 들려 있는 술잔을 빼앗아 조가모에게 건네주며 말했다.

"멍청하긴, 네가 마셔야지."

나자부는 마침 화장대에 놓인 아주 큰 유리잔을 보고, 잽싸게 가져와 요계순에게 보여주며 말했다.

"우리 이렇게 하지. 이 잔으로 하고, 대신 마셔주지 않기로 말이야!"

이에 나자부는 직접 유리잔에 술을 부었다. 잔에 가득 차지도 않았는데, 술병에 술이 바닥났다. 술을 더 채워 오라고 교건에게 술병을 주면서도 계속 요계순과 화권을 했다. 계순도 갑자기 마치 깃발과 북이 서로 장단에 맞추듯 사기가 불타올라 나자부의 진정한 강적이 되었다. 한편 술자리 사람들도 그 두 사람 때문에 손에 땀을 쥐며 옆에서 지켜보았다. 두 사람이 바로 시작하려고 손을 뻗었다. 그런데 갑자기 교건이 곁방에서 다급한 목소리로 고함쳤다.

"어서요! 누가 있어요!"

사람들은 모두 그 소리에 깜짝 놀랐다. 불이 난 줄 알고 서로 앞을 다투며 방에서 나왔다. 교건은 창밖으로 호들갑스럽게 손으로 가리키며 말했다.

"저쪽! 저쪽이에요!"

사람들은 교건의 손이 가리키는 쪽을 보았다. 그러나 화재는 아니고, 어떤 외국 순포가 맞은편 집 지붕 위에 꼿꼿하게 서 있었다. 검은색 옷을 입은 그 순포는 손에 곤봉을 들고 전등을 비추고 있었다. 홍선경은 십중팔구 상황을 예측하고 다른 사람들을 안심시키며 말했다.

"별일 아냐, 별일 아냐."

진소운은 어떤 일인지 집사 장복에게 물으려고 하는데, 문 앞이 시끌벅적하여 한참을 불러도 오지 않았다. 장수가 이 기회를 틈타

局賭露風
巡丁登屋
公陽里
酒
上花列傳
第二十八回
二十二

날듯이 뛰어 올라와 알렸다.

"앞 골목 우여의 쪽 도박꾼을 잡으려는 거랍니다. 별일 아닙니다."

사람들은 그 말에 마음을 놓았다. 갑자기 한 사람이 맞은편 이 층 유리창을 열고 비집고 나와 난간으로 기어 올라갔다. 거기서 옆집 곁채로 도망가려고 뛰었다. 그런데 불쑥 뒤에서 순포가 몸을 날려 날래게 쫓아와 짧은 곤봉으로 정확하게 그 사람의 복사뼈를 내려쳤다. 도망가던 이는 중심을 잃고 대파가 잘려 나가듯 담장 위에서 바깥으로 떨어졌다. 기왓장 두어 장도 와장창창 땅으로 떨어졌다. 주쌍옥은 황급히 방에서 나와 조용히 주쌍주에게 알렸다.

"골목 안에 사람이 떨어져 죽었어요!"

사람들은 모두 깜짝 놀랐다.

홍선경은 쌍옥의 술손님이 모두 간 것을 보고, 그녀의 방으로 가서 창문으로 내다보며 살펴보았다. 정말로 담장에서 떨어진 그 사람은 담벼락 끝에 뻗어 있었다. 마치 죽은 사람처럼 전혀 움직임이 없었다. 사람들도 보려고 한꺼번에 방으로 모여들었다. 다만 오설향은 겁을 잔뜩 먹고 갈중영의 옷자락을 붙잡고 말했다.

"우리 돌아가요!"

"지금 가면 순포에게 잡혀가!"

설향은 믿지 못했다.

"거짓말 말아요!"

주쌍주 역시 말렸다.

"거짓말이 아니에요. 순포가 문 앞에서 지키고 있으니, 밖으로 나가면 안 돼요."

설향은 하는 수 없이 인내심을 가지고 기다릴 수밖에 없었다. 홍선경이 말했다.

"우리는 술이나 마시러 가. 그들에게 잡히면 좋을 게 없어."

그리고 홍선경은 모든 사람들을 자리로 돌아가 앉게 했다.

주쌍주는 직접 계단으로 가서 교건에게 술을 가져오라고 했다. 그러나 교건은 시끌벅적한 곳 바로 앞에 있어서 그 말을 듣지 못했다. 그래서 쌍주는 아금을 불렀다. 아금 역시 아무 대답이 없었다. 다시 다급하게 부르자 아금이 정자간에서 힐끗 내다보고 아무 말 없이 고개를 숙이고 내려왔다. 쌍주는 정자간이 촛불 하나 없이 어두컴컴한 것을 보고 화를 냈다.

"무슨 꼴이야! 정말 상식 밖이구나!"

아금은 당연히 아무 말도 하지 못했다. 쌍주가 돌아서자 장수도 슬그머니 뒤따라 내려왔다. 쌍주는 모르는 체하며 천천히 방으로 돌아갔다.

아금이 술병을 홍선경에게 올렸으나 사람들은 도박꾼을 잡는 것을 보려고 술 마실 겨를이 없었다. 갑자기 골목 안에서 마치 비바람이 동쪽에서 서쪽으로 몰아치듯 발자국 소리가 요란하게 들렸다. 홍선경도 내다보았다. 여러 명의 외국 순포들은 떨어졌던 그 사람을 널문에 매달고 앞장을 세워 압송하며 골목을 빠져나갔다. 그 뒤로 구경꾼들이 그들을 에워싸고 졸졸 따라 나가며 손가락질하고 비웃었다. 아래층 집사와 하인들도 그 무리 속에 끼어 있었다. 그들이 빠져나가자 순간 문 앞이 조용해졌다. 이 층에서 구경하던 사람들은 그 광경을 보고 나서 창문에서 물러섰다. 홍선경은 그제야 사람들을 불러 모으며 새 잔에다 새로 가져온 술을 따랐다. 나자부는 구경하는 동안 술기운이 말끔히 가라앉아 더 이상 마시려고 하지 않았고, 요계순은 집으로 돌아갈 시간이 가까워지자 화권 놀이를 접었다. 사람들은 죽을 대령시켰다. 오설향이 제일 먼저 떠나갔다. 그 뒤를 따라 다른 기녀들도 하나둘씩 떠나갔다. 어수선한 분위기 속에서 장수는 아부하려고 도박꾼이 잡힌 상황을 알아보고 이 층으로 올라와 아뢰었다.

"우여의에 있던 모든 사람들이 잡혀갔답니다. 그중에는 나리들도 이삼십 명이나 되고, 집도 폐쇄되었다고 합니다. 떨어진 그 사람은 죽지는 않았고, 한쪽 발만 부러졌답니다."

사람들은 모두 탄식을 했다. 마침 아덕보가 죽을 차려 들고 오자, 장수는 불편하여 마지못해 아래층으로 내려갔다. 식사를 마치고 자리가 끝나자, 손님들은 떠나가고 주인은 피곤해졌다. 잠시 후 건넛방 주쌍옥의 방에서는 쌍대가 마련되고, 아래층 주쌍보의 방에서도 탁자 하나가 펼쳐지면서 다시 분주해졌다. 홍선경은 조금 불편해서 주쌍옥에게 작별 인사를 하고 남시 영창삼점으로 돌아가 쉬었다.

다음 날 저녁, 홍선경은 북쪽 상인리 황취봉의 집으로 갔다. 나자부가 그를 맞이하며 말했다.

"이학정이 돌아갔다고 하는데, 알고 있었나?"

"전날 밤 만났을 때는 아무 말 없던데."

"지금 내가 초대했는데, 실부와 함께 배를 타고 갔다고 하더군."

"무슨 일이 있는 모양이지?"

이때, 갈중영과 왕연생, 주애인, 탕소암이 차례로 도착했다. 이학정의 이야기가 나오자, 모두 그가 분명 이유가 있어서 갑자기 집으로 돌아간 것이라고 했다. 진소운이 도착하자, 나자부는 손님들이 다 모였다고 조가모에게 물수건을 가져오라고 했다. 소운이 자부에게 물었다.

"이학정은 초대하지 않았나?"

"돌아갔다고 하더군. 무슨 일이 있었는지 아는가?"

"다른 일은 아니고, 어제 저녁 공양리에 학정도 있다가 함께 끌려갔다고 하더군. 신아문에서 벌금 오십 원을 내고 나오자마자 배를 타고 돌아간 모양이야. 내가 그를 보러 갔는데, 만나지 못했네."

홍선경은 급히 물었다.

"그러면 아래층에 떨어진 사람이 이학정이었어?"

"떨어진 사람은 깡패야, 사실 삼품 관리였는데, 가마를 타고 다니며 과시를 했다지. 거들먹거렸다고 하는데, 소주에서 송사가 있고 나서 지금은 여기에서 도박판을 열고 대장질을 하고 있다고 하더군. 어제 떨어져 죽지 않은 게 그 사람 운인 게지."

나자부가 말했다.

"그러면 그 사람은 주소화야! 학정이 왜 그런 사람과 어울려 다니는 거야?"

진소운이 말했다.

"학정도 잘못했어. 도박했으니까. 한 달도 안 되어서 삼만이나 잃었대. 또다시 도박에서 돈을 잃으면 학정도 감당하기 힘들 거야!"

"실부가 숙부 역할을 못한 거야. 그를 잘 타일렀어야지.

"실부는 가정적인 사람이야. 상해에 와서도 기루에서 놀지 않잖아. 점잖은 사람이지."

홍선경이 웃으며 말했다.

"실부가 점잖은 사람이라고 했나! 그도 바른 사람은 아니야, 무슨 가정적인 사람이라고! 남부에 있는 한 친구가 나에게 실부는 너무 가정적이어서 작은 버릇이 생겼다고 하더군."

진소운은 작은 버릇이 무엇인지 물으려고 하는데 김교진이 그를 부르며 살짝 소매를 잡아당겼다. 소운이 고개를 돌리니 교진이 귀에 대고 소곤거렸다. 소운은 잘 들리지 않아 웃으며 말했다.

"정말 바쁘구나! 저번에는 선권이라더니, 지금은 소로두라고!"

"저 말구요."

다시 귀에 대고 분명하게 말했다. 소운은 한참을 생각하다가 먼저 그 자리에 있는 친구들에게 회춘당으로 자리를 옮기자고 했다. 모두들 찬성하면서도 회춘당이 어디에 있는지 물었다. 소운이 말했다.

"동기반가에 있네. 교진의 언니집인데, 소로두를 하고 있으니 체면을 세워줘야 한다는군."

교진이 이어서 말했다.

"아해를 먼저 보내서 준비하라고 하고, 각자 애인들과 함께 건너가는 건 어때요?"

"좋아."

모두들 찬성하자 아주머니 아해가 명령을 받들고 갔다.

나자부가 선을 깔았다. 예상치도 못하게 나자부가 크게 이겼다. 스무 잔을 걸고 그 반을 하는 동안, 다른 사람들은 서른 잔을 지고 말았다. 모두 차례를 정하고 벌주를 나누어 마셨다. 그렇게 하고 나서야 그 반을 끝낼 수 있었다. 그때 네 번째 요리가 올라왔고, 아해도 돌아와 명을 기다리고 있었다. 김교진은 서둘러 가자고 재촉했다. 황취봉은 아래위층에 접대해야 할 술자리가 있다고 나자부에게 말하면서 나중에 갈 테니 굳이 부를 필요 없다고 했다. 나자부, 갈중영, 왕연생, 주애인과 여섯 명의 기녀는 가마 열 대를 나누어 타고 갔다. 먼저 진소운은 홍선경, 탕소암과 함께 상인리 골목을 나와 장복에게 인력거 두 대를 부르라고 했다. 소운은 자신의 인력거를 타고, 소암도 하나를 잡아탔다.

선경이 인력거에 오르려는데, 그 인력꾼이 너무 젊고 얼굴이 낯익어 자세히 살펴보다가 그만 깜짝 놀라 엉겁결에 외쳤다.

"너, 박재 아니냐!"

그 인력꾼은 고개를 돌리고 홍선경을 보자마자, 빈 인력거를 끌고 숨넘어가듯 서쪽으로 달아났다. 선경은 손짓을 하며 불러보았지만 돌아오지 않았다. 홍선경은 순간 솟구치는 화에 정신이 아찔해졌다. 놀란 눈으로 아무 말도 못하고 길 한가운데 서 있었다. 진소운과 탕소암이 타고 간 인력거는 벌써 멀리 가버리고 자신을 돌보는 사람 하나 없었다. 다행히 그 뒤로 가마 열 대가 골목을 나오고, 그 뒤를 따라오는 아금과 아해가 앞으로 다가와 선경을 잡아당겼다.

"홍 나리, 뭐하고 계세요?"

선경은 그제야 정신이 돌아왔다. 그러나 아무 대답도 하지 않고

鄉親削色嫖
客拉車

다시 인력거를 불러 가마를 따라 동기반가 입구에서 멈추었다. 그리고 다른 사람들과 함께 회춘당으로 들어갔다.

김애진은 일찌감치 문 앞에 나와 그들을 맞이했다. 사람들이 응접실에 자리가 준비되어 있는 것을 보았지만, 먼저 방으로 들어가 잠시 앉았다. 애진은 황급히 수박씨를 올리고 또 아편침대로 가서 아편에 불을 붙였다. 김교진은 '언니' 하고 불렀다.

"아편 채울 필요 없어, 아래층에 물수건이나 가져오라고 해. 모두 바빠."

애진은 그래도 웃으며 말했다.

"어느 나리께서 아편 피우시겠어요?"

아무도 대꾸하지 않는데, 진소운만 "고맙습니다."라고 대꾸했다.

애진은 입을 오므리며 웃었다.

"진 나리께서는 예의도 바르셔요."

교진은 더 이상 참지 못하고, 먼저 방을 나와 여기저기 걸어 다녔다. 애진이 남자 하인에게 물수건을 가져오라고 하자, 손님들도 자리에 앉고 함께 온 기녀들도 자리에 앉았다. 김애진과 김교진은 진소운 뒤에 나란히 앉았다. 애진은 비파 현을 고르며 교진과 노래를 부르려고 했다. 교진이 말했다.

"언니만 불러, 나는 안 할래."

애진이 경극 곡조 한 곡을 뽑자, 진소운도 말리며 말했다.

"그만하게."

애진은 그래도 다시 현을 골랐다. 교진이 말했다.

"언니 왜 이래, 한 곡 불렀으면 됐어."

그러자 애진이 비파를 내려놓았다.

애진이 노래를 부르고 난 뒤 아무도 부르지 않았다. 마침 황취봉이 도착하자 나자부가 계항배를 가져오라고 했다. 아주머니는 한참 뒤에 아주 큰 유리잔을 가져왔다. 김애진은 화를 내며 말했다.

"아니야!"

아주머니에게 얼른 바꿔 오라고 했다. 나자부는 이 잔을 보자 즐거워하며 말했다.

"유리잔 좋지, 가져와."

애진은 도로 황급히 올렸다. 그리고 소매를 걷고 앞으로 다가가서 술병을 들었다. 유리잔에 가득 따르니, 나자부가 탁자를 치며 말했다.

"내가 다섯 잔을 깐다!"

모두들 그 큰 잔을 보고, 감히 손을 내밀지 못했다. 진소운은 갈중영에게 의논했다.

"우리 두 사람이 한 잔 걸어볼까?"

"좋아."

소운은 나자부와의 첫 판에서 지고 말았다. 김애진이 대신 술을 마시려고 했다. 진소운은 작은 잔에 나누어 한 잔을 김교진에게 주었다. 교진이 말했다.

"당신이 했으니까 당신이 마셔요. 전 대신 마시지 않을 거예요."

애진이 웃으며 말했다.

"제가 마실게요."

애진이 그 작은 잔을 받으려고 손을 뻗었다. 교진은 옆에서 낚아채며 큰 소리로 말했다.

"언니, 그러지 마!"

애진은 깜짝 놀라서 손을 놓았다. 소운은 웃으며 이렇다 저렇다 말없이 잔을 들고 한입에 마셨다. 갈중영도 유리잔에 반쯤 남은 술을 마셨다.

계속해서 주애인과 탕소암이 한 팀이 되어 겨루고, 왕연생과 홍선경이 한 팀이 되어 겨루었다. 그렇게 돌아가며 두세 번을 했다. 다섯 잔이 다 돌자 나자부는 비록 주량이 세다고 자신하지만 옥산이 무너지듯 몸을 제대로 가누지 못하고, 다른 사람들 역시 술에 취해 주홍이 시들해졌다. 기녀들은 다른 곳으로 가기 위해 떠나갔다. 모두 죽은 사양하고 작별인사를 했다. 그때 떠나지 않은 손님으로는 홍선경 한 사람과 기녀로는 오직 김교진뿐이었다. 진소운과 김애진은 그 두 사람을 방으로 안내했다.

---

1 火腿 : (중국식) 햄, 돼지 다리를 절여 햇볕에 말려서 만든다.

29

이웃은 오빠를 찾는 길에 동무가 되어주고, 수양오빠는 누이를 데리고 함께 놀아주다

間壁鄰居尋兄結伴 過房親眷挈妹同游

홍선경은 진소운을 따라가고, 김교진은 김애진을 따라 방으로 들어갔다. 남자 하인이 간식을 들고 왔다. 애진이 그것을 받아 올리고 탑상으로 가서 아편에 불을 붙였다. 소운은 위쪽에 누우며 말했다.

"내가 할게."

"진 나리, 그러지 마세요, 제가 채워줄게요."

소운이 웃으며 말했다.

"예의 갖출 필요 없다."

그리고 꼬챙이를 건네받았다. 애진이 또 말했다.

"홍 나리, 탑상으로 가세요."

홍선경도 아래쪽에 누웠다. 애진은 직접 찻잔을 가져와 아편 소반에 내려놓다가 우연히 교진이 화장대 앞에 서서 거울을 비추어가며 귀밑머리를 고르고 있는 것을 보았다. 애진은 기름솔빗으로 윤이 나도록 교진의 머리를 빗어주며, 이런저런 말을 꺼내며 비밀스러운 이야기를 나누었다.

그 틈에 선경은 조박재 일을 소운에게 말하며 어떻게 해야 할지 의논했다. 소운이 먼저 선경의 생각을 물었다. 그러자 선경이 말했다.

"내 생각으로는 자네가 순포방에 알려서 어느 인력거인지 조사를 해서 우리 가게에 가두어놓고 나다니질 못하게 하는 게 좋겠는데, 어떤가?"

소운은 잠깐 생각한 후 말했다.

"옳지 않아. 그 애를 자네 가게로 데려가서 어쩌겠다는 말이야? 자네 가게에도 인력거를 끄는 친척이 있지 않은가. 체면 깎이는 일이야. 내 생각에는 자네 누님에게 편지를 써서 알아서 하라고 하는 게 나을 것 같네. 그러면 자네와 상관없지 않은가."

선경은 문득 깨달은 듯이 고민이 말끔히 사라졌다. 그는 곧바로 일어나 작별인사를 했다. 김교진이 소운에게 말했다.

"우리도 가죠."

소운이 담뱃대를 내려놓았다. 그러자 김애진은 황급히 한 손으로 그를 잡으며 말했다.

"진 나리, 가지 마세요."

또 다른 손으로는 교진을 끌며 말했다.

"뭐가 바빠서 그래? 우리 집이 작아서 못 앉아 있겠다는 거니?"

교진은 비틀거리면서 말했다.

"갈래."

애진이 교진의 허리를 껴안으며 성을 내며 말했다.

"가봐. 나도 너 보러 안 갈 거야!"

소운이 옆에서 껄껄 웃었다. 홍선경이 말했다.

"자네 둘은 좀 더 앉아 있게. 나 먼저 가겠네."

홍선경은 진소운에게 작별 인사를 하고 방에서 나왔다. 김애진은 계단까지 그를 배웅하면서 말했다.

"홍 나리, 내일 오셔요."

선경은 대충 대답을 하고 회춘당을 나섰다. 삼모각교(三茅閣橋) 근처까지 가서 인력거를 불러 타고 소동문 육가석교까지 갔다. 그리고 느긋하게 걸어 함과가 영창삼점으로 돌아가서 밤새도록 조박재의 유랑생활과 궁핍한 형편을 편지에다 죄다 썼다. 다음 날 아침 점원에게 우체국에 가서 편지를 부치라고 했다.

조박재의 모친 홍 씨는 나이가 쉰 가까이 되는데, 눈과 귀가 멀고, 나약하고 무능했다. 다행히 아명이 이보(二寶)인 박재의 여동생이 집안일을 도맡을 정도는 되었다. 지난번에 홍선경의 편지를 받고, 박재가 집으로 돌아오는 줄 알고 매일 기다린 것이 벌써 보름이 되어가지만 아무 소식이 없었다. 그런데 느닷없이 또 홍선경의 편지가 와서 이웃집에 사는 장신제(張新弟)에게 읽어달라고 했다.

장신제가 편지를 다 읽어주자, 모녀 두 사람은 순간 놀랍고 부끄러워 목 놓아 울었다. 장신제의 큰 누이인 장수영(張秀英)이 그 울음소리를 듣고 건너와 무슨 까닭인지 묻고 오히려 그들을 다독여주었다. 모녀 두 사람은 눈물을 닦으며 그녀에게 고마움을 표했다. 모두들 어떻게 할지 상의했다. 장신제는 조박재를 찾으러 상해에 가서 그를 집으로 데려와 엄하게 단속시키는 것이 상책이라고 했다. 홍 씨가 말했다.

"상해 조계지, 그 낯선 곳에 어떻게 갈 수 있겠나?"

조이보가 말했다.

"갈 수 없다는 말은 하지 마세요. 어머니더러 찾으러 가라고 할까봐 그러세요?"

장수영이 말했다.

"그러면 적당한 사람에게 부탁해서 오빠를 찾아오게 하고 이 원 정도 주는 것도 괜찮아."

홍 씨가 말했다.

"우리가 또 누구에게 부탁해? 부탁한다면 그래도 외삼촌에게 해야지."

장신제가 말했다.

"외삼촌 편지에는 조박재 때문에 망신당했다고 원망이 대단한데, 어떻게 찾아가겠어요!"

이보가 말했다.

"외삼촌은 애초 기댈 수 있는 분이 아니에요. 다른 사람에게 부탁하는 것도 소용없고, 저하고 어머니가 함께 가는 게 차라리 나아요."

홍 씨가 한숨을 쉬며 말했다.

"이보야, 말은 맞다만, 넌 아가씨야. 한 번도 문 밖을 나간 적이 없고, 상해에 가서 유괴범에게 잡혀가면 어쩌려고 그러냐?"

"어머니는 또 쓸데없는 소리 하셔요! 유괴범에게 잡혀가지 말라고 사람들이 지레 아이들을 속이려고 하는 말이죠. 정말 유괴범이 있겠어요."

신제가 말했다.

"상해에 유괴범이 없다고 해도 아는 사람과 함께 가는 것이 좋긴 하죠."

수영이 신제에게 물었다.

"명절에 상해에 가야 한다고 하지 않았어?"

"상해에 간다고 해도 가게로 가는데, 어디 짬이 나겠어."

이보는 이 말을 마음속에 담아두고 입을 다물었다. 장신제는 결정이 나지 않아 인사를 하고 집으로 돌아갔다. 조이보는 장수영을 붙잡아두고 방으로 불렀다. 수영은 열아홉 살이며 이보와는 절친한 사이로 서로 모든 것을 다 털어놓고 말하였다. 그때 이보가 수영에게 살짝 물었다.

"신제는 상해에 뭐 하러 가?"

"적(翟) 선생에게서 회계일 배우고 있잖아."

"언니도 가?"

"나는 일도 없는데, 뭐 하러 가."

"언니, 우리와 같이 상해에 갈래? 나는 오빠 찾고, 언니는 조계지에서 놀고, 어때?"

수영도 내심 노는 것을 좋아하지만 사람들 이목이 두려워 주저했다.

"안 돼."

그러자 이보가 귓속말로 속삭였다. 수영은 웃음으로 답하고, 집으로 돌아갔다. 장신제가 이 일을 물었다. 수영이 미간을 찌푸리며 말했다.

"아무리 생각해봐도 방법이 없으니, 괜히 소촌 오빠 탓을 하네. 함께 간 소촌 오빠도 돈을 다 써서 사람들 볼 낯이 없을 거라며 나도 같이 소촌 오빠 찾으러 가자고 하잖아."

수영의 말이 끝나기도 전에 조이보도 건너와서 '수영 언니' 하고 부르며 말했다.

"모르는 체하지 마! 언니 오빠가 한 일이니까, 당연히 언니가 찾아야지. 언니도 같이 소촌 오빠를 찾으러 가. 꼭 언니 일은 아니더라도 말이야."

신제가 옆에서 말했다.

"소촌 형이 상해에 있어서 너 혼자 찾아가도 될 거야."

이보가 말했다.

"나는 상해를 몰라, 언니와 같이 가야지."

"누나가 가는 건 아니지. 차라리 내가 같이 가줄까?"

"너는 남잔데, 나와 같이 가면 무슨 꼴이야? 언니가 안 가겠다고 하면 나는 계속 언니를 귀찮게 할 거야."

신제는 슬쩍 수영을 쳐다보고 어떻게 할 건지 물었다. 수영이 말했다.

"난 갈 일이 없는데 뭐 하러 가겠어? 사람들이 들으면 우리들이 놀러 간다고 생각하고 비웃지 않을까?"

이보가 말했다.

"언니는 다른 사람들 비웃음만 겁나고, 우리 오빠가 인력거를 끌고 다니는 건 언니와 상관없다 이거야?"

신제도 웃으며 수영을 설득했다.

"누나도 한번 가봐. 찾아서 돌아와도 며칠 걸리지 않을 거야."

수영은 여전히 내키지 않았지만 신제의 적극적인 설득으로 억지로 승낙했다. 사월 십칠 일에 가기로 정하고 맞은편 이발사 오소대(吳小大) 부인 오가모(吳家姆)에게 집을 봐달라고 부탁했다.

조이보가 집으로 돌아와서 모친 홍 씨에게 그 사실을 알려주자 홍 씨는 잘되었다고 생각했다. 그날 밤 오소대는 직접 두 집으로 찾아가서 집을 봐주겠다고 대답하고, 아들 오송교가 아주 성공했다는 이야기를 들었다며 이참에 그 아들을 찾아봤으면 한다고 했다. 두 집 모두 찬성했다.

그 날이 되자, 무석(無錫)의 망선[1] 한 대를 전세 내어 홍 씨, 조이보, 장신제, 장수영 그리고 오소대 다섯 명은 모두 짐을 싣고 상해로 향했다. 하루가 못 되어 일휘항(日輝港)에 정박했다. 오소대는 이불 짐 없이 보따리 하나만 등에 지고 부두에 올라 혼자 갔다. 조이보는 조박재가 열래 객잔에서 지내고 있다고 생각하고 장신제에게 짐을 그곳으로 보내라고 했다. 그리고 인력거 네 대를 불러 장신제와 장수영, 홍 씨, 조이보를 태우고 보선가 열래 객잔으로 갔다. 마침 짐꾼들이 짐을 지고 뒤따라 와 제일 큰 방에다 짐을 풀었다.

짐을 대충 정리하고 나서, 장신제는 먼저 대마로 북신(北信) 전당포 회계원인 적 선생을 만나러 갔다. 그런데 적 선생은 남신 전당포로 일을 보러 가고 없었다. 장신제는 객잔으로 돌아와 이불 짐을 옮기며 조이보에게 물었다.

間壁鄰居尋兄結伴
海上花列傳
第二十九回
二十九

"같이 우리 소촌 형 찾으러 갈래?"

이보는 손을 내저으며 말했다.

"네 형 찾는 것에는 관심 없어. 함과가 영창삼점으로 가서 우리 외삼촌께 오시라고 말해줘."

신제는 그 말을 듣고 나갔다. 그날 밤 장수영은 혼자 연극을 보러 갔다. 그러나 조이보와 모친 홍 씨는 수심이 가득 찬 얼굴로 마주 보고 앉아 방 밖으로 나갈 생각을 하지 않았다.

다음 날 아침, 홍선경이 여관으로 찾아왔다. 누님 홍 씨를 만나자 조이보가 앞으로 나와 인사를 했다. 선경은 그동안 만나지 못한 세월의 정을 이야기하다 외조카 조박재 이야기가 나오자, 그동안 천박했던 행실들을 낱낱이 말해주었다.

"지금은 내가 사람을 시켜 찾아보라고 하겠지만, 다음에 또 무슨 일이 생기면 상관하지 않을 겁니다!"

이보가 끼어들었다.

"외삼촌께서 찾아주시면 정말 좋죠. 그다음은 마음 놓으셔요. 설마 또 외삼촌을 놀라게 하겠어요!"

선경은 또 고향의 농사 수확이 얼마나 되는지 물어보고 작별인사를 했다. 장수영은 아직 자고 있어 홍선경을 만나지 못했다.

식사를 마치고 나니 어떤 사람이 조박재를 문 앞까지 바래다주고 갔다며 객잔 사환이 알려주었다. 홍 씨와 조이보는 황급히 나가 그를 맞이했다. 조박재의 얼굴은 검댕이로 얼룩져 있고, 양쪽 귀밑머리는 한 마디 이상이나 길어 있었다.[2] 여기저기 기운 짧은 윗옷과 바지를 입고 있는데, 거무죽죽하니 무슨 색인지 분간이 가지 않았다. 맨발에다 양말조차 신지 않고 있었다. 그야말로 거지와 다를 바 없었다. 이보는 오누이의 정이 각별하여 더욱 마음이 상하여 큰 소리를 내며 울었다. 홍 씨는 눈이 어두워 그가 잘 보이지 않아 물었다.

"어디에 있어?"

객잔 사환은 박재를 밀며 인사를 하게 했다. 홍씨는 깜짝 놀라 발을 동동거리며 울었다.

"우리 아들이 어떡하다가 이 지경이 되었어!"

이 말을 하다 울음을 터뜨리고, 기가 막혀 거의 실신할 정도였다. 다행히 장수영이 뒤에서 붙잡으며 마음을 풀라고 했다. 이보는 객잔의 손님들에게 구경거리가 된 듯하여 부끄러워 급히 수영과 함께 모친을 부축하고 방으로 들어가고, 박재에게 손짓을 하며 들어오라고 하고 방문을 닫았다. 그리고 가죽 상자를 열어 옷가지와 양말을 챙겨서 박재에게 주며 왼쪽 목욕탕에서 머리를 깎고 깨끗이 하고 오라며 등을 떠밀었다.

얼마 후, 박재는 옷을 갈아입고 객잔으로 돌아왔다. 얼굴은 비록 야위었지만 한결 나아 보였다. 수영은 그에게 앉으라고 했다. 홍 씨와 이보는 원망의 말들을 쏟아냈다. 박재는 고개를 숙이고 눈물을 흘리며 아무 말도 못했다. 이보가 왜 집으로 돌아오지 않았는지 수십 번을 물어도 박재는 끝내 대답하지 않았다. 수영이 웃으며 대신 대답해주었다.

"돌아오면 난처해질까 봐 그랬겠지, 안 그래?"

이보가 말했다.

"아니야, 난처하다는 것을 알면 돌아왔지! 분명 상해가 아쉬웠던 거야. 인력거를 끌며 이곳저곳을 구경하니 마음이 시원해졌겠지!"

이 말에 박재는 얼굴을 들 수 없어 벽 쪽으로 몸을 돌렸다. 홍 씨는 갑자기 가련한 마음이 들어 더 이상 책하지 않고 수영과 이보에게 집으로 돌아갈 계획을 물었다. 이보가 말했다.

"객잔 사환에게 배를 불러 달라고 해서 내일 돌아가요."

수영이 말했다.

"나보고 놀러 가자고 했잖아, 아직 난 한 번도 나가지 못했어. 내일 돌아가자고 하면 약속과 틀리잖아!"

"그러면 하루 더 놀까?"

"그래, 하루 놀고 나서 다시 말해."

홍 씨는 그들을 따를 수밖에 없었다. 저녁을 먹고 나서 수영이 극장에 가려고 하자 이보가 말했다.

"이전에 극장비는 내가 낸다고 했으니까. 언니가 거절하면 난 아예 안 갈 거야."

수영이 한참을 생각하더니, 모호한 미소를 지으며 말했다.

"그럼 그렇게 해. 내일 저녁에는 내가 낼게."

수영과 이보가 외출한 후, 홍 씨와 박재만 방에 남아 있었다. 홍 씨는 피곤해서 일찍 잠들었다. 박재는 혼자 앉아 있으려니 보선가의 인력거 소리가 파도 소리처럼 귓가에 맴돌았다. 또 저 멀리서 들려오는 비파 소리는 경극 곡조를 부르는 어린 기녀 목청 같았지만 어느 집인지는 알 수 없었다. 박재의 마음은 원숭이처럼 들떴지만 나갈 엄두를 내지 못했다. 객잔 사환이 큰 방 뒤쪽에 박재의 침대를 하나 마련해주어 박재는 혼자 와등을 켜고 옷을 입은 채로 침대에 잠시 누웠다. 그런데 갑자기 옆방 손님 두 명이 아편을 피우면서 상해의 화려한 거리와 풍경을 나누는 대화소리가 들려왔다. 이야기는 아주 흥미진진하여 박재는 화사(火邪)[3]로 병이 걸린 듯 누워 있어도 잠이 오지 않았다. 눈을 뜬 채로 있다가 수영과 이보가 돌아오고 나서야 침대에서 내려와 방을 나오며 물었다.

"노래는 잘 부르든?"

이보는 기침을 하며 말했다.

"나는 거의 못 들은 거랑 마찬가지야. 오늘 저녁은 하필이면 시 씨라는 언니네 친척을 만나게 되어서 차 마시고, 극장비도 시 씨가 내줬어. 그리고 간식과 과일들을 잔뜩 사 와서 우리보고 먹어보라는 거야. 얼마나 난처했겠어? 내일 마차 태워 준다고 하는데, 난 안 갈 거야!"

수영이 말했다.

"상해에서는 아무 일도 아니야. 우리를 초대하면 우리는 기분 좋게 가면 돼!"

"언니야 당연히 괜찮겠지. 숙라 옷이 있으니까. 나는 거지꼴 같아, 망신스러워!"

이보는 무심결에 이 말을 꺼내고 말았다. 그러자 수영이 '큭' 하고 웃었다. 박재는 무안해서 피하려고 했다. 그러자 이보가 갑자기 그를 불러 세웠다.

"오빠, 잠깐만."

박재가 다급하게 무슨 일인지 물었다. 이보는 손수건 보자기를 꺼냈다. 극장에서 가져온 간식과 과일을 박재에게 주고, 또 수영에게도 먹으라고 했다. 수영이 말했다.

"우리 또 아편 피우자."

"언니 어리석게 굴지 마! 중독되면 끝이라구!"

수영은 웃기만 하고 그 말을 듣지 않았다. 대나무 광주리 속에서 아편 소반을 꺼내어 아편에 불을 붙였다. 그러나 요령을 몰라 대통이 막혀버렸다. 박재가 장난삼아 말했다.

"내가 해줄까?"

"너도 할 줄 알아? 해봐."

박재는 끓인 아편을 휘저어가며 말끔하게 넣고 담뱃대를 수영에게 주었다. 수영이 간단하게 인사를 하고 한 모금을 쭉 빨아 당기고 나서 감탄하는 말을 쏟아냈다.

"아편 잘 채웠는데! 어디서 배웠어?"

박재는 웃기만 하고 다시 한 통을 더 채워주었다. 수영은 이보에게 피워보라고 했다. 이보는 하는 수 없이 피워보았다. 세 번째 채운 것은 박재가 피웠다. 다 피운 다음 아편 소반을 제자리에 챙겨두었다. 박재는 혼자 뒤편 곁방으로 가서 쉬었다.

다음 날 오후, 갑자기 어떤 마부가 객잔으로 찾아왔다.

"시 도련님께서 보내신 마차입니다. 부인과 아가씨 두 분을 모셔 오라고 했습니다."

이보는 그 마차를 타지 않으려고 했지만, 수영은 그녀의 말을 무시했다. 수영은 박재에게 방을 지키라고 하고 홍 씨랑 이보와 같이 마차를 타고 명원으로 놀러 갔다. 박재는 객잔의 방에서 하릴없이 있다가 아편 소반을 찾아 아직 열쇠로 잠그지 않은 것을 보고, 몰래 한 모금 피우고 또 한 번 더 피웠다. 그때 마침 소촌이 소식을 듣고 왔다. 그는 특별히 그의 동생과 누이를 찾아왔는데, 이렇게 같이 있는 박재를 이상하게 여겼다. 소촌은 박재가 곤궁했을 때를 떠올리며 비웃었다. 박재는 기분이 상하여 아편 소반을 원래 자리에 갖다 놓았다. 소촌은 재미가 없어 인사를 하고 나왔다. 박재는 부끄러워 배웅하지 않았다.

날이 어두워져도 마차는 돌아오지 않았다. 박재는 느긋하게 참으며 기다리지 못하고 마당으로 나가 까치발을 하며 내다보았다. 그때 마침 수영과 이보가 홍 씨를 부축하여 마차에서 내려 문으로 들어서고 있었다. 박재는 그들을 마중하고 장소촌이 왔다는 이야기를 전해주었다. 이보는 가만히 있는데 수영이 말했다.

"우리 오빠도 나쁜 사람이야, 지금부터는 오빠든 뭐든 상관없어!"

박재는 맞장구를 치고 큰 방으로 따라 들어갔다. 이보는 몸에 지니고 있던 향수병을 하나 꺼내 박재에게 보여주었다. 박재는 물건을 잘 볼 줄 몰라 가격을 물었다.

"말로는 이 원이라고 했어."

박재는 혀를 내두르며 말했다.

"뭐 하러 샀어?"

"내가 산 건 아니고, 그 서생 오빠가 꼭 사주겠다잖아. 세 병을 사서 자기 한 병, 언니 한 병, 그리고 나에게 한 병을 줬어."

박재는 아무 말을 하지 않았다. 수영과 이보는 명원의 경치를 이야기하고, 그들이 보았던 기녀와 어린 여자 하인의 얼굴, 옷, 장신구를 세세하게 품평했다. 수영이 말했다.

"사진관에 안 가봤지? 우리는 몇 장 찍었는데, 정말 멋졌어."

이보가 말했다.

"서생 오빠도 그곳에서 정말 웃겼어!"

"모두 친척이니까, 좀 친숙해지면 신경 쓸 것도 없어."

"서생 오빠는 아주 편한 사람이야, 성격도 좋고. 우리가 어머니라고 하니까 그도 어머니라고 하잖아. 어머니께 간식도 사다 주고, 공작도 함께 보러 가주고, 꼭 아들 같았어."

홍 씨가 말을 막았다.

"그렇게 말하니까 꼭 근본 없는 사람처럼 보이는구나!"

이보는 손톱을 깨물며 웃음을 참았다. 수영도 웃었다.

"오늘 저녁에 대관원으로 초대했는데, 갈래?"

이보는 입을 벌리고 난처한 표정을 지으며 말했다.

"난 조금 어려우니까, 오빠보고 가라고 해."

"오빠와 같이 가면 좋지."

박재가 말했다.

"나를 초대하지 않았는데, 내가 왜 가?"

이보가 말했다.

"모두 초대했어. '왜 오빠도 마차 타러 오지 않았느냐'고 물어서 '객잔 방에 아무도 없잖아요.'라고 하니까 '나중에 오빠를 초대해서 연극 보러 가죠.'라고 했다니까."

수영이 말했다.

"지금 여섯 시 반이니까, 곧 초대하러 올 거야. 우리 얼른 저녁 먹자."

이에 객잔 사환에게 저녁을 가져오라고 재촉했다. 네 사람이 한자

過房親眷
挈妹同遊

리에서 먹었다.

저녁을 먹은 후, 어떤 사람이 대관원의 등불을 들고 와서 초대장을 올리며 계단 가까이 와서 '초대합니다' 하고 소리쳤다. 박재가 황급히 받아 들고 초대장을 읽으니, 부인, 도련님, 두 명의 아가씨를 초대하는 글이 쓰여 있고, 아래에는 '시(施)' 자가 적혀 있었다. 이보가 말했다.

"어떻게 답하지?"

수영이 말했다.

"당연히 가서 말해야지!"

박재가 소리를 높여 명을 전하자, 초대하는 사람은 물러갔다. 이보가 화난 척하며 말했다.

"언니나 가서 말해. 나는 연극 보는 거 그다지 좋아하지 않아!"

"내숭 떨지 마, 시원시원한 사람이 이러면 안 되지!"

수영은 계속 이보에게 옷을 갈아입으라고 재촉했다. 이보가 말했다.

"그러면 천천히 해, 뭐가 그렇게 바빠!"

먼저 거울을 비춰보고 살짝 분과 연지를 발랐다. 월백색의 호주산주름 저고리 옷을 입었다. 치장을 끝내고 가려는데, 박재가 말했다.

"나는 사양할래."

수영이 그 말을 듣고 오히려 웃으며 말했다.

"네 동생한테 배웠어?"

박재가 억지로 변명을 했다.

"아니야, 대관원 연극을 거의 다 봤기 때문에 재미없어."

"그가 자리 한 칸을 모두 빌렸어. 겨우 우리 몇 명이 다인데, 만약 가지 않으면 돈만 아까워. 재미없어도 봐."

박재는 사실 볼 생각이었지만 말로는 사양한다고 했던 것이었다. 그래서 모친과 누이의 표정을 흘낏 살펴보았다. 이보가 말했다.

"언니도 보러 가자고 하니까, 보러 가도 될 거야. 어머니, 안 그래요?"

홍씨도 말했다.

"수영이도 말했으니 당연히 보러 가야지. 보고 나서 같이 돌아와. 다른 곳에 가지 말고."

수영은 홍 씨에게도 청했다. 홍 씨는 정말 가지 않겠다고 했다. 박재는 신이 나서 열래 객잔이라는 글이 쓰인 등롱을 구해 앞장서서 길을 인도했다. 대관원은 여관 가까이에 있기 때문에 장수영과 조이보는 조박재를 따라 걸어갔다.

---

1 网船 : 그물을 쳐서 짐을 실을 수 있게 만든 배

2 당시 남자들은 양쪽 귀밑머리를 완전히 깎았다. 오랫동안 이발을 하지 않아 지저분하게 자라났다는 뜻이다.[장]

3 원래는 한의학에서 육음(六淫)의 하나로 외감질병 가운데 열의 속성이 더 심한 사기(邪氣)를 뜻하거나 태양상한(太陽傷寒)을 화훈법(火熏法)으로 잘못 치료한 것을 말하기도 한다. 일종의 외열 스트레스이다. 화사로 인한 증세 중에 심장이 두근거리고 수면장애, 불안 증상을 보이기도 한다.

30

새로 이사한 가족은 객잔에서 남자 하인을 고용하고, 늙은 이발사는 찻집에서 불효를 말하다

新住家客棧用相幇 老司務茶樓談不肖

조박재는 누이동생 조이보와 장수영을 대관원 이 층 특별석으로 데리고 올라갔다. 그들을 초대한 젊은 주인은 설청색[1]의 홑겹 비단 장삼과 짙은 남색과 붉은 비단 색실이 섞인 마고자를 입고 특별석 안쪽에 혼자 앉아 있었다. 박재는 그가 시서생인 것을 알았지만, 서로 인사를 나눈 사이는 아니었다. 시서생은 그들을 보자 아주 기뻐하며 황급히 자리에서 일어났다. 그는 만면에 웃음을 띠고 수영과 이보의 손을 잡고 난간 쪽 자리로 앉히고, 박재에게도 자리를 안내했다. 박재는 등롱을 내려놓고 뒤쪽에 앉았다. 그러자 서생이 앞쪽 자리로 오라고 잡아당겼고, 박재는 그와 모습이 서로 비교되어 부끄러워 안절부절 어쩔 줄을 몰라 했다. 다행이 서생이 수영의 귀에 대고 속삭이고, 수영이 다시 이보에게 귓속말로 전해줘서 박재를 한쪽에 앉게 했다. 그제야 박재는 자유롭게 연극을 볼 수 있었다.

이 대관원에는 최고의 배우들이 많았다. 그중 가장 뛰어난 배우는 무소생[2] 배역을 맡고 있는 소류아(小柳儿)로, 그의 연기와 노래는 따라올 자가 없었다. 그날 저녁 소류아는 마지막에 나와 〈취병산(翠屛山)〉[3]의 석수를 연기했다. 반교운이 욕하고 따지고, 반교운의 아비 반노장이 설득하고 달래는 장면을 연기할 때, 소류아는 감정을 실은 격앙된 목소리로 늠름한 기개를 드러내며 노래했다. 주점에서는 단도를 가지고 연기를 하는데, 마치 섬광이 온몸을 감아들 듯이 날아다니는 것 같았다. 과연 명불허전이었다!

〈취병산〉이 끝나자 시간은 벌써 열두 시를 넘기고 있었다. 극장은 순식간에 사람들이 자리에서 일어서고 나가느라 시끌벅적해졌다. 관객들은 서로 뒤로 밀리게 될까 봐 앞다투어 나가다 보니 문 입구에서 막히고 말았다. 시서생이 말했다.

"우리는 천천히 나가는 게 좋을 것 같군요."

그리고 조박재에게 등롱을 들고 앞서게 하고 시서생 자신은 뒤에서 장수영과 조이보를 보호하며 열래 객잔으로 왔다. 이보가 먼저 앞으로 나가서 방문을 열고 '어머니' 하고 불렀다. 홍 씨는 침대에 비스듬히 누워 있다 벌떡 일어났다. 박재가 물었다.

"왜 안 주무셨어요?"

"기다리고 있었지. 잠이 들면 누가 문을 열어줘?"

수영이 말했다.

"오늘 밤 연극 정말 좋았는데, 어머니도 보러 가셨으면 좋았을 텐데요."

서생이 말했다.

"연극은 토요일 저녁이 제일 좋아요. 오늘은 수요일이니 며칠 뒤에 다시 어머니와 같이 보러 갑시다."

홍 씨는 서생의 목소리를 듣고 '도련님'이라고 부르며 자리를 권하고 감사를 표했다. 이보는 객잔 사환에게 차를 가져오라고 하고, 수영은 아편 소반을 침대 위에 내려놓고 서생에게 아편 불을 붙여주었다. 박재는 아편 소반이 있는 곳으로 가지 않고 한쪽 구석으로 가 있었다. 홍 씨가 말했다.

"도련님, 정말 면목이 없습니다. 이틀 동안이나 우리를 여러 차례 초대해줬잖아요. 내일은 돌아가야 한답니다."

서생이 다급하게 말했다.

"가지 마십시오. 어머니께서는 늘 이러신다니까! 상해에 오기 쉽지도 않은데, 당연히 며칠은 더 놀다 가셔야죠."

"솔직히 이곳 객잔은 네 사람 방값으로 하루 팔백 전이에요. 지출이 만만치 않지요. 하루라도 빨리 돌아가는 것이 좋아요."

"괜찮습니다. 저에게 방법이 있어요. 고향에서보다 더 절약할 수 있을 겁니다."

서생은 말하느라 꼬챙이에 타고 있는 아편 액이 계속 흘러도 모르고 있었다. 수영이 흘낏 보고 급히 다가가 위쪽에 누워 꼬챙이를 받아 들어 대신 불을 붙여주었다. 이보는 자기 침대에서 동전 꾸러미를 가져와 몰래 박재에게 건네주며 간식을 사 오라고 했다. 박재는 돈을 받아 들고 주방으로 가서 큰 그릇 하나를 얻어 객잔 사환에게 시키지 않고 직접 보선가로 사러 나갔다. 그러나 유감스럽게도 밤이 깊어 가게 문들이 대부분 닫혀 있어서 백엽[4] 여섯 개를 사서 셋으로 나누어 그릇에 담아 들고 들어왔다. 이보가 눈살을 찌푸렸다.

"오빠도 참, 왜 이런 걸 사 왔어!"

"다른 게 없었어."

서생이 침대에서 내려와 보고 말했다.

"백엽. 정말 좋지요. 내가 좋아하는 건데."

서생은 예의를 차리지 않고 대나무 젓가락을 들고 하나를 열심히 먹었다. 이보는 그릇 하나를 홍 씨에게 드리고 수영도 불렀다.

"언니도 와서 먹어."

수영은 창피해서 성난 목소리로 말했다.

"안 먹어!"

이보가 웃으며 말했다.

"그러면 오빠가 와서 먹어!"

박재는 한입에 다 먹고, 객잔 사환에게 빈 그릇을 가져가라고 했다.

서생은 아편을 더 피우고 작별인사를 하고 떠나갔다. 박재는 그제야 수영과 시서생이 어떤 관계인지를 물었다. 수영이 웃으며 말했다.

"내 친척을 네가 알 리 없지. 서생 오빠 어머니가 바로 내 수양어머니셔. 내가 세 살 때 수양딸이 되었는데, 작년 용화에서 우연히 만났어. 처음에는 모두들 모르고 있다가 말하고 보니 딱 맞는 거야. 그때 서생 오빠 집에서 사흘을 묵었는데, 지금은 친척으로 지내고 있어."

박재는 더 이상 묻지 않고 가만히 있었다. 그날 밤 이야기는 하지 않겠다.

다음 날 오후 서생이 객잔으로 왔다. 객잔에서 묵고 있는 사람들은 막 점심을 먹고 난 뒤라 정리를 다하지 못한 상태였다. 수영은 이보를 재촉했다.

"빨리 해! 우리 오늘 물건 사러 가야지."

"난 물건 사지 않을 거야, 언니만 가."

서생이 말했다.

"그러면 우리 물건 사러 가지 말고 그냥 구경이나 하러 갑시다."

수영이 말했다.

"이보 말 곧이듣지 마세요. 내가 이 애 성격 잘 알아요. 조금만 있으면 갈 거예요."

이보가 이 말에 냉소를 지으며 침대에 도로 누웠다. 수영이 말했다.

"화났니?"

"누가 한가해서 언니에게 화를 낸대?"

"그러면 갈 거지?"

"아니, 가면 뭐 하게. 지금 언니는 내가 갈 거라고 생각할 테지만,

난 절대 안 가."

수영은 이보의 고집을 익히 알고 있어 되돌리기 어렵다고 생각했다. 그녀는 서생을 돌아보며 입을 삐죽거렸다. 서생은 웃으며 침대로 가서 올라앉아 '누이는 이렇고, 누이는 저렇다'라며 한참을 수다를 늘어놓고 나서 놀러 나가자고 부추겼다. 이보는 고집을 피우며 일어나지 않았다. 수영이 말했다.

"내가 잘못했어, 서생 오빠 얼굴을 좀 봐서 용서해줘, 응?"

이보는 또 냉소만 지었다. 홍 씨는 맞은편 침대에 앉아 무슨 말인지 알아듣지 못하고 '이보' 하고 불렀다.

"그러면 안 돼. 서생 오빠가 말하고 있잖아, 어서 일어나."

이보는 화를 냈다.

"어머니는 가만 계세요, 뭘 아신다고 그러세요!"

서생은 말이 빗나가는 것을 느끼고 껄껄 웃으며 화제를 돌렸다.

"우리도 가지 말고, 여기에 앉아 이야기하는 것도 좋겠네."

그리고 서생은 자리에서 일어나는데, 박재가 창가에 기대어 앉아 고개를 숙이고 신문을 자세히 읽고 있는 것을 보았다. 그래서 물었다.

"새로운 소식이라도 있어요?"

박재는 두 손으로 신문을 그에게 주었다. 서생은 신문을 받아 들고 한 단락을 골라 손으로 짚어가며 읽으며 이야기해주었다. 수영과 박재는 그를 따라 깔깔 웃었다.

이보는 처음에는 모르는 체하다가 서생의 말이 우스워 더 이상 참지 못하고 갑자기 침대에서 내려와 뒤쪽 박재가 자는 작은 방으로 가서 소변을 보았다. 수영은 입을 가리고 몰래 웃었다. 서생은 손을 내저으며 그녀를 말렸다. 이보가 방에서 나오자 서생이 신문을 내려놓고 다른 재미난 이야기를 들려주었다. 이보는 자기도 모르게 웃고 말았다. 수영은 일부러 이보가 어떻게 나올까 하고 흘낏 엿보았다. 이보는 지루해하며 홍 씨 곁에 바짝 붙어 앉아 가슴에 머리를 묻고 애교를 떨었다.

"어머니, 보세요! 저를 속이고 있잖아요!"

수영이 큰 소리로 말했다.

"누가 너를 속여? 재 말하는 것 좀 봐!"

홍 씨가 말했다.

"언니가 너를 속이겠어? 쓸데없는 소리 하지 마라!"

서생이 손뼉을 치며 자지러지게 웃고, 박재도 따라 웃자 끝없던 말다툼도 한쪽으로 밀려났다. 서생은 다시 은근히 놀러 나가자고 이보를 부추겼다. 이보는 순간 말을 바꿀 수 없어 못 들은 체했다. 서생은 그 뜻을 이내 알아차리고 월백색의 홑겹 저고리를 가지고 와서 직접 이보에게 입혀주었다. 수영은 벌써 단장을 끝내고 기다리고 있었다. 이에 세 사람은 홍 씨에게 인사를 하고 나갔다. 조박재만 홍 씨를 모시고 객잔에 남았다. 홍 씨는 지난밤에 잠을 푹 자지 못해 낮잠을 잤다. 박재는 답답해서 물담뱃대를 쥐고 응접실로 나가 한가운데 놓여 있는 교의에 걸터앉아 회계 선생과 한담을 나누었다. 등을 올릴 시간까지 이야기를 나누어도 세 사람은 돌아오지 않았다. 객잔 사환이 물었다.

"저녁 올릴까요?"

박재가 홍 씨에게 가서 어떻게 할지 물어보니, 홍 씨는 먼저 저녁을 먹자고 했다. 두 사람이 저녁을 먹고 있는데, 갑자기 객잔 문 입구에서 웃음소리가 들려왔다. 수영은 옷보자기를 들고 이보는 종이꾸러미를 들고서 모두 볼이 발개져서 희희낙락거리며 방으로 들어왔다. 홍 씨가 먼저 저녁을 먹었는지 물었다. 수영이 말했다.

"예, 서양식당에서 먹었어요!"

이보가 앞으로 나서며 말했다.

"어머니, 드셔보세요."

이보는 종이꾸러미 속에서 새우만두를 손으로 집어 홍 씨에게 주었다. 홍 씨는 한 입 먹어보고 입맛에 맞지 않아 박재에게 주었다. 박재가 시서생은 어디에 있는지 묻자 수영이 말했다.

"일이 있어 문 앞까지 바래다주고 인력거 타고 갔어."

홍 씨와 박재가 저녁을 끝내자 이보가 다시 옷 꾸러미를 풀었다. 붉은 비단실이 들어간 옥색 홑적삼을 박재에게 보여주며 값을 매겨보라고 했다. 박재는 가장자리에 구름이 말려 있는 문양을 보았다. 바로 요즘 유행하는 문양인 것을 알고 혀를 빼 물었다.

"십 원은 되겠는데!"

"십육 원이야. 난 내키지 않았는데, 언니가 사줬어. 나는 사실 조금 짧은 게 마음에 안 들었거든. 한 번 입어봤는데, 의외로 어울린다고 언니가 나보고 사랬어. 내가 돈이 없다고 하니까 언니가 '네가 입고, 나중에 다시 이야기해.'라고 했어."

박재는 한 마디도 하지 않았다. 이보는 서너 벌의 비단 옷을 꺼내며 모두 언니가 사준 것이라고 했다. 박재는 더더욱 아무 말을 하지 않았다.

이날 밤은 모두 외출하지 않았다. 박재는 일이 없어 일찍 잤다. 수영과 이보가 앞에서 소곤소곤 이야기를 나누어도 박재는 신경 쓰지 않고 점점 잠에 빠져들었다. 그런데 잠결에 누이 이보가 계속 '어머니, 어머니' 하고 부르는 소리가 들렸다. 박재는 놀라 깨어나 누이에게 무슨 일이냐고 물었다. 이보가 아무것도 아니라며 손사래를 쳤다. 홍 씨도 일어나 수영과 이보와 소곤소곤 거렸다. 박재는 전혀 개의치 않고 해가 창을 가득 비출 때까지 잠을 잤다. 수영과 이보는 벌써 일어나 앞쪽 방에서 머리를 빗고 있었다. 박재는 속으로 늦잠을 잤구나 하고 황급히 옷을 걸치고 나왔다. 그러나 모친 홍 씨가 침상에서 이불을 덮고 있는 것을 보고서야 시간이 이르다는 것을 알게 되었다. 그는 객잔 사환에게 세숫물을 가져오라고 했다. 이보가 말했다.

"우리는 간식 먹었어. 오빠도 먹고 싶으면 사 오라고 해."
박재는 아무 말도 하지 않았다. 수영이 말했다.
"아니면 탕단[5] 두 개 사 오라고 할까?"
박재가 말했다.
"좋아."
객잔 사환은 돈을 받아 들고 갔다. 박재는 다른 물건을 놓을 틈도 없이 탁자 위에 머리 도구들이 널려 있는 것을 보고 황급히 물담뱃대를 가지고 응접실에 가서 앉았다. 탕단을 먹고 나서 회계 선생과 한담을 나누었다. 잠시 후, 갑자기 이보가 방에서 큰 소리로 '오빠' 하고 불렀다.
"어머니가 부르셔."
박재는 대답을 하고 방으로 들어갔다. 그때 수영과 이보는 대충 단장을 끝내고 침대 끝에 앉아 있었다. 홍씨 역시 일어나 편안하게 앉아 있었다. 박재가 옆에 앉아 지시를 기다리는데, 여덟 개의 눈이 서로 쳐다만 볼 뿐 한참 동안 아무 말이 없었다. 이보가 참지 못하고 재촉하듯 말했다.
"어머니, 오빠에게 말씀하세요."
홍 씨가 말하려다 말고 갑자기 '휴' 하고 한숨을 쏟아내었다.
"수영 오빠 서생도 얼마나 좋은 사람인지 며칠 동안 우리를 데리고 놀러다녔잖아. 내가 '객잔 방값이 너무 비싸다.'라고 했더니 서생이 '청화방'에 방 두 칸이 비어 있고, 세 들어 살 사람도 없으니 그곳으로 옮기시면 약간 절약할 수 있을 겁니다.'라고 하지 뭐냐."
수영이 가로채며 말했다.
"서생 오빠 방은 방값이 필요없어. 우리가 직접 밥 해 먹으면 하루에 겨우 이백 전 정도니까, 여관보다 훨씬 절약할 수 있지! 난 어제 그렇게 하겠다고 대답했어. 네 생각은 어때?"
이보가 이어서 말했다.

"요즘 하루 방값이 네 사람이면 팔백 전이 드는데, 이사하면 육백 전을 절약할 수 있으니 좋지 않아?"

박재는 어찌 좋지 않다고 말할 수 있겠는가, 다만 고개를 숙이고 그러겠다고 대답할 뿐이었다.

식사가 끝나자, 시서생이 남자 하인 한 명을 데리고 왔다.

"짐 다 쌌습니까?"

수영과 이보는 같이 웃었다.

"우리가 쌀 짐이라도 있나요!"

서생은 남자 하인에게 짐을 옮기라고 했다. 박재는 상자와 이불을 싸는 것을 도왔다. 박재는 바퀴가 하나인 수레를 불러 그 남자 하인과 함께 먼저 청화방으로 갔다. 조박재가 보니, 두 칸짜리 방의 유리창은 투명하고 문양을 오린 종이가 선명하게 붙어 있었다. 부뚜막 솥과 도구들이 다 갖추어져 있고, 이 층 두 개의 방에는 최신식의 영파산 가구가 있었다. 침대, 탑상, 탁자, 의자는 가지런하게 놓여 있고, 가스등, 전신거울도 다 갖추어져 있었다. 부족한 것이라면 서예, 그림, 주렴, 휘장뿐이었다. 그 뒤로 시서생이 홍 씨, 장수영, 조이보를 안내하며 방으로 들어왔다. 홍 씨는 집을 둘러보고 감탄했다.

"우리 고향에 어디 이런 집이 있을까! 도련님, 이거 정말 도련님을 곤란하게 만드는 건 아닌지 모르겠어요!"

서생은 극구 아니라며 겸손하게 말했다. 또한 그 자리에서 수영과 이보가 이 층 방 두 개를 각각 사용하고, 홍 씨는 정자간에서 지내고, 박재와 남자 하인은 아래층에서 지내는 것으로 의견을 모았다.

잠시 후 날이 저물자, 취풍원에서 한상 가득 음식을 차려 보냈다. 서생은 수영의 방이 따뜻하다며 그곳에 상을 차리게 했다. 홍 씨는 계속 고맙다는 말만 했다. 모두들 원탁에 둘러앉아 예절을 따지지 않고 편안하게 식사를 했다.

식사 도중에 수영이 갑자기 말을 꺼냈다.

"내가 깜박 잊고 있었는데 기녀들을 안 불렀네. 두어 명 부르면 정말 좋을 텐데!"

이보가 말했다.

"서생 오빠가 불러요, 우리는 보고만 있을게요."

홍 씨가 말렸다.

"이보야, 그러면 안 되지. 또 꾀부린다. 서생 오빠는 점잖은 분이야. 기루에는 한 번도 놀러 간 적이 없을 텐데, 어떻게 부르겠어!"

박재도 하고 싶은 말이 있었으나, 마음이 켕겨 망설이다 끝내 입을 다물었다. 서생이 웃으며 말했다.

"나만 부르면 재미없어. 내일 내가 친구 두 명을 여기서 저녁 초대할게. 그래야 시끌벅적하지."

이보가 말했다.

"오빠도 불러봐, 오는지 안 오는지 보고 싶어."

수영은 손으로 이보의 어깨와 등을 치며 말했다.

"나도 부를 거야, 바로 너!"

"조이보란 이름은 없을 거고, 장수영 언니 이름은 서넛 있을 거야! 세련된 기녀라야지 사람들이 부르잖아!"

이 몇 마디 말에 수영은 조바심이 나서 이보의 입을 꼬집으려고 했다. 이보는 웃으며 도망을 갔다. 서생이 자리에서 일어나 그들을 진정시키며 탑상으로 가서 아편을 피웠다. 홍 씨는 네 번째 요리가 올라오자, 남자 하인에게 밥을 올리라고 했다. 박재는 과음으로 술기운을 이기지 못하여 어머니와 함께 식사를 하고 어머니를 정자간으로 모셔드렸다. 그는 아래층에서 불을 켜고 옷을 벗고 편안하게 잠을 잤다. 잠깐 잠을 깬 그는 갈증이 나서 다시 옷을 걸치고 손으로 더듬어가며 주방으로 들어갔다. 그리고 황토 찻주전자를 찾아 두 손으로 받쳐 들고 꿀꺽꿀꺽 마셔댔다. 남자 하인은 물항아리 뚜껑 위에 웅크리고 앉아 꾸벅꾸벅 졸고 있었다. 박재가 그를 깨워 술

新住家
客棧用
相幫
海上花列傳
第三十回
三十六

자리가 끝났는지 물어보니 서생이 아직 있다고 했다. 박재는 더듬어 가며 방으로 돌아갔다. 이 층에서 웃음소리와 이야기소리가 들려오고 그 사이사이 물담배를 피우는 소리도 들려왔다. 박재는 불심지를 끄고 다시 잠을 청했다. 이번에는 아무것도 모르는 어둠 속에서 마치 죽은 듯이 잠을 잤다. 남자 하인이 머리맡에서 부르자, 박재는 놀라 일어났다.

"내가 잠이 들었나?"

"도련님은 가셨고, 날도 밝았어요. 그래도 더 주무시게요?"

박재는 부엌에서 세수를 하고 위층으로 살금살금 올라갔다. 홍씨는 혼자 정자간에서 머리를 빗고 있고, 앞방에는 담뱃불이 아직 꺼지지 않은 채로 있었다. 수영과 이보는 옷을 입은 채로 아편침대에 누워 있었다. 박재가 주렴을 걷고 방으로 들어가니, 수영이 먼저 깨어나 자리에 앉았다. 그리고 가슴 속에서 초대장 한 장을 꺼내 박재에게 '지(知)'자를 쓰라고 했다. 박재가 보니 오늘 밤 시서생이 술자리를 여기로 옮기려는데, 조박재 자신과 장신제를 초대한다는 내용이었다. 게다가 진소운과 장여보 두 사람도 있었다. 박재가 망설이며 말했다.

"오늘 밤은 난 정말 사양해야겠는데."

수영이 물었다.

"왜?"

"누굴 만나면 난처해져."

"우리 신제?"

"아니."

"그러면 누구?"

박재는 솔직하게 말하려 하지 않았다. 그때 마침 이보가 일어나는 소리를 듣고 박재는 이보의 귀에 대고 그 이유를 조용히 말해주었다. 이보가 고개를 끄덕이며 말했다.

"알았어."

수영도 더 이상 억지로 초대하지 않고, 남자 하인을 불러 초대장을 건네주며 보내라고 했다.

박재는 두 시가 되자 뻔뻔하게도 누이에게 동전 삼 각을 달라고 하고서 어머니에게 말하고 문을 나섰다. 처음에는 사마로에서 빙빙 돌다가 보선가로 돌아 들어가 그 김에 열래 객잔으로 가서 회계 선생을 찾는 체하며 그와 이야기를 나누려고 했다. 문 앞에 이르자, 뜻밖에 안에서 나오는 사람과 정면으로 부딪혔다. 그 사람은 남색의 짧은 구식 양복을 입고 있는데, 등에는 작은 보따리를 지고 있었다. 두 갈래 짧은 수염이 날리듯 나 있고, 분노의 기색이 역력해서 감히 막아설 수도 없었다.

그런데 박재는 그 사람이 이발사 오소대라는 것을 알고 깜짝 놀랐다. 오소대는 박재를 보자, 순간 반색을 하며 말했다.

"자네 보러 왔는데, 어디로 이사했나?"

박재는 대충 말해주었다. 오소대는 그의 손을 잡고 서서 오랫동안 재잘거렸다. 박재가 말했다.

"모퉁이에 있는 찻집에 차 마시러 가시지요."

오소대는 좋다고 말하고 박재를 따라 석로 입구 송풍각으로 갔다. 그들은 '담상련(淡湘蓮)'을 시켰다. 오소대는 보따리를 내려놓고 박재와 마주 앉아 잔을 들고 서로 양보하며 차를 마셨다.

오소대는 갑자기 눈에 노기를 띠고 팔을 걷어붙이며 박재에게 물었다.

"물어볼 게 있네. 자네도 우리 송교와 함께 놀았나?"

박재는 그의 갑작스런 질문에 무슨 일인지 몰라 마음이 콩닥거렸다. 오소대는 탁자를 치며 미간을 찌푸리고 말했다.

"안 돼! 자네처럼 젊은 사람은 상해에서 그 애에게 사기 당하고 말 거야! 송교 같은 파렴치는 절대 알고 지내면 안 돼."

박재는 여전히 놀란 토끼 눈을 하고 멀뚱히 쳐다보기만 하고 아무 대답도 내놓지 못했다. 오소대가 다시 콧방귀를 끼며 말했다.

"내가 자네에게 한 마디만 하지. 그 애는 아버지인 나도 모른 체하는데, 친구인 자네라고 아는 체하겠어!"

박재는 그제야 그가 왜 이런 말을 했는지 조금이나 알게 되어 웃으며 그 까닭을 물었다. 오소대는 정색을 하며 말했다.

"내가 아버지 노릇을 한다고 했지만 가난하긴 했지. 고생을 바가지로 했으니까. 내가 상해에 온 것은 아들에게 신세를 지고 싶어서 그런 게 아니야. 우리 아들이 돈을 벌었다고 하는데, 아들을 찾아가서 체면을 세워주려고 했던 거지. 몹쓸 놈이라는 것을 누가 알았겠나! 내가 세 번이나 찾아갔는데, 그때마다 일터에서는 없다고 하니 어쩔 수 없었지. 그런데 내가 네 번째 찾아갔을 때, 안에서 코빼기도 보이지 않고 동전 사백 전을 들고 와서 주면서 이 돈으로 배 타고 돌아가라고 했다는 거 아냐! 내가 그 애 돈 사백 전 쓰려고 기다렸어? 내가 돌아가려고 했으면 구걸해서라도 돌아갔지. 내가 그 애 돈 사백 전을 쓰겠어!"

오소대는 이 이야기를 하면서 갑자기 대성통곡을 하였다. 박재는 애써 그를 위로해주며 오송교에 대한 섭섭함을 풀라고 했다. 한참 뒤 오소대는 눈물을 훔치며 말했다.

"나도 잘못했어. 상해에 가서 일하라고 했으니까. 상해 이 양놈의 땅은 좋은 곳이 아니야."

박재도 짐짓 탄식을 하는 체했다. 대 여섯 번 차를 더 우려 마시고, 박재가 찻값으로 일 각을 냈다. 오소대는 대충 고마움을 표하고 보따리를 지고 함께 찻집에서 나와 헤어졌다. 오소대는 일휘항에 가서 배를 찾아 타고 고향으로 돌아갔다. 조박재는 보선가를 천천히 걸으며 저녁을 어떻게 먹을지 생각했다.

1 설청색은 남색빛을 띠는 보라색이다.

2 武小生 : 경극에서 젊은 장수의 역할을 맡는 배역을 말한다.

3 경극 작품이다. 반교운은 양웅의 아내이고, 석수와 양웅은 의형제를 맺은 사이이다. 석수는 양웅의 아내 반교운은 승려 배여해와 사통하는 것을 목격하고 양웅에게 알린다. 그런데 반교운은 도리어 양웅이 석수와 절교하게 만들고, 이에 석수는 반교운을 취병산으로 유인하여 진상을 밝히고 양웅은 반교운을 죽인다. 이 이야기는 『수호전(水滸傳)』에 나온다.

4 百葉 : 탕 속에 데운 두부피에 고기를 말아 싼 것으로, 춘권보다 크다.

5 만두와 비슷하지만 찹쌀로 빚는다. 남방 지역에 유행하는 요리이다.

31

집안 어른의 원망에 친족의 정이 끊어지고, 방씨의 비웃음에 한통속이었던 마음이 틀어지다

長輩埋冤親情斷絕 方家貽笑臭味差池

박재는 가지고 있는 돈을 탈탈 털어보니 이 각과 동전 몇 닢밖에 없었다. 그래서 석로에 있는 작은 음식점으로 가서 황어요리와 국이 딸려 나오는 밥을 먹었다. 그런 뒤 보선가 대관원에 가서 입석으로 연극을 보고 집으로 돌아왔다. 그때 열두 시를 알리는 종소리가 들렸다. 청화방의 집집마다 유리등이 켜져 있었다. 그러나 박재가 머물고 있는 집은 불이 꺼져 있고 대문도 잠겨 있었다. 박재가 두 번 문을 두드리자 남자 하인이 열어주었다. 박재가 물었다.

"술자리는 모두 끝났나?"

"한참 됐어요. 큰 도련님만 계십니다."

계단 쪽에 함석등이 걸려 있어서 안은 오히려 밝았다. 그는 천천히 올라갔다. 정자간에서 이야기 소리가 들려와서 주렴을 걷고 들어갔다. 모친 홍 씨는 아직 자지 않고 침대에 앉아 있고 장수영과 조이보도 침대 끝에 나란히 앉아 한참 재잘거리고 있었다. 홍 씨가 박재를 보자 먼저 물었다.

"저녁은 먹었냐?"

"예."

박재가 물었다.

"서생 형은 갔어요?"

수영이 말했다.

"아니, 자고 있어."

이보가 말을 가로챘다.

"우리가 새로 고용한 여자 하인이 있는데, 볼래?"

이보는 곧바로 큰 소리로 '아교' 하고 불렀다. 아교가 대답을 하며 수영 방에서 건너와 한쪽에 섰다. 박재는 이 여자 하인이 낯은 익은데, 순간 생각나지 않았다. 그런데 '아교'라는 이름을 듣자 갑자기 떠올랐다.

"혹시 위하선 집에서 왔니?"

"그 집에서는 두 달 지냈고, 지금은 장혜정 집에서 왔어요. 절 본 적 있어요? 저는 기억이 안 나는데."

박재는 더 이상 말하지 않고 씩 웃었다. 수영과 이보 역시 캐묻지 않았다. 모두들 또 술자리 이야기를 시작했다. 박재가 물었다.

"몇 명 불렀어?"

수영이 말했다.

"모두 한 사람씩 불렀는데, 그렇게 예쁘지도 않더라."

이보가 말했다.

"오히려 요이 그 두 사람이 조금 더 예뻤어."

박재가 물었다.

"신제는 불렀어?"

수영이 말했다.

"신제는 시간이 없어서 안 왔어."

"서생 형은 누구를 불렀어?"

이보가 말했다.
"육수보를 불렀는데, 그 육수보가 참 예뻤어."
박재가 놀라며 말했다.
"서기반가 취수당의 육수보?"
수영과 이보가 일제히 대답했다.
"그래, 어떻게 알아?"
박재는 겸연쩍게 웃기만 하고 말을 꺼내지 못했다. 수영이 웃으며 말했다.
"상해에 온 지 두 달밖에 안 됐는데, 기녀고 하녀고 다 만났구나!"
이보가 콧방귀를 뀌며 말했다.
"기녀와 하녀 아는 게 무슨 체면 세우는 거야!"
박재는 무안하여 뒷걸음치며 정자간에서 나와 수영의 방으로 몰래 들어갔다. 시서생이 탑상에 가로질러 누워 코를 골며 자고 있었다. 서생의 얼굴에 술기운이 가득했다. 앞뒤로 높이 달려 있는 두 개의 가스등이 새로 붙인 종이 문양을 비추어 눈이 부셨다. 중앙의 네모난 탁자 위에는 기름기로 반질반질한 회전원판이 그대로 있고 문 옆에는 수박씨 껍질과 닭고기, 생선 뼈들이 수북하게 쌓여 있었다. 박재는 서생의 잠을 방해하지 않으려고 아래층 자기 방으로 돌아갔다. 남자 하인은 일찌감치 구석에 있는 널빤지 침대 위에서 죽은 시체처럼 꼿꼿한 자세로 자고 있었다. 박재는 침대 앞 탁상에 놓인 등의 심지를 돋워 불을 밝히고 옷을 벗고 누웠다.
얼마나 흘렀을까. 눈을 떠보니 시간은 이미 정오를 넘기고 있었다. 박재는 황급히 일어났다. 남자 하인이 세숫물을 부어주어 세수를 하고 나니, 아교가 와서 말했다.
"이 층으로 오세요."
박재는 아교를 따라 이 층 수영의 방으로 갔다. 시서생은 누워 아편을 피우며 고개를 끄덕이며 인사를 했다. 수영과 이보는 바깥방에서 머리를 빗고 있었다. 잠시 후, 아교가 홍 씨를 청하고 원판 위에 젓가락 다섯 벌을 놓았다. 남자 하인은 큰 쟁반을 들고 왔다. 모두 어제 저녁 술자리에서 남은 음식으로, 족발볶음, 오리탕, 남퇴[1], 생선곤이 네 접시와 각종 탕, 볶음 요리를 한데 섞은 요리 한 접시가 있었다. 서생과 홍 씨 그리고 박재는 편하게 자리에 앉았다. 수영과 이보는 아직 치장을 덜 한 채로 남색의 서양 옷감으로 만든 조끼를 입고, 머리카락이 흘러내리지 않도록 귀밑 양쪽으로 비녀를 찌르고 방으로 들어왔다. 서생이 잔을 들어 술을 권했다. 수영과 이보는 한사코 거절하고 아교에게 밥을 가져오라고 해서 홍 씨와 함께 식사를 했다. 박재가 홀로 서생과 대작했다. 박재는 술을 한입에 털어 넣자마자 미간을 찌푸리며 말했다.

"술이 너무 뜨거운데."

서생이 대꾸했다.

"나는 감기 기운이 좀 있어서 그런지 약간 뜨거워도 괜찮습니다."

수영이 대꾸했다.

"오라버니가 잘못했네요. 아교가 침대에서 주무시라고 했는데도 왜 그러지 않으셨어요?"

이보가 말했다.

"우리 두 사람이 바깥방에서 자고 있는데, 날이 밝았는데도 기침을 하더군요. 혼자서 뭐하고 있었던 거예요?"

서생은 살짝 웃기만 하고 별다른 말을 하지 않았다. 그래서 홍 씨가 수다스럽게 말을 늘어놓았다.

"도련님, 몸이 허약하니 조심해야 해요. 어젯밤처럼 날이 밝다고 굳이 돌아간다고 했다간 한기 들어요. 여기에 있는 게 낫지요."

서생이 옷깃을 여미며 정색을 하고 말했다.

"어머니 말씀이 옳으십니다. 제가 조심할 줄 몰라요. 본인이 조심하는 게 제일 중요하죠."

수영이 말했다.

"감기 기운이 있으니까 술은 조금만 마셔요."

이보도 말했다.

"오빠도 마시지 마."

서생과 박재는 고분고분 술을 마시지 않았다. 점심을 끝내자 남자 하인과 아교가 올라와 자리를 정리했다. 박재는 아래층 부엌으로 내려가 대충 물수건을 짜서 손을 닦고 물담뱃대를 들고 응접실로 나갔다. 다리를 포개고 앉아 무슨 핑계를 대고 나가 이 무료함을 달랠까 하고 생각했다. 한참을 머리를 굴리고 있는데, 갑자기 누군가가 문을 두드렸다. 박재는 누구냐고 물었다. 문밖에서 들려오는 대답이 분명하지 않아 하는 수 없이 물담뱃대를 내려놓고 직접 나가보았다. 누가 알았을까, 다른 사람이 아니고 바로 박재의 외삼촌 홍선경이었다. 박재는 순간 얼굴이 사색이 되어 '외삼촌' 하며 두어 번 뒷걸음쳤다. 선경은 전혀 개의치 않고 노기를 잔뜩 띠며 소리를 쳤다.

"네 어머니 나오시라고 해!"

박재는 '예, 예' 하며 황급히 알리러 갔다. 그때, 수영과 이보는 화장을 다 끝내고 유행하는 머리 모양으로 단장하고 나서 홍 씨와 서생의 한담을 옆에서 거들고 있었다. 박재가 선경이 왔다는 사실을 알렸다. 서생과 수영은 마음이 켕기고 기가 꺾여 감히 나갈 엄두를 내지 못했다. 이보는 모친이 말실수라도 할까 하여 홍 씨를 따라 아래층으로 내려가 선경을 만났다. 선경은 인사도 하지 않고 화를 내며 홍 씨에게 물었다.

"누님은 나이가 들어서 머리가 어떻게 되셨습니까! 돌아가지 않고 여기서 뭐하시는 겁니까? 이곳 청화방이 어떤 곳인지 아세요?"

"진작에 돌아가려고 했다. 지금이라도 당장 돌아갈 수 있으면야 제일 좋지. 수영 아가씨가 며칠 더 놀고 가자고 하길래, 연극 두 번 보고, 마차 타고, 이런저런 물건들을 산다고 말이야."

이보가 옆에서 듣고 있다가 홍씨의 말에 요점이 없어 다급히 한발 앞으로 나가며 끼어들었다.

"외삼촌, 아니에요. 어머니 말씀은…."

말을 시작하려고 하는데 선경이 질타를 했다.

"난 네 어머니한테 말하는 거니까 너는 끼어들 생각 하지 마라! 너도 가서 거울을 좀 봐라. 무슨 꼴이야, 낯부끄러운 줄 모르는 계집하고는!"

이보는 이 말을 듣고 얼굴이 하얘지며 수치심에 발갛게 볼이 달아올라 한쪽 구석으로 가서 눈물을 짰다. 홍 씨가 길게 한숨을 쉬고 천천히 말을 이어나갔다.

"그리고 그 서생 오라비도 얼마나 잘하는지…."

선경은 이 말을 듣고 더더욱 우레가 내리치듯 펄쩍 뛰며 큰소리를 질렀다.

"그래도 서생 오라비란 자를 들먹이려고 합니까! 누님 딸이 그에게 속은 거예요, 아시겠어요?"

홍선경은 홍 씨 면상에 대고 몇 번이나 다그쳤다. 홍 씨도 깜짝 놀라 눈을 멀뚱히 뜨고 멍해져서 더 이상 말을 이어갈 수 없었다. 모두들 아무 말 없이 조용히 있었다.

이 층에서 수영이 시끄러운 소리를 듣고 아교를 보내어 상황을 보고 오라고 했다. 아교가 보니 박재는 중간문 뒤에 숨어 몰래 쳐다보며 발이 얼어붙었는지 꼼짝하지 않고 있고, 응접실에서는 아무 소리도 들리지 않았다. 잠시 후, 선경은 화를 누그러뜨리고 홍 씨에게 분명하게 말했다.

"다시 물어봅시다. 도대체 돌아갈 생각이 있는 겁니까?"

"왜 돌아갈 생각이 없겠어! 지금 나보고 어떻게 돌아가라는 거냐? 사오 년 겨우 모은 몇 푼 안 되는 돈도 저놈에게 다 털리고, 요번에

海上花列傳
第三十一回
四十三
長輩埋冤
親情斷絕

온다고 또 써버렸지. 이제는 여비도 마련할 수 없어!"

"여비는 여기에 있어요! 배 타고 지금 가세요!"

홍 씨는 입을 다물고 주저하며 말했다.

"돌아가는 게 제일 좋기야 하지. 어떻게 여비는 생겼다지만 수영 아가씨가 빌려준 삼십 원도 갚아야 하고, 고향에 가면 집에는 땔감이며 쌀이며 찬거리 하나 없는데, 그건 누구와 상의해야 할지?"

선경은 한숨을 깊이 내쉬며 말했다.

"이런저런 이유를 대시지만 결국 돌아가지 않겠다는 말씀이시죠. 저도 외조카 돌볼 능력도 없고, 이제 제 알 바 아닙니다. 오늘부터 저를 찾아와서 제 체면 깎지 말아주시고, 저 같은 형제는 없다고 생각하십시오!"

홍선경은 말을 끝내고 일어나자마자 고개 한 번 돌리지 않고 꼿꼿하게 머리를 들고 나가버렸다. 홍 씨는 의자에서 꼼짝하지 않고, 그대로 얼어붙은 것처럼 정신이 아찔해졌다. 이보는 손수건으로 얼굴을 가리고 계속 흐느껴 울었다. 박재와 아교는 선경이 나가고 한참 뒤에 중간문 뒤에서 나왔다. 박재는 멀뚱히 서서 시중을 들며 달래보았지만 소용없었다. 아교가 놀라며 말했다.

"나는 누군가 했더니 홍 나리셨군요. 어떻게 이렇게까지!"

홍 씨는 아교에게 대문을 잠그게 하고 이보를 불렀다.

"이 층으로 올라가자."

박재는 뒤따라 함께 올라가서 전처럼 서생, 수영과 나란히 앉았다. 수영이 먼저 홍 씨에게 물었다.

"돌아가실 거예요?"

"돌아가기는 해야지. 외삼촌 말도 맞아, 그런데 쉽지 않네."

이보가 울음 섞인 목소리로 소리쳤다.

"어머니는 외삼촌이 옳다는 거예요? 외삼촌은 우리를 원망만 하고, 돈 이야기가 나오니까 계산도 안 해주고 가버렸잖아요!"

박재도 끼어들었다.

"외삼촌은 말씀도 이상하게 하시네. 누이가 이렇게 같이 있는데, 누구에게 속았다고 하시는지! 어떻게 속았다는 거야?"

서생이 냉소를 지었다.

"제가 이런 말을 해서는 안 되지만, 당신네 외삼촌, 정말이지 어떻게 이럴 수 있어요! 제 친구들도 어려울 때면 기꺼이 변통을 마다하지 않고 해주는데, 당신 외삼촌이라는 분은 한 푼도 계산해주지 않고, 이런 외삼촌이라면 몰라도 괜찮아요."

모두들 한참 각자 생각을 이야기하다가 더 이상 아무 말도 꺼내지 않았다. 서생은 다시 이보를 달래고 홍 씨를 위로해주었다. 그러고는 박재를 위해 일거리를 찾아보겠다며 인사를 하고 나갔다. 수영은 그를 붙잡아 둘 수 없어 대신 당부의 말을 했다.

"나중에 여기로 와서 저녁 드세요."

서생은 그러겠다고 대답을 하고 아래층으로 내려가 문을 나섰다. 두 집을 지나치는데, 갑자기 어디선가 아주 교태로운 목소리로 '시도련님' 하고 부르는 소리가 들렸다. 서생이 고개를 들어보니 원삼보가 이 층 창가에서 부르며 손짓을 하고 있었다.

"잠깐 앉았다 가세요."

서생은 한동안 삼보를 만나지 못했는데, 뜻밖에 이렇게 풍만해진 모습을 보자 차를 마시며 세심하게 품평이나 해볼까 하는 생각이 들었다. 그런데 우연찮게 또 다른 손님 둘이 앞에서 오더니, 원삼보의 집으로 들어가 이 층으로 올라갔다. 그래서 서생은 걸음을 멈추었다. 원삼보 역시 더 이상 부르지 않고 돌아서며 그 둘을 맞이했다.

원삼보는 전자강 한사람만 알고 있었다. 그래서 함께 온 손님에게 이름을 물어보니 고 씨라고 했다. 차와 아편, 수박씨를 차례대로 올리고 자리에 앉아 이야기를 나눌 때가 되자 전자강이 고 씨에게 '아백 형' 하고 불렀다. 삼보는 경극 〈송친연례(送親演禮)〉[2]가 떠올라 자기도 모르게 웃음이 나왔다. 자강이 그 까닭을 물어보아도 삼보는 입을 가리고 웃기만 했다. 그러나 고아백(高亞白)은 별 관심을 두지 않았다.

잠시 후, 고아백과 전자강이 일어나자 원삼보는 계단까지 그들을 배웅했다. 두 사람은 나란히 천천히 걸으며 산보하듯 청화방을 빠져 나갔다. 사마로를 돌아 호중천 식당 앞을 지나가는데, 전자강이 그곳 서양요리를 사겠다고 하여 아백은 승낙을 하고 들어가서 적당한 크기의 방을 골라잡았다. 종업원이 먹과 붓을 올렸다. 자강은 잠깐 생각하고 나서 말했다.

"친구 한 명을 초대해서 자네와 함께하게 해야겠네."

그리고 초대장을 쓰고 종업원에게 건네주었다. 아백이 그 초대장을 보니 '방봉호(方蓬壺)'라고 쓰여 있었다.

"봉호조수(蓬壺釣叟) 말인가?"

"맞아. 자네가 어떻게 알아?"

"아니, 그가 시 쓰는 것을 좋아하기 때문에 신문에서 종종 그의 이름을 보았지."

잠시 후, 종업원이 알려주러 들어왔다.

"초대한 손님이 오셨습니다."

자강이 이번에는 기녀를 초대하는 국표를 쓰려고 아백에게 물었다.

"누구를 불러?"

아백이 눈살을 찌푸리며 대답했다.

"아무나 부르게."

"설마 상해의 그 많은 기녀들 중에 마음에 드는 기녀가 한 명도 없다는 거야? 자네는 어떤 기녀를 원하나?"

"나도 몰라. 그런데 기녀들에게 '유한정정(幽嫻貞靜)'[3] 이 네 글자는 소용이 없을 것 같군 그래. 어쩌면 왕부인의 임하풍(林下風)[4]과 탁문군의 풍류방탄(風流放誕)[5]에는 근접하겠지."

자강이 웃었다.

"자네 이렇게 까다로우면 상해에서는 안 통해! 나도 자네 말을 이해 못하겠네."

아백도 웃었다.

"자네가 왜 이해하려고 해?"

이때 봉호가 도착했다. 아백은 흰 수염을 점잖게 기른 그의 얼굴과 그가 방포를 입고 붉은 신발을 신은 것을 보고 거동이 속되지 않다고 생각했다. 봉호는 아백에게 이름을 묻고 그가 고아백이라는 것을 알자 껄껄 웃으며 엄지손가락을 치켜세웠다.

"알고 보니, 강남의 명사이시군요! 이렇게 만나게 되어 행운입니다!"

아백은 가만히 보기만 하였다. 자강은 먼저 봉호가 부르는 기녀 상인리 조계림과 자기가 부르는 황취봉 이렇게 두 장의 국표를 썼다. 아백이 말했다.

"오늘 갔던 세 집 모두 부르게."

그래서 자강은 원삼보, 이완방, 주쌍옥 세 장을 더 썼다. 이어 요리 메뉴판을 받아서 각자가 좋아하는 음식을 몇 가지 고르고 종업원에게 건네주었다. 봉호가 웃었다.

"아백 선생은 가히 박애주의자이십니다."

자강이 말했다.

"아닙니다. 이 친구는 책을 통달하다 보니 마음에 드는 기녀가 없어서 대충 부른 겁니다."

봉호는 손뼉을 치며 흐뭇한 표정을 지으며 말했다.

"진작 말씀해주시지! 한 사람이 있어요. 분명 마음에 들 겁니다."

자강이 말했다.

"누굽니까? 불러봅시다."

"조부리의 문군옥(文君玉)이라고, 눈이 높아서 웬만한 손님들은 감히 접근도 못합니다. 아백 선생 같은 분의 품평을 기다리고 있었던 모양입니다."

이 말에 아백은 마음이 끌려 자강에게 국표 한 장을 더 쓰게 하였다.

잠시 후, 탕과 생선 요리를 먹고 나자 마지막에 부른 기녀가 민지 도착했다. 아백은 유심히 문군옥을 살펴보았다. 나이는 스무 살 넘어 보였고 얼굴은 아편에 찌들려 아주 야위어 있었다. 어디에도 마음에 드는 곳이 없었다. 아백은 봉호가 왜 그녀를 그토록 찬양했는지 이유를 알 수 없었다. 봉호가 아백에게 말했다.

"나중에 군옥의 서재에 가보세요. 그러면 뛰어난 부분을 찾을 수 있을 겁니다. 방 한 면은 모두 책 상자이고, 또 한 면은 병풍이 네 점이나 되는데, 손님이 그녀에게 보내준 시를 표구한 겁니다. 상해 기루에 어디 그런 곳이 있겠습니까!"

아백은 그 말을 듣고 문군옥을 추천한 봉호의 의중을 알게 되어 멍하니 어찌할 바를 몰랐다. 문군옥이 말을 이었다.

"오늘 신문에 누군지 모르겠지만 시 두 수를 저에게 보내왔어요."

봉호가 말했다.

"지금 상해의 시풍은 무너졌어! 차라리 고 도련님에게 시 두 수를 부탁해서 자네를 선전하면 그 사람들보다 훨씬 나을 거야."

아백은 큰소리로 말했다.

"그런 말 하지 마시고, 우리 화권 놀이나 합시다!"

자강은 그 말이 떨어지자마자 손을 내밀며 아백과 겨루었다. 봉호는 혼자 단정히 앉아 머리를 흔들며 눈을 감고 계속 중얼거렸다. 아백은 그가 한창 시흥이 올라 있는 것을 알고 내버려두었다. 아백과 화권을 열 번 하는 동안 자강은 매번 지고 말았다. 그래서 자강은 봉호에게 승자 아백과 대적하라고 하려던 참이었다. 그런데 봉호는 느닷없이 껄껄 웃으며 먹과 붓을 가져와 한 번 휘갈겨 써 내려가더

方家
貽笑臭味
差池

니 아백에게 두 손으로 바치며 말했다.

"이와 같은 우아한 모임에 시가 없으면 안 되죠. 보잘것없는 저의 시를 바르게 잡아주십시오."

아백이 그 종이를 받아 들고 보니 붉은색 서양 종이로, 시는 뒷면에 쓰여 있었다. 그래서 말했다.

"서양 종이였나? 정말 좋은 초대장인데, 이런 아깝게 되었군!"

그리고 아무렇게나 떨어뜨렸다. 자강은 봉호가 기분 나쁠까 봐 그 시를 집어 들고 낭송을 했다. 봉호도 탁자를 치며 박자를 맞추었다. 아백은 더 이상 참을 수 없어서 자강에게 말했다.

"자네가 나에게 술을 산다고 했는데, 여기서 마신 술을 자네에게 돌려줘야겠네."

자강이 한 번 웃고는 멋쩍게 말했다.

"다시 화권 열 번 하세."

"좋아."

이번에는 아백이 졌다. 기녀들이 계속 모여들면서 서로 대신 술을 마시다 보니 아백 자신은 정작 마시지 못했다. 문군옥은 한 잔만 대신 마시고 먼저 갔다.

봉호는 아백이 문군옥에게 마음이 없는 것을 알아채고 자강과 의논했다.

"우리 두 사람이 마음에 드는 상대를 찾아줘야 하는데 말이야. 안 그랬다간 그의 재능을 버리고 말겠어."

"자네가 대신 찾아줘, 이 중매는 내가 못해."

황취봉이 끼어들며 말했다.

"우리 집에 새로 온 제금화가 어때요?"

자강이 말했다.

"제금화는 내가 봐도 예쁘지 않은데, 그와 상대가 되겠어!"

아백이 말했다.

"우선 자네 말이 틀렸네. 내 마음에 들고 안 들고는 외모와는 상관없네."

"그러면 우리 함께 보러 가는 것도 괜찮겠네."

요리를 다 먹고 나서 모두 커피를 마셨다. 그리고 기녀와 손님 모두 함께 자리에서 일어났다. 봉호는 조계림과 약속이 있어 아백, 자강과 함께 상인리로 들어간 후 헤어졌다. 봉호는 조계림의 집으로 가고, 고아백과 전자강은 황취봉의 집으로 갔다. 황취봉이 아직 돌아오지 않아서 황주봉과 황금봉이 모두 나와 시중을 들었다. 자강이 소아보에게 제금화(諸金花)를 불러오라고 했다. 소아보는 그 명을 듣고 아래층으로 내려갔다.

자강이 먼저 제금화가 이곳에 오게 된 이유를 아백에게 설명해주었다.

"제금화는 취봉의 아주머니 제삼저가 산 기녀야. 제삼저가 낳은 딸은 제십전인데, 이 씨라는 손님과 사귀고 있어. 그 손님에게 삼백 원을 빌려 제금화를 샀대. 최근 이곳에 왔는데, 이번 명절을 지나고 나면 요이의 집으로 보낸다고 해."

아직 말이 끝나기도 전에 제금화가 올라와 수박씨를 올리고 한쪽으로 물러나 앉았다. 아백은 그녀의 눈썹 사이가 음탕하고 천한 상인 것을 보고 과연 요이급의 인물이라고 생각했다. 게다가 접대도 할 줄 몰라 한참을 가만히 말없이 앉아 있었다. 아백은 오래 앉아 있지 않고 일어나며 작별을 고했다. 자강이 함께 나가려고 하는데, 황금봉이 황급히 붙잡으며 말했다.

"형부, 가지 마세요! 언니에게 야단 들어요."

자강은 하는 수 없이 고아백을 먼저 보냈다. 금봉은 자강을 탑상으로 청하며 직접 꼬챙이로 자강의 아편에 불을 붙여주었다. 자강은 아편을 피우면서 금봉과 이야기를 나누었다. 서너 번을 피우자, 가마 멈추는 소리가 아래층 응접실 앞에서 들려왔다. 전자강은 황취봉이 집으로 돌아온 것이라고 짐작했다.

취봉은 방으로 들어와 외출복을 갈아입고, 은으로 된 물담뱃대를 들고 창가의 교의에 앉아 한마디도 하지 않고 가만히 있었다. 영리한 금봉은 황주봉을 끌고 건넛방으로 건너갔다. 제금화만 여전히 멍한 표정을 하고 마치 나무 인형처럼 혼자 우두커니 앉아 있었다.

---

1 南腿 : 중국 남쪽 지방에서 만들어 먹는 햄. 운남성과 절강성의 금화부(金華府) 것이 특히 유명하다.

2 〈송친연례(送親演禮)〉는 혼례 과정에서 일어나는 재미있는 일화를 다룬 일종의 희극이다. 극 중 딸의 어머니 진씨는 시골사람으로, 격식에 맞춰 혼례를 치르고자 주례를 초대하였으나 혼례 용어를 잘못 알아듣고 엉뚱한 장면들을 연출한다. 주례가 "거저(擧箸, 젓가락을 드시오)"라고 하자 거주(擧住, 들고 있으시오)"라고 오해하고 젓가락을 허공에 들고 있어서 주례가 차마 보고 있지 못해 사투리로 "타아파고(打牙巴鼓(骨), 이를 부딪치다, 즉 음식을 먹자라는 의미를 지닌 사투리)"라고 외치자 식사를 했다는 사건이 담긴 장면이다. 이 대목에서는 '아백가(亞白哥, 아백 형)'는 '아파고(牙巴鼓)'와 음이 비슷해서 원삼보가 웃었던 것이다.

3 그윽함, 우아, 곧음, 고요함.

4 왕부인은 진(晉)의 사현(謝玄)의 누이로 세설신어(世說新語)의 현원(賢媛)에서 '우아하고 고상한(林下) 분위기가 있다.'는 평을 받았다.

5 문학적 재능을 지니고 있으면서 예법의 구속을 받지 않고 자유롭게 행동한다는 뜻이다.

32

제금화는 본때로 가죽 채찍을 맞고, 주쌍옥은 사랑의 증표로 손수건을 남기다

諸金花效法受皮鞭 周雙玉定情遺手帕

황취봉은 전자강에게 긴히 할 이야기가 있는데 한쪽에 죽치고 있는 제금화를 어쩌지 못해 제금화가 밉상스럽기 그지없었다. 취봉은 눈을 부라리고 그녀를 한참 째려보다 자기도 모르게 웃음이 나왔다.

"너 여기서 뭐하고 있니?"

"전 도련님께서 올라오라고 하셨거든요."

그제야 어떤 상황인지 알고 난 취봉은 한숨부터 나왔다.

"전 도련님께서 너를 불러 올린 것은 네 중매를 서려고 하신 거잖아. 몰랐니?"

금화는 약간 놀라서 멍한 표정으로 말했다.

"전 도련님께서는 그런 말씀 하지 않으셨어요."

취봉이 냉소를 지었다.

"잘났어!"

자강은 손사래를 치며 말했다.

"너무 뭐라고 하지 마라. 애초 고아백의 성격으로는 내가 안 맞는

다고 했잖아. 하긴 잠시 앉지도 않았으니, 저 애도 접대할 방법이 없었겠지."

취봉은 고개를 다른 곳으로 돌렸다.

"만약 내가 사 온 애가 이렇게 했다간 모가지를 비틀어 뒤지게 했을 거예요!"

자강은 부드럽게 말했다.

"자네가 하나씩 가르쳐줘. 이제 처음 나와서 일은 해본 적이 없는데, 당연히 못하지."

취봉은 코웃음을 치며 말했다.

"우리 아주머니가 때려서 불쌍하다가도, 맞아도 말귀를 못 알아들으니 화가 나겠죠?"

금화가 얼른 대답했다.

"언니가 한 말 모두 기억하고 있어요. 천천히 배우면 되지 않겠어요?"

취봉은 되레 웃으며 물었다.

"뭘 배우겠다는 건데?"

금화는 말문이 막혀 아무 말을 못하고, 자강 역시 싱긋 웃었다. 취봉은 물담배를 두어 모금 빨아 당기고 천천히 자강에게 말했다.

"이 애는 타고나기를 천하기 짝이 없어요. 맞아야 겁을 내고 그나마 아부를 하니. 부딪치기라도 하면 꼭 한소리를 해야 겨우 움직여요!"

취봉은 이 말을 하고 금화에게 화살을 돌렸다.

"잘 들어. 이런 식으로 하면 흠씬 두들겨 맞을 줄 알아!"

금화는 소리 죽여 울며 아무 말도 하지 못했다. 취봉은 조금 불쌍한 마음이 들어 한숨을 쉬며 말했다.

"네가 이렇게 팔려 온 것도 운이 좋은 셈이야. 우리 엄마를 만났다간, 너도 봐 봐! 주봉은 너보다 영리해도 두들겨 맞는 건 말할 것도 없고, 전족한 발가락 중에 세 개나 잘려나갔어!"

금화는 한마디도 대꾸하지 못했다. 취봉은 다시 물담배를 피웠다. 잠시 후, 또다시 자강에게 말했다.

"따지고 보면 기생어미가 기녀를 사 왔으니 기녀가 일을 해야 먹고 살죠. 우리가 일을 잘 못해봐요, 기생어미들은 그냥 굶어죽어요? 그러니까 때리는 거죠. 난 그나마 일을 잘하니, 때리기야 하겠어요? 오히려 내 비위를 맞춰야지요. 꼭 이렇게 멍청한 기녀는 기생어미를 위해서 일을 하면서도 기생어미에게 얻어맞아요. 왜 그렇게 싸게 구는지 도무지 이해가 안 돼요."

그때, 아래층에서 가마 한 대가 들어오는 소리가 들려왔다. 그리고 바로 남자 하인이 아뢰었다.

"나 나리께서 오셨습니다."

황금봉은 일찌감치 계단으로 가서 그를 맞이했다.

"형부, 여기로 오셔요."

나자부는 건넛방으로 갔다. 이쪽 전자강은 바로 일어나 가려고 하였다. 황취봉은 그를 붙잡으며 제금화에게 소리쳤다.

"건너가 잘 모셔!"

금화가 나가자 자강이 조용히 취봉에게 물었다.

"엄마에게 말 안 했어?"

"아직요. 지금 말했다가 괜히 어색해지면 안 좋으니까 명절 지나고 다시 생각해봐야죠. 당신은 이 일에 나서지 말아요. 제가 이야기할 거예요. 나 씨가 몸값을 내고, 당신은 옷이며 장신구, 가구를 마련해주면 돼요."

자강은 그러겠다고 대답을 하고 나갔다. 취봉은 그를 배웅하지 않고 물담뱃대를 내려놓으며 주렴 너머로 큰 소리로 불렀다.

"건너오셔요."

그러자 금봉은 나자부의 손을 잡고, 주봉은 그 뒤를 따르고, 소아보는 찻잔과 벗어놓은 옷을 가지고 다 같이 방으로 들어왔다. 제금

諸金花效法受
皮鞭
第三十二回
五十

화만 아래층으로 내려가서 황이저와 함께 있었다. 괘종시계가 열 시를 알리자 자부는 내일 아침에 일이 있다며 조금 일찍 돌아가 자야겠다고 황취봉에게 말했다.

"그럼 여기서 일찍 주무셔요. 당신에게 할 말도 있으니 돌아가지 말아요."

자부는 순순히 그녀의 말을 따르며 고승과 가마꾼을 돌려보냈다. 취봉은 조가모를 불러 방을 정리하고 자부의 잠자리를 보게 했다. 조가모와 금봉, 주봉, 소아보가 차례로 나갔다. 취봉은 외출이 없을 거라고 예상하고 잠자리에 들었다. 이불 속에서 자부와 머리를 맞대고 귓속말로 한참 밀담을 나누었다. 자세하게 설명하진 않겠다.

다음 날 고승은 어느 고관 댁 잔치가 열리는 취풍원에 주인이 가야 한다는 것을 알고 일찌감치 가마꾼을 대령하고 기다리고 있었다. 자부는 일어나자마자 가마를 타고 취풍원으로 갔다. 벌써 손님들이 자리에 빼곡하게 앉아 있고 화려한 등불이 문에 걸려 있었다.

잔치가 끝나자 자부는 도운보, 도옥보, 주애인, 주숙인 두 집안의 형제들과 함께 취풍원에서 나와 가마를 타지 않고 천천히 걸었다. 그들은 길에서 우연히 홍선경을 만나 인사를 하고 이야기를 나누었다. 그러다 주애인은 갑자기 한 가지 일이 떠올랐다. 일전에 선경이 동생 주숙인을 주쌍주의 집으로 데리고 가서 함께 차를 마셨다는 이야기를 탕소암에게서 들었던 터였다. 그는 동생 숙인이 나이도 어린데 방탕해지면 통제하기 어려울 것을 걱정하여 동생을 한번 시험해보려고 마음먹었다. 그래서 홍선경에게 말했다.

"요사이 자네 애인을 본 적이 없는데, 함께 보러 가지 않겠나?"

선경도 그 뜻을 알아채고 흔쾌히 안내하려고 했다. 도운보가 말했다.

"난 안 가겠네. 이렇게 많은 사람들이 우르르 가면 뭐라고 생각하겠어?"

주애인이 말했다.

"나도 생각이 있는 사람이니, 괜찮네."

홍선경은 나자부, 도 씨와 주 씨 형제 모두 여섯 명을 이끌고 공양리 주쌍주의 집으로 갔다. 쌍주는 이렇게 많은 사람들이 오는 이유를 모른 체 그들을 맞이하며 자리로 청했다. 그리고 주쌍옥을 불러들였다. 주애인은 쌍옥을 보자 숙인에게 말했다.

"네가 두 번이나 불렀는데도 아직 술자리를 마련하지 않았다고 들었다. 오늘 마침 친구들이 여기에 모두 모였으니 내가 너를 대신해서 술자리를 마련할 생각이야."

주숙인은 대답을 하자니 그렇고 안 하기도 뭐해서 한참 망설이는 사이 자기도 모르게 얼굴이 발개졌다. 나자부는 아주 즐거워하며 말했다.

"좋아, 좋아."

그리고 그는 여자 하인 교건을 재촉했다.

"빨리 불러와."

숙인이 다급해져 벌떡 일어나 교건을 말리며 말했다.

"우리 차라리 식당으로 가서 불러요."

자부가 소리쳤다.

"식당에서는 안 마셔, 여기가 좋아."

자부는 다짜고짜 교건에게 가보라고 하면서 소리쳤다.

"지금 바로 술자리 마련하도록 해."

도운보는 주애인에게 말했다.

"자네같이 나이든 형이야 좋겠지. 숙인이 자네처럼 놀 줄 모르는 게 아쉬워. 우리 옥보가 자네 동생이라면 함께 놀 때 훌륭한 상대가 될 텐데 말이야."

도옥보는 자기 이야기까지 나오자 조금 멋쩍어졌다. 주애인이 정색을 하며 말했다.

"우리는 조계지에서 살고 있으니까 차라리 놀게 해줘야 해. 어릴 때부터 익숙하면 특별할 것도 없잖아. 계속 서재에만 있는 게 규범을 잘 지키는 것처럼 보여도, 일단 나가게 되면 한 번 노는 걸로는 만족을 못하게 돼. 그렇게 됐다 하면 곤란해."

홍선경이 그 말을 이었다.

"자네 말이 맞네. 그렇지만 사람마다 달라. 숙인은 걱정하지 않아도 돼. 놀기 좋아하는 사람이라면 모를까. 어쨌든 노는 건 안 되지."

이 말에 주숙인은 더 이상 앉아 있지 못하고 일부러 벽에 걸린 그림을 보는 체하며 한쪽에 붙어 서서 벽을 바라보았다. 주쌍옥도 방 밖으로 나갔다. 그러자 주쌍주가 웃으며 말했다.

"저 두 사람은 성격도 비슷해요. 한마디 안 해도 속으로는 다 생각들을 하고 있거든요."

모두들 이 말에 껄껄 한바탕 크게 웃었다.

술자리가 다 차려지자 아금이 와서 자리를 청했다. 모두들 건넛방 주쌍옥의 방으로 가서 바로 기녀를 부르는 국표를 보내고 물수건을 올리라고 하였다. 자리는 양보랄 것도 없이 다들 편히 앉았다. 주숙인은 주인이면서도 술도 요리도 권하지 않고 두 손을 모으고 고개를 숙이고 조용히 앉아 있었다. 주쌍옥도 옆에서 겨우 한마디 했다.

"드세요."

모두들 술잔을 들며 고마움을 표하자 숙인은 또 부끄러워 대답을 못했다. 아덕보가 첫 번째 상어 지느러미 요리를 올리자 모두 한 젓가락씩 맛을 보았지만 숙인만 젓가락을 움직이지 않았다. 나자부가 웃었다.

"자네가 주인인데 손님을 청해야지. 손님이 자네를 청해야겠나!"

나자부는 상아 젓가락을 들며 숙인에게 말했다.

"드십시오. 드시지요."

그러자 숙인은 더욱 부끄러워 고개를 돌렸다. 주애인이 말했다.

"자네가 말할수록 더 멋쩍어하니까 차라리 내버려둬."

그제야 주숙인은 더 이상 신경 쓰지 않아도 되었고 다행히 주쌍주가 대신 접대해주니 전혀 무료하지 않았다.

잠시 후, 황취봉, 임소분, 담여연, 이수방이 차례로 모여들었다. 나자부는 먼저 선을 깔았다. 손님과 주인 모두 여섯 명이었지만 흥은 무르익었다. 주숙인은 그 틈을 타 흘깃 주쌍옥을 쳐다보았다. 주쌍옥도 조용히 앉아 있다가 소매 속에서 붉은 빛이 도는 검은색의 숙라 손수건을 꺼내고 있었다. 숙인은 화권 놀이로 술자리가 시끌벅적한 틈을 타서 몰래 손을 뻗어 그녀의 손수건을 잡아당기려고 하였다. 쌍옥은 눈치를 채고 얼른 손수건을 소매 속으로 넣어버리고 아무렇지도 않은 듯 가만히 있었다. 숙인은 하는 수 없이 자신의 허리에 차고 있던 원숭이 모양 비취 부채손잡이 장식을 풀어 슬며시 쌍옥의 가슴 쪽으로 내밀었다. 숙인은 쌍옥이 받을 거라고 생각하고 손을 놓았는데 쌍옥이 손을 움츠리며 받지 않는 바람에 그만 그 원숭이가 떼굴떼굴 바닥으로 떨어지고 말았다. 주쌍주는 그 소리를 듣고 물었다.

"뭐가 떨어졌나?"

그녀는 교건에게 탁자 아래를 찾아보라고 하였다. 숙인은 깜짝 놀라서 직접 주우려고 했는데, 뜻밖에도 쌍옥이 한쪽 발로 그것을 밟고 있어 바짓가랑이에 가려 있었다. 그래서 그는 시치미를 떼며 '아무것도 아닙니다.'라고 하고 술병을 교건에게 주며 술을 더 담아오라고 했다. 그리하여 별일없이 지나갈 수 있게 되었다.

마침 숙인이 선을 깔 차례가 되자, 나자부가 손을 뻗어 한 수 배울 태세를 하고 있었다. 숙인은 황급히 화권에 응했지만 연속으로 다섯 번을 지고 말았다. 숙인이 술잔을 들려고 하는데 갑자기 주쌍주가 큰 소리로 불렀다.

"쌍옥아, 와서 대신 마셔야지."

숙인이 고개를 돌려보니 주쌍옥은 자리에 없고 바닥에 있던 비취 원숭이도 어디로 갔는지 사라지고 없었다. 숙인은 그제야 마음을 놓았다. 교건이 마침 술병을 들고 방으로 들어오다 대신 두 잔을 마시고 나서 쌍옥을 부르러 갔다. 쌍옥은 술을 대신 마시고도 여전히 조용히 앉아 있었다. 숙인은 또 그녀를 훔쳐보았다. 쌍옥은 소매 속에서 또 다른 연녹색 숙라 손수건을 반쯤 꺼내 들고 있었다. 숙인은 그 뜻을 알아차리고 슬그머니 손을 뻗어 손수건을 잡아당겼다. 쌍옥은 넋을 놓고 화권을 구경하느라고 전혀 알아채지 못했다. 결국에 숙인은 그 손수건을 가슴 속에 넣으며 아주 기뻐했다. 마음은 술자리에서 당장 빠져나가 그 손수건을 감상하고 싶었지만 다른 사람이 의심할까 잠시 참고 기다렸다.

나자부는 흥이 최고조로 올라서 자기가 선을 깐 후에 모든 사람에게도 선을 깔아야 한다고 부추겼다. 마침내 도옥보는 취기를 이기지 못하고 이수방과 함께 먼저 가고, 임소분과 담여연도 차례로 작별인사를 하고 나갔다. 황취봉이 앞으로 나와 나자부가 더 이상 소란 피우지 않도록 잔을 치우고 나서야 간신히 술자리가 끝이 났다. 황취봉은 나자부를 재촉하여 함께 돌아갔다. 주애인과 도운보는 탑상에 마주 보고 누워 아편을 피우며 한담을 나누고, 홍선경은 주쌍주의 방으로 건너갔다. 혼자 남은 주숙인은 방을 빠져나와 가슴 속에서 그 손수건을 꺼내 한 번 흔들어보았다. 짙은 향기가 코를 쏘는 것 같아서 세심하게 맡아보았으나 어떤 향기도 없었다. 들여다보니 그 손수건은 요즘 유행하는 연녹색 숙라로, 쌍옥이 직접 수놓은 건지 알 수 없지만 가장자리 주위에 진녹색의 톱니 문양이 수놓아져 있었다. 앞뒤로 뒤집어보며 멍하니 생각하다 말고 손수건을 접어 주머니 속에 넣고 돌아서는데, 주쌍옥이 중간 문 뒤에서 몰래 훔쳐보며 웃고 있었다. 숙인은 부끄러워서 어쩔 줄 몰라 했다. 쌍옥이 고갯짓으로 그를 부르자 숙인은 너무 기쁜 나머지 쪼르르 다가갔

周雙玉定情遺手帕

다. 그런데 쌍옥은 오히려 불쾌한 듯한 표정으로 중얼거렸다.

"당신은 여기를 뻔히 알고 있으면서 왜 여러 사람들과 함께 왔어요?"

숙인은 작은 소리로 웃으면서 말했다.

"그러면 며칠 후에 나 혼자 올게."

"당신 일이 많으신가 봐요? 얼마나 바쁘시면 며칠 후에 오겠다고 하셔요."

숙인은 용서를 빌며 말했다.

"잘못 말했어, 내일 올게, 내일 꼭 올게!"

쌍옥은 그제야 더 이상 토를 달지 않았다. 숙인도 방으로 돌아갔다.

주애인과 도운보가 두어 번 아편을 피우고 나자 벌써 등불이 켜졌다. 주애인과 도운보는 홍선경을 부르고, 주숙인과 약속을 하고 함께 나섰다. 주쌍주와 주쌍옥은 나란히 계단까지 손님들을 배웅해 주었다.

쌍주가 자기 방으로 돌아가는데 쌍옥도 그 뒤를 따라 들어갔다. 쌍주는 그녀의 의중을 모르고 탑상에 마주하고 앉았다. 쌍옥은 부끄러운 듯 웃으며 그 비취 원숭이를 꺼내어 언니에게 보여주었다. 쌍주가 보니 원숭이의 몸통은 비취이고 머리는 양지백옥이었다. 가슴 쪽에 복숭아 하나를 들고 있는데, 그 복숭아도 비취였다. 검은 별 같은 두 점은 정교하게 조각한 눈으로, 비록 희귀한 보석은 아니지만 그 가격이 결코 낮지 않음을 짐작할 수 있었다. 그래서 쌍옥에게 물었다.

"다섯째 도련님이 줬어?"

쌍옥은 대답은 하지 않고 고개만 끄덕였다. 쌍주가 웃었다.

"네게 준 증표이니 잘 간직해둬."

쌍옥이 살짝 걱정 어린 얼굴로 '언니' 하고 불렀다.

"홍 나리께는 말하지 말아요."

"왜?"

"그 사람 집에 이를 거잖아요."

"왜 일러?"

쌍옥은 중얼거리며 말을 하지 못했다. 쌍주는 손가락 두 개를 들어 두 시를 표시하며[1] 웃었다.

"너 정말 아무것도 모르는구나! 다섯째 도련님을 이제 막 사귀게 되었는데, 홍 나리께 알려서 무슨 일이든 부탁을 해야지. 만약 다섯째 도련님이 오지 않으면 홍 나리께 부탁하면 좋지 않아? 그런데 왜 숨기려고 그래?"

"그러면 언니가 홍 나리께 말 잘해줄 거죠?"

쌍주가 정색을 했다.

"물론 그것도 좋아. 하지만 다섯째 도련님 이야기라면 네가 모두 말해줘야 내가 대신 말해줄 수 있어."

"도련님은 다른 말은 없고 내일 온다고만 했어요."

쌍주는 아무 말 하지 않고 가만히 있었다.

쌍옥은 그 비취 원숭이를 들고 다시 들뜬 기분으로 엄마에게 보여주려고 아래층 주란의 방으로 갔다. 주란은 탑상에 누워 아편을 피우며 눈을 감고 아편에 취해 있었다. 주쌍보는 침대 앞쪽에 올라앉아 아편을 태우고 있었다. 쌍옥은 방해하고 싶지 않아 나가려고 했다. 뜻밖에 주란은 아직 잠이 들지 않아 눈을 뜨며 불러 세우며 물었다.

"무슨 일이야?"

쌍옥은 쌍보가 옆에 있어서 떳떳하게 비취 원숭이를 보여주지 못하고 얼버무리고 넘어갔다. 주란은 쌍옥이 또 쌍보의 잘못을 말하려는 줄 알고 쌍보를 방에서 내보냈다. 쌍보가 나가자 쌍옥은 주란에게 가까이 다가가 주란의 다리에 기대어 그 비취 원숭이를 건네주었다. 주란은 손바닥에 올려놓고 침이 마를 정도로 감탄했다.

쌍옥은 기분이 한껏 좋아져서 주숙인의 상황을 이야기해주려고 하였다. 그러던 순간 갑자기 계단을 올라가는 쌍보의 발자국 소리가 들려왔다. 쌍옥은 황급히 그것을 챙기며 주란에게 인사하고 살금살금 이 층으로 따라 올라갔다. 쌍보가 쌍주의 방으로 들어가고 쌍옥은 주렴 가까이 붙어 서서 몰래 엿들었다. 쌍보가 울먹이며 말하는 소리가 들려왔다.

"내가 전생의 원수를 만났어요! 일전에 한바탕 난리를 쳤으면서 지금 또 내 욕을 하고 있어요. 난 정말 제 명에 못 살 거예요!"

"네 욕 하는 게 아니야."

"아니긴요! 그런데 왜 나보고 나가라고 해요?"

쌍옥은 여기까지 듣고 있다가 활활 타오르는 석탄처럼 화가 치밀어 올랐다. 주렴을 걷어 올리며 꼿꼿한 자세로 들어가 벽 쪽 교의에 앉으며 화를 냈다.

"내가 엄마한테 하는 말도 너에게 허락을 받아야 돼? 좋아, 지금부터 엄마 방에는 절대 가지 않을게! 됐어?"

쌍주는 언쟁을 듣는 것도 지겨워서 미간을 찌푸리며 그들을 꾸짖었다.

"뭐가 그렇게 중요하다고 그래!"

쌍주는 쌍보를 내보내고 쌍옥의 화를 진정시켰다. 쌍옥은 언니가 이렇게까지 하는 것을 보고 참았다.

저녁을 먹고 나서 모두들 술자리에 나간다고 바쁘게 움직였다. 열 시쯤 되자 쌍주가 먼저 돌아왔다. 홍선경은 거나하게 취해서 그 뒤를 따라 들어왔다. 쌍주는 아금에게 우전차를 진하게 끓이라고 하여 선경의 갈증을 풀어주고 홍선경과 이런저런 이야기를 나누었다. 주숙인과 쌍옥의 이야기가 나오자 쌍주는 피식 웃고 나서 말을 시작했다.

"요즘은 어린 기녀가 우리보다 단수가 높아요. 당신도 함께 있었는데 눈치 못 챘어요?"

선경이 그 까닭을 물었다. 쌍주는 숙인이 비취 부채 장식을 쌍옥에게 준 사실을 자세하게 말해주었다. 선경이 말했다.

"쌍옥도 수완이 대단하구나. 그러면 숙인더러 화촉을 밝히라면 되겠네."

"그러면 좋죠. 당신이 중매 서줘요."

"중매는 자네가 서고, 나는 옆에서 자네를 거들겠네."

쌍주가 승낙했다. 계획은 이미 정해졌으니 하룻밤 일은 이야기하지 않겠다.

다음 날 정오, 선경과 쌍주는 동시에 일어나 세수를 하고 간단하게 요기를 했다. 아금이 초대장 하나를 올렸다. 선경이 보니 왕연생이 보낸 것으로 장혜정의 집에서 상의할 일이 있다는 것이었다. 선경이 말을 전했다.

"알았다."

선경이 나서려고 하니 쌍주가 당부를 했다.

"나중에 오세요."

"그때는 숙인이 올 텐데 그러면 내가 어색하니까 차라리 오지 않는 게 나아."

쌍주도 같은 생각이었다.

선경은 주쌍주의 집을 나서며 공양리를 빠져나왔다. 동안리를 지나 동합흥리 장혜정의 집으로 갔다. 이 층으로 올라가 방에 들어갔다. 장혜정은 헝클어진 머리를 한 채로 왕연생에게 아편을 태워주고 있었다. 연생은 선경을 맞이하고 아주머니에게 요리를 주문하라고 했다. 선경이 자리에 앉았다. 연생은 목록 한 장을 주며 선경에게 사달라고 부탁했다. 선경이 목록을 펼쳐보니 비취 머리장신구 한 벌이 하나하나 자세히 적혀 있고, 모두 녹색을 원한다고 적혀 있었다.

"비취라면 자네와 함께 가서 사는 게 좋겠어. 아무리 못 해도 백

원은 족히 되고, 좋은 물건에다 전부 녹색으로 한다면 아마도 천 원은 나갈 거야."

혜정이 끼어들었다.

"천 원도 모자라죠. 계산해봐요. 몇백 원짜리 팔찌도 흔하잖아요."

선경이 혜정에게 물었다.

"자네가 사려는 거야?"

그러자 혜정은 웃기 시작했다.

"홍 나리, 농담하셔요! 제가 살 자격이 되나요? 금 장신구도 아직 다 갖추지 못했는데, 비취가 가당키나 하나요?"

선경은 심소홍에게 사주는 것이라고 짐작했다.

혜정은 응접실 창가로 가서 머리를 빗고 연생은 탑상에 누워 아편을 피웠다. 선경은 아래쪽으로 옮겨 앉으며 연생에게 물었다.

"올해만 해도 심소홍에게 얼마나 많이 썼는데, 또 비취 머리 장신구를 사주려고 하는 건가?"

연생은 미간을 찌푸리며 아무 말 하지 않았다. 선경이 말했다.

"솔직히 소홍에게 발길을 끊어도 괜찮아."

연생이 한숨을 쉬며 말했다.

"자네가 먼저 두어 개 사주고 나서 다시 말하세."

선경은 더 이상 충고하지 않고 상황을 봐가며 조용히 있는 게 상책이라고 생각했다.

잠시 후, 아주머니가 취풍원에 주문한 네 가지 고기 요리와 데운 술을 차려 가지고 올라왔다. 연생은 선경과 마주 앉아 잔을 기울였다.

---

1 고개가 두 시 방향으로 기울어져 있다는 것으로, 바보의 형상이 고개를 기울이고 있는 모습에서 바보를 뜻한다.